JENNA BLUM

# Der Himmel über Manhattan

JENNA BLUM

# Der Himmel über Manhattan

ROMAN

Deutsch von Rainer Schmidt

blanvalet

Die Originalausgabe erschien 2018 unter dem Titel
»The Lost Family« bei HarperCollins, New York.



FSC www.fsc.org
MIX
Papier aus verantwortungsvollen Quellen
FSC® C014496

Penguin Random House Verlagsgruppe FSC® N001967

1. Auflage
Taschenbuchausgabe 2021 bei Blanvalet, einem Unternehmen
der Penguin Random House Verlagsgruppe GmbH,
Neumarkter Str. 28, 81673 München

Redaktion: Sigrun Zühlke
Umschlaggestaltung: www.buerosued.de
Umschlagmotiv: mauritius images (MARKA/Alamy;
Old Paper Studios/Alamy); Nilufer Barin/Arcangel Images
DN · Herstellung: eR
Satz: Uhl+Massopust GmbH, Aalen
Druck und Bindung: GGP Media GmbH, Pößneck
Printed in Germany
ISBN 978-3-7341-0822-8

www.blanvalet.de

Wo man isst

**Masha's, 1705 Second Avenue, Regent4-1117.**

Gerichte zum Andenken an die Ehefrau des Eigentümers/Kochs, die während des Zweiten Weltkriegs in Europa umgekommen ist. Wenn Sie über diese Geschichte nicht ins Schwärmen geraten, kommen Sie wegen der Gaumenfreuden: Die üppige Dekadenz europäischer und jüdischer Speisen wie Ochsenbrust Wellington und die »Schokoladentorte Masha« wird selbst den abgebrühtesten Gast zu Tränen rühren. Hauptgerichte ab 7,95 $. Cocktails und Wein. Mittags- und Abendkarte. Montags geschlossen, Reservierung empfohlen.

– Craig Clayborne, *New York Times,* September 1964

# Masha's Herbst 1965

## Vorspeisen

*Warmer Rosenkohlsalat mit gerösteten Pekannüssen, Blauschimmelkäse, Räucherspeck und einer Vinaigrette mit Senf und Schwarzen Trüffeln*

*Champignoncremesuppe mit hausgemachten Croutons, Crème fraîche, Cognac und Schnittlauch*

*HUHN IM MANTEL*
*Hühnerleberpaté en croute mit Senf- und Meerrettich-Crème-fraîche-Dips*

*Blue-Point-Austern, in Sahnesoße sautiert, mit einer Kruste aus Brotkrumen und Butter*

*»POLNISCHE TÄUBCHEN«*
*Kleine Kohlrouladen mit Senf und süß-sauren Dips*

## Hauptspeisen

*Entenbrust an kirschwasserflambierten Kirschen und Orangen in einem Nest aus geschmortem Kohl mit Pommes frites*

*Ochsenbrust Wellington mit gestampften Meerrettich-Kartoffeln und Gemüse des Tages*

*Gebratene Flunder unter einer Kruste aus Parmesan und Brotkrumen mit kleinen Bratkartoffeln und grünen Bohnen »amandine«*

*Gefülltes Brathühnchen mit Strandpflaumen- und Cranberry-Marmelade, dazu entweder Zimmes oder Stampfkartoffeln und Rosenkohl*

*HAMBURGER »WALTER«*
*Hackfleisch vom Rindernacken au poivre, mit Cognac flambiert, dazu Pommes frites und keinerlei Gemüse*

## Beilagen

~ *Champignons in Burgundersoße*
~ *Grüne Bohnen »amandine«*
~ *Rahmspinat mit einer Kruste aus Knoblauch und Parmesan*
~ *Kleine Bratkartoffeln*
~ *Pommes frites*
~ *Latkes (Kartoffelpuffer mit Apfelmus)*
~ *Zimmes (Auflauf aus Süßkartoffeln, Zitronenzesten und Korinthen)*
~ *Eingelegte Rote Bete mit Meerrettich-Crème-fraîche*
~ *Hausgemachte Pickles*
~ *Spätzle*

## Desserts

~ *Crumble vom »Honeycrisp«-Apfel unter einer Kruste aus braunem Zucker mit Vanilleeis*

~ *Deutsche Schokoladentorte mit flambierten Kirschen*

~ *Pflaumenkuchen mit einer Kruste aus gerösteten Walnüssen, dazu Kirschwasser-Schlagsahne*

~ *»KLEINE WOLKEN«*
*Windbeutel mit Vanilleeis zu einem Miniaturschokoladenfondue*

~ *Kürbis-, Honig- und Vanilleeis in Schokoladenbechern (als Trio oder einzeln)*

~ *Verschiedene Rugelach mit einer Füllung aus Schokolade, Walnuss-Korinthen oder Aprikosen*

*1705 2ND AVE. NEW YORK, NY 10128 / RE 4–1143*
** UM RESERVIERUNG WIRD GEBETEN!*

# I

# PETER, 1965

Aber wenn Peter den Wolf nun nicht gefangen hätte?
Was dann, hm?

*– Sergej Prokofjew*

# 1

# MASHA'S

Zum ersten Mal sah Peter das Mädchen während der Abendschicht im Masha's. Sie saß am Mitteltisch unter dem Kronleuchter, und ihr Gesicht war vom Licht getüpfelt. Peters Mitarbeiter nannten diesen Platz den Todessitz in Anbetracht dessen, was demjenigen passieren würde, der das Pech hatte, dort zu sitzen, falls der Kronleuchter, eine zweihundert Pfund schwere Kaskade aus venezianischen Kristalltropfen, jemals beschließen sollte herabzufallen. Das Mädchen – die junge Frau – ließ den Blick im Restaurant umherwandern, als langweilte sie ihr Tischgenosse, ein Kerl mit silbergrauem Haar, einer dicken Hornbrille und einem Kopf, so viereckig wie ein Zuckerwürfel. Er war mindestens doppelt so alt wie sie. Als Peter auf sie aufmerksam wurde, lehnte er sich gerade herüber und flüsterte ihr etwas ins Ohr. Das Mädchen rümpfte die Nase und schob ihren Verehrer, falls er das war, von sich – und dann, als sie Peter erblickte, grinste sie auf eine Weise, die sie völlig verwandelte, und ihr Gesichtsausdruck wechselte vom leicht mürrischen Überdruss eines New Yorker Großstadtmädchens, das schon alles gesehen und getan hat, zu etwas anderem, insgesamt Sonnigerem und Liebenswerterem. Peter zog daraufhin die Brauen hoch. Das helle Haar des Mädchens war kurz geschnitten wie bei einem Jungen –

ein Stil, den er nicht besonders schätzte. Sie trug ein weißes dünnes Hemdkleid mit Pelzbesatz an Kragen und Ärmeln und rote hochhackige Stiefel, deren oberer Rand unter dem Tischtuch verschwand. Ihre Augen waren von dicken schwarzen Kringeln umringt. Peter war eigentlich kein Freund dieser neuen Modetrends – auch wenn er wie jeder andere Mann in Manhattan Gott, hätte er an ihn geglaubt, für den Minirock gedankt hätte. Aber dieses Mädchen schlug ihn in seinen Bann.

Er trat seine Runde an, wie er es einmal in jeder Schicht zu tun pflegte, klopfte hier auf eine Schulter und gab da einer Frau Feuer für ihre Zigarette. Hübsche Frauen waren im Masha's immer in der Überzahl, vor allem beim Lunch, wenn die Tische fast ausnahmslos von sehnsuchtsvollen Junggesellinnen und ihren entschlossenen Müttern besetzt waren. Das war so, seit im Jahr zuvor die Kritik in der *Times* erschienen war. Die Damen priesen die Salate, aber sie kamen wegen des alleinstehenden Eigentümers mit der traurigen Geschichte. Abends überwogen die Stammgäste, Bewohner des Viertels an der Upper East Side, die zu den Veranstaltungen der Stadt unterwegs waren, zu Theater, Konzert, Oper und Ballett, oder von dort zurückkamen. Aber es mischten sich immer noch genug hoffnungsvolle Romantikerinnen unter sie, um Peter wachsam und unnahbar sein zu lassen. Zumindest hatte er das geglaubt. Warum ausgerechnet diese junge Frau sein Interesse weckte, wusste er nicht genau. Er warf verstohlene Blicke zu ihr hinüber, während er sich mit den Lynns unterhielt, die ihren Abend mit einem Schlummertrunk im Masha's zu beenden pflegten, seit das Lokal eröffnet worden war, und während er ignorierte, dass die alte Mrs. Allison, die an Tisch 14 Hof hielt, immer wieder mit zitternder Hand unter den Tisch langte, um ihren Pudel Lucius mit kleinen Häppchen zu füttern, über dessen Anwesenheit das Personal routinemäßig hinwegsah. Peter fing doch nicht etwa wieder mit seinem Spiel an – oder doch? Suchte er wieder nach Menschen, die längst nicht mehr da waren? Ein fruchtloses Unterfangen, ermahnte er sich streng. Und grausam dazu. Dennoch … Die junge Frau auf dem Todessitz sah jünger aus als vierzig, was Mashas Alter gewesen wäre, und älter als zwanzig – nicht viel älter, aber doch älter.

Peter wollte eben hinübergehen und das Mädchen persönlich im Masha's begrüßen, als eine diskrete Unruhe bei den Tischen in der Nähe des Eingangs darauf hindeutete, dass Mr. Cronkite hereingekommen war und die Empfangsdame ihm den Mantel abnahm und ihn zu seinem Stammplatz führte, dem zweiten Tisch, dessen Sitzbänke mit hohen rotledernen Lehnen ausgestattet waren. Mr. Cronkite war allein wie meistens, wenn er bei Masha's zu Abend aß – auf dem Weg vom CBS-Studio zu seinem Apartment in der East 94th Street –, weil seine Frau Betsy nicht zu Hause war, um mit ihm zu essen. Peter hob einen Finger und signalisierte Maurice, dem Kellner, zu dessen Revier Mr. Cronkites Tisch gehörte, dass er dem Nachrichtensprecher seinen Bourbon persönlich servieren werde.

»Wie geht es Ihnen heute Abend, Mr. Cronkite?«, fragte er und stellte das Glas hin. Immer wieder glaubte er, er habe sich daran gewöhnt, aber jedes Mal fiel Peter überrascht auf, wie blau die Augen des Mannes waren. Auf dem Fernsehbildschirm sahen sie grau aus.

»Sehr gut. Und Ihnen, Mr. Rashkin?«, fragte Mr. Cronkite.

»Ich kann nicht klagen«, sagte Peter.

Mr. Cronkite schenkte ihm das berühmte Funkeln seiner Augen. »Damit unterscheiden Sie sich sehr von einem großen Teil unserer Zuschauer«, sagte er. »Turbulente Zeiten, Mr. Rashkin. Turbulente Zeiten. Aber die sind uns nicht fremd, nicht wahr?« Er hob Peter sein Highballglas entgegen. »Auf Ihr Wohl.«

»Auf Ihre Gesundheit«, antwortete Peter. »Darf ich Ihnen eine Speisekarte bringen? Oder Ihr Lieblingsgericht?«

»Wie könnte ich mir einen Hamburger ›Walter‹ entgehen lassen?« Er meinte das Gericht, das Peter eigens für ihn erfunden hatte – Hackfleisch vom Rindernacken, gewürzt *au poivre*, mit Brandy flambiert und begleitet, wie es auf der Speisekarte hieß, »von keinerlei Gemüse«. Mr. Cronkite zwinkerte Peter zu. »Einer der kleinen kläglichen Vorzüge des Junggesellendaseins, hm, Mr. Rashkin? Man muss die Erbsen nicht essen.«

»Sehr wahr«, sagte Peter. Es war ein kleiner Scherz zwischen ihnen. Der seit Langem glücklich verheiratete Mr. Cronkite war kein Junggeselle, und Peter galt als einer der begehrenswertesten der Stadt – sehr zu seiner Bestürzung.

»Maurice wird Sie sofort bedienen«, sagte er zu Mr. Cronkite und klopfte zum Abschied mit dem Fingerknöchel auf das Tischtuch.

Nachdem er sich vergewissert hatte, dass vorn alles genau so lief, wie es sollte, nahm Peter Kurs auf die Küche, um das Anrichten der heutigen Spezialität zu beaufsichtigen: kornisches Stubenküken mit Meerrettich-Kartoffelpüree und flambierten Kirschen. Peter hatte es nicht überrascht, dass seine Gäste es gern sahen, wenn ihr Essen am Tisch in Brand gesetzt wurde: Amerikaner freuten sich an Dingen, die explodieren konnten. Was ihn zu: »Flunder raus! Zwölf braucht Kartoffeln! Sechsundachtzig das Huhn! Jetzt schon? Scheiße!« Für Peter war dies der liebste Ort der Welt. Sein Leben lang hatte er sich in Küchen immer am sichersten gefühlt. Er war der Eigentümer des Masha's, Gastronom und Koch zugleich, aber seine Gäste und sogar ein paar seiner Mitarbeiter wären überrascht gewesen, wenn sie gewusst hätten, wie schwer es ihm fiel, seine Rolle zu spielen – welche Mühe es ihn kostete, sich im Anzug zwischen den Tischen hindurchzuschlängeln und Small Talk zu treiben. Gerade weil es ihm nicht leichtfiel, machte Peter seine Sache so gut. Der Sprecherzieher seiner Kindheit in Berlin hatte ihn ermahnt: *Peter, du musst projizieren!* Das tat er – nur dass er jetzt nicht seine Stimme, sondern seine Persönlichkeit nach vorn verstärkte. Dennoch war ihm der Augenblick, dem er mehr als allen anderen entgegenfieberte, eine Freude, wenn er den Anzug gegen die weiße Berufskleidung eines Kochs tauschen und sich dem Rhythmus des Hackens und Sautierens und Anrichtens anheimgeben konnte, bevor er das Essen, das er zubereitet, die Speise, die er kreiert hatte, in die Welt hinausschicken konnte.

So war es eine Überraschung für Peter, als er seinen Anzug an die Innenseite seiner Bürotür hängte, die weiße Jacke anzog, seinen gewohnten Platz neben Lena einnahm und dort spürte, dass etwas nicht stimmte. Es war das Licht – die guten Leuchtstofflampen an der Decke, starke, weiß strahlende Röhren hinter Gittern, die wie Eiswürfelbehälter aussahen, wirkten trüb. Peter fing an zu schwitzen. Er betupfte sich die Stirn mit dem obersten Küchentuch auf seinem Stapel und entrollte die Tasche mit seinem Messer. Der Gardemanger hatte den *mise en place* für Peter bereits vorbereitet; kleine Schälchen mit Schalotten, Petersilie, Knoblauch-Confit, Zitronenzesten und koscherem Salz umringten sein Schneidebrett. Warum hatte Peter Mühe, sie zu sehen?

»Was liegt an?«, fragte er Lena.

»Zweiundzwanzig Gedecke fertig.« Lena atmete wie ein Staubsauger. Sie war eine stattliche Frau, größer als Peter mit seinen eins achtzig und breiter als der Herd, ein Flüchtling wie Peter, aber aus Leningrad. »Huhn ist aus, Champignon Burgunder *kaputt*, Flunder läuft gut, noch fünf Entenbrüste.«

»Danke«, sagte Peter. »Was ist noch offen?«, rief er.

»Acht Bons, Chef!«

Peter blinzelte zu den Zetteln hinauf, die an der Magnetschiene hingen. War es Einbildung, oder wurde es immer dunkler in der Küche?

»Lena«, sagte er. »Übernimm das hier. Mit ist nicht gut…«

Aber sie schrie über ihn hinweg: »Wer hat mit Sicherungen gefummelt? Hier drin ist dunkler als in Stalins *schopa*!« Peter begriff erleichtert, dass es nicht nur ihm so ging. Auch Lena konnte nicht gut sehen, und die restlichen Mitarbeiter verliehen ihrer Ratlosigkeit lautstark Ausdruck in der kaffeebraunen Luft.

Lena wandte sich an Rodrigo, den Spüler. »Das warst du, das weiß ich, *toschtchij bljudok*«, behauptete sie. »Hab dich vorhin im Lagerraum gesehen.«

Der Geschirrspüler antwortete in schnellem Spanisch. Peters Englisch und Deutsch, ja, sogar sein Russisch waren besser als sein Spanisch, aber nach dreißig Jahren als Koch wusste er, dass Lena Rodrigo soeben einen dürren Drecksack genannt und der Spüler sie dafür als Sau bezeichnet hatte.

»Lena«, sagte Peter, »hör auf. Rodrigo, bitte mach dein Radio lauter.«

Alle spitzten die Ohren, nur der Rôtisseur schob und drehte sein mittlerweile unsichtbares Fleisch. Durch das Gemurmel aus dem Restaurant und das Zischen des Grills hörten sie, was der Sender 1010WINS aus dem Batterieradio zu melden hatte: »*Der Stromausfall betrifft die ganze Stadt, auch wenn das ganze Ausmaß noch nicht feststeht. Bürgermeister Wagner hat alle Einwohner aufgefordert, in ihren Häusern zu bleiben. Die U-Bahnen fahren nicht, aber zusätzliche Busse ...*«

»Jemand hat mit Sicherungen der ganzen Stadt gefummelt«, stellte Lena nicht ohne Befriedigung fest. »Wird Plünderungen geben. Feuer. Vielleicht sogar Morde.«

»Das reicht, vielen Dank«, sagte Peter – aber es war auch sein erster Gedanke gewesen. Er wusste nur zu gut, was aus Zivilisation wurde, wenn in einer Stadt die Lichter ausgingen.

Er ordnete seine Gedanken und gab dann eine Reihe von Befehlen. Besorgt Taschenlampen für die Küche und Extrakerzen für das Restaurant. Der Oberkellner soll die Tür verschließen und sie nur öffnen, um Leute hinauszulassen. Niemand darf herein. Die Küche sollte die Bons abarbeiten, aber keine neuen Bestellungen mehr annehmen. Peter würde den Gästen Drinks auf Kosten des Hauses anbieten und nahm sich stillschweigend vor, Mrs. Allison noch eine Extraportion zum Mitnehmen zu geben. Wenn der Strom bis morgen nicht wieder zurück war, hätte sie wenigstens etwas zu essen. Außerdem sollte ein Kellner sie nach Hause begleiten.

»Und haltet um Gottes willen den Kühlraum nach Möglichkeit geschlossen«, rief er dann. »Ich werde die Gäste informieren.«

Er kehrte zurück ins Restaurant. Viele seiner Gäste würden heute Abend das ungewöhnliche Erlebnis haben, ihn in seiner weißen Jacke zu sehen. Viele hatten sich am vorderen Fenster versammelt und spähten hinaus, um festzustellen, was los war. Die Kellnerin und die Empfangsdame waren dabei, weitere Kerzen auf den Tischen anzuzünden, sodass die rot lackierten Wände glänzten und der Kronleuchter funkelnd zum Leben erwachte. Mr. Cronkite, sah Peter, war nicht mehr da. Wahrscheinlich war er zum Sender zurückgekehrt, damit CBS über die Krise berichten konnte, sobald der Strom zurückkam. Der silberhaarige Quadratschädel saß immer noch am Tisch in der Mitte und starrte stirnrunzelnd in sein halb leeres Glas. Aber die junge Frau? Peter ließ den Blick durch das Lokal und über die Menschentraube vor dem Fenster wandern. Sie war nirgends zu sehen.

Er ging an die Bar und klopfte mit einem Löffel klingend an ein Weinglas.

»Meine Damen und Herren«, sagte er, »ich bitte um Ihre Aufmerksamkeit.«

Als alle gegangen waren – als man die Gäste hinausgelassen und der Oberkellner die alte Mrs. Allison nach Hause begleitet hatte, als er die Belege des Abends in den Safe eingeschlossen hatte, um sie am nächsten Morgen im Hellen durchzusehen, und als er seine Mitarbeiter nach Hause geschickt hatte –, schenkte Peter sich einen Brandy ein und begann seinen Rundgang. Das tat er jeden Abend nach Geschäftsschluss, um sich zu vergewissern, dass alles in Ordnung war. Der einzige Unterschied war heute, dass er es im Licht einer Taschenlampe tat. Nach dem langen Einsatz in der Küche war der Lichtstrahl matt, aber für Peter hell genug, um sich in der Garderobe umzusehen, im Speiseraum, in der Küche und in der Kühlkammer, in seinem Büro und im Keller, der ohne das Licht der Glühlampe unter der Decke noch mehr Ähnlichkeit mit einem Verlies hatte. Er kontrollierte Weinregale, Trockenlagercontainer und -fässer und Rattenfallen – die leer waren, Gott sei Dank. In einem Spiralblock, den er stets in der Gesäßtasche bei sich trug, machte er sich ein paar Notizen zu den Beständen: »Zwiebeln, Olivenöl, Paprika, Streichhölzer. Neue Gummimatte für Küche.« Er ging wieder nach oben, stellte sein Brandyglas ab und wandte sich den Toiletten zu.

Das Radio hatte er längst ausgeschaltet. Die Stille war ihm lieber, und wenn er nicht damit rechnen müsste, dass das Personal meuterte, hätte er auch die Musik in der Küche verboten. Trotzdem musste er an die Nachrichten denken, die er gehört hatte. Lenas Vorhersage hatte sich bewahrheitet: Zusätzlich zu den Berichten über lange Schlangen vor Telefonzellen, Fähranlegern und Bushaltestellen, lauter Menschen, die verzweifelt versuchten, aus der gepeinigten Stadt zu entkommen, gab es Plünderungen und Brände, einige davon sogar im nahen Harlem. Da Masha's nicht weit südlich davon lag – auf der 2nd Avenue, zwischen 89th und 90th Street –, überlegte Peter, ob er besondere Vorsichtsmaßnahmen ergreifen sollte. Er könnte im Büro schlafen. Es wäre nicht das erste Mal. 1955, als Masha's eröffnet worden war, hatte Peter praktisch im Restaurant gewohnt und war nur in sein Apartment in der East 96th Street gekommen, um zu duschen und sich umzuziehen. Er sah sich auf der Herrentoilette um und notierte sich, mehr Papierhandtücher zu bestellen. Er würde Sol fragen, seinen Cousin und Partner, ob sie einen günstigeren Lieferanten ausprobieren sollten, den Peter in der Bronx gefunden hatte, oder ob sie weiter bei Sols Händler kaufen mussten.

Die Taschenlampe ging aus.

Peter fluchte. Er schlug den Metallzylinder in die Handfläche, um die Lampe wieder zum Leben zu erwecken, aber nichts geschah. Tastend suchte er sich den Weg hinaus, und erstaunt wie immer stellte er fest, wie Wände, Ecken und Türen sich scheinbar verschoben, wenn man sie nicht mehr sehen konnte. Das war eine eben noch vergessene, aber dennoch vertraute Lektion, gelernt bei Luftangriffen, in Kellern, auf U-Bahnsteigen, in Wandschränken und natürlich in Kojen. Der Geruch fremder Wollmäntel, ungewaschener Haare, Körpersekrete und Atemdünste – speziell der Hunger stank wie eine tote Maus. Ein Schlurfen, vielleicht von Füßen, von Gliedern, die sich auf sehr engem Raum bewegten, oder von Ungeziefer. Nicht identifizierbare Bewegungen, eine Handbreit vor dem eigenen Gesicht. Zumindest gab es in den oberirdischen Bunkern immer noch einen Schimmer Umgebungslicht – die Flamme eines kostbaren Streichholzes, angezündet, um einen Blick auf die Uhr zu werfen oder nach einem kranken Kind zu sehen oder die Umrisse des Nachthimmels hinter einem Fensterladen. Aber hier, im Korridor im Masha's, erinnerte die Abwesenheit jedes Lichtschimmers Peter an unterirdische Verstecke, an seine schmale Pritsche in Block 14, wenn die SS wegen der Luftangriffe die Verdunklung des Lagers befahl. In solchen Fällen bekam die Dunkelheit eine unangenehme Festigkeit, eine eisige Beschaffenheit, die es Peter unmöglich machte, seine Handfläche zu sehen, selbst wenn er sie an die Nase drückte – vorausgesetzt, er konnte den Arm zwischen den vier anderen Männern heben.

Seufzend schob Peter sich an der Wand des Korridors entlang bis zum Speiseraum, tastete dort nach einer Kerze und zündete sie an. Er war nass geschwitzt unter seiner weißen Kochjacke, Schweißperlen krochen über seinen Körper, ein Gefühl, das er verabscheute. Er war ungeduldig mit sich selbst. Es war schön und gut, ja, sogar verständlich, dass der Stromausfall Erinnerungen weckte, die er mit Mühe zu vergessen suchte. Vielleicht funktionierte der Körper so. Aber seinen Geist musste er besser unter Kontrolle bekommen. Er würde, er konnte nicht zurückkehren zu dem Wahnsinn, den er kurz nach seiner Ankunft in diesem Land durchlebt hatte, als die Zeit ohne jeden Grund – während er Butter auf seinen Toast strich, einen Hund streichelte oder durch einen Park spazierte – plötzlich kippte und ihn zurück nach Auschwitz rutschen ließ. Oder nach Theresienstadt. Oder nach Berlin. Das würde er nicht zulassen. Er würde sich diesen Erinnerungen nicht hingeben. »Ich weigere mich«, sagte Peter in die Dunkelheit.

Wie zur Antwort kam ein Geräusch aus dem Korridor hinter ihm, wie das Miauen einer Katze. »Hallo?«, rief Peter. Das Geräusch kam noch einmal – *miauu*? Es hörte sich an, als käme es aus der Damentoilette. Jetzt fiel ihm ein, dass er dort nicht hineingeschaut hatte. Wahrscheinlich war es eine herrenlose Katze, zumindest hoffte er das. Manchmal öffnete ein Gast oder ein Angestellter das Fenster, so weit es ging – eine Handbreit –, und der Himmel wusste, was da alles durch das Gitter hereinkam. Peter traute dieser Stadt alles zu. Sein Nachbar in der East 96th hatte einmal seinen Klodeckel hochgeklappt und eine Boa constrictor entdeckt. Und einmal, als Peter morgens früh gekommen war, um Fleischbrühe und Demi-Glace zu kochen, kam ihm aus seinem Büro ein fröhliches Stinktier entgegengewatschelt.

Er hielt die Kerze hoch und ging zurück durch den Korridor. Absurderweise kam er sich dabei vor wie der

Geizhals, von dem er in seinem abendlichen Englischunterricht gelesen hatte – Ebenezer Scrooge. Ihm fehlten nur das Nachthemd und die Schlafmütze. »Hallo?«, rief er noch einmal und öffnete die Tür zur Damentoilette. »Ist hier jemand?« Er leuchtete mit der Kerze in dem kleinen rosa gekachelten Raum herum. Die Flamme flackerte – das Fenster war tatsächlich offen –, aber er brauchte ihr blakendes Licht nicht, um zu sehen, wie die Tür der zweiten Kabine sich öffnete. Heraus kam mit zerzaustem Haar und verschmiertem Make-up das Mädchen. Die junge Frau vom Tisch in der Mitte.

Peter setzte sie an die Bar, sammelte Kerzen von den Tischen ringsum und zündete sie an. Er schenkte ihnen beiden einen Drink ein, obwohl ihm sofort einfiel, dass das Mädchen nicht darum gebeten hatte. Sie schaute das Glas an, das in einem funkelnden Halbkreis aus Teelichten auf dem verzinkten Tresen stand. Der Spiegel hinter den Getränkeflaschen warf den Glanz zurück und ließ ein endloses Schimmern in der Dunkelheit verschwinden.

»Das ist nur Brandy«, sagte Peter. »Mag sein, dass ich in der Küche den Hexenmeister spiele, aber ich bin ein miserabler Barkeeper.«

»Solange es braun und stark ist«, sagte das Mädchen, »ist mir egal, was es ist.« Sie kippte den Drink umstandslos hinunter und schnaubte wie ein Pferd. Dann knallte sie das Glas auf den Tresen und klopfte mit einem weißen Fingernagel an den Rand.

»Lassen Sie's laufen«, sagte sie. Peter brauchte einen Augenblick, um die Aufforderung zu übersetzen, und gehorchte dann. Es war lange her, dass er über eine umgangssprachliche Formulierung gestolpert war. Dieser Stromausfall hatte etwas mit ihm gemacht: Hart erarbeitete Sprachkenntnisse waren abgekoppelt, unliebsame Türen in seinem Geist geöffnet worden. Hoffentlich ging das Licht bald wieder an, obwohl es in gewisser Weise keine Rolle mehr spielte. Es war beunruhigend festzustellen, wie leicht die eigene Abwehr außer Kraft gesetzt werden konnte.

Das Mädchen nahm den zweiten Brandy gesitteter zu sich. Ihr langer Hals bog sich auf eine Weise zu dem Cognacschwenker hinunter, die Peter an eine Giraffe erinnerte, die er kürzlich bei einer Spendengala im Zoo des Central Park gesehen hatte, wie sie mit zierlichen Lippen Blätter von einem Baum zupfte. Er reichte ihr sein Taschentuch.

»Was soll ich damit?«, fragte sie. Peter deutete auf sein eigenes Gesicht und lächelte. Das Mädchen drehte sich auf dem Hocker herum und schaute in den Spiegel.

»Oh Gott.« Sie tauchte Peters Taschentuch in ihren Brandy und wischte sich das verschmierte Make-up von den Wangen. Fragend sah sie ihn an, und er nickte.

»Da ist Ihnen eine Stelle entgangen, genau da.« Fast hätte er ihre Schläfe berührt – fast, aber nicht ganz.

Das Mädchen beugte sich vor und kümmerte sich um die Stelle. »Danke«, sagte sie und wollte Peter sein Taschentuch zurückgeben. Er schüttelte den Kopf, und ihr Hals über dem weißen Pelzkragen errötete fleckig, vielleicht aus Verlegenheit, vielleicht wegen der Wärme der Kerzen, vielleicht wegen beidem.

»Oh, natürlich möchten Sie es so nicht zurückhaben«, sagte sie. »Ich lasse es reinigen und Ihnen schicken.«

»Nicht nötig«, sagte Peter. Sie könnten es selbst zurückbringen, wollte er hinzufügen, als das Mädchen einen Stoßseufzer tat und sich mit den Fingern durch das sehr kurze blonde Haar fuhr. Ohne das modische starke

Make-up sah sie aus wie ein Kind mit ihren blassen Wimpern und den außergewöhnlich hohen, von hellen Sommersprossen bedeckten Wangenknochen. Peter fand sie in diesem Zustand noch hinreißender.

»Sie müssen mich für ein schreckliches Baby halten«, sagte sie.

»Wohl kaum«, sagte er. »Obwohl Sie ziemlich jung aussehen.«

Ein Lächeln verlieh ihrem Gesicht eine Süße, die Peter an lauter amerikanische Dinge erinnerte: gezuckerte Frühstücksflocken, Crest-Zahnpasta, Weichspüler und Milch.

»Kommen Sie«, sagte sie, »ich bin fünfundzwanzig. Praktisch eine alte Jungfer.«

»Ein Säugling«, sagte Peter. »Wenn Sie noch lange aufbleiben, werde ich Ihr Kindermädchen rufen müssen.«

Jetzt lachte sie und trank ihm zu. »Cin cin.«

»Prost«, erwiderte Peter automatisch. Er zog den Kopf zwischen die Schultern und trank seinen Brandy aus.

Das Mädchen betrachtete ihn neugierig über den Rand ihres Glases. »Entschuldigen Sie die Hysterie auf der Damentoilette.«

»Ich wüsste nicht, warum«, sagte Peter. »Wenn man weinen muss, scheint mir die Damentoilette der ideale Ort dafür zu sein.«

»Sie sollen mich aber nicht für eine Heulsuse halten.«

»Natürlich nicht«, sagte Peter. »Bestimmt sind Sie normalerweise hart wie Stein.«

»Bin ich auch.« Sie nickte, trank ihr Glas leer und schob es Peter herüber, der ihr pflichtbewusst nachschenkte. »Es war nur ein schrecklicher Abend.«

»Der ... befreundete Gentleman?« Peter hoffte zu hören, es sei ein Cousin oder ein Onkel gewesen.

»Nein, der war's nicht.« Während Peter versuchte, dem Gefühl der Ernüchterung auf den Grund zu gehen, fügte sie hinzu: »Der war ein Ekel, aber eins von der Wald-und-Wiesen-Sorte. Wissen Sie, der Typ, der sich einbildet, nur weil er eine Frau auf ein paar Drinks einlädt, müsste sie ihn mit ins Bett nehmen. Ich hätte mich gar nicht mit ihm abgegeben – es war ein Blind Date –, aber meine Freundin Dominique meinte, er sei irgendein wichtiger Produzent bei CBS mit Kontakten nach Hollywood. Wie sich herausstellte, war er nur ein mieser Autor.« Sie rümpfte die Nase.

»Tut mir leid, das zu hören«, sagte Peter würdevoll. Er hätte gern gelacht.

»Na ja, ungefähr bei Drink Nummer drei fing er an, sich an mich heranzumachen – er war sehr geschmeidig, der alte Allen oder Alfred oder wie er hieß. Erst hat er gegähnt und sich gestreckt und einen Arm um meine Schultern gelegt, um mich zu betatschen. Und ehe ich michs versah, hat er sein Feuerzeug fallen lassen und unter dem Tisch danach getastet – und unter meinem Rock. Ich schwöre, er hat mit seiner Hand raufgegrapscht, als wäre da ein Zigarettenautomat.«

»Du lieber Gott«, sagte Peter. »Wenn ich das gewusst hätte, wäre ich eingeschritten!«

»Wirklich?« Das Mädchen warf ihm einen Seitenblick zu, ihre erste kokette Geste an diesem Abend, dachte Peter. »Was hätten Sie denn getan?«

»Da hinten sind jede Menge Beile.« Peter zeigte zur Küche. Sie lachte. »Wenn Ihnen eine weniger dramatische Lösung lieber gewesen wäre, hätte ich den Strolch auch einfach rauswerfen können.«

Das Mädchen lächelte. »Das glaube ich Ihnen. Sie sehen aus wie ein perfekter Gentleman.«

»Leider ja«, sagte Peter. »Dann haben Sie also wegen dieses Strolchs geweint, Albert oder Alfred? Das würde ich aber kaum als hart wie Stein bezeichnen.«

»Oh Gott, nein«, sagte sie. »Nicht seinetwegen. Ich habe getan, was ich mit solchen Ekeltypen immer tue: Ich habe gesagt, ich gehe zur Toilette, und dann bin ich so lange dageblieben, dass er irgendwann gegangen ist. Nur hatte ich offenbar einen Highball zu viel getrunken, denn ich bin eingeschlafen. Wissen Sie, Sie könnten da mal ein Sofa oder so etwas reinstellen.«

»Ich werde es mir überlegen.«

»Und als ich aufgewacht bin«, sagte sie, »waren alle weg, und es war dunkel. Sozusagen stockfinster. Ich wusste nicht, wo die Tür war, ich konnte die Hand nicht vor den Augen sehen. Ich hatte mein Feuerzeug fallen lassen und konnte es nicht finden, und da war ich einfach ...« Ihr Achselzucken verwandelte sich in einen Schauder. »Uuuh, die Dunkelheit«, sagte sie. »Ich habe sie schon als Kind gehasst. Meine Mom hat mich mal in einem Knollenkeller eingesperrt und vergessen. Hinterher hat sie behauptet, es sei nur zu meinem eigenen Besten, ein schlimmes Unwetter sei im Anzug gewesen, und es habe gar nicht so lange gedauert, wie ich dachte. Aber ich weiß, dass sie mich nur vergessen hatte. Und ich saß stundenlang in völliger Dunkelheit. Stundenlang.« Sie rieb sich die Arme, die wie ihre Beine fast übernatürlich lang und weiß waren. »Im Dunkeln kriege ich immer noch Anfälle.«

»Ich verstehe, was Sie meinen«, sagte Peter.

»Wirklich?«

»Ja.«

Das Mädchen musterte ihn mit großen silberblauen Augen. »Ich glaube Ihnen.«

»Aber eins ist mir nicht klar«, sagte Peter. »Was ist ein Knollenkeller?«

»Was?«, fragte sie und lachte dann. »Ach so. Ja, ein Rübenkeller. Dort, wo ich herkomme, sagt man ›Knollen‹ zu jeder Art von Wurzelgemüse.«

»Und wo ist das? Wo ist das Land, in dem Mütter ihre kleinen Töchter in den Keller sperren?«

»In Minnesota«, sagte das Mädchen. »Land der tausend Seen.«

»Und der Knollenkeller«, sagte Peter und sprach das fremde Wort mit besonderer Betonung. Er glaube jetzt zu wissen, was sie meinte; die Köchin seiner Familie, Hilde, hatte ein ähnliches Lager auf dem Gut in Charlottenburg gehabt, wo Peter aufgewachsen war, einen feuchtkalten unterirdischen Raum, an dessen Wänden sich Hunderte Gläser Rotkohl stapelten, Spargel mit Dill sowie Gurken. Jahrzehntealte Einmachgläser waren in einer einzigen Bombennacht zerschmettert worden, aber sie waren der Grund, weshalb Peter für Masha's immer noch selbst einkochte.

Das Mädchen hielt ihm das leere Cognacglas entgegen, und Peter schenkte ihnen beiden noch einmal ein. »Auf die Rettung vor der Dunkelheit«, sagte er, und sie stießen miteinander an.

»Woher kommen Sie?«, fragte sie. »Nicht aus der Bronx, schätze ich.«

»Ich komme aus alter Zeit und weiter Ferne«, sagte Peter. Das Mädchen sah ihn mit hochgezogener Braue an. Er seufzte. »Aus Europa«, sagte er.

»Aber nicht aus Frankreich. Sind Sie aus…«

»Aus Deutschland.«

Das Mädchen richtete sich ein wenig höher auf. »Vor oder nach dem Krieg?«

»Nach dem Krieg. Kurz danach.«

»Dachte ich mir. Ihr Akzent…«

»Und ich dachte, ich hätte ihn mir so gründlich abgewöhnt.«

»Oh, das haben Sie auch«, sagte sie. »Er ist kaum zu hören. Aber es hat auch etwas mit Ihrer Haltung zu tun. Sie ist ein bisschen förmlicher.«

»Wie ein Oberkellner?«, fragte Peter.

»Wie der Mann in diesem Film«, sagte sie. »Sie wissen schon…« Sie überlegte und schnippte dabei mit den Fingern. »Der Mann mit den ganzen Kindern und der Pfeife? Sie müssen doch wissen, was ich meine.«

Peter schüttelte den Kopf.

»Ich glaube, ich habe mehr getrunken, als ich dachte«, sagte sie. »Egal. Sind Sie jemals… noch mal drüben gewesen? Vermissen Sie es?«

Nur eine Amerikanerin, dachte Peter, und zwar nur eine junge Amerikanerin konnte eine solche Frage stellen. Ob er Deutschland vermisste? Hatte es in ihrer amerikanischen Schule keinen Geschichtsunterricht gegeben?

»Ich bin nicht wieder zurückgekehrt«, sagte er vorsichtig und fragte dann: »Und Sie? Vermissen Sie das Leben in Ihrem Land der Seen?«

Zu seiner Verwunderung begann das Kinn des Mädchens zu zittern, und dann fing es an zu weinen. Sie streckte einen ihrer langen Arme auf die Theke, ließ den Kopf darauf sinken und schluchzte.

»Nein«, weinte sie. »Überhaupt nicht. Ü-ber-haupt nicht! Ich bin da weggegangen, sobald ich konnte, damit ich nicht wurde wie alle anderen Frauen dort. Die heiraten alle gleich nach der Highschool, wenn sie sie überhaupt zu Ende bringen, und in meinem Alter werden sie dick und haben Dauerwellen und sechs Kinder! Ich habe mich mein Leben lang bemüht, das zu vermeiden!«

Also all deine gut zwanzig Jahre, dachte Peter. Der Rücken des Mädchens zuckte. Sie war so schlank, dass er ihre Wirbel unter dem filigranen Silberbrokat ihres Kleides sehen konnte. Ihre Knabenfrisur endete im Nacken in einem kleinen elfenhaften Komma. Er streckte die Hand aus, um sie zu trösten, ließ es dann aber bleiben.

»Aber jetzt sind Sie hier«, sagte er ruhig. »In Sicherheit und weit weg in New York.«

Sie wandte ihm das Gesicht halb zu. Ihre Wangen und Augen waren geschwollen und tränennass. »Aber das ist es ja«, schluchzte sie. »Ich bin nicht in Sicherheit. Jetzt, wo Twiggy hier ist…« Wieder flossen die Tränen. »Deshalb musste ich mir die Haare so schneiden lassen.« Sie riss an einer Strähne. »Damit ich mit der British Invasion konkurrieren kann. Es genügt nicht mehr, hübsch zu sein oder immer früh bei den Aufnahmen zu erscheinen oder neunundneunzig Pfund mit Schuhen zu wiegen – man muss auch noch exotisch sein. Das ist der neue Look! Und das kann ich nicht! Das bin ich nicht! Ich kann nicht konkurrieren mit der furchterregenden Peggy Moffitt oder schönen Negerinnen wie Donyale Luna. Mir sind diese Woche drei Termine abgesagt worden. Bald wird man mich nach Hause schicken und einen Farmer heiraten lassen!« Sie hörte nicht auf zu weinen.

Peter wartete, und schließlich legte er ihr doch die flache Hand auf den Rücken. Er spürte ihre lebendige Wärme und auch die knöchernen Wirbel. Sie war so dünn. Zwei Dinge gingen ihm durch den Kopf. Zum einen war es Ärger darüber, dass eine Frau sich absichtlich dermaßen aushungern konnte, und sei es auch nur um der Karriere willen. Und gegen seinen Willen musste er an andere Frauen mit ebenso kurzen, allerdings weniger kunstvoll geschnittenen Haaren und genauso spitz vorstehenden Knochen denken. Eine, mit der Peter im Lager für Displaced Persons in Bremerhaven gewesen war, war an einem Schokoriegel gestorben, den ein wohlmeinender amerikanischer Soldat ihr zu früh gegeben hatte. Am liebsten hätte er dieses Mädchen geschüttelt, sie daran erinnert, was wirklich wichtig war, und sie mit Crème brûlée, Foie gras und Brie *en croute* gefüttert... Aber zugleich bewunderte er sie auch für die Zähigkeit, mit der sie in so jugendlichem Alter ihr Zuhause verlassen hatte und in eine derart harte Stadt gegangen war, in der sie niemanden kannte, um dort ihr Glück zu machen. Anders als Peter hatte sie es aus freien Stücken getan, nicht gezwungenermaßen. Es war lange her, dass Peter eine Frau berührt hatte, abgesehen von den Ellenbogenrempeleien in der Küche oder der schnellen Paarung mit einer Fremden, nicht bedeutsamer als ein Niesen und genauso unvermeidlich, aber zugleich war es eine Ewigkeit her, dass er einer Frau begegnet war, deren Ehrgeiz sich nicht darin erschöpfte, einen gut aussehenden und wohlhabenden Ehemann zu ergattern.

*Eines Tages werde ich die erste weibliche Chefköchin in Berlin sein, in meinem eigenen Restaurant*, sagte eine Stimme in seinem Kopf. *Oh Petel, glaubst du, das ist möglich?*

Peter nahm die Hand vom Rücken des Mädchens. Seine Handfläche war ein wenig feucht.

»Jetzt hören Sie mal zu«, sagte er. »Ich habe diese Twiggy kennengelernt, und sie ist eine Eintagsfliege, glauben Sie mir. Sie wird höchstens ein paar Monate überstehen.«

Das Mädchen drehte das Gesicht zur Seite und klimperte mit den Lidern. »Ach, Sie meinen eine Eintagsfliege.«

»Ja, ganz recht. Sie passt zu einem Trend, während Sie – Ihr Aussehen ist zeitlos.«

»Sie sind so lieb«, sagte das Mädchen automatisch. Langsam richtete sie sich auf und wischte sich mit den Handballen die Augen. »Sie haben Twiggy wirklich kennengelernt? W-wo denn?« Sie bekam einen Schluckauf.

»Na, hier natürlich. Sie und ihre Freunde fallen wie ein Schwarm Heuschrecken im Masha's ein, bestellen alles, was auf der Karte steht, und essen nichts davon. Eine kolossale Verschwendung von Lebensmitteln. Und das auch noch kurz vor Schluss.«

Das Mädchen lachte. »Natürlich wird sie nichts essen. Sie d-darf nicht«, gluckste sie. »Berufsr-risiko.«

»Sie ist ziemlich halbseiden«, sagte Peter entschieden. »Sie haben nichts von ihr zu befürchten.« Er hob die Hand. »Sprechen Sie mal einen Moment lang nicht. Sitzen Sie still.«

Er ließ hinter der Theke ein Glas Wasser volllaufen, schüttelte eine Serviette aus und deckte sie darüber wie ein Zauberer bei einem Trick. Er schob es zu ihr hinüber. »Trinken Sie es aus«, sagte er. »Ganz aus. Durch den Stoff.«

»W…«

»Bitte«, sagte er. Das Mädchen trank und beobachtete ihn dabei über das Glas hinweg. Ihr langer schöner Hals bewegte sich über dem Pelzkragen. Als sie fertig war, applaudierte Peter.

»Da, sehen Sie?«, sagte er.

»Nein…«, sagte sie und hob eine Hand an die Kehle »Oh doch! Er ist weg. Der Schluckauf. Woher wussten Sie, wie das geht?«

»Meine ... jemand, den ich vor langer Zeit kannte, hat es mir beigebracht.«

»Na, wer immer es war, ich lasse herzlich danken«, sagte das Mädchen. »Ein guter Trick.« Sie sah auf die Uhr und rutschte vom Hocker herunter. »Schon so spät«, sagte sie. »Ich habe um acht einen Termin. Ich muss wirklich gehen.«

Sie war fast an der Tür, bevor Peter, verblüfft über ihren abrupten Abgang, sich wieder gefasst hatte und sie einholen konnte.

»Warten Sie«, sagte er. »Sie können nicht gehen.«

Sie schaute ihn misstrauisch an. Peter war fast eins achtzig groß, aber ihre Augen waren trotzdem ungefähr in gleicher Höhe. »Und warum nicht?«

»Ihre Jacke«, sagte er.

Sie lachte. »Oh. Stimmt.«

Peter holte ihre Jacke, die einzige, die noch an der Garderobe hing – einen Flickenteppich aus blondem Pelz, der aussah wie ein zusammengenähter Wurf Zwergspitze. Er stand hinter ihr, als sie die Arme hineinschob. Das Kleidungsstück war länger als ihr Minirock, und als sie es zugeknöpft hatte, sah es aus, als hätte sie nichts als die Jacke und ihre hohen Stiefel an. Die Illusion war betörend, und er konnte den Blick nicht abwenden. Das Mädchen stand an der Tür und wartete.

Peter suchte in seiner Tasche nach dem Taschentuch, aber das Mädchen hatte es auf dem Tresen liegen lassen. Er langte an ihr vorbei, um die Tür aufzuschließen. Sie roch nach Zigaretten und Chanel No. 5, und darunter lag noch etwas wie frische gesalzene Butter. Ihre sorgfältig abgezirkelten Koteletten endeten vor jedem Ohr in einer feinen Spitze.

»Ich glaube, ich kann Sie nicht gehen lassen«, sagte er.

»Wie bitte?«

»Nicht allein«, machte Peter klar. »Ich möchte Sie nicht beunruhigen, aber die Nachrichten vorhin waren voller Warnungen. Plünderungen, möglicherweise auch Überfälle. Bei dem Stromausfall sind Sie allein nicht sicher da draußen.«

»Ich komme schon zurecht.«

»Ich bestehe darauf.«

Sie drehte sich vollends um, und Peter spürte ihren Atem auf seinem Gesicht, warm und nach Brandy duftend. »Sie versuchen doch wohl nicht, sich an ein Mädchen heranzumachen, oder?«

»Selbstverständlich nicht«, sagte Peter. »Vielleicht ein bisschen.«

Sie lächelte und zog die Nase kraus.

»Dann warte ich«, sagte sie.

Wohlerzogen stand sie da, während Peter die Kerzen auslöschte, seinen Mantel und den Schlüsselbund holte. Er würde morgen früh zurückkommen und das Durcheinander auf dem Tresen wegräumen. Er nahm ihren pelzumhüllten Arm, und zusammen traten sie hinaus auf den Gehweg. Überrascht erkannte Peter, dass er sie ohne künstliches Licht sehen konnte; zwar war jedes Geschäft, jedes Schaufenster an der Second Avenue so dunkel wie Masha's, aber über der dunklen Stadt schwebte der Vollmond, ein dickes weißes Ding wie eine Requisite aus einem Broadway-Musical.

Peter zog das Eisengitter vor der Tür herunter und verschloss es. »Also, wie bekommen wir Sie nach Hause?«

»Ich nehme ein Taxi.«

»Ich glaube nicht«, sagte Peter. Je länger sie draußen standen, desto seltsamer wirkte die Nacht. Es waren keine Autos auf der Straße zu sehen, kein Taxi, kein Bus, kein Fahrrad, kein Bettler. Das einzig Lebendige war eine Gruppe Fußgänger, die eilig und mit Kerzen in den Händen wie eine Schar Pilger nach Norden wanderten. Die Novemberluft roch schwach nach kaltem U-Bahn-Ruß, und aus Harlem wehte ein leichter Brandgeruch heran.

»Ich begleite Sie«, bot Peter an.

Das Mädchen lachte. »Seien Sie nicht albern. Ich wohne ganz unten im Village.«

»Trotzdem.«

»Ausgeschlossen«, sagte sie. »Das kann ich nicht zulassen.«

»Dann bringe ich Sie zum St. Regis Hotel. Da werden Taxen stehen.«

»Also gut«, sagte sie. »Oder wie wär's mit dem Plaza? Da kann ich eine Pferdekutsche nehmen.«

»Das soll ein Wort sein«, sagte Peter.

Wieder bot er ihr seinen Arm an, aber in dem Augenblick kam ein Taxi um die Ecke, ein Checker-Taxi, dunkel wie alles andere in der Stadt. Das Mädchen sprang trotzdem auf die Straße und ruderte mit den Armen. Die Bewegung ließ Rock und Jacke hochrutschen. Strumpfbänder kamen zum Vorschein, und ein Höschen blitzte auf, das lavendelfarben zu sein schien. Das Taxi stoppte mit quietschenden Reifen.

Peter hielt ihr die Tür auf. Sie schob sich hinein und schaute lächelnd zu ihm auf. »Nochmals danke für alles.«

»Wie heißen Sie?«, fragte er.

»June. June Bouquet.«

»Ach, hören Sie auf«, sagte der Taxifahrer aus den Tiefen des Vordersitzes.

»Was denn?«, fragte June Bouquet entrüstet. »Es stimmt! Dort, wo ich herkomme, spricht man es ›Bucket‹ aus.«

»Es passt zu Ihnen«, sagte Peter. »June Bouquet. Hübsch wie ein Frühlingsstrauß.«

Er klopfte auf das Dach des Taxis, und der Wagen fuhr davon. Peter blieb stehen und sah ihm nach, bis er um die Ecke bog und verschwand. Gleich mehrere Seltsamkeiten gingen ihm durch den Kopf: die Stille, die schwarzen Gebäude, die schweigend dastanden wie die Ruinen nach einem Luftangriff, das Fehlen von Straßenbeleuchtung, Farben, Menschen und Lärm, der riesige Vollmond. June selbst, ein Bouquet der Widersprüche. Charmant und zauberhaft, dreist und ängstlich, jung und ehrgeizig, ein Mannequin, das trinken konnte wie ein Matrose. Konnte das wirklich ihr Name sein? Hatte sie ihn angeflunkert? War es ein Künstlername? Egal. Das Seltsamste an diesem Abend war die Tatsache, dass er zum ersten Mal seit langer Zeit, viel länger, als er sich freiwillig erinnern wollte, bereute, dass er jemanden hatte gehen lassen.

# 2

# CARNEGIE HALL

Am Samstagabend, als die Stadt zu ihrer gewohnten glitzernden Betriebsamkeit zurückgefunden hatte, stand Peter vor einer Pflichtübung: Er sollte sich mit seinem Cousin Sol und seiner Frau Ruth zu einem Konzert in der Carnegie Hall treffen. Er hatte Sol immer wieder erklärt, dass der Samstagabend für das Restaurant die wichtigste Zeit mit dem meisten Betrieb war, aber Sol war nicht nur ein Förderer der Carnegie Hall als Mitglied im Gold Circle, er war auch Peters Förderer, der einzige Investor bei Masha's und Peters Partner. Also übernahm Peter die erste Abendschicht und verschwand dann in seinem Büro. Als er wieder herauskam, trug er sein Pinguinkostüm, wie Lena es nannte. »Wollen Sie in den Zoo?«, schrie sie durch das Brutzeln der Spezialität des Abends, der gebratenen Flunder, als Peter sich unbemerkt zur Hintertür hinausschleichen wollte. »Was für Kostüme haben Sie sonst noch in ihrem Büro? Einen Clownsanzug? Eine Pilotenuniform?« Peter winkte kurz, während seine Angestellten anerkennend johlten und pfiffen. Sie hatten jedes Mal einen Riesenspaß, wenn sie ihn beim Übergang zur anderen Seite dessen erwischten, was sie sein Doppelleben nannten.

Peter verspätete sich nur wenig, vor dem Eingang wimmelte es noch immer von Menschen. Die Leute rauchten, schlenderten in Richtung der Türen und begrüßten einander, wobei ihr Atem dampfte von Rauch und Novemberkälte. In Sols Fall lag es an einer kubanischen Zigarre. »Wieso hast du so lange gebraucht?«, fragte er, als Peter aus dem Taxi kletterte.

»Zu wenig Taxen«, sagte Peter. »Der Samstagabendverkehr.«

»Pfff«, sagte Sol. »Du musst aggressiver sein.« Er stapfte davon, um seine Zigarre in der Gosse auszutreten.

»Bubbie!«, rief Sols Frau Ruth. »Lass dich mal ansehen!« Sie umfasste Peters Arme mit ihren überraschend kräftigen Händen und spreizte sie auseinander, um Peter zu inspizieren, als hätte sie ihn zuletzt vor Jahrzehnten gesehen, nicht am vergangenen Wochenende.

»Tja«, sagte sie, »so hübsch wie immer. Mein Peter, der Filmstar.« Sie winkte Peter zu sich herunter, damit sie ihm einen Kuss geben konnte. Ruth war eine wahre Rechenaufgabe: Schon von Anfang an weniger als einen Meter fünfzig groß, hatte sie durch eine früh einsetzende Osteoporose knapp drei Zentimeter verloren, aber ihr zu einem standfesten Kastaniensoufflé auftoupiertes Haar machte den Verlust mehr als wett. Sie drückte Peter einen herzhaften Schmatzer auf die Wange und leckte dann ihren Daumen ab, um damit den Fleck wegzuwischen, den sie hinterlassen hatte. »Jetzt habe ich dich schmutzig gemacht«, sagte sie. »Sieh doch, wer bei uns ist. Art und Sylvia.«

»Hallo, Arthur«, sagte Peter. Auch Sols Partner Arthur Rabinowitz – »Choppers« wurde der Mann genannt, wegen seiner sehr großen, sehr weißen künstlichen Zähne, vermutete Peter – und seine Frau Sylvia sah er mindestens zweimal im Monat.

»Wie geht's denn, Kleiner?«, dröhnte Choppers und

streckte ihm seine leberfleckige Hand zum Händedruck entgegen. Es fühlte sich ein bisschen an, als ergriffe man einen großen schmiegsamen Baseballhandschuh. In Peters erstem Jahr in Amerika, als er bei Sol und Ruth wohnte, hatte Choppers entschieden, dass Peter taub sei und nicht etwa eine neue Sprache lernen musste. Die nachfolgenden Jahrzehnte schienen an diesem Eindruck nichts geändert zu haben.

»Wie lebt es sich mit der Schürze?«, brüllte Choppers und lachte herzlich über seinen eigenen Witz. Choppers gehörte – genau wie Sol und früher auch Peters Vater Avram – zu der Sorte Mann, die Kochen für Frauenarbeit hielten, was ihn aber nicht daran hinderte, zusammen mit Sol im Masha's zu erscheinen und dort kostenlos zu essen. »Wie läuft das Geschäft?«, fragte er. »Klaust du Rezepte von dieser französischen Mieze?«

»*Hör auf*, Art«, schnurrte Sylvia. »Du macht ihn *verlegen*.« Aber Peter antwortete in einer tadellosen Julia-Childs-Imitation mit Falsettstimme: »Man muss einfach furchtbar viel Rum nehmen!« Alle lachten.

»Wer hätte *gedacht*, dass du *komisch* sein kannst«, sagte Sylvia zu Peter. Sie war vom Kopf bis zur Wade in Pelz gehüllt; unter anderem trug sie einen Fuchsmantel und einen dazu passenden Turban, auf dem dicht über ihrem linken Ohr immer noch der kleine zähnefletschende Kopf des Tieres saß. Sie nahm eine Zigarette aus ihrer krokodilledernen Handtasche, drehte sie in eine goldene Zigarettenspitze und wartete darauf, dass Peter ihr Feuer gab. »*Danke*, mein lieber Junge«, sagte sie und blies den Rauch von sich. »Wo *hast* du dich denn vor Sylvia *versteckt*?« In deinem *Bistro*, nehme ich an.« Sie schob die granatapfelroten Lippen vor und machte schmale Augen. »*Sehr* unartig. Ich glaube, man muss dir den *Hintern* versohlen.«

»Und schau, wer noch da ist!« Strahlend drängte Ruth sich zwischen Peter und Sylvia und zog eine junge Dame in einem cremefarbenen Cape und dazu passendem Pillbox-Hut heran. »Peter, das ist Art und Sylvias Nichte, Rebecca Dannett.«

Noch eine Nichte?, dachte Peter und drückte Miss Rebeccas behandschuhte Hand. Entweder waren die Geschwister Rabinowitz äußerst fruchtbar, oder sie mussten beim Erfinden ihrer Tarngeschichten kreativer werden. Alle paar Monate präsentierten sie Peter mit Ruths begeisterter Unterstützung eine neue Nichte.

»Sehr erfreut«, sagte er.

»Guten Abend«, antwortete Miss Rebecca. Zumindest nahm Peter an, dass es ihre Antwort war. Jedenfalls bewegten sich ihre Lippen. Sie hatte eine verblüffende Ähnlichkeit mit der Witwe des ermordeten Präsidenten, Jacqueline Kennedy, was Kleidung, Gesichtszüge und Haarfarbe anging, aber wenn sie den Mund aufmachte, erinnerte sie mehr an Miss Monroe. Peter musste sich vorbeugen, um ihr gehauchtes Murmeln zu hören.

»Wie bitte?« Er legte die gewölbte Hand hinter sein Ohr.

»Ich sagte, Sie sehen aus wie Christopher Plummer, der Schauspieler«, flüsterte Miss Rebecca und schaute unter stachligen Wimpern zu Peter auf. »Ich hoffe, Sie finden es nicht schrecklich naseweis, wenn ich das sage.«

»Ganz und gar nicht«, antwortete Peter. Tatsächlich war seit der Erstaufführung des Films *The Sound of Music* in diesem Herbst nicht ein einziger Tag vergangen, an dem er diesen Vergleich nicht gehört hatte. Vielleicht war das der Kerl in dem Film, den June Bouquet während des Stromausfalls erwähnt hatte. *Der Mann mit den ganzen Kindern und der Pfeife.*

»Er sieht *wirklich* so aus, nicht wahr?«, sagte Sylvia. Sie packte Peters rechten Arm, und er spürte ihre Fingernägel durch den Mantelärmel. »Wie aus dem Gesicht geschnitten. Vielleicht sollte man ihm eine *Hauptmannsuniform* anziehen.« Sie erschauerte dramatisch.

»Vielleicht sollten wir jetzt hineingehen.« Ruth ließ Peters Arm los und schob ihn zu Miss Rebecca hinüber, der er seinen Arm anbot. Miss Rebecca legte ihren ziegenledernen Handschuh leicht in Peters Ellenbeuge, und so bewegte sich das Trio auf sechs Beinen langsam zum Eingang, Sylvia auf der einen Seite, ihre angebliche Nichte auf der anderen. Sol, Ruth und Choppers folgten ihnen.

»Wie bitte?«, fragte Peter. Miss Rebecca hatte wieder etwas gemurmelt.

»Ich habe gefragt, ob Sie ihn gesehen haben«, hauchte sie, als sie im Foyer waren. »Den Film. *The Sound of Music*.«

»Ah. Nein, ich kenne ihn nicht.« Alle hatten ihm gesagt, er müsse ihn sehen. Wahrscheinlich sollte er es auch tun. Aber er hatte nicht die Absicht.

»Sie *müssen* ihn sehen«, flüsterte Miss Rebecca. »Es ist ein wirklich magisches Erlebnis. Sehr inspirierend.«

»Das habe ich schon gehört«, sagte Peter und nahm ihr das Cape ab, während sie vor der Garderobe warteten.

»Man sagt, es beruht auf einer wahren Geschichte«, murmelte Miss Rebecca und richtete den Blick ihrer mandelförmigen Augen vollends auf ihn. Sie legte eine Hand auf ihren Busen, der, wie Peter zugeben musste, unter dem entzückenden rosaroten Abendkleid beeindruckend aussah – zwei wohlgeformte Berge Erdbeer-Pavlova. Aus irgendeinem Grund musste er dabei wieder an June Bouquet denken, obwohl die kein nennenswertes Dekolleté zu bieten hatte.

Miss Rebecca legte den Kopf schief und zog die Nadel aus dem Hut. Dabei warf sie Peter einen Seitenblick zu. »Über die Berge vor den Nazis zu flüchten – so viel Mut kann ich mir gar nicht vorstellen! Aber *Sie* können das natürlich.«

»Sie sind sehr freundlich«, sagte Peter. Er reichte seinen und Miss Rebeccas Mantel durch das Garderobenfenster und steckte die Marke in die Tasche. Gern hätte er an seinem Kragen gezerrt; es war sehr warm im Foyer, voller Rauch und Parfüm und Körperwärme. Zum Teufel mit Ruth!, dachte er, aber er war nicht besonders wütend: Miss Rebecca hätte von seinem Leben in Nazi-Deutschland und dem tragischen Verlust seiner Frau auch aus seinem Porträt in der *New York Times* statt von Ruth erfahren haben können. Andererseits war Ruth dafür ebenfalls verantwortlich: Sie hatte die Geschichte bei einer Wohltätigkeitsveranstaltung einer neuen Freundin erzählt, die sich als die Klatschkolumnistin Liz Sutton entpuppte, deren Story wiederum das Interesse des Restaurantkritikers Mr. Craig Clayborne geweckt hatte, der daraufhin ins Masha's essen gekommen war. »Ich und meine große Klappe«, hatte Ruth gesagt. »Ich habe mir nichts dabei gedacht! Wer konnte denn ahnen, dass dieses nette Mädel bei der Zeitung arbeitet?« Peter war wütend über diese Komplettvermarktung seiner Vergangenheit gewesen, aber in gewisser Weise musste er Ruth vermutlich dankbar dafür sein. Mr. Clabornes Porträt hatte eine Kritik sowie Peters Rezepte für *Ochsenbrust Wellington* und *Zimmes* enthalten. Sein Urteil war gut ausgefallen, und Masha's hatte seitdem immer reichlich Reservierungen.

Die Beleuchtung wurde dreimal verdunkelt. »Na los, Leute, bewegt euch hier«, befahl Sol ungeduldig und drängte sich zwischen den anderen Konzertbesuchern hindurch, die auf den Saal zutrieben wie ein Schwarm Fische. Sol war in jeder Hinsicht ein Faustkämpfer, von der gedrungenen Boxergestalt bis hin zu seinen Manieren. Er hatte so viel Ähnlichkeit mit Peters Vater, dass sie Brüder anstelle von Cousins hätten sein können, was Peter je nach Laune entweder als irritierend oder tröstlich empfand. »Bewegt euch«, wiederholte Sol. Als er an Peter vorbeikam, sagte er: »Ich habe nächsten Monat eine Spendengala, für die ich Catering brauche. Die Jungen Zionisten.«

»Gut«, sagte Peter. Er hatte schon lange keine Lust mehr zu erklären, wie sich das kostenlose Catering für Veranstaltungen auf die Bilanz des Restaurants auswirkte. Sol sagte immer nur, Peter solle aufhören zu meckern und die Einkaufskosten senken. Peter hörte nicht auf ihn, und die Vereinbarung, die niemandem passte, blieb unangetastet.

»Mein Mädel wird dich anrufen und die Einzelheiten durchgeben«, sagte Sol, während sie der Platzanweiserin zu ihrer Reihe folgten.

»Ihr zwei jungen Leute sitzt nebeneinander«, sagte Ruth. »Ich bestehe darauf.« Lächelnd schaute sie Peter und Miss Rebecca an. Ruth trug einen ihrer üblichen Kaftane. Dieser war aus bodenlangem Silberlamé, bedeckt von zahllosen Schichten polierter Steinperlen. Peter ließ Miss Rebecca den Vortritt. Sie schob sich in die Reihe, und er blieb stehen, bis die Damen sich gesetzt hatten. Die Plätze waren ausgezeichnet wie immer: fünfte Reihe Mitte. Peter schaute sich müßig um, während das Publikum sich hustend und plaudernd niederließ, und sah in der ersten Reihe eine junge blonde Frau mit kurz geschnittenem Haar. Ihr weißes Etuikleid ließ den langen blassen Hals und die hellen Schultern frei. Peter reckte den Hals, obwohl er vermutete, dass June Bouquet sich in diesem Saal wahrscheinlich eher den Folksänger Bob Dylan und nicht Swjatoslaw Richter anhören würde.

Miss Rebecca berührte seinen Ärmel und sagte etwas. Peter ließ sich widerstrebend zurücksinken. »Wie bitte?«, fragte er

»Ich habe gefragt, ob Sie Mr. Richter schon einmal gesehen haben. Er ist ein absolutes Genie.«

»Ja, allerdings«, sagte Peter. »Wir hatten das Privileg, Mr. Richter bei seinem Amerika-Debüt im Mai hier zu erleben.«

Miss Rebecca sah ihn an und lächelte. Eigentlich war sie sehr hübsch. Mit ihrem erdbeerfondantfarbenen Abendkleid und den strahlend weißen Zähnen sah sie aus wie ein menschliches Petit four. »Ich bin so neidisch«, flüsterte sie. »Ich wünschte, ich hätte dabei sein können. Ich höre nicht halb so viel klassische Musik, wie ich möchte. Es ist so schwer, kultivierte Männer zu finden, die genauso viel Freude daran haben wie ich.«

Sylvia beugte sich über Ruth hinweg und klopfte Peter mit ihrem Programm auf das Knie. »Ich habe gehört, Richters Hände reichen über *anderthalb* Oktaven«, sagte sie.

»Ich wette, das ist praktisch«, sagte Choppers und lachte dröhnend. »Besonders bei den Damen.«

»Ich habe gehört, er sei eine Schwuchtel«, sagte Sol.

»Ssch«, machte jemand hinter ihnen, und jemand anders sagte: »Also wirklich!« Dann erlosch das Licht, und Miss Rebecca lächelte Peter an. Ihre Zähne schimmerten im Dunkeln, und das Publikum applaudierte begeistert, als der Pianist von links aus der Kulisse kam und routinierten Schrittes zu seinem Steinway in der Mitte der Bühne ging.

Kaum hatte Richter angefangen zu spielen, wusste Peter, dass etwas nicht stimmte. Anfangs dachte er, es liege an dem Pianisten. Peter wusste zwar, dass Richter Russe war und im Krieg ebenfalls ungeheure Verluste erlitten hatte, doch die sehr kargen Flächen in Richters Gesicht, dessen schädelartige Anmutung durch das Scheinwerferlicht noch verstärkt wurde, erinnerten Peter an einen SS-Oberscharführer namens Stultz ... Aber nicht nur der Maestro bereitete ihm Unbehagen; es war die Musik selbst, die an seinen Nerven rupfte und zupfte und scheuerte, die schrille Diskordanz der Akkorde, die klangen wie ein Möbelstück, das eine Treppe herunterfällt. Es war nicht das Stück, vor dem Peter mehr als vor allen anderen graute und das er absolut nicht ertragen konnte, aber trotzdem ...

»Ist das Prokofjew?«, flüsterte er Miss Rebecca zu und zog an seinem Hemdkragen.

»Wie bitte?«, murmelte sie.

»Ich dachte, heute Abend gibt es Rachmaninow, nicht Prokofjew.«

»Was?«, fragte Rebecca.

»Ssch!«, machte jemand hinter ihnen. Peter hob um Entschuldigung bittend die Hand und deutete auf das Programm, das auf Miss Rebeccas Schoß lag. Er war nass geschwitzt, und es fühlte sich an, als kröchen Ameisen auf seinem Körper herum. Peter war mit Sol und Ruth zu Richters Konzertdebüt im Mai hier gewesen, als das Saalpersonal die Klimaanlage abgeschaltet hatte, damit das Publikum jede Nuance des Klavierspiels hören konnte. Wie in einer Sauna war es gewesen, aber nicht halb so schlimm wie jetzt.

Miss Rebecca reichte ihm ihr Programm, und es bestätigte, dass Richter die Sonate Nr. 2 von Prokofjew spielte.

Peter umklammerte seine Armlehnen. »Fehlt Ihnen etwas?«, fragte Miss Rebecca, und ihre hübsch manikürte Hand legte sich auf seine.

»Verzeihen Sie, aber ich muss an die Luft.« Peter stand auf und schob sich halb geduckt an den anderen in seiner Reihe vorbei. Er bemühte sich, auf Knie und Zehen zu achten, und verabscheute sich selbst für seine Ungezogenheit. Aber er war verzweifelt. Endlich hatte er den Gang erreicht und ging zum Ausgang, so schnell er konnte, ohne das Konzert noch mehr zu stören.

Im Foyer riss er sich die Krawatte herunter, knöpfte den Kragen auf und tat einen gewaltigen Seufzer der Erleichterung. Ein Platzanweiser kam eilig auf ihn zu. »Geht es Ihnen nicht gut, Sir?«, fragte er.

Peter winkte ab. »Es geht schon, danke.« Er ging an die Bar und bat zuerst um ein Glas Wasser, das er in einem Zug hinunterstürzte. Dann ließ er sich einen doppelten Cognac geben, den er mit auf die Herrentoilette nahm. Der Toilettenwärter warf einen kurzen Blick auf den Cognacschwenker, blieb aber ungerührt.

Peter zog sein Smokingjackett aus, faltete es zusammen und legte es auf die Theke. Wie erwartet, war sein Hemd durchscheinend vom Schweiß. Es klebte in grauen Flecken an seiner Haut, und das Unterhemd schimmerte durch. Peter löste die Manschettenknöpfe, steckte die goldenen Stücke – in die ein *M* eingraviert war – in die Tasche und zog das Oberhemd aus. Dann tupfte er sich, so gut es ging, mit mehreren Papierhandtüchern trocken. Sein Unterhemd war immer noch durchnässt. Er zog es vom Körper weg und fächelte sich damit Luft zu. Das musste genügen; ausziehen würde er es in der Öffentlichkeit niemals. Er trank seinen Brandy halb aus und spritzte sich kaltes Wasser ins Gesicht. Auf den Waschtisch gestützt, betrachtete er leidenschaftslos sein blasses tropfendes Gesicht im Spiegel. Es überraschte ihn jedes Mal, wenn er dieses Leinwandidol mit dem kraftvollen Kinn, den gleichmäßigen Zügen und dem welligen goldenen Haar erblickte. »Mein eigener Filmstar«, hatte Masha immer im Scherz gesagt und dabei sein Haar zerzaust, »mein Buster Crabbe, mein Van Johnson!« Es war ein lachhaftes Missverhältnis: Hätte Peters Äußeres seinem Innern entsprochen, hätte er ausgesehen wie ein Picasso. Wie *Guernica*. Er war gerade dabei, sein Smokinghemd auszuschlagen, um es wieder anzuziehen, als er Stimmen und Schritte nahen hörte. Die Pause hatte angefangen. Er wollte nicht riskieren, Sol oder Choppers oder sonst einem gemeinsamen Bekannten zu begegnen, der ihn daran hindern könnte, unauffällig zu verschwinden. Er verzog sich mit seinen Sachen und dem Brandy in die hintere Kabine.

Er hängte Hemd und Jackett innen an die Tür, setzte sich auf die Klobrille und wartete, während seine Brüder ihr Geschäft erledigten. Stimmen hallten durch den Raum, das Geräusch von fließendem Wasser, von Reißverschlüssen, die geöffnet und geschlossen wurden, und von Wasserspülungen, aber auch andere Geräusche, die Peter nach Jahren erzwungenen Gemeinschaftslebens erfolgreich ausblenden konnte. Er behielt die Uhr im Auge und trank seinen Courvoisier. Eigentlich war es eine Beleidigung für einen guten Cognac, ihn an einem solchen Ort zu trinken, aber es war besser, als sich um Verpflichtungen zu kümmern, zu deren Erfüllung er keine Lust hatte. Das galt zum Beispiel für Miss Rebecca, so süß sie auch sein mochte. Oder für das Ertragen eines Prokofjew-Konzerts … Aber das war seine eigene Schuld. Er hätte besser aufpassen müssen. Er hätte vorher in der

Carnegie Hall anrufen und sich nach dem Programm erkundigen sollen, wie er es normalerweise tat. Er hatte die modernen Komponisten nie gemocht, auch früher nicht. Masha war es gewesen, die sie liebte. »Du sturer Spießer«, hatte sie gesagt und sich über Peters Vorliebe für Bach und Brahms lustig gemacht. »Demnächst erzählst du mir noch, du magst keinen Jazz!«

Peter lehnte den Kopf an die kalte Blechwand der Kabine und benutzte die Technik, die ihm besser als die meisten half, unwillkommene Gedanken auszublenden: Er machte eine Bestandsaufnahme und stellte eine Liste der Vorräte auf, die sich im Lager des Restaurants befanden, und derjenigen, die er am kommenden Montag würde bestellen müssen. Einen Korb Zwiebeln, zwei Körbe Schalotten. Drei Körbe Kartoffeln – die Saison für Fingerlinge war fast vorbei, aber vielleicht könnte er auf der Farm in Patchogue ein paar Kennebec auftreiben? Und wenn er schon auf Long Island war, könnte er auch gleich nach Montauk weiterfahren und Streifen- und Seebarsch besorgen. Und Kürbis. Peter war kein Fan von Kürbis, er fand ihn mehlig und nichtssagend. Aber vielleicht konnte er sein gewohntes Zimmes mit etwas Garten- oder sogar Moschus-Kürbis variieren …

»Hey, Kollege, sind Sie eingeschlafen da drin?«, rief jemand und rüttelte an der Tür.

»Entschuldigung«, antwortete Peter. »Ich fühle mich nicht wohl.« Er trank einen Schluck Cognac.

Als die Pausenwelle auf der Toilette verebbte, hatte er seine Speisekarte zu Ende geplant. Er würde noch eine Strandpflaumen-Cranberry-Tarte anbieten. Er griff nach seinem Hemd, als er hörte, wie jemand den Hebel am Handtuchspender betätigte und Sol am Waschbecken mit jemandem sprach, wahrscheinlich mit Choppers.

»Ich gebe zu, seine Technik hat Chuzpe«, sagte Sol eben. »Aber ich verstehe nicht, was der ganze Wirbel soll.«

»Nicht?«, fragte Choppers – es war eindeutig Choppers. »Ich finde, der Kerl ist ein Gigant.«

»Wenn es schon ein Russki sein muss, ziehe ich Horowitz aber jederzeit vor«, sagte Sol. »*Das* ist ein Interpret.« Vermutlich wandte er sich jetzt an den Toilettenmann. »Hey, Sie, haben Sie noch Handtücher hier?«

»Tut mir leid, Sir«, antwortete der Mann.

»Großartig«, sagte Sol. »Dann tropfe ich jetzt einfach auf mein Hemd wie ein Schmock. Übrigens«, fuhr er fort, während ihre Stimmen sich entfernten, »nette Nichte, die du da heute Abend mitgebracht hast.«

»Ja? Gefällt sie dir? Du kannst sie haben – ich glaube, der Junge war nicht besonders beeindruckt.«

»Du weißt, ich gehe nicht fremd«, sagte Sol. »Aber wenn ich es täte – hallo! Sie ist ein Sahneschnittchen. Was meinen kleinen Vetter angeht, nimm es nicht persönlich. Der fickt nur Schicksen.«

»Ja, das hab ich gehört«, sagte Choppers. »Aber Ruth meint, ich soll es weiter versuchen. Was ist denn los mit ihm?«

»Er war immer schon so«, sagte Sol philosophisch. »Bei manchen Kerlen ist das wie eine Krankheit. Du weißt, seine Frau war auch eine Gojische. Sah aus wie von einem Nazi-Propagandaplakat, mit Zöpfen und allem.«

»Ach ja, die von den Nazis umgebracht wurde«, sagte Choppers. »Eine traurige Geschichte. Aber man sollte doch meinen, er würde jetzt auch mal eine andere Sorte probieren wollen … Hier, bitte, Kollege, hier ist ein Dollar. Gib nicht alles auf einmal aus.«

Der Toilettenmann dankte ihm. Die Außentür öffnete

sich mit einem Rauschen, und als wäre es ihm gerade erst eingefallen, fragte Choppers, während sie sich entfernten: »Hey, wo ist er überhaupt hin?«

Peter ging noch einmal die Fleischlieferungen durch und knöpfte sich dabei das Hemd zu. Dreißig junge Hühner, vierzig Pfund Ochsenbrust – und hatte George bei Primo's daran gedacht, ihm die Mulard-Enten zurückzulegen? Peter zog das Jackett über das Hemd; es war klamm, aber noch erträglich, als hätte eine übereifrige Wäscherin es zum Bügeln zu stark eingesprüht. Er verließ die Kabine. Bis auf den Angestellten war die Herrentoilette wieder leer. Es war, als wären Sol und Choppers und die paar Dutzend anderen Männer nie hier gewesen. Sol hatte nicht immer recht – Peters Ansicht nach hatte er in vielen Dingen sogar unrecht –, aber in zwei Punkten musste man ihm zustimmen: Horowitz war unter den russischen Pianisten der farbenprächtigere Interpret. Und auch wenn Peter nur Sex hatte, wenn es nötig war, und dann schnell, im Dunkeln oder bekleidet, vorzugsweise im Stehen, mit Stewardessen, Kellnerinnen – nicht seinen eigenen – und anderen hübschen Fremden, die er allesamt nie wiedersehen würde, schienen es doch immer nichtjüdische Frauen zu sein. Das allerdings war nicht Absicht, sondern Zufall oder die Folge unterschwelliger Vorlieben.

Das ließ Peter wieder an June Bouquet denken. Es war durchaus nicht seine Art – oder auch nicht ihre –, dass sie ihm immer wieder auf diese Weise in den Sinn kam. Er gab dem Klomann einen Fünfer aus seinem Geldclip, hob dann einen Finger und holte sein leeres Glas vom Waschtischrand. Auch das registrierte der Mann, ohne eine Miene zu verziehen.

»Danke, Sir«, sagte er. »Einen schönen Abend noch.«

»Ihnen auch.« Peter zog seine Manschetten zurecht und ging hinaus. Draußen im Foyer, in ihrem bonbonfarbenen Abendkleid, lehnte Miss Rebecca an der Wand und wartete auf ihn.

»Ich hoffe, es macht Ihnen nichts aus«, sagte sie. »Ich wollte nur sicher sein, dass es Ihnen gut geht.«

»Das ist sehr aufmerksam«, sagte Peter, »und unnötig. Ich habe nur Kopfschmerzen. Bitte gehen Sie wieder hinein. Sie versäumen die zweite Hälfte des Programms.«

Er wollte ihr die Tür aufhalten, aber als seine Hand auf der Messingklinke lag, bedeckte Miss Rebecca sie mit ihrer.

»Ich glaube, ich verstehe Sie.« Sie schaute zu ihm auf und klapperte mit den Doppelreihen ihrer Wimpern. »Ich kann Prokofjew auch nicht leiden. Es klingt so disharmonisch. Schrill. Es geht mir auf die Nerven.«

»Ich glaube, es ist so gemeint.«

»Aber warum soll das jemand hören wollen«, fragte Miss Rebecca und schob sich näher an ihn heran, »wenn er Brahms haben kann? Oder Beethoven? Warum wollen Sie sich beunruhigen lassen, wenn Sie etwas Romantisches hören können?«

»Ich habe keine Ahnung.« Peter widerstand dem Drang, auf die Uhr zu schauen. »Aber ich glaube, in der zweiten Hälfte gibt es Ravel …«

»Ich sage Ihnen, was ich außerdem nicht mag«, murmelte Miss Rebecca. »Verkuppelt zu werden.« Peter lächelte. Zum ersten Mal empfand er echte Zuneigung für sie.

»Ich hatte schon den Verdacht, dass Sie nicht Arthurs Nichte sind.«

»Ich bin seine Zahnpflegerin«, sagte Miss Rebecca.

»Ah.« Das erklärte die tadellosen Zähne.

»Normalerweise lasse ich mich nicht in solche Situationen bringen«, erklärte sie.

»Ich glaube, das haben Sie auch nicht nötig.«

Sie lächelte. »Danke«, hauchte sie. »Sie sind sehr lieb. Ganz so, wie Ruth gesagt hat. Und ich dachte mir, Sie müssten der Mann aus dem *Times*-Artikel sein. Seit er erschienen ist, habe ich ihn nicht mehr vergessen.«

Sie und jede andere hoffnungsvolle junge Dame im Großraum New York, dachte Peter.

»Es ist nicht so, wie Sie denken«, wisperte Miss Rebecca. »Ich bin nicht wie all die anderen Mädchen, die nur nach einem erfolgreichen Ehemann suchen – obwohl ich Ihr Restaurant gern einmal sehen würde. Pasha's?«

»Masha's.«

»Uuuh, wie der Russian Tea Room? Das ist eins meiner Lieblingslokale.«

Peter unterdrückte eine Grimasse. Der Tea Room war ein Stachel in seinem Fleische, sein größter Konkurrent in jeder Hinsicht mit Ausnahme der Nationalität seiner Küche. »So ähnlich«, sagte er.

»Ihr Restaurant ist sicher unendlich viel charmanter. Und ich bewundere, was Sie damit getan haben. Dass Sie es … einer verlorenen Liebe gewidmet haben.«

»Danke«, sagte Peter. Er fing wieder an zu schwitzen. »Wirklich, Miss Dannett …«

»Rebecca«, korrigierte sie und hob das eckige kleine Kinn, damit sie ihm in die Augen sehen konnte.

»Ich war verlobt«, sagte sie, und ihre verhauchte Stimme klang ein wenig kraftvoller als sonst. »Hat Ruth Ihnen das erzählt?«

»Nein.«

Miss Rebecca nickte. »Ja. Mit meinem Highschool-

Schatz. Die Hochzeit sollte letztes Jahr im Briar Rose Club stattfinden, aber dann gab es einen Unfall. Er war mit dem Auto unterwegs, und ein anderer Autofahrer, der getrunken hatte, stieß auf der Post Road mit ihm zusammen. Tja.«

Peter senkte den Kopf. »Das tut mir leid«, sagte er. Es war die Wahrheit, auch wenn es das abstrakte Mitgefühl für eine Fremde war. Es gab so viele leidende Menschen auf der Welt.

»Danke«, sagte Miss Rebecca. Tapfer straffte sie die Schultern. Ihre Augen glitzerten. »Sie sehen also, auch wenn Sie sicher schrecklich viele Nichten kennenlernen, habe ich doch mehr mit Ihnen gemeinsam als die meisten. Ich weiß, wie es ist, den Menschen zu verlieren, den man liebt. Aber ich glaube, manchmal muss man einfach den Sprung ins Ungewisse wagen. Es noch einmal versuchen.«

Sie erhob sich auf die Zehenspitzen und drückte Peter einen Kuss auf die Wange, und bevor er seine Überraschung verdauen konnte, bewegte sie sich weiter zu seinem Mund. Er bemühte sich, nicht zwischen ihre Lippen zu seufzen, als sie sie entschlossen auf seine drückte. Er wollte nicht respektlos sein, aber das Einzige, was er empfand, war der Wachsgeschmack ihres Lippenstifts. Nicht dass sie nicht attraktiv und intelligent gewesen wäre, nicht kultiviert und angenehm und sensibel und nett – im Gegenteil, sie schien all das zu sein, und kühn war sie auch, das musste Peter ihr lassen. Aber in den letzten zwanzig Jahren hatte er genau solche Situationen immer gemieden, Situationen, die zu Verstrickungen, Verhandlungen, Verpflichtungen führen würden. Eine Hochzeitsfeier im Briar Rose Country Club. Ein Haus in Marmaroneck oder in Rye, ein Besuch bei Sol und Ruth an jedem Wochenende. Und natürlich Kinder.

Peter löste sich aus dem Kuss und wich zurück. Betrübt schaute Miss Rebecca zu ihm auf. »Zu schnell?«, fragte sie.

Peter legte ihr die Hände auf die Schultern. »Hören Sie«, sagte er. »Sie scheinen eine absolut reizende junge Frau zu sein. Und Ihr Verlust tut mir wirklich leid. Aber das hier ist nichts für mich.«

Miss Rebecca nickte. »Sind Sie …?«, wisperte sie und machte eine zierlich flatternde Bewegung mit dem Handgelenk. »Ich erzähle es niemandem.«

Peter lächelte. Er hatte schon gelegentlich in Betracht gezogen, die Leute glauben zu lassen, er sei homosexuell – die Arbeit in der Küche in einem Frauenberuf würde bei dieser Maskerade helfen. Aber Ruth würde es das Herz brechen.

»Das ist es nicht. Und es liegt auch nicht an Ihnen. Ich kann einfach nicht …«

Miss Rebecca schaute ihn verwirrt an, aber plötzlich ging ihr ein Licht auf. »Oh!«, sagte sie und legte eine Hand auf den Mund. »Der Krieg?« Ihr Blick wanderte zu Peters Smokinghose.

»Wie bitte?«, fragte Peter.

Wieder erhob Miss Rebecca sich auf die Zehen und küsste ihn auf die Wange. »Sagen Sie kein Wort mehr. Ich habe *Fiesta* gelesen. Und den Film habe ich auch gesehen.« Sie schaute Peter mit grenzenlosem Mitgefühl an. »Sie armer, armer Mann. Keine Sorge. Ihr Geheimnis ist bei mir in Sicherheit.« Mit einem letzten glühenden Blick verschwand sie durch die Tür in den Konzertsaal.

Peter blieb noch ein paar Augenblicke stehen, wo er war, und ließ das alles sacken. Dann musste er lachen. »Na!«, sagte er. Hoffentlich würde Miss Rebecca ihr Versprechen halten und niemandem von ihrem Missverständnis erzählen – er hatte kein Verlangen danach, als impotenter Wallach bekannt zu werden –, aber es war doch eine Erleichterung, für diesen Abend davongekommen zu sein.

Peter holte seinen Mantel an der Garderobe ab, hinterließ die Marke mit einer gekritzelten Beschreibung Miss Rebeccas, damit sie ihren ebenfalls bekäme, und verließ das Gebäude. Er dachte an das, was Miss Rebecca gesagt hatte – und auch Ruth, in der Anfangszeit, als sie Peter dabei ertappt hatte, dass er so tat, als verstünde er viel weniger von dem, was die Frauen sagten, mit denen er ausging, als er in Wirklichkeit verstand. »Bubbie«, hatte sie gesagt, »ich verstehe dich. Wunden brauchen Zeit zum Heilen, nicht? Aber bis dahin – du musst ein bisschen leben.«

Aus welchem Grund auch immer war ihm dieser Rat in anderer Form noch einmal gegeben worden. Er ging auf der 57th Street in westlicher Richtung und bog nach links in die 7th Avenue ein. Sein Mantel war offen, und er atmete die kalte, nach Eisengittern und Dampf riechende Luft tief ein. Es war belebend. Er sah eine Reihe Münztelefone und dahinter das Carnegie Deli. Nach dem Telefonat würde er dort ein Pastrami-Roggenbrot essen, beschloss er. Er hatte plötzlich einen Mordshunger.

Er betrat die nächste freie Zelle, zog seine Börse hervor, warf einen Zehner in den Münzschlitz und wählte die Nummer auf dem Zettel, den er seit dem Tag nach dem Stromausfall mit sich herumtrug. Als der Strom wieder da war, hatte er die Ford Agency angerufen. Miss Bouquet sei bei einem Fotoshooting, hatte man ihm mitgeteilt, und weitere Informationen über das Mädchen hatten sie ihm nicht geben wollen. Aber als Peter seinen Namen genannt und erwähnt hatte, dass er daran denke, June für eine umfangreiche Werbekampagne zu buchen, hatte die Telefonistin ihm eine Nummer gegeben: SP 1118-7 in Greenwich. Diese June Bouquet war also tatsächlich so etwas wie eine Bohemienne, der freie Geist, der sie zu sein schien. Peter lächelte und tappte mit dem Fuß den Takt zwischen den Klingeltönen, bis jemand am anderen Ende den Hörer abnahm.

»Hallo?«, sagte June.

# 3

# LARCHMONT

Als Peter aus dem Restaurant kam, wartete June rauchend auf dem Gehweg. Er hielt die Einkaufstüte hoch – braunes Papier mit Henkeln und der Aufschrift »Masha's«, eine Tasche, die er persönlich für die Kunden entworfen hatte, die ihr Essen mit nach Hause nehmen wollten.

»Dessert«, sagte er, »und Brot und Käse. Lass uns gehen, bevor es irgendeine Krise gibt oder ich es mir anders überlege.«

»Abgemacht«, sagte June. Sie drückte ihre Zigarette mit der Spitze ihres Plateaustiefels aus. Heute war er ochsenblutrot wie ihre Lederjacke mit den Pelzmanschetten– zu Ehren des herbstlichen Feiertags, vermutete Peter. Es war ein schöner Morgen, kalt, aber sonnig, und ihre Atemwolken mischten sich, als Peter ein Taxi heranrief.

Der Verkehr in Richtung Grand Central kam nur langsam voran; die Autos stauten sich wegen der Parade. Über dem Park warteten riesige Luftballons in Form von Cartoon-Hunden und -Mäusen auf den Jubel der Stadt. So amerikanisch, dachte Peter; nur in diesem bizarren, überschwänglichen, kindlichen Land würden Menschen auf diese Weise feiern, dass sie genug zu essen hatten. Heute fühlte er sich wie einer von ihnen. Fast. Wie ein

Junge, der die Schule schwänzte, hatte er das Restaurant zum ersten Mal seit zehn Jahren seiner Stellvertreterin überlassen. Lena würde heute die Zubereitung und das Servieren des Spezialmenüs übernehmen: Fasan mit karamellisierten Yams und Austernfüllung, Rosenkohl mit Mandelspänen, Apfel- und Birnentartes. June legte den Kopf auf seine Schulter und gähnte. Sie waren am Abend zuvor lange im El Morocco gewesen, das sie ElMo nannte, und heute nahm Peter sie zum Thanksgiving Dinner mit zu Sol und Ruth.

Vor Peters Fenster zog Junes Gesicht, dreieinhalb Meter hoch, silbern angesprüht und von einem Astronautenhelm umhüllt, auf der Seite eines Busses vorüber. Er drückte ihr Knie.

»Schau, da bist du schon wieder«, sagte er. »Du bist allgegenwärtig.«

June hob den Kopf und schaute hinaus. »Ach, diese Aufnahmen. Ich hatte dieses Flitter-Make-up noch tagelang in den Haaren. Kam mir vor wie der Blechmann aus dem *Zauberer von Oz*.«

Sie griff nach der Masha's-Tüte, aus der eine Ficelle ragte, ein Baguette, fast so schlank wie sie selbst. »Darf ich?«

»Natürlich. Aber warum hast du im Restaurant nicht gegessen, du Gänschen?«

»Weil ich keinen Hunger hatte«, sagte June. »Außerdem wollte ich verschwinden, bevor Lena mich filetiert. Sie sieht mich immer an, als wollte sie mich in die Suppe geben.«

»Sei nicht albern«, sagte Peter. Aber es stimmte, Lena hegte keine freundlichen Gefühle für June; sie murmelte Wörter wie »bljad« und »tupa schljuka« vor sich hin – was »Hure« beziehungsweise »dumme Hure« bedeutete –, und wann immer June im Restaurant war, stand sie in der Tür und schärfte ihr Messer dramatischer als nötig. Peter reichte June das Brot, und sie knabberte das Ende an. Peter schaute wieder weg. Anstelle von Junes überirdischem Gesicht sah er jetzt ein Taxi, auf dem ihn eine sehr alte Schwarze anstarrte, stoisch wie ein Orakel. Er wusste, dass June nur wenig essen durfte, damit sie für ihre Arbeit schlank blieb, aber es störte ihn trotzdem.

June gab ihm die Ficelle zurück. »Ich bin nervös. Muss ich nervös sein?«

Auf jeden Fall, dachte Peter. »Natürlich nicht«, sagte er.

»Werden sie mich mögen? Was meinst du?«

»Was soll man an dir nicht mögen?«

»Wie bin ich angezogen?« Sie knöpfte ihre Lederjacke auf und schlug sie auseinander. Darunter trug sie ein Kleid aus Goldbrokat, höher geschlossen und ein bisschen länger als ihr übliches Minikleid: Es reichte bis über den halben Oberschenkel.

Er beugte sich hinüber und küsste sie. Ihr Atem schmeckte nach Brot, Rauch und dem Alkohol des vergangenen Abends. June nahm sein Gesicht zwischen beide Hände und zog ihn zu sich heran. Ihr Rücken bog sich wie dieses neumodische Spielzeug, die Drahtspirale namens Slinky. Sie war die biegsamste Frau, die Peter je kennengelernt hatte, und er fragte sich, ob es an ihrem Beruf lag – in dem ihr Körper als bewegliches Objekt diente – oder ob June einfach June war. Was es auch sein mochte, er war dankbar.

»Macht Schluss, Kinder«, sagte der Taxifahrer. »Wir sind da.«

In der Bahnhofshalle kaufte Peter die Fahrkarten und warf einen Blick auf die Tafel: Sie hatten noch eine

Viertelstunde bis zum nächsten Zug nach Larchmont. Irgendwo spielte jemand Vivaldi auf der Geige. Weißes Sonnenlicht fiel in schrägen Strahlen durch die hohen Fenster, und Peter empfand einen Moment lang ein Wohlbehagen, das man fast als Glückseligkeit hätte bezeichnen können. Darauf war er nicht vorbereitet. Es war Jahre her. Er schloss die Augen und drehte das Gesicht ins Licht.

»Früher habe ich hier mal gearbeitet«, sagte er zu June.

»Nein! Als was denn? Als Fahrkartenverkäufer?«

»Nein, Gänschen«, sagte er. »Da drüben.« Er deutete mit dem Kopf zur Oyster Bar.

»Igitt, Austern«, sagte June. »Schleimig.« Sie schüttelte sich.

Sie schmeckte selbst wie eine Auster, frisch aus dem Sound, dachte Peter. Blue Points oder Peconic Pearls. »Dann hast du nur noch keine guten gegessen«, sagte er. »Wenn wir wieder im Masha's sind, werde ich das ändern.«

»Ich habe überhaupt noch keine gegessen«, sagte sie, und Peter lachte.

»Woher weißt du dann, dass du sie nicht magst?«

»Ich weiß es einfach«, sagte June.

Sie nahm seinen Ellenbogen, und zusammen spazierten sie durch die Halle. »Wie lange hast du hier gearbeitet?«, fragte sie.

»Nicht sehr lange«, sagte Peter wahrheitsgemäß. »Es war mein erster Job in diesem Land, nachdem ich …«

Er ließ den Satz in der Schwebe. Ihre Schritte hallten mit allen anderen unter dem hohen Gewölbe und mischten sich unter das Flügelflattern verirrter Vögel und das Gewirr der Stimmen, aber einen Moment lang stellte

Peter sich auch vor, die spezielle Akustik der Bahnhofshalle ermögliche zugleich die Konservierung der Zeit: Jede Menschenseele, jede Sekunde, die je hier durchgekommen war, sei unter der hohen Decke gesammelt und bewahrt worden, wo sie sich mischten und vermengten. Der Junge, der er damals gewesen war – Mitte zwanzig, kaum des Englischen mächtig. Jeden Morgen war er bei Sol und Ruth aufgewacht, hatte sich erinnert, wo er war, und sich gewünscht, er wäre tot. Sols Angebot, besser gesagt, seine Forderung, er möge in der Anwaltskanzlei arbeiten, hatte er abgelehnt und stattdessen den ersten Job angenommen, den er gesehen hatte, als er aus dem Zug gestiegen war: Abräumer in der Oyster Bar. Der Junge war dann gefeuert worden, weil die Tätowierung auf seinem Unterarm, eine kurze Reihe krummer grünlicher Ziffern, die ans Licht kam, als sein Ärmel hochrutschte, die wohlhabenden Gäste verstört hatte. Diesen Jungen gab es nicht mehr. Peter hatte ihn zwanzig Jahre hinter sich gelassen. Es war harte Arbeit gewesen. Trotzdem konnte Peter ihn einen Augenblick lang fühlen – sein bodenloses Entsetzen, die hoffnungslose Trostlosigkeit jener Tage.

»Was ist passiert?«, fragte June. »Hat es dir nicht gefallen?«

»Ich habe einen besseren Job gefunden. Bin ein bisschen gereist, von hier nach da und wieder zurück. Nicht so wichtig. Es ist schon lange her.«

Er nahm ihr Gesicht in beide Hände und küsste sie. Andere Reisende strudelten um sie herum, und über ihnen gurrten und gurgelten die Tauben.

»Heute, das ist wichtig«, sagte er.

»Apropos, ich brauche Blumen für die Gastgeberin«, sagte June und zog ihn zu einem Zeitungsstand, vor dem ein weißer Eimer voller in Zellophan gewickelter Blüten stand. Sie verglich die verschiedenen Büschel Chrysanthemen und schien die dutzendfache Wiederholung ihres Gesichts gar nicht zu bemerken. Die Lippen kokett um einen Pfefferminzlolli geschoben, schaute es von der Titelseite der Dezemberausgabe von *McCall's*. Peter hatte sie einmal gefragt, ob sie sich tatsächlich selbst nicht sah. Du liebe Güte, nein, hatte June gesagt, Zeitungskioske könne sie überhaupt nicht ansehen. Der Anblick ihrer Konkurrentinnen auf den anderen Titelseiten, Jean Shrimpton oder Peggy Moffitt, mache sie wahnsinnig. Manchmal schirmte sie tatsächlich ihre Augen mit der Hand oder mit einem Hut ab, wenn sie an einem Zeitungsstand vorbeikamen. »Ich nehme... die hier«, sagte sie und wählte einen rostroten Strauß, und dann mussten sie im Laufschritt zum Zug eilen.

Sie hatten Glück und fanden zwei Plätze nebeneinander; der Zug war nicht so voll wie im Berufsverkehr, wo Reihen um Reihen von Männern mit Hüten hier saßen, aber auch am Feiertag fuhren viele Leute mit. Peter bot June den Fensterplatz an, sie machte es sich bequem, und sie taten, als bemerkten sie die Blicke von Männern und Frauen nicht, die sie gleichermaßen auf sich zogen. Für Peter war es immer noch etwas Neues, im Licht ihrer Prominenz zu stehen. Die wenigen Mädchen, mit denen er in diesem Land ausgegangen war, waren hübsch oder sogar wirklich schön gewesen. Aber keine hatte zur gleichen Kategorie wie June gehört – June mit ihrer Größe und dem jungenhaften blonden Haar, mit ihrem verblüffend makellosen weißen Gesicht, ihren Miniröcken und ihrer Kollektion von schenkelhohen Plateaustiefeln in allen Farben. Sie war, wie die Köche im Masha's sagten, ein Sahneschnittchen.

Der Zug setzte sich in Bewegung, und im ersten Moment wurde es Peter schwindlig, als sie im Verhältnis zu den Waggons auf dem Nachbargleis rückwärtszufahren schienen. Dann waren sie in einem Tunnel, und die Geschwindigkeit nahm zu. Wie jedes Mal dachte Peter, dass sich der Augenblick unmittelbar vor dem eigenen Tod vielleicht so anfühlen würde: durch eine dunkle Leere rasend, in einem Tempo, das die Trommelfelle zum Knacken brachte, in der Schwebe zwischen dem einen und dem anderen Ort.

Zwischen den dicht gedrängten Wohnblocks der Bronx kamen sie ans Licht. Die Stadt lag im Miniaturformat zur Rechten. June beugte sich über seinen Schoß, um sie vorüberziehen zu sehen. »Ich kann mich an dieser Skyline niemals sattsehen«, sagte sie und summte leise vor sich hin – *If I can make it there, I'll make it anywhere* –, bevor sie sich zurücklehnte und ihre Marlboro aus der Tasche holte.

»Manchmal kommt mir das alles immer noch vor wie ein Traum«, sagte sie.

»Ich weiß, was du meinst«, sagte Peter und gab ihr Feuer.

Sie rauchte nachdenklich. »Jede Nacht wache ich auf und weiß, dass alles gleich platzen wird wie eine Seifenblase. Realistischerweise habe ich höchstens noch ein Jahr, vielleicht zwei, bevor ich nach Minnesota zurückmuss.«

»Ja, zu deinem Mann, dem Farmer, deinen sechs Kindern und deiner Dauerwelle.«

June warf Peter einen Seitenblick zu. »Erzähl's mir noch mal«, sagte sie. Schon jetzt verliefen ihre rituellen Wortwechsel wie nach einem Katechismus.

»Das wirst du niemals tun müssen«, sagte Peter.

»Niemals?«

»Niemals.«

»Nicht mal, wenn ich schlaff und wabbelig bin und den ganzen Tag herumsitze und Bonbons esse?«

»Dann erst recht nicht«, sagte Peter. »Dafür werde ich sorgen.«

»Oh«, sagte June, »du bist ein allerliebster Mann.« Sie drückte ihre Zigarette im Aschenbecher aus, legte ein Bein über Peters Bein, nahm sein Gesicht zwischen ihre Hände und küsste ihn so lange, bis das Räuspern des Schaffners, der durch den Wagen kam, um die Fahrkarten zu kontrollieren, sie aufhören ließ.

»Hallo«, sagte June. Sie setzte sich ordentlich hin und reichte ihre Fahrkarte hinüber. »'tschuldigen Sie, ich muss meinen Lippenstift in Ordnung bringen, den der Mann hier verschmiert hat.« Sie rutschte von ihrem Sitz und ging mit wiegendem Schritt durch den Waggon. Alle – auch der Schaffner und Peter – schauten ihr nach.

»Sie sind ein Glückspilz«, sagte der Schaffner.

»Stimmt«, sagte Peter.

Er schaute aus dem Fenster, und Streifen aus Sonnenlicht und Schatten zogen im Wechsel über sein Gesicht. Das Gewirr der Highways, scheinbar Tausende von Autos, drei- und viergeschossige Ziegelbauten mit ihren Grafitti und Reklameschildern an jeder Station: CUTTY SARK, LUCKY STRIKE, BAN THE BOMB, CHEVY, COCA-COLA, FUCK 'NAM! Wie sehr sich das von den Plakaten seiner Jugend unterschied, dachte Peter: EIN VOLK, EIN REICH, EIN FÜHRER! Zum Beispiel, oder DER JUDE: KRIEGSANSTIFTER, KRIEGSVERLÄNGERER. In Berlin hatte es auch keine dieser unordentlichen Schmierereien an den Mauern gegeben. Tatsächlich hatte das amerikanische System des öffentlichen Verkehrs mit seinem Müll und den anarchischen Schlagworten wenig Ähnlichkeit mit der U- und S-Bahn seiner Heimatstadt, ganz zu schweigen von den späteren Zügen, in denen man sich nicht mehr aussuchen konnte, wo man sitzen wollte, in denen es überhaupt keine Sitze gab, nicht einmal Fenster, sondern nur raue Wände, an denen man zusammengedrängt mit Hunderten anderen Leuten stand, ohne sitzen oder sich bewegen oder an der Nase kratzen zu können, stinkend, wartend in der Dunkelheit. Einen Moment lang dachte Peter an eine Kinderhand, die im Sonnenlicht aufblitzte: »Papa! Hier drüben!« Dann war sie weg.

Er stand auf und bahnte sich seinen Weg durch den Wagen, vorbei an einer Familie beim gemeinsamen Lunch, einer rauchenden Frau mit Lockenwicklern unter einem Kopftuch und einem dicken Mann, der stirnrunzelnd in seine Zeitung schaute. Eine der Toilettentüren stand offen, die andere war verschlossen. Peter klopfte an.

»June? Ist alles in Ordnung?«

Die Schiebetür rollte auf ihrer Schiene einen Zollbreit beiseite, und eins von Junes blauen Augen spähte durch den Spalt.

»Ich brauche Hilfe mit meinem Reißverschluss«, sagte sie.

Peter zwängte sich in die winzige Kabine und schloss die Tür. »Willst du ... dich umziehen?«, fragte er ein bisschen verwirrt – er hatte nicht gesehen, dass sie noch weiteres Gepäck mitgebracht hatte –, aber da packte sie ihn, schlang die Hände um seinen Nacken und sog an seiner Unterlippe. Peter ließ sich nicht bitten. Ohne seinen Mund von ihrem zu lösen, zog er ihre Beine um seine Taille herauf und schwenkte sie herum, sodass sie auf dem winzigen Waschbecken saß. Er griff unter ihren Rock: Sie trug Strumpfbänder, aber keinen Slip. Sie stemmte die Stiefel an die gegenüberliegende Wand, während Peter seinen Reißverschluss öffnete. »Oh!«, sagte sie und schlug mit dem Hinterkopf gegen den Spiegel, als er in sie eindrang.

Sie drängte sich an ihn, und ihre Muskeln spannten an und ab. Peter umfasste ihr Gesäß mit der einen Hand und stützte sich mit der anderen gegen die Wand. Wasser schwappte in der Kloschüssel, das Licht ging aus und wieder an, die Gleise unter ihnen ratterten, *ka-tack ka-tack*, *ka-tack ka-tack*, *ka-tack ka-tack*, und der ganze Wagen schaukelte. Jemand klopfte an die Tür. »Augenblick noch!«, riefen June und Peter einstimmig, und dann schauten sie einander an und bemühten sich, nicht zu lachen. Peter kam wieder in Bewegung, und June biss sich auf die Lippe, legte den Kopf in den Nacken und bot ihm ihren langen weißen Hals dar. Darüber, im Spiegel, sah Peter sich selbst. Er trug immer noch einen Hut und seine Jacke. Gut. Je mehr Schichten er anhatte, desto besser. Seit fast einem Monat genossen sie jetzt diese heftige Affäre, und noch nie hatte June ihn ohne Hemd oder am helllichten Tag gesehen, und so hatte Peter es gern. Es war eine Menge Arbeit, aber das war es wert. June war es wert. Der Zug bremste vor dem nächsten Halt, und Peter glitt so tief in sie hinein, wie er konnte, in die willkommene Besinnungslosigkeit reinsten Gefühls. Er vergrub sein Gesicht an ihrem Hals und schloss die Augen.

Am Bahnhof Larchmont nahmen sie ein Taxi und fuhren am White Stag Country Club vorbei, der keine Juden aufnahm, und am Briar Rose, der es tat. June verrenkte sich auf ihrem Sitz, um die Steinmauern zu sehen, die endlosen Rasenflächen und die Gebäude, die so weit abseits der Straße lagen, dass man nur hier und da einen Blick auf sie werfen konnte. »Das sind ja Schlösser«, sagte sie.

»Findest du? Eigentlich sind es doch nur Häuser«, sagte Peter mild.

June holte eine Zigarette aus der Schachtel und ließ sich von Peter Feuer geben. Das Taxi fuhr durch eine schmale Straße, die in einer Sackgasse endete. Hier war das Land zu Ende. Ein paar weitere Villen, versteckt zwischen sie überragenden Schieferblöcken und turmhohen alten Bäumen, blickten hinaus auf den Long Island Sound. »Ist das *ihres*?« June reckte den Hals nach vorn.

»Nein«, sagte Peter. »Das da.« Er zeigte auf ein halb aus Stein gemauertes, halb aus Fachwerk gebautes Haus auf einer Klippe.

»Du liebe Güte, Pete«, sagte June. »Du hättest mich warnen können.«

»Wovor warnen?«, fragte Peter. »Sol ist Anwalt und Partner in seiner eigenen Firma. Das habe ich dir erzählt. Es geht ihm gut. Er spielt gern Golf.«

Er fing an zu schwitzen. Mit dem Taschentuch betupfte er sich die Stirn, während das Taxi die lange gewundene Zufahrt hinauffuhr. Felswände rechts und links waren pelzig von Moos und glitzerten von Glimmer. »Danke«, sagte Peter und zog seine Brieftasche heraus, um den Fahrer zu bezahlen. Er half June beim Aussteigen, und sie blieben auf dem Vorplatz stehen und schauten zum Haus hinauf, während das Taxi wegfuhr.

June drückte ihre Zigarette aus und sah sich nach einer Stelle um, wo sie den Stummel hinwerfen konnte. »Lass nur«, sagte Peter. »Yoshi wird sich darum kümmern. Der Gärtner«, fügte er hinzu.

»Sag's mir noch einmal – wer sind diese Leute gleich wieder? Deine Vettern?«

»Nicht ganz. Sol war ein Vetter meines Vaters. Ruth ist seine Frau. Sie sind die einzigen Verwandten, die ich habe.«

»Oh«, sagte June.

Peter legte den Arm um ihre Schultern. »Hör zu«, sagte er, »sie werden dich anbeten. Ich tue es doch auch. Wie könnten sie nicht?«

»Na ja«, sagte June. Aber sie fing an zu lächeln.

Peter zog sie sanft zu der Treppe, die direkt in den Fels gehauen war, auf dem das Haus stand. Beim Aufstieg kamen sie an Ruths terrassiertem Garten vorbei, der um diese Jahreszeit natürlich verdorrt, aber mit so vielen japanischen Ahorn- und Immergrünbäumen bepflanzt war, dass er auch jetzt noch etwas Farbe bot. Ein Wasserfall plätscherte an einem Felsen herunter. Als sie oben angekommen waren, drehte Peter June herum und zeigte ihr das Anwesen: Der Rasen unter ihnen war eine grasbewachsene, von Eichen umringte Mulde mit einem nierenförmigen Pool, der im Sommer funkelte, jetzt aber unter einer Segeltuchplane verschwunden war. Wildes Schilf trennte das Grundstück von der Marsch, und dahinter lag der Sound. Boote dümpelten am Horizont.

»Wow«, sagte June und hängte sich an Peters Arm. »Das ist hinreißend.«

»Du bist hinreißend, June Bouquet«, sagte Peter, und er küsste sie noch, als die Küchentür aufging und Ruth herauskam.

»Bubbie!«, krähte sie.

Sie drückte Peter einen schmatzenden Kuss auf die Wangen und wischte den Lippenstift mit einem spuckefeuchten Finger weg. Zur Feier des Tages trug sie einen speziellen Kaftan, der mit Tausenden von winzigen braunen und orangegelben Federn gemustert war, sodass sie aussah wie ein kleiner Fasan mit kastanienbrauner Haube. In den Falten ihrer Kleidung roch Peter den Duft von Shalimar, Mottenkugeln und Bratensoße. Sie wandte sich June zu.

»Und wer ist das?«, fragte sie.

»Das ist meine Freundin June Bouquet«, sagte Peter. »June, das ist Ruth.«

»June Bouquet!« Ruth blickte mit erwartungsvollem Lächeln zwischen June und Peter hin und her, als ob sie darauf wartete, dass man ihr den Witz erklärte. Als niemand es tat, sagte sie: »Wie nett!«

»Guten Tag«, sagte June. »Die sind für Sie.« Sie überreichte Ruth die Chrysanthemen.

Ruth kicherte. »Ein Bouquet von einem Bouquet? Das ist etwas sehr Besonderes.«

Sie legte den Kopf in den Nacken, um June anzuschauen wie eine Touristin, die den Gipfel eines Wolkenkratzers sehen will.

»Huu, Sie sind aber groß«, sagte sie. »Und so dünn! Peter, gibst du diesem Mädchen nichts zu essen?« Sie nahm June beim Ellenbogen. »Lassen Sie mich raten. Sie sind eine heikle Esserin, aber das werden wir ändern. Warten Sie, bis Sie sehen, was heute alles auf den Tisch kommt.«

Sie führte June ins Haus, und June sah sich mit gespielter Verzweiflung und weit aufgerissenen Augen nach Peter um. Er warf ihr eine Kusshand zu und folgte den beiden in die Küche, wo das Hausmädchen an der Spüle stand und mit irgendetwas zu kämpfen hatte.

»Kommen Sie, lassen Sie mich das machen«, sagte Peter und nahm ihr eine von Ruths kostbaren Kupferformen ab. Er ließ eine Handbreit warmes Wasser ins Spülbecken laufen und stellte die Form hinein. »Wie geht's Ihnen, Maria?«

»Gut, Mr. Peter«, sagte Maria. Ruth nannte sie »das Mädchen«, aber Peter schätzte, dass Maria Mitte fünfzig war. Peter war mit Dienstboten aufgewachsen und tatsächlich entspannter mit ihnen umgegangen als seine eigenen Eltern, aber es überraschte ihn immer noch, das Klassensystem in Amerika bei bester Gesundheit zu sehen. War dies nicht das Land der Chancengleichheit? Des Egalitarismus? Natürlich brauchte man nur zu sehen, wie die Schwarzen im Süden für ihre Rechte demonstrierten und dafür mit Hunden und Wasserschläuchen attackiert wurden, um zu erkennen, dass das nicht ganz der Wahrheit entsprach, aber – gab es auch unter Juden das Gefühl, dass andere zum Dienen bestimmt waren? Peter war nicht dieser Ansicht. In seiner Branche hatten die begabtesten Mitarbeiter überwiegend mehr oder weniger dunkle Haut.

»Was machen Hector und Victor?« So hießen Marias Söhne.

»Ärger«, sagte sie und drückte ihr grauweißes Haar unter dem Haarnetz zurecht.

»Wenn Victor nach seiner Entlassung einen Job sucht, schicken Sie ihn zu mir.«

»Sie sind ein guter Mann, Mr. Peter.« Sie lächelte und entblößte dabei einen Goldzahn. »Die Lady, die gerade mit Missus Ruth durchgekommen ist, war das Ihre Freundin?«

»Das ist sie.« Peter lächelte.

»Ay!«, sagte Maria. »Groß!« Sie bog sich zurück und schaute zur Decke, um zu illustrieren, was sie meinte.

»Das ist sie wirklich«, sagte Peter. Er hob die Form aus

dem Spülbecken, stürzte sie auf eine wartende Platte, klopfte sanft darauf und hob sie hoch. Ein Ring aus Cranberrygelee mit Walnüssen glitt heraus. Peter war noch nie zum Thanksgiving Dinner hier gewesen, aber er wusste, was Ruth sonst noch für sie in petto hatte, denn jedes Jahr rief sie ihn an, um sich mit ihm über das niemals veränderte Truthahn-Menü zu beraten: Truthahn – natürlich –, Süßkartoffeln, Austernfüllung, Gemüse aus ihrem Garten. Halb graute es Peter vor der Speisenparade, halb freute er sich darauf. Er wusste, er würde während des ganzen Essens im Geiste Buch darüber führen, was er anders gemacht hätte, aber andererseits konnte man an fremden Rezepten immer auch etwas Neues lernen. Er klopfte Maria auf die Schulter unter der grauen Dienstbotenuniform, packte den Käse aus, damit er atmen konnte, schob die Torten aus dem Masha's in den bereits überquellenden Kühlschrank und machte sich auf die Suche nach June und Ruth.

Sie waren im Wohnzimmer, wo hinter dem Messinggitter ein Feuer knisterte. An der Bar machte Peter sich einen Wodka Tonic – schließlich war es schon nach Mittag. »June«, fragte er, »soll ich dir auch etwas bringen?« Aber sie hatte schon ein Glas Weißwein in der Hand. Ihr Kater hatte sich anscheinend verflüchtigt. Von ihrer Eskapade im Zug hatte sie eine Laufmasche im rechten Strumpf.

»So zart«, sagte sie und betrachtete Ruths Sammlung von venezianischem Glas. »Wie Meeresgeschöpfe. Und all die Farben!«

»Mundgeblasen«, erklärte Ruth mit Befriedigung. Sie nahm June bei der Hand und zog sie im Zimmer herum. »Und schauen Sie hier«, sagte sie, »und da und da...« Peter lächelte in sein Glas. Zwei Jahre hatte er in diesem Haus gewohnt, nachdem er in dieses Land gekommen war, und es gab Zimmer, die er jetzt nicht mehr betrat – zum Beispiel das Gästezimmer mit dem Webstuhl und dem schiefäugigen Reh. Oder Sols und Ruths Schlafräume. Aber das Wohnzimmer war ein neutraler luxuriöser Raum, ein Lagerhaus voll von dem, was Ruth ihre *tschotschkes* nannte – die Schätze, die sie und Sol von ihren zahlreichen Überseereisen importiert hatten. Orientteppiche, so dick, dass man lautlos darüber hinwegschritt. Jadefiguren. Japanische Schriftrollen und Wandschirme, Porzellanschalen mit duftenden Trockenblüten. Ein hüfthoher goldener Buddha saß mit gekreuzten Beinen in heiterer Gelassenheit auf einem Sockel und bewunderte die Aussicht auf den Sound. Es gab einen Steinway, auf dem niemand spielte, einen Picasso, einen Kandinsky und einen Klee – Sol war ein großer Kunstsammler.

June beugte sich vor, um in die beleuchtete Vitrine mit Sols und Ruths judaischen Erinnerungsstücken zu spähen: Tora, Tallit, Kiddusch-Becher, ein paar Dreidel. Ruth hatte sie Peter ausführlich erklärt, als er gekommen war, und sie war entsetzt über seine Unwissenheit gewesen. *Haben deine Eltern dir denn gar nichts beigebracht? Eine Schande!*

»Was für ein hübscher Kerzenleuchter«, sagte June.

»Schätzchen«, sagte Ruth, »das ist eine Menora. Haben Sie so etwas noch nie gesehen?«

»Nein«, sagte June, »aber es ist sehr raffiniert. Ich wette, es gibt ein wunderschönes Licht, wenn alle Kerzen gleichzeitig angezündet werden.«

*»Oy«*, sagte Ruth und legte entsetzt die Hand an ihre Wange. Sie setzte gerade zu einer Erklärung an, als Sol hereinkam.

»Was muss man hier tun, um einen Kuss und einen Drink zu bekommen?«, fragte er.

»Schätzchen!«, rief Ruth. »Wie war's beim Golf?«

»Miserabel«, sagte Sol. »Zu windig.« Tatsächlich war sein schwarzgraues Haar, das normalerweise zu Tausenden von winzigen glänzenden Wellen gebändigt war, regelrecht explodiert und sah aus wie die allerneueste Frisur, die Peter manchmal bei Schwarzen in der Stadt sah – der Afro. »Wer ist denn das?« Sol sah June an.

»Das ist meine Freundin«, sagte Peter. »June Bouquet.«

Ein Lächeln legte Sols Gesicht in Falten. »Was für ein flotter Feger!«

»Danke«, sagte June. »Nehme ich an?«

»Hätte ich dir nicht zugetraut«, sagte Sol zu Peter und stapfte hinüber zur Bar, um sich einen Scotch einzuschenken – wahrscheinlich nicht seinen ersten, vermutete Peter. Sols Augen tränten, und seine rote Nase war sicher nicht nur dem Wind am achtzehnten Loch zuzuschreiben.

»Bringen wir das Essen auf den Tisch«, rief Sol. »Ich bin am Verhungern.«

Das Haus in Larchmont verfügte zwar über ein formelles Speisezimmer mit Mahagonitisch und -stühlen, aber Peter hatte diesen Raum noch nie in Gebrauch gesehen. Heute wie an allen anderen Tagen wurde das Essen im Wintergarten serviert, in dem Glaskasten, den Sol zu Ruths sechzigstem Geburtstag an einen Flügel des Hauses hatte anbauen lassen. Er war so etwas wie ein architektonischer Horror, denn er passte zu nichts, bot jedoch eine ausgezeichnete Umgebung für Ruths häuslichen Garten: Kakteen, Farne und blühende Pflanzen umgaben den Raum auf schwebenden Regalen und hingen von den Oberlichtern. Die Wände bestanden vom Boden bis zur Decke aus Glas, und so hatte man den Eindruck, im Freien zu speisen, umgeben von riesigen Felsblöcken, Rasen und offenem Himmel.

Peter rückte Junes und dann Ruths Stuhl zurecht. Zur Feier des Tages war der Tisch mit belgischem Leinen, Ruths Wedgewood-Porzellan und Silberbesteck von Tiffany gedeckt. An jedem Platz standen Salz- und Pfefferstreuer. Zu einer Schale mit violetten Trauben gehörte eine spezielle Schere, mit der man die Stiele abschneiden konnte, und es versetzte Peter jedes Mal einen Stich, wenn er sie sah, denn seine Mutter hatte die gleiche gehabt. Ein Obstkorb in der Tafelmitte war übervoll mit Flaschenkürbissen aus Ruths Garten.

Maria kam mit dem Brotkorb herein. Sie hatte Peters Ficelle und eine Challa in Scheiben geschnitten. Sie zündete Kerzen an und schenkte Wasser und Wein ein.

»Danke, Maria«, sagte Ruth. »Sind Sie sicher, der Vogel war lange genug im Ofen? Ich möchte nicht, dass wir alle Würmer bekommen.«

»Soll ich nachsehen?«, bot Peter an, aber da kam Sol mit einem frischen Scotch an den Tisch.

»Setzen«, befahl er. »In meinem Haus arbeiten Männer nicht in der Küche. Dafür ist das Mädchen da. Maria?«

»Ja, Mr. Sol?«

»Bring den Vogel und mein Tranchiermesser herein.«

»Ja, Mr. Sol.«

Peter stieß mit dem Fuß unter dem Tisch gegen Junes Knöchel und zog die Brauen hoch. *Alles okay?* Sie lächelte. Sie tranken einen Schluck Wein, und Maria bugsierte die Beilagen herein: grüne Bohnen und Kürbis, Süßkartoffeln mit Ananas und – oh Graus! – Marshmallows, das Cranberrygelee und die Füllung. Der Truthahn kam zuletzt, ein ledrig brauner Gigant auf einer silbernen Platte. »Siebenundzwanzig Pfund«, sagte Ruth stolz. »Von dem koscheren Metzger in Marmaroneck.« Alle applaudierten, nur Maria nicht, denn sie war auf die Knie gesunken, um den Stecker von Sols elektrischem Tranchiermesser in die Steckdose zu schieben.

Peter unternahm einen letzten Versuch. »Bist du sicher, dass ich das Aufschneiden nicht übernehmen soll? Ich mache das zwanzigmal am Tag…«

»Ich habe gesagt, ich schneide ihn auf«, sagte Sol.

Er hielt das Messer an den Truthahn und schaltete es ein. Die Klinge sirrte und erbebte dann, als sie durch die Haut in die Brust schnitt. Kleine Fetzen Truthahn flogen kreuz und quer durch die Luft. Peter konnte es nicht mit ansehen. Er konnte auch June nicht ansehen, die ihn unter dem Tisch trat, er wusste, sie würden sonst beide losplatzen vor Lachen. Kreischend traf die Klinge auf Knochen.

»Verdammtes Ding«, sagte Sol.

Als das Gemetzel endlich zu Ende war, lehnte Sol sich schnaufend zurück.

»Ist das nicht schön?«, sagte Ruth.

»Jetzt esst«, sagte Sol.

Die Platten wanderten im Uhrzeigersinn um den Tisch herum, erst der Truthahn, dann die Beilagen. Der Tisch lag abwechselnd im Hellen und im Dunkeln, als die Sonne hervorkam und wieder verschwand. Wolken zogen am eben noch klaren Himmel auf. June nahm von jedem Gericht eine volle Portion, aber Peter wusste, dass sie alles nur kunstvoll auf ihrem Teller arrangieren würde, sodass es aussähe, als hätte sie gegessen.

»Das sieht köstlich aus, Mr. und Mrs. Rashkin«, sagte sie. »Danke für die Einladung.«

»Bitte sagen Sie Ruth und Sol«, bat Ruth. »Wissen Sie, Sie sind das erste Mädchen seit zwanzig Jahren, das der da mit nach Hause bringt. Das muss *baschert* sein.«

June sah Peter an und lächelte. »Ist das gut?«

»Es bedeutet ›vorherbestimmt‹«, sagte Peter.

»Und natürlich bringt er eine Schickse«, sagte Sol, den Mund voll Kürbis. »Genau wie die letzte. Seine Frau.«

»Meine frühere Frau«, erklärte Peter sofort, und June nickte. Inzwischen wusste sie von Masha.

Ruth drückte Peters Hand mit ihrer eigenen kleinen, kalten, sehnigen. »Na, ich zumindest bin entzückt«, verkündete sie. »Peter ist wie ein Sohn für mich – der einzige, den ich je hatte.« Sie schmatzte einen Kuss auf seine Hand und legte sie wieder auf das Tischtuch. »Und jetzt gehört er Ihnen«, sagte sie zu June. »So eine Schönheit. *Schejne punim*. Und so groß! Sie sollten Mannequin werden.«

June lächelte. »Ehrlich gesagt, ich bin Fotomodell.«

»Das habe ich dir erzählt, Ruth«, sagte Peter.

»Wirklich? Vielleicht hast du, vielleicht hast du nicht. Meine Blutdruckmedikamente – ich werde vergesslich.«

Sol stocherte in dem Truthahn auf der Platte herum. »Wo ist der *toches*?«, fragte er. »Du weißt, ich mag den *toches* immer so gern.«

»Woher soll ich das wissen?« Ruth hob die Hände. »Du hast ihn aufgeschnitten.«

»Pfff«, sagte Sol und gab sich mit einer Keule zufrieden. »Für was für einen Laden arbeiten Sie denn?«, sagte er kauend. »Kataloge? Kaufhäuser?«

June sah Peter an und zog die Nase kraus. Er hatte Mühe, nicht zu lachen.

»Denn wenn Sie in die Kaufhausbranche wollen«, fuhr Sol fort, »ich kenne da einen, dem gehört Bamberger's. Sie kennen Bamberger's?«

Peter ließ in gespielter Verzweiflung die Stirn in die flache Hand sinken. »Sol«, sagte er, »June arbeitet für Ford. Die Ford Agency.«

»Als Fotomodell für Autos?«, fragte Ruth.

Peter tat, als schlüge er gleich mit dem Kopf auf die Tischplatte.

»Manchmal«, sagte June. »Unter anderem. Hauptsächlich mache ich Modenschauen und Titelfotos für Illustrierte.«

»Oh«, sagte Ruth. »Na, was sagt man dazu?« Sie hob die Hände und lächelte in die Runde, als hätte sie das alles arrangiert. »Wer möchte Nachschlag?«

Das Essenskarussell drehte sich von Neuem, diesmal gegen den Uhrzeigersinn. Peter nahm noch ein Stück Truthahn, obwohl seine erste Portion sehnig und trocken gewesen war. Sol bediente sich mit Süßkartoffeln und Scotch.

»Woher kommt Ihre Familie?«, fragte er June. »Von hier sind Sie nicht.«

»Nein«, sagte June. »Aus Minnesota.«

Sol grunzte. »Gibt gute Forellen da.«

»Wo in Minnesota?«, fragte Ruth hoffnungsvoll. »Aus Minneapolis?«

»Aus einem Städtchen auf dem Land, an der Grenze nach Iowa«, sagte June. »New Heidelberg?«

»Nie gehört«, sagte Ruth.

»Wundert mich nicht«, sagte June. »Nicht viele Leute kennen es.« Höflich schnitt sie sich ein Scheibchen von dem zitternden Cranberrygelee ab.

»Gibt nicht viele Juden da, schätze ich«, sagte Ruth.

»Nicht viele«, bestätigte June fröhlich. »Tatsächlich habe ich noch nie jemanden jüdischen Glaubens kennengelernt, bis ich nach New York kam.«

»Ist nicht wahr!« Ruth fächelte sich mit ihrer Serviette Luft zu.

»In New Heidelberg«, sagte June, »gehört man einem von zwei Vereinen an: Katholiken oder Lutheraner.«

»Und zu welchem … Verein gehören Sie?«, fragte Ruth matt.

»Lutheraner«, sagte June.

»Und Ihre Familie ist …?«

June wartete verständnislos, bis Sol sagte: »Sie meint, sind Sie Krauts?«

»Oh«, sagte June. »Nein, wir sind Norweger. Bei mir zu Hause, wenn man da Lutheraner ist, dann ist man Skandinavier.« Verwirrt sah sie Peter an. *Nicht böse gemeint*, formte sie mit den Lippen. Peter lächelte müde. Es war kompliziert.

»Na«, sagte Ruth, und es sah aus, als wollte sie eine dritte Essensrunde einleiten, als Sol sagte: »Norweger, Deutsche, egal – sind alles Antisemiten.«

Alle schauten ihn an. »Wer?«, fragte Ruth.

»Die Lutheraner«, sagte Sol. Er drehte sich zur Anrichte um und schenkte sich noch ein Glas ein. »Ihre ganze Religion basiert darauf, die Juden ins Meer zu treiben. Martin Luther war der König der Antisemiten.«

»Ach, das weiß ich nicht«, sagte Peter, und June sagte: »Ich habe noch nie gehört …«

»Natürlich nicht«, sagte Sol. »Das werden sie Ihnen in Ihrer Kuhdorfkirche auch nicht beibringen, oder? Aber es ist wahr. Neben Luther ist Hitler eine Lusche.«

Peter sträubten sich die Nackenhaare. »Ich denke, das ist kaum eine passende …«

Sol stellte sein Whiskyglas mit einem Knall auf den Tisch. »Nennst du mich in meinem eigenen Haus einen Lügner?«, donnerte er.

Es wurde still, und man hörte nur das Klingeln eines Eiswürfels in Sols Scotch.

Peter stand auf. June studierte angelegentlich ihren Teller, den sie kaum angerührt hatte. Als sie schließlich aufblickte, lächelte er ihr beruhigend zu.

»Ich bin satt«, sagte er. »Wer möchte Kaffee?«

Nach dem Kaffee – der Nachtisch wurde auf später verschoben, wenn sie Zeit zum Verdauen gehabt hätten – zogen die Männer sich zurück, um geschäftliche Dinge zu besprechen, und Ruth entführte June zu einem Rundgang durch Haus und Garten. Peter hatte kaum Zeit, June zu umarmen und zu flüstern: »Wie kommst du zurecht?« – »Gut«, flüsterte sie zurück, bevor Ruth sie davonschleppte. Peter fragte sich, ob sie June ihren wertvollsten Schatz zeigen würde: den geheimen Garten, der versteckt im Schilf der Marsch lag, wo der schlammige, schweflige Boden, wie Ruth schwor, zu der riesenhaften Größe ihrer Gemüsepflanzen beitrug. Es war die Feuchtigkeit, sagte sie, oder vielleicht auch all die zermahlenen Muschelschalen. Den Garten zu zeigen war für Ruth das ultimative Zeichen von Vertrauen und Einverständnis, und Peter nahm sich vor, June auf der Rückfahrt in die Stadt zu fragen, ob sie ihn gesehen hatte – natürlich ohne ihr seine Bedeutung zu offenbaren, falls nicht.

Einstweilen ließen Sol und Peter sich in Sols Arbeitszimmer nieder. Sol ging die Monatszahlen durch, die Peter in der Masha's-Tüte mitgebracht hatte, und Peter rief im Restaurant an, um sich zu vergewissern, dass alles in Ordnung war. Alles lief bestens: nur ein kleiner Brand, der leicht zu löschen gewesen war, und der Gardemanger hatte sich geschnitten, aber nicht auf den Rosenkohl geblutet, und außerdem nicht so schlimm, dass eine

Fahrt ins Krankenhaus nötig gewesen wäre. »Musste kaum genäht werden«, sagte Lena. »Hab ich selbst gemacht.« Davon abgesehen hatten sie achtzig Gedecke serviert und rechneten mit zwanzig weiteren, wenn alle Reservierungen erschienen. Offensichtlich hatte nicht jeder in Manhattan an Thanksgiving Lust auf Hausmannskost in der Familie, dachte Peter dankbar.

Er sagte Lena, dass er am nächsten Morgen früh da sein werde. Dann legte er auf und spazierte in Sols Arbeitszimmer herum, um Sols neueste Erwerbungen zu betrachten. Das kleine Zimmer mit dem großen Fenster, das den Blick auf den Parkplatz, die Eichen und den Sound eröffnete, war mit einer Ledercouch und einem Sitzkissen ausgestattet. Es enthielt eine prächtige Sammlung von Erstausgaben, von denen Sol vermutlich keine jemals gelesen hatte, sowie Sols neueste Kunstwerke, mit denen er sich eine Zeit lang umgab, um sie sorgfältig zu betrachten, bevor sie aufgehängt wurden. Abgesehen von einem kleinen Miro und einer Buntstiftzeichnung von Egon Schiele – sie zeigte den Oberkörper einer Frau, deren Gesicht nicht zu erkennen war – hatte Sol sich anscheinend der Fotografie zugewandt. Peter sah Porträts von Menschen auf der Straße, hauptsächlich aufgenommen von – Peter entzifferte mit schmalen Augen die Signaturen – Diane Arbus, Vivian Maier, Lisette Modell. Ein paar der Namen hatte er erst in letzter Zeit gehört. Sie waren im Zusammenhang mit Ausstellungen im Masha's erwähnt worden, und er hatte keinen Zweifel daran, dass sie alle sehr gut waren. Ob Sol sie erworben hatte, weil die Fotografien und die Künstlerinnen ihm gefielen oder weil sie finanziell wertvoll waren, war eine andere Frage. Aber Peter fand sie verstörend. Sie zeigten unglückliche Obdachlose mit fehlenden Gliedmaßen, fettleibig, isoliert in ihren Rahmen, und obwohl Peter gerade durch ihren grotesken Anblick dazu verleitet wurde, sie immer und immer wieder anzuschauen – was die Bilder vermutlich als Kunstwerke qualifizierte –, würde er sich so etwas niemals an die Wand hängen.

»Das hier gefällt mir«, sagte er und zeigte auf eine sehr stattliche Lady in einem schwarzen Badeanzug, die am Strand saß und sich lachend auf die Beine klatschte, während die Wellen sich um sie herum brachen.

»Still«, sagte Sol. Schwer atmend ließ er seinen Bleistift mit mechanischen Bewegungen an den Zahlenkolonnen in Peters Kassenbuch herunterwandern. Aber dann gab er nach und sagte: »Sehr talentiert, das Mädel. Eine gute Investition.«

Er hielt Peter sein Whiskyglas entgegen. Kaffee bedeutete für Sol noch mehr Scotch. Peter schenkte ihm aus der Karaffe nach, die im Barfach im Bücherregal stand, und nahm sich selbst einen Grand Marnier. Er setzte sich auf die Couch, um zu warten, und wärmte das Glas in seinen Händen.

Endlich drehte Sol sich mit seinem Stuhl herum, warf Peter das Kassenbuch zu und sagte: »Nicht so gut. Du musst Kosten sparen.«

Peter nickte, denn genau das sagte Sol jedes Mal, obwohl das Masha's schwarze Zahlen schrieb – eine Seltenheit bei New Yorker Restaurants, auf die er zu Recht stolz war. »Sparen woran?«, fragte er.

Sol zuckte die Schultern. »Du bist der Boss. Das musst du selbst wissen.«

Peter seufzte. »Ich wollte mit dir über unseren Papierlieferanten sprechen. Tischwäsche desgleichen – die Wäschereikosten fressen uns auf. Können wir da nicht wechseln? Es gibt einen Lieferanten in New Jersey …«

»Das schlag dir aus dem Kopf.« Sol ließ die restlichen Eiswürfel in seinem Glas kreisen, hob es an den Mund und zerkaute sie knirschend. »Wir bleiben bei meinen Leuten.«

Peter fuhr sich frustriert mit der freien Hand durchs Haar. »Aber sie berechnen uns das Doppelte. Dein Wäschereimann sogar das Dreifache. Wenn du dir wegen der Bilanz Gedanken machst…«

»Das wird nichts geändert«, sagte Sol. »Die sind wie Verwandte. Du musst am Essen sparen.«

»Das kann ich nicht«, sagte Peter. Er wollte aufstehen und frustriert auf und ab marschieren, aber er blieb sitzen. Er wollte seinen Bauch nicht zeigen, würde Sol sagen.

»Wir haben schon darüber gesprochen«, sagte er. »Das Essen macht Masha's zu dem, was es ist. Fünfundachtzig Prozent aller Restaurants in New York schließen im ersten Jahr, und wir halten uns jetzt schon seit zehn Jahren. Und der Erfolg beruht nicht auf Tischtüchern und Servietten, das kann ich dir versichern…«

»Nein, sondern auf diesem Rührstück, das Ruth der Presse erzählt hat«, behauptete Sol befriedigt. Er ging an die Bar und holte sich noch einen Scotch.

Peter starrte Sols Rücken an – breit und ein bisschen krumm. Sol meinte die Story hinter der Speisekarte, die auf den Gerichten beruhte, über die Peter und Masha diskutiert hatten, als sie auf der Matratze auf dem Boden ihrer Einzimmerwohnung mit fließend kaltem Wasser im vierten Stock in Berlin lagen. »Wäre es nicht schön, Petel«, hatte Masha eines Nachts gesagt und sich auf einen Ellenbogen gestützt, »wenn wir zusammen ein Lokal hätten! Es gäbe nur unsere Lieblingsrezepte, deine und meine, alles, was wir als Kinder am liebsten gegessen haben. Kleine polnische Täubchen – diese Miniaturkohlrouladen – und Brathuhn und Ente. Und Profiteroles! ›Wölkchen‹ nannte Mutti sie immer.« Vor lauter Aufregung hatte sie angefangen, auf dem Bett herumzuhüpfen, und ihr Haar war wie ein weißer Vorhang über Peters Gesicht gefallen. Peter war damals gerade zwanzig gewesen und Masha noch ein Teenager.

»Hattest du etwas damit zu tun, dass Ruth die Geschichte dieser Klatschreporterin erzählt hat?«, fragte Peter jetzt. »Hast du sie absichtlich zu dieser Spendengala eingeladen?«

»Ich habe sie eingeladen, weil es gut fürs Geschäft ist«, sagte Sol.

»Also doch«, sagte Peter. »Wie konntest du?«

Sol zuckte die Schultern. »Sieh mich nicht an. Ruth kannte die Geschichte, und sie hat ein großes Mundwerk.«

Er stapfte zurück zu seinem Schreibtischsessel und ließ sich grunzend hineinfallen. »Du solltest dich bei ihr bedanken. Glaubst du, die kommen wegen des superschicken französischen Drecks, den du ihnen servierst? Sie kommen, um dich zu sehen – wegen der traurigen Geschichte.«

»Das ist nicht *französisch*«, sagte Peter mit zusammengebissenen Zähnen. »Es ist europäisch.«

Er stand auf, ging zum Fenster und trank seinen Grand Marnier in einem Zug aus. Der Drink brannte in der Kehle. Der Himmel war jetzt völlig grau. Weder Junes heller Kopf noch Ruths kastanienbrauner war irgendwo draußen zu sehen; entweder waren sie unten im Garten oder irgendwo im Haus. Wie sehr wünschte er sich, Masha's allein führen zu können, ohne Sols Hilfe! Aber ein Restaurant zu besitzen war ein kostspieliges Unterfangen. Peter hatte kein Sparschwein, und er hatte auch kein Bankdarlehen aufgenommen, um Masha's zu eröffnen – nicht dass er damals eins bekommen hätte. Wahrscheinlich nicht. Er hatte als Souschef in dem Lokal gearbeitet, als er es geerbt hatte. Giuseppe, der Vorbesitzer, hatte ihn von dem Augenblick an gemocht, als er zur Tür hereingekommen war, nachdem er ein Jahr lang den amerikanischen Westen und Süden bereist und als Abräumer und Imbisskoch gearbeitet hatte. Peter war ohne einen wirklichen Plan in der Stadt herumgestreift und ins Giuseppe's gekommen – wie Masha's damals hieß –, weil er in jedem Restaurant, an dem er vorbeikam, fragte, ob sie eine Küchenhilfe suchten, und außerdem war er hungrig. Er hatte einen Espresso und einen Cannolo bestellt und dann gefragt, ob er den Koch sprechen könne, weil er wissen wollte, wie das kleine Gebäck gemacht wurde. Giuseppe – Guy – hatte ihm einen Job als Gardemanger gegeben; er hatte Kräuter und Gemüse für das *mise en place* geschnitten, Kalb und Huhn entbeint und Brühe gekocht. »Nicht schlecht«, sagte Guy mit seiner Reibeisenstimme, wenn er sah, wie geschickt Peter mit dem Messer hantierte, »für einen Yid.« Dann hatte er Peter eine zärtliche Kopfnuss verpasst. Eines Nachts fand Guy ihn in der Küche mit einer Zucchini, die er aus Ruths Garten geklaut hatte. Er experimentierte mit einer Beilage, für die er das Gemüse spiralig geschnitten hatte, sodass es an Spaghetti erinnerte. Guy kostete davon. »Was schmecke ich hier, Kleiner? Zitronenschale?« – »Nein, Chef«, antwortete Peter, »Zitronenthymian.« Von da an waren die beiden Freunde – und besser noch: gleichrangig. Als Guy an Kehlkopfkrebs starb, vermachte er Peter das Giuseppe's, und ohne Unterstützung hätte er das Lokal schließen müssen. Peter hatte sich an Sol gewandt.

Es war ausgeschlossen, begriff Peter in jenen ersten Tagen, Masha's ohne Sols Hilfe zu betreiben. Sol sagte:

»Keine Ahnung, warum du auf einen Frauenjob scharf bist, aber wenn du in der Küche arbeiten willst, sollst du in der Küche arbeiten.« Peter nutzte das Angebot. Inzwischen träumte er davon, Sols Geld durch das eines anderen Investors zu ersetzen, eines Gastes – Mr. Cronkite? – oder einer Bank, aber das würde ein größeres Erdbeben für die Finanzen des Restaurants bedeuten. Also war er an einen Mann gebunden, der sich nicht im Geringsten für Essen interessierte, ein Analphabet auf dem Gebiet war. Peter hätte ihm Hundeexkremente als Paté servieren können, und er hätte den Unterschied nicht bemerkt. Er wäre ihm auch gleichgültig gewesen, wenn er damit Kosten einsparen könnte.

»... ich weiß sowieso nicht, warum du diesen ganzen feinen Firlefanz servieren musst«, sagte Sol eben, als wollte er demonstrieren, dass Peter recht hatte. »Wildkalb hier, Blätterteigkruste da. Ich sage dir, gib den Leuten was Leckeres zu futtern, und sie sind zufrieden. Du musst einfacher werden. Die Sache runterschrauben.«

Ich bezweifle, dass Craig Claiborne dir da zustimmen würde, dachte Peter, aber Sol würde den Restaurantkritiker der *New York Times* nicht erkennen, wenn Mr. Claiborne ihn in den *toches* beißen würde. »Ich überleg's mir«, sagte er.

»Gut«, sagte Sol. »Ach, bevor ich es vergesse – dieser Olivenölimporteur, von dem ich gesprochen habe? Aus Israel? Ich möchte, dass du mit ihm zusammenarbeitest. Sein Zeug hat Topqualität.« Er gab Peter eine Visitenkarte, und Peter steckte sie ein. Sol stand auf und fing an, sein Hemd in die Golfhose zu stopfen.

»Das ist ein ziemlich heißer Feger, den du da aufgelesen hast«, sagte er. »Woher kennst du sie?«

Aber Peter hatte keine Zeit mehr für eine Antwort –

nicht dass er die Absicht gehabt hätte, mit Sol über June zu reden –, denn jetzt hörte man die Stimmen der Damen im Korridor vor dem Arbeitszimmer näher kommen, und dann klopfte es.

»Ja«, sagte Sol, »kommt rein, wir sind hier fertig.«

Die Tür ging auf, und June und Ruth standen draußen. June hatte ihre Lederjacke an und war rot im Gesicht – von der Novemberkälte, wie Peter zunächst dachte, aber dann sah er, dass auch ihre Augen rosarot unterlaufen waren, und die Wimperntusche war verschmiert. Als sie hereinkam und ihm um den Hals fiel, wusste er, dass etwas schiefgelaufen war.

»Warum hast du es mir nicht erzählt?«, fragte June.

Sie spazierten zum Sound – nicht auf dem schilfbewachsenen, sumpfigen Pfad, der an Ruths Gemüsegarten vorbeiführte und auf dem June sich, wie Ruth gemeint hatte, ihre Stiefel ruinieren würde, sondern durch die Nachbarschaft. Peter kannte den Weg zu einem öffentlichen Bootssteg. Sie wanderten am Straßenrand entlang, zwischen hohen Bäumen und Felswänden. Der Tag war windig und bewölkt geworden, und im Wind wehte der Geruch von Kaminfeuern. In den Häusern, an denen sie vorbeikamen – hier eine Kolonialvilla, dort ein modernes Durcheinander von gläsernen Kästen –, sah Peter durch die Fenster Familien bei ihrem Thanksgiving Dinner mit gesenkten Köpfen im Lampenlicht.

Er fühlte sich wie betäubt. Er hielt Junes Hand, hatte sie mit Absicht ergriffen, als sie das Haus verließen, aber er konnte sie kaum fühlen. Sie drückte seine Finger zusammen – um seine Aufmerksamkeit zu erregen oder aus Besorgnis –, aber es war eine unbestimmte Empfindung, die wenig mit ihm zu tun hatte.

»Wie konntest du es für dich behalten?«, fragte June.

Sie streckte den Kopf vor, um ihm ins Gesicht zu schauen. Er war sich ihrer Bangigkeit bewusst, ihres Parfüms, des Knarrens ihrer Lederjacke, aber er hielt den Blick starr geradeaus gerichtet.

»Es ist schrecklich, das mit deiner Frau«, fuhr June fort. »Eine so traurige Geschichte, Peter. Einfach furchtbar. Und es tut mir so leid. Aber warum hast du mir nichts von deinen kleinen Mädchen gesagt?«

Peter hatte das Gefühl, in seiner eigenen Haut zu schrumpfen. Er wollte um sich schlagen, aber er ging weiter und hielt Ausschau nach Wegmarken. Zur Linken lag ein freies Feld – das Anwesen der MacGregors, die dort Stallungen und Pferde hatten, als gehörten sie dem Landadel an und wären nicht ein Banker, der in der Stadt arbeitete, und seine Frau. Auf der anderen Seite sah man Bäume, eine Mauer und weitere Häuser. Schließlich kamen sie zu einem Straßenschild mit der Aufschrift »Slippery Elm Lane«.

»Hier entlang«, sagte Peter.

Sie bogen nach links in eine noch schmalere Straße unter Bäumen. Peter spürte, dass June ihn anstarrte. Verdammt, er wünschte, sie würde damit aufhören.

»Verstehe es bitte«, sagte er. »Es liegt nicht an dir. Ich spreche mit niemandem über sie.«

»Aber warum nicht?«

»Ich kann es nicht.«

»Aber warum nicht?«

»Ich kann es einfach nicht.«

Peters Schritte knirschten im toten Laub, und er konnte die Feuchtigkeit der unteren Schichten riechen, die zu verrotten anfingen. Er suchte nach einem weißen Felsblock mit der Schablonenaufschrift »101«, und als er ihn gefunden hatte, hob er die Kette hoch, die daran befestigt war. Ein Schild baumelte an der Kette: PRIVATBESITZ, stand da. ZUTRITT VERBOTEN.

June zögerte, als Peter die Hand ausstreckte, um ihr über die Kette zu helfen. »Werden die Eigentümer keinen Ärger machen?«

»Das ist in Ordnung. Sie kennen mich. Sie kennen Sol.«

Sie gingen eine lange, mit Kies und Austernschalen bedeckte Zufahrt hinunter, an deren Ende der Baumbestand sich öffnete und eine weite Rasenfläche sich zum Sound hinunter erstreckte. Links lag die Garage, ein als englisches Cottage verkleidetes Gebäude, in dem eine zehnköpfige Familie hätte wohnen können. Rechts stand das Haus, eine Kolossalversion der Garage, auf einem Felsvorsprung und schaute auf das Meer hinaus.

»Sol hat ein Boot hier in der Nähe«, sagte Peter. »Einen Teil seines Fangs bringt er gern diesen Leuten hier mit – den Reinholdts. Dafür erlauben sie ihm, von ihrem Uferstück aus zu angeln.«

Zwischen Rasen und Wasser erstreckte sich eine weitere niedrige Mauer. Drei Stufen führten daran hinauf und auf einen Anleger. Junes Stiefelabsätze klapperten über die Bohlen wie Pferdehufe, und Peter dachte plötzlich daran, wie Vivi in Schuhen mit Holzsohlen über den Ku'damm galoppiert war und gerufen hatte: »Mutti! Papa! Ich bin ein Pony!«, während Ginger, die immer die Schüchterne war, sich zurückhielt, die Straßenbahn anstarrte und sich an Mashas und Peters Hände klammerte.

Peter setzte sich auf die Bank am Ende des Anlegers. Er fühlte sich matt und ein bisschen flau, und als er sich mit der Hand über das Gesicht strich, war seine Handfläche feucht. Möwen schrien, und draußen auf dem Sound läuteten Bojen.

»Es tut mir leid, dass du es auf diese Weise erfahren musstest«, sagte er. »Es muss ein Schock gewesen sein.«

»Ja«, sagte June. »Ruth hat mir ihr Bild gezeigt. Es ist das einzige Bild, das es noch gibt, sagte sie. Sie dachte, ich möchte vielleicht gern wissen, wie sie ausgesehen haben.«

Peter machte ein leises Geräusch. Es klang, als hätte ihm jemand einen Schlag in den Magen versetzt.

»Bitte sei ihr nicht böse, Peter«, sagte June. »Ich glaube wirklich, sie dachte, ich wüsste Bescheid.«

Peter schnaubte. »Das bezweifle ich. Sie weiß, dass ich nie über sie spreche.«

»Tja, das kann sein«, sagte June spitz. »Ruth dachte, es wäre ernsthaft genug zwischen uns, um es mir zu erzählen.«

Sie zündete sich eine Zigarette an, ohne auf Peters Feuerzeug zu warten. Der Schwefelgeruch des Streichholzes wehte beißend im Wind. Peter stand auf und trat ans Geländer. Er ballte die Fäuste in den Taschen und schaute zum Uferrand gegenüber, zu den Häusern mit ihren eigenen Anlegern und Booten und zu der Grenzlinie zwischen Grau und Grau, wo der Sound in die offene See mündete.

»June«, sagte er, »bitte versteh doch. Es hat nichts mit ernsthaft oder nicht ernsthaft zu tun. Mir liegt etwas an dir, eine ganze Menge sogar. Aber ich spreche mit niemandem über sie.«

»Ja, das habe ich allmählich kapiert«, sagte June, und einen Augenblick später sagte sie: »Sie waren sehr schön. Zwillinge?«

»Ja.«

Vivian und Ginger, dachte Peter, und er hätte es ihr gesagt, aber es tat zu weh, ihre Namen auszusprechen.

Sein zweifaches Wunder, seine beiden Goldmünzen, seine Töchter. Vivi und Gigi. Die Namen stammten natürlich von Masha mit ihrem unersättlichen Hang zu Filmen und ihren Stars, der so ausgeprägt war, dass sie ein- oder zweimal beinahe ihre Anstellung deshalb verloren hätte; sie hatte sich völlig vergessen und war in den Speiseraum des Adlon geschlichen, um sich hinter den Spiegelsäulen zu verstecken und ein paar der berühmteren Gäste anzustarren. »Petel, das war Clark Gable! Niemand sonst sieht so hinreißend aus – außer dir. An seinem Schnurrbart und dem Lächeln habe ich erkannt, dass es Clark war – dieses Schlitzohr! Und wusstest du, dass er angeblich falsche Zähne hat?« Oder: »Marlene Dietrich – ich schwöre, sie war es, Petel, denn welche andere Frau trägt einen Smoking? Und diese Augenbrauen!« Masha, die sich nie Kleider kaufte, deren Sachen voller Löcher waren, und an deren Schuhen sich die Sohlen ablösten, sparte jeden Pfennig für die Vormittagsvorstellungen – zumindest, bis die ersten Schilder auftauchten, auf denen stand: *Für Juden verboten!* Da ging sie dann nicht mehr ins Kino, aus Solidarität mit Peter, obwohl sie es mit ihrer makellosen arischen Abstammung natürlich weiter hätte tun können. »Die Illustrierten genügen mir«, sagte sie naserümpfend, »und dabei ist es so dumm – so ironisch. Dich da auszuschließen, und dabei bist du derjenige, der aussieht wie ein Filmstar!« Masha mit ihrem langen Modigliani-Gesicht und dem strohblonden Haar neigte selbst kein bisschen zur Eitelkeit, aber sie war besessen von Vivian Leighs schrägen Katzenaugen und Ginger Rogers' atemberaubend langen Beinen – *gams* nannte Masha sie, »Stelzen«, und sie sprach dieses Wort mit sorgfältigem amerikanischen Akzent aus. Und daher kamen die Namen ihrer Töchter, die im dunklen Jahr 1940 geboren wurden – zur Überraschung und zum Entsetzen ihrer Eltern, die selbst gerade Anfang zwanzig waren.

»Hör zu, June«, sagte Peter. »Eines musst du über mich wissen, wenn es mit uns weitergehen soll.« Er hörte, wie abgehackt sein Akzent klang, wenn er erregt war, aber er konnte es nicht ändern. »Ich werde nicht über sie sprechen.«

June rauchte ihre Zigarette zu Ende, ohne zu antworten, und dann trat sie den Stummel aus und steckte ihn in die Tasche ihrer Lederjacke, statt ihn ins Wasser oder auf den Boden der Eigentümer zu werfen. Sie trat zu Peter an das Geländer, rot und golden im grauen Licht des Nachmittags. Masha, dachte er, wäre tief beeindruckt von ihr gewesen. Der Wind trieb einen Wassertropfen von ihrem Augenwinkel zu ihrer Schläfe. Vielleicht war es auch eine Träne. Normalerweise hätte Peter sie wohl mit dem Daumen weggewischt.

»Ich werde es nicht tun«, wiederholte er. »Hast du verstanden?«

June nickte und seufzte tief. »Peter, irgendwie habe ich Angst, es zu sagen, aber ich sage es trotzdem. Ich habe dich wirklich gern. Ehrlich gesagt, ich glaube, ich bin dabei, mich in dich zu verlieben. Aber ich glaube« – und jetzt imitierte sie Peters förmlichen Tonfall und lächelte sanft –, »wenn es weitergehen soll mit uns, solltest du professionelle Hilfe suchen. Einen Analytiker. Es würde mir sonst schwerfallen, mich weiter auf dich einzulassen. Weißt du, was ich meine?«

Peter schaute hinunter auf das dunkle Wasser, auf das Treibgut, das da um die Pfähle dümpelte und kreiste: Seetang, Schaum, Styropor, Trübnis.

»Ja«, sagte er.

»Wirst du es tun?«

Peter seufzte. Das war eine so amerikanische Idee – nicht die Analyse selbst, dafür war der Österreicher Freud verantwortlich, aber dieser Optimismus, der Gedanke, man müsse nur einmal pro Woche fünfzig Minuten auf einer Couch liegen und über seine Träume und Sorgen reden, und damit wäre alles gelöst. In seinem zweiten Jahr in Amerika hatte Peter es mit einer Therapie versucht. Als das Schlafwandeln angefangen hatte. Als er jede Nacht in Sol und Ruths Haus herumgeirrt und an merkwürdigen Stellen aufgewacht war, auf der Klavierbank oder im Keller, ohne zu ahnen, wie er dorthin gekommen war, und ein- oder zweimal auch – was viel verstörender war –, ohne zu ahnen, wo er war. Er hatte buchstäblich nicht mehr gewusst, wie er hieß. Sols Arzt hatte gemeint, diese Episoden würden von allein wieder aufhören, wenn Peter sich von Unterernährung und Schock erholt und weit genug von der Kriegszeit entfernt hätte. Aber als er eines Morgens bis an die Brust im Wasser des Pools gestanden und Ruth einen Schrecken eingejagt hatte, als sie aus dem Fenster schaute, hatte Sol sich vom Arzt einen Mann empfehlen lassen. »Mehr ist das nicht«, hatte er gesagt. »Bloß ein Mann. Geh einfach mal hin.« Und wirklich, der Mann war bloß ein Mann gewesen, ein Gentleman mittleren Alters mit einer Drahtbrille und einem Muttermal an der Nase, das Peter sehr beunruhigend fand – aber das sagte er nicht, denn er war sicher, dass es etwas Nachteiliges über seine Psyche verraten würde. Er hatte auf dem rauen orangegelben Sofa unter einer schwarzvioletten Rothko-Reproduktion in der Praxis des Analytikers gelegen und dem Verkehr draußen auf der 57th Street und dem Gurgeln und Schmatzen der Pfeife des Analytikers gelauscht, er hatte darauf gewartet, dass der Analytiker etwas sagte, der Analytiker hatte darauf gewartet, dass Peter etwas sagte, und eines Tages, mitten in der vierten Sitzung, hatte Peter ein Schnarchen gehört und begriffen, dass der Analytiker tief und fest schlief. Da war er aufgestanden und gegangen.

Aber hier war June, und wenn es stimmte, dass er über seine Töchter nicht sprechen würde, dann stimmte es genauso, was er über seine Gefühle für sie gesagt hatte. Und so verzieh er sich die Lüge schon im Voraus und sagte: »Wenn ich das tun muss, um dich zu behalten, June Bouquet, dann gehe ich zu einem Analytiker.«

»Oh gut«, sagte sie. »Danke.« Und dann küsste sie ihn.

Sie küssten einander lange und umarmten sich. Peter schob die Hand unter ihre Jacke und unter ihre Bluse, und ihre bloße Haut verwandelte sich in eine Gänsehaut, als der Wind sie berührte. Ihr Mund dagegen war sehr warm. Peter wich zurück.

»Komm«, sagte er, »ich will dir etwas zeigen.«

»Was denn?«

»Komm schon«, sagte Peter.

June verdrehte die Augen und folgte ihm dann über die eiserne Leiter hinunter auf den Sandstreifen unter dem Steg. »Hier?«, fragte sie zweifelnd. »Da drin?« Sie beäugte die Jolle, die an den Pfählen lehnte, halb verrottet und mit abblätternder grüner Farbe.

Peter lachte. »Nein, du Sexmonster. Obwohl – wir können es natürlich tun, wenn du willst. Nachher.«

»Was heißt nachher?«

Peter winkte sie herüber und zeigte ihr Hunderte von dunkelblauen Schalen, die an der Unterseite des Bootsstegs klebten wie Schmetterlinge mit zusammengelegten Flügeln. Er pflückte eine von dem splitternden Holz, öffnete sie mit den Daumen und entblößte das weiche Innere. Das Fleisch glänzte wie eine Perle.

»Das süßeste Geschöpf der Welt«, sagte er. »Abgesehen von dir.«

June rümpfte die Nase. »Wenn du es sagst.«

Aber sie half ihm, die Muscheln von den Pfählen zu lösen, von der Seemauer, den Felsen und den Seegrasnestern. Schnell wuchs im Sand der Berg, den sie ins Masha's bringen würden, und als die Plastiktüte, die Peter in der Tasche hatte, voll war, bot sie ihm sogar ihr Tuch an. Peter beobachtete sie, während der Nachmittag immer grauer wurde und die Flut kam. Mit langen Beinen kletterte sie am Strand herum, kunstlos und konzentriert wie ein Kind, und Peter dachte: Wozu brauche ich einen Analytiker? Ich bin glücklich. Ich habe dich.

# 4

# WEIHNACHTEN 1965

Zwei Tage vor Weihnachten ging Peter mit June in den Rainbow Room. June kam zum Cocktail ins Masha's, während Peter die erste Abendschicht absolvierte. Dann zog er sich um, und sie machten sich auf den Weg zum Rockefeller Center. Die Stadt wirkte fiebrig wie immer in dieser Zeit. Die New Yorker schoben sich über die Kreuzungen und versuchten, den Touristen, die die Gehwege verstopften, vor den Wolkenkratzern die Hälse reckten und staunend vor den Schaufenstern der Kaufhäuser standen, die Taxen wegzuschnappen. Peter war ein wenig amüsiert von all dem Trubel – dies war nicht sein Feiertag, er hatte keine Feiertage – und gleichzeitig gereizt, denn er war öfter als sonst in einer so betriebsamen Zeit nicht im Restaurant. Ein paarmal am Tag hatte er das Gefühl, etwas vergessen zu haben, und dann klopfte er seine Taschen ab und schaute in sein Notizbuch, bevor er sich schuldbewusst erinnerte: Ah. Masha's. Zum ersten Mal in zwanzig Jahren verbrachte er nicht jede wache Stunde dort.

Aber heute Abend würde er sich besondere Mühe geben. June wollte am nächsten Tag nach Minnesota fahren, um Weihnachten bei ihrer Mutter zu verbringen, und deshalb tat Peter mit einem Mal alles, was Besucher in New York zu tun pflegten und was er als Einwohner noch nie getan hatte. Sie bewunderten die Festtagstableaus in den Schaufenstern bei Macy's – June zeigte ihm die Schaufensterpuppen mit ihrem Gesicht, die, wie sie erklärte, in eine Form gegossen worden waren. »Ich musste auf dem Bauch liegen und durch Strohhalme atmen, bis der Gips hart war«, sagte sie, und Peter schnalzte mitleidig mit der Zunge und sagte: »Und da glauben die Leute, das Leben eines Mannequins bestünde nur aus Glanz und Gloria.« Am Rockefeller Center warteten sie in der Schlange vor der Eisbahn und aßen an einem Karren geröstete Kastanien. Auf dem Eis lief June lauter Achten und kicherte, als Peters Knöchel einwärtsknickten. Sie lockte ihn von der Einfassung weg, indem sie seine Hände nahm und rückwärtsglitt. Danach tauten sie sich mit einer heißen Schokolade wieder auf und warteten, umdrängt von Pelz und Wolle, im Foyer des Rockefeller Center, bis schließlich ein Aufzug sie in den fünfundsechzigsten Stock hinaufbeförderte.

Peter hatte reserviert, und sie bekamen einen Zweiertisch am Fenster, wo das Empire State Building als Tischkerze diente. Schwindelerregend dehnte die Stadt sich neben ihnen. Sie tranken Martinis, June bestellte einen Krabbencocktail und einen Cesar Salad, Peter einen Hummer Thermidor, von dem er jetzt schon wusste, dass er ihn auf den Geschmack der industriellen Massenproduktion testen würde – die Küche des Rainbow Room arbeitete anders als Masha's mit einer riesigen Küchenbrigade, die wie am Fließband jeden Tag Hunderte und Aberhunderte von Gästen bediente. Peter hatte nichts gegen den Küchenchef, aber er hoffte, er würde in der Lage sein, das Butan der Warmhaltewanne zu schmecken, in der seine Hauptspeise aufbewahrt worden war, oder die etwas zähe Konsistenz eines Gerichts, das unter dem Salamander gegrillt worden war. Er gab June Feuer für ihre Zigarette und lächelte, als sie den Blick durch den Raum wandern ließ – über die rot gedeckten, von Kerzen beleuchteten Tische rings um die Tanzfläche, den massigen Kronleuchter unter der runden Decke, die für ihre Regenbogenfarben berühmt war, die schimmernden Prismen, die von in den Boden am Rand des Raumes eingelassenen Leuchten in die Höhe strahlten, und ganz Manhattan, das ihnen glitzernd zu Füßen lag.

»Du hattest recht«, sagte Peter, als das Orchester zu einem Potpourri aus der *Nussknackersuite* ansetzte, »es ist wirklich festlich.«

»Du hättest den Mod Ball letzten Monat sehen sollen«, sagte June. »Es war rappelvoll! Duke Ellington hat gespielt.«

»Ah«, sagte Peter. Abgesehen von dem Transistorradio seiner Köche und den unausweichlichen Konzerten in der Carnegie Hall versuchte er, überhaupt keine Musik zu hören.

»Wer ist das?«, fragte er, als June einem Mann auf der anderen Seite des Raumes fröhlich zuwinkte, einem bärtigen Kerl in bunt gestreifter Hose.

»Das ist Roger, ein Fotograf, mit dem ich arbeite.«

»Ah«, sagte Peter noch einmal. Er sah, wie June diesem Roger Rauchkringel entgegenblies, sichtbare Spuren ihrer Lippen in der Luft. War es Einbildung, oder entfernte June sich allmählich von ihm? Er hatte keinen handfesten Grund für dieses Gefühl; wenn sie nicht arbeitete, stand sie ihm immer zur Verfügung, tatsächlich sogar mehr, als sein Zeitplan es gestattete, und lockte ihn ständig an Orte, die er von selbst niemals aufgesucht hätte: ElMo, das Copacabana, die Factory mit Mr. Warhol. Ihr Interesse galt Klatschgeschichten und Zukunftsplänen, Clubs und Citys, die sie besuchen wollte, und nicht anderen Männern. Aber Peter war schmerzhaft bewusst, dass die Frauen in ihren Kreisen sich mit Industriebossen und Sportgrößen trafen; betrübt und amüsiert zugleich hatte er zur Kenntnis genommen, dass er als Gastronom zu den unteren Totems am Pfahl gehörte. Bestimmt war er eifersüchtig, und das war doch ein gutes Zeichen, oder? Den Grund seines Unbehagens konnte er nicht benennen, und er hatte Angst davor, dass sich die Aussicht, June zu verlieren, nicht nur mit dem trostlosen Gefühl verband, aus einem wunderbaren Traum aufzuwachen, sondern auch mit einem Hauch von Erleichterung.

Er versuchte, all diese Gedanken abzuschütteln. Schließlich konnte man sich kaum charmantere Gesellschaft wünschen. »Du siehst heute Abend besonders blendend aus«, sagte er. »Wie die Schneekönigin.« Tatsächlich war June heute ganz in Weiß; ihr funkelndes Etuikleid berührte den oberen Rand ihrer schenkelhohen silbernen Stiefel, und der weiße Turban auf ihrem Kopf war mit einer diamantenen Schneeflocke befestigt.

»Danke«, sagte sie und neigte sich vertrauensvoll zu ihm herüber. »Ich trage nichts darunter.«

Sich entfernen konnte man das wohl kaum nennen. Peter zog die Brauen hoch. »Das sind frohe Weihnachten für mich.«

»Ich dachte, du feierst Weihnachten nicht.«

»Jetzt doch«, sagte Peter.

Er griff über den Tisch nach ihren Händen und überlegte, ob er das samtene Juwelenetui hervorholen sollte, aber jetzt wurde ihr Essen serviert. Auch gut, dachte Peter; das Geschenk würde sich besser beim Dessert überreichen lassen. Er hatte Schnee-Eier vorbestellt und hoffte, June werde wenigstens ein paar Bissen von den kalorienarmen Meringuen essen.

Das Orchester ging zu »Moon River« über. June schob die Croutons von ihrem Römersalat unter die Blätter, hob ein Blatt an den Mund und knabberte am Rand. Sie nahm ein zweites und ein drittes, und dann lehnte sie sich zurück und rieb sich den nicht vorhandenen Bauch. »Ich bin pappsatt«, sagte sie. Ihre Krabben glitzerten unberührt wie umgekehrte Kommata auf dem Rand ihres beschlagenen Silbertellers.

»Aber du hast kaum etwas gegessen«, sagte Peter. Es machte June glücklich, wenn er das sagte, und Peter hatte gedacht, er habe sich daran gewöhnt, dass sie so wenig aß. Aber jetzt kam ihm ungebeten die Erinnerung an einen Mann, neben dem er in der Küche in Auschwitz gestanden hatte. Der Mann hatte sich heimlich ein Stückchen Kartoffelschale in den Mund gesteckt, und die Schale war halb zerkaut wieder herausgefallen, als die Kugel den Mann in den Kopf traf. Sein Blut war auf Peters Kartoffeln gespritzt, und so war er mitbestraft worden. Der Mann hatte Merckel geheißen. Merckels Familie hatte früher eine Kette von Bierlokalen in München besessen. Dieser Erinnerungssplitter, dieses Schrapnell, kam in letzter Zeit immer öfter an die Oberfläche. Es war mehr als beunruhigend. Peter spießte seine Gabel in das fleckige Hummerfleisch und schob es von sich.

Das Orchester ging in die Pause, der Kellner räumte das Geschirr ab. »Hat das Essen Ihnen nicht zugesagt, Sir?«

»Im Gegenteil«, sagte Peter. »Mein Kompliment an den Koch.«

»Er wird sich freuen, Mr. Rashkin.« Der Kellner fuhr

mit einer silbernen Krümelbürste über das Tischtuch. »Darf ich Ihnen Kaffee bringen? Digestif?«

»Ich bin beeindruckt«, sagte June, nachdem Peter einen Port für sich und einen White Russian für June bestellt hatte. »Du bist berühmt!«

Peter wackelte mit den Augenbrauen. »Halt dich an mich, Kid«, sagte er mit seinem besten Humphrey-Bogart-Akzent. Erkannt zu werden war eigentlich keine bemerkenswerte Leistung; in Manhattan kannten sich die meisten Köche, die auf einem bestimmten Niveau arbeiteten. Trotzdem freute es Peter, es war immer schön, den Gruß eines anderen Kochs entgegenzunehmen, und das Dessert würde wahrscheinlich auch auf Kosten des Hauses gehen.

June nahm eine neue Zigarette aus der Packung, und Peter gab ihr Feuer. »Freust du dich auf deine Reise?«, fragte er.

»Nein«, sagte sie.

»Nein?«

»Ach, ich denke schon«, sagte sie. »Es ist immer schön, meine Mom zu besuchen. Aber die Stadt – bah.« Sie verzog das Gesicht. »Um diese Jahreszeit hat dort alles die gleiche Farbe, der Schnee liegt hüfthoch, und sie reden alle nur über ihre Männer und ihre Kinder und welches Waschmittel das beste ist.«

»Das klingt … erholsam«, sagte Peter vorsichtig.

»Du meinst einschläfernd.«

»Ja, okay«, gab er zu, und June blies den Rauch aus der Nase wie ein Drache.

»Es muss doch etwas Festliches geben«, sagte Peter. »Was macht ihr denn zu Weihnachten?«

»In die Kirche gehen. Essen. Meine Mom ist eine schreckliche Köchin, sie lebt überwiegend von Konserven, aber jedes Jahr an Heiligabend backen sie und ihre Freundinnen ungefähr tausend Plätzchen und servieren lauter norwegische Speisen. Lefse, Rømmegrøt …«

»Das hört sich an wie eine Art Mörtel«, sagte Peter zweifelnd. »Ihr esst so etwas?«

June lachte. »Wenn ich es mir so überlege, muss ich sagen, es hat Ähnlichkeit damit«, sagte sie. »Die Konsistenz ist die gleiche. Aber es ist eine Art Pudding aus Mehl und Milch. Der Legende nach haben die norwegischen Bäuerinnen ein Kind geboren und eine Schüssel Rømmegrøt gegessen, und dann sind sie wieder aufs Feld zurück und an die Arbeit gegangen. Und wenn man davon nicht stark genug wird, gibt es immer noch Lutefisk.« Sie machte ein würgendes Geräusch.

»Und was ist das? So etwas wie Gefilte Fisch?«

»Ich habe keine Ahnung«, sagte June. »Aber ich bin sicher, Lutefisk ist ekliger. Das ist in Lauge gekochter Kabeljau. Stinkt zum Himmel und fühlt sich an, als ob man einen Augapfel essen würde.«

»Lauge«, sagte Peter nachdenklich. »Das muss ursprünglich eine Konservierungsmethode gewesen sein …«

Er zog sein Notizbuch hervor, um es sich aufzuschreiben. Als er aufblickte, sah er, dass June ihn, wie er fand, halb zärtlich, halb genervt anschaute. »Nur du kannst Lutefisk interessant finden«, sagte sie und drückte ihre Zigarette aus. »Natürlich könntest du jederzeit mitkommen und ihn selbst probieren.«

»Ich wünschte, das könnte ich«, sagte Peter sanft. Er nahm ihre Hand und küsste sie. Das Orchester hatte seinen Platz wieder eingenommen und spielte »Stille Nacht« im Swingtempo. *Stille Nacht, heilige Nacht,* sang eine leise Stimme in Peters Kopf.

»Ich *muss* nicht fahren«, sagte June und drückte seine

Finger. »Ich könnte stattdessen Ostern fahren, und du könntest mitkommen. Und bis dahin könnte ich hier bei dir bleiben.«

»Nichts würde mir besser gefallen«, sagte Peter. »Aber ich fürchte, du würdest dich zu Tode langweilen. Ich werde mit der Silvestergala so viel zu tun haben, weißt du – oh, habe ich dir das schon erzählt?« Er senkte die Stimme und flüsterte theatralisch hinter der vorgehaltenen Hand: »Ich habe einen Eisbildhauer engagiert. Im Masha's werden Statuen stehen! Der Eigentümer des Russian Tea Room wird grün vor Neid werden.«

June zog ihre Hand weg und lehnte sich zurück. »Das ist schön«, sagte sie und schaute über die tanzenden Paare hinweg. Ihr Rock war fast ganz über die Oberschenkel hinaufgerutscht, und Peter konnte die interessierten Blicke, die sich auf sie richteten, nicht übersehen.

»Was ist denn?«, fragte er.

»Nichts«, sagte June.

»Meiner Erfahrung nach«, sagte Peter, »meint eine Frau genau das Gegenteil, wenn sie das sagt.«

June schüttelte eine Zigarette aus der Schachtel. »Ich wünschte nur, du hättest ein bisschen mehr ...«

»Mehr ...«, sagte Peter. Er wusste nicht, was sie meinte. »Mehr was?«

June atmete frustriert aus. »Mehr Begeisterung.«

»Aber ich bin begeistert«, sagte Peter. »So bin ich, wenn ich begeistert bin.«

»Okay, das ist schön«, sagte June. »Ich weiß ja, dass nicht jeder ein großes Trara bei allem macht. Ich wünschte nur ...«

»Was?« Peter bemühte sich, nicht allzu gereizt zu klingen, aber es war, als spräche er mit der Raupe in *Alice im Wunderland*.

»Dass wir zu Neujahr zusammen in New York sein können, zum Beispiel. Dass wir Pläne gemacht hätten.«

»Aber das ist für das Restaurant der größte Abend des Jahres«, sagte Peter. »Und du bist dann in ...«

»In Paris. Ich weiß.«

»Ein Auftrag, den du angenommen hast«, sagte Peter. »Ich verstehe das Problem nicht.«

»Das Problem ist, dass ich dich eingeladen habe mitzukommen, auf Kosten der Zeitschrift, und du willst nicht. Nicht mal für ein Wochenende.«

»June, ich bin Geschäftsmann. Ich kann das Masha's nicht ganz allein lassen. Lena kann das Geschäft nicht so lange führen.«

»Das überzeugt mich nicht«, sagte June. »Ich habe noch keinen Koch gesehen, der sich die Chance entgehen lässt, nach Paris zu reisen.«

Peter verlor allmählich die Geduld. Er hatte ihr nicht gesagt – er hatte es niemandem gesagt –, dass er nie wieder einen Fuß auf europäischen Boden setzen würde. Warum sollte er auch? Jeder mit einem Fünkchen Einfühlungsvermögen würde verstehen, dass der Grund auf der Hand lag.

»Na, jetzt siehst du einen«, sagte er. »Und war ich empört, weil du für *Mademoiselle* nach Frankreich wolltest, statt bei mir zu bleiben? Wir lieben unsere Arbeit beide, June. Unsere Karriere ist uns beiden wichtig. Silvester ist doch nur ein Abend, ein Quadrat im Kalender. War ich sauer, als du an Halloween nach Lissabon geflogen bist?«

»Nein«, sagte sie, »das ist es ja, du warst kein bisschen sauer.«

Sie warf ihre Zigarette in den Aschenbecher und stand auf.

»Ich glaube, ich sollte jetzt gehen«, sagte sie.

»Was denn?«, fragte Peter. »Vor dem Dessert?«

Automatisch stand er ebenfalls auf, und der Kellner, der gerade mit den Schnee-Eiern kam, wich verwirrt zurück. June drückte einen Kuss auf ihre Fingerspitzen und berührte damit Peters Wange.

»Ich melde mich«, sagte sie. »Frohe Weihnachten.«

Zwischen den kreisenden Paaren schwebte sie davon. Das Orchester spielte gerade einen Strauß-Walzer. Peter sah ihr nach, als sie sich zwischen Tischen und Tanzpaaren hindurchschlängelte. Er sah den Kellner an und hob einen Finger – *Warten Sie bitte* –, und an der Garderobe im Vorraum hatte er sie eingeholt. Sie wühlte in ihrer silbernen Tasche, und Peter nahm die Garderobenmarke aus seiner Brieftasche.

»Suchst du das hier?«, fragte er.

June streckte die Hand aus. »Bitte«, sagte sie.

Peter schloss die Finger um die Marke. »Erst will ich dir noch frohe Weihnachten wünschen.«

»Na los.«

Peter nahm das Schmucketui aus der Tasche. »Frohe Weihnachten«, sagte er.

June beäugte das Schächtelchen, machte aber keine Anstalten, es zu nehmen. Ihr Gesicht war völlig unbewegt bis auf einen winzigen Muskel neben ihrem linken Auge, der zuckte wie eine Elritze.

»Was ist das?«, fragte sie schließlich. »Ein Bestechungsversuch?«

»Das hängt vermutlich davon ab, ob es dir gefällt.«

Peter schüttelte das kleine Etui ein wenig. Das Garderobenmädchen spähte hinter dem Vorhang herüber.

»Na los«, sagte Peter. »Es beißt nicht. Glaubst du, da ist ein Springteufel drin?«

»Eher vielleicht etwas aus einer Cornflakes-Packung«, sagte June.

Aber sie nahm das Etui und klappte den Deckel auf. Ihr Gesichtsausdruck veränderte sich, aber im mattroten Licht des Vorraums konnte Peter ihn nicht deuten. War es Überraschung? Enttäuschung? Die Garderobiere quetschte sich fast den Magen, so weit lehnte sie sich über ihre Theke, um besser zu sehen.

June hob die Halskette aus ihrem Nest aus Satin. »Sie ist schön«, sagte sie – mit seltsam tonloser Stimme, fand Peter. Was hatte er jetzt wieder falsch gemacht?

»Ich hoffe, sie gefällt dir«, sagte er. »Denn wenn nicht, wird es verflucht schwierig werden, eine andere June zu finden, der ich sie schenken kann.«

June sagte nichts, sondern wandte ihm ihren Nacken zu. Peter nahm es als Aufforderung, ihr die Kette um den Hals zu legen. Als er die Schließe befestigt hatte, küsste er ihren Haaransatz, der unter dem weißen Turban hervorschaute. June drehte sich um und berührte ihr Schlüsselbein, wo winzige Diamanten auf einem silbernen Netz ihren Namen buchstabierten.

»So«, sagte Peter. »Frohe Weihnachten, Liebste. Jetzt lass uns den Nachtisch essen.«

»Was hast du gesagt?«

»Nachtisch«, wiederholte Peter. »Schnee-Eier …«

»Das meine ich nicht. Du hast mich ›Liebste‹ genannt.«

Peter senkte den Kopf. Er hatte es nicht sagen wollen, es war ihm einfach herausgerutscht, aber zurücknehmen wollte er es auch nicht, erkannte er. »Wenn der Name passt«, sagte er.

June legte die Hände an sein Gesicht und küsste ihn.

»Ich liebe dich auch«, sagte sie. »Und jetzt beweise es, Mister. Tanz mit mir.«

»Tanzen!«, wiederholte Peter in gespieltem Entsetzen. »Hast du meine Eislaufkatastrophe schon vergessen? Warte, bis du mich auf der Tanzfläche siehst.«

»Das habe ich schon«, sagte June. »Im Copa, in der Factory … Kein schöner Anblick.«

Sie lächelte die Garderobenfrau an, und die zog sich in ihr Fenster zurück wie ein Kuckuck in die Uhr. Sie kehrten ins Restaurant zurück. Die Musik war in vollem Gange, und der Bandleader sang Bing Crosby: *»Iiiii'm dreaming of a whiiiiiiite Christmas …«* June führte Peter trotz seines gespielten Protests auf das Parkett. Die Leute lächelten, als Peter mit den Fingern schnippte und gegen den Takt mit den Füßen stampfte. »So etwa?«, fragte er. »Kannst du mir helfen?« June schlang ihm die Arme um den Hals und sagte, nein, es sei hoffnungslos. Sie blieben auf der Stelle stehen und wiegten sich.

»Weißt du, du könntest hier wirklich mal einen Innenarchitekten brauchen«, sagte June.

Sie waren im Wohnzimmer in Peters Apartment und saßen einander gegenüber auf dem Boden vor einem Wok voll Rührei. Die Sonne kam eben über dem East River herauf, und das Zimmer füllte sich mit Gold. Es war der Morgen des Heiligen Abends, und June hatte einen frühen Flug nach Minnesota gebucht. Sollte Peter sie nicht zum Flughafen Teterboro begleiten? Nein, zu viele Umstände, hatte sie gesagt, und müsse er nicht außerdem arbeiten? Aber Peter war mit ihr aufgestanden und hatte Frühstück gemacht. Es war das Mindeste, was er tun konnte, selbst wenn sie es nicht aß.

Er schaute sich in seinem Wohnzimmer um. »Gefällt dir mein minimalistischer Stil nicht?«

June stach mit ihren Essstäbchen in die Luft. Die

Stäbchen waren ihr lieber als normales Besteck, sagte sie, weil sie ihr halfen, weniger zu essen.

»Es ist wie ein *Breakfast at Peter's*«, sagte sie und zitierte einen ihrer Lieblingsfilme. »Es wäre bezaubernd, wenn du Audrey Hepburn wärst. Aber so schreit alles laut: Junggeselle!«

Peter legte eine Hand aufs Herz. »Schuldig im Sinne der Anklage … bis jetzt.«

June lehnte sich über den Wok und küsste ihn. Dann entfaltete sie ihre langen Gliedmaßen und streifte im Zimmer umher. Sie trug nichts als eins von Peters weißen Button-down-Hemden, und er beobachtete sie mit Vergnügen. Sie strich mit den Fingerspitzen über die dunkelgrüne Ledercouch und den Steinway-Flügel – die beiden einzigen Möbelstücke neben Peters Bett, die er in fünfzehn Jahren gesammelt hatte. Und sogar sie waren Geschenke von Sol, ausrangierte Stücke aus dem Vermögen eines Klienten, der das Land, wie Sol sagte, ziemlich schnell hatte verlassen müssen.

June hob den Deckel des Klaviers und spähte auf die Tasten darunter. »Ich habe dich nie spielen hören.«

»Kein Zufall. Ich spiele nicht.«

June lachte: »Warum hast du es dann?«

»Weil es schön ist.«

»Macht es dir nichts aus, mit so wenig zu leben?«

Peter dachte an das Haus seiner Eltern in Charlottenburg, vollgestopft bis unters Dach mit geliebten Gegenständen, die nicht erst ihnen, sondern schon vier Generationen vor ihnen gehört hatten. Der Esstisch aus Walnussholz, an dem zwanzig Personen Platz fanden. Das Silber seiner Großmutter, welches Berta, das Küchenmädchen, jede Woche polieren musste. Die Tischtücher aus Brüsseler Spitze, die von französischen Nonnen handbestickte Bettwäsche. Die Orientteppiche seiner Mutter. Der kostbare Humidor seines Vaters und die fünf antiken Daimler. Was hatte ihnen irgendeines dieser Dinge genutzt? Wo waren sie jetzt?

»Ich reise gern mit leichtem Gepäck«, sagte er.

Er hätte wohl noch hinzugefügt, dass er nur selten hier sei und seine ganze Zeit im Masha's verbracht habe, bevor er June kennengelernt hatte, aber er wollte die Diskussion des vergangenen Abends nicht wieder aufleben lassen. Stattdessen sagte er: »Du musst gerade reden – die Dachkammer, in der du wohnst. Mit der Badewanne in der Küche. Und dann noch mit einer Mitbewohnerin!«

June verzog das Gesicht. »Das ist kein Zuhause. Es ist eher wie eine Bushaltestelle. Ich kann es nicht erwarten, eines Tages meine eigene Wohnung zu haben.«

Sie zeigte auf ihre Zigaretten, und Peter rappelte sich steifgliedrig hoch. Einer der Unterschiede zwischen fünfundvierzig und fünfundzwanzig bestand darin, dass es mit fünfundzwanzig nicht wehtat, auf dem Boden zu sitzen.

»Du brauchst mindestens ein paar Teppiche«, sagte June. »Und ein paar Lampen, vielleicht zwei in der Diele, auf einem Halbmondtisch?« Stirnrunzelnd stemmte sie die Hände in die Hüften. »Ein Spiegel an der hinteren Wand würde den spektakulären Blick auf den Fluss verstärken… Wusstest du, dass ich als Kind Innenarchitektin werden wollte?«

»Keine Farmersfrau mit sechs Kindern wie alle anderen Mädchen?«, fragte Peter scherzhaft.

June verzog das Gesicht. »Ich bitte dich. Ich habe jede Babypuppe, die ich hatte, umgebracht.«

»Und auch kein weltberühmtes Supermannequin?«

»Das hätte mir schon besser gefallen, aber ich hätte es mir in einer Million Jahre nicht träumen lassen. Mit sechs war ich zweieinhalb Meter groß und so dünn, dass meine Mutter dachte, ich hätte einen Bandwurm. Die Jungen nannten mich Stelze.«

Peter lächelte. Es war ein Zeichen von Junes Jugend, dass sie glaubte, sie wolle nicht heiraten und Kinder bekommen. Alle Frauen wollten es irgendwann, es war ihnen biologisch eingepflanzt. Vielleicht hatte June dieses Stadium nur noch nicht erreicht. Peter malte sich aus, wie sie als Kind ausgesehen hatte – nichts als Ellenbogen und Knie und Zöpfe und lauter spitze Winkel, während sie stirnrunzelnd ein Puppenhaus umräumte.

»Ich bin sicher, du warst anbetungswürdig«, sagte er.

»Nur für das urteilsfähige Auge«, sagte sie abwesend. Sie hob die Hände, formte ein Viereck aus Daumen und Zeigefingern umrahmte damit das östliche Fenster. »Ich wollte immer nur alles schön machen.«

»Das tust du«, sagte Peter. »Durch deine bloße Existenz.«

Sie ließ ein kurzes Lächeln aufblitzen. »Danke, du bist ein Schatz«, sagte sie im Tonfall der welterfahrenen Frau. »Aber ich will wirklich nicht nur dekorativ sein – ich will dekorative Umgebungen schaffen. Schönheit hält nicht ewig. Schöne Orte tun es.«

Peter hätte ihr widersprechen, hätte ihr sagen können, dass nichts auf der Welt von seinem eigenen Ende verschont blieb, weder König noch Knecht, kein Vogel und kein Baum, und selbst nicht ein moderner Wolkenkratzer, eine behäbige Reihe von Bürgerhäusern oder ein Schloss, das tausend Jahre lang gestanden hat – alles konnte blitzartig in steinerne Trümmer zerfallen. Aber warum ihr die Träumereien am Morgen des Heiligen Abends verderben? »Na, Stelze«, sagte er, »wie wär's damit: Wenn du aus Minnesota zurückkommst, kannst du diesen Ort verschönern.«

June sah ihn an. »Wirklich?«

»Wirklich und wahrhaftig.«

Sie kam zu ihm und fiel ihm um den Hals. »Danke! Das ist das schönste Weihnachtsgeschenk, das ich je bekommen habe!«

»Du meinst, abgesehen von der Kette?«, sagte Peter.

June berührte sie. Die Diamanten funkelten auf ihrem Schlüsselbein. Am vergangenen Abend, nachdem sie aus dem Rainbow Room zurück waren, war die Kette das Einzige gewesen, das sie getragen hatte. »Natürlich.«

Peter küsste sie. »Es wird spät. Ich sollte rasch duschen, und dann besorgen wir dir ein Taxi.«

Er ging durch den Korridor in sein Bad, pfiff »Silver Bell« und rasierte sich, während er darauf wartete, dass das Wasser heiß wurde. June würde ihm fehlen, dachte er erleichtert, als er unter die Dusche trat. Fünf Tage kamen ihm plötzlich sehr lang vor. Vielleicht würde er sie überraschen und sie am Flughafen abholen, wenn sie zurückkam.

»Hey, ist da noch Platz für mich?«

Erschrocken griff Peter nach seinem Bademantel, aber der hing nicht an seinem gewohnten Platz draußen an der Tür. »Ich wollte gerade herauskommen«, sagte er. »Wenn du mir ein Handtuch reichen könntest…«

Aber es war zu spät: Der Vorhang flog rasselnd an seinen Ringen zur Seite, und dann war sie bei ihm unter der Dusche, nackt. Zumindest nahm Peter an, dass sie nackt war – ihr warmer Körper schmiegte sich der Länge nach von hinten an ihn. Das Wasser rauschte auf sie herab. Es wäre erotisch gewesen, wenn nicht…

»Du brauchst deine Narben nicht zu verstecken, weißt du«, sagte June. »Ich habe sie schon gesehen.«

Peter stand da wie betäubt. »Wann?«, fragte er schließlich.

»Nur kurz, hier und da«, sagte sie. »Aber gefühlt habe ich sie die ganze Zeit.«

Peter seufzte. Er hatte so aufgepasst! Nie kam er ohne Pyjama ins Bett. Er schwamm nie ohne Hemd. Und er ließ die Badezimmertür nie unverschlossen, wenn er badete. Heute war er vor lauter Glück nachlässig gewesen. Aber er hätte sich denken können, dass June sie gefühlt hatte. Sie waren dick und erhaben wie Stricke auf der Haut. Wahrscheinlich konnte man sie auch durch eine Schicht Stoff ertasten.

»Es tut mir leid«, sagte er. »Sie sind grotesk.«

»Ach Peter! Bitte entschuldige dich nicht. Sie sind einfach … Woher hast du sie?«

»Von einem SS-Oberscharführer in Auschwitz«, sagte Peter, »jähzornig und mit einer Peitsche.«

»Gott!«, sagte June.

»Nein«, antwortete Peter. »Nur ein dicker Mann namens Stultz.«

Er trat aus der Dusche und zog seinen Bademantel an – da lag das hinterhältige Ding, auf dem Deckel des Wäschekorbs. Er fing an, sich zu kämmen, rein mechanisch, ohne zu wissen, was er tat. Also hatte June sie gesehen, die Brailleschrift, die von Peters Demütigung und Hilflosigkeit erzählte. Als Nächstes würde sie wissen wollen, wie es gewesen war. Amerikaner wollten das immer wissen, sie waren in dieser Hinsicht wie Kinder, wohlmeinend und von unersättlicher Neugier. Wie war es? Wie war es, hatte Ruth in den ersten Monaten seines Lebens in Larchmont gefragt, und sie war ihm mit ihren *Life*- und *Time*-Heften gefolgt, auf deren grellen Titelbildern die Schlagzeilen verkündeten: NEUER NAZI-HORROR ENTDECKT! TAUSENDE LEICHEN IN MASSENGRAB! »Hast du so etwas auch gesehen? Oder das hier? Und was ist hiermit? Mein armer, armer Bubbie! Wie hast du das nur überstanden? Wie war es?« Er hatte ihr unmöglich davon erzählen können, selbst wenn er gewollt hätte. Von dem perversen Glück zum Beispiel, dass die Peitschenhiebe, die Stultz ihm an jenem eiskalten Januartag ohne Grund auf dem Appellplatz verpasst hatte, seinen Rücken bis auf die Knochen zerfetzt hatten und Peter deshalb ohnmächtig ins Lazarett geschafft worden war, wo er im Delirium Rezepte für Sauerbraten und Schnitzel hergesagt hatte, weshalb man ihn nach seiner Entlassung aus dem Lazarett nicht wieder der Sammlerkolonne zugewiesen hatte, wo er die Leichen, nicht schwerer als Windvögel, auf den Krematoriumskarren laden musste, sondern ihn in den Küchendienst versetzt hatte, wo er noch zwei Monate später arbeitete, als die Alliierten das Lager befreiten. Tatsächlich war es also Stultz mit seiner Peitsche gewesen, der ihn letzten Endes gerettet hatte. Jemandem, der nicht da gewesen war, konnte man unmöglich davon erzählen – davon, dass der bloße Begriff des Glücks von innen nach außen und von oben nach unten gewendet worden war, sodass man am Ende, wenn man dann noch lebte, nicht mehr sicher sein konnte, ob das gut war.

Peter beobachtete im Spiegel, wie June aus der Dusche kam. Ihr bewundernswerter, aber viel zu magerer Körper glitzerte. Sie wickelte sich in ein Badetuch und trat hinter ihn, und Peter wartete darauf, dass sie fragte: Wie war es? Aber stattdessen fragte sie: »Was ist aus ihm geworden? Wurde er in Nürnberg aufgehängt?«

»Wer, Stultz?«, fragte Peter, und sie nickte. »Nein. Er war ein ziemlich kleiner Fisch.«

»Ich wünschte, wir könnten ihn finden«, sagte June. »Ich würde ihn umbringen.«

»Würdest du?«, fragte Peter. »Und wie würdest du das anfangen?«

»Ich würde ihn erschießen.«

»Ah. Du hast eine Lizenz zum Töten, wie 007?«

»Ich würde ihn aus dem Fenster stoßen«, sagte sie. Ihre Augen waren rot, aber sie fing an zu lächeln.

»Und ich würde es dir offen halten.« Peter sah auf die Uhr, die eine andere Ansammlung von Narben bedeckte. Von dieser wusste June nichts, darauf hätte er das Restaurant verwettet. Niemand wusste davon, nicht Sol, nicht Ruth und auch nicht sein Personal. Niemals, niemals nahm Peter seine Uhr ab; einer der besten Tage seines Lebens war es gewesen, als die Schweizer Armee ihren wasserdichten Chronometer zum Verkauf angeboten hatte.

»Wir müssen dir ein Taxi besorgen«, sagte er. »Sonst verpasst du dein Flugzeug.«

»Okay«, sagte June, aber sie rührte sich nicht von der Stelle. Peter wusste nicht, warum, bis sie fragte: »Spürst du das wirklich nicht?« Jetzt wurde ihm klar, dass sie mit den Händen über seinen Rücken strich.

»Nein«, sagte er. »Ich habe dort kein Empfinden.« Das stimmte, und das war das Segensreiche bei Narben: Je tiefer sie reichten, desto weniger konnte man in ihnen überhaupt noch etwas fühlen.

Nachdem er June in ein Taxi gesetzt hatte, beschloss Peter, zu Fuß zum Masha's zu gehen. Es war nur ein paar Straßen weit, und es war noch früh. Die Sonne war in einen milchigen Wolkenhimmel hinaufgestiegen, aber die Temperatur war ziemlich mild. Nach dem Festtagsgedränge des vergangenen Abends genoss Peter die leeren Gehwege. Die Einzigen, die um diese Zeit unterwegs waren, kamen von ihren nächtlichen Feiern zurück oder führten ihre Hunde aus. So oder so hatten sie keine Lust, sich zu unterhalten, und Peter war es recht. Er kaufte sich einen Becher Kaffee in einem kleinen Laden an der Ecke 92nd und First Avenue, und wieder umhüllte ihn ein eigentümliches Wohlbehagen. Wie konnte das sein, wenn June doch weg war und irgendwo über ihm durch den Himmel schwebte? Aber Peter fühlte sich ermutigt von dem Gespräch, das sie am Morgen geführt hatten; noch nie hatte er einer Frau so viel offenbart, und sie war gut damit zurechtgekommen. Er blickte in die Schaufenster der Boutiquen, an denen er vorbeikam, und musste lächeln, als ihm klar wurde, dass er nach Schaufensterpuppen mit Junes Gesicht Ausschau hielt.

Er blieb stehen und bewunderte ein mechanisches Weihnachtstableau – eine Familie, Mutter, Vater und zwei Kinder, öffnete Geschenkpakete. Das Lächeln in ihren Gesichtern war aufgemalt, und ihre Bewegungen waren ruckhaft. Plötzlich dachte er daran, wann er das Weihnachtsfest zum letzten Mal gefeiert hatte. Es war 1942 gewesen; Vivi und Gigi hatten schon laufen können. Sie wuchsen schnell damals – aus Babys mit runden Bäuchen waren langbeinige kleine Mädchen geworden, die anscheinend nie genug zu essen bekamen, vor allem Vivi, die alles liebte, was Peter ihr vorsetzte. Die Essensmarken waren ein Witz; wenn die Reste nicht gewesen wären, die Masha aus dem Adlon mitbrachte, hätten die Mädchen hungern müssen. Ihr Wachstum wäre gebremst worden. Peter war mittlerweile die ganze Zeit mit ihnen zu Hause, denn man hatte ihm die Arbeitserlaubnis entzogen. Absichtlich verschwieg er Masha die Geschichten anderer Mütter, die er im Treppenhaus mitbekam: von Kindern, die träge und gereizt waren und Geschwüre entwickelten, und deren bleibende Zähne nicht kommen wollten, weil sie keine Milch hatten.

An diesem Weihnachtsfest gab es keine Geschenke, aber sie hatten einen Weihnachtsbaum ergattern können, einen kläglichen kleinen Findling, den Peter vom Müll gerettet hatte. Er war kaum einen Meter hoch und neigte sich schief zu einer Seite, auf der er auch keine Nadeln hatte. Aber Peter hatte das Bäumchen auf dem Küchentisch aufgestellt und den Stamm mit einem Geschirrtuch umwickelt, und er hatte mehrere Abende, wenn die Mädchen schliefen, damit zugebracht, mit dem Schraubenzieher Löcher in Blechdosen zu bohren. Wenn er Kerzenstümpfe hineinstellte und sie auf dem Baum befestigte, dachte er, würde es ziemlich festlich aussehen. Nicht ganz so wie die prächtigen Fichten seiner Kindheit mit ihren strahlenden Kerzen – Peters Familie war weitgehend assimiliert gewesen und hatte das Weihnachtsfest genauso gefeiert wie Mashas Familie. Aber als Überraschung würde es genügen.

Masha kam lange nach Mitternacht aus dem Adlon nach Hause, nachdem das Heiligabendbüfett des Hotels zu Ende war. Peter hatte am Fenster auf sie gewartet und sah, wie ihre vermummte Gestalt aus der Straßenbahn sprang, die an der Wohnung vorbeiratterte und das Geschirr im Regal klirren ließ. Die Mädchen schliefen weiter. Stadtkinder wurden nur wach, wenn es zu still war.

Als Masha die fünf Treppen heraufgekommen war, hatte Peter die Kerzen in den Blechdosen angezündet, die er zwischen den paar Zweigen befestigt hatte, die sie halten konnten. »Frohe Weihnachten, Masha«, flüsterte er.

»Frohe Weihnachten, Petel«, sagte Masha, und sie küssten einander. Mashas blasses Gesicht war fast durchscheinend vor Erschöpfung. Nur ihre Nasenspitze war rot. Sie wickelte den Schal ab und zog ihren Mantel aus, und Peter roch den Duft von gebratenem Geflügel, der aus ihrer weißen Küchenkleidung stieg, und sein Magen knurrte.

»Gänsebraten?«, flüsterte er.

Masha nickte. »Und Ente«, flüsterte sie zurück. »Ich hatte den Tranchierposten.« Sie hielt ihre Brotdose hoch.

Peter kümmerte sich nicht lange um Besteck. Er setzte sich an den Tisch und zerfetzte das Fleisch mit den Fingern, wobei er darauf achtete, den größten Teil für die Zwillinge beiseitezulegen. Vivi bewegte sich, als der Essensduft ihr in die Nase drang, aber sie wachte nicht auf, sondern legte nur die Hand auf die Wange ihrer Schwester in dem Doppelbett.

»Das ist köstlich«, sagte Peter. »Danke.«

Masha setzte sich ihm gegenüber und fing an, ihre Haarnadeln herauszuziehen. Sie tat es mit so energischen Bewegungen, dass ein paar Nadeln in die Ecke flogen. »Warum dieses Mädchen?«, hatte seine Mutter gefragt. »Von allen heiratswürdigen Mädchen, mit denen wir dich bekannt gemacht haben? Sie ist nicht nur gewöhnlich, sie ist hässlich.« Es stimmte. Mashas Gesicht war lang und knochig, und ihre Hautfarbe war zu anämisch, um schön zu sein. Sie hatte fast keine Wimpern. Aber er bewunderte sie, seit er sie das erste Mal gesehen hatte: in der Küche des Adlon, an seinem zweiten Tag als Commis. Der Chefkoch hatte die gesamte Brigade ihre Arbeit unterbrechen und zusehen lassen, wie Peter eine Zwiebel schnitt, um den Leuten seine Ungeschicktheit und seine absolute Inkompetenz vorzuführen. »Seht euch das an«, hatte er Peter ins Ohr geschrien, und dann hatte er eine Hand voll Zwiebelfetzen ergriffen und sie Peter ins Gesicht geschleudert, »meine Großmutter konnte mit ihrem Gebiss besser Zwiebeln hacken! Du wirst nicht aufhören, und niemand wird kochen, bis du es richtig machst!« Er hatte einen ganzen Korb mit gelben Zwiebeln auf Peters Schneidebrett ausgekippt, und ein paar der kleinen Kugeln waren zu Boden gefallen und davongerollt. Man hörte nur das Brutzeln und Blubbern des ignorierten Essens auf den diversen Kochflammen, das empörte Schnauben des Chefkochs und Peters Schniefen, als er blindlings hackte und hackte, während ihm die Tränen in den Augen brannten, weil er nicht einmal das abgebrannte Streichholz hatte, das man normalerweise zwischen den Zähnen hielt, um bei dieser Arbeit nicht zu weinen. Bis er schließlich spürte, dass ihm das Messer aus der Hand genommen wurde. »Pass auf«, sagte eine sanfte Stimme an seiner Schulter, und als seine brennenden Tränen versiegt waren, sah er einen noch kleineren jüngeren Lehrling, der mit der letzten Zwiebel kurzen Prozess machte. Sein Messer bewegte sich schnell wie die Flügel eines Kolibris, sodass er es kaum sehen konnte. »So«, sagte der kleine Commis. »Du legst den Finger auf den Messerrücken, um es zu führen. Siehst du?« Peter nickte. Der Chefkoch, der hinter ihnen gestanden und seinen Schatten über sie geworfen hatte, schnippte mit den Fingern gegen den Berg von winzigen festen Zwiebelwürfelchen auf Peters Schneidebrett und sagte: »Ach… Zurück an die Arbeit!« Als wäre die Küchenbrigade des Adlon durch einen Zauberbann gelähmt und durch sein Gebrüll wieder erlöst worden, erwachten alle zum Leben. Alle bis auf den kleinen Commis, der Peter auf die Schulter klopfte, sich zu dem Spülbecken neben der Kühlkammer zurückzog und die weiße Mütze abnahm, um sich Wasser auf die Stirn zu spritzen – denn es war eine Frau, wie Peter erstaunt sah, eine winzige Frau mit weißblonden Zöpfen, die sie unter ihre Mütze stopfte, bevor sie die Arbeit an ihrem eigenen Posten wieder aufnahm und einen Strudelteig dehnte, als wäre nichts passiert. Und das war Masha.

Sie fing jetzt an zu kichern. »Dieser Baum ist…« Sie legte eine Hand vor den Mund, um das Geräusch zu unterdrücken, aber dabei lachte sie nur noch mehr, und schließlich schüttelte sie sich.

»Der Baum ist was?«, fragte Peter mit gespielter Entrüstung. »Prachtvoll? Ein Meisterwerk? Des *Nussknackers* würdig?«

»Ja«, sagte Masha, »genau, das wollte ich sagen.«

Sie wischte sich über Augen und Nase und ließ das Gesicht in die Hände sinken.

»Ich bin so müde«, sagte sie. »Und es tut mir so leid, Petel, aber ich konnte keine Schokolade für die Kinder bekommen. Der Chef verwahrt sie praktisch hinter Schloss und Riegel.«

»Das macht nichts«, sagte Peter. »Der Baum ist das Geschenk – und untersteh dich«, warnte er, als sie wieder anfing zu kichern. »Die Mädchen werden glauben, es ist ein Wunder. Wart's nur ab.«

»Das werden sie sicher«, sagte Masha. Peter klopfte mit der flachen Hand auf seinen Schoß, und Masha kam zu ihm und setzte sich darauf. Peter roch das Fett in ihrem Haar, Küchenschmalz und Öl.

»Dass wir zusammen sind, ist das Geschenk«, sagte er.

»Petel.« Sie nahm seine Hand und spielte mit seinen Fingern. »Wegen dieser Sache …«

»Nicht schon wieder«, sagte Peter.

»Dieter sagt, er kann drei Ausweise besorgen«, sagte Masha. »Es wird uns etwas kosten, aber haben wir nicht deshalb die Ohrringe deiner Mutter aufgehoben?«

Peter schaute hinunter auf ihre kleine Hand mit den Schnitt- und Brandnarben, die jeder Koch sich verdient. Ihre ganze linke Handfläche war glänzend und faltenlos rosa, weil sie einen Stieltopf ohne Topflappen angefasst hatte. Sie spielte mit seinem Trauring und drehte ihn immer wieder herum.

»Ich möchte die Ohrringe aufheben«, sagte Peter. »Für den Notfall.«

»Peter«, sagte sie, »dies ist ein Notfall.«

Peter schnaubte verächtlich und deutete zum Fenster. Draußen fiel lautlos der Schnee und bedeckte den Gehweg. »Findest du, das sieht aus wie ein Notfall?«

»Ich höre jetzt so allerlei. Dass es Verhaftungen geben wird …«

»Quatsch«, sagte Peter. »Propaganda.«

Masha richtete sich auf seinem Schoß auf, und ihre Augen blitzten. »Das ergibt doch überhaupt keinen Sinn. Warum sollten die Nazis Gerüchte über Verhaftungen in die Welt setzen? Damit die Leute Zeit zum Abhauen haben?«

»Eine Taktik, die Angst machen soll«, sagte Peter. »So spielen sie doch schon die ganze Zeit. Sie schüchtern die Menschen ein, damit sie tun, was sie wollen.«

»Na, es funktioniert, oder?«, sagte Masha.

Sie stand auf und ging zum Fenster. Fröstelnd umfasste sie ihre Ellenbogen. Die Fensterscheibe hatte einen Sprung, und es war kalt im Zimmer.

»Komm da weg«, sagte Peter. »Du holst dir noch eine tödliche Lungenentzündung.«

»Und woran wirst du sterben? Und sie?«

Masha deutete mit dem Kopf auf die Zwillinge, die wie zwei Lumpenpuppen im Bett lagen und schliefen.

»Sprich leiser«, sagte Peter. »Und sei nicht so dramatisch, Lana Turner.«

Er hoffte, die Erwähnung eines ihrer Idole werde sie aufheitern, aber sie starrte ihn nur an.

»Ist nicht alles, was ich bisher gesagt habe, wahr geworden? Ist nicht alles schlimmer und immer schlimmer geworden? Sieh dir doch an, was aus deinem Vater geworden ist. Und aus deiner Mutter. Du kannst nicht einmal mehr arbeiten!«

»Aber du kannst es. Deine Papiere sind in Ordnung«, sagte Peter. »Mein Vater war ein Unruhestifter, und meine Mutter – viele Leute haben diese Grippe bekommen. Du tust, als hätten die Nazis sie angesteckt. Hör zu, wir haben es doch gut hier. Wir sind in Sicherheit, wir müssen nicht frieren, und wir haben zu essen. Solange du arbeiten kannst, ist alles in Ordnung.«

»Und wie lange noch?«, sagte Masha. »Die Leute wissen Bescheid. Sie wissen, dass ihr hier seid, du und die Mädchen. Wie lange wird es dauern, bis irgendein Juden jagender Greifer uns verrät? Für Geld oder eine Reiseerlaubnis – oder um seine eigene Haut zu retten?«

»Ich glaube, du unterschätzt unsere Freunde, Masha.«

»Ich glaube, du überschätzt die Zahl unserer Freunde, Petel.« Masha schüttelte den Kopf, und ihr langes Haar umrahmte ihr Gesicht wie ein Vorhang. Ungeduldig strich sie es zurück.

»Du bist den ganzen Tag hier bei den Kindern«, sagte sie. »Du weißt nicht, was da draußen vorgeht.«

»Ja«, sagte Peter mit einer Bitterkeit, die ihn selbst überraschte. »Du hast recht, ich lebe wie ein Einsiedler oder wie ein Mann in einer Zelle.«

Er bereute seine Worte sofort, denn im nächsten Moment hockte Masha vor ihm auf ihren Holzschuhen und umfasste seine Hände mit ihren kalten Fingern.

»Genau das ist es. Du hast recht, du bist ein Gefangener in unserer Wohnung. Und es wird nur noch schlimmer werden. Die Verhaftungen …«

»Gerüchte, nichts weiter.«

»… werden im Frühling anfangen, vielleicht schon im Februar. Wir haben nicht mehr viel Zeit …«

»Nein«, sagte Peter.

Seine Stimme war so laut, dass Gigi davon aufwachte. Sie fing an zu weinen, und er ging zu ihr und nahm sie auf den Arm. Sie war warm und schwer vom Schlaf.

»Ssch, du weckst deine Schwester. Alles in Ordnung – Mama ist hier, siehst du?«

Masha wackelte mit den Fingern. »Guten Abend, mein süßer Schatz«, sagte sie.

Gigi vergrub das Gesicht schlaftrunken an Peters Schulter.

»Wie soll ich sie Gott weiß wohin bringen?«, flüsterte Peter. »Nach Amerika oder nach England – oder was für ein fremdländisches Ziel du sonst im Sinn hast? Sie sind noch so klein. Sie werden so schnell müde. Sie werden reden.«

»Es gibt Mittel und Wege«, sagte Masha. »Schlafsirup …«

»Und was ist mit dir?«

»Ich komme zurecht. Ich bin arisch.«

»Ich lasse dich nicht zurück.«

»Nach dem Krieg …«

»Ich werde unsere Familie nicht zerreißen«, zischte er. »Ich werde es nicht tun.«

Gigi hob den Kopf von seiner Schulter und legte die Hand an seine Wange.

»Papa böse?«, fragte sie.

Peter küsste ihre Handfläche.

»Nein, mein Zuckerpüppchen«, sagte er und drehte sie zum Baum um. »Gefallen dir die Lichter? Siehst du, wie sie leuchten?«

Gigi starrte die Kerzenstummel in den durchlöcherten Blechdosen an.

»Vivi schläft«, sagte sie zufrieden und verkorkte ihren Mund mit dem Daumen. Sie legte den Kopf wieder auf Peters Schulter, und er atmete den Duft ihrer ungewaschenen Haare ein – weißblond wie die ihrer Mutter und strähnig nach einer Woche ohne Bad.

Masha atmete schwer. Sie war wütend oder den Tränen nahe – oder beides.

»Petel, ich flehe dich an, sei vernünftig. Diese Leute schrecken vor nichts zurück. Du musst doch sehen …«

»Vernünftig betrachtet«, sagte Peter, »muss es einfach besser werden. Am dunkelsten ist es immer vor dem Morgengrauen – nicht wahr, Gigi?« Sie nickte. »Bald fängt ein neues Jahr an. Wie wär's damit? Im Frühling, wenn es wärmer ist und das Reisen leichter fällt, werde ich darüber nachdenken. Nachdenken«, wiederholte er.

Masha schaute ihre Tochter an und strich ihr immer wieder übers Haar.

»Sie sind Halbjuden«, sagte sie. »Hast du dir überlegt, was mit ihnen passieren wird, wenn …«

»Aber du bist ihre Mutter, und du bist Arierin.«

Sie nagte an der Unterlippe. »Bis zum Frühling könnte ich vielleicht noch einen vierten Ausweis bekommen.«

»Siehst du?«, sagte Peter. »Es wird alles gut werden.« Er streckte die freie Hand aus und zog seine Frau an sich. »Nächstes Jahr an Weihnachten sind wir wahrscheinlich alle in London«, fügte er hinzu.

»Hey, Buddy, was dagegen, aus dem Weg zu gehen?«

Peter schaute sich um. Der Mann, dem der Laden gehörte, vor dem er stand, winkte ihn beiseite, damit er das Gitter aufschließen konnte.

»Verzeihung«, sagte Peter.

»Schon gut. Ist ja Weihnachten. So gut wie, jedenfalls.« Der Mann sah aus wie ein Kobold und hatte eine Glatze, aber aus seinen Ohren ragten schwarze Haarbüschel. »Sie machen einen Schaufensterbummel, mein Hübscher?« Er schloss das Gitter auf. »Möchten Sie reinkommen und etwas für Ihre Frau oder Ihre Freundin mitnehmen? Ich habe schöne Kurzwaren.«

»Danke, nein«, sagte Peter.

Er tippte mit dem Finger an seine Hutkrempe und ging weiter, aber dann begriff er, dass er in Richtung Norden ging, während er doch nach Süden gehen musste. Er machte kehrt, zog trotz der kalten Luft den Mantel aus und legte ihn über den Arm. Er hatte sein Hemd durchgeschwitzt. Sein Kaffee war kalt geworden. Der Himmel wusste, wie lange er dagestanden hatte. Es wäre ihm peinlich gewesen, wenn er nicht in New York gewesen wäre, wo die Leute daran gewöhnt waren, sehr viel merkwürdigere Dinge zu sehen. Er atmete tief durch und dann noch einmal. Die Luft roch nach dem heißen, rußigen Wind, der aus den Gittern der U-Bahn-Schächte heraufkam, und nach den Hotdogs an einem Stand in der Nähe. Peter warf seinen Kaffeebecher in einen Mülleimer. Er war in New York, es war 1965, und auf dem

Boden lag keine Spur von Schnee. Die Sonne stand strahlend am Himmel. Er sah auf die Uhr: Es war kurz vor neun. Er würde die Rebhühner dressieren und dafür sorgen müssen, dass die Kastanien für die Füllung geröstet waren und die Cognacbutter für den Plumpudding bereitstand.

Er ging schneller auf dem glitzernden, mit Kaugummi übersäten Gehweg, und im letzten Augenblick überlegte er es sich anders und winkte ein Taxi heran. Er nannte dem Fahrer, einem Orientalen mit Turban, eine Adresse und lehnte sich zurück. Die Sitarmusik, die spiralig aus den Lautsprechern drang, erinnerte ihn daran, wie er als jüngerer Mann durch die Stadt gewandert war. Er war beschämt wegen des verlorenen Jobs in der Oyster Bar, aber er nutzte seine Freiheit und den Lohn, den er gespart hatte, um Speisen zu kosten, von denen er noch nie gegessen hatte. Potstickers. Saag Paneer. Gulab Jamun, Huhn in Mole. Roti. Shawarma. Am liebsten aß er Dim Sum in China Town, wo er an der Theke sitzen und auf alles zeigen konnte, was auf dem Band an ihm vorbeirollte. Er wusste noch, wie verblüfft er gewesen war, als er auf diese Weise einen geschmorten, panierten Hühnerfuß serviert bekommen hatte.

Das Taxi hielt an der südwestlichen Ecke der Kreuzung Fifth Avenue und 57th Street, und Peter stieg aus. Jetzt musste er sich doch wieder durch die Menschenmassen kämpfen – Touristen und Männer, die in letzter Minute noch einkaufen mussten, weil sie vergessen hatten, ihre Sekretärinnen zu beauftragen, ein Geschenk für ihre Ehefrau zu besorgen. Peter trat durch die berühmten Messingtüren. Genug war genug. Er musste dieser… Invasion der Vergangenheit ein Ende machen. June war es, da war er ganz sicher, June war der Schlüssel mit ihrer optimistischen Unschuld, die nicht ahnte, wie schlimm es werden konnte, mit ihrem Charme und ihrer jugendlichen Energie – sie war die Quintessenz dieses Landes, das Peter als das seine angenommen hatte, seines neuen Anfangs in Amerika. Peter hatte lange genug gewartet; jetzt war es Zeit für einen zuversichtlichen Schritt in die Zukunft. Vielleicht war er hier richtig. So stand er da und sah sich bei Tiffany's um, bis er herausgefunden hatte, wo die Ringe waren, und trat an die Glastheke. Ein Angestellter in einem Anzug aus der Savile Row kam auf ihn zu.

»Kann ich Ihnen helfen, Sir?«

# Masha's Frühling 1966

## Vorspeisen

*Palmherzen in Räucherlachs aus Nova Scotia*
*auf einem Bett von Frühlingssalaten mit*
*Trüffel-Vinaigrette*

*Suppe von jungen Erbsen*
*mit hausgemachten Croutons, Crème fraîche*
*und Minze*

*HUHN UNTER DER FRÜHLINGSDECKE*
*Plinsen mit Hühnerleberpaté mit Senf- und*
*Meerrettich-Dip*

*WALDORF-SALAT*
*Buttersalat, Trauben, grüner Apfel, Rettich,*
*Blauschimmelkäse, geröstete Walnüsse,*
*handgerührte Mayonnaise und Rote Bete*

*Babyspargel* en croute *mit einem Mini-Fondue-Dip*

## Hauptgerichte

*Lamm »Wellington« mit Stampfkartoffeln und*
*Babyspargel*

*Pochierter Blaubarsch mit Dillsoße,*
*kleinen Bratkartoffeln und grünen Bohnen* amandine

*Kaninchenragout auf einem Bett*
*von Knoblauch-Stampfkartoffeln und*
*sautierten jungen Erbsen*

*Hühnchen »Kiew« mit Kräuterreis*
*und Gemüse des Tages*

*HAMBURGER »WALTER«*
*Hackfleisch vom Rindernacken* au poivre,
*mit Cognac flambiert, dazu Pommes frites und*
*keinerlei Gemüse*

## Beilagen

~ *Junge Erbsen mit frischer Minze*
~ *Rahmspinat mit einer Kruste von Knoblauch und Parmesan*
~ *Kleine Bratkartoffeln*
~ *Stampfkartoffeln mit Knoblauch oder Meerrettich*
~ *Pommes frites*
~ *Latkes (Kartoffelpuffer mit Apfelmus)*
~ *Zimmes (Auflauf aus Süßkartoffeln, Zitronenzesten und Korinthen)*
~ *Eingelegte Rote Bete mit Meerrettich-Crème-fraîche*
~ *Hausgemachte Pickles*
~ *Spätzle*

## Desserts

~ *Rhabarberpudding mit braunem Zucker, Vanilleeiscreme und kandiertem Rosmarin*

- ~ *Apfel, in Rum mariniert, und Masha-Kuchen mit Crème anglaise*
- ~ *TORTE »MASHA«*
  *Deutsche Schokoladentorte mit flambierten Kirschen*
- ~ *»KLEINE WOLKEN«*
  *Windbeutel mit Vanilleeiscreme zu einem Miniaturschokoladenfondue*
- ~ *Erdbeer-, Himbeer- und Blaubeereiscreme in Schokoladenbechern (als Trio oder einzeln)*
- ~ *Verschiedene Rugelach mit einer Füllung aus Schokolade, Walnusskorinthen oder Himbeeren*

*1705 2ND AVE. NEW YORK, NY 10128 / RE 4–1143*
** UM RESERVIERUNG WIRD GEBETEN!*

# 5

# *DIE BUBKES*

An einem sonnigen Montagmorgen im April 1966 war Peter bei Ruth und half ihr, den Garten für das Frühjahr bereit zu machen. Als Erstes hatte er die Erde eigenhändig umgegraben, obwohl Yoshi, der Gärtner, es mit Vergnügen übernommen hätte, meinte Ruth – ja, mehr noch, er *sollte* es tun, denn es war sein Job. Wofür bezahlten sie ihn denn sonst? Aber Peter mochte das Gewicht des Spatens, seinen splittrigen Holzstiel; er genoss es, in einer alten Hose und Jacke barhäuptig in der frischen kalten Luft zu arbeiten, und es war angenehm, vor Anstrengung zu schwitzen, nicht wegen eines Albtraums oder schlimmer Erinnerungen. Es gefiel ihm sogar, wie seine Muskeln sich beschwerten, Muskeln am Rücken und in den Schultern, die er anders benutzte als in der Küche. Morgen würde er einen Muskelkater haben, aber heute Abend bekäme er ein heißes Bad und ein Glas Scotch. Das waren die besten Bäder seines Lebens: wenn er Ruth geholfen hatte, den Garten in den Winterschlaf zu bringen, und wenn sie ihn zum Frühling wieder aufgeweckt hatten.

So. Das war's. Er stieß den Spaten am Rand des Beetes in die Erde. Sie war schwarz und feucht und roch nach Schwefel und Mineralien aus dem nahen Sound. Immer wieder hatte Peters Spaten eine ganze Muschel oder eine

Muschelschale zutage gefördert, die eine vorüberziehende Möwe verloren hatte. Weiße Muschelkalkscherben brachten Salz in den Boden. Manchmal fand er auch Wampum – glatte, leuchtend violette Münzen, die den Indianern, die New England besiedelt hatten, als Zahlungsmittel gedient hatten, wie Peter in seinem Buch über amerikanische Geschichte gelernt hatte, als er in dieses Land gekommen war. Peter war fasziniert von diesem Wampum. Das alles war so ganz anders als die Gärten seiner Jugend – in denen er aber sowieso nicht hatte graben dürfen, weil seine Mutter Rivka Erde nur mit Grausen und Abscheu gesehen hatte. Jene Gärten hatten aus sorgfältig gehegten Beeten mit Rosen, Tulpen und Strauchskulpturen bestanden. Aber gelegentlich hatte Peter die Köchin Hilde in ihren Heimatort auf dem Lande, im Boitzenburger Land, begleiten dürfen, wo sie ihm gezeigt hatte, wie man Löcher grub, zweimal so groß wie ein Wurzelballen, wie man zermahlene Eierschalen und Kaffeemehl um die Tomatenpflanzen streute, und wie man Hügel über die Melonen häufelte, um sie zu schützen. Peter erinnerte sich an Hilde, eine nüchterne Frau mit orthopädischen Schuhen und einem Kranz aus grauen Zöpfen, die den Kopf in den Nacken legte und über Peters Gesichtsausdruck lachte, als er zum ersten Mal einen Rettich frisch aus der Erde aß. In diesem Augenblick hatte er zum ersten Mal den Zusammenhang zwischen den Samen, die er und Hilde mit den Daumen in die Erde gedrückt hatten, und der Wurzel in seinem Mund erkannt. Noch immer staunte Peter über die wundersame Alchemie, die aus der Erde Essen wachsen ließ. Das war etwas, woran er sich nie ganz gewöhnen konnte.

Er drehte sich zu Ruth um, die auf einem Schaumstoffpolster kniete, das sie aus der Garage geholt hatte. Sie trug einen konischen Strohhut, den sie in einem der letzten Jahre aus Thailand mitgebracht hatte. Wenn sie mit gesenktem Kopf arbeitete, sah sie ein bisschen so aus wie die Vietnamesinnen, die Peter in den Nachrichten sah. Es war befremdlich, Ruths Kopf vor einem Hintergrund aus Schilfland und blassblauem Himmel zu sehen, nicht vor einem brennenden Dschungel und Hubschraubern, die Dörfer beschossen und Wolken von Agent Orange herabsinken ließen. Er fragte sich, ob Ruth diesen Hut mit ironischer oder protestierender Absicht trug. Er bezweifelte es. Sosehr er selbst den Krieg in Vietnam für schändlich und sinnlos hielt, war er doch froh, ein wenig Zeit in dieser privilegierten Enklave verbringen und leben zu können, wo nichts in Flammen stand.

»Hu!«, sagte Ruth und klopfte sich die Erde von den Handschuhen. »Das wäre erledigt.«

»Lass sehen.« Peter ging zu ihr hinüber, und es war ein zufrieden stellendes Gefühl, wie seine Schuhe in die Erde einsanken. Ruth hatte all die Kräuter gepflanzt, die Peter fürs Masha's brauchen würde: Dill, Minze, Rosmarin, Oregano, Thymian – Zitronen- und griechischen Thymian –, Schnittlauch, Kerbel, Basilikum, Knoblauch, Fenchel, Lorbeer und Lavendel, den Ruth in Sachets im Wäscheschrank aufbewahrte und Peters Patissier für Mürbeteigplätzchen verwendete.

»Schön«, sagte Peter, und er meinte es ernst.

Ruth sah zu ihm auf, und ihr Lächeln wurde durch die falschen Zähne nicht beeinträchtigt. Sie hatte für die Arbeit dieses Tages einen Lippenstift in hellem Fuchsienrot aufgelegt, und ihe Ohrclips sahen aus wie goldene Schnecken. Sie streckte die Hand aus.

»Hilf einer alten Dame beim Aufstehen, ja?«

Peter tat es mit festem, aber vorsichtigem Griff und in

dem Bewusstsein, dass sie trotz ihrer Begeisterung für Kochen, Gärtnern, Theater, Kuppelei, Oper, Bridge, Reisen und Mah-Jongg schon ein gutes Stück über sechzig war – im gleichen Alter wie Peters Mutter heute gewesen wäre.

»Ich weiß, du willst mich nur antreiben«, sagte er, als Ruth stöhnend auf die Beine kam. »Wie wär's, wenn du die grünen Bohnen einpflanzt?«

»Oy«, sagte Ruth und ging steifbeinig zu dem Gartenstuhl, den Peter für sie heruntergetragen hatte, ein leichtgewichtiges Klappmöbel aus Aluminium und Streifengeflecht. Er hatte ihn auf den Weg neben dem Garten gestellt, und sie ließ sich jetzt hineinsinken. »Ich will mich nur eine Minute ausruhen, Bubbie, und dir zusehen.«

»Tu das«, sagte Peter und wandte sich den Kisten mit den Setzlingen zu, die er auf verschiedenen Farmen auf Long Island einzeln ausgewählt hatte. Diese Gemüse bildete die Grundlage für Masha's Frühjahrsmenü, und er dankte ihnen im Stillen, als er sie aus ihren schwarzen Plastiktöpfen klopfte, die Wurzeln entwirrte und sie einzeln in die Erde setzte. Die Salatpflanzen – Butter- und Kopfsalat sowie Rucola – sollten bis Mitte Mai so weit sein, genau wie der Rettich und eine Woche später die jungen Erbsen, die Zwiebeln und der Porree. Die anderen wären im Sommer reif: »Big Boy«- und Gelbe Kirschtomaten, Rote Bete, Fingerling- und Süßkartoffeln, Weißkohl, Rosenkohl, Kürbis, Gurken und grüne Bohnen. Peter strich jede Pflanze aus der Liste auf seinem Notizblock, wenn sie im Boden war. Wieder dachte er an Hilde, als er an den Reihen der Kletterpflanzen entlang einen Kaninchendrahtzaun entrollte. Sie hatte ihm beigebracht, die Blätter der Bohnenranken hochzuheben und nach den Schoten zu suchen. »Findest du eine, wirst du viele finden«, hatte sie gesagt. »Siehst du, wie sie in Büscheln wachsen? Sie sind ein sehr geselliges Gemüse.« Peter, der damals sechs oder sieben Jahre alt gewesen war, hatte diese Vorstellung so gut gefallen – gesellige Bohnen! –, dass er sich vor Lachen in die Hose gemacht hatte. Ein bisschen jedenfalls.

»Möchtest du Eiskaffee, Bubbie?«, fragte Ruth von ihrem Stuhl aus und hielt die Thermosflasche hoch. »Du darfst nicht austrocknen. Nein? Auch recht.«

Sie trank, während Peter die Zaunpfähle einschlug. »Was macht deine Freundin? Das Fotomodell?«

»Sie ist in Rom«, sagte Peter. »Macht Aufnahmen für Dior.«

»Schick«, sagte Ruth und schnalzte mit der Zunge. Peter schaute zu ihr hinüber und lächelte. Unter dem Hut trug sie jetzt ihre geschliffene Sonnenbrille, obwohl eine dünne Schicht von Schäfchenwolken über den Himmel zog.

»Sie sagt, es ist nicht allzu glanzvoll«, antwortete Peter. »Es ist ihr Job.«

»Ein schöner Job – wenn man ihn kriegen kann«, meinte Ruth. »Du wolltest nicht mit? Oder hat sie dich etwa nicht eingeladen?«

Peter seufzte bei sich. Wie oft hatte er das alles erklärt, abgelehnt, Ruths gut gemeinte Einladungen zu Überseekreuzfahrten, Flügen, geführten Reisen zurückgewiesen? *Nicht mal nach Israel? Das ist doch nicht mal in der Nähe von Europa!* »Ich kann nicht, Ruth«, sagte er geduldig. »Ich muss arbeiten.«

»Arbeiten. Nebbich. Deine russische Hexe könnte den Laden monatelang führen wie einen Gulag.«

»Das stimmt«, sagte Peter. »Aber wen könntest du dann herumschubsen?«

Ruth winkte nur ab, und Peter trat einen Schritt zurück und bewunderte sein Werk. War der Zaun auch gerade? Es kam eigentlich nicht darauf an, das Gemüse würde so oder so wachsen, aber ein gerader Zaun war ihm lieber. Er zog einen der Pfähle aus der Erde und begradigte die Linie.

»Und?«, fragte Ruth. »Wie ernst ist es? Höre ich Hochzeitsglocken?«

Peter schlug den Pfahl mit seinem Hammer in den Boden.

»Du hörst jedes Mal Hochzeitsglocken, wenn ich eine Frau anschaue«, sagte er.

»Und ist das so schlimm?«, fragte Ruth. »Schau mich an, ich bin fast schon zu alt, um in der Erde zu graben. Bis ich Enkelkinder kriege, liege ich selber drin.«

Peter kniete sich hin, um den Kaninchendraht neben den Setzlingen in die Erde zu versenken. Er musste sich beherrschen, um nicht zu sagen, sie solle sich um ihren eigenen Kram kümmern. Es war eine alte und untaugliche Strategie. »Du kannst doch immer noch welche adoptieren.«

»Haha«, sagte Ruth. »Du bist immer noch ein Komiker.« Sie klopfte mit den behandschuhten Fingern an die Thermosflasche. »Ich dachte, diese hier magst du eigentlich – June.«

»Ich dachte, du magst sie eigentlich nicht«, sagte Peter.

»Bubbie!« Ruth klang schockiert. Sie zog ihre Sonnenbrille herunter und spähte ihn an. »Wie kommst du darauf?«

»Weil sie eine Schickse ist.« Peter stand auf und musterte die ordentlichen Reihen der kleinen grünen Schösslinge in der schwarzen Erde. »So«, sagte er, »was meinst du?«

Aber Ruth schüttelte den Kopf. »Es beschämt mich, dass mein eigen Fleisch und Blut mir solche Vorurteile zutraut.«

Peter lachte. »Hör auf. Jede einzelne Frau, mit der du mich in den letzten zwanzig Jahren verkuppeln wolltest, war Jüdin.«

»Und ist das so schlimm?«, fragte Ruth. »Natürlich möchte ich, dass du ein nettes jüdisches Mädchen heiratest. Wir haben so viele verloren ...«

Sie brach in Tränen aus und schaute weg, den Weg aus Schlamm und zertretenem Schilf entlang, der zum Haus zurückführte.

»Es tut mir leid«, sagte sie, zog ein Kleenex aus ihrer Steppjacke und betupfte sich damit die Augen. »Ich weiß, du sprichst nicht gern darüber. Aber ja, ich möchte, dass du unsere Traditionen weiterführst. Ein nettes jüdisches Mädchen wäre genau das Richtige.«

Mit feuchten Augen lächelte sie ihn an und steckte das Papiertaschentuch ein.

»Aber jüdisch oder nicht jüdisch, das ist mir egal«, sagte sie. »Wenn du dieses Mädchen wirklich liebst, warum heiratest du sie nicht? Du kannst eure Kinder immer noch jüdisch erziehen. Mir ist es egal, Bubbie. Ich will nur Enkelkinder haben, bevor ich zu alt bin. Und ich will, dass du glücklich bist.«

Peter schaute auf seine Arbeitsstiefel herunter, die in der schwarzen Erde versanken. Er war ein wenig überrascht, als er einen Kloß in der Kehle spürte. Ohne es zu wollen, erinnerte er sich, wie Masha das erste Mal mit zu seinen Eltern gekommen war und wie seine Mutter angesichts ihres Kopftuchs und der blassen Haut, ihrer roten Kaninchennase und ihres abgetragenen Mantels geglaubt hatte, sie sei eine Dienstbotin, und sie zur Hintertür gewiesen hatte, und wie sein Vater Avram nicht einmal von den Papieren auf seinem Schreibtisch aufgeblickt hatte, als Peter Hand in Hand mit Masha auf dem türkischen Teppich in seinem Arbeitszimmer gestanden hatte. »Wenn du sie heiratest«, hatte sein Vater gesagt, »brauchst du nicht mehr herzukommen.«

Er räusperte sich. »Danke, Ruth. Ich weiß das zu schätzen.«

Ruth lächelte und setzte ihre Sonnenbrille wieder auf. »Und?«, sagte sie. »Dieses Mädchen? Ist sie die Richtige?«

Peter schaute hinaus über das weite, wogende Schilfland zwischen dem Garten und dem Sound. Das Schilf stand hoch, aber er war größer, und wenn der Wind die Halme bog, konnte er das Wasser meerblau in der Sonne funkeln sehen. Er schob die Hände in die Taschen seiner alten Hose. In der linken Tasche war der Ring. Es war dumm, etwas so Teures mit sich herumzutragen – aber schließlich war er versichert. Und Peter wollte bereit sein für den Fall, dass sich der richtige Augenblick für einen Antrag ergeben sollte. Irgendwie war es ihm noch nicht gelungen, ihn zu finden. An Silvester war Peter im Masha's gewesen und June in Paris. Auch am Valentinstag war er im Restaurant gewesen, denn der 14. Februar war nach dem 31. Dezember die zweitgrößte Geldmaschine. Peter hatte June auf die Eckbank gesetzt, den besten Platz im Haus, und ihr Champagner und Schokoladentrüffel bringen lassen, doch der Abend war zu hektisch gewesen und ein Klischee sowieso. Wann könnte sich sonst noch eine Gelegenheit bieten? An Washingtons Geburtstag? Am Tax Day? Vielleicht an Junes Geburtstag, dachte Peter – am 10. Juni. Den hatte er jetzt ins Auge gefasst.

»Wenn ich sie frage«, sagte er, »bist du die Erste, die es erfährt. Wie wäre das?«

Ruth schüttelte den Kopf. »Bubbie«, fing sie noch einmal an, aber da kam Sol mit knirschenden Schritten auf dem Pfad oberhalb des Schilfs heran. Das Klingeln der Eiswürfel in dem Whiskeyglas, das er mitbrachte, ging ihm voraus. Er trug eine gelbe Windjacke, eine Khakihose und seinen Angelhut, an dem lauter Köder steckten.

»Bist du so weit?«, fragte er Peter. Sie wollten mit Sols Boot hinausfahren und fangen, was immer anbeißen wollte: Es würde der Fisch der Woche im Masha's werden. Peter hoffte auf Flundern oder auf die ersten Blaubarsche des Frühlings.

»Na komm«, sagte Sol. »Klopf dir den Dreck von der Hose, und dann los. Die Fische warten nicht den ganzen Tag.«

Sols neues Boot hieß *Bubkes* – eine fünfundzwanzig Fuß lange Glasfaserjacht von Bertram, erzählte er Peter auf dem Weg zum Jachthafen an der Brewer Post Road. Peter bemühte sich, ein angemessen beeindrucktes Gesicht zu machen, auch wenn diese Information ihm nichts sagte. Für Peter war ein Boot etwas, womit man aufs Meer hinausfahren konnte und manchmal einen Fisch fing. Für Sol und seinen Freund und Skipper Dutch war es ein Gegenstand fanatischer Beschäftigung, nur dass Sol ein Wochenendangler war, während Dutch das ganze Jahr über Charterfahrten für Angler veranstaltete, solange das Wetter es gestattete.

»Wie geht's, mein Junge?«, fragte Dutch, als Peter auf das Boot kletterte. Dutch war ein runzliger kleiner Mann. Sein Kopf sah aus wie eine Walnuss, und in seinem Mundwinkel klemmte ständig eine Zigarette. Dutch war nicht sein richtiger Name; Peter hatte keine Ahnung, wie er wirklich hieß. Sols Freunde hatten alle solche Spitznamen, die auf Eigentümlichkeiten ihres Aussehens oder Charakters beruhten. Sols Partner Choppers, zum Beispiel, und dann gab es noch Pickles, einen weiteren Anwalt, der gern koschere Dillgurken aß, Dr. Gorgeous, Pinky und – Peters Favorit – Hoo-Hoo, der so hieß, weil er diesen Ausruf an jede Frau zwischen achtzehn und achtzig richtete. Wie so viele von Sols Freunden sah Dutch, der im Jachthafen arbeitete, nicht aus wie jemand, dem Sol in seiner Anwaltskanzlei in der Madison Avenue normalerweise begegnen würde, aber als Peter gefragt hatte, woher Sol sie kannte, hatte Sol gesagt: »Wir sind zusammen hochgekommen«, und das war's. Für Peter war ein Spitzname ein Zeichen der Zuneigung. Er selbst hatte im Adlon Tarzan geheißen, weil er so viel Ähnlichkeit mit Buster Crabbe hatte, dem Schauspieler, der den König des Urwalds gespielt hatte. In der Oyster Bar war er Pretty Boy gewesen und Dreamboat im Giuseppe's. In Auschwitz hatte man ihn Küchenchef genannt, schon vor seiner Versetzung in die Küche. Deshalb durften seine Angestellten ihn heute nicht mehr so nennen, sondern nur Boss oder Chef.

Nachdem er Peter begrüßt hatte, steuerte Dutch die *Bubkes* aus dem Hafen. Sol und er sprachen in der Fischersprache miteinander. Peter stand im Bug und genoss die Schnelligkeit – Sol hatte ihm erzählt, dass die *Bubkes* nicht einen, sondern zwei Motoren hatte – und den salzigen Wind im Gesicht. Er versuchte, sich June in einem riesengroßen Pullover an seiner Seite vorzustellen, aber sie war weit weg. Stattdessen überlegte er, was er mit dem heutigen Fang anstellen würde. Er könnte den Blaubarsch mit Senf und Dill marinieren und aus den Resten einen Dip für eine Vorspeise machen ... Dann wurden sie langsamer und kamen an irgendeiner unbestimmbaren Position zum Stehen. Der Ködergeruch wurde stärker, und die *Bubkes* wiegte sich in der Dünung. Peter wurde allmählich übel. Er konzentrierte sich auf den Horizont, denn er hatte gehört, dass es manchmal half. Aber es half nicht.

»Dutch«, sagte er, »kann ich mich wohl irgendwo hinlegen?«

»Klar, unten ist eine Koje. Warum? Was ist los, mein Junge?«

»Ich bin ein bisschen seekrank.«

»Du lieber Himmel«, sagte Sol, der auf einem Drehstuhl saß und die Angelrute zwischen den Knien hielt.

Peter entschuldigte sich und stieg in den dunklen, vom Schwappen der Wellen erfüllten Schiffsbauch hinunter. Er schluckte die Dramamine, die er bei solchen Ausflügen gegen die Seekrankheit immer mitnahm, trocken hinunter, legte sich in die Koje und benutzte eine Rettungsweste als Kopfkissen. Er konzentrierte den Blick auf einen Lichtpunkt an der Luke. Wahrscheinlich hatte das Gespräch mit Ruth seinen Magen genauso durcheinandergebracht wie die raue See. Er konnte es nicht ausstehen, wenn sie auf das Thema Heirat zu sprechen kam; es warf ihn jedes Mal zurück. Laut geworden war er bisher nur ein einziges Mal, in seinem ersten Jahr hier, als sie zu ihm sagte: »Aber Bubbie, willst du es denn nicht noch einmal versuchen? Was ihr passiert ist – und den armen kleinen Mädchen –, war ganz schrecklich, aber es war nicht deine Schuld.« Da hatte er sie angeschrien, ja, regelrecht gebrüllt: »Halt den Mund, Ruth! Ich will darüber nicht sprechen!« Das war im Wintergarten gewesen, beim Frühstück. Ruth war langsam aufgestanden und hinausgegangen, und für den Rest des Tages hatte Peter die schreckliche Scham nicht mehr abschütteln können – Scham nicht deshalb, weil er Ruth angefahren hatte, obwohl das schlimm genug war, sondern weil sie sich irrte. Es war seine Schuld gewesen. Seine Schuld ganz allein.

Es gab Verhaftungen, wie Masha es vorausgesagt hatte – im Februar 1943 –, aber am 27., einem Samstag, und damit hatte niemand gerechnet. Masha hatte Peter ermahnt, in dieser Woche besonders vorsichtig zu sein. Sie hatte von einem der Lieferfahrer des Adlon gehört, die Gestapo habe die Vertreter der jüdischen Gemeinde, Ärzte und Krankenschwestern aufgefordert, sich bereitzuhalten. Bereit wofür?, hatte Peter gefragt. »Das weiß niemand«, sagte Masha. »Aber es kann nichts Gutes sein. Bleib heute einfach im Haus, ja? Und wenn etwas passieren sollte, finde ich dich im sicheren Versteck.« Dann war sie zur Arbeit gegangen.

Peter hatte sich bemüht, wirklich. Aber die Mädchen waren unruhig und aufsässig, und Vivi hatte einen schrecklichen Husten bekommen, eine Art Krupp, ein Bellen wie von einem Seehundbaby. Wie sollte es da überhaupt noch ein sicheres Versteck geben? Er wagte nicht, eine der Frauen im Haus um Medizin zu bitten; Masha hatte ihn davon überzeugt, dass in dieser Situation, in der Lebensmittelkarten so kostbar waren, jeder ein Greifer sein konnte, der sie anzeigte. Aber Peter musste etwas tun. Er schloss die Mädchen in der Wohnung ein und lief los, um zu sehen, ob er Schnaps auftreiben könnte – irgendetwas, das Vivis Husten lindern würde.

Ein Mann, den Peter aus seiner Zeit im Adlon kannte, war jetzt auf dem Schwarzmarkt tätig und verkaufte gestohlene Spirituosen aus dem Restaurant in der nahe gelegenen Rosenstraße, in dem er angestellt war.

Peter ging zum Hintereingang der Küche und fragte nach ihm. Die Ohrringe seiner Mutter waren der Preis für eine Flasche. In diesem Augenblick hatte er keine Wahl. Peter versteckte den Cognac im Futter seines Mantels, zog sich die Mütze tief ins Gesicht und lief eilig nach Hause.

Die ersten Hinweise auf die Verhaftungswelle sah er in der Oranienburger Straße. Lastwagen mit Wachleuten und Gestapo-Beamten trieben Juden an aufzusteigen – junge Frauen, alte Frauen, Männer, Kinder, jeden, der den Stern trug. Manche gehorchten resigniert, manche halfen anderen beim Hinaufklettern. Einige flehten die Uniformierten an, sie noch einmal in die Häuser zurückkehren zu lassen: Ihr kleiner Junge, ihr kranker Mann, die Kinder waren noch drinnen! Im Bett mit einer Lungenentzündung! Zu klein, um allein zu gehen! Im gemeinschaftlichen Waschraum! Bitte! Bitte! Diese Leute bekamen keine Hilfe von anderen Juden, sondern von den Männern der Gestapo, die ihre Schlagstöcke und Pistolenkolben zur Ermunterung einsetzten. Peter wollte weglaufen, wagte es jedoch nicht. Es würde zu viel Aufmerksamkeit erregen. So lässig wie möglich spazierte er weiter. Den Geschmack von Kupfer und Watte im Mund hielt er den Kopf gesenkt wie ein braver arischer Bürger, bis er in seiner Straße angekommen war.

Vor ihrem Haus in der Kinderstraße 37 stand auch ein Lastwagen.

Peter wollte rückwärts um die Ecke verschwinden und durch den Hinterhof ins Haus schleichen. Er würde die Mädchen schnappen und sie in das sichere Versteck bringen, in den Verschlag, den er und Masha in der Kellerdecke eingerichtet hatten. Sie konnten darin nicht stehen oder auch nur aufrecht sitzen, aber sie könnten nebeneinanderliegen, bis Masha ihnen sagte, dass die Verhaftungen zu Ende waren.

Doch es war zu spät. Einer von der Gestapo hatte ihn gesehen.

»Peter Albert Raschkin?«, fragte er und konsultierte sein Klemmbrett.

Peter tat, als hätte er nicht gehört. Mit großem Theater wühlte er in seiner Manteltasche, als hätte er etwas vergessen, und wandte sich dann ab. Der Gestapo-Mann packte ihn an der Schulter. Er war blond und braunäugig, nicht viel größer als Peter, aber viel jünger. Er konnte kaum älter als neunzehn sein.

»Haben Sie vergessen, wohin Sie gehen wollten?«, fragte er.

Peter lächelte bemüht. »Ich habe Zigarettenpapier vergessen, für meinen Tabak.«

Es war ein Bestechungsversuch – er hatte gehört, dass man manchmal Tabak gegen ein paar Augenblicke Freiheit tauschen und die Staatsmacht dazu bringen könne, kurz wegzuschauen. Doch der Polizist sagte: »Sie werden Ihren Tabak nicht brauchen. Papiere.«

Peter gab ihm seinen Ausweis. Der Polizist verglich ihn mit der Liste auf seinem Klemmbrett in seiner Hand.

»Steigen Sie auf den Laster.«

Peter fing an zu zittern.

»Herr …«

»Auf den Laster«, wiederholte der Gestapo-Mann und schwang locker seinen Schlagstock. Er traf Peter am Kinn, sodass der sich auf die Zunge biss. Sein Mund füllte sich mit Blut.

»Ich bitte Sie«, sagte er und bemühte sich, nicht zu sabbern. »Ich bin freigestellt. Ich bin Geltungsjude – verheiratet mit einer Arierin. Margarete Raschkin, geborene

Studtkopf. Unsere Töchter sind arisch. Sehen Sie hier, der Stempel ist in meinen Papieren.«

»Sagten Sie ›Töchter‹?« Der Mann konsultierte seine Liste. »Vivian und Ginger Raschkin?«

»Ja«, sagte Peter. »Ihre Mutter ist Margarete Studtkopf-Raschkin, reinblütige …«

»Wo sind sie jetzt?«

»Oben. Margarete ist auf der Arbeit …«

»Holen Sie sie«, befahl der Polizist.

»Wie bitte?«

»Sie sollen. Sie. Holen.«

Peter lief zitternd die Treppe hinauf. Unterwegs spuckte er aus, aber die Mädchen quiekten trotzdem wie Ferkel, als sie seinen blutigen Mund sahen. »Ssch«, machte er und nahm sie auf die Arme. Panisch sah er sich im Zimmer nach ihrem gepackten Koffer um, nach Mänteln und Mützen, aber anscheinend war irgendetwas mit seinem Kopf passiert: Er konnte die Sachen nirgends entdecken. Er kam sich langsam und dumm vor; die Zeit raste, während er mit einem Kind auf jeder Hüfte dastand. Keller oder Lastwagen? Lastwagen oder Keller? Wenn sie über die Feuertreppe in das sichere Versteck flüchteten, würde der Gestapo das Warten vielleicht zu langweilig werden, und sie würde abziehen – aber vielleicht würde man sie auch bemerken und erschießen … Andererseits, wenn sie sich fügten, würden sie vielleicht zusammenbleiben können …

»Ich welchem Stockwerk wohnt er?«, hörte er einen der Männer im Treppenhaus fragen.

»Im sechsten.«

»Sein Pech.«

»Deins auch, Klaus, denn du darfst jetzt die ganze Treppe hinaufsteigen, um ihn zu holen.«

Die Männer lachten.

Die Decke auf dem Bett war das Nächstbeste, das er erreichen konnte. Er riss sie vom Bett und rannte aus dem Zimmer. Gigi hustete ihm ins Ohr. Ihr Gesicht lag heiß an seiner Wange. Vivi weinte empört.

»Langsamer, Papa«, sagte sie.

»Pst«, machte Peter. Er öffnete die Tür zur hinteren Treppe, wo das Fenster zur Feuertür war. Auf dem Treppenabsatz stand der junge Polizist.

»Sie haben zehn Sekunden, um auf den Lastwagen zu steigen«, sagte er.

Auf dem Lastwagen war kein Platz zum Sitzen. Peter stand eingeklemmt auf der Ladefläche, mit den beiden Mädchen auf den Hüften und der Decke um ihre Schultern. Gigi döste, und Vivi starrte umher. Eine alte Dame mit Pelzbesatz an Hut und Mantel und dem Stern am Revers, schnitt Gesichter für sie: Sie grinste und wischte sich dann mit der Hand über das Gesicht, um eine Grimasse zu enthüllen. Vivian vergrub das Gesicht an Peters Hals.

»So schöne Mädchen«, sagte die Frau betrübt. »Zwillinge?«

»Ja«, sagte Peter. Er wollte sich nicht unterhalten, sondern versuchte, an den Distanzen und den Abbiegungen nach links und rechts zu erkennen, wohin sie fuhren.

»Wie alt?«

»Drei.«

»Gott behüte sie«, sagte die alte Frau.

»Bitte, Mutter«, sagte ein Mann, dessen Atem infolge von Unterernährung stank wie Hundescheiße. »Sei still.«

»Wohin bringen sie uns?«, fragte Peter.

»Ich habe gehört, in ein Lager für russische Kriegsgefangene«, sagte der Mann aus dem Mundwinkel. »Ein leer stehendes, in Wünsdorf.«

»Ich habe gehört, in den Osten«, murmelte jemand anders.

»In den Osten?« Jemand lachte. »Wohin, in den Orient?«

»Wohin auch immer, gut kann es nicht sein.«

»Das wissen Sie doch gar nicht.«

»Still!«

Der Laster kam knirschend zum Stehen, und die hintere Tür wurde aufgerissen. Wärter zogen sie an den Knöcheln herunter, an Beinen und Armen, oder was sie sonst zu fassen bekamen. War das wirklich nötig?, wollte Peter fragen. Sie würden doch alle friedlich aussteigen, wenn man sie ließe. Er wurde vorwärtsgestoßen. »Haltet euch an meinem Hals fest, Kinder«, sagte er und versuchte, vom Laster zu springen, ohne die beiden zu verlieren.

Draußen blieb er ein paar Augenblicke stehen, um zu begreifen, was er sah. Sie standen auf dem Platz vor dem Konzerthaus Clou, und ringsum drängten sich Unmassen von Leuten. Hüte, Köpfe, Mäntel, Kinder auf den Schultern ihrer Eltern. Ein paar Leute in Krankenhaushemden? Es war wie ein pointillistisches Gemälde; Peter musste blinzeln, um Individuen zu erkennen, denn sonst sah er nur eine dichte Masse von Menschen. Es waren sicher mehr als viertausend. Gestapo und Wachleute trieben sie auf die Konzerthalle zu. Eine leiernde Lautsprecheransage wiederholte sich immer wieder. »Weitergehen. Drinnen wird man Sie registrieren. Sie bekommen Essen und Wasser. Weitergehen. Drinnen wird man sie registrieren. Sie bekommen …« Wie um alles in der Welt, dachte Peter, wollten sie alle da hineinbekommen?

»Weitergehen«, sagte jemand hinter Peter und gab ihm einen Stoß in den Rücken.

Peter blieb nichts anderes übrig; die Menschen um

ihn herum schoben ihn und die Mädchen voran. Aber mit jedem Schritt nach vorn versuchte er auch, sich seitwärtszuschieben. Wenn er es nur schaffen könnte, an den Rand zu kommen. Wenn er nur…

»Petel!«

Er drehte sich um. Masha kämpfte sich durch das Gedränge auf sie zu. Der Himmel allein wusste, wie sie es geschafft hatte, ihn hier zu finden. Ihr Mantel über der Küchenkleidung war offen, und auf der Kochjacke war ein Fleck, der aussah wie Burgunder – oder Blut.

»Masha? Bist du es wirklich?«

Sie fiel ihnen um den Hals. »Petel, Petel«, weinte sie, »Kinder!«, und dann standen sie dicht zusammengedrängt, weinend und zitternd, und Peter wusste nicht mehr, zu wem Arme, Haare und Tränen gehörten.

»Wir müssen von hier weg«, sagte Masha, »und zwar schnell.«

»Wie denn? Und wohin? Du hättest nicht kommen dürfen, Masha.«

»Soll ich dich im Stich lassen? Und die Kinder? Bist du verrückt geworden?«

»Du hattest recht, Masha. Es ist ihnen egal, dass du Arierin bist und ich ein Geltungsjude. Ich hätte auf dich hören sollen. Ich hätte hören sollen…«

»Das ist jetzt alles nicht mehr wichtig«, sagte sie.

»Verrückte, tapfere Masha. Du musst gehen, bevor sie dich bemerken…«

»Sei nicht albern, Petel. Wir gehen alle. Komm. Ich kenne einen speziellen Weg.«

Sie packte Peters Mantel und zog ihn durch die Menge. Peter hatte Mühe, die knochigen Hinterteile der Kinder festzuhalten. Er hatte gedacht, sie müssten drängen und schieben und drängen, aber die Menge teilte sich wie durch Zauberei vor ihnen, als wären er und seine Familie ein heißes Messer, das ein Stück Butter zerteilte. Aus den Lautsprechern kam nicht mehr die mechanische Stimme, die ihnen sagte, sie würden alle registriert werden, sondern eine Aufnahme von Prokofjews *Peter und der Wolf*. »Und jetzt stellt euch den Triumphzug vor. Peter natürlich an der Spitze«, hallte es aus den Lautsprechern. Die Mädchen verpassten ihre Lieblingsgeschichte, denn sie schliefen, die Köpfe auf Peters Schultern, die Daumen im Mund. Als sie den Rand der Menschenmenge erreichten, sah Peter die Sonne zwischen zwei Häusern: Sie beleuchtete die goldene Gasse, durch die sie entkommen würden. »Und wenn man ganz genau zuhörte, konnte man die Ente im Bauch des Wolfes quaken hören. Denn in seiner Hast hatte der Wolf sie lebendig verschlungen!«, sagte der Lautsprecher.

Masha drehte sich um und lächelte Peter strahlend an.

»Siehst du?«, fragte sie. »Ich habe doch gesagt, ich kenne den Weg.«

Peters Erleichterung war so groß, dass seine Knie und seine Arme schwach wurden. Masha sah es und nahm ihm die Kinder ab, bevor er sie fallen lassen konnte.

»Masha«, sagte er. »Wie kann das sein? Du hast es geschafft? Die Kinder? Du bist nicht mehr tot…?«

Als Peter im Bauch der *Bubkes* aufwachte, schlug er um sich, denn er war sicher, wieder auf dem Polizeilaster zu stehen. Es war dunkel, und er war in Bewegung – oder war es der Güterwagen nach Theresienstadt? Aber dann kippte er aus der Koje auf den Boden, hörte das Gluckern des Wassers und ein schwirrendes Geräusch über sich, und es fiel ihm wieder ein: Er war in einem Boot auf dem

Long Island Sound in Amerika. Im Jahr 1966. Er wollte sich aufrichten, aber als er den Kopf hob, überkam ihn eine solche Übelkeit, dass er es sich rasch anders überlegte. Er blieb still liegen und versuchte, an etwas anderes zu denken, nur nicht an den Traum.

Der Traum. Der Traum. Der schreckliche Traum von der Verhaftung. Peter hatte gedacht, er sei darüber hinweg. Er hatte ihn seit Jahren nicht mehr gehabt. In der ersten Zeit bei Sol und Ruth hatte er ihn ständig gequält; jede Nacht in Sols und Ruths Gästezimmer hatte sein träumender Verstand versucht, die Geschichte umzuschreiben und zu ändern, was passiert war. Immer war das Ende anders gewesen, aber in einem wichtigen Punkt nie: *Nein, du irrst dich! Sie leben noch!* Jeden Morgen war Peter aufgewacht, hatte das Funkeln des Long Island Sound vor dem Fenster gesehen und den Kopf gedreht, um das Reh auf der Tapete zu sehen, das ihn, in Ewigkeit verfolgt von den Jägern, mit seinen schrägen, undurchdringlichen Augen anschaute, und er hatte sich gewünscht, auch tot zu sein. Bis heute konnte Peter auf Fotos, Wandteppichen oder Malereien keinen Rehbock sehen, ohne dass das morgendliche Grauen jener Tage wiedererwachte. Die bodenlose schwarze Verzweiflung. Er konnte nicht dorthin zurückkehren. Er konnte es nicht. Wenn das mit dem Traum wieder losgehen sollte, würde er… er wusste nicht, was er dann tun würde.

Denke an etwas anderes, befahl er sich. Konzentriere dich.

Der Duft von Zigarrenrauch, gemischt mit Dieseldunst und Fischdärmen, wehte herunter. Oben redeten die beiden Männer.

»Was hast du diese Woche hereingebracht?«, fragte Sol.

»Acht- oder Zehnpfünder hauptsächlich«, sagte Dutch,

»die man eigentlich wieder ins Wasser werfen sollte. Babyblaubarsche und Flundern. Aber ich habe gehört, dass einer vor Montauk einen Fuchshai gefangen hat.«

Sol lachte keuchend. »Du machst Witze.«

»Nein. Der Kerl dachte zuerst, er hätte eine Boje am Haken. Ich fresse einen Besen, wenn das kein Hai war… Reich mir das Fernglas.«

»Aber heute fangen wir Bubkes. Nichts«, sagte Sol. »Wir sollten dem Boot einen anderen Namen geben.«

»Choppers hat gesagt, übers Wochenende waren hier große Blaubarsche unterwegs. Noch eine halbe Stunde, dann ziehen wir weiter. Wie war denn dein Fang diesen Monat?«

»Ganz gut«, sagte Sol. »Nicht großartig, aber ordentlich.«

»Wie viel?«

»Dreihunderttausend«, sagte Sol.

Dutch stieß einen Pfiff aus. »Das ist kein schlechtes Geld.«

»Die Jungen Zionisten haben uns sehr geholfen«, sagte Sol. »Und die Freunde Israels. Die haben ordentlich was ausgespuckt. Und ich habe Ruth veranlasst, ihre Hadassah-Mädels in die Mangel zu nehmen.«

»Ich bin beeindruckt«, sagte Dutch.

»Es ist gut«, sagte Sol, »aber es könnte besser sein. Moshe braucht mehr, und zwar schnell. Seit die Franzosen abgezogen sind…«

»Ein Haufen Ganefs«, sagte Dutch. »Aber was willst du von den Franzosen schon erwarten? Wie sie sich vor Hitler auf den Rücken geworfen haben.« Er spuckte aus.

»Nicht alle«, sagte Sol. »Mein Cousin Avi hatte gute Verbindungen außerhalb von Vichy. Beeindruckender Widerstand.«

»Stimmt«, sagte Dutch. »Trotzdem war ich mir bei denen nie hundert Prozent sicher. Wirklich vertrauen sollte man nur seinen eigenen Leuten, oder?«

»Ja.«

»Und wofür soll der Fang dieses Monats sein?«

»Moshe sagt, er denkt hauptsächlich an Skyhawks«, sagte Sol. »Ein paar M48. Johnson hat versprochen, den Unterschied auszugleichen, als die Franzosen sich rausgezogen haben, aber wir wissen, seine Versprechungen sind bubkes wert. Er ist nicht besser als dieser Momser Roosevelt. Und es wird nicht genug sein.«

»Es ist nie genug«, sagte Dutch.

»Stimmt. Sie brauchen auch mehr AK-47. Und Garands. Und Munition. Aber vor allem Flugzeuge und Panzer. Moshe sagt, überall an den Grenzen gibt es Bewegung.«

»Wieder Ägypten?«

»Und Jordanien. Und Syrien. Du kennst diesen Nasser. Er will uns vom Angesicht der Erde verjagen.«

»Verdammte Momser«, sagte Dutch und spuckte noch einmal aus. »Glaubst du, Moshe bekommt den Posten?«

»Ich hoffe es. Ja. Wenn wir ihm das Geld schnell besorgen und er die Ware kaufen kann, wird er sich mit der Defense besonders gut stellen können.«

»Gut«, sagte Dutch.

»Ja«, sagte Sol.

Peter hörte Schritte an Deck und dann wieder das schwirrende Geräusch, als einer der Männer erneut die Angel auswarf.

»Pfff«, sagte Dutch. »Hier fangen wir einen Scheißdreck. Willst du es noch woanders versuchen?«

»Nein«, sagte Sol, »ich muss zurück. Ruth hat Leute eingeladen. Die Löwen von Juda.«

»Ach ja? Das ist eine gute Gruppe. Okay, dann los. Geschäft ist Geschäft.« Wieder polterten Schritte über das Deck. »Keine Ahnung, wo die Blaubarsche hin sind«, sagte Dutch, »aber wir haben ein paar schöne Makrelen für unser Dornröschen da unten. Das sollte ihn glücklich machen.«

»Entzückt wird er sein«, sagte Sol. »Er wickelt sie in Teig oder irgendwas anderes Meschugges.«

»Weiß er etwas von...«

»Wovon?«, fragte Sol. »Vom Militär? Nein. Nach allem, was er weiß, geht es um Krankenhäuser und Schulen. Lauter Wohlfühlzeug.«

»Er hat keine Ahnung?«

»Nein. Sein hübsches Gesicht hilft beim Geldsammeln, aber darüber hinaus will ich ihn nicht dabeihaben.«

»Ist wahrscheinlich clever«, sagte Dutch zweifelnd. »Die engste Verwandtschaft da nicht reinzuziehen.«

»Das ist es nicht«, sagte Sol. »Aber er ist weich.«

»Ja. Ich hatte schon den Eindruck, dass er so was wie ein Peacenik ist«, sagte Dutch. »Nichts für ungut.«

»Schon in Ordnung. Er hat den Kopf ständig im Toches. Hat nicht mal seine Familie rechtzeitig aus Europa bringen können. Solche Hilfe brauchen wir nicht.«

»Ich erinnere mich, dass Ruth mir so was erzählt hat, als du ihn das erste Mal mitgebracht hast. Verheiratet mit einer Schickse und... war das eine Tochter?«

»Zwei«, sagte Sol. »Die hübschesten kleinen Mädchen, die du je gesehen hast...«

In der Pause, die folgte, putzte Sol sich mit einem lauten Trompeten die Nase.

»Ah, das ist schlimm«, sagte Dutch. »Tut mir leid, Solly. Die armen Kinder. Aber das Leben geht weiter, nicht wahr?«

»Ja. Ja, vermutlich ... Du solltest sehen, was er jetzt fickt.«

»Ach?«

»Ja. Superschickse. Ruth sagt, sie ist ein Megamannequin. Beine bis hier oben.«

»Wirklich?«

»Ich sag's dir. Wenn Ruth nicht wäre, würde ich gern ...«

Was immer Sol gern würde, ertrank im Lärm der Motoren, die Dutch startete, und von da an hörte Peter nur noch ihr Dröhnen und das Klatschen des Wassers an den Flanken der *Bubkes*, die über die Wellen hüpfte. Peter saß jetzt aufrecht in der Koje und dachte nach. Skyhawks waren Kampfflugzeuge, das wusste er. M48 war ein Panzer. Und jeder Schmock, wie Sol sagen würde, wusste, was Garands und AK-47 waren. Und Moshe war ... Peter versuchte, sich an die komplexen beweglichen Teile in der politischen Maschinerie Israels zu erinnern, aber er hatte sich nie besonders dafür interessiert. Anscheinend hatte er sich für vieles nicht so richtig interessiert. Er dachte an die Treffen im Masha's – Sol und Choppers und ihre Freunde waren durch die Küche getrampelt und hatten gerufen: »Hey, Kleiner, schick uns ein paar Bagels mit Shmear, wenn du Zeit hast, ja?« Und dann hatten sie die Tür geschlossen und Peter aus seinem eigenen Büro ausgesperrt. Er dachte an Sols Spendengalas und an das viele Geld, das sie hereingeschwemmt hatten. Er stemmte sich mit dem Rücken gegen die Koje und bemühte sich, nicht mit dem Kopf anzustoßen, und grimmig fügte er die Puzzlesteine zusammen.

»Ich habe Lust auf einen Dog«, sagte Sol. »Möchtest du einen Dog?«

»Möchte ich einen ...« Peter brauchte einen Augenblick, um zu übersetzen, was Sol meinte. Sie saßen in Sols Volvo und schlingerten vom Jachthafen herauf die Post Road entlang. Sols typisch unbekümmerte Fahrweise wurde noch schlimmer durch den Whisky, den er an Bord der *Bubkes* getrunken haben musste. Es besserte weder Peters Kopfschmerzen, noch half es seinem brodelnden Magen, den Nachwehen der Seekrankheit und des Dieselgestanks im Jachthafen, und es linderte auch nicht seine Wut.

»Nein, ich möchte keinen Hotdog«, sagte er. »Pass auf!« Er griff ins Lenkrad, um sie wieder auf die richtige Fahrbahnseite zu bringen. Schwungvoll bog Sol in die Delaney Street ein.

»Mach dir nicht ins Hemd«, sagte er. »Ich weiß, was ich tue.«

»Ich möchte was anderes«, sagte Peter. »Ich möchte wissen, wie lange du mein Restaurant schon zum Geldwaschen benutzt.«

Sol ignorierte die Frage. Er schwenkte nach links in die Palmer Avenue, ohne die Vorfahrt zu beachten – zum Glück kam niemand –, und parkte auf einer abschüssigen Stelle vor Walter's, einem Hotdog-Imbiss in einer chinesischen Pagode, auf deren grünem Kupferschindeldach Drachen mit Laternen hockten. Es war einer von Sols Lieblingsläden, und normalerweise kam auch Peter gern hierher, wenn auch eher wegen der amüsanten Architektur und nicht wegen der Hotdogs, die er als Verfälschung der Wurst betrachtete.

Sol öffnete die Wagentür und stieg aus. »Ich nehme den Riesen-Dog«, sagte er. »Du auch?« Peter schüttelte den Kopf. Sol schlug die Tür zu und stapfte über den Gehweg zum Bestellfenster, wo sogar an einem Montagnachmittag eine Warteschlange stand. Bauarbeiter, Schulkinder, die gerade aus dem Unterricht kamen, eine junge Mutter, die in ihren Kinderwagen hineingurrte, und zwei »alte Kockers«, wie Sol sagen würde – alte Juden wie er, in Chinos, Strickjacken mit Reißverschluss, Anoraks und Brillen, die Hände voller Altersflecken, das Haar grau und schütter und mit Pomade gebändigt, der Rücken ein wenig krumm. Sol sah aus wie die anderen, als er sich ans Ende der Schlange stellte, nur war er vielleicht ein bisschen röter im Gesicht. Anders war nur der Schnurrbart und der Anglerhut mit seinem Kranz aus Fliegen. Niemand wurde ihn verdächtigen, etwas Illegaleres zu veranstalten als eine wöchentliche Pokerrunde.

Peter stieg aus. Er brauchte frische Luft. Also ging er zu der Bank unter den Bäumen neben der Hotdog-Pagode und setzte sich. Nach einer Weile kam Sol mit einer weißen Pappschale in jeder Hand.

»Ich habe dir einen Baby-Dog mitgebracht«, sagte er, und er setzte sich und beugte sich vor, um einen riesigen Bissen von seinem Riesen-Dog zu nehmen. Ein Klecks Senf und Ketchup klatschte auf den Gehweg.

»Was ist los?«, fragte er. »Schau mich nicht so an. Du machst mich nervös.«

»Ich warte auf die Antwort auf meine Frage.«

»Was?«, fragte Sol gereizt.

»Wie lange wäschst du schon Geld über mein Restaurant?«

Sol keuchte, und Peter brauchte einen Moment, um zu begreifen, dass er lachte. Er hustete und schlug sich mit der Faust an die Brust, und dann schaute er Peter mit tränenden Augen an. Ein Streifen Sauerkraut hing an seinem Schnurrbart.

»Hör dich an! Jetzt ist es also dein Restaurant. Du bist

der große Macher, ja?« Sol schob sich ein zolllanges Stück Hotdog in den Mund. »Der Laden wäre nicht mal eine chemische Reinigung ohne mein Geld, Sonnyboy. Vergiss das nicht.«

»Wie lange?«, fragte Peter. »Von Anfang an?«

»Junge, du kapierst das nicht.«

»Erzähl mir nichts. Ich habe euch gehört, Sol. Ich habe gehört, wie du mit Dutch gesprochen hast. Über Skyhawks und Panzer und Waffen. Du schickst Geld nach Israel, nicht wahr? Für ihre Kriegsmaschinerie.«

»Was bist du, ein Hippie?«, fragte Sol. »Das ist keine Kriegsmaschinerie. Es ist die Defense. Die Verteidigung unseres Volkes.«

»Wie immer du es nennen willst«, sagte Peter, »du wäschst dafür Geld im Masha's. Ich will damit nichts zu tun haben, Sol. Ich will nicht, dass du meinen Namen, mein Ansehen, mein Geschäft für deine illegalen Aktivitäten benutzt.«

»Legal schmegal«, sagte Sol. »Hitler hatte auch jede Menge Gesetze, wie du dich vielleicht erinnerst, aber Recht ist was anderes. Wichtig ist das Wohl des Ganzen. Sich um die Deinen zu kümmern.«

»Der Zweck heiligt die Mittel«, sagte Peter.

»Jetzt hast du's begriffen.«

»Selbst wenn es bedeutet, deine eigenen Verwandten zu bescheißen. Wir sind nur Rädchen in deiner Maschine.«

Sol hatte mit philosophischer Miene auf die Palmer Avenue geschaut und auf dem letzten Bissen Wurst gekaut, aber jetzt sah er Peter überrascht an.

»Was redest du denn da?«, fragte er. »Ganz im Gegenteil. Es geht nur um die Familie. Es geht immer nur um die Familie. Habe ich dir nicht geholfen? Habe ich dich nicht aus Europa rausgeholt, aus diesem elenden

DP-Lager, und aufgenommen wie einen Sohn in unserem Haus? Habe ich dir nicht Geld für deinen Laden gegeben? – auch wenn es meschugge ist, wenn ein Mann in der Küche arbeiten will, aber das ist deine Sache. Was du haben wolltest, hast du bekommen. Weil du Mischpoke bist – Familie. Und Familie ist alles.«

»Aber es ist nicht nur mein Geschäft«, sagte Peter. »Es ist dein Geschäft. Du hast es zu deinem Geschäft gemacht. Das Masha's ist nur eins deiner Mittel zum Zweck. Eine respektable Fassade für dein schmutziges Geld. Genau wie all die Lieferanten, mit denen ich arbeiten muss, weil du darauf bestehst – die Wäscherei, der Tischtuchfabrikant, die Druckerei.« Peter dachte an den neunzigjährigen Eigentümer der Firma, die Speisekarten, Handzettel und Streichholzheftchen für Masha's druckte, an seine Fabrik in der Bronx mit den zerbrochenen Fensterscheiben und den Spinnen an den Druckmaschinen. Entweder lag es an den Haarbüscheln, die ihm aus den Ohren wuchsen, oder an seinem Alter, jedenfalls war er beinahe völlig taub. Und berechnete das Dreifache dessen, was jede andere Druckerei gekostet hätte. »Das sind alles deine Leute«, sagte Peter. »Eine Mafia. Alle hängen miteinander zusammen.«

Sol keuchte wieder ein wenig und nahm einen Schluck aus seiner Taschenflasche. »*Oy gewalt*, die Mafia«, sagte er und hielt die Flasche hoch. »Schluck?«

»Nein«, sagte Peter.

»Schade«, sagte Sol. »Scotch passt gut zu Walter's. Iss deinen Baby-Dog.«

»Ich will meinen verkackten Baby-Dog nicht«, sagte Peter. »Ich will die Wahrheit.«

»Die sage ich dir«, antwortete Sol. »Du verstehst das alles falsch, mein Junge. Hast zu viele Filme gesehen.

Mafia – das ist stark! Warte, bis ich das den Jungs erzähle.«

»Du bestreitest es also? Du bestreitest, dass du und deine Freunde – Choppers, Dutch, dieser Doktor, die Lieferanten –, du bestreitest, dass ihr alle zusammenhängt?«

»Natürlich hängen wir zusammen. Aber nicht so, wie du denkst. Nicht Koscher Nostra – wie Meyer Lansky und Bugsy Siegel und diese Typen. Wir sind nur ein Haufen Jungs, die zusammen hochgekommen sind, wie ich schon mal gesagt habe. Wir sind doch keine Gangster. Wir haben nichts zu tun mit Rauschgift und Glücksspiel und Huren. Dieses meschugge Zeug überlassen wir den Italienern. Wir haben es nur mit Zahlen zu tun. Und schlimmstenfalls kneten wir die Zahlen ein bisschen zurecht.«

»Um Waffen zu kaufen. Mit einem netten Profit für euch.«

Sol lehnte sich zurück und funkelte Peter an. Seine Augen tränten hinter den Brillengläsern.

»Wir machen keinen Profit«, sagte er. »Wofür hältst du mich? Wir sind keine Verbrecher. Was wir tun, beruht auf Gegenseitigkeit. Ich gebe den Jungs etwas zurück, indem ich ihnen Geschäfte vermittle, und sie helfen mir, Geld aufzutreiben, und jeder Cent geht in die Defense. Um unsere Leute da drüben zu schützen.«

»Es ist für den Krieg«, sagte Peter. »Und gestatte mir eine Frage. Diese Leute, von denen du das Geld *bekommst*, die Leute, bei denen ich dir *geholfen* habe, Geld zu bekommen – wissen sie, wofür es gebraucht wird? Gewehre und Panzer und Flugzeuge?«

Sol zuckte die Achseln. »Ein paar schon. Die meisten nicht. Aber das ist in Ordnung. Wir geben auch Geld für unumstrittene Sachen. Krankenhäuser. Waisenhäuser.

Gefängnisse. Rotes Kreuz. Wir strecken unsere Beiträge nur ein bisschen und auf kreative Weise, um auch die Defense abzudecken.«

Peter lehnte sich zurück. All das Catering, das er für Sols Lunch-, Dinner- und Brunchveranstaltungen geliefert hatte, in die Kanzlei und in Privathäuser überall in Manhattan, Westchester und New Jersey. All die Jahre, in denen er das Aushängeschild für Sols gute Werke gespielt hatte. In wie vielen abgedunkelten Räumen hatte er gesessen, während Sol Dia um Dia weiterklickte, Bilder von ausgemergelten jüdischen Kindern, vom Chaos in den Lagern für Displaced Persons, von Fischdampfern voller Überlebender auf dem Weg nach Palästina, die von den Briten versenkt wurden, bevor sie dort ankamen? Von Männern und Frauen, die starr aus ihren Kojen herausblickten, abgemagert bis aufs Skelett, in Lumpen gekleidet, zahnlos, mit der Tätowierung, die auch Peter trug? »Wir müssen ihnen helfen«, sagte Sol, während die Leute im Dunkeln leise weinten – und beileibe nicht nur die Frauen. »Wir müssen den Unsrigen helfen. Sie haben Hitlers dreckige Lager überlebt – für was? Damit sie in ihre Häuser zurückkehren, die bis auf die Grundmauern niedergebrannt sind. Damit sie in Schtetls zurückkehren, die nicht mehr existieren. Sie möchten in dieses Land kommen – aber es gibt Quoten und Wartelisten. Unsere Regierung sagt, hier ist kein Platz, sorry, wir können sie nicht aufnehmen. Na, ich nehme sie auf«, sagte Sol, »und mit eurer Hilfe werde ich dafür sorgen, dass sie alle wohlbehalten hier ankommen. Wie der Bursche hier.« Und dann deutete er auf Peter, der im Dunkeln neben dem Podium gestanden hatte und jetzt in den grellen Lichtstrahl des Projektors trat, um seinen Ärmel hochzukrempeln und die Tätowierung zu entblößen.

»Ich bin raus«, sagte Peter. »Ich spiele nicht länger den Lockvogel für dich.«

»Soll mir recht sein, Mr. Kriegsdienstverweigerer.« Sol zündete sich seine Zigarre wieder an. »Leute wie du sitzen herum und denken über Recht und Unrecht nach, halten Händchen und singen ›Kumbaya‹. Aber wenn jemand euer Haus niederbrennt, schreit ihr ›Hilfe, Hilfe!‹. Als wir vor dem Krieg Alarm geschlagen haben und die Leute rausholen wollten, da habt ihr gesagt: ›Ach was, ihr übertreibt, bleibt ganz ruhig, das wird schon vorübergehen.‹ Bis sie anfingen, euch in die Lager zu treiben. Und an wen habt ihr euch da gewandt? An die Leute mit dem schmutzigen Geld. Ihr glaubt, die Welt sollte nur aus Blumen und Sonnenschein bestehen, und vielleicht sollte sie das auch. Schön wär's. Aber die Welt funktioniert nicht so.«

»Du hörst dich an wie mein Vater.«

»Gut«, sagte Sol. »Der war ein gescheiter Mann. Ein Kämpfer. Hat nicht nur geredet, sondern auch gehandelt. Wenn er nicht gewesen wäre, gäbe es sehr viel mehr tote Juden. Wenn du mehr wärst wie er …«

»… wäre ich jetzt auch tot«, unterbrach Peter. »Die Nazis hätten mich auch nach Buchenwald geschleppt, und dann wäre keiner mehr übrig.«

»Weggeschleppt haben sie dich so oder so. Und du hast es nur um Haaresbreite geschafft. Bist du immer noch nicht klüger geworden? Man sollte doch meinen, ausgerechnet du hättest deine Lektion da drüben gelernt.«

»Meine Lektion?«, zischte Peter. Er war so wütend, dass seine Lippen taub wurden. »Rede du nicht von meiner *Lektion*. Es ist *nicht* dasselbe – Israel und Deutschland. Du hast keine Ahnung, wie es war. Nicht die leiseste Ahnung! Kapierst du nicht? Wir haben *ein Jahrhundert lang* in Berlin gelebt. Es war unsere Stadt – wie New York eure ist. Deutschland war unser Land. Und dann kommt dieser aufgeblasene Idiot, dieser kleine Dummkopf, dieser bigotte Irre, der seinen Schwachsinn herauskreischt, dass ihm die Spucke aus dem Mund fliegt – der kommt und lügt. Oh mein Gott, diese Lügen! Die Lügen, die Lügen, diese lächerlichen Lügen. Noch nie hatten wir ein so dummes Zeug gehört. Und jeden Tag was Neues – uns blieb der Mund offen stehen. Wir Juden hätten den Zusammenbruch der Wirtschaft herbeigeführt – nicht etwa der Versailler Vertrag, oh nein. Wir würden Deutschland bankrott machen. Wir hätten einen jüdischen Generalplan. Und er hat behauptet – das ist mein Favorit –, wir hätten Deutschland den Krieg erklärt. Krieg! Wir! Während uns unsere Rechte genommen wurden, eins nach dem anderen – erst die Kinos, dann die Parks, unsere Haustiere, unsere Arbeitsplätze, sogar die Straßenbahn. *Wir* waren es, die Deutschland untergruben. Und *wir* waren kurz davor zu gewinnen. Wer konnte das glauben? Wer konnte diesen Mist glauben? Schwarz ist weiß! Wir haben darüber gelacht. Wir dachten, früher oder später *mussten* die Leute doch aufwachen und sagen: ›Also gut, genug ist genug, der Kaiser hat nichts an, jagt ihn davon.‹ Niemals hätten wir geglaubt, dass er bleiben würde. Dass alles *noch* schlimmer werden würde. Wir hätten nie gedacht, dass unsere Freunde – die Freunde meiner Eltern, die Leute, mit denen wir zusammenarbeiteten, gebildete, zivilisierte, kultivierte Leute, gute Menschen, Menschen, die *wussten*, was Recht und was Unrecht war – nie hätten wir gedacht, dass sie ihm glauben würden. Oder so tun würden, als glaubten sie ihm, was das Gleiche war. Begreifst du das nicht? Es gab keinen Präzedenzfall! Es war unvorstellbar, dass jemand solchen Lügen, solchen Lügen, Lügen, Lügen glauben konnte!«

Peter schnappte nach Luft. Ihm wurde bewusst, dass er aufgesprungen war, dass er schrie und dass die Leute in der Warteschlange vor Walter's ihn anstarrten. Sol betrachtete das Ende seiner Zigarre.

»Natürlich gab es Präzedenzfälle«, sagte er leise.

»Wovon redest du, zum Teufel?«

»Die Leute wollten uns immer schon umbringen«, sagte Sol. »Kosaken. Pogrome. Nazis. Araber. Die Uniformen ändern sich, das ist alles.« Er warf den Zigarrenstummel an den Straßenrand. »Präzedenzfall hin oder her, wen interessiert das? Das ist das Problem mit Leuten wie dir. Ihr denkt dauernd über Ideen nach, während das, worauf es ankommt, tatsächlich passiert. Benutz deine Augen. Benutz deine Ohren. Wenn du das in Deutschland getan hättest…«

»Sag es nicht!«, schrie Peter.

»…würde deine Familie vielleicht heute noch leben.«

Peters ganzer Körper verkrampfte sich – und dann verließ ihn sein Kampfgeist, und er war sehr müde. Er schaute hinüber zu Walter's und zu den Leuten, die dort für ihre Hotdogs Schlange standen. Er sah die winzigen, frisch gesprossenen Blätter, die im Wind über ihm flatterten, die jungen Narzissen und Tulpen, die aus der Erde kamen, und die großen amerikanischen Autos, die auf der Palmer Avenue vorbeirauschten. Sol konnte über die Welt und wie sie funktionierte, reden, solange er wollte, aber er war Amerikaner, und er würde niemals wissen, wie es war – wie verblüffend, wie verwirrend, wie lähmend es war, wenn alles schiefging, wenn der Ort, an dem du dein ganzes Leben verbracht hast, wenn deine Stadt, dein geliebtes Land, mit einem Mal den Tiraden eines tollwütigen Irren glaubt und sich gegen dich wendet. Wenn du dort, wo du morgens deinen Kaffee und deine Brötchen gekauft hast, dir die Haare hast schneiden lassen und deinem Nachbarn, der seinen Hund ausführte, lächelnd einen guten Morgen gewünscht hast – wenn du da plötzlich ein Ausgestoßener warst. Von einem auf den anderen Tag warst du unsichtbar, und am Tag darauf war es noch schlimmer: Du warst dreckig, du warst Ungeziefer. Erstaunt beobachtetest du die Auflösung deines Lebens – keine Filme mehr, keine Arbeit, keine Bewegungsfreiheit, keine Bürgerrechte, kein Heim, und als dein Verstand mit den Ereignissen endlich Schritt hielt, war es zu spät: Deine Regierung, deine Freunde und Nachbarn hetzten dich wie Hunde mit freudigem Gebell.

»Ich will aussteigen«, sagte er. »Ich werde keinen Krieg finanzieren. Keinen.«

Sol zuckte mit den Achseln. »Wie du willst. Wenn du aussteigen willst, steigst du aus. Aber wenn du dir zu fein bist, um mir zu helfen, bist du auch zu fein für mein Geld. Dann stehst du auf eigenen Füßen. Komm nicht wieder zu mir und halte die Hand auf.«

»Das werde ich nicht tun«, sagte Peter. »Damit bin ich fertig.«

»Bist du sicher?«, fragte Sol. »An deiner Stelle würde ich mir das noch mal überlegen. Ohne mein Geld bist du zum Ende des Jahres pleite. Nichts Persönliches. Nur Zahlen.«

»Das Risiko gehe ich ein«, sagte Peter. »Lieber lebe ich von Lebensmittelmarken.«

Sol stützte die Hände auf die Knie und stemmte sich hoch.

»Okay, Großmaul«, sagte er. »Ich gebe dir eine Woche,

falls du es dir anders überlegen willst. Weil du zur Familie gehörst.« Er zog seinen Hosenbund hoch. »Vielleicht hast du ja nichts dagegen, von der Stütze zu leben«, sagte er. »Aber die feine Schickse, die du da fickst – irgendwas sagt mir, dass sie nicht so glücklich damit sein würde. Was glaubst du, wie lange sie bei dir bleibt, wenn du wie irgendein *Schvantz* unter der Brücke lebst?« Und damit marschierte er zu seinem Wagen.

Als Peter im Zug der New-Haven-Linie in Richtung Grand Central saß, nachdem er zu Fuß zum Bahnhof Marmaroneck gegangen war, fiel ihm ein, dass er die Fische vergessen hatte. Er fluchte. Makrele war kein beliebtes Hauptgericht; für den Geschmack der meisten Gäste war sie zu tranig, aber er hätte sie zu einer schönen Paté verarbeiten können. Abgesehen von der Pflanzarbeit im Garten war der ganze Tag verschwendet gewesen.

Er hatte einen Fensterplatz. Wenigstens war der Zug um diese Zeit, mitten am Nachmittag, nicht allzu voll. Peter ließ den Blick über die Gesichter seiner Mitfahrgäste wandern. Sie waren blass im Licht der Frühlingssonne. Zwei Teenager in Latzjeans, mit Zöpfen. Auf dem Boden zwischen ihnen stand ein Gitarrenkoffer. Eine ältere Frau im Kostüm und mit weißen Handschuhen. Eine junge Krankenschwester mit geschlossenen Augen, deren Kopf an der Fensterscheibe hin und herrollte – was mochte sie bis in die Nacht wach gehalten haben? Ein weinendes Baby? Ein wütender Ehemann? Plötzlich wurde ihm klar, was er hier tat: Er schaute nur die Frauen an. Nicht dass um diese Zeit irgendwelche männlichen Pendler unterwegs gewesen wären, aber trotzdem – er suchte nach Masha. Nach den Mädchen. Es war ein Spiel, diese Suche.

Verstört stand er auf und ging den Gang hinunter. Eins der Mädchen lächelte ihn an, als er vorbeikam. Sie hatte sich ein Gänseblümchen auf die Wange gemalt. Ihr Haar und ihre Augen waren dunkel, und sie konnte nicht älter als sechzehn sein: zu jung. Peter ging auf die Toilette, ließ sich einen Plastikbecher mit lauwarmem Wasser einlaufen und trat in das Abteil zwischen den Waggons.

Er stand mit dem einen Fuß auf dem einen und mit dem anderen auf dem anderen Teil des beweglichen Bodens und fühlte, wie die Kupplung sich unter ihm drehte, wenn der Zug durch die Kurven im Gleis fuhr. Durch das schmale Fenster sah er die Hinterhöfe von Westchester vorüberfliegen. Bald würden die ersten Schnellstraßen kommen, dann die Hochhäuser und das Sumpfland der Bronx. Peter nippte an seinem Wasser. In den ersten Tagen, in den Vierzigern, als er neu hier gewesen war, hatte das Suchspiel seinen Sinn gehabt. Es hatte nahegelegen, durch die Straßen von New York zu wandern und die Frauen anzustarren, die ihm entgegenkamen, und Ausschau zu halten nach Mashas energischem Gang und ihrem blassen Gesicht, nach dem Zuckerwattehaar seiner Töchter. Das Kriegsende war ein Chaos gewesen: entwurzelte Menschen, die zu krank waren, um sich an ihren Namen zu erinnern, und versehentlich einen anderen annahmen oder zugewiesen bekamen. Das passierte ständig. Peter hatte die Geschichten gehört. Ein Rabbiner an der Upper West Side hatte wieder geheiratet, und eines Tages stand seine tote Frau auf der Matte. Warum sollte Peter nicht das gleiche Wunder erleben? Warum sollte nicht eines Tages bei Sol und Ruth die Türglocke läuten und Masha vor der Tür stehen? Oder eins der Mädchen an der Hand einer Rotkreuzhelferin? Immer wieder besuchte Peter das Büro der Hilfsorganisation und bat sie, die Totenlisten zu überprüfen und nochmals zu überprüfen. In Bussen, in der U-Bahn, in Geschäften, wohin er auch ging, er hielt Ausschau nach einer Frau Mitte zwanzig und zwei kleinen Mädchen, die das Babyalter hinter sich hatten.

Aber es war natürlich sinnlos. Die Zeit war weitergegangen, wie sie es immer tat, und immer wieder musste Peter das Alter seiner Frau und der Kinder erhöhen. Eines Tages im Jahr 1954 hatte er eine Frau in der East 86th Street wegen ihres schnellen Schritts und des weißen Haarknotens verfolgt, und plötzlich hatte sie sich umgedreht und ihn mit ihrer Handtasche geschlagen. Danach hatte er sich geschworen, damit aufzuhören. Masha war fort und die Mädchen mit ihr, und im besten Fall konnte Peter darauf hoffen, dass sie, sollte es so etwas wie ein Leben nach dem Tod geben, dort wiedervereint würden. Vielleicht würde er eines Tages bei ihnen sein. Und jetzt war der Verhaftungstraum zurückgekommen und dann das Suchspiel. Was hatte das zu bedeuten? Wenn das so blieb oder noch schlimmer wurde, könnte er es nicht aushalten. Es würde seinen Verstand zerfressen.

Er legte die Hand an die Tür. Sie vibrierte. Peter hatte irgendwo gelesen, dass die Türen sich bei einer bestimmten Geschwindigkeit automatisch verriegelten, um zu verhindern, dass jemand hinaussprang. Getestet hatte er es nie. Einmal hatte er versucht, sich in der Grand Central Station vor einen einfahrenden Zug zu stellen, aber seine Beine hatten ihm nicht gehorcht. Den einzigen anderen Versuch hatte er in jenen ersten elenden fünf Jahren bei Sol und Ruth unternommen; die beiden waren auf einer Kreuzfahrt nach Bermuda gewesen, und Peter war mit einer Packung Rasierklingen ins Gästebad gegangen und hatte sich auf den Rand der Wanne gesetzt. Du musst längs schneiden, nicht quer, hatte er von einem Mädchen im DP-Camp in Bremerhaven gehört, einer Überlebenden aus Bergen-Belsen, die ihren eigenen Rat eine Woche später erfolgreich beherzigt hatte. Peter hatte den Schnitt geführt, trotz des unglaublichen, Übelkeit erregenden Schmerzes. Er hatte tiefer geschnitten. Und dann hatte er die Stimme gehört. Peter hatte nie an Gott geglaubt, aber er dachte, *wenn* Gott zu ihm spräche, würde er klingen wie Charlton Heston in *Die Zehn Gebote*: »Peter, tu, was ich dir sage!« Aber was Peter stattdessen hörte, war die Stimme in seinem eigenen Kopf, die er für die seine hielt, nur dass sie etwas ganz anderes sagte als sonst. Was sie sagte, ruhig und bestimmt, war dies:

*Das darfst du nicht.*

Also hatte er die Rasierklinge weggelegt und die Putzlappen, die Maria unter dem Waschbecken aufbewahrte, um sein Handgelenk gewickelt, und dann war er in die Küche gegangen und hatte eine Reserveflasche von Sols Cutty Sark aus dem Schrank über dem Kühlschrank genommen und den Whisky auf die Wunde gegossen.

Er zerknüllte den Pappbecher, drehte sich um und kehrte zu seinem Platz zurück. Er schob die Hand in die Tasche, fand den Ring und bohrte die Krallen der Fassung immer wieder in seinen Daumen. June. Was würde er mit June anfangen? Peter hatte gedacht, sie sei sein neuer Anfang in Amerika – ein Gedanke, der so optimistisch war wie nur irgendeine Aussage von Roosevelt. Wenn June hier wäre und auf dem Sitz neben ihm säße, den Kopf an seine Schulter gelegt, würde das alles nicht passieren: Das Erinnerungsschrapnell würde sich nicht wieder an die Oberfläche arbeiten, und die Toten würden nicht wiedererwachen. Peter würdc nicht wieder ins alte Gleis zurückfallen. Aber was, wenn June nicht das Heilmittel, sondern die Ursache war? Peter dachte an einen Dokumentarfilm über die *Titanic*, den er gesehen und in dem es geheißen hatte, nicht die Frontalkollision mit dem Eisberg habe das große Schiff versenkt, sondern der Umstand, dass mehrere der wasserdicht abgeschotteten Kammern unter Wasser aufgerissen worden waren. Was, wenn June nicht seine Lebensretterin, sondern sein Eisberg war? Wenn ihre Anwesenheit in seinem Leben die versiegelte Kammer aufgebrochen hatte, in die er Masha und die Kinder eingeschlossen hatte? Er wusste es nicht, konnte es nicht wissen.

Peter nahm den Ring aus der Tasche. Der Diamant warf kleine Lichtfunken auf seine Handfläche. Peter hatte ernst gemeint, was er zu Sol gesagt hatte: Er wollte aussteigen. Das würde bedeuten, dass er einen anderen Investor für das Masha's finden musste, und das konnte Monate dauern. Jahre. Vielleicht würde er das Restaurant sogar vorübergehend schließen müssen. Er hätte nichts dagegen, in einer fremden Küche zu arbeiten und sich in seinem Apartment mit Junggesellenkost zu versorgen. Das hatte er schon früher getan. Aber was war mit June? Wäre es fair, sie mit seiner Armut zu belasten? Und selbst wenn er die Beziehung zu Sol beendete – was, wenn gegen Sol ermittelt werden würde, zum Beispiel seitens der Steuerfahndung? Würde er dann selbst auch unter Verdacht geraten? Er hatte im Laufe der Jahre fleißig dafür gearbeitet, Geld für Sol heranzuschaffen. Ohne es zu wissen, aber wer würde ihm glauben? Peter gehörte zur Familie. Selbst wenn Sol kein Meyer Lansky und kein Bugsy Siegel war – und Peter hatte immer noch seine Zweifel, ob Sol ihm wirklich alles gesagt hatte –, was er tat, war schlimm genug. War es richtig, June in diese Situation zu verwickeln? June, so jung, so schön – sie konnte haben, wen sie wollte. War es nicht humaner, sie gehen zu lassen? Peter schaute aus dem Fenster auf die nahende Stadt und drehte den Ring in seiner Hand.

# 6

# PETER UND DER WOLF

Eines Morgens Mitte Mai überredete ihn June, im Washington Square Park zu frühstücken. Das liege doch auf seinem Weg nach Uptown Manhattan, hatte sie gebettelt. »Lass uns spazieren gehen«, sagte sie und hakte sich bei ihm unter. »Ein bisschen frische Luft schnappen, draußen essen.« Peter war nicht sicher, ob das, was sie jetzt taten, damit beschrieben war: Sie saßen schwitzend auf einer Bank in der Nähe des Arch, June trank schlückchenweise Tee und verfütterte ihr Frühstückssandwich an die Tauben, und die Luft im Park war alles andere als frisch; sie roch nach Brezeln, Pferdescheiße und Marihuana. Peter zog sein Taschentuch heraus und betupfte sich die Stirn und den Nacken. Zumindest baumelte er jetzt nicht in einem Zug nach Uptown an einer Halteschlaufe, in seine New Yorker Mitbürger verheddert wie Sauerkraut. Eigentlich war es noch nicht so heiß, aber in letzter Zeit hatte Peter das Gefühl, dauernd zu schwitzen.

»Willst du auch?« June bot ihm ein Brötchen an, in dem eine Scheibe gekochtes Ei klemmte wie das Gummispielzeug eines Hundes. Er lehnte ab, und sie warf es den Vögeln zu, die sofort anfingen, aufeinander einzuhacken.

»Bitte sehr, Mortimer«, sagte June und stieß Peter mit dem Ellenbogen an. »Siehst du die große da, mit dem silbernen Hals? Das ist Mortimer.«

»Aha«, sagte Peter. Er steckte sein Taschentuch ein und unterdrückte einen Seufzer. Er war heute nicht in Stimmung für den Park. Washington Square und Junes Viertel im West Village waren zuverlässige Barometer für seine Stimmung; an besseren Tagen fand er diese Gegenden unkonventionell, ja, charmant: die Folksänger, die alten Männer, die an Steintischen Schach spielten, die Stadtstreicherinnen, die mit den Vögeln oder Bäumen oder niemandem redeten. Die Hippies mit ihren Gitarren und fließenden, pyjamaartigen Kleidern, die gemischten Paare, schwarze Männer, Hand in Hand mit weißen Frauen und umgekehrt – ja, selbst der Müll und die Drogen, die Männer, die Peter und June aus dem Schatten zuflüsterten, wenn sie vorbeikamen: »Was zu rauchen? Joint? Mary Jane?« – das alles waren vielleicht nicht gerade Anzeichen von zivilem Ungehorsam, aber doch von einer Art Toleranz, die Peter als tröstlich empfand und darauf hindeutete, dass das, was in seiner Heimat passiert war, hier niemals passieren würde. Nachdem der junge Präsident Kennedy erschossen worden war, hatte Peter Angst gehabt, dass es doch passieren könnte. Es war eine schlimme Woche gewesen, in der er es nicht gewagt hatte, seine Wohnung zu verlassen, aber nicht etwa, weil er vor dem Fernseher gesessen hatte wie alle anderen. Er hatte auf die Razzien gewartet und darauf, dass Johnson, der neue Präsident, das Kriegsrecht ausrufen ließ, dass Panzer über die Lexington Avenue rollten und bewaffnete Streifen an jeder Straßenecke standen. Seine eigenen Köche hatten kommen und nach ihm sehen müssen, und sie hatten ihn überzeugt, dass es nicht geschehen würde, dass die Regierung nicht gestürzt worden war und dass der Mord zwar eine Tragödie, die Demokratie aber stabil war. Gesegnetes Amerika! Aber an Tagen wie heute, an denen Peter reizbar war und sich in seiner eigenen Haut nicht wohlfühlte, wünschte er sich doch ein bisschen weniger Schrulligkeit und Laxheit und ein wenig mehr Ruhe und Frieden.

»Was ist los?«, fragte June. »Du bist so unruhig.«

»Das ist keine Absicht«, sagte er. »Ich muss nur bald ins …«

»Ins Restaurant!«, sang June mit opernhaftem Überschwang. Die Folksänger, die am Springbrunnen zusammensaßen, schauten herüber und applaudierten.

»Du hast Stimme, Mädel«, sagte einer von ihnen, ein Hippie mit Stirnband und dunkler Sonnenbrille. Er grinste, und schiefe Zähne leuchteten aus seinem langen dunklen Bart. »Machst du bei uns mit?«

June stand auf und knickste. Sie trug heute ein rosa-orangefarbenes Minikleid, das mit Jellybean-Tupfen gemustert war, und bei dem wärmeren Wetter hatte sie ihre Stiefel gegen Plateausandalen getauscht, in denen sie größer als Peter war.

»Nein danke«, rief sie. »Aber macht nur weiter!«

Sie setzte sich wieder hin, und der Hippie zeigte ihr eine Geste, die für Peter immer noch V für Victory bedeutete. Sie fächelte sich mit ihrer Handtasche Luft zu.

»Puh«, sagte sie, »mir ist ein bisschen schwindlig. Ist dir nicht heiß?«

»Doch, ehrlich gesagt.«

»Ein paar Mädels und Fotografen fahren nächste Woche nach Washington«, sagte sie. »Da soll eine große Anti-Kriegs-Demo vor dem Weißen Haus stattfinden.«

»Hast du vor mitzufahren?«

»Ich? Nein. Ich hätte Lust, aber ich habe Termine. Muss ja meine Miete zahlen. Noch habe ich niemanden, der mich aushält.« Sie legte Peter eine Hand auf das Knie und drückte es. »Warum? Möchtest du?«

»Was«, sagte Peter, »da hinfahren? Ich glaube nicht. Das ist nichts für mich.«

June richtete ihre große schwarze Filmstarbrille auf ihn. »Aber du bist doch für die Proteste, oder?«

»Ja«, sagte Peter wahrheitsgemäß, obwohl seine Gefühle in dieser Hinsicht abstrakt waren: Er schätzte es, dass amerikanische Staatsbürger widersprechen konnten, ohne in Gefängnisse oder Lager verschleppt zu werden, und er hielt den Krieg in Vietnam für Verschwendung. Der Kommunismus – was war daran so schrecklich, verglichen mit dem Faschismus? Aber davon abgesehen war er leidenschaftslos. Es war nicht sein Krieg. Er sah June an, wackelte mit den Augenbrauen und versuchte, hip zu klingen: »Nicht mein Bier, Baby.«

June lachte. »Bleib lieber bei deinem Restaurant.«

»Apropos.« Peter sah auf die Uhr. »Ich erwarte eine Lieferung Tomaten von einem neuen Lieferanten, und da sollte ich wirklich dabei sein.«

June schob die Lippen vor und schaute hinüber zu den Hippies. Arme June – es war wirklich nicht fair ihr gegenüber. Vielleicht war dies die Chance, sie zu fragen, ob sie nicht eigentlich lieber mit Leuten ihres Alters zusammen sein wollte statt mit einem älteren Mann wie ihm, der in eingefahrenen Bahnen lebte und mit seinem Beruf verheiratet war. Im März hatten sie eine Wiederaufführung von *My Fair Lady* gesehen, und Peter hatte bestürzt festgestellt, dass er sich ganz so fühlte wie Rex Harrisons Professor Higgins. *So bin ich nun mal, ein eingefleischter alter Junggeselle. Und ich gedenke es auch zu bleiben.* Bevor er June kennengelernt hatte, war Peter ganz zufrieden mit seinem Leben gewesen, wie es war; er hatte romantische Verpflichtungen gemieden und war heiter und gelassen in seiner Arbeit aufgegangen. Er hatte immer noch den

Ring in der Tasche, und seine Partnerschaft mit Sol hatte er noch nicht endgültig aufgekündigt. Jedes Mal wenn er daran dachte, an einer dieser Fronten etwas zu unternehmen, hatte er die alte Trägheit wieder gespürt, die verhasste Lähmung. Dann fühlte er sich sehr müde.

Aber sicher gab es irgendeinen Kompromiss, zumindest soweit es June betraf. Er könnte vorschlagen – zumindest *andeuten* –, dass sie im Sommer jeder ein bisschen Zeit für sich allein verbringen. Dies war das Zeitalter der Abenteuer, warum sollte June nicht ein paar davon erleben, während Peter sich um das Masha's kümmerte? Einiges im Restaurant musste neu organisiert werden, und er wollte sie nicht festnageln wie einen schönen Schmetterling in einer Vitrine. Sie brauchten ja nicht viel Zeit getrennt zu verbringen, sondern nur... Vielleicht könnten sie sich einmal in der Woche statt jeden Abend sehen. Das klang doch vernünftig, oder? Er beugte sich vor und stützte die Ellenbogen auf die Knie.

»June«, fing er an.

Sie rülpste leise – eine neue Angewohnheit, die sie sich anscheinend in letzter Zeit zugelegt hatte und die er nicht besonders kleidsam fand.

»Ist alles in Ordnung?«, fragte er gereizt.

June hielt die flache Hand hoch wie ein Polizist.

»Bleiben Sie am Apparat«, sagte sie, sprang auf und stürzte zu dem Papierkorb neben der Bank. Dort übergab sie sich heftig, sie umklammerte würgend den Rand und erbrach sich gleich noch einmal. Peter ging zu ihr und hielt ihr das Haar aus dem Gesicht; es war jetzt länger und schwang bis auf ihre Schultern. Er rieb ihr den Rücken.

»June, June. Ich habe dir doch gesagt, du sollst nichts von einem Karren essen.«

»Bah, sprich nicht davon«, sagte sie. Peter gab ihr sein Taschentuch, und sie nahm es dankbar und wischte sich den Mund ab; dann faltete sie es andersherum und tupfte unter den Augen entlang, wo das Make-up von der Anstrengung verschmiert war.

»Komm, setz dich, ruh dich aus«, sagte Peter, obwohl er jetzt noch ungeduldiger als vorher war. Jetzt würde er sie nach Hause und ins Bett bringen und ihr Cracker und Ginger Ale aus dem Deli an der Ecke holen müssen. Der ganze Vormittag, wenn nicht der ganze Tag, war verloren. »Möchtest du etwas, das den Magen beruhigt?«

Er ging zur Bank zurück und klopfte mit der flachen Hand darauf, aber June blieb stehen und faltete sein Taschentuch zusammen.

»Pete«, sagte sie, »ich bin schwanger.«

Peter sah zu ihr auf. Sie erschien ihm sehr groß, ein Mannequin, das da in der Sonne stand. Die Frisur machte sie noch ein Stückchen größer. Sie hatte die Sonnenbrille wieder aufgesetzt, ihr Gesicht war starr wie eine Maske. Still und ruhig stand sie da, aber sie faltete sein Taschentuch hin und her. Ein Windstoß fuhr über den Square und trieb den Geruch von Kastanien und Marihuana herüber.

»Nun?«, sagte sie.

Peter öffnete den Mund, um etwas zu sagen, und schloss ihn wieder. Er wollte antworten, wollte es wirklich, aber etwas stimmte nicht, etwas war mit seinem Denken nicht in Ordnung. Die Gedanken schossen ihm raketenschnell durch den Kopf, während sein Körper erstarrte, ein vertrautes und verhasstes Phänomen. *Ich dachte, du nimmst die Pille*, war eine Möglichkeit – aber offenkundig hatten die kleinen Tabletten versagt. *Ist es von mir?*, wäre eine andere, aber June war treu, und Peter wusste, das

Kind war von ihm. Er schaute auf seine Hände, die gekrümmt auf den Knien seiner leichten Gabardinehose lagen. In der linken Hosentasche war der Ring. *Heirate mich*, könnte er sagen. *June Bouquet, willst du meine Frau werden?* Was sollte ihn daran hindern, das Knie zu beugen, gleich hier auf dem Asphalt, der gesprenkelt war von Taubenscheiße und Spucke und Kaugummi und anderem. Sie könnten später darüber lachen und aus ihrer Beatnik-Verlobung eine lustige Geschichte machen.

»Sag was«, forderte June. Ihre Stimme zitterte.

Peter räusperte sich. Ihm wurde bewusst, dass er über den Platz hinwegstarrte, durch getüpfeltes Sonnenlicht und Schatten zu den Autos und Menschen auf dem Waverly Place. Eine alte Frau mit einem juwelenbesetzten Turban schob einen Einkaufswagen vor sich her. Eine majestätische Inderin in safrangelbem Gewand hielt ein kleines Mädchen in ähnlicher Kleidung an der Hand. Mutter und Tochter.

»Herrgott«, sagte June, »Peter? Bist du da? Hast du *irgendetwas* zu sagen?«

Die Mutter und das kleine Mädchen verschwanden um die Ecke. Peter zwang sich, blinzelnd zu June aufzuschauen.

»Es tut mir leid«, sagte er.

June stand einen Moment lang da und knotete sich das Taschentuch um die Finger. Dann sagte sie sehr leise, aber klar und deutlich: »Du Scheißkerl.«

Sie warf ihm das Taschentuch entgegen. Es wehte schlaff zu Boden.

»Du gottverdammter Scheißkerl«, sagte sie. »Ich wusste, dass du das sagen würdest. Ich wusste es!«

Sie wich zurück, und jetzt weinte sie. Tränen liefen unter der großen Sonnenbrille herunter.

»Vergiss es, okay? Mach dir keine Mühe. Ich kümmere mich darum. Ich wünsche dir ein schönes Leben – mit deinem *Restaurant*!«

Sie wandte sich ab, stolperte über ihre hohen Korksohlen, fing sich aber noch rechtzeitig und verließ schnell und mit gesenktem Kopf den Park. Papierfetzen und Tauben flatterten hinter ihr auf.

Jedes Mal wenn er in seinem Leben Probleme gehabt hatte, ob groß oder klein, hatte es Peter in die Küche gezogen. In seiner Kindheit, auf der Flucht vor den Schikanen seines Vaters oder der Geringschätzung seiner Mutter, war er in den großen viereckigen Raum im hinteren Teil des Hauses gelaufen, wo Hilde ihm erlaubte, in der Suppe zu rühren, Teig zu kneten und – was das Aufregendste war, und nur unter der Voraussetzung, dass er das Messer genau so hielt, wie sie es ihm zeigte – Gemüse zu schneiden. Sein einziger rebellischer Akt als Jugendlicher hatte darin bestanden, sich im Adlon als Commis zu bewerben, statt in der Anwaltskanzlei der Familie Büroarbeit zu machen. Seine Lehre hatte er abends und an den Wochenenden absolviert, während er tagsüber zur Universität gegangen war, und als die Nazis verfügt hatten, dass Juden keine Hochschulausbildung mehr genießen durften, hatte er das Jurastudium dankbar abgebrochen und ganztägig im Adlon gearbeitet. Vor seinen Eltern und ihren Freunden – zumindest so lange, bis sie ihn enterbten, weil er eine Goj geheiratet hatte – war er wegen seiner bescheidenen Tätigkeit geflissentlich mit einem langen Gesicht herumgelaufen. Wie furchtbar, als einziger Sohn einer der ältesten und vornehmsten Familien gezwungen zu sein, als Küchenjunge zu arbeiten! Schändlich! Hitler wäre noch ihr aller Untergang. Doch damals, gerade zum Gardemanger befördert und frisch verheiratet, hatte Peter insgeheim und törichterweise geglaubt, dass die Nazis an die Macht gekommen seien, sei das Beste, was ihm je passiert war.

In Auschwitz hatte ihm die Versetzung in die Küche das Leben gerettet. In seinen ersten Jahren in Amerika, gequält von Träumen und schwerfällig in der neuen Sprache, war er nahezu stumm durch eine Landschaft der Verzweiflung geirrt – bis zu jenem Nachmittag, als er in die Oyster Bar gegangen war, um ein Sandwich zu essen, und mit einem Job wieder herausgekommen war. Nachdem er den wieder verloren hatte, war sein Reisejahr gekommen; er hatte sich vom Burgerbrater zur Thekenbedienung im Deli und von dort zum Gardemanger in Chicago, Minneapolis und Atlanta hochgearbeitet. Als er nach New York zurückgekehrt und bei Giuseppe gelandet war, hatte er etwas gelernt: Nirgendwo auf dieser Erde war er zu Hause ohne Masha und die Mädchen, aber zumindest gab es hier mehr Juden – und mehr Restaurants. Und wenn auch die Küche von Land zu Land unterschiedlich war – in Amerika gab es keinen Spargel und keine Johannisbeeren, aber jede Menge Barbecuesoße, Hotdogs, Pizza und die Abscheulichkeit, die die Amerikaner für Mayonnaise hielten –, so war doch das Essen im Wesentlichen das Gleiche. Möhren zu Juliennes und Basilikum zu Chiffonade zu schneiden ging in Skokie nicht anders als in Berlin. Eine Steckrübe war eine Steckrübe. Gemüse, Fleisch und Zubereitungstechniken kannten keine Sprache. Die Küche, jede Küche, war Peters Zuhause.

In der Woche nach Junes Eröffnung zog er sich ins Masha's zurück. Er öffnete jeden Morgen und schloss jeden Abend, schlief auf der Pritsche in seinem Büro und ging nur zum Duschen nach Hause. Sogar während seiner Beziehung mit June hatte er zwar praktisch all seine Schichten im Restaurant verbracht und gekocht, aber abgesehen von den ersten Tagen nach der Eröffnung hatte er nie im Masha's gegessen, getrunken oder geschlafen. Er wusste, dass sein Benehmen für Verwunderung sorgte; er konnte fast spüren, wie die Angestellten Streichhölzchen zogen, um herauszufinden, wer ihn fragen sollte, was sich geändert habe, und wie sie hinter seinem Rücken Theorien aufstellten und Wetten abschlossen. Aber es dauerte eine ganze Woche, bis jemand etwas sagte, und dann war es Lena – Peter hätte es wissen müssen –, die eines Morgens um sechs hereinkam und ihn schon in der Küche antraf, umgeben von einem glitzernden Berg aus geschnittenen Gurken und Schalotten. »Was machen Sie hier?«, fragte sie ihn.

»Wonach sieht es denn aus?«, fragte Peter und wischte sich mit dem Ärmel über die Augen. Sie brannten von den Schalotten. »Ich mache Pickles.«

»Das sehe ich«, sagte Lena. »Wo ist Steve, der kleine *schopa*? Das ist seine Arbeit.«

»Ich habe ihm diese Woche freigegeben.«

Lena verschränkte die Arme vor der Brust. »Warum tun Sie das?«

»Weil ich hier bin und seine Frau gerade wieder ein Baby bekommen hat.«

»Sie sollte die Knie zusammendrücken«, sagte Lena. »*Tupa bljad.*«

Sie stand da und funkelte Peter an wie ein alter Verkehrspolizist – er spürte ihren Blick seitlich an seinem Hals –, und dann schnaubte sie und ging. Peter füllte das Gemüse mit Dillblüten in Gläser und gab die Pickles-Gewürzmischung dazu, die er selbst erfunden hatte:

Nelken, gelbe und schwarze Senfkörner, Anis, Fenchel, Kurkuma, rote Chilis. Mit einem Trichter goss er Salzessig in die Gläser und stellte sie in einen Vierundzwanzig-Liter-Topf mit sprudelnd kochendem Wasser. Dann nahm er sich ein neues Schneidebrett und fing an, Challa und Baguette vom Vortag zu würfeln, um Croutons zu rösten. Manche seiner Köche ließen bei der Arbeit gern das Radio laufen, und andere schworen, sie lösten dabei im Kopf irgendwelche Aufgaben. Peter hatte es gern, wenn es still war bis auf das *Pock Pock Pock* seines Messers und das Klappern des Deckels auf dem Einkochkessel. Nur dann konnte er aufhören zu denken. Wenn seine Hände beschäftigt waren, kam sein Kopf zur Ruhe.

Lena kam in weißer Küchenkleidung und Clogs zurück. Ein Tuch bedeckte ihr kurzes graues Haar. »Was ist heute das Gericht des Tages?«

Peter deutete mit dem Kopf auf die Schiefertafel.

»Endiviensalat«, las Lena leise. »Chicoree, Buttersalat – ist der Lieferant schon gekommen?«

»Heute Morgen um fünf.«

»Und der Käsehändler?«

»Da war ich gestern«, sagte Peter. »Er hatte einen ausgezeichneten Roquefort.«

»Hat er wahrscheinlich vom Lastwagen geklaut«, sagte Lena. »Der Schwanzlutscher.« Aber sie ging für ihr *Mise en place* in die Kühlkammer und richtete ihren Posten einen halben Meter weit neben Peters ein. Beide arbeiteten schweigend, und man hörte nur Lenas schweres Atmen. Sie filetierte Blaubarsch. Peter nahm die Picklesgläser mit einer gummibeschichteten Zange aus dem Kessel, als Lena fragte: »Was ist aus der mageren Hure geworden?«

»Nenn sie nicht so«, sagte Peter. Er stellte das letzte

Glas auf ein Backblech und drehte das Feuer unter dem Kessel ab.

»Okay«, sagte Lena liebenswürdig. »Wo ist die dumme Hure?«

Peter nahm ein frisches Küchentuch vom Stapel und wischte sich über Gesicht und Hals. »Lena, ich warne dich.«

Lena zuckte mit den Schultern. »Warnen Sie mich, wenn Sie wollen. Glauben Sie, ich habe Angst? Ich breche Sie übers Knie wie einen Zweig.«

»Ich mein's ernst, Lena. Ich bin nicht in der Stimmung.«

Peter wendete die Challa- und Baguette-Würfel in einer Mischung aus Olivenöl und Rosmarin. Lena legte die Blaubarschfilets in eine Senfmarinade.

»Das bin ich auch nicht«, sagte sie. »Heute in der U-Bahn hat mir ein Mann auf den Fuß gepisst. Diese verschissene Stadt. Und Linda hat wieder die ganze Nacht herumgehurt. Wenn ich sie das nächste Mal sehe, breche ich ihr den verdammten Hals.«

»Ach«, sagte Peter. Linda war Lenas Freundin und arbeitete als Hostess und Gelegenheitstänzerin in einem der Boardwalk-Clubs auf Long Island.

»Wissen Sie, wofür ich auch nicht in Stimmung bin?«, fragte Lena. »Hierfür.« Sie gab Peter einen Rippenstoß, legte das Messer aus der Hand und zog ihre Lider zu einer schrecklichen Grimasse herunter.

»Diese ständige Trübsal«, sagte sie. »Ein Boss, der Trübsal bläst wie kranker Hund. Wie überfahrener Hund. Hund, der überfahren wurde, nachdem er rausgefunden hat, dass seine Hündin anderen Hund fickt.«

»Ja, ich hab's begriffen«, sagte Peter.

»Und?«, fragte Lena. Sie wandte sich wieder ihren

Filets zu und bepinselte sie mit Marinade. »Was ist passiert mit *jebanutaja suka.*«

»Lena«, sagte Peter. Er wusste, sie hatte June soeben als verfickte Hure bezeichnet. Aber er wusste auch, es hatte keinen Sinn, sie noch einmal aufzufordern, damit aufzuhören. »Die Frau verachtet mich«, hatte June gesagt, als Peter sie gefragt hatte, ob sie nicht mehr Zeit im Restaurant verbringen wolle. »Sie steht auf dich, Pete. Sie verehrt dich wie einen Filmstar.« Peter hatte ihr von Lenas Freundin erzählt, um ihr klarzumachen, dass sie sich irrte, aber June war nicht überzeugt gewesen, und auch wenn es die Situation nicht geändert hätte, wenn er es zugegeben hätte, wusste er doch, was sie meinte. Lena hatte keine romantischen Absichten, und sie wollte mit ihm ebenso wenig schlafen wie mit irgendeinem anderen männlichen Schwanzlutscher. Lenas Zuneigung zu ihm reichte tiefer: Sie war eine Angestellte, deren Boss ihr eine Chance gegeben hatte, als niemand sonst es tun wollte; sie war fast so etwas wie eine Partnerin in einem Geschäft, das ihr mehr bedeutete als alles andere, und sie war vielleicht nicht gerade eine Freundin, aber doch eine Kollegin, die anderthalb Jahrzehnte lang Seite an Seite mit ihm gearbeitet hatte.

Lena fing an, Kaninchen zu entbeinen. »Ich habe ein Recht darauf, es zu erfahren«, beharrte sie. »Erst sind Sie völlig aus dem Häuschen wegen ihr«, und dabei ließ sie die Zunge aus dem Mund hängen und schielte, »und rennen mit dieser mageren Hure herum wie ein liebeskranker Junge. Lena, übernimm das, sagen Sie. Und dann ist *toschtchaja bljad* weg, und Sie benehmen sich wie jämmerlicher Hund, der ...«

»Ja, schon gut«, sagte Peter. »Schluss mit dem Hund. June ist ...«

Er brach ab, während er noch Salz auf die Croutons streute, denn er wusste nicht genau, wie er den Satz beenden sollte. June ist wütend auf mich? June ist in der Hauptstadt und protestiert gegen den Vietnamkrieg? June ist am Boden zerstört? So oft hatte Peter in dieser Woche vorgehabt, sie anzurufen, hatte den Telefonhörer in seinem Büro in der Hand und den Finger in der Wählscheibe gehabt oder in einer Telefonzelle gestanden und einen Zehner in den Münzschlitz geworfen. Aber dann – er hatte es nicht gekonnt. Irgendetwas überkam ihn – Apathie, bleischwere Erschöpfung –, und er hatte aufgelegt und war davongegangen.

»Sie ist *beremennaja*«, sagte Lena und hielt sich die gewölbte Hand vor den Bauch. »Schwanger.«

Peter war verblüfft. »Woher wissen Sie das?«

Lena zuckte die Schultern. »Sie ist eine Hure, wie alle Mannequins. Macht die Beine breit genug, wird schwanger. Kann man sich ausrechnen.«

»Lena!«, brüllte Peter.

Lena fing an, das Kaninchenfleisch für das Ragout zu würfeln – die armen, nackten Kreaturen. Peter konnte nicht zusehen. »Ist kleiner Bastard von Ihnen?«

Peter seufzte. Er schob die Bleche mit den Croutons in den Ofen und stand plötzlich ratlos da. »Ja«, sagte er.

»Das sagt sie.«

»Und ich glaube ihr. June ist keine Lügnerin.«

Lena hob philosophisch die Schultern. »Wird sie Abtreibung machen?«

»Das weiß ich nicht.«

»Wie, das wissen Sie nicht?«

»Ich habe noch nicht mit ihr gesprochen.«

Lena nickte. »Das ist schlau. Sie gehen ihr aus dem Weg. Sie will heiraten?«

»Ich weiß es nicht«, sagte Peter.

»Sie will Ehemann«, stellte Lena fest. »Alle mageren Huren wollen Ehemann. Aber so bleiben Sie ungebunden.«

»Das ist es doch gar nicht«, sagte Peter. »Ich wollte ihr schon seit Monaten einen Heiratsantrag machen.«

Lena warf ihm einen verschlagenen Blick zu. »Aber haben Sie nicht.«

Peter schüttelte den Kopf, nicht verneinend, sondern verwirrt. »Ich muss mit der Erbsensuppe anfangen.«

»Warum fragen Sie nicht?«

»Ich weiß es nicht.«

»Ich weiß es nicht, ich weiß es nicht«, sagte Lena. »Das ist Antwort für kleine Jungen.«

»Leck mich am Arsch, Lena«, sagte er und verfiel in ihre Ausdrucksweise. Lena lachte.

»Ich glaube, Sie sind kleiner Junge«, sagte sie. »Ich glaube, Sie möchten magere Hure heiraten. Ist das gute Idee? Nein. Wird sie nichts als Ärger bringen? Ja. Aber machst du Baby, musst du dich kümmern um Baby. Wegmachen oder heiraten. Bastarde gibt's schon genug auf der Welt.«

Peter ballte die Fäuste, bevor er den nächsten Gegenstand – einen Steakhammer, eine Bratpfanne – packen und Lena damit schlagen konnte. Er hatte noch nie eine Frau geschlagen, aber dies war die perfekte Gelegenheit. Er stand da und kämpfte mit seiner Wut, während Lena gelassen Kartoffeln und Möhren für das Ragout tournierte. Er kannte sie seit fünfzehn Jahren, seit sie Mitte zwanzig war; sie war dabei gewesen, als er das Restaurant unter dem Namen Masha's eröffnet hatte. Damals war sie Gardemanger gewesen; es war nicht infrage gekommen, sie irgendwo im vorderen Teil des Restaurants einzusetzen, als Kellnerin oder auch nur als Geschirrabräumerin, wo sie die Gäste terrorisiert hätte. Lena hatte das sowieso nicht gewollt; für sie waren Kellnerinnen, Empfangsdamen und Garderobieren auch nur Huren. Sie hatte von Anfang an kochen wollen, und Peter hatte sie eingestellt, obwohl es äußerst selten vorkam, dass eine Frau in einer professionellen Küche etwas anderes war als die Patissière. Zum einen hatten seine anderen Angestellten nicht sofort erkannt, dass Lena, die jeden, der bei ihr Anstoß erregte, gegen die Wand drückte und rammelte, überhaupt eine Frau *war*. Zum anderen konnte sie mit dem Messer umgehen wie niemand sonst. Zumindest in dieser Hinsicht hatte sie Peter an Masha erinnert. Und dann war da der Augenblick gewesen, als er Lena aufgefordert hatte, ein Bœuf bourguignon zu kochen; sie hatte die Ärmel hochgekrempelt, und er hatte eine Reihe von schiefen grünen Zahlen auf ihrem Unterarm gesehen. »Was ist?«, hatte sie gefragt, als sie merkte, dass er hinschaute. »Ich war als politische Gefangene in einem Nazilager.« Und sie hatte ins Spülbecken gespuckt. »Haben Sie ein Problem damit?« Nein, durchaus nicht, hatte Peter geantwortet. Es war das einzige Mal in seiner ganzen Zeit in Amerika, dass er beinahe freiwillig seinen Ärmel hochgerollt und ihr seine eigene Tätowierung gezeigt hätte. Beinahe.

In all den Jahren war Lena seine rechte Hand gewesen, und sie konnte Dinge zu ihm sagen, die sonst niemand sagen durfte – nicht Sol, nicht Ruth und auch nicht June. Tatsächlich hatte er Lena von Sol erzählt, und Lena hatte gesagt: »*Da*, die jüdische Mafia, na und? Wenn es wären russische Gangster, *dann* müssten Sie sich Sorgen machen.« Peter hatte die Beziehung zu Sol immer noch nicht beendet. Plötzlich fand er seine eigene

Trägheit und Lena und sogar seine geliebte Küche unerträglich. Er warf sein Tuch auf das Schneidebrett.

»Pass auf die Croutons auf«, sagte er. »Ich gehe spazieren.«

Wenn er das Restaurant nicht geerbt hätte, hätte Peter sich diese Lage an der Upper East Side nicht ausgesucht; die West Fifties mit den Theatern und der Carnegie Hall waren ihm lieber. Aber was ihm hier gefiel, war die Nähe zum Carl-Schurz-Park. Er lag drei Blocks weit in südlicher und drei in östlicher Richtung entfernt, Ecke 86th Street und East End Avenue, und so manche rastlose Stunde hatte Peter dort verbracht, war am East River entlangspaziert, hatte die Triborough Bridge bewundert und geistesabwesend die Köpfe verliebter Hunde gestreichelt. Im Englischunterricht hatte einer seiner anspruchsvolleren Lehrer ihnen *Moby Dick* zu lesen gegeben, und im Carl-Schurz-Park dachte er immer an die Passage über die beruhigende Wirkung eines Aufenthalts am Wasser. Oft dachte er auch an das Motto des Epilogs: »Und ich bin allein entkommen, um es Euch zu erzählen.«

Heute suchte er sich bald eine Bank, setzte sich hin und wischte sich mit dem Ärmel seiner weißen Kochjacke über Gesicht und Nacken; seine Taschentücher wie auch seine Straßenkleidung waren im Masha's. Es war nicht heiß an diesem Morgen, aber es war feucht. Die Sonne sah aus wie eine Silbermünze in weiter Ferne, die sich bemühte, durch den Dunst zu glänzen. Möwen kreisten kreischend über dem Fluss, die Luft roch nach Diesel und Fisch, und Fußgänger kamen mit Kaffeebechern vorbei, mit weißen Papiertüten und Hotdogs, und jeder war in seine eigenen frühmorgendlichen Gedanken vertieft. Peter schaute den Lastkähnen zu, die von tapferen Schleppern durch das Wasser geschoben wurden. Das Wasser plätscherte an das Ufer von Roosevelt Island mit seinem Leuchtturm, der aussah wie ein Salzstreuer. In den Anfangstagen hatte Peter sich manchmal gefragt, wie schwer es sein würde, über den Zaun mit seinen scharfen Eisenspitzen zu klettern, aber dann hatte er gesehen, dass es dahinter nicht sehr tief hinunterging; wahrscheinlich wäre das Schlimmste, was einem passieren könnte, der aus dem Carl-Schurz-Park in den East River spränge, eine ekelerregende Hautkrankheit von dem verschmutzten Wasser. Er verschränkte die Hände und beugte sich vor, als könnte er auf diese Weise über Fluss, Insel und Brücke hinweg bis zum Atlantik und zu dem Kontinent schauen, den er hinter sich gelassen hatte.

Lena hatte ganz recht: Er war feige. Aber Peter war immer feige gewesen, und das hatte er schon immer über sich selbst gewusst. Es war sein schlimmster, am meisten belastender Charakterzug, die Eigenschaft, die ihn definierte, das Geheimnis in seinem tiefsten Innern, das er immer wieder zu verbergen versuchte und das doch unausweichlich immer wieder an die Oberfläche stieg. Es war seine Unfähigkeit zu handeln, seine Lähmung im entscheidenden Augenblick. Seine Unfähigkeit zu springen. Zu schneiden. Anzurufen. Zu entscheiden. Seine Familie zu beschützen. Deutschland zu verlassen, als noch Zeit dazu war. Denn natürlich war Peter oft genug gewarnt worden vor dem, was passieren konnte. Sein eigener Vater hatte es ihm gesagt. Sein Vater hatte mit Sol zusammengearbeitet, um Juden hinauszubringen, koste es, was es wolle, anfangs – vor der Reichskristallnacht – auf legale Weise, aber dann auch auf illegalen Wegen. Deshalb hatten die Nazis Avram 1941 nach Buchenwald verschleppt. Deshalb war seine Mutter inhaftiert worden und hatte sich im Gefangenenlager die tödliche Grippe zugezogen. Deshalb hatte Peter die beständige Auseinandersetzung mit Masha, die ihn an das physikalische Dilemma von der unaufhaltsamen Kraft erinnerte, die auf ein unbewegliches Objekt stieß: Sie mussten weg, hatte sie gesagt. Es war zu gefährlich, hatte er gesagt. Sie mussten fliehen. Sie mussten bleiben. Immer und immer wieder schlug Masha lachhafte Dinge vor: eine neue Identität, ein Versteck auf dem Dachboden oder im Keller einer Kirche, eine nächtliche Wanderung über die Alpen. Du redest wie jemand in einem Spionageroman!, hatte Peter erwidert. Dieser Irrsinn wird bald zu Ende sein, die Außenwelt wird erkennen, was hier vorgeht, und allem ein Ende machen. Und außerdem, was war mit den Kindern? Peter deutete auf die Neugeborenen, die in ihrem Wäschekorb schliefen, die Säuglinge in der Wiege, die er aus einer Kiste und einem kaputten Schaukelstuhl gebaut hatte, die kleinen Mädchen im Bett ihrer Eltern. Die Kinder, die Kinder, was war mit den Kindern?

Was schließlich passierte, hatte große Ähnlichkeit mit dem Verhaftungstraum, abgesehen von den alternativen Enden, die Peters Geist immer wieder zu schreiben versuchte. Peter und die Zwillinge wurden in der später »Fabrikaktion 1943« bezeichneten Verhaftungswelle festgenommen. Sie wurden mit dem Lastwagen zur Erfassung in eines der zahlreichen Sammellager transportiert, in ihrem Fall in das Konzerthaus Clou. Mehrere Tausend Menschen drängten sich in einem Saal, der für ein paar hundert gedacht war. Masha war in ihrer weißen Küchenkleidung aus der Küche des Adlon herbeigeeilt, nachdem ein mitfühlender Lieferant ihr berichtet hatte, was da im Gange war. Wie durch ein Wunder war es ihr gelungen, sie in dem Chaos zu finden; in diesem Punkt entsprach der Traum den Tatsachen: Es war ein Wunder gewesen, dass Masha sie unter all den Leuten gefunden hatte. Peter hatte ihr Vorwürfe gemacht, als sie zusammengedrängt dastanden und weinten und die Arme um die Kinder schlangen – eine kleine Boje in einem wogenden, klagenden Meer von Menschen. »Du hättest nicht kommen sollen«, sagte er immer wieder und küsste Mashas kaltes, nasses Gesicht. »Dumme Masha, tapfere Masha! Du darfst nicht hierbleiben. Du musst gehen. Geh jetzt. Geh.«

»Soll ich dich hierlassen?«, fragte sie. »Niemals.«

»Zumindest halten die vielen anderen Leute uns warm.« Peter versuchte zu lächeln. »Masha, bitte. Geh jetzt. Hol die Papiere von Dietrich …«

»Dazu ist es zu spät«, sagte Masha. »Siehst du das denn nicht? Siehst du es nicht, Petel? Hier sind Tausende und Abertausende Leute.«

Sie erhob sich auf die Zehenspitzen und sprang dann hoch, um einen Blick über Hüte und Kopftücher und Schultern und Köpfe hinweg zu werfen. »Verzeihung«, sagte sie zu einer alten Frau, der sie dabei auf den Fuß getreten hatte. Die Frau schaute sie nur an, und die Verwirrung in ihrem Gesicht hatte Peter schon bei den Überlebenden eines Luftangriffs gesehen.

Masha schlug die Hände vors Gesicht.

»Es ist hoffnungslos«, sagte sie. »Es ist alles aus«, und eine Zeit lang schluchzte sie heftig. Peter tröstete sie, so gut er konnte, indem er sich an sie drückte, und in seine Hände schmiegten sich die knochigen kleinen Hinterteile der Zwillinge.

»Ssch, Masha«, sagte er, »wir sind doch zusammen. Es wird schon gut gehen … Ssch.«

So plötzlich, wie sie angefangen hatte, hörte Masha wieder auf zu weinen.

»Bleib bei ihnen«, sagte sie. »Ich komme zurück.« Bevor Peter sie aufhalten konnte, schlängelte sie sich wie ein Aal durch die Menge davon.

»Mamaaaaa!«, heulte Vivian. »Wo geht Mama hin? Mama!« Mit ihrem Zorn weckte sie Gigi, die zu schwach war, um zu schluchzen wie ihre Schwester, aber Peter doch ins Ohr weinte.

»Ssch, Kinder«, sagte Peter, »Mama kommt gleich zurück.«

Eine Frau neben ihm – sie war ungefähr so alt wie Masha und stillte einen Säugling – warf ihm einen halb mitleidigen, halb verächtlichen Blick zu, und zum ersten Mal dachte Peter: Aber vielleicht kommt sie nicht. Und trotz der Leute, die sich um ihn drängten, hatte er das Gefühl zu fallen.

»Wollen wir singen, Kinder?«, fragte er. »Was wollen wir singen?«

Vivian tätschelte Peters Wange. »Sing du, Papa. Sing du.«

Sie meinte *Peter und der Wolf*, Prokofjews Komposition für Kinder, von der die beiden Mädchen glaubten, sie sei über Peter geschrieben worden. Sie liebten die musikalische Geschichte von dem heldenhaften Jungen, der den Wolf besiegte. Peter pfiff die ersten Takte ihres Lieblingsteils, in dem die Gefahr gebannt war: »Und sie machten sich auf den Weg in den Zoo!«, fing er an.

Vivi sagte den Text mit ihm zusammen auf. »Stellt euch den Triumphzug vor! Peter ging natürlich vorneweg…« Als sie bis zum Großvater und der Katze gekommen waren, deklamierten Peter und Vivi mit der tiefen Großvaterstimme: »Aber wenn Peter den Wolf nun nicht gefangen hätte? Was dann, hm?«, und in diesem Augenblick kam Masha doch zurück und drängte sich durch die Menschenmenge – eine weiße Erscheinung mit heller Haut und hellem Haar und ihrer Kochjacke. Nur ihre Nase war rot und lief.

»Gute Nachrichten«, sagte sie. »Sie fertigen Arier und Geltungsjuden in einer anderen Sammelstelle ab, in der Rosenstraße. Wir müssen jetzt nur einen Wachmann finden und ihm unsere Papiere zeigen, um zu beweisen, dass wir verheiratet sind. Dann bringen sie uns geradewegs hin.«

»Ist das wahr?«, fragte jemand in der Nähe. »Wenn Sie Arier sind? Oder mit einem Arier verheiratet?«

»So habe ich es gehört«, sagte Masha.

Die stillende Frau, die eine Armbinde mit dem Stern über ihrer Lammfelljacke trug, lächelte spöttisch. »Das wird den meisten hier sicher eine große Hilfe sein«, sagte sie.

Masha sah die Frau mit tiefem Mitgefühl an. »Nur Mut«, sagte sie. Dann nahm sie Vivi von Peters Hüfte und sagte: »Kommt, Kinder.«

»Papaaa!«, schrie Vivian. »Ich will zu Papa.« Sie warf sich zu Peter hinüber. »Ich will zu Papa! Ich will mehr Peter! Ich will nach Hause!«

»Ich weiß, mein Schatz«, sagte Masha und küsste Ginger auf die Stirn und zuckte erschrocken zurück. Gigi hatte den Kopf auf Peters Schulter gelegt, ihre Augen waren glasig vom Fieber, und ihr Daumen rutschte lustlos aus dem Mund.

»Petel, sie glüht«, sagte Masha. »Wir müssen etwas tun.«

»Nimm die beiden auf den Arm«, schlug er vor. »Ich ziehe mein Hemd aus und decke sie damit zu.«

»Sei nicht albern«, sagte Masha. »Dann holst du dir den Tod.« Sie hatte recht; es war Februar, und der Boden unter ihren Füßen war tückisch von Eis und gefrorenem Schlamm. Ihr angstvoller Atem wölkte mit dem Atem Tausender anderer in der Luft. Masha erhob sich auf die Zehenspitzen und schaute sich um.

»Siehst du die ältere Frau da?«, fragte sie. »Sie sieht nicht aus, als ob sie großartig Widerstand leisten wird. Du musst versuchen, ihr die Pelzmütze abzunehmen.«

»Masha! Das kann ich nicht machen.«

»Irgendetwas müssen wir tun.«

»Aber nicht so etwas. Hier. Ich nehme Gigi unter meinen Mantel …«

Masha schnaubte ungeduldig. »Das reicht nicht. Ich weiß, was du meinst, aber vielleicht steht Gigis Leben gegen das einer Fremden, die vielleicht sowieso nicht mehr lange durchhält. Tut mir leid, dass ich das sagen muss … Ich bin gleich wieder da.«

»Nein«, rief Peter. »Masha, bleib hier! Ich tu's ja.«

Aber Masha hatte schon seinen Ärmel losgelassen und schob sich durch das Gedränge auf ihr Ziel zu, eine kraftlose Frau, die in der Tat aussah, als würde sie jeden Augenblick den Geist aufgeben. Masha schlich sich von hinten an sie heran und riss ihr die Mütze vom Kopf. Sie drehte sich triumphierend zu Peter um, als sich auf der anderen Seite des Platzes ein Aufschrei erhob. Jemand war gesprungen: Eine Frau flog pfeilgerade aus einem der oberen Fenster nach unten, die Füße voran, die Arme an den Seiten. Ihr Rock flatterte um sie herum.

»Masha!«, schrie Peter. »Bleib da!«

Er kämpfte sich auf sie zu und presste Gingers heißen, feuchten Kopf an seine Schulter. »Nicht hinschauen, Kind«, keuchte er, obwohl Ginger bewusstlos war. »Nicht hinschauen.« Etwas Warmes, Nasses breitete sich an seiner Seite aus. Ginger hatte sich in die Hose gemacht.

»Masha!«

Wieder erhoben sich Rufe und Schreie, und Peter wusste, es musste noch einen Selbstmord gegeben haben. Er konzentrierte sich mit aller Kraft auf Mashas weiß blitzende Jacke und drängte sich weiter auf sie zu. Aber jetzt gerieten die Verhafteten in Panik, und es war, als würde Peter durch ein Erdbeben der Boden unter den Füßen weggerissen. Alles um ihn herum drängte und schrie durcheinander – weit offene Münder, Speichelfäden zwischen Zähnen, saurer Atem, ein Gewühl von Wolle und ausgestreckten Händen –, und Peter verlor seine Frau aus den Augen. Und noch beängstigender: Jemand gab Peter einen so heftigen Stoß, dass er und Gigi beinahe gestürzt wären. Er umklammerte seine kleine Tochter und bemühte sich verzweifelt, das Gleichgewicht zu behalten und nicht niedergetrampelt zu werden.

»Komm, mein Schatz«, keuchte er. Ihr Kopf rollte hin und her, und ihre Augen waren in den Höhlen nach oben verdreht. Hatte sie einen Anfall? »Lass uns Mama suchen.«

Schüsse knallten, Menschen schrien. »Halt«, rief die Lautsprecherstimme. »Bleiben Sie, wo Sie sind.«

Peter sah Masha; ungefähr ein Dutzend Leute trennten ihn von ihr. Sie entdeckte ihn im selben Augenblick und schwenkte die Pelzmütze.

»Masha!«, schrie er.

»Wir treffen uns … Rosenstraße!«, rief sie.

»Papa!«, weinte Vivi. Ihre Hand schimmerte in der matten Wintersonne auf und verschwand dann im Gedränge.

»Nein!«, schrie Peter. »Masha!« Er rannte gegen die

Wand aus Rücken, Schultern, Körpern an, aber jetzt fingen die Wachleute an, die Menge zu teilen. Sie trieben die Menschen mit Gewehrkolben und Peitschenstielen vor sich her, und Peter flog zur Seite. Er verlor das Gleichgewicht, landete auf dem Rücken, und Ginger verschwand aus seiner Umklammerung. Gerade hatte er sie noch aus Leibeskräften an sich gepresst, und im nächsten Augenblick war sie weg.

Peter richtete sich auf die Knie auf, spähte durch einen Wald aus Schuhen und Hosenbeinen und Röcken. Das konnte nicht sein! Sie war bei ihm gewesen! Er hatte sie im Arm gehalten! Wie konnte sie so schnell verschwinden? Sie musste hier sein! Sie konnte nicht mehr als einen Schritt weit entfernt sein. Höchstens zwei.

»Gigi!«

Er kroch voran. In welche Richtung war sie verschwunden? Sie trug ein rosa Nachthemd. Nur ein rosa Nachthemd! Er sah Stiefel und Hosenaufschläge. Jemand trat ihm auf die rechte Hand. Der spitze Absatz einer Frau bohrte sich tief in die Haut zwischen den Adern. Die Eigentümerin des Schuhs wurde gestoßen und fiel hin. Peters Hand war wieder frei. Er kroch weiter über das eiskalte Kopfsteinpflaster.

»Gigi!«, schrie er. »Gigi!«

Er bekam einen Mann zu fassen und zog sich an ihm hoch. »Meine kleine Tochter – haben Sie sie gesehen?«

Der Mann starrte an ihm vorbei. Seine Augen waren glasig vor Angst. Die Wachleute rückten dichter heran. »Gigi!«, brüllte Peter. »Gigi! Hat jemand ein kleines Mädchen gesehen?«

Er schlug in alle Richtungen um sich. Überall ragte eine Mauer aus fremden Menschen auf. Peter weinte. »Gigi! Gigi!«

Er taumelte auf einen SS-Mann zu, einen leidenschaftslos blickenden jungen Mann in Uniform und Helm. »Ich habe meine Tochter verloren – Gigi, sie ist Arierin –, bitte helfen Sie mir, ich habe meine kleine Tochter verloren!«

Der Mann schaute auf Peters Hand an seinem Ärmel herunter, verzog das Gesicht und schüttelte sie ab. »Jeder hier ist heute Arier«, sagte er und schlug Peter mit seinem Schlagstock ins Gesicht.

Als Peter wieder zu sich kam, war er tatsächlich in der Rosenstraße, aber wie er dorthin gekommen war, wusste er nicht. Er konnte sich auch nicht erinnern, wer ihn aufgelesen, seine Papiere gefunden und einem Verantwortlichen gezeigt hatte, dass er Geltungsjude und mit einer Arierin verheiratet war. Peter wurde ordnungsgemäß registriert und für das Arbeitslager für derart privilegierte Juden eingeteilt: Theresienstadt. Aber an diesem Tag waren sehr viele Leute im Konzerthaus Clou und auch in Oranienburg, in der Großen Hamburger Straße und am Putlitzer Bahnhof, und angesichts des Umfangs der Fabrikaktion verlief die Abfertigung leider nicht so effizient, wie sie hätte sein können. Fehler wurden gemacht, und während Peter in die Rosenstraße gebracht wurde, schickte man Masha und Vivian mit einem »Volljuden«-Transport nach Oranienburg und weiter nach Putlitz, und von dort brachte ein Zug sie nach Auschwitz. Von einer Ginger Raschkin, drei Jahre, hörte man nie wieder etwas.

Als Peter den Carl-Schurz-Park verließ, hatte er keinen Plan, aber seine Füße trugen ihn automatisch zurück zum Masha's, und unterwegs begann einer zu sprießen. Statt zum Restaurant zurückzukehren, winkte er sich ein Taxi heran, und erst auf halbem Weg nach Downtown Manhattan wurde ihm klar, dass er noch seine Kochjacke anhatte. Aber das war nicht wichtig. Es würde entweder auf Anhieb oder gar nicht klappen. Peter bat den Taxifahrer, am Washington Square Arch vorbeizufahren, wo ein blinder Mann Nelken aus einem Plastikeimer verkaufte, und als sie in der Minetta Lane angekommen waren, fragte Peter ihn, ob er etwas dagegen habe zu warten.

»Von mir aus, Mann. Ist Ihre Kohle«, sagte der Fahrer.

Peter stand in der stillen Seitenstraße vor dem kleinen beigefarbenen dreigeschossigen Gebäude mit den adretten schwarzen Fensterläden, die ihn an ein Puppenhaus erinnerten. Er sah auf die Uhr: Es war halb neun. Kein Wunder, dass sich in 16 Minetta Lane kein Lebenszeichen regte. Das Haus wurde bewohnt von den beiden Eigentümern, zwei Broadway-Darstellern, die bekannt waren für ihr Stepptanztalent und ihre sehr lauten Auseinandersetzungen, drei Stewardessen im ersten Stock und – in dem Apartment in der obersten Etage – von einer angehenden Opernsängerin und June. Keiner von ihnen war Frühaufsteher. Peter war nicht wohl dabei, sie zu stören, aber es war nicht zu ändern, er hatte keinen Schlüssel. Er drückte auf den Klingelknopf neben dem Namensschild mit der Aufschrift DAHL/BOUQUET. Nichts rührte sich.

Er wartete so lange, wie es die Höflichkeit verlangte, und drückte dann mit eingezogenem Kopf auf alle Knöpfe. Endlich ertönte der Türsummer, und Peter stieß die Tür auf. »Bist du das, Sven?«, fragte ein Mann im Hausflur giftig. »Ich glaube, du brauchst jetzt ein Alka-Seltzer und eine verdammt gute Erklärung.«

»Entschuldige, Michael, aber ich bin's nur.« Peter hielt grüßend seine Nelken hoch, und Michael – in einem

Kimono und mit einer grünen Gesichtsmaske – musterte ihn naserümpfend.

»Bring nächstes Mal Rosen mit, Loverboy«, sagte er und schlug seine Tür zu.

Peter stieg die Wendeltreppe ins Obergeschoss hinauf und klopfte. »Moment«, sagte eine Stimme, aber es war nicht Junes. Peter schaute durch das Fenster hinaus in den Garten hinter dem Haus, während er wartete: ein kleines Versteck hinter Backsteinmauern mit Kaffeehaustisch und Stühlen. Eine schlanke Trauerweide ließ ihre Zweige über einen Teich hängen, auf den eine Lorelei hinabblickte und in dem angeblich Koi-Karpfen schwammen – oder unglückselige Seeleute, die von ihrer Stimme betört worden waren. Über den Dächern des Village kämpfte die Sonne noch immer gegen den Morgennebel.

Die Tür öffnete sich, und Junes Mitbewohnerin Dawn blinzelte ihm verärgert entgegen. Sie war eine zierliche Frau mit schulterlangem kastanienbraunem Haar, das jetzt auf Lockenwickler gedreht war, und ihre Augen waren so strahlend blau wie ihr Morgenmantel. Sie war aus Minneapolis, hatte June ihm erzählt – die Minnesota Connection – und studierte an der Juilliard School. Sie ist sehr gut, hatte June gesagt, aber Peter bezweifelte, dass aus einem so kleinen Körper eine große Stimme kommen konnte. Er hatte immer angenommen, Soprane müssten wagnerianischer aussehen.

»Sie ist nicht da«, sagte Dawn. »Trotzdem, schöne Blumen. Tee?«

»Bitte«, sagte Peter.

Er folgte Dawn in die Wohnung und blieb in der Mitte des Zimmers stehen, während Dawn ihm gähnend die Blumen abnahm und sie in die Spüle legte, den Wasserkocher einschaltete und Schränke öffnete, um Becher, Zucker und Honig herauszustellen. Peter war erst zweimal hier gewesen, beide Male abends; weil June das Apartment mit jemandem zusammen bewohnte, hatte es immer nähergelegen, bei ihm zu übernachten. Bei seinem letzten Besuch hatten Sven und Michael Besuch gehabt – mit anderen Worten, es war die ganze Nacht wie im Karneval gewesen, und die Party war bis auf die Straße hinausgeflutet. Jetzt bewunderte Peter das friedliche Licht, das durch die Oberlichter hereinströmte, den violett gestrichenen offenen Kamin und den honigfarbenen Boden aus Fischgrätparkett. Die Badewanne stand unter dem Oberlicht, und über dem Sattel eines Karussellpferds, das daneben stand, lagen Handtücher. An den Wänden hingen gerahmte Plakate von Dawns Auftritten und Titelblätter von Zeitschriften mit Junes Foto.

»Nehmen Sie Milch?«, fragte Dawn. »Zitrone? Zucker?«

»Nur Zucker, bitte.«

Sie zeigte auf eine violette Samtcouch, die, wie June ihm erzählt hatte, aus einer Off-Broadway-Produktion von *Endstation Sehnsucht* gerettet worden war. Peter setzte sich. Dawn rollte sich an der Armlehne zusammen und zog die bloßen Füße unter sich wie eine Katze.

»Entschuldigen Sie, wenn ich leise spreche«, sagte sie. »Ich muss meine Stimme schonen.«

»Das verstehe ich«, sagte Peter und nahm seinen Tee. Aber er konnte ihn nicht trinken.

»Hat sie einen Fototermin?«, fragte er. »Bitte sagen Sie mir, sie hat einen Fototermin.«

Dawn musterte ihn über den Rand ihres Teebechers hinweg. Sie blies hinein und nippte daran.

»Wissen Sie«, fing Peter an.

»Ich weiß von dem Kind.«

»Wissen Sie, ob sie …«

»Sie hat sich noch nicht entschieden«, sagte Dawn.

»Gott sei Dank.« Peter stellte seinen Becher auf den Boden.

»Aber sie wird es bald tun müssen«, sagte Dawn. »Sonst ist es zu spät. Sie wollte diesen Trip nutzen, um darüber nachzudenken, und wenn sie beschließen sollte, es nicht zu bekommen, will sie geradewegs nach Mexiko.«

Peter stand auf. »Wo ist sie jetzt?«

»Ich weiß nicht, ob ich Ihnen das sagen soll«, antwortete Dawn. »Sie haben Ihr sehr wehgetan.«

»Bitte«, sagte Peter.

Dawn schaute ihn prüfend an. Ihre blauen Augen blickten offen und argwöhnisch. »Auf Hawaii. Honolulu. Aufnahmen für den *Cosmo*. Sie werden noch zwei Tage da sein.«

»Danke«, sagte Peter, »vielen Dank.« Er ging zur Tür. Dawn blieb auf der Couch sitzen und beobachtete ihn wie eine Katze, amüsiert und geringschätzig.

»Viel Glück«, rief sie.

Peter war erleichtert, als das Taxi noch am Randstein stand. »Ich dachte schon, Sie sind da oben eingeschlafen, Mann«, sagte der Fahrer, ein langhaariger Junge im College-Alter, ein Aussteiger vielleicht, mit einer kleinen Brille und einer Ballonmütze. Er sah aus, als hätte er selbst ein kleines Nickerchen gemacht.

Peter stieg ein. »Idlewild Airport, bitte«, sagte er.

»Sie meinen JFK.«

»Ja, JFK«, sagte Peter. Den neuen Namen hatte er ganz vergessen.

»Willkommen in der Zukunft«, sagte der Fahrer und fuhr los.

Peter schaute aus dem Fenster, als sie durch das Gewirr der Straßen im Village fuhren, wieder am Washington Square vorbei und dann auf die West 4th Street, Bowery und Broadway. Er hatte erwartet, dass der Fahrer den Midtown Tunnel nehmen würde, aber sie fuhren nach Osten, nicht nach Norden. Peter klopfte an die Plastikscheibe. »Entschuldigung, aber warum nehmen wir diesen Weg?«

»Weil es schneller ist, Mann«, antwortete der Fahrer. »Im Tunnel hat es einen Unfall gegeben. Aber ich fahre, wie Sie wollen.«

»Nein«, sagte Peter. »Je schneller, desto besser.« Er ließ sich zurücksinken. Der Fahrer schaltete das Radio ein, in dem 1010 WINS lief: *Geben Sie uns zweiundzwanzig Minuten, und wir geben Ihnen die Welt.* Peter ließ sich durch den Kopf gehen, was jetzt vor ihm lag. Am Flughafen musste er ein Ticket für den nächstbesten Flug nach Honolulu kaufen. Zum Glück fanden Junes Fotoaufnahmen in Hawaii und nicht in Europa statt, denn das hätte Peters Entschlossenheit auf eine harte Probe gestellt – aber er vermutete, dass er auch dorthin geflogen wäre. Er musste Lena anrufen, sie von seiner Reise in Kenntnis setzen und sie bitten, ihn zu vertreten, und er musste Reisekleidung und Toilettenartikel kaufen. Peter klopfte seine Taschen ab und fluchte: Er hatte den Ring nicht. Natürlich nicht – er trug seine karierte Kochhose, der Ring steckte in der Tasche der Anzughose, und die hing im Restaurant. Na, dann würde er eben einen neuen kaufen. Es gab ja sicher Juweliergeschäfte in Honolulu. Das Taxi kreiste über die Auffahrt hinauf zur Williamsburg Bridge, vorbei an Müll, Graffiti, dunklem Wasser, den kolossalen Betonpfeilern und rostigen Stahlträgern, die alle Brücken in seiner adoptierten Heimatstadt trugen, und als die Räder auf die Brücke holperten, brach die Sonne endlich durch die Wolken. Peter sah zu, wie Manhattan zur Linken davonglitt. Ein Schwarm Autos, Busse, Taxen und Lastwagen umgab sie, und alle verfolgten irgendein Ziel genau wie er. Vielleicht kam es ihm nicht zu, sich noch einmal als Ehemann zu versuchen, und als Vater war er nun wirklich gescheitert; das hatte die Vergangenheit bewiesen. Aber hier war er, und ob es nun der Name eines Flughafens war, die Trends in der Gastronomie, ein Jahrzehnt im Kalender oder die eigene Nationalität – die Dinge änderten sich unablässig. Peter wusste nur, dass er vor langer Zeit einmal losgelassen hatte. Und er würde nicht noch einmal loslassen.

# II
# JUNI 1975

Die aufmerksame Ehefrau hat stets ein einfaches Getränk (kalt im Sommer, heiß im Winter) für ihren müden Gatten bereit, wenn er abends heimkommt. Am einfachsten sind Obst- und Gemüsesäfte, serviert in kleinen Fruchtsaftgläsern.

*– BETTY CROCKER'S NEW PICTURE COOK BOOK*

# 7

# TENNISSTUNDEN

Der Glenwood Bath & Tennis Club lag auf dem ersten und niedrigsten Berg der Watchung-Kette in New Jersey. Von hier aus reichte der Blick über das Reservat Eagle Ridge und das Städtchen Glenwood bis zum fernen New York. Er war nicht so nobel wie der exklusivste Club von Glenwood, The Briars, der keine Juden aufnahm, aber Glenwood Bath & Tennis war schick genug. Um hinzukommen, bog June Rashkin in eine nicht markierte Waldstraße ein. Wer nicht wusste, wo die Einfahrt war, würde vielleicht einfach vorbeifahren, wie June es getan hatte, als die Rashkins aufgenommen worden waren. Die Straße schlängelte sich zwischen Gruppen von Birken, Kiefern und Eichen hindurch, die schräg aus der Felswand des Berges wuchsen, und kam irgendwann auf dem Gipfel an, der durch eine Messingtafel angekündigt wurde, auf der unter einem Logo aus gekreuzten Tennisschlägern zu lesen war: GLENWOOD BATH & TENNIS CLUB, Est. 1924. Der Parkplatz, für den man den Wald gerodet hatte, lag unter offenem Himmel und grenzte an einer Seite an maschendrahtumzäunte Holzbodencourts für Paddelball, wo Junes und Peters fünfjährige Tochter Elsbeth mit ihren abgehärteten Fußsohlen selbst an den heißesten Tagen frei herumlaufen konnte.

Das Clubhaus war nicht weiter bemerkenswert, ein

eingeschossiges Fachwerkhaus, das mit seinen Balken und Koppelfenstern zumindest aus der Ferne wie ein englisches Cottage wirkte. Am Empfangstisch gleich am Eingang, wo Mitglieder und Gäste sich anmeldeten, waren die Verkaufsartikel des Clubs ausgestellt: Polohemden, Tennis-Visors, Schweiß- und Armbänder mit dem Logo des Clubs sowie Blöcke mit perforierten Papptickets, die innerhalb des Clubs als Zahlungsmittel galten. Die Böden waren gefliest, damit man leichter das Wasser wegwischen konnte, das die Kinder hereintrugen, wenn sie von den Swimmingpools hereinkamen. Das ganze Haus roch nach Chlor. Der Essbereich hinter der Snackbar war eine abgeschirmte Rotunde mit Picknicktischen. Oben auf dem Gipfel, am Ende des Kieswegs, an dem eine weitere Messingtafel mit der Aufschrift ZUTRITT NUR ÜBER 18 warnte, war das Schwimmbecken für Erwachsene mit seiner Terrasse, und an klaren Abenden hatte man hier einen spektakulären Blick auf die Skyline von Manhattan, wo die männlichen Mitglieder tagsüber arbeiteten. Abends war der Erwachsenenpool häufig Schauplatz für wilde Partys, die unweigerlich mit kreischender Nacktheit, betrunkenen Arschbomben und Reue endeten.

An diesem Morgen war June nicht einmal in der Nähe des Infernos am Erwachsenenpool, sondern auf der anderen Seite des Clubs, wo sie mit zwei anderen Frauen vor den Sandplätzen stand und auf den Tennislehrer wartete. Ihr Mann Peter hatte ihr in der vergangenen Woche, am 10. Juni zu ihrem Geburtstag, Stunden geschenkt. Es war ihr fünfunddreißigster gewesen, und June hatte blinzelnd den Gutschein angeschaut, der neben dem Engelskuchen lag, den Peter immer für sie buk, weil er wenig Fett enthielt. »Mrs. Peter Rashkin«, stand auf dem Briefpapier des Glenwood Bath & Tennis Club: »Sechs Gruppenstunden. Gültig bis 30. August.« Es war eine große unbekümmerte Handschrift, nicht Peters stacheliges Gekrakel. »Überraschung!«, hatte er gerufen und sie über das schmelzende Wachs ihrer zahlreichen Kerzen hinweg angelächelt. »Überraschung!«, hatte Elsbeth wie ein Echo gekräht, während sie in ihrer Nische herumkletterte. Sie saßen an ihrem traditionellen Ecktisch in Peters Restaurant, dem Claremont. Peter spähte stirnrunzelnd über seine Zwei-Stärken-Brille. »Oje, du freust dich nicht«, sagte er. »Ich dachte, du möchtest mal was anderes als Schmuck.«

»Nein, das ist wirklich sehr originell«, sagte June. »Danke.«

»Du hast gesagt, du willst etwas gegen deine Satteltaschen tun.«

June musste lachen. »Meine Reiterhosen.«

»Ja, die meine ich – obwohl ich glaube, du bildest sie dir nur ein«, sagte Peter, und dann wurde er in die Küche gerufen, weil das staatliche Gesundheitsamt von New Jersey zu einem Überraschungsbesuch erschienen war. June hatte gewartet; sie hatte Elsbeth mit ihrem Kuchen gefüttert und gewartet und gewartet, und schließlich hatte sie den Gutschein in ihre Handtasche geschoben und war mit Elsbeth allein nach Hause gefahren.

Es war nicht so, dass June etwas gegen die Tennisstunden hatte, auch wenn sie sich nie im Geringsten für Tennis interessiert hatte. Allenfalls hatte sie ab und zu ein paar Bälle über die rissigen Courts ihrer Heimatstadt New Heidelberg geprügelt, vor langer Zeit auf der Highschool und meistens nach ein, zwei Drinks. Es lag nicht einmal daran, dass Tennis hier an der Ostküste – anders als in Minnesota – eine ernsthafte Sache war. June hatte sich in einem der beiden Geschäfte eine komplette neue Garderobe kaufen müssen, die Glenwood Bath & Tennis billigte: im clubeigenen Laden oder im Sportgeschäft in der Glenwood Plaza. Ziemlich happig, dachte sie; siebenundvierzig Dollar später besaß sie zwei Röckchen, drei dazu passende Unterhosen, Tretorn-Tennisschuhe und sieben Paar Socken mit bunten Bällchen an den Knöcheln in verschiedenen Pastellfarben – für jeden Wochentag eine andere vermutlich. Glenwood Bath & Tennis gestattete nicht, dass Frauen in Shorts auf den Platz kamen; Tennis war, wie so vieles in Glenwood, New Jersey, auf die Freuden des Mannes abgestimmt – chauvinistisch und bällchenbetont. Aber nicht einmal dagegen hatte June etwas, vom Prinzip abgesehen. Der Grund war, dass die Tennisstunden und Peters Versuch, etwas anders zu machen, sie daran erinnerte, dass so vieles in ihrem Leben tatsächlich auf der Stelle trat. So viel war ungetan geblieben, und so viel mehr hatte sie tun wollen. Fünfunddreißig: June war offiziell im mittleren Alter angekommen.

Der Morgen war heiß und feucht. Der Tau verdunstete zu einem Nebel, der die nackten Beine der Frauen dampfend umgab und als Perlen auf dem samtenen Rasen lag, auf den Weißdornhecken zwischen den Tennisplätzen und dem Poolbereich und auf Junes vorschriftsmäßigem Tennis-BH – denn auch sichtbare Brustwarzen waren auf den Glenwood-Courts nicht gestattet. Schweiß tröpfelte unter den Fransen von Junes neuem Zottelhaarschnitt hervor. Sie hatte sich das Haar lang wachsen lassen, als sie aufgehört hatte zu arbeiten, aber in der Woche zuvor hatte sie alles abschneiden lassen, und jetzt musste sie sich an das Gefühl von Sonne und Wind im Nacken erst wieder gewöhnen. Sie wischte den Schweiß mit ihrem

Frottee-Armband ab, zog die Packung Marlboro aus ihrem Höschen, wo die Bällchen hingehörten, und zündete sich eine an.

»Ooooh, du rauchst auf dem Platz? Wie unartig«, sagte Helen Lawatsch, die neben June stand. »Gib mir mal einen Zug.«

June reichte ihr die Zigarette. Sie und Helen waren nicht gerade eng befreundet, wenn das bedeutete, dass man die meiste Zeit zusammen verbrachte oder tief verborgene, dunkle Geheimnisse miteinander teilte. Eine solche Freundin hatte June nicht mehr gehabt, seit sie New York verlassen hatte. Aber sie mochte Helen, die sie in Mr. Hatracks HappyTime-Vorschule kennengelernt hatte, die deren beiden Töchter besuchten. June und Helen hatten viele angenehme Stunden miteinander verbracht, in denen sie kleine Klagen und Zigaretten austauschten, während ihre Kinder in den Sandkasten pinkelten und auf dem Banjo klimperten. Die dritte Frau, die mit ihnen zusammenstand, Liesel Lambert, kannte June kaum; sie war ihr nur auf der Eröffnungsparty des Clubs am Memorial Day vorgestellt worden, wo Liesels Ehemann Steve Lambert, ein großer Fisch bei Ogilvy & Mather, sie beschämt hatte, indem er das Gesicht in den Ausschnitt einer Kellnerin gedrückt und dabei das Geräusch eines Außenbordmotors nachgemacht hatte.

June nahm Helen ihre Zigarette wieder ab und zog daran, obwohl die Marlboro jetzt einen Ring aus Helens leuchtend rosafarbenem Lippenstift trug. »Wo bleibt der Lehrer?«, fragte sie. »Ich brutzle hier draußen wie ein Kotelett in der Pfanne.«

Helen starrte hinüber zur Tennishütte, aus der ein Mann hervorkam.

»Das ist er«, sagte sie.

»Das kann nicht der neue Lehrer sein«, quiekte Liesel.

Alle drei starrten hinüber. Glenwood Bath & Tennis hatte vor kurzem einen neuen Lehrer anheuern müssen, weil der alte, Kevin, eines Tages nicht mehr zur Arbeit erschienen war. Die offizielle Erklärung im Newsletter des Clubs lautete, Kevin habe nach Florida umziehen müssen, um sich um seine kranke Mutter zu kümmern. Aber sein Ruf und seine Aktivitäten im Club deuteten darauf hin, dass er sich auf eine ganz andere Art um Frauen kümmerte, die wesentlich älter waren als er.

»Vielleicht ist er ein Platzwart«, vermutete June.

»Er ist riesig!«, quietschte Liesel.

»Gigantisch«, sagte Helen. »Vielleicht ist er Russe?«

June dachte an Lena, Peters frühere Souschefin. Sie war ein Vieh gewesen. »Ich bin Igor, der Tennis-Gigant«, sagte sie mit tiefer Frankenstein-Stimme.

»Ssch, er kommt!«, sagte Liesel.

Igor, der Tennis-Gigant, kam mit schweren Schritten vom Schuppen herauf auf sie zu und wirbelte einen Schläger in der Hand. Er war wirklich außergewöhnlich groß, sicher knapp zwei Meter, und June musste an die übergroßen Farmerjungen denken, mit denen sie aufgewachsen war. Und er war tatsächlich noch ein Junge; mit seinen langen Haaren, die ein Schweißband à la Björn Borg über der Stirn zurückhielt, und nach den *Peace*-Stickern auf der Schlägerhülle war er vermutlich Anfang zwanzig. Außerdem hatte er morgens um acht einen Bartschatten und trug eine große Sonnenbrille mit tropfenförmigen Gläsern, und er hatte eine Kerbe über der Augenbraue, als hätte ihm irgendwann mal jemand eine Konservendose an den Kopf geworfen.

Er blieb vor den Frauen stehen, und seine Beine wölbten sich aus den weißen Shorts.

»Daran könnte ich hochklettern«, sagte Helen flüsternd zu June, und June gab ihr mit dem Schläger einen Klaps auf den Hintern.

»Morgen, Ladys«, sagte der Riese und lächelte. Er hatte sehr weiße Zähne. »Ich bin Gregg, mit zwei G, Gregg Santorelli. Ich bin der neue Lehrer.«

Liesel klappte ihren Kappenschirm hoch, damit sie besser zu ihm aufschauen konnte. »Ich dachte immer, Tennisspieler sind…«

Alle warteten darauf, dass sie ihren Satz zu Ende sprach. Auf einem der unteren Plätze rief jemand: »Forty – Love!«

»Sind was?«, fragte Gregg der Riese schließlich

»Äh, kleiner«, sagte Liesel, und die Frauen kicherten. »Das meine ich nicht so, wie es sich anhört. Ich bin sicher, Sie sind perfekt proportioniert.« Liesel quiekte und schlug beide Hände vor das Gesicht. »Oh Gott. Erschießt mich einfach.«

»Nein, ich verstehe, was Sie sagen wollen. Viele Tennisprofis sind kleiner, drahtiger. So sind sie auf dem Platz beweglicher. Meinen Sie das?«

»Mhm, ja.« Liesel fasste sich wieder.

Gregg zuckte die Schultern. »Sie haben recht. Meine Figur eignet sich eher für Football als für Tennis, aber ich habe einen Vorteil den die anderen nicht haben. Möchten Sie raten, welchen?«

»Ja gern!«, sagte Helen.

»Nimm dich zusammen«, sagte June.

»Ich habe längere Arme«, sagte Gregg und jagte ihnen allen einen Schrecken ein, indem er seinen Schläger fallen ließ, sich wie ein Gorilla auf die Brust trommelte und *Uu u aa a a a!* machte.

»Ich habe«, sagte er zu seinem verdatterten Publikum,

»eine ungeheure Reichweite.« Er hob seinen Schläger vom Rasen auf. »Meine Arme sind fast zweimal so lang wie bei normalen Typen. Ladys, Sie werden nicht einen einzigen Ball an mir vorbeischlagen, das garantiere ich. Wer will es mit mir versuchen?«

»Ich!«, rief Helen.

»Du bist hoffnungslos«, sagte June.

»Okay.« Gregg zeigte mit seinem Schläger auf Helen. »Sie, mein emsiges Bienchen, holen die Ballwurfmaschine aus dem Schuppen. Die beiden anderen Ladys kommen bitte mit mir auf den Platz.«

Helen zog einen Schmollmund und schlich den Hang hinunter, während Liesel und June gehorsam am Tennislehrer vorbei auf den Platz trotteten. June hatte kurz den Eindruck, dass er spöttisch lächelte; es war nur ein kurzes Kräuseln der Lippen, aber als sie noch einmal hinschaute, war es weg.

In der nächsten Stunde, während die Sonne in den Himmel hinaufstieg, bewertete der Riese ihren Griff – »Geben Sie dem Schläger die Hand« – er demonstrierte, wie sie schlagen sollten –, »von unten nach oben! Nein, Mrs. Lambert, keine Schleife, einfach gerade zurück – schöööön locker«, und er ging um sie herum und taxierte ihre Haltung. »Wenn Sie schlagen«, rief er, »verlagern Sie Ihr Gewicht auf den vorderen Fuß. Zeigen Sie es mir! Gut, Mrs. Rashkin – Sie machen es richtig«, sagte er zu June, und sie antwortete: »Ich bin eine Miss.«

»Sorry, *Miss* Rashkin.« Er langte um sie herum und schüttelte ihren rechten Arm leicht. June wollte ihn wegreißen, denn ihr war bewusst, wie schlaff die Haut am Unterarm schlottern musste. »Entspannen Sie sich, Miss R.«, sagte er ihr ins Ohr, und ein verrücktes Déjà-vu erschreckte sie. Als er auf ihre Hüfte klopfte, um ihr Bein richtig zu positionieren, und die Position dann selbst demonstrierte, begriff sie, was es war: Tennis war wie die Arbeit als Fotomodell. Die körperlichen Direktiven, die Art, wie der Lehrer ihren Körper als Werkzeug betrachtete, als Mittel zum Zweck, wie er ihr zurief, was sie tun sollte und wie sie es einfach tat. *Ein bisschen nach links! Gib mir mehr, heb deinen Körper. Ja, das ist es, schön, Wahnsinn, braves Mädchen.* Physische Bewegung war eine Sprache, die ihr Körper schon in sehr jungen Jahren erlernt und wieder vergessen hatte, und erst jetzt, zum ersten Mal, seit sie Elsbeth bekommen und aufgehört hatte zu arbeiten, fiel sie ihr wieder ein. Es war herrlich.

In der nächsten Stunde streckte und drehte sie sich, sie zielte und rannte. Sie standen mitten auf dem Platz, als Gregg ihnen leichte Bälle zulobbte – June schlug sie zurück, die anderen Frauen schlugen sie ins Netz. *So geht das, Miss R.! Sehen Sie ihr alle zu – sie hat den natürlichen Swing!* Als die Drahtkörbe leer waren, gingen sie damit auf dem Court herum und sammelten die Bälle auf. June drückte die flauschigen, dicken Bälle durch das Drahtgeflecht, fast ohne zu merken, wie heiß die Sonne war, heiß wie ein Studioscheinwerfer. Gregg mit seiner tiefen Stimme flachste mit den anderen Mädels wie ein Fotograf.

Er kam zu ihr, klemmte einen Ball zwischen Fuß und Schläger und ließ ihn in ihren Korb springen. »Sie machen das wirklich gut, Miss R.«, sagte er. »Ist das Ihr erster Unterricht?« June nickte und sah lächelnd zu ihm auf – es kam selten vor, dass sie zu einem Mann aufsehen musste –, und Gregg sagte: »Lassen Sie mich raten: Sie waren beim College-Sport.«

»Ich war nicht auf dem College«, sagte June, »aber ich war eine Zeit lang Mannequin.«

Sie fragte sich, ob er sie erkannte. Vielleicht hatte er schon Coverfotos von ihr gesehen; noch heute sprachen die Leute sie manchmal auf dem Spielplatz oder im Supermarkt an: *Hey, sind Sie nicht jemand? Patti Hansen, Cheryl Tiegs?* Aber natürlich hatte dieser Junge noch in den Windeln gelegen, als Junes Karriere ihren Zenit erreichte.

Aber er nickte und sagte: »Das hätte ich mir denken können. Sie haben eine fantastische Haltung. Mannequin, hm?«

»Eine Zeit lang«, sagte June bescheiden.

»Na klar, ich sehe es«, sagte er und spähte sie durch seine große Sonnenbrille an. »Inzwischen ein älteres Mannequin, aber immer noch ein gutes.«

Und auf einmal war die Freude an diesem Tag vergangen. Die Sonne trübte sich ein, als hätte sich eine Wolke davorgeschoben. June hätte den Lehrer am liebsten mit ihrem Schläger verprügelt, weit ausgeholt und gespürt, wie der Schlag ihn traf. Stattdessen ließ sie den Korb fallen, sodass ihre Bälle über den Sandplatz davonrollten. »Entschuldigung«, sagte sie, »ich glaube, ich habe einen Sonnenstich.« Sie drehte sich um und ging vom Platz.

An diesem Abend beschloss June, die Möbel umzustellen. Sie hatte Peter versprochen, sie werde versuchen, damit aufzuhören; er konnte es nicht ausstehen, wenn er spätabends aus dem Claremont nach Hause kam und sich das Schienbein anstieß oder über einen Stuhl fiel, der am Morgen noch nicht dagestanden hatte. Aber es war Junes Beschäftigung, wenn sie sich rastlos fühlte; es beruhigte sie zu sehen, wie Perspektiven sich verändern konnten, wenn man nur ein Sofa von einer Seite des Zimmers zur anderen schob. Es ließ alles anders aussehen, wenn auch nur für ein Weilchen.

An diesem Abend befasste sie sich mit dem großen Schlafzimmer. Es war heiß; sie waren noch nicht dazu gekommen, in allen Zimmern des alten Hauses, das 1910 als Sommersitz für reiche New Yorker auf der Flucht vor dem stinkenden Dunst der City gebaut worden war, Klimaanlagen zu installieren. Bis jetzt hatte nur die Küche eine Fenstereinheit; Peter hatte gesagt, die brauche er, wenn er Rezepte testete, was aber überhaupt nicht einleuchtete, weil er abgesehen vom Kochunterricht mit Elsbeth die meisten seiner Rezepterprobungen im Restaurant vornahm. Junes Kochen beschränkte sich eigentlich auf Fertiggerichte, und daher gab es keinen Grund, weshalb es in der Küche angenehm sein sollte, während sie jede Nacht im Schlafzimmer schmorten und schwitzten. Wenn June das schwere Klimagerät hätte tragen können, hätte sie es hinaufgeschleppt und selbst installiert. Oben war es überall ungefähr tausend Grad heiß; es war entsprechend schwül und roch wie auf einem Dachboden nach heißen Teppichen und altem Holz.

June hatte alle Schubladen aus der Aufsatzkommode herausgezogen, die Ruth ihr geschenkt hatte, als die jüngeren Rashkins – Elsbeth war gerade zwei gewesen – nach New Jersey gezogen waren. Die Kommode war aus massivem Mahagoni und hatte Bogenfront-Schubladen und verschnörkelte Handgriffe. Sie sah aus wie ein Möbelstück aus einem Haus, in dem George Washington vielleicht einmal geschlafen hatte. Junes Stil war das nicht, und sie hatte das Möbelstück mit drei Schichten weißem Hochglanzlack verwandelt und die Griffe durch Acrylharzknöpfe ersetzt. »Die Kommode hat meinem Mamele gehört!«, hatte Ruth gerufen, als sie sie gesehen hatte. »Ich erkenne sie kaum wieder!« Das ist der Sinn der Sache, dachte June. »Es tut mir leid, Ruth!«, hatte sie gesagt. Aber jetzt nahm die Kommode Rache in Ruths Namen. So schwer, wie sie war, hätte sie auch aus Eisen sein können.

June zündete sich eine stärkende Zigarette an und fing dann an, die Kommode vor sich herzuschieben, die sich widerwillig schwankend über den müden kastanienbraunen Teppich bewegte. Den würden sie ersetzen, hatte June gedacht, aber wie sich herausgestellt hatte, war die Gründung eines neuen Restaurants selbst in einem Vorort sehr viel kostspieliger, als sie geahnt hatte. Die meisten Leute stürzte das eigene Haus in Armut, bei den Rashkins war es das Claremont. June strengte sich an und schob und stemmte die Füße in den Teppich, und die ganze Zeit ging ihr ein Gespräch durch den Kopf, das sie am Morgen mit Helen geführt hatte, als Helen sie nach der Tennisstunde am Pool wiedergefunden hatte. »Was macht der Sonnenstich?«, hatte Helen gefragt, und June antwortete: »Ist schon gut, ich musste nur runter von diesem Platz.« – »Krämpfe?«, fragte Helen. »Brauchst du einen Tampon?«, und June sagte: »Nein, es ist nicht meine Periode. Ich glaube, es ist der Fünfunddreißiger-Blues.« – »Oh«, sagte Helen. »Warte.« Sie verschwand und kam mit zwei Dosen Cola aus der Snackbar zurück. Sie setzte sich neben June auf die Liege und streifte ihre Tennisschuhe und die Socken mit den Bällchen ab, und sie tranken in tiefen Zügen aus den beschlagenen Dosen. Die Sonne klebte wie eine Blase an einem weißen Himmel. Die Kinder kreischten im Pool, und die Sprinkler schwirrten.

»Helen«, sagte June plötzlich, »hast du je das Gefühl gehabt, im falschen Leben zu sein?« Helen blinzelte sie unter ihrem Kappenschirm hinweg an. »Wie meinst du das?«, fragte sie. June schaute über das blaue, gechlorte Wasser hinweg. »Ich weiß nicht genau, wie ich es ausdrücken soll, aber das hier ist nicht das, was ich vorhatte. Ich bin nicht aus Minnesota weggegangen, um Ehefrau und Mutter zu werden. Das hätte ich da auch gekonnt. Ich wollte etwas anderes tun.« »Was denn?«, fragte Helen. June zuckte die Schultern. »Ich weiß es nicht. Ich wusste immer, dass ich nicht ewig als Fotomodell arbeiten konnte. Das ist es also nicht. Ich muss auch nicht in der Welt herumreisen. Das habe ich bei der Arbeit schon getan. Aber – etwas Größeres. Irgendwie *mehr*.« Helen hatte sie naserümpfend angesehen. »Du redest wie eine von diesen Emanzen«, sagte sie. »Na, vielleicht bin ich eine«, antwortete June. »Auch wenn ich ganz sicher nicht vorhabe, meine BHs zu verbrennen. Ich bin fünfunddreißig. Ich brauche sie.« Beide Frauen lachten und seufzten dann. »Aber findest du es nicht auch so *langweilig*?«, platzte June heraus. »Ich liebe Pete und Elsbeth, versteh mich nicht falsch. Aber es ist jeden Tag das Gleiche: Du stehst auf, machst die Betten, bringst das Frühstück auf den Tisch, spielst Mensch Ärgere Dich Nicht, räumst das Spielzeug weg, machst die Wäsche, gehst einkaufen, planst das Abendessen – und nichts davon ist wichtig, weil du alles am nächsten Tag wieder tun musst. Und kein Mensch nimmt es zur Kenntnis. Was hat das für einen Sinn?« – »Außer wenn du es nicht tust«, sagte Helen. »Dann bricht ziemlich schnell alles zusammen.« »Das stimmt«, sagte June. Helen trank den Rest ihrer Cola. Die Flüssigkeit rasselte durch den Strohhalm. »Ich verstehe«, sagte sie. »Bei mir ist es auch nicht gerade das, was ich erwartet habe. Verheiratet mit Marvin, dem Teppichkönig, Sex einmal im Monat – und wusstest du, dass er im Bett nie die Socken auszieht?« – »Nein«, gestand June. Einmal im Monat?, dachte sie. Helen nickte. »Er hat kalte Füße. Schlecht durchblutet. Und ich hatte ganz sicher nicht vor, in vier Jahren drei Kinder zu kriegen. Aber ich bin nicht wie du«, fügte sie schüchtern hinzu. »Ich sehe nicht aus wie du, June. Niemand hier tut das. Andernfalls hätte ich vielleicht auch erwartet, dass mein Leben irgendwie anders verläuft. Aber ich tue so ziemlich das, was ich erwartet habe.« Sie streckte die Hand nach der Zigarette aus, die June sich angezündet hatte, und June gab sie ihr. Sie schauten zu, wie der Rauch über dem Pool davonwehte.

June hatte die Kommode an ihren Platz manövriert und kämpfte mit dem Bett, das sie an die frei gewordene Stelle schieben wollte, als Peter in der Tür erschien. »Klopf, klopf.« June blickte auf, und feuchte Haarsträhnen fielen aus ihrem Stirnband in die Augen. »Was ist denn hier los?« Peter sah die Schubladen auf dem Boden, aus denen seine Unterhosen und Junes Tücher herausquollen. »Hat hier eine Bombe eingeschlagen?«

»Haha«, sagte June. »Sehr komisch. Hier, hilf mir mal, bist du so nett?«

Peter zog das Jackett aus und hängte es an den Türknauf, denn der Weg zum Kleiderschrank war ihm versperrt. Er kam zu ihr, und sie schoben gemeinsam. June roch das Claremont an Hemd und Haut ihres Mannes: Thousand-Island-Dressing, Gebäck und abgestandene, kühle Luft. Natürlich war das Restaurant vollständig klimatisiert.

Zu zweit ging alles viel leichter, und bald stand das Bett an seinem neuen Platz an der Wand. June stemmte die Hände in die Hüften und ließ den Blick durch das Zimmer wandern. Jetzt musste sie nur noch etwas unter die

Fenster stellen, und sie wäre fertig. Den Korbsessel von der Sonnenveranda vielleicht? Nein – den Schaukelstuhl!

»June«, sagte Peter und stieg über die Kleidungsstücke auf dem Boden. »Ich dachte, wir wollten die Möbel nicht mehr umstellen.«

»Entschuldige«, sagte June. »Ich dachte, wenn das Bett schräg gegenüber vom Fenster steht, bekommen wir mehr frische Luft.«

»Da hast du vielleicht recht«, räumte Peter ein. Er zog die Hose aus und stopfte sie in den Wäschekorb. »Es ist ziemlich stickig hier drin.«

»Können wir nicht noch eine Klimaanlage kaufen?«, fragte June. »Bei den Sonderangeboten zum vierten Juli?«

»Mal sehen«, sagte Peter. »Das hängt vom Umsatz dieses Monats ab.«

Er zog auch sein Hemd aus und stand in der Unterwäsche da. June wusste, worauf er wartete: Sie sollte hinausgehen, damit er sich in Ruhe ausziehen konnte. Als hätte sie seine Narben in den letzten zehn Jahren nicht schon so oft gesehen – wenn er schlief oder kurz in der Dusche: die furchtbaren, erhabenen weißen Schnüre, die ihr noch nach so vielen Jahren Tränen der Empörung in die Augen treiben konnten.

»Pete.« Sie holte ihre Zigaretten aus der Overalltasche und zündete sich eine an.

»June.« Er hustete und wedelte den Rauch weg. »Bitte, nicht im Schlafzimmer.«

»Entschuldige.« Sie warf die Marlboro in die Coladose, wo sie zischend erlosch. »Aber ich wollte mit dir über etwas sprechen. Ich möchte wieder arbeiten.«

Peter setzte sich auf die Bettkante, um die Socken auszuziehen. Er sah immer noch sehr gut aus. Mit fünfundfünfzig zählte er in ihrem Freundeskreis zu den älteren Ehemännern, aber bei ihm wirkte das Alter eher distinguiert als beeinträchtigend. Sein Haaransatz war höher als bei ihrer ersten Begegnung, und die Wellen waren eher silbern als golden – nur an den Schläfen leuchteten schneeweiße Flügel. Er war immer noch schlank, und wenn er nicht seine weiße Kochkleidung trug, war es ein Anzug, anthrazitgrau in Herbst und Winter und hellgrau im Sommer. Wäre die Enzyklopädie aus Brandwunden und Narben an seinen Händen nicht gewesen – die fehlende vierte Fingerspitze, der tiefe Wirbel auf dem linken Handrücken, dessen Ursprung June nie hatte erfahren können –, man hätte ihn für einen Diplomaten oder Industriekapitän halten können.

»Können wir dieses Gespräch morgen früh führen?«, fragte er. »Es war ein langer Tag.«

»Natürlich«, sagte June, aber weil sie wusste, dass er morgen um fünf schon wieder weg sein würde, fuhr sie fort. »Als Fotomodell bin ich zu alt, außer vielleicht für Kataloge. Aber ich dachte vielleicht an Designerarbeit.«

»Designerarbeit?«

»Inneneinrichtung. Du weißt, das kann ich gut. Hast du selbst gesagt – schon oft.«

Peter rieb sich seufzend die Augen. »Du hast ein Händchen dafür. Du hast in diesem Haus wunderbar gearbeitet mit einem minimalen Budget, und du hast das Claremont verwandelt. Aber, June, wir können es uns nicht leisten.«

June lachte. »Das ist doch Unsinn. Wenn ich arbeite, verdiene ich auch Geld.«

»Und wer kümmert sich um Elsbeth?«

»Ich engagiere eine Kinderfrau für sie.«

Peter zog die Brauen hoch.

»Ach, Herrgott noch mal, Pete, es muss doch nicht Mary Poppins sein. Es gibt hier jede Menge Teenager, die Taschengeld brauchen.«

»Und so jemand soll unsere Tochter großziehen? Irgendein Pipimädchen?«

»Nicht großziehen«, sagte June. »Nur auf sie aufpassen. An zwei Tagen in der Woche.« Sie verlor an Boden. »Ich meinte ja auch nur in Teilzeit«, sagte sie. »Für den Anfang.«

»June«, sagte Peter, »ich möchte nicht klingen wie ein Diktator. Eigentlich finde ich die Idee sogar ziemlich gut. Aber warte doch, bis Elsbeth ganztags in die Schule geht. Dann können wir noch mal darüber nachdenken.«

»Aber das ist erst nächstes Jahr.«

»Ist das so lang?«, fragte Peter. »Warum plötzlich diese Eile, diese Ungeduld?«

»Weil …« Die restlichen Worte schluckte sie gerade noch rechtzeitig hinunter. *Weil ich hier sterbe*, hatte sie sagen wollen. Es war eine ganz gewöhnliche Redewendung, die sie jeden Tag hörte: *Ich sterbe vor Hitze, ich sterbe vor Hunger*. Aber ihrem Mann gegenüber könnte sie niemals so reden. Nicht nach dem, was er durchgemacht hatte. Ebenso wenig konnte sie das Wort benutzen, das in so viele Frauenzeitschriften vorkam – *unausgefüllt*. Sich gegenüber einem Mann, der Frau und Tochter verloren hatte, darüber zu beklagen, dass sie Frau und Mutter sein sollte … Es war undenkbar.

»Ich möchte nur mehr tun«, sagte sie. »Das habe ich dir gesagt, bevor wir geheiratet haben.«

»Ich dachte, da würdest du herauswachsen.«

June zuckte zusammen. »Und ich dachte, du bist dafür, dass Frauen berufstätig sind«, fauchte sie. »Masha war es doch auch, oder?«

Peter schaute auf seine Füße hinunter, knotig und mit gelben Zehennägeln.

»Ja«, sagte er, »das war sie.« Der Subtext lautete: bis sie ermordet wurde.

»Entschuldige«, sagte June, »das ging unter die Gürtellinie.«

Das Schweigen im Zimmer wurde angespannt. Peter nahm die Uhr ab und sah sich nach der kleinen Münzschale um, die June ihm zu ihrem siebten Hochzeitstag geschenkt hatte, der durch Kupfer und Unzufriedenheit symbolisiert wird. Da die Schale auf der anderen Seite des Zimmers auf dem Nachttisch stand, den June noch nicht verschoben hatte, begnügte er sich damit, die Uhr auf den Teppich neben dem Bett zu legen.

»Ich bin sehr müde«, sagte er.

»Pete …«

»Ich muss schlafen.«

Er zog die Bettdecke glatt, die June beim Umräumen zerknüllt hatte, und schob sich dann auf seiner Seite hinein – auch am neuen Standort blieb Peter auf der rechten Seite. Er schloss die Augen, und einen Augenblick später knipste June die Deckenlampe aus und verließ das Zimmer.

Als Erstes ging sie hinunter, um sich eine kalte Cola zu holen und das Haus für die Nacht zu sichern: Sie schaltete Lampen aus und vergewisserte sich, dass Fenster und Türen verschlossen waren. Seit der Ölkrise und der Konjunkturflaute hatte das Verbrechen sich von Newark herauf ausgebreitet. Überfälle und Einbrüche griffen um sich, sogar in Glenwood. Erst in der vergangenen Woche war Linda Apple nach Hause gekommen und hatte gesehen, wie ein Dieb auf dem Gehweg entlanggelaufen war und einen ihrer besten Kissenbezüge mitgeschleppt hatte, den er mit Silber, Schmuck und einem Tiefkühlhuhn vollgestopft hatte. Als Nächstes sah June nach Elsbeth. Vorsichtig öffnete sie die Tür, die Elsbeth mit Regenbogenstickern gepflastert hatte. Ihre Tochter schlief wie immer auf dem Rücken und hatte die Hände auf der Brust gefaltet wie eine Sarkophagfigur. Der feste kleine Hügel ihres Bauches lugte zwischen Ober- und Unterteil ihres Holly-Hobbie-Pyjamas hervor. June vergewisserte sich, dass Elsbeth atmete, und brachte ihre Stofftiere – Winnie Pu, Piglet, Snoopy, Woodstock und ein paar andere – wieder in die rätselhafte Ordnung, die nur Elsbeth verstand, damit Elsbeth nicht schrie, wenn sie aufwachte und sie in Unordnung fand. In dieser Hinsicht war sie Peter sehr ähnlich, adrett und ordentlich, wie sie war. Aber auch in jeder anderen Hinsicht war die Ähnlichkeit so groß, dass June, wäre es medizinisch möglich gewesen, wirklich geglaubt hätte, ihr Kind sei ohne ihr Zutun der Stirn ihres Gatten entsprungen wie Athene bei Zeus. Elsbeth hatte Junes starrsinniges Kinn, aber alles andere, von ihren federnden Locken über ihr Temperament bis zu ihrem erstaunlichen Appetit, kam, wenn nicht von Peter, dann doch von Vorfahren auf seiner Seite der Familie, längst tot, namenlos und vielleicht ermordet, aber nichtsdestoweniger verantwortlich für all die Eigenschaften ihrer Tochter, die June sich nicht erklären konnte.

June gab Elsbeth einen Kuss, und die runzelte die Stirn – selbst im Schlaf bevorzugte sie ihren Vater, eine Neigung, die sie schon vom ersten Augenblick an gezeigt hatte, als man sie auf der Entbindungsstation in Junes Arme gelegt hatte: Elsbeth hatte den Rücken durchgebogen und so wütend geschrien, dass June befürchtete, sie habe einen Anfall, und sie hastig an Peter weitergab, in dessen Armen sie sofort ruhig wurde. Wenn June das erste Kind, das sie und Peter gezeugt hatten, nicht verloren hätte, wäre es ihr dann ähnlicher geworden? June vergewisserte sich, dass Elsbeths Regenbogen-Nachtlampe brannte, ging rückwärts hinaus und ließ die Tür exakt einen halben Zoll weit offen.

Sie ging den Gang hinunter und ins Bad, um zu duschen. Nachher inspizierte sie ihr Gesicht und ihren Körper wie ein Kleidungsstück auf Verschleißerscheinungen. Sie wusste, sie konnte von Glück sagen; zwar entsprach sie nicht mehr den Anforderungen für Covergirls, aber sie hatte keine Hängebacken oder schlaffe Augenlider, nur beginnende Krähenfüße. Ihr Bauch war flach, und ihrem Scherz gegenüber Helen zum Trotz brauchten ihre Brüste keine Stütze – sie waren eigentlich ohnedies immer schon kaum vorhanden gewesen. Aber da war ihre Kaiserschnittnarbe, die aussah wie ein Haifischbiss. Da waren die Graffiti der Mutterschaft, die Dehnungsstreifen und Krampfadern, und ihre Schenkel, Ellenbogen und Oberarme sahen aus wie Krepp. June zog ein Babydoll an, das coolste, das sie hatte, mit einem Hemdchen, das gerade bis an den Schritt reichte, und verzog das Gesicht, als sie ins Schlafzimmer ging. »Bis an den Schritt« – das klang so grob, wie etwas, das der Riese Gregg sagen würde. Warum kam ihr eine solche Formulierung in den Sinn?

Sie kroch ins Bett zu Peter, der entweder schlief oder sich tot stellte. Wie seine Tochter war Peter ein ruhiger Schläfer, abgesehen von gelegentlichen elektrisierenden Alpträumen. Heute Abend hob und senkte seine Brust sich kaum. June wandte sich von ihm ab und drehte sich dann wieder zurück. Es war so heiß im Zimmer. Das silbrige Licht vom Fenster fiel auf ungewohnte Weise über das Bett; normalerweise hätte ihr das gefallen, aber jetzt fand sie es zu hell. Ihr Bein streifte Peter, und trotz der Hitze kuschelte sie sich dichter an ihn heran. Peter rührte sich nicht. June schmiegte die Lippen an seine Schulter – er roch immer noch nach Restaurant –, langte nach unten und umfasste ihn durch die kurze Pyjamahose, eine weiche Masse in einer baumwollenen Hängematte.

Sie schob die Hand unter den Gummibund und drückte einmal, zweimal. Peter murmelte und wollte sich wegdrehen, aber sein Schwanz reagierte mit fröhlichem Pulsieren. June drückte immer wieder rhythmisch, und als er hart wurde, schob sie die Hand außerdem hoch und herunter. Peters Körper mochte sie immer noch – das Problem war sein Kopf. So oft schon hatte June sich gewünscht, sie könnte ihn einfach von den Schultern schrauben und zur Seite legen. Sein Glied hob sich jetzt in ihrer Hand, und sein Atem ging schneller. Er konnte nicht mehr so tun, als schliefe er. Plötzlich richtete er sich auf, warf June auf den Rücken, schob den Saum des Babydolls hoch und drang in sie ein. Er hatte nicht erst nachgefühlt, ob sie bereit war, aber sie war es. Bereitsein war ebenfalls nie ihr Problem gewesen.

Sie hielt die Augen geschlossen, um die Empfindungen anschwellen zu lassen, aber es war, als hätte sie Novocain bekommen: Sie wusste, sie würde heute Abend nicht zum Höhepunkt kommen. Aus *Cosmo* und *Mademoiselle* wusste sie auch, dass es ihr gutes Recht war, von Peter Befriedigung zu verlangen, aber das war es gar nicht, was June wollte, zumindest nicht jetzt. Was *wollte* sie? Sie war so traurig, so losgelöst von Peter, obwohl er in ihr war. Eine größere Einsamkeit gab es auf der ganzen Welt nicht. »Mach die Augen auf«, flüsterte sie. »Sieh mich an«, aber Peter hörte sie nicht. Er war kurz davor, selbst zu kommen. Noch ein, zwei, drei Stöße, und dann war er da; er rief etwas, das June nicht verstand, entspannte sich einen Moment lang auf ihr, und dann küsste er sie auf die Wange und rollte von ihr herunter. Eine Minute später war er, wenn June dem Rhythmus seines Atems glauben konnte, wieder eingeschlafen. Sie glaubte ihm nicht, aber darauf kam es nicht an, sondern darauf, dass sie sich nicht erinnern konnte, wann Peter sie das letzte Mal angeschaut hatte, während er mit ihr schlief. In den ersten Tagen ihrer Beziehung? Im ersten Jahr ihrer Ehe? Vielleicht war sie zu misstrauisch, vielleicht dachte Peter in Wirklichkeit überhaupt nicht an seine erste Frau, wenn er mit seiner jetzigen schlief. Vielleicht wanderte er durch eine eigene innere Landschaft. Aber eins wusste sie sicher: Sie würde dort niemals Zutritt finden. Bei Peter gab es eine verschlossene Tür, die June niemals würde öffnen können, sosehr sie sich auch bemühte. Diese Tür war vor all den Dingen, die sie nicht sagen und über die er nicht sprechen konnte, vor seinen Erinnerungen an Grausamkeit und Zärtlichkeit, die June niemals würde begreifen können. Und irgendwo hinter dieser Tür waren auch sie gefangen: seine armen kleinen Töchter und ihre Mutter Masha.

Am Freitag fuhr June zu ihrer ersten Selbsterfahrungsgruppe im Vorort. In der City hatte sie viele Frauen gekannt, die so etwas praktiziert und dabei regelmäßig ein höheres Bewusstsein erreicht hatten. Zusammen mit ihrer Freundin Dominique hatte sie es einmal ausprobiert, in einem Apartment in der Nähe der Brooklyn Bridge. Theoretisch hatte sie diese Ideen entschieden unterstützt, aber die praktische Erfahrung war doch irgendwie blödsinnig gewesen: eine Menge unrasierter Leute – Männer wie Frauen –, die herumsaßen, Parolen skandierten, die Fäuste in die Luft stießen und davon redeten, es dem System zu zeigen, und danach gab es Magic Mushrooms, LSD und Gruppenknutschen. Räucherstäbchen und Joints hatten das Apartment vernebelt, und als ein paar Frauen, die noch halbwegs bei Bewusstsein waren, Taschenspiegel hervorholten und ihre Vagina inspizierten, war June aufgestanden und hatte sich unter dem Vorwand, ins Bad zu müssen, leise verdrückt.

Das Treffen heute Abend würde hoffentlich anders sein; der Ort war es jedenfalls. June hatte ihren Dodge in einer baumgesäumten Straße in der Nähe der Glenwood Middle School abgestellt – nicht die allerbeste Gegend, denn die war in Upper Glenwood am Watchung Mountain, aber doch ganz respektabel. June hatte einen Papierstreifen von einem Flyer im Supermarkt abgerissen, auf dem die Adresse stand. FRAUEN: WAS WIRD AUS EINEM AUFGESCHOBENEN TRAUM? HABT IHR ES SATT, EUCH UNTERDRÜCKEN ZU LASSEN? WOLLT IHR GLEICHBERECHTIGUNG? KOMMT ZU UNS, FREITAG, 19 UHR! Das Haus war ein weißes Backsteingebäude im Kolonialstil, am Ende der Zufahrt die Statue eines Schwarzen mit einer Laterne; anscheinend war die Gleichberechtigung für Frauen etwas anderes als die Gleichberechtigung für Schwarze. Am Straßenrand parkten Buicks, Fords und Pick-ups mit Holzverkleidung.

June ging den gepflasterten Weg hinauf und schlängelte sich um ein Dreirad und ein Skateboard herum. An der Fliegentür klebte eine handgeschriebene Mitteilung: »Willst du dein Bewusstsein erweitern? Komm zu uns in den Hobbyraum!« Drinnen sah das Haus genauso aus wie viele andere, die June in Glenwood besucht hatte: das Esszimmer links, das Wohnzimmer rechts, ein Flur, der geradewegs zur Küche führte. Im Unterschied zu den anderen war hier alles so gestaltet, als wären die Eigentümer kürzlich von einer Safari zurückgekehrt. Die Teppiche waren mit Zebrastreifen und Leopardenflecken gemustert, aus bronzenen Vasen ragten Pfauenfedern und Speere, und ein zähnefletschender Rhinozerosschädel hing über dem Kamin im Wohnzimmer. June runzelte unwillkürlich die Stirn – nicht weil sie den Geschmack der Hausbesitzer nicht billigte, was sie allerdings nicht tat, sondern weil die afrikanische Atmosphäre kein bisschen zu einem Kolonialhaus der Jahrhundertwende passte. Häuser hatten eine Persönlichkeit, glaubte June, und die Einrichtung sollte dazu passen, denn sonst war es, als schickte man ein Kind falsch gekleidet in die Welt hinaus.

Sie wusste, der Hobbyraum würde neben dem Wohnzimmer liegen, und tatsächlich hörte sie Stimmen aus dieser Richtung, Geplauder und einmal ein lautes Auflachen. June war plötzlich schüchtern, als sie an die Glastür klopfte. »Hallo?«, sagte sie, und ein Dutzend Gesichter wandte sich ihr zu. Eine Frau in einem Trägerkleid aus Jeansstoff, Kniestrümpfen mit Regenbogenstreifen und Clogs sprang von einem Sitzkissen auf und kam herüber.

»Willkommen in der Bewusstseinsgruppe Glenwood!«, sagte sie und streckte June beide Hände entgegen. Lachfalten kräuselten ihr breites Gesicht. Dann blieb sie stehen und blinzelte.

»June?«, fragte sie. »June Bouquet?«

»Ja«, sagte June. »Allerdings heiße ich jetzt Rashkin.« Sie schaute die Frau aus zusammengekniffenen Augen an und versuchte herauszufinden, wer sie war. Dann rief sie: »Frederica? Frederica Haupt? Das glaube ich nicht!« Sie fielen einander um den Hals. Als sie sich wieder voneinander lösten, hielt Frederica Junes Arme fest und spreizte sie nach beiden Seiten, damit sie sie von oben bis unten betrachten konnte.

»Du hast dich nicht verändert«, stellte sie fest. »Ich würde dich überall erkennen. Auch wenn du ein bisschen anders angezogen bist.«

June hatte ihren farbbespritzten Anstreicheroverall angezogen – eine vorbeugende Maßnahme, falls es wieder zu einer Vaginaluntersuchung kommen sollte. »Für dieses Mädel ist Schluss mit Mikrominis«, sagte sie. »Und du! Was …?«

Fast hätte sie gesagt: »Was ist passiert?«, aber stattdessen sagte sie: »Was für ein Zufall!« Aber Frederica lachte.

»Zehn Jahre«, sagte sie, »und drei Jungs, alle mit dicken Köpfen. Das passiert mit einem Mädel.« Sie strich mit den flachen Händen vorn an ihrem Kleid herunter. June lächelte. Die Frederica, an die sie sich erinnerte, war eine Malerin, fast so groß wie sie selbst, mit Modigliani-Augen, schwarzem Haar, so lang, dass sie darauf sitzen konnte, und halbmondförmigen Wangenknochen. Jetzt war sie mollig und ihr Haar ein krauser grauer Strahlenkranz.

Frederica nahm ihren Arm und drehte sie zu der Gruppe um. »Freundinnen«, verkündete sie, »heute Abend haben wir echte Prominenz unter uns: June Bouquet – Verzeihung, June Rashkin. Sie hieß Bouquet, als ich sie kannte, und vielleicht erkennt ihr sie auch: Sie war eins der berühmtesten Models in New York, als wir uns kennenlernten – noch heißer als Twiggy!«

»Ha, schön wär's«, sagte June und winkte kurz. »Hi, alle miteinander.«

Ein Chor von Begrüßungen war die Antwort. Die Gruppe saß um ein Sitzkissen herum, die meisten auf dem Boden, ein paar auf Klappstühlen. Frederica klopfte mit der flachen Hand auf das Kissen, auf dem sie gesessen hatte. Es war mit einem fluffigen weißen Fell bezogen und sah aus wie ein Wollmammut. »Setz dich, setz dich«, sagte sie. »Wein? Hast du Hunger? Es gibt Käse und Cracker und Guacamole …«

»Wein wäre gut, danke«, sagte June.

»Du isst also immer noch nichts.« Frederica setzte sich auf die Armlehne eines Sofas neben Junes Kopf. »Das erklärt, warum du immer noch so aussiehst und ich so.«

»Du siehst toll aus«, sagte June und verdrehte den Kopf, um Frederica anzulächeln. »Außerdem, was zählt, sind die inneren Werte, oder?«

»Hört, hört«, sagte eine Frau zu ihrer Rechten und reichte ihr ein Glas Wein. Sie war schon älter, etwa so alt wie Junes Mutter, und trug eine strenge Bobfrisur. In der Hand hielt sie ein Clipboard. Sie drückte mit einem Klick auf ihren Kugelschreiber. »Willkommen«, sagte sie. »Möchtest du uns sagen, was dich hergeführt hat?«

»Das ist unsere Moderatorin, Patricia«, sagte Frederica. »Sie studiert Soziologie auf Magister an der Glenwood State.«

»Oh toll.« June nahm einen kleinen Schluck Wein. »Entschuldigt, ich bin ein bisschen nervös.«

»Lass dir Zeit«, sagte Patricia.

»Danke«, sagte June. »Ich glaube, ich bin hier, weil – tja, es hat viele Gründe. Aber um es einfach zu sagen, ich möchte wieder arbeiten, und mein Mann hat Einwände …«

Sie hatte bei diesen Worten in ihren farbfleckigen

Schoß geschaut, aber jetzt hob sie den Kopf und sah auf der anderen Seite des Kreises, in einer schattigen Ecke des Raumes, den Riesen Gregg. Er saß zwischen einem Mädchen im *»MS!«*-T-Shirt und einer Lady auf einem Pfauenthron, die so zierlich war wie Gregg riesig. Er lächelte June liebenswürdig an.

»Was macht der Sonnenstich?«, fragte er.

June sah Frederica an. »Was hat er hier zu suchen?«, fragte sie. »Ich dachte, hier ist eine Emanzipationsgruppe für Frauen?«

»Ist es auch«, sagte Frederica, »aber uns ist jeder willkommen, der für Gleichberechtigung ohne Rücksicht auf das Geschlecht eintritt. Warum? Gibt's da ein Problem?«

»*Ich* habe kein Problem«, sagte Gregg. Bildete sie es sich ein, oder lächelte er sie spöttisch an. Sein drahtiges schwarzes Haar hing heute locker über die Ohren, und statt des Polohemds trug er ein weites, buntes Hemd mit afrikanischem Muster. Er legte den Kopf schräg und lächelte mit vorgeschobenen Lippen.

June wollte aufstehen. »Tut mir leid«, sagte sie, »ich glaube, das ist nichts für mich.« Aber wieder fühlte sie Fredericas Hand auf ihrem Rücken.

»Bitte«, sagte Frederica, »versuch's einfach mal. Ich weiß, die Anwesenheit eines Mannes kann bedrohlich wirken, aber …«

»Er wirkt nicht bedrohlich«, sagte June wütend. »Er ist einfach nur ein Riesenklotz!«

Alle lachten, und Gregg grinste. Er sagte etwas zu der zierlichen Frau auf dem Pfauenthron – sie trug eine dicke dunkle Brille mit viereckigen Gläsern –, und sie nickte.

»Ich habe meiner Mom gerade erklärt, dass es sich anhört wie etwas, das meine Nonna sagen würde«, teilte er mit. »Sie spricht kein Englisch.«

Patricia berührte Junes Hand. »Wenn es dir nicht zu unbehaglich ist«, sagte sie, »würde ich mich freuen, wenn du bleiben würdest, damit wir der Sache auf den Grund gehen können. Es ist genau die Dynamik, von der wir gesprochen haben: wie der Sexismus in beide Richtungen funktioniert. Beide Gendergruppen versuchen, stärker zu werden, indem sie sich gegenseitig ausschließen, während die Frauen in Wirklichkeit jede Hilfe brauchen, die sie bekommen können.«

»Genau«, sagte die Frau in dem »*MS!*«-T-Shirt.

Frederica rutschte von der Armlehne, sodass sie in Junes Gesichtsfeld kam. »Willst du nicht bleiben«, fragte sie, »und uns helfen?« Und die Gruppe skandierte: »Bleiben, bleiben, bleiben!«

»Okay«, sagte June, »aber dann brauche ich noch Wein.«

Alles jubelte, und eine Mutter, die ihr Baby in einem Tuch vor der Brust trug, schenkte June das Glas bis zum Rand voll.

»Also, June, du hast uns gesagt, warum du hier bist«, sagte Patricia. »Dein Mann will nicht, dass du arbeitest – was wir natürlich nicht zum ersten Mal hören.«

»Buh«, rief die Gruppe, und die »*MS!*«-Frau rief: »Nieder mit dem Mann!«

»Aber jetzt wird mir etwas klar«, sagte Patricia und drehte sich zu Gregg um. »Ich glaube, wir haben dich nie gefragt. Du kommst seit Monaten regelmäßig in die Gruppe, und du bist uns willkommen, aber wir wissen, nicht, was dich herführt.«

»Ganz einfach.« Gregg grinste. »Keine von euch Emanzen trägt einen BH.«

Er duckte sich lachend, als die Frauen ihn mit Kissen und zusammengeknüllten Servietten bewarfen und

»Schwein!« riefen, »Chauvinist!« und »Runter mit seinem Kopf!«.

»Okay, okay, ihr habt gewonnen. Junge, ihr Emanzen seid wirklich biestig«, sagte Gregg und rettete eine Weintraube, die jemand geworfen hatte, bevor sie in den Teppich getreten werden konnte. »Ernsthaft, ich bin ihretwegen hier.« Er deutete mit dem Kopf auf seine winzige Mutter.

»Als ihr Übersetzer?«, fragte Patricia.

»Nein, das ganze Zeug interessiert sie überhaupt nicht. Sie hält es für einen Haufen Blödsinn – nichts für ungut.« Er sagte etwas zu seiner Mutter, und sie hob die Hände und ratterte eine Antwort in einer Sprache herunter, die June für Italienisch hielt. Gregg grinste. »Ja, ihr wollt nicht wissen, was sie gesagt hat. Aber ich habe sie hergebracht, weil ich immer noch die Hoffnung habe, dass sie etwas davon mitnimmt – dass etwas hängen bleibt. Und ich bin vor allem hergekommen, weil mein Vater sie nach Strich und Faden verprügelt. Mein Großvater hat das Gleiche mit meiner Nonna gemacht. Und ich hab's einfach satt«, sagte er. »Ich habe diese ganze Machoscheiße bis obenhin satt, diese Pimmelprotzerei – ich bitte um Entschuldigung. Davon habe ich in Vietnam genug gesehen. Und ich sehe es zu Hause. Ich habe es satt, worauf es hinausläuft.« Er holte Atem, und es war so still im Zimmer, dass June das Zischen des Klotzes im Kamin hören konnte. »Darum bin ich hier«, fuhr er fort. »Scheiß auf das Patriarchat. Gleichberechtigung für alle.«

Die Gruppe brach in Jubel und Applaus aus, und mehrere Frauen kamen herüber und umarmten Gregg. Die in dem *»MS!«*-Shirt wischte sich über die Augen, und Frederica reichte ihr eine Serviette von dem Stapel mit der Aufschrift »Eine Frau gehört ins Haus – ins Abgeordnetenhaus!«. Gregg nahm die Liebkosungen und Lobesworte lächelnd entgegen, aber als er zu June herüberschaute, wurde sein Gesicht ernst. Er schob seine große Brille mit dem Zeigefinger auf die Nase und nickte. June nickte ebenfalls und stürzte ihren Wein hinunter. Und die ganze Zeit saß Mrs. Santorelli aufrecht und unbewegt da wie eine Königin.

Die nächste Tennisstunde war am folgenden Montag, und erst am Morgen dieses Tages beschloss June hinzugehen. Am Wochenende hatte sie das Gästezimmer neu tapeziert und dazu Textil- anstelle von Papiertapeten benutzt – eine designerische Neuheit, von der sie in *House & Garden* gelesen hatte –, und es war eine totale Katastrophe geworden. Die Wirkung des mit rot-blauen Blumen bedruckten Leinens, das June bei Fabricville ausgesucht hatte, war so gewesen, wie sie es erhofft hatte: Es hatte das Zimmer aufgefrischt, ohne überladen zu wirken, aber in dem Artikel hatte nicht gestanden, dass die Arbeit zwei Personen erforderte: eine, die den Kleister auftrug, und eine, die das Gewebe glatt strich. June hatte alles selbst gemacht – besser gesagt, mit Elsbeths Unterstützung; ihre Tochter hatte ein Stück Leinenstoff für sich beschlagnahmt und verlangt, dass June ihr eine Schürze daraus nähte, und dann war sie damit im Zimmer herummarschiert und hatte gesungen: »Ich bin eine Prinzessin, seht mich an! Ich bin eine Prinzessin, seht mich an!«, und dabei hatte sie eine Kleisterspur über den Teppich gezogen. June kletterte mit vor Anstrengung zitternden Armen die Leiter hinauf und hinunter und schwankte zwischen Verlegenheit, weil sie Gregg missdeutet hatte, und Wut über seine Worte auf dem Tennisplatz. Schön, er ging in eine Gesprächsgruppe – aber das änderte nichts an seiner sexistischen Bemerkung. Ein Feminist war er ebenso wenig wie – wie Archie Bunker! Wahrscheinlich benutzte Gregg die Gruppe, um Frauen aufzureißen – wie das *»MS!«*-Girl. June konnte sich vorstellen, dass er sie im Laderaum eines mit Teppichboden ausgelegten Vans vögelte. Schließlich saß June auf dem leimverschmierten Teppich, rauchte eine Zigarette und starrte auf ihre klumpigen Wände. Sie verschwendete zu viele Gedanken an das alles; ständig ohne erwachsene Gesellschaft zu sein, während Peter im Claremont arbeitete, machte sie neurotisch. Natürlich würde sie zur Tennisstunde gehen, und zum Teufel mit den Ansichten eines dummen jungen Tennislehrers.

Aber nachdem June in ihrem Kleid mit dem Schlüpfer und den Socken mit den Bällchen den Berg hinauffuhr, nachdem sie sich eingetragen und Elsbeth zum Kinderbecken gebracht, nachdem sie Elsbeths Nase mit Zinksalbe bestrichen und ihr mühsam die Badekappe über den Kopf gestülpt – »Das tut weeeeh! Das quetscht mir den Kopf zusammen!« – und es aufgegeben hatte, sie zu überreden, ihre Schürze abzulegen – »Nein, Mommy! Ich bin doch eine Prinzessin!« –, und nachdem June ihre Tochter schließlich hundepaddelnd in knapp halbmetertiefem Wasser zurückgelassen hatte, wo die Schürze ihr an den Beinen klebte, wollte sie eigentlich nur noch zurück ins Bett. Es war ein grauer, drückender Morgen, und sie hatte Kopfschmerzen und fühlte sich aufgequollen, als bekäme sie ihre Periode. Aber die war erst vor einer Woche zu Ende gegangen. War das vielleicht – der Beginn der gefürchteten Wechseljahre?

June schleppte sich zu den Tennisplätzen und schleifte den Schläger hinter sich her. Sie kam zu spät; sie hörte schon das Ploppen der Bälle und das Lachen der Frauen.

Ein verschlagener Ball flog hoch über die Weißdornhecke. »Oh Mist!«, hörte sie Helen rufen, und Gregg rief wie ein Schiedsrichter: »Aaauuus!« June blieb auf der Anhöhe stehen und sah zu, wie sie umeinanderwuselten. Aus dieser Entfernung waren Helen und Liesel so groß wie Elsbeths Fisher-Price-Figuren und Gregg ebenfalls – aber natürlich war er ein Fisher-Price-Riese. June wandte sich ab und eilte davon, geduckt wie ein Infanterist im vietnamesischen Dschungel, bevor man sie sehen konnte.

Danach wusste sie nicht genau, was sie mit sich anfangen sollte; auf den Stühlen am großen Schwimmbecken saßen zwei Mütter, die sie entfernt kannte, und sahen zu, wie ihre Kinder vom Sprungbrett hüpften, aber June hatte keine Lust auf Small Talk. Sie winkte nur und ging zur Snackbar, wo ein Teenager ihr eine Cola servierte.

Mit ihrem gewachsten Pappbecher in der Hand spazierte June zur Hintertür hinaus und auf den Pfad zum Erwachsenenpool. Die Sonne versuchte inzwischen, die Wolkendecke zu durchdringen, und Zikaden zirpten in den Bäumen. Vorbei an Rhododendronbüschen und großen Felsblöcken, stieg June immer höher, bis sie auf der Terrasse am Erwachsenenpool ankam, wo sich der Blick über die Stadt eröffnete. Mit den Zehen streifte sie erleichtert ihre Tennisschuhe und Socken ab und trat dann mit ihrer Cola ans Geländer. Sie schaute hinunter: Die Baumwipfel am Berghang sahen aus dieser Höhe aus wie Brokkoli. Es ging senkrecht hinunter, und June fragte sich manchmal, wie es wäre, über das Geländer zu klettern, sich auf der anderen Seite festzuhalten und dann loszulassen – so wie sie manchmal beim Autofahren auch dachte, sie könne jederzeit das Lenkrad herumreißen und in den Gegenverkehr steuern. Es war weniger etwas, das sie wirklich tun wollte, als eher eine Erinnerung daran, wie nah sie dem Tod waren, nur wenige Zollbreit, jederzeit. Das hatte sie durch die Ehe mit Peter gelernt – durch das, was ihm, seiner Frau und diesen armen kleinen Mädchen passiert war. June konnte es sich kaum vorstellen, obwohl sie es oft versuchte: Peter und Masha und die Mädchen hatten ihr Alltagsleben gehabt, *business as usual*, und plötzlich hatte die Geschichte sie in den Abgrund gestoßen. June sollte dankbar sei, sie sollte Gott jeden Tag auf Knien für das danken, was sie hatte und was die meisten Frauen sich wünschten: einen gut aussehenden Mann, ein Haus, ein gesundes Kind. Sicherheit. Und sie war auch dankbar. Sie vergaß es nie.

Aber.

June zündete sich eine Zigarette an und starrte auf die Skyline. Die höchsten Wolkenkratzer – die Twin Towers, das nadelspitze Empire State Building – waren noch im Smog verborgen, aber das Chrysler Building und die Bürogebäude in Midtown konnte sie erkennen. In dieser höchst beeindruckenden Sammlung von Gebäuden war die junge June Bouquet 1961 erschienen; mit einem Koffer und einer Hutschachtel war sie an der Port Authority aus einem Greyhound-Bus gestiegen. Sie war fasziniert gewesen, nicht nur von den Menschenmassen, sondern auch, weil sie alle wussten, wohin sie gingen, June war eine von ihnen, ihre Ankunft war der Punkt, zu dem ihr Leben sie die ganze Zeit wie ein Förderband getragen hatte. Aus dem Gerber Baby im Jahr 1942 war Little Miss Dairy Princess '53, '54 und '55 und Butter Queen 1958 geworden. 1961 dann nach Minneapolis zu Probeaufnahmen als Mannequin, und jetzt rief ein Gepäckträger ihr ein Taxi, mit dem sie zur Ford Agency fuhr, bei der ein Scout ihr einen Termin verschafft hatte. Die Agentin hatte nur einen Blick auf June geworfen, Koffer und Hutschachtel in einen Spind geschlossen und sie geradewegs in die Maske geschickt. Ihre ersten Aufnahmen – für *Vogue* – hatten am selben Nachmittag stattgefunden. Endlich ging es los.

June trank ihre lauwarme Cola. Irgendwo dort drüben, im Central Park, in den Fotoateliers und am Washington Square, war all das immer noch im Gange: Frauen, die Taxis heranwinkten und mit ihrer Mappe unter dem Arm auf vierzölligen Bleistiftabsätzen und in dreizölligen Miniröcken eilig zu ihren Aufnahmen fuhren, Haarspray im Haar, aufgeklebte Wimpern an den Lidern. Vorgebeugt tranken sie durch Strohhalme aus Bechern, die Assistentinnen ihnen hinhielten, damit sie nicht ihren Lippenstift verschmierten. Da drüben, im Village, war auch die Parsons School of Design, wo Frauen wie Männer die handwerklichen Tricks erlernten, die June mit ihrer geblümten Textiltapete nur nachahmen konnte. Sie war eine Amateurin, und wenn sie Peter nicht umstimmen konnte oder drastische Maßnahmen ergriff, würde sie es bleiben. Aber es hatte einmal eine Zeit gegeben, in der sie berufstätig gewesen war, bevor ihr Körper sie ausgetrickst hatte und schwanger geworden war, um sie dann mit einer Fehlgeburt zu verraten, als sie und Peter bereits verheiratet waren.

Sie drückte ihre Zigarette aus und wandte sich vom Geländer ab. Jemand kam den Kiesweg zum Pool herauf; sie hörte das Knirschen der Schritte. Sie legte die gewölbten Hände ans Gesicht und flüchtete ins nächstbeste Versteck, in den Pool-Geräteschuppen. Ob es ein Hausmeister oder eine Mutter war, die sonnenbaden wollte, June wollte nicht, dass jemand sie sah, wenn sie so geweint hatte.

Der Schuppen war aus Blech und ungefähr so groß wie

ein begehbarer Wandschrank. June stand im Dunkeln zwischen Säcken mit Kies, Grassamen und Mulch und bemühte sich, ruhig zu atmen. Es war stickig heiß und roch nach Dünger. Wer immer den Weg heraufgekommen war, wollte schwimmen; sie hörte das Klatschen, mit dem ein Körper ins Wasser eintauchte und dann hin und her rauschte. June wartete; sie wischte sich mit dem Tennisrock über das Gesicht, und der Schweiß lief wie Öl an ihrem Körper herunter.

Plötzlich ging die Tür des Schuppens auf, grelles Licht fiel herein, und Gregg, der Riese, stand da. Er trug sein unvermeidliches Tennisstirnband, eine Schwimmbrille und eine Speedo-Badehose. Sein gigantischer Körper war besser gepolstert, als sie gedacht hatte, als sie ihn bekleidet sah. Das Tennishemd hatte einen Bauch und eine Schicht von postadoleszentem Fett verhüllt. Er sah aus, als trüge er das Hemd immer noch; Arme und Hals waren von der Sonne dunkel gebräunt, aber die Haut an Bauch und Brust war so weiß und geschmeidig gerundet unter der spärlichen schwarzen Behaarung, dass es aussah, als würde sie quietschen, wenn man sie streichelte.

»Ich habe ein Geräusch gehört«, sagte er. »Ich dachte, es ist ein Waschbär.«

»Die sind nachtaktiv«, sagte June.

Gregg zog seine Schwimmbrille vom Kopf. »Sie sollten nicht hier sein.«

June wollte irgendetwas Schlagfertiges erwidern, zum Beispiel »Ach ja?«, aber da fragte Gregg: »*Weinen* Sie?«

»Nein«, sagte June. »Heuschnupfen.«

»Dann ist ein Schuppen voll Grassamen der letzte Ort, an dem Sie sein sollten«, sagte Gregg vernünftig. Er blinzelte. »Ihr Gesicht ist ganz geschwollen. Ich kann Ihnen ein bisschen Eis bringen …«

Später würde June sich einreden, sie wisse nicht, wer angefangen habe, besser gesagt, dass Gregg es gewesen sei, dass er zwei Schritte näher gekommen sei und sie sich, ehe sie sichs versah, in seinen Armen wieder gefunden habe. Aber die Wahrheit war, dass sie es gewesen war, dass sie sich, ohne darüber nachzudenken, auf ihn gestürzt hatte, wie sie bei der Highschool-Gymnastik ans Reck gesprungen war: *Schritt, Schritt, Sprung!* Gregg musste schnell reagieren, um sie zu fangen und festzuhalten, während er rückwärtstaumelte. Junes Beine schlangen sich um seinen großen, nassen, glitschigen Bauch, und seine Hände umfassten ihren Hintern in dem lächerlichen Schlüpfer. So trug er sie wie einen Sack Lebensmittel oder ein Kind vor sich her, bis er sie auf den nächsten Säckestapel setzen konnte, der unter ihr knirschte wie ein Sack Reis.

»Was zum Teufel, Lady?« Gregg starrte sie an. Er atmete schwer, und seine Augen erwiesen sich ohne die Brille als cognacbraun. Seine Haut dampfte.

Dann musste er die Tür mit einem Fußtritt geschlossen haben, denn June erinnerte sich nur noch, wie dunkel es im Schuppen wieder war, als nur noch Lichtfunken durch die Risse in den Wänden hereinfielen, wie heiß es war und wie es nach Chlor und Kalk stank. Wie Gregg seine Hand auf ihren Mund drückte, damit sie kein Geräusch machte, wie schwer es war, von niemandem, der zum Pool heraufkam, gehört zu werden, und wie ganz anders, als June es je erlebt hatte, so nass und einfach und leicht und frei es war.

# 8

# LARCHMONT

Am letzten Samstag jedes Monats besuchten die jüngeren Rashkins die älteren. Sie drängten sich in den Volvo, den Sol ihnen geschenkt hatte, als sie in den Vorort gezogen waren, und fuhren über den Garden State Parkway zur George Washington Bridge und auf dem Cross Bronx Expressway zum Hutchinson River Parkway und weiter nach Larchmont. Peter saß am Steuer; er war an diesen Samstagen immer gereizt, obwohl nur jemand, der ihn so gut kannte wie June, es ihm anmerkte. Peter mit schlechter Laune sah nicht viel anders aus als Peter mit guter Laune oder wenigstens im Reinen mit sich: höflich, elegant, beherrscht. Undurchdringlich. Die einzigen Anzeichen dafür, dass es ihm missfiel, auch nur einen Tag nicht im Claremont zu sein, bestanden darin, dass er sich öfter als sonst die Stirn mit dem Taschentuch betupfte und dass er auf dem Sitz herumrutschte, als säße er auf seinem Schlüsselbund.

June graute es meist davor, nach Larchmont zu fahren – sie wusste, trotz aller Bemühungen gehörte sie nicht zu Sols und Ruths Lieblingen und umgekehrt –, aber heute empfand sie es als Gnade. Sie war dankbar, nicht im Club sein zu müssen und nicht Greggs Nähe, mit dem sie noch dreimal zusammen gewesen war. Einmal in der Herrenumkleidekabine. Einmal in Greggs

Auto, was unbequem gewesen war, weil er einen Pinto fuhr. Und einmal in dem bewaldeten Niemandsland am Rand des Clubgeländes, aufrecht stehend an einem Maschendrahtzaun, der besorgniserregend gerasselt und für den Rest des Nachmittags ein Karomuster auf Junes Rücken hinterlassen hatte. Jede Episode war im jeweiligen Augenblick unwiderstehlich gewesen und kam ihr jetzt vor wie ein Traum.

Sie schaute ihren Mann an. Was hatte sie sich nur gedacht? Sie und Peter hatten ihre Probleme, aber welches Ehepaar hatte die nicht? War das ein Grund, alles aufs Spiel zu setzen? Peter steuerte den Volvo stirnrunzelnd die steile, kurvige Abfahrt der George Washington Bridge herunter. Er schwitzte in der fauligen Luft, die vom Hudson heraufstieg, der so langsam um die Zementbeine der Brücke floss, dass es schien, als bewegte er sich gar nicht. Durch Peters Fenster sah sie einen Obdachlosen, der auf dem Boden schlief. Glasscherben glitzerten auf dem Expressway, Zeugen eines kürzlich geschehenen Unfalls. Es war eine harte Welt, das wusste Peter besser als alle anderen. Was hatte er nicht gesehen und ertragen! Was hatte er nicht überlebt! Wieder rutschte er auf dem Sitz zur Seite, um an sein Taschentuch zu kommen, aber June zog ein Papiertuch aus der Handtasche und wischte den Schweiß weg, der in seinen spatenförmigen Koteletten versickerte, seinem einzigen Zugeständnis an die Mode. Peter warf ihr einen Blick zu und lächelte dankbar, und June gelobte sich, dass es keine Besuche in der Tennishütte mehr geben würde, keine weiteren Treffen. Wenn ihrem lieben spießigen Mann nur erspart blieb, etwas von ihren Aktivitäten zu erfahren, würde sie eine andere Möglichkeit finden, das Thema der Berufstätigkeit anzusprechen. Sie würde von jetzt an eine ideale Gattin sein.

Sie zündete sich mit dem Anzünder des Volvo eine Zigarette an, und Peter sagte zur Abwechslung einmal nichts dazu; vielleicht bereute auch er ihren Zwist. »Was ist?«, fragte sie, denn er runzelte immer noch die Stirn.

Sofort bereute sie die Frage, denn was wäre, wenn Peter Bescheid wüsste? Oder etwas ahnte? Hatte sie im Schlaf etwas gesagt? Hatte sie einen blauen Fleck an einer merkwürdigen Stelle? Roch sie anders? Hatte sie sich irgendwie verraten?

Aber zu ihrer Erleichterung sagte Peter: »Nur das Übliche.« Und dann gestand er: »Ich wünschte, wir brauchten heute nicht hinzufahren.«

June äußerte keine Zustimmung, nicht einmal aus Solidarität. Sie hatte schon vor langer Zeit gelernt, dass Peter zwar über seine Verwandten meckern durfte, aber dass es dabei wie mit Blondinen-, Juden-, Polen- und Schwarzenwitzen war: Man musste dazugehören, um sich darüber lustig machen zu dürfen.

»Es ist keine gute Zeit, um das Claremont alleinzulassen«, fügte Peter hinzu.

»Schlechter als sonst?«

»Ich glaube, Maurice stiehlt«, sagte Peter.

»Nie im Leben«, sagte June, obwohl es sie nicht im Geringsten überraschte. Maurice, der Restaurantleiter, den Peter nach New Jersey mitgebracht hatte, war früher Kellner und dann Oberkellner im Masha's und im Claremont gewesen, und er verströmte einen öligen mediterranen Charme, dem June nie ganz vertraut hatte. Allerdings war Maurice ihr sehr viel weniger unheimlich als Peters frühere Souschefin Lena, die den Umzug nicht mitgemacht hatte und jetzt auf einem Kreuzfahrtschiff die sogenannte Küchenbrigade führte. Gott sei Dank.

»Wenn es nicht Maurice ist, dann ist es einer der Mitarbeiter«, sagte Peter. »Aber er ist der Einzige außer mir, der Zugang zum Safe hat. Und die Bücher stimmen hinten und vorn nicht.«

»Das ist ärgerlich«, sagte June. »Was wirst du tun?«

Peter seufzte. »Mich vergewissern. Eine Falle stellen. Bargeld im Büro herumliegen lassen, und wenn es weg ist … Dann werde ich mir jemand anders suchen müssen.«

June schnalzte. Peter bremste und warf einen Vierteldollar in den Korb an der Bezahlschranke der Mautstation. Er lächelte ihr zu. »Es ist nett von dir, dass du so viel Anteil nimmst.«

»Ist doch klar.«

Der Fahrer hinter ihnen hupte und schrie: »Fahr schon, Mann!« Als Peter weiterfuhr, schoss der andere an ihnen vorbei – ein Mann mit einer verrückten Afrofrisur und einer riesigen dunklen Sonnenbrille. Er streckte Peter den Mittelfinger entgegen.

Peter seufzte. »Manchmal hat man das Gefühl, die ganze Welt ist wütend«, sagte er und fügte hinzu: »Mir gefällt, was du heute anhast.«

»Danke«, sagte June. Es war ein seidener Overall mit breiten Querstreifen in Weiß, Orange und Marineblau, und der Stoff war spinnwebzart und durchscheinend. Ursprünglich hatte sie sich, als sie ihn bei Gimbel's anprobierte, vorgestellt, sie könnte jemand anders darin gefallen, aber jetzt war sie froh, dass sie ihn heute angezogen hatte.

»Und dein Haar«, sagte Peter. »Ich bin froh, dass du es abgeschnitten hast. Ich bin sonst kein Freund von kurzen Haaren bei Frauen, aber dir steht es gut. Es erinnert mich daran, wie wir uns kennengelernt haben.« Er berührte ihren Hals unter den feinen Fransen. »Vielleicht können wir später …«

»Daddy!«

Peter verdrehte die Augen. »Unser kleines Verhütungsmittel ist wach«, sagte er, und June lachte. Er schaute Elsbeth im Rückspiegel mit einem scherzhaften Stirnrunzeln an, was bei ihr einen Lachanfall auslöste. »Jaaaa, Ellie?«

Elsbeth kicherte ausgelassen. »Daddy, waren wir schon auf der Wash Georgington Bridge?«

»Auf der George Washington Bridge, Ellie. Ja, da waren wir schon.«

»Neeiiiin«, rief Ellie und trommelte mit ihren Spangenschuhen gegen Junes Rückenlehne. »Ich wollte sie sehen!«

»Du wirst sie heute Abend sehen, Schatz, wenn alle Lichter brennen«, sagte June. Elsbeth starrte sie so finster an, dass es komisch aussah, und dann riss sie den Kopf herum und richtete einen liebevollen Blick auf Peters Hinterkopf.

»Daaaadiiiie«, sagte sie.

»Ja, Ellie?«

»Wie spät ist es?«

»Zeit, sich eine Uhr anzuschaffen.«

Ellie schüttete sich aus vor Lachen. »Krieg ich Nillewaffeln?«

»Krieg ich bitte«, sagte Peter, »und frag deine Mutter.«

»Nach dem Mittagessen bei Nana und Papa Sol, okay?«, sagte June. »Okay?«

»Nein«, sagte Elsbeth.

Sie trat so heftig gegen die Sitzlehne, dass June nach vorn gestoßen wurde.

»Hey.« June drehte sich um. »Lass das sein. Benimm dich nicht so wild im Auto.«

»Halt du die Klappe«, sagte Elsbeth.

»Hey«, riefen die Eltern, und Elsbeth fing an, unter ihrem Sicherheitsgurt zu toben und zu strampeln. »Ich will Nillewaffeln«, heulte sie, »und ich will *jetzt* welche!« Sie hörte auch dann nicht auf zu heulen, als June sagte, Peter werde gleich anhalten, und was dann wohl passieren werde? Wollte sie es herausfinden? Wollte sie eine Tracht Prügel beziehen? Ja? June gab Elsbeth drei Sekunden, um aufzuhören, sich aufzuführen wie eine Verrückte, bevor es etwas setzte. Eins... zwei... zweieinhalb... Und schließlich gab June ihrer Tochter die Kekstüte aus ihrer Handtasche. Irgendwo auf der Welt war es jetzt nach dem Mittagessen.

Als sie in Larchmont in die Zufahrt einbogen, erwartete Ruth sie auf der Terrasse. Sie schüttelte die verschränkten Hände triumphierend in einen Boxersalut über dem Kopf und kam dann mühselig die Steintreppe herunter. »Hi, Leute«, rief sie. »Hello, Dolly!«, sagte sie, als sie bei ihr war. Sie erhob sich auf die Zehenspitzen, um Junes Gesicht in beide Hände zu nehmen, und June wusste, sie würde Louis Armstrong für den Rest des Tages im Ohr haben. *You're looking swell, Dolly/It's so nice to have you back where you belong!*

»Hi, Ruth«, sagte sie. »Du siehst aber elegant aus.«

»Sha«, sagte Ruth. Sie trug einen mit Pfauenfedern bedruckten Kaftan und ein dazu passendes, mit einer Türkisbrosche befestigtes Kopftuch. »Ich hatte nur keine Zeit, zum Friseur zu gehen. Und du, was hast du da an?«

»Das habe ich zufällig gefunden. Ich dachte, es ist schön luftig.«

»Glamourgirl«, sagte Ruth und wandte sich an Peter. »Wie geht's dir, Filmstar?«

»Gut, Raquel Welch.« Er beugte sich herunter, damit sie ihm einen Kuss geben konnte. Ruth leckte ihren Daumen ab und wischte den orange verschmierten Lippenstift von Peters Wange. Er hielt eine Tüte aus dem Claremont hoch.

»Ein paar Leckereien«, sagte er, »und der spezielle Nachtisch.«

»Uuuuh, lass mich sehen«, sagte Ruth, und alle spähten zu dem Kuchen hinein. June wusste, er war gelb vom Vanilleüberzug und mit Erdbeeren gefüllt, ein bisschen zu alltäglich für Peters Geschmack, aber Sols Lieblingsdessert. »Zum 67. Geburtstag, Sol!«, stand in Kursivschrift auf der Oberseite. Eigentlich hatte Sol erst Mitte nächster Woche Geburtstag, aber sie feierten ihn schon heute.

»Ich habe sogar Kerzen mitgebracht.« Peter schüttelte eine kleine Schachtel. »Wie viele sind wir?«

»Nicht viele«, sagte Ruth, »nur wir und die Websters von gegenüber.«

»Prima«, sagte Peter, und dann bewegte das Garagentor sich rumpelnd auf seiner Schiene, und Sols dröhnende Stimme hallte heraus. »Warte, bis du Lionel Websters neue Leica siehst – das Ding hat ein Zoom-Objektiv, mit dem du den Mars fotografieren kannst. Und sieh dir das hier an«, sagte er zu Peter und ließ das Eis in seinem Highballglas klingeln. »Neue Rute. Spitzenmodell. Und Köder.«

Peter, der sich weder für Kameras noch fürs Angeln interessierte, ging trotzdem höflich lächelnd in die Garage, und Ruth beugte sich über den Rücksitz des Wagens. »*Bubbeleh, shajne maidel*, komm und gib Nana einen Kuss!«

Elsbeth drückte sich platt wie ein Dachs an die andere

Tür. Einer ihrer Zöpfe hatte sich aufgelöst, und ihr Gesicht war streifig von trocknenden Tränen. Sie schüttelte den Kopf.

»Was ist los mit ihr?«, fragte Ruth.

»Sie hatte unterwegs einen Wutanfall«, sagte June. »Jetzt schmollt sie.«

Ruth beugte sich wieder in das Auto. »Bubbie, wie wär's mit einem schönen Glas Obstpunsch?«

»Nein«, sagte Elsbeth. »Ich bleibe hier. Ich werde gebacken. Ich bin ein Kuchen im Ofen.«

»Herrgott noch mal«, sagte June. »Sie will nur beachtet werden. Lass sie einfach.«

»Ich soll sie lassen?«, rief Ruth entsetzt. »Wie einen Hund im heißen Auto? Bubbie«, gurrte sie. »Ich frage mich, ob du wohl irgendwelche kleinen Mädchen kennst, die gern Pepperidge-Farm-Kekse essen …?«

Elsbeth richtete sich auf. »Ich«, sagte sie.

»Mint Milano? Ist das immer noch deine Lieblingssorte?«

»Ja!«, rief Elsbeth, und im Handumdrehen sprang sie aus dem Wagen, vorbei an Ruth und ihrer Mutter, und stürmte die Steintreppe hinauf. Die Rüschen ihres Taftkleidchens, das Ruth ihr geschenkt hatte, hüpften auf ihrem Hintern wie ein Entenschwanz. »Maaaaarrriaaa«, hörten sie Elsbeth nach der Haushälterin krähen, bevor die Fliegentür hinter ihr zuschlug.

»Da hast du's«, sagte Ruth. »Man muss einfach wissen, wie man mit ihr redet.« Sie nahm June beim Arm. »Komm, ich zeige dir, was ich mit dem Garten gemacht habe.«

Insekten brummten in den hohen Bäumen, als sie über den Rasen gingen, und der Pool glitzerte in der natürlichen Senke. Die Sonne brannte June auf den Kopf, und ihre Absätze versanken im Rasen. Sie setzte sich auf die Steinkante eines Beckens, in den ein Wasserfall plätscherte, und streifte die Sandalen ab. June interessierte sich mehr für das Innere eines Hauses als für das Äußere. Ihrer Meinung nach sollte ein Garten in erster Linie dem Gemüseanbau dienen – wie der Victory Garden, von dem ihre Mutter Ida noch Fotos aus der Kriegszeit hatte. Aber sie musste zugeben, dass Ruth und ihr Gärtner Yoshi hier prachtvolle Arbeit geleistet hatten. Sie hatten eine Märchenlandschaft aus japanischem Ahorn und Rhododendron, Minipagoden und exotischen Blüten geschaffen. Bevor June nach New York gekommen war, hatte sie niemanden gekannt, der wie Sol und Ruth lebte: Leute, die mehrmals im Jahr zum Vergnügen verreisten und Nippes und Kostbarkeiten mitbrachten, die Abonnements für die Met, das New York Symphony Orchestra und das Ballett hatten und die ihre Wochenenden in Museen und Kunstausstellungen verbrachten, wenn sie nicht in ihrem Club waren. »Du meine Güte«, hatte Ida bei ihrem einzigen Besuch in Larchmont geflüstert, bei einem hastig arrangierten Zusammentreffen der beiden kleinen Familien, nachdem Peter und June zusammen durchgebrannt waren. »Anscheinend stimmt es, was man über die Juden sagt: Die müssen ja eine Menge Geld haben.« »Ssch, Mom!«, hatte June gesagt; seit sie Peter kannte, fielen ihr antisemitische Bemerkungen häufiger auf – *Jeder weiß, dass die Hebräer zusammenhalten wie Pech und Schwefel* oder *Die Macht der Juden soll man nicht unterschätzen*. Aber sie musste zugeben, dass Sol und Ruth es wirklich zu etwas gebracht hatten, was umso eindrucksvoller war, als Sols Vater ein Klempner an der Lower East Side gewesen war.

»Erzähl mir, Püppchen«, sagte Ruth und griff haltsuchend nach Junes Ellenbogen, als sie zum Ende des Rundgangs durch den Garten auf den Pool zuspazierten. »Wie läuft es denn? Wie geht's meinem Peter?«

»Gut«, antwortete June. »Er hat viel zu tun. Du weißt ja, wie er ist – immer im Restaurant.«

Ruth schnalzte mit der Zunge. »Er arbeitet zu viel. Und du? Alles in Ordnung? Du siehst ein bisschen ...« Sie ließ die Hand vor ihrem eigenen Gesicht kreisen, um zu zeigen, wie June aussah. »Irgendwie. Bist du vielleicht schwanger?«

»Oh nein«, sagte June. Sicher lag es an ihrem Ton: Ruth blieb stehen und nahm ihre große Schildpattsonnenbrille ab.

»Wäre das denn das Schlimmste auf der Welt?«

»Natürlich nicht«, sagte June, aber natürlich wäre es das doch. Ruth und Sol hatte sie es nie erzählt, und Peter hatte ihr schwören müssen, dass er es ebenfalls für sich behielt, aber bei Elsbeths Geburt wäre sie beinahe gestorben. Elsbeth war eine Steißgeburt gewesen; deshalb hatte man einen Kaiserschnitt machen müssen, und dann hatte sie geblutet, und ihre Gebärmutter hatte tamponiert werden müssen. Der Gynäkologe hatte ihnen von weiteren Kindern abgeraten. Soll mir recht sein, hatte June gedacht; sie war noch so schwach, dass sie Baby Elsbeth nicht länger als eine Minute halten konnte. Offensichtlich war ihr Körper für eine Schwangerschaft nicht geschaffen: Die erste hatte mit einer Fehlgeburt geendet, bei der zweiten wäre sie beinahe gestorben. Seitdem nahm sie die Pille, um sicher zu sein.

Ein längeres Verhör blieb ihr erspart, weil Elsbeth die Terrassentreppe herunter- und über den Rasen herangaloppiert kam. Sie trug jetzt ihren Jantzen-Badeanzug und Schwimmflügel, und ihre zerfranste Schürze hatte sie sich um die Taille gebunden. »Nicht so schnell, Bubbie«, rief Ruth. »Du kriegst sonst einen Krampf.« Elsbeth ignorierte sie und rannte auf den Pool zu.

»Mommy«!, rief sie, »ohne Badekappe!« Sie hielt sich die Nase zu und sprang ins Wasser.

»*Oy gewalt.*« Ruth tastete hinter sich nach einem Gartenstuhl, ließ sich darauf sinken und klopfte sich mit der flachen Hand auf die Brust. Lächelnd winkte sie, als Elsbeth herauskletterte, am tiefen Ende herumrannte und sich wieder in den Pool stürzte. »Was für ein *schmatta* hat sie da an?«

»Das ist ihre Prinzessinnenschürze.«

»Prinzessinnen tragen Schürzen?«

»Keine Ahnung. Ich bekomme sie nicht von ihr herunter. Sie trägt sie sogar im Bett.«

June brachte die Rückenlehne ihres Gartenstuhls in eine bequeme Position, und Ruth rief im Haus an, damit Maria ihnen etwas zu trinken brachte. Das Telefon war ein Quell der Faszination für Elsbeth und, wie June sich eingestehen musste, auch für sie selbst; es hing in einem Plexiglaskasten an einer dicken Eiche, damit Sol hier unten am Pool Anrufe entgegennehmen konnte, als wäre er ein Hollywoodmogul. »Eiskaffee für mich und Peter«, sagte Ruth, »Pfefferminztee für June, Scotch für Mr. Sol und extra Eis. Und vielleicht ein paar von diesen lila Weintrauben. Danke, Maria.« Sie legte den Hörer auf. »Huu«, sagte sie angestrengt und fächelte sich Kühlung zu. Sol und Peter kamen über den Rasen geschlendert; Peter war jetzt auch in der Badehose.

»Daddy«, rief Elsbeth. »Papa, Sol, schaut her, schaut her!« Sie ließ sich rückwärts ins Wasser fallen und tauchte prustend wieder auf. »Ich bin eine Meerjungfrau-Prinzessin.«

»Das bist du, *snickelfritz*«, sagte Sol, »das bist du wirklich.« Er stellte sein Highballglas auf den Zementboden am Beckenrand und drehte an den Einstellungen der Kamera, die er um den Hals gehängt hatte. Er trug heute ein guatemaltekisches Hemd, und seine Haut war dunkel wie Mahagoni. Als Ida ihn das erste Mal gesehen hatte mit seiner Golfplatzbräune und dem krausen grauen Haar, hatte sie June zugeflüstert: »Er ist farbig? Ich dachte, du hättest gesagt, er ist Jude!«

Peter kletterte die Leiter hinunter in den Pool, und sein weißes Button-down-Hemd blähte sich glockenförmig um seinen Leib. »Komm zu mir«, rief er Elsbeth zu. »Lass sehen, wie du kraulen kannst.« Elsbeth kam wild strampelnd herüber. »Braves Mädchen«, sagte Peter und ließ sich ins Wasser sinken, damit Elsbeth auf seine Schultern steigen konnte. Prustend kam er wieder hoch und blies eine Wasserfontäne in die Luft wie ein Wal. »Fertig?«, fragte er, und Elsbeth quiekte. »Eins… zwei…« Er beugte sich vor und kippte Elsbeth ins Wasser.

»Noch mal!«, schrie sie, als sie wieder hochkam.

»Sehr schön«, sagte Sol und ließ den Auslöser seiner Kamera immer wieder klicken. »Sehr schön. Seht euch nur dieses schöne kleine Mädchen an.«

Er nahm die Brille ab und wischte sich über die Augen. June sah, dass er weinte, wie er es manchmal tat, wenn er den ersten Highball schon beim Frühstück getrunken hatte. Bei ihrem Hochzeitsbrunch hatte er auch geweint, und sie hatte gewusst, was Ida dachte, ohne dass sie es ihr zuflüstern musste: *Meine Güte, die Juden sind eine sentimentale Rasse.* Bei Sol war es weniger Sentimentalität als vielmehr der Scotch, dachte June, aber er hatte wirklich eine Schwäche für Elsbeth. »Schön«, sagte er noch einmal, putzte sich mit einem großen Taschentuch geräuschvoll die Nase und hob die Kamera wieder ans Auge.

Die Haushälterin kam mit den Getränken. Offenbar hatte sie Ruths Anweisungen missverstanden, denn in Junes Pfefferminztee war Bourbon, und er schmeckte eher wie ein Julep. June trank tagsüber selten Alkohol – es machte sie schläfrig –, aber der Nachmittag war heiß, und so trank sie dankbar den Tee. Sol machte noch mehr Fotos, Ruth fächelte sich Luft zu, und Peter wirbelte Elsbeth im Pool herum. Bei June fing der Alkohol an zu wirken und machte sie träge, und der Chlorgeruch ließ sie an Gregg denken. Als sie an ihrem ersten Tag aus dem Schuppen neben dem Erwachsenenpool gekommen waren, hatte sie gefragt: »Woher hast du das?«, und vorsichtig hatte sie die Hand zu der merkwürdigen Kerbe über seiner Augenbraue gehoben, aber nicht gewagt, sie zu berühren. »Aus Vietnam?« – »Nein«, hatte er kurz angebunden gesagt, »von meinem Pop.« Sie waren beide tropfnass gewesen, und die Sonne verstärkte ihren Schweißgeruch nach den Anstrengungen im Schuppen zu einem süßen Moschusduft. Hör auf, befahl June sich jetzt. Vergiss ihn. Sie zündete sich eine Zigarette an und schaute zu ihrem Mann hinüber, der Elsbeth mit einer Hand unter dem Bauch im Gleichgewicht hielt, während sie ihren Butterflystil übte. Sein nasses Hemd war durchscheinend und sein Haar vom Wasser dunkel wie Honig. Offenbar spürte er, dass sie ihn betrachtete, denn er blickte auf und lächelte über Elsbeths Kopf hinweg. Genau den gleichen Gesichtsausdruck, erinnerte June sich, hatte er auf der Entbindungsstation gehabt, als Elsbeth zur Welt gekommen war. Es war das einzige Mal gewesen, dass sie ihn absolut zufrieden gesehen hatte. Sie trank ihm mit ihrem Julep zu und legte dann den

Kopf zurück und schaute die Sonne an, die weiß zwischen den Bäumen hindurchschien.

Die Websters kamen kurz nach zwei, woraufhin im Wintergarten der Lunch serviert wurde. Es war ein Raum, wie ihn June gern gehabt hätte, nicht wegen des Gartens, den Ruth dort angelegt hatte und den sie ein bisschen gruselig fand – all die Kakteen mit ihren Stacheln und Pelzen –, sondern wegen des modernen Designs. Ruth hatte ihn vor Kurzem neu einrichten lassen – ein Geschenk ihres Mannes zu ihrem fünfundsechzigsten Geburtstag –, und obwohl June gekränkt war, weil Ruth sie nicht konsultiert, sondern stattdessen eine Innenarchitektin beauftragt hatte, die ihr von einer der Ehefrauen aus Sols Anwaltsfirma empfohlen worden war, bewunderte sie das Resultat. Die schwarzen Keramikfliesen! Die Bar mit fließendem Wasser und einer Hi-Fi-Anlage, bedeckt mit grasartigem Gewebe, damit sie sich besser in die Umgebung einfügte. Die Couch und die dazu passende Chaiselongue, bezogen mit orangefarbenem Leder. June setzte sich neben Peter und Elsbeth den Websters gegenüber, Sol saß an einem Ende des Tisches, Ruth am anderen. June streifte ein Schilfkätzchen beiseite, das ihren bloßen Nacken kitzelte. Ohne die Pflanzen, dachte sie, wäre der Raum perfekt gewesen.

Die Websters trieben liebenswürdigen Small Talk, während Maria, die auf ihren kittfarbenen orthopädischen Schuhen knarrend um den Tisch ging, das Essen servierte: Aufschnitt aus dem Deli, Körbe mit Challa, das Peter gebacken hatte, einen Tomaten-Gurken-Salat, kalte Ochsenbrust und das Pièce de Résistance, einen Blaubarsch aus dem Sund mit Dillsoße, im Ganzen mit Kopf. Elsbeth heulte, als sie ihn sah, und vergrub das

Gesicht an Peters Seite. Ich bin deiner Meinung, Kind, dachte June. In den zehn Jahren, in denen sie herkam, hatte sie sich immer noch nicht ganz an das Essen gewöhnen können. Sie war mit Peanutbutter, Dosenerbsen und *Wonderbread* groß geworden, und ihr Gaumen hatte sich an Gerichte wie Borscht, Lox und die bei den Rashkins beliebte Rinderzunge mit Warzen nie gewöhnen können. Zum Glück aß sie überhaupt immer nur sehr wenig.

»Wie geht's Ihnen, meine Liebe«, fragte Lionel Webster. »Sie sehen hinreißend aus wie immer.«

»Danke, Lionel«, sagte sie. Sie mochte die Websters; anders als Sols Kunstfreunde oder seine Kumpane mit den merkwürdigen Spitznamen und deren Mah-Jongg-besessenen Ehefrauen waren die Websters kleine ruhige Menschen, adrett wie Gartenzwerge, beide grauhaarig und mit Sandalen aus recycelten Autoreifen an den Füßen.

»Und wie geht's Ihnen?« June berührte ihre Kehle, um auf den Verband an Mary Websters Hals hinzuweisen. »Hatten Sie eine Operation?«

Mary nickte. »Polypen«, sagte sie rasselnd.

Lionel lächelte Elsbeth zu, und sein spitzer weißer Zaubererbart wurde breiter. »Meine Güte, du bist aber gewachsen, seit wir dich das letzte Mal gesehen haben. Wie alt bist du jetzt – siebenundvierzig?«

Elsbeth kicherte. »Nein.« Sie hielt die Hand hoch.

»Vier Finger und einen Daumen alt?«, fragte Lionel.

»Nein«, sagte Elsbeth. »Ich bin fünf!«

»Ellie, mein Schatz«, sagte June, »sprich im Haus bitte mit deiner Damenstimme.«

»Natürlich spricht sie mit ihrer Damenstimme«, krächzte Mary. »Sie ist doch jetzt eine richtige erwachsene Dame, nicht wahr, Süße?«

»Nein«, schrie Elsbeth. »Ich bin eine Prinzessin!«

»Um Himmels willen«, sagte Sol gereizt. »Ein bisschen leiser da vorn!«

»Verzeihung«, sagte Peter zu den Websters. Er flüsterte Elsbeth etwas zu, und sie trat gegen ihre Stuhlbeine, aber dann biss sie in ein Stück Challa, das Peter ihr mit Butter bestrichen hatte. Peter fuhr ihr mit der Hand über die Locken. »Sie hat schon einen aufregenden Tag hinter sich«, sagte er. »Ich glaube, jemand muss für ein Stündchen ins B-E-T-T.«

»Muss ich gar nicht«, krähte Elsbeth. Sie griff nach der Zuckerschale und schaufelte eine Pyramide auf ihre Tomaten.

Ruth schnappte nach Luft. »Bubbie, nein, was machst du denn da?«

»Das ist okay, Ruth. So macht man es in Minnesota«, erklärte June. »So habe ich als Kind meine Tomaten immer gegessen.«

»Das ist aber ungewöhnlich«, sagte Lionel. »Vielleicht versuche ich es selbst auch einmal!« Er drückte seine Tomate in etwas Zucker. »Köstlich!«, erklärte er.

Sol gab ein würgendes Geräusch von sich, zupfte sich etwas aus dem Mund und hielt es ans Licht. »Maria!«, brüllte er. Die Haushälterin kam aus der Diele. »Eine Gräte«, sagte er und reichte sie ihr. Sie nahm sie, ohne eine Miene zu verziehen, und schob sie in ihre Schürzentasche.

»Tut mir sehr leid, Mr. Sol. Kann ich Ihnen was anderes bringen?«

»Eis.« Sol deutete über seine Schulter auf den Kübel an der Bar. Maria nahm ihn und verschwand.

»Verdammtes Weib«, sagte Sol. »In zehn Jahren hat sie nicht gelernt, einen Fisch zu entgräten.«

»Ich habe immer wieder angeboten, es ihr zu zeigen«, sagte Peter.

»In meinem Haus übernehmen Männer keine Frauenarbeit«, sagte Sol.

Er beugte sich wieder über seinen Teller und schaufelte Blaubarschfleisch auf seine Gabel. June wünschte, sie wäre mutig genug, etwas zu sagen – *Was genau ist Frauenarbeit, Sol?* –, aber sie wusste, das würde nur Ärger bringen und Peter aufregen. Also hielt sie den Mund.

»Es ist so schwer, heutzutage gutes Personal zu finden«, flüsterte Mary.

»Maria ist ein gutes Mädel«, sagte Ruth. »Nur ein bisschen vergesslich.«

Lionel aß ein Stückchen Fisch und kaute schnell. »Köstlich, der Fisch. Eins Ihrer Opfer, Sol?«

Sol grunzte. »Gestern vor der Landzunge gefangen. Ein Zwölf-Pfund-Blaubarsch.«

»Ausgezeichnet. Und die Ochsenbrust …« Er küsste seine Fingerspitzen. »Ich glaube, ich erkenne eine Ihrer Spezialitäten, Sir«, sagte er zu Peter. »Aus Ihrem früheren Restaurant?«

»Das stimmt. Wir haben sie im Masha's serviert und bieten sie jetzt auch im Claremont an.«

»Ja, ja. Das Claremont. Wie gefällt Ihnen das Leben im Vorort?«

»Sehr gut, vielen Dank.«

»Und das Geschäft? Läuft immer noch?«

»Mehr oder minder«, sagte Peter. Er hatte sich die Serviette in den Kragen gesteckt und schnitt eine Scheibe Ochsenbrust für Elsbeth ab. »Im Sommer ist normalerweise nicht viel los. Aber das Geschäft war gut, und wir freuen uns darauf, dass es im Herbst wieder losgeht.«

»Blödsinn«, sagte Sol.

Alle schauten ihn an. »Wie bitte?«, fragte Peter.

»Ich sagte, Blödsinn.« Sol richtete sein Messer auf Peter. »Die Bücher stimmen seit Monaten nicht mehr. Jemand beklaut dich nach Strich und Faden, Freundchen.«

Peter nahm einen Schluck Eiskaffee. »Lass uns später über das Geschäftliche sprechen.«

»Lass uns jetzt darüber sprechen. Das ist dieser schwarze Geschäftsführer, den du da hast, nicht wahr?«

Peter seufzte. »Maurice ist Grieche, kein Farbiger«, sagte er. »Und ich bin nicht sicher, dass ...«

»Dann sieh zu, dass du bald sicher bist«, sagte Sol. »Denn ich versenke nicht mehr länger Geld in ein scheiterndes Geschäft, damit irgendein Schwarzer sich die Taschen vollstopfen kann. Verstanden?«

Er funkelte Peter an, und der schnitt seinen Fisch in immer kleinere Dreiecke. Elsbeth rutschte auf ihrem Stuhl herum, rieb sich die Augen und quengelte. Ruth stand auf.

»Ich glaube, es wird Zeit, dass die Prinzessin ihr Mittagsschläfchen hält«, sagte sie.

»Ich nehme sie«, sagte June und wollte aufstehen, aber Peter hob Elsbeth vom Stuhl. »Geh mit Nana. Danke«, sagte er zu Ruth.

»Ist mir ein Vergnügen. Komm, Bubbie.« Sie lockte Elsbeth aus dem Zimmer.

June hatte einen schrecklichen Fischgeschmack im Mund, obwohl sie gar nichts von dem Fisch gegessen hatte. Sie war so wütend auf Sol, dass sie ihn nicht ansehen konnte. Mit welchem Recht behandelte er Peter in dieser Weise? Sol würde behaupten, er habe jedes Recht dazu, als Peters Förderer sei Peters Geschäft auch sein Geschäft. Peter hatte versucht, sich von Sols Herrschaft zu befreien; er hatte versucht, das Masha's allein zu führen, nachdem sie geheiratet hatten, aber ohne Sols Geldspritzen hatte das Restaurant gelitten und sich nie richtig erholt. June wusste, dass sie ohne Sol in Newark wohnen würden und Elsbeth zwischen Spritzen und Kondomen spielen würde. Trotzdem wünschte sie, Peter würde Sol ein einziges Mal sagen, er solle sich sein Geld sonst wohin schieben.

»Was treiben Sie denn so, Liebes?«, krächzte Mary. »Abgesehen davon, dass Sie immer schön bleiben?«

June lächelte gezwungen. »Ein bisschen dies, ein bisschen das.«

»Sie spielt Tennis in dem Schickimicki-Club, den ich bezahle«, sagte Sol.

»Eigentlich«, sagte June, »denke ich daran, wieder berufstätig zu sein.« Sie spürte, wie Peter unter dem Tisch mit dem Fuß auf ihren drückte, und zog ihn weg.

»Wie schön«, sagte Mary. »Was wollen Sie denn tun? Irgendetwas Ehrenamtliches?«

»Nein. Richtige Arbeit. Mit der man Geld verdient. Inneneinrichtung zum Beispiel.«

»Du hast bereits eine richtige Arbeit«, sagte Sol. »Zu Hause bleiben und für mein Enkelkind sorgen.«

»Richtig, *meine Tochter*. Und ich möchte ihr ein besseres Vorbild bieten als eine Mom, die bloß Hausmütterchen ist.«

»*Feh*«, sagte Sol. »Typischer Emanzenblödsinn.« Er richtete den Blick seiner roten Augen auf Peter. »Was ist los mit dir? Erst hast du dein Geschäft nicht im Griff und jetzt deine Frau auch nicht?«

»Hey«, rief June, und Mary sagte: »Du liebe Güte, ich wollte keinen Krawall anfangen.« Peter selbst sagte gar nichts; er aß weiter, als hätte er nichts gehört. Vielleicht hätte June für seine Zurückhaltung dankbar sein sollen.

»Ich ignoriere ihn«, hatte Peter gesagt, als sie frisch verheiratet waren. »Sols Bellen ist viel schlimmer als sein Beißen.« Peters größte Stärke war sein Stehvermögen, und der Himmel wusste, er hatte schlimmere Tyrannen überstanden als Sol. Trotzdem beschwor June ihn im Stillen, etwas zu sagen. Steh auf und geh, dachte sie. Wenn du es tust, gehe ich mit.

Aber es war Lionel, der aufstand. Er faltete seine Serviette zusammen. »Ich für meinen Teil bin satt«, gab er bekannt. »Jemand Lust auf einen Spaziergang?«

June wollte nicht spazieren gehen, sie wollte abfahren. Aber weil das vorläufig nicht infrage kam, machte sie sich auf die Suche nach ihrer Tochter. Während Sol den Websters seine neue Dunkelkammer zeigte und Peter in der Küche Maria half, warf sie einen Blick in das Gästezimmer, wo Elsbeth normalerweise ihr Schläfchen machte, wenn sie hier waren. Es war leer bis auf das Einzelbett und den kürzlich hinzugefügten großen Webstuhl, auf dem Ruth lernte, ihre eigenen Stoffe zu weben. June sah in der Zukunft schon viele wunderschöne, aber unerträglich kratzige Pullover auf sich zukommen. Als Nächstes warf sie einen Blick in Sols Arbeitszimmer und dann in das Mädchenzimmer, und schließlich erreichte sie das Ende der Diele und die Hauptschlafzimmersuite.

Wie es für Peter bestimmte Zimmer im Haus gab, die er mied – er war aus irgendeinem Grund kein Freund des Webstuhlzimmers, obwohl June der Meerblick und die Toile-de-Jouy-Tapete mit den Jagdszenen gefielen –, so hatte sie nichts übrig für Sols und Ruths Schlafzimmer mit dem angrenzenden Bad, in dem sie zum ersten Mal von Peters kleinen Mädchen gehört hatte. Angesichts des bisherigen Tagesverlaufs waren Ruth und Elsbeth natürlich genau hier. Ruth musste Elsbeth gebadet haben, um ihr das Chlor aus dem Haar zu spülen. June ging durch das Schlafzimmer mit der Pfingstrosentapete und dem Doppelbett und wollte eben an die Badezimmertür klopfen, als sie ihre Tochter sagen hörte: »Nana, erzähl mir von den kleinen Mädchen.«

»Von welchen kleinen Mädchen?«, fragte Ruth, aber ihr singender Tonfall ließ vermuten, dass es sich um ein Ritual handelte, und tatsächlich antwortete Elsbeth in dem gleichen Ton: »Von meinen Schwestern, meinen Halbschwestern, die totgemacht worden sind.«

»Tja«, sagte Ruth, und dann – »halt still, Bubbie, Nana kann die Knoten in deinen Haaren nicht auskämmen, wenn du so zappelst.«

»Naaaanaaaaa«, sagte Elsbeth. »Erzählen, erzählen, erzählen.«

»Also schön, Schatz«, sagte Ruth. »Vor langer Zeit…«

»… lebte mein Daddy in einem fernen Land namens Deutschland und war verheiratet mit einer Lady namens Masha. Richtig?«

»Richtig, Bubbie, aber wer erzählt hier die Geschichte?«

»Ich«, antwortete Elsbeth und kicherte. »Nein, du, Nana, du.«

»Also. Dein Daddy lebte in Deutschland mit einer Lady namens Masha, und sie hatten zwei wunderschöne Töchter…«

»… die aussahen wie Prinzessinnen«, sagte Elsbeth. »Zeig sie mir, Nana, ich will sie sehen.«

June hörte, wie eine Schublade aufgezogen wurde, und Elsbeth hauchte: »Oooohhh.«

»Ja, sie waren hübsch, nicht wahr?«

»Jaaaa«, sagte Elsbeth. »Erzähl weiter, Nana.«

»Eine Zeit lang lebten sie einträchtig und friedlich zusammen, aber dann kam ein sehr böser Mann an die Macht. Und er hieß …«

»Hitler. *Bah, bah, bah.*«

»Richtig, Bubbie, wir spucken immer aus, wenn wir seinen Namen sagen. *Bah, bah, bah.*« Sie machte ein energisches Spuckgeräusch. »Dieser Hitler, der eigentlich gar kein Mensch war, sondern eine Art *dybbuk*, ein Dämon, übernahm die Macht im Land, und er sagte ein paar sehr schlimme Dinge über deinen Daddy und seine Familie und über die Juden. Er sagte, sie hätten Hörner und Schwänze und fräßen kleine Christenkinder. Kannst du dir vorstellen, dass dein Daddy so etwas tun könnte?«

»Nein«, sagte Elsbeth. Sie klang beeindruckt.

»Natürlich nicht«, sagte Ruth. »Eine Zeit lang konnten dein Daddy und seine Frau und deine beiden Schwestern sich verstecken wie kleine Mäuse, und so blieben sie am Leben. Aber eines Tages fanden Hitlers Leute, die Nazis, sie und brachten …«

»… ich weiß, ich weiß«, rief Elsbeth. »Sie brachten sie weg. Sie sagten: ›Kommt mit uns, ihr kleinen Mädchen, und wir bringen euch in ein besonderes Camp mit schönen Duschen.‹ Aber als sie dort waren, kam aus den Duschen kein Wasser, sondern Gas, und die Nazis schoben sie dort hinein, und sie wurden totgemacht. Alle außer meinem Daddy, der kam davon. Richtig, Nana?«

Nach einer kurzen Pause sagte Ruth mit tränenerstickter Stimme: »Ja, Bubbie.«

»Und dann schoben die bösen Menschen sie in ihre Öfen und backten sie und fraßen sie alle auf!«

June zuckte zusammen. Sie hatte nicht gemerkt, dass sie auf den Stuhl neben der Badezimmertür gesunken war oder dass sie den Atem angehalten hatte, aber jetzt war es genug. Sie klopfte entschlossen an die Tür.

»Ruth«, rief sie, »es ist Zeit für Elsbeths Mittagsschlaf.«

Sie öffnete die Tür. Seit ihrem letzten Besuch hier war auch das Badezimmer renoviert worden. Die Wände waren allesamt mit Spiegeln verkleidet, und Dutzende von Junes und Elsbeths und schuldbewussten Ruths reihten sich endlos hintereinander. Elsbeth saß auf der Waschtheke in dem pinkfarbenen Satinmäntelchen, das Ruth für sie aufbewahrte, und hielt ein Foto in einem silbernen Rahmen in den Händen.

»Mommy«, sagte sie, »Nana hat mir eine Geschichte erzählt.«

»Ich hab's gehört, Schätzchen, aber jetzt ist es Zeit für deinen Mittagsschlaf.«

»Neiiin«, rief Elsbeth, aber sie ließ zu, dass Ruth ihr half, über einen Schemel in Form einer Ente von der Waschtheke herunterzuklettern.

»Ich fand, sie sollte baden«, sagte Ruth, »nachdem sie im Pool war. Jetzt komm, Bubbie. Nana gibt dir auch einen Keks.«

Sie wollte mit Elsbeth hinausgehen, aber June sagte: »Ruth. Ich habe gehört, was du ihr erzählt hast. Ich möchte nicht, dass du noch einmal mit ihr darüber sprichst. Hast du verstanden?«

Ruth hatte es vermieden, June anzusehen, seit sie gekommen war, aber jetzt sagte sie: »Sie hat ein Recht darauf, von ihrer Familie zu erfahren.«

»Wir sind ihre Familie«, sagte June. »Peter und ich.«

»Sol und ich auch.«

»Ja natürlich«, sagte June. »Das weiß sie auch. Aber ich möchte nicht, dass du noch einmal über sie redest, sonst K-O-M-M-T sie nicht mehr her. Sie bekommt Albträume davon, und du weißt, wie Peter darüber denkt. Er lehnt es ab, überhaupt darüber zu sprechen. Wenn er wüsste, was du ihr erzählt hast, wäre er sehr aufgebracht.«

Ruth wich Junes Blick aus und murmelte etwas.

»Wie bitte?«

»Ich sagte, in Ordnung.«

»In Ordnung«, sagte June. »Ich danke dir.«

Sie schaute ins Schlafzimmer hinüber, wo Elsbeth auf dem Teppich saß und mit einer Schale mit Ruths Perlenketten spielte. »Nana«, sagte sie, »darf ich die haben?«

»Vielleicht wenn du älter bist«, sagte Ruth. »Komm, wir holen dir einen Keks, ja?«

Als die beiden weg waren, ließ June kaltes Wasser auf einen von Ruths Waschlappen laufen und drückte sich ihn an Hals, Brust und Wangen. Das Badezimmer war ein luxuriöses kleines Nest mit dem rosaroten Teppich, den Spiegelwänden und Ruths Schminktablett voller Parfümflakons. Man würde niemals erwarten, dass es der Schauplatz erschreckender Enthüllungen sein könnte. June wollte das Licht ausknipsen, als sie – halb versteckt unter einem Handtuch, wo Elsbeth es hingelegt haben musste – das Foto entdeckte. Das einzige erhaltene Bild von Masha und den Mädchen.

June nahm es in die Hand. Es war kühl und schwer in einem verschnörkelten Rahmen. Sie hatte es seit Jahren nicht mehr gesehen – nicht seit Ruth es ihr das erste Mal gezeigt hatte –, aber sie erinnerte sich allzu gut daran. Manchmal, im Halbschlaf, sah sie es vor sich. 1941 hatte Peter das Porträt aufnehmen lassen und es Sol und Ruth geschickt, kurz bevor er, Masha und die Zwillinge ins Versteck gezogen waren. Der Fotograf hieß C. Alsop, und das Bild musste in einem Atelier entstanden sein, denn man sah keine Möbel außer dem Samtsessel, in dem Masha saß. Sie hatte ein Kleinkind auf jedem Knie. In ihren Dirndlkleidchen, mit dem zu Zöpfen geflochtenen Zuckerwattehaar und den hellen Augen sahen sie aus wie Puppen. Masha war im Profil zu sehen – ob auf eigenen Wunsch oder den des Fotografen, war für June nicht zu erkennen. Sie blickte starr zu Peter auf. Ihr Haar war im Nacken zu einem Knoten gebunden, und ihr langes, schmales Gesicht strahlte. Und Peter – er stand hinter ihr und hatte besitzergreifend eine Hand auf ihre Schulter gelegt. Er trug einen Anzug und einen bleistiftdünnen Schnurrbart und blickte geradewegs in die Kamera: gut aussehend, stolz und schmerzhaft jung.

June strich mit der Fingerspitze über die geprägte Signatur des Fotografen. Peter, Masha oder die Mädchen zu berühren wagte sie nicht. Wie mutig diese junge Frau gewesen war, kaum mehr als ein Teenager! Zu sterben bei dem Versuch, ihre Töchter zu retten. Überhaupt einen Juden zu heiraten, wenn sie doch wusste, gewusst haben musste, wie die Strafe dafür aussehen konnte. Welche Gefahr ihr und den Mädchen drohte. War Masha entsetzt gewesen, als sie erfuhr, dass sie schwanger war? Oder begeistert trotz des grauenhaften Timings, der furchtbaren Zeiten? War sie entzückt gewesen, Peters Kinder zur Welt zu bringen, Leben zu produzieren um jeden Preis? June starrte Mashas Gesicht an, das in Ewigkeit zu Peter erhoben war und ihr nichts verriet – bis sie Schritte im Korridor hörte und Maria rief: »Mrs. June, sind Sie da drin? Mr. Sol möchte, dass alle herauskommen.« June schon das Foto in eine Schublade.

Die Rashkins versammelten sich auf der Terrasse, wo Lionel Webster umständlich mit einer Teleobjektivkamera auf einem Stativ hantierte. June hatte diesen Teil von Sols Geburtstag ganz vergessen – das alljährliche

Familienporträt, das dann für die Festtagskarten benutzt wurde. Sol saß mit Ruth auf einem schmiedeeisernen Zweiersofa, und Peter stand hinter ihnen und hielt Elsbeth auf dem Arm, die ein Kleid trug, das June noch nicht gesehen hatte, eine weitere Spezialanfertigung von Ruth, einen weißen Kittel aus schäumender Spitze. Elsbeth sah aus wie ein kleines Hirtenmädchen, abgesehen von der zerfransten Stoffschürze, die von ihrer Taille hing.

»Gleich, gleich ist es so weit«, sagte Lionel mit der Pfeife zwischen den Zähnen. Er spulte den Film in der Kamera vor, und als sie in der schwülen Nachmittagsluft ihren Platz neben Peter einnahm, dachte June, dass sich das alles doch sehr von den Fotoaufnahmen ihrer Jugend unterschied.

Peter streichelte Elsbeths Haar. Sie war jetzt mehr als müde; ihr Kopf lag auf seiner Schulter, und sie hatte den Daumen im Mund, eine Gewohnheit, über die sie eigentlich längst hinausgewachsen war. Peter legte den freien Arm um June, die kerzengerade dastand. Wie gern hätte sie ihm erzählt, was gerade passiert war, aber das ging natürlich nicht; ihm zu verraten, dass Ruth nicht nur das Foto behalten hatte, sondern auch noch Elsbeth mit der Geschichte seiner verlorenen Töchter die Ohren vollblies, wäre etwa so, als würde sie ihm Salz in die Augen reiben.

»Alles okay?«, fragte er leise.

»Ja«, sagte sie.

»Tut mir leid wegen vorhin.«

»Danke.«

»Du hast etwas gut bei mir.«

»Ja«, sagte June, »das stimmt.«

Sie warf ihm einen Seitenblick zu und sah, dass er das Gleiche tat. Er lächelte schief. »Herrgott«, sagte Sol,

»wieso dauert das denn so lange?«, und Lionel antwortete: »Das ist dieses neue Objektiv. Es hat seine Launen. Aber ich glaube, jetzt haben wir es scharf gestellt … Sagt alle mal Cheese!«

»Cheese!«, riefen sie im Chor, und man hörte ein Klicken und ein Sirren.

»Verflixt!«, rief Lionel. »Ich habe vergessen, eine neue Blitzlichtbirne einzusetzen. Eine Sekunde, Leute.«

Die Rashkins sanken maulend in sich zusammen. Sie tupften sich den Schweiß von der Stirn, bliesen sich die Haare aus dem Gesicht, und June musste plötzlich ganz ohne Grund daran denken, wie Peter ihr nach Hawaii gefolgt war. Sie war nach der letzten Fotosession mit ein paar anderen Modellen lachend ins Hotel auf Honolulu zurückgekommen, und in der Lobby hatte Peter auf einer Couch auf sie gewartet. Er war aufgestanden, als er sie sah, und June war so überrascht gewesen, dass sie in der Drehtür stehen geblieben war, sodass die Person hinter ihr gegen sie prallte. Peter hatte einen ziemlich schlecht sitzenden weißen Leinenanzug und einen gelben Blütenkranz getragen und einen Strauß Orchideen in derselben Farbe in der Hand gehalten. Nie würde sie seinen Gesichtsausdruck vergessen, halb hoffnungsvoll, halb wachsam, als er mitten in der Lobby des Honolulu Continental das Knie beugte. »June Bouquet«, hatte er gesagt, »willst du mich heiraten?« Sie hatte die Hand vor den Mund geschlagen und gerufen: »Ja, natürlich!« Alle, von den Touristen bis zum Rezeptionspersonal, hatten applaudiert. Am nächsten Tag hatte ein Richter in der Waikiki City Hall sie getraut, Peter in seinem Leinenanzug, June in einem lavendelfarbenen Minikleid und weißen Go-Go-Stiefeln. Beide trugen einen Blütenkranz um den Hals, und ihre Trauzeugen waren zwei Touristen, die sie auf der Straße aufgelesen hatten; June konnte sich nicht mehr an ihre Namen erinnern, aber sie waren selbst seit siebenunddreißig Jahren verheiratet, hatten sie gesagt, und das hatten sie und Peter als gutes Zeichen genommen. Danach hatten sie im Pink Palace zusammen Mai Tais getrunken, und ihr Hochzeitsdinner war ein hawaiianischer Schweinebraten mit Ananas gewesen.

June schaute ihren Mann an; er verlagerte das Gewicht ihrer Tochter auf seinem Arm und murmelte ihr etwas ins Ohr. Sein Haaransatz war zurückgewichen, und sein Gesicht sah müde aus. Wie sehr unterschied sich der Mann, für den sie ihn gehalten hatte, von dem Mann, als der er sich erwiesen hatte! War das bei allen so? War die Diskrepanz zwischen dem Menschen, den man zu heiraten glaubte, und dem, den man dann bekam, bei den meisten Leuten so groß? War die Barriere in Peter, das Revier, das er für sich behielt, die Enttäuschung, der Konflikt, bei den Rashkins größer oder kleiner als, sagen wir, bei Helen und dem Teppichkönig? Oder bei Sol und Ruth oder bei Lionel und Mary? Peter lächelte sie betreten an. »Fast vorbei, so Gott will«, flüsterte er, und Sol sagte: »Stellt euch gerade hin, Leute, verdammt noch mal«, und Lionel Webster rief: »Noch mal Cheese, Leute!«, und Mary streckte den Zeigefinger aus, und sie drehten sich um und sahen Maria, die mit Sols Geburtstagstorte mit flackernden Kerzen auf einer Platte herangewankt kam. »*Happy birthday to you*«, begann Ruth mit ihrem zittrigen Sopran, und alle stimmten ein: »*Happy birthday to you, happy birthday to you, happy birthday, lieber Soo-hoool, happy birthday to you*«, und Lionel Webster zählte: »Drei… zwei…«, und machte das Bild.

# 9

# BRIGADOON

Als der Monat zu Ende ging, hatte June angefangen, sich mit Gregg in Motels zu treffen. Sie lagen an der Route 23 oder 46 oder 10, umgeben von Schnellrestaurants, Autohändlern und billigen Möbeloutlets, Fernfahrerabsteigen, wo der Teppichboden nach Schimmel roch und die Zimmermiete stundenweise bezahlt wurde. June wagte nicht, in den Zimmern die Schuhe auszuziehen oder sich zu fragen, was sich wohl in der Bettwäsche verbarg. Aber es waren Orte, die niemand, den sie kannte, aufsuchen würde, und wo sie sicherer waren als an ihren anderen Treffpunkten: auf Parkplätzen, im Wald des Watchung-Reservats oder einmal auch unterhalb der Paddelball-Courts im Club, wo Gregg einen Schlafsack auf dem Boden ausgebreitet hatte und ein Kind auf der Suche nach seinem Ball beinahe über sie gestolpert wäre. Außerdem waren die verschwiegenen Motels, die June verabscheute, eine Form von Strafe.

Heute waren sie im Pilgrim Motel, aber das Einzige, was an einen wackeren Pilger erinnerte, war das abblätternde Schild mit den Umrissen eines Schnallenhuts über dem Eingang. Es war kurz vor drei, was bedeutete, dass June in einer Stunde zu Hause sein und den Babysitter bezahlen musste, die kleine Barbie Ryan aus der Nachbarschaft, der June erzählt hatte, Elsbeth laboriere noch an einer Ohrinfektion, weshalb June sie heute lieber zu Hause behalten und nicht in den Club und nicht in den Pool lassen wollte. Hatte Barbie ihr geglaubt? Oder hatte sie zu viel erklärt? Sie war es nicht gewohnt, Ausflüchte zu benutzen, und konnte es nicht besonders gut. Es war aber auch ein Talent, das sie nicht perfektionieren wollte.

Sie zündete sich eine Zigarette an, saß mit gekreuzten Beinen auf dem Bett und sah zu, wie Gregg ein Schläfchen machte. Nach dem Sex schlief er immer sofort ein wie ein Kind – was er natürlich auch war, wenn auch nicht so jung, wie June befürchtet hatte. Eines Nachmittags, während er duschte, hatte sie einen verstohlenen Blick auf seinen Führerschein geworfen, und er war siebenundzwanzig. Acht Jahre jünger als sie, und so passte er chronologisch gesehen fast besser zu ihr als Peter, der neunzehn Jahre älter war. Fast.

Egal. Es würde nicht von Dauer sein. Jedes Mal schwor June sich, es werde das letzte Mal sein – bis zum nächsten Mal. Es war wie Schokolade, die June niemals, niemals aß, weil sie wusste, dass sie, selbst wenn sie nur einen einzigen Bissen nähme, nur ein einziges dunkles Stück im Mund schmelzen ließe, nicht mehr damit aufhören könnte. Und wenn Peter Marzipan war, dessen interessanten Geschmack June liebte, war Gregg ein riesengroßer Hershey-Schokoriegel. Die Zeit würde alles regeln, sagte June sich; wenn sie zu schwach war, damit Schluss zu machen, würden die Tenniscourts im Herbst geschlossen werden, und Gregg würde tun – na ja, was immer Tennislehrer im Winter taten: wahrscheinlich in den Süden ziehen und in einer wärmeren Klimazone unterrichten, und June könnte dann ... ja, was? Den Schaden wiedergutmachen, den sie ohne Peters Wissen angerichtet hatte, und sich überlegen, was sie mit ihrem Leben anfangen sollte? Aber nein. So lange durfte sie nicht warten. Sie musste es Gregg heute noch sagen. Heute Nachmittag. Schluss. Es war aus. Entschlossen drückte sie ihre Zigarette im Pilgrim-Aschenbecher aus.

»Hör auf, mich anzuschauen«, sagte Gregg, ohne die Augen zu öffnen.

»Ich schaue dich nicht an.«

»Doch, das tust du. Ich fühle es.«

Unvermittelt schoss er hoch, packte June bei den Fußknöcheln und zog sie auf den Rücken.

»Es gehört sich nicht, Leute anzustarren, wenn sie schlafen.« Er leckte ihr den Hals. »Weißt du das nicht?«

»Das habe ich nicht getan«, antwortete sie atemlos. »Bilde dir nichts ein.«

Gregg küsste sie – June hatte vergessen, wie köstlich Küssen sein konnte –, und genauso plötzlich, wie er sich aufgerichtet hatte, ließ er sich auf den Rücken fallen und zog sie über sich. Er fasste sie bei den Hüften und schob sie gegen seinen Ständer.

»Du tropfst«, sagte er. »Das habe ich gern. Tu dein Schlimmstes.«

Das war das Problem: Natürlich war es unrecht, es war moralisch verabscheuenswert, und es war nicht die Antwort auf die Probleme einer Ehe – aber Gregg redete. »Oh June«, sagte er, »das ist es, du bist fast da. Oh Gott, ja.« Ja, er war jung, und seine Haut hatte diese seidige, gummiartige Elastizität; irgendwie war es ihm gelungen, den Militärdienst ohne eine einzige Schrapnellnarbe zu überstehen. Er war ein Riese, hatte Beine wie Baumstämme, und sein Schwanz war ein dicker violetter Knüppel mit einem kleinen Muttermal, das June an seiner Wurzel entdeckt hatte – ein kleiner heimlicher Freund. Gregg war der einzige Mann, neben dem June sich jemals zierlich gefühlt hatte. Und das Wichtigste war: Er schloss sie nicht aus. Er sagte ihr, wie er sie empfand und was er mit ihr tun wollte, und er hielt die Augen offen bis zum Ende. Manchmal sogar darüber hinaus. Er war da. »Ich sehe dir gern zu«, sagte er. »Weißt du, dass du rot im Gesicht wirst, bevor du kommst? Wie jetzt. Oh ja. Ich kann es sehen. Tu es, June. Komm für mich.«

Als sie fertig waren – als sie ihn geritten hatte, bis sie triefnass zitterte und Gregg sichergestellt hatte, dass sie befriedigt war, und sie dann herumwarf, ihre Knöchel umfasste wie die Griffe einer Schubkarre und in sie hineinstieß, bis er brüllte –, nach alldem fiel er auf den Rücken, ohne ihre Füße aus seinem Nacken zu winden, was schön, aber auch ein bisschen unbequem war. Sie zog sie herunter, und beide lagen auf dem Rücken und rangen nach Luft. June griff nach ihren Zigaretten und sah auf die Uhr. Halb vier. Sie hatte noch eine halbe Stunde Zeit.

»Die sind so schlecht für dich«, sagte Gregg und meinte ihre Marlboro. »Irgendwann kriegst du keine Luft mehr.«

»Das ist okay«, sagte June. »Ich glaube nicht, dass ich in absehbarer Zeit die nächste Chris Evert sein werde – hey, du Heuchler!« Sie lachte, denn Gregg hatte einen kleinen Beutel aus der Tasche seiner Tennisshorts gezogen und drehte sich einen Joint. Er tat es schnell, methodisch und fachmännisch und produzierte eine Tüte von der Größe eines Lollis.

»*Ladies first*«, sagte er und bot ihn June an, aber sie schüttelte den Kopf. Gregg zündete ihn mit einem Zippo an, klopfte die dünnen Kissen zurecht und ließ sich zurücksinken.

»Du kiffst nicht?«

»Früher mal, manchmal. Heute nicht mehr.«

»Wieso nicht? Mag dein alter Herr es nicht?«

»Nicht so richtig«, sagte June. Es stimmte; Peter hatte ein einziges Mal Haschisch geraucht, zusammen mit June und ein paar von ihren Freunden im Electric Circus, und da hatte er nicht gut darauf reagiert: Er hatte schlimme Krämpfe in den Beinen bekommen, und weil June und die anderen Models high waren, war es das Komischste gewesen, das sie je gesehen hatten. Peter, wie er erst auf dem einen, dann auf dem anderen Bein umherhüpfte und auf Deutsch fluchte! Vielleicht war es auch Russisch gewesen. Welche Sprache es auch gewesen sein mochte, es war auf jeden Fall äußerst energisch gewesen. Der arme Peter. Er hatte nie wieder geraucht, und June hatte es auch sein gelassen – teils aus Solidarität mit ihm, aber hauptsächlich, um ihre Figur zu halten. Von Marihuana in jeglicher Form bekam sie schreckliche Fresslust: Bei ihrem letzten Joint in der Waschküche ihres Hauses in der East 96th Street, als Elsbeth ihren Mittagsschlaf hielt, hatte sie ein ganzes Glas Erdnussbutter leer gegessen, hatte sich das ganze Zeug mit Elsbeths Zwieback in den Mund geschaufelt. So etwas konnte sie sich einfach nicht leisten.

»Dein alter Herr kommt mir irgendwie spießig vor«, sagte Gregg versonnen. Sein Blick folgte dem Rauch zur Decke, wo er sich im Ventilator verhedderte.

»Ach wirklich?«, sagte June spitz. »Kennst du ihn?«

»Nein«, sagte Gregg, ohne gekränkt zu sein. »Aber ich glaube, ich habe ihn schon im Club gesehen. Ein großer Blonder, schon etwas älter, und immer im Anzug mit Krawatte, stimmt's?«

June nickte. Gregg blinzelte mit dem einen, dann mit dem anderen Auge. »Zieht nie sein Hemd aus, egal, wie heiß es ist. Echt förmlich. Ein Establishment-Typ.«

June griff jetzt doch nach dem Joint und nahm einen kurzen Zug. Zum Teufel damit – in dieser grässlichen Bude gab es nichts zu essen, und bis sie zu Hause wäre, hätte sich ihr Appetit wieder gelegt.

»Das ist nicht der Grund, weshalb er sein Hemd anbehält.« Ihre Stimme bekam einen quietschenden Klang, weil sie den Rauch in der Lunge behielt.

Gregg drehte sich auf die Seite und sah sie an. Ohne das wildlederne Stirnband war sein Haar ein wildes, wirres schwarzes Gestrüpp. »Warum tut er es dann?«

June ließ die Luft aus der Lunge. »Wegen seiner Narben.«

»Was für Narben?«

»Aus dem Krieg.«

Gregg richtete sich auf. »Er war in Vietnam?«, fragte er. »Nie im Leben. Er muss doch mindestens fünfzig sein. Was war er denn, ein Admiral oder so was?«

»Nicht in deinem Krieg«, sagte June. »Im Zweiten Weltkrieg.«

Sie stand auf und schaute in den Spiegel über dem Waschbecken. »Ich sehe aus wie *Uhrwerk Orange*«, sagte sie und ließ das Wasser laufen.

»Im Atlantik oder im Pazifik?«, fragte Gregg beharrlich.

June schaute ihn über die Schulter an. »Was?«

»Wo hat er gekämpft?«

June wischte sich mit einem Waschlappen die verschmierte Wimperntusche unter den Augen weg und trug neue auf. »Er hat nicht gekämpft. Er war im KZ.«

»Er ist Jude?«

»Ja.«

»Das hätte ich nie gedacht.«

June warf ihm wieder einen Blick zu, während sie ein

bisschen Rouge auflegte. »Und wieso solltest du so etwas denken?«

»Keine Ahnung. Mein Vater hat immer gesagt, man erkennt Juden am Aussehen.«

»Das habe ich auch gehört, als ich klein war. Aber es stimmt nicht. Wenn man nach den Stereotypen geht, ist Peter der am wenigsten jüdisch aussehende Jude, den ich kenne. Und seine Frau und seine kleinen Töchter sahen allesamt aus wie *Alice im Wunderland*. Trotzdem sind sie alle ins Lager gekommen.«

»Was? Oh nein. Wirklich?«

»Ja, es gab da irgendeine Verwechslung, und ... ich weiß eigentlich nicht viel mehr darüber«, sagte sie. »Er spricht nie darüber. Alles, was ich weiß, weiß ich von der Frau seines Cousins.«

»Wow«, sagte Gregg. »Das kann ich mir schon vorstellen. Ich würde auch nicht darüber reden.«

June fühlte sich plötzlich unerträglich einsam. Das schäbige Zimmer deprimierte sie. Außerdem wurde ihr bewusst, dass sie nackt war. Es war surreal, so über all das zu reden. Vielleicht war das Gras doch stärker, als sie gedacht hatte.

Sie hob Top und Shorts vom Boden auf und setzte sich auf die Bettkante, um sich anzuziehen. Gregg verknotete die Bänder ihres Tops und berührte ihren Nacken. June überlief ein Schauer. »Er liebt sie immer noch«, sagte sie.

»Wer?«

»Mein Mann. Seine erste Frau.«

»June«, sagte Gregg, »glaubst du das wirklich? Vielleicht ist er nur wirklich traurig.«

June bemühte sich, eine Sandale zuzuschnüren – es war schwer, in dem halbdunklen Zimmer die kleinen Löcher in dem Riemen zu sehen, geschweige denn, die winzige Spitze des Schnürsenkels einzufädeln. Sie gab auf. »Besonders hübsch war sie nicht – Masha. Ich glaube, bestenfalls war sie irgendwie elegant. Aber sie war so tapfer. Und die kleinen Mädchen …«

»Wie alt?«

»Drei. Zwillinge.«

Ein Geräusch kam aus Greggs Kehle.

»Sie ist gestorben bei dem Versuch, sie zu retten«, sagte June. »Wie soll man damit konkurrieren?«

»Ich würde es nicht versuchen«, sagte Gregg. »Mit Geistern kann man nicht konkurrieren.«

Alle Luft wich aus Junes Lunge. Er sagte die Wahrheit. Sie könnte niemals gewinnen.

Gregg griff nach seiner Brille, stand auf und kniete vor June nieder, um ihr die Sandalen zuzubinden.

»Es tut mir leid für euch beide«, sagte er. »Und jetzt verstehe ich auch, warum du so einsam bist …« Er schaute hoch. »Hey. Ich wollte dich nicht traurig machen.«

June schüttelte den Kopf. »Hast du nicht. Es ist einfach diese ganze Situation …« Mit einer wedelnden Handbewegung umfasste sie das ganze trostlose kleine Zimmer.

»Na, dann muntern wir es ein bisschen auf«, sagte Gregg. »Weißt du, was ich tue, wenn ich traurig bin?«

»Was? Julie Andrews? Du springst auf dem Bett herum?«

»Nein«, sagte Gregg. »Ich tanze.«

Er stand auf und zog June in seine Arme, ehe sie sichs versah. Sie taumelte ein bisschen, und ihr Absatz verfing sich im Teppichflor. Gregg fing sie auf, wirbelte sie herum und summte:

*Here is to you, Mrs. Robinson,*
*Jesus loves you more than you will know …*

»Sehr komisch«, sagte June, aber sie musste lachen. Gregg war immer noch nackt bis auf seine Brille, und er beugte sie geübt nach hinten. »Wo hast du das Tanzen gelernt?«

»Im Kurs bei Arthur Murray«, sagte er. »Meine Ma wollte, dass wir Jungs das alle machen.«

Er drückte June einen Kuss auf die Kehle und zog sie wieder aufrecht. »Danke, Mrs. Robinson.«

»Gern geschehen.« June sah sich nach ihrer Handtasche um. »Ich muss jetzt wirklich gehen.«

»Warte. Ich gehe mit«, sagte Gregg. Er zog seine Tennisshorts an – heute trug er dazu Ledersandalen und ein rot-blau gestreiftes Polohemd. June verdrehte unwillkürlich die Augen. Was für ein Stilgefühl! Aber sie lächelte, als Gregg sich das Haar mit dem ledernen Stirnband zurückband, und als sie sich noch einmal im Zimmer umsahen, um sich zu vergewissern, dass sie keine Brieftaschen oder Schlüssel vergessen hatten, war sie zum ersten Mal ein bisschen traurig. Normalerweise konnte sie, von Schuldgefühlen getrieben, gar nicht schnell genug verschwinden, aber heute sehnte sie sich nach einem Eis. Sie wünschte, sie könnten zu Applegate Farm gehen, sie und ihr junger Lover, und sich eine Mint-Chocolate-Chip-Waffel teilen. Vielleicht auch ein Watermelon Sherbet.

»Übrigens stand dein Name nicht auf der Liste für das Turnier am vierten Juli.« Gregg hielt ihr die Tür auf. »Bist du verreist?«

»Ja. Ich fahre mit Elsbeth zu meiner Mom. Wir fliegen jeden Sommer hin.«

»Wohin?«

»Nach Minnesota.«

»Minne-Soda? Du bist ein Mädchen vom Bauernhof?«

»Nicht ganz. Meine Mom hatte ein Bekleidungsgeschäft.«

»Trotzdem«, sagte Gregg. »Ich sehe dich vor mir, in einer karierten Schürze, wie du Pasteten bäckst. Macht mich irgendwie an.«

Er schob eine Hand hinten in Junes Shorts, als sie auf den Parkplatz hinaustraten, und sie machte einen Satz nach vorn. Sie waren in der Öffentlichkeit. Sie ging zu ihrem braunen Dodge, Gregg zu seinem orangegelben Pinto. Die Luft roch nach weichem Teer.

»Sehe ich dich, wenn du zurückkommst?« Er blinzelte sie an, nach dem dunklen Zimmer war es auf dem Parkplatz gleißend hell.

»Natürlich.« June schob sich die Sonnenbrille auf die Nase. »Ich rufe dich an.«

Würde sie das wirklich tun? Sie brauchte sich nicht bei ihm zu melden, wenn sie zurückkam. Im Laufe eines langen Feiertagswochenendes würde das hier, was immer es sein mochte, vielleicht eines natürlichen Todes sterben.

Gregg lächelte sie über das Dach des Pinto hinweg an, als wüsste er genau, was sie dachte.

»Ruf mich lieber an«, sagte er. »Sonst rufe ich dich an.« Er warf ihr einen Handkuss zu. »Komm schnell zurück, Mrs. Robinson. Ich habe jetzt schon Entzugserscheinungen.«

Als June und Elsbeth am Nachmittag des 2. Juni in Minneapolis landeten, war Junes Mutter Ida da, um sie abzuholen. June war erleichtert und ein bisschen überrascht, als sie sah, dass Ida noch Auto fuhr; Ida war erst fünfundsechzig, aber nachdem sie Bouquet's LadiesWear verkauft und sich zur Ruhe gesetzt hatte, war June ständig voller Sorge auf der Suche nach Anzeichen für das Altern gewesen. Heute trug Ida einen flotten olivgrünen Hosenanzug, passend zu ihrem Buick, und meisterte

den Flughafenverkehr mit Bravour. Ihr Haar saß immer noch adrett wie eine braune Bucheckernschale auf ihrem Kopf, aber an den Wurzeln sah June das Weiß durchschimmern, und die Art, wie Ida das Kinn heben musste, um über das Lenkrad zu spähen, verriet June, dass die Brille ihrer Mutter stärkere Gläser brauchte. Außerdem wackelte ihr Kinn immer wieder ohne jeden Grund. Es war beunruhigend.

Sie fuhren in südlicher Richtung über die Mendota Bridge zum Highway 52. Elsbeth schlief auf dem Rücksitz; sie war erschöpft von den Aufregungen des Tages – von dem TWA-Wappen an ihrem Oshkosh-Overall, dem Besuch im Cockpit und dem Frühstück im Flugzeug. »Mommy! Eier im Himmel!« Ida erkundigte sich, wie es Peter ging, wie es dem Restaurant gehe und was heutzutage in New York Mode sei. Und sie erzählte June den gesamten Klatsch von New Heidelberg: wer gestorben war, wer geheiratet hatte, wer noch mehr Kinder bekommen hatte, wer krank oder ein hoffnungsloser Trinker geworden war und wer wen betrog.

Sie erreichten New Heidelberg in der Abenddämmerung, die im Juli sehr lange dauerte; die Sonne ging jetzt erst nach neun Uhr unter. June drehte sich auf dem Sitz hin und her, um alle vertrauten Landmarken im orangegelben Dunst des Abends zu sehen. »*Plus ça change, plus c'est la même chose*«, hatte Junes Freundin Dominique, ein französisches Mannequin, seufzend über die Männer gesagt, die ihr nachstellten. Für New Heidelberg galt das Gleiche wie für untreue Männer: Je mehr sich änderte, desto mehr blieb alles, wie es war. Es gab eine Verkehrsampel, im Stadtzentrum an der Kreuzung Elm und Main. Die Apotheke hatte zugemacht, aber Ida konnte mit ihren Rezepten in den Supermarkt-Drugstore gehen

und brauchte nicht den weiten Weg nach La Crosse auf sich zu nehmen. Es gab einen zweiten Wasserturm, sodass jetzt zwei große blaue Heftzwecken die Stadt am Boden festhielten, und am Westrand, kurz vor der Tafel mit der Aufschrift »WILLKOMMEN IN NEW HEIDELBERG! HAUPTSTADT DES WILDEN TRUTHAHNS IN MINNESOTA« wuchs ein neues Wohnviertel aus dem Boden, das ohne jede Ironie, die June erkennen konnte, den Namen »Green Acres« trug. »Keine Ahnung, was die sich vorstellen, wer da wohnen soll«, bemerkte Ida im Vorbeifahren. »Das sieht alles so schick aus.«

Ida wohnte immer noch in dem Haus, in dem June aufgewachsen war, in einem älteren Vorkriegsortsteil namens Brigadoon. Ida bog in die Einfahrt, und sie blieben im Auto sitzen und schauten das Haus an – Ida voller Zufriedenheit, denn als sie ihr Geschäft verkauft hatte, hatte sie die Hypothek abbezahlen können und damit eine dreißigjährige finanzielle Reise beendet, die sie mit dem Sterbegeld für ihren Mann Oscar 1945 begonnen hatte, mit der staatlichen Entschädigung für Iwojima. »Uncle Sam und ich haben dieses Haus gekauft«, sagte Ida gern. Es war klein und adrett wie ein Monopoly-Häuschen. Der Rasen davor war in diagonalen Bahnen gemäht, und Kübel mit Ringelblumen rahmten die Haustür ein. Die Bäume, die Schösslinge gewesen waren, als June hier Hüpfen gespielt hatte und auf dem Gehweg Rollschuh gelaufen war, hatten sich zu erwachsenen Ulmen entwickelt, die ihren Schatten über die Straße warfen.

Ida warf einen zärtlichen Blick in den Rückspiegel auf ihre Enkelin. »Sollen wir sie wecken? Ich möchte es nicht, wenn sie so schön schläft …«

»Ich weiß«, sagte June. »Aber sie wird in der Nacht aufwachen, wenn sie kein Abendbrot bekommt.«

»Hat sie immer noch einen so guten Appetit?«

»Ja. Wie ein Fernfahrer.«

»Oje«, sagte Ida. »Ich wünschte, du wärst ein bisschen mehr wie sie. Du warst immer sehr heikel… Mal sehen. Ich könnte Sandwiches machen – ich habe noch Olivenbrot. Oder würdet ihr Mädels gern ausgehen?«

»Ausgehen, glaube ich«, sagte June diplomatisch. Sie würde Peters Entsetzen bei seinem Besuch hier nie vergessen, seinen kaum unterdrückten Schauder angesichts der mit Paprika durchsetzten Fleischwurst. »Das sieht aus wie Typhus«, hatte er geflüstert.

Wer in New Heidelberg nach sieben Uhr abends ausgehen wollte, hatte zwei Möglichkeiten: Wilmar's Supper Club, wo am Wochenende Polka-Kapellen auftraten und angeblich Duke Ellington einmal gespielt hatte, oder das A&W. Da der Supper Club kein Lokal für ein kleines Mädchen war, fuhr Ida sie zu der Root-Beer-Bude mit ihrem orangefarbenen Dach und den Drive-in-Buchten, deren Neonröhren lockend über die Felder hinausleuchteten.

June war seit Jahren nicht mehr im A&W gewesen; deshalb bestellte Ida für sie: Roastbeef-Sandwiches, Zwiebelringe, zwei beschlagene Becher Root Beer und einen Kindereisbecher. Elsbeth regte sich; die Stimme aus der Gegensprechanlage hatte sie geweckt. »Mommy«, fragte sie staunend, »sind wir in einem Raumschiff?«

»Nein, mein Schatz, wir sind in Minnesota bei Grandma«, sagte June, und Ida hob die Hand über die Rückenlehne und wackelte mit den Fingern.

»Na, sieh mal, wer da wach ist«, sagte sie. »Hast du schön geschlafen, Herzchen? Möchtest du gern hier vorn bei uns sitzen?« Elsbeth nickte schüchtern: Ja bitte.

June stieg aus und half Elsbeth, vom Rücksitz zu rutschen und vorn hineinzuklettern. Sie merkte, dass die

anderen Gäste in ihren Autos sie anstarrten, ihr Makramee-Kleid und die Korkabsätze, und herauszufinden versuchten, wer sie war. June winkte, und sie winkten zurück oder hoben die Finger vom Lenkrad, bevor sie sich wieder einander zuwandten und weiter plauderten.

Die Kellnerin kam auf Rollschuhen mit ihrem Essen zum Buick, hängte das Tablett an Idas Fenster, und Ida wickelte die Sandwiches aus. Der Wagen füllte sich mit Fettgeruch, und June lief das Wasser im Mund zusammen. Sie hatte ganz vergessen, wie sehr sie das Rindfleisch liebte, den Meerrettich und – ganz besonders – die Zwiebelringe. Sie knabberte von einem die Panade herunter und nagte einmal ganz im Kreis herum, während sie Elsbeth mit Serviette und Ketchup half.

»Iss mit beiden Händen«, sagte sie, als Elsbeth ihren Eisbecher hochhob. »Du willst doch Grandmas Auto nicht bekleckern.«

»Ach, das tut sie schon nicht«, sagte Ida. »Sie ist doch schon groß, nicht wahr, Schatz?«

Elsbeth nickte und stopfte sich einen ganzen Zwiebelring in den Mund. Ida lächelte. »Sieh dir nur diese Locken an.« Sie schob einen Finger in Elsbeths Haar, zog eine Locke heraus und ließ sie zurückfedern. Elsbeth strahlte sie an und kaute.

»Die hat sie von ihrem Dad«, sagte June.

»Oh, ich weiß«, sagte Ida. »Hier reden alle immer noch von seinen Filmstarhaaren.« Sie wischte sich dic Finger mit einer Papierserviette ab und wickelte Elsbeths Locken herum. »Weißt du, dass meine Mutter meine Haare in Lappen eingewickelt hat, damit sie lockig wurden, als ich klein war?«

Elsbeth lachte. »Grandma, das ist doch Quatsch.«

Sie lehnte sich mit dem Rücken an Ida und ließ zu, dass

sie ihr die Haare zu langen, glänzenden Röhren rollte. Ihr Gesicht war selig, wie June es zu Hause selten sah – höchstens wenn Peter ihr eine Geschichte vorlas oder sie in einem Topf auf dem Herd rühren ließ. June seufzte. Es freute sie, dass Elsbeth sich so gut mit ihrer Mutter verstand, aber sie war auch eifersüchtig. Ida hatte das, was June nicht hatte – wie die meisten Frauen. Was sie hatte und was June fehlte, war der natürliche Mutterinstinkt. Sie hatte ihn nie gehabt, sie war ohne die Anlage dazu auf die Welt gekommen. Puppen hatte sie gehasst, ihre klappernden Augen hatten ihr Angst gemacht. Anders als all ihre Freundinnen hatte sie nie Babysitter sein wollen, und sie hatte nicht verstanden, wieso sie so verträumte Gesichter machten, wenn sie davon sprachen, selbst einmal Kinder zu bekommen. *Oh, ich möchte mindestens vier oder fünf, lauter Mädchen, damit wir Verkleiden spielen können!* June war immer restlos zufrieden im Laden ihrer Mutter gewesen, wo sie mit Schals und Stolen aus imitiertem Fuchspelz und Ohrclips herumspaziert war, auf hochhackigen Schuhen, die ihr viel zu groß waren.

June hatte Elsbeths Kinderarzt dieses Defizit gestanden, als Elsbeth vier Monate alt war und eine Kolik hatte, die June um den Verstand brachte. Nichts, überhaupt nichts von dem, was sie tat, brachte ihr Baby dazu, mit dem Schreien aufzuhören, hatte sie gesagt; es hatte in dem Moment angefangen, als sie Elsbeth auf den Arm genommen hatte, und es sei alles nur ihre eigene Schuld, denn Elsbeth wisse, dass June nie hatte Mutter sein wollen. Mit ihr stimme etwas nicht. »Ja«, hatte der Arzt gesagt. »Sie haben recht: Sie haben neurotische Fantasien. Und Sie lassen sich von ihnen mitreißen. Jede Frau ist dazu geschaffen, Mutter zu sein.« Er hatte ein Rezept

für Valium von seinem Block gerissen. »Das ist simple Biologie. Die Frauen sind dafür geschaffen, und Sie sind keine Ausnahme. Sie sind nichts Besonderes, Mrs. Rashkin. Setzen Sie sie in einen Wippstuhl oder fahren Sie sie herum, wenn sie quengelt, und hören Sie auf, sich selbst zu bemitleiden.«

Das hatte sie getan, meistens jedenfalls. In New York war ihr mütterliches Defizit ein wenig leichter zu ertragen, denn dort konnte, ja, sollte eine Frau ihre Optionen infrage stellen, und dort konnte sie T-Shirts tragen, auf denen stand: »Eine Frau ohne Mann ist wie ein Fisch ohne Fahrrad.« Aber hier kam sie sich fremd vor – hier, wo Frauen Ehefrauen und Mütter und nicht berufstätig waren, es sei denn, sie gerieten unversehens in irgendwelche schwierigen und bedauerlichen Umstände, wie es der jungen Ida Bouquet durch den Tod ihres Mannes passiert war. Was hatte June so anders werden lassen? Warum wollte sie etwas anderes? War es die Rastlosigkeit, die sie von einem Siedler und Pionier unter ihren Vorfahren geerbt hatte, der jetzt drüben hinter dem Hügel auf dem lutheranischen Friedhof von New Heidelberg ruhte? Ein Erbe wie Elsbeths Locken, das der heldenhafte Soldat, ihr Vater, an den sie sich nicht erinnern konnte, ihr hinterlassen hatte? June zündete sich eine Zigarette an und kurbelte ihr Fenster herunter, damit der Rauch durch die Nacht davontreiben konnte. Die Sonne versank jetzt endlich hinter dem Horizont, und Streifen von Wassermelonenrot und Gold leuchteten am Himmel, und die Luft roch süß nach Heu und Klee und einem Hauch von Kuhmist. Aus den Lautsprechern kam fröhliche Ditty-Bop-Musik aus Junes eigener Kindheit – *Chantilly Lace and a purty face / and a ponytail hangin' down!* –, und jenseits des Highways muhten Kühe. Schließlich ließ June

sich in das vinylbezogene Sitzpolster sinken. Was immer sie plagte, es war gut, zu Hause zu sein.

Der vierte Juli war ein mit Begeisterung erwartetes Ereignis in New Heidelberg: die Morgenparade mit den Söhnen Norwegens, ihre Polka tanzenden Frauen und natürlich das Feuerwerk – aber für Ida war nichts so wichtig wie der Lunch für June, den sie für den nächsten Tag geplant hatte. Zwei der Gäste gehörten zu den üblichen Verdächtigen, Idas beste Freundinnen Minnie und Lois: Bridge-Partnerinnen, ehemalige Angestellte und Ehrentanten für June. Die dritte Frau, Pat, kannte June nicht, auch wenn Ida sagte: »Oh, aber die musst du kennen – Pat Peeper. Sie war in deinem Jahrgang in der Schule!« Klar, natürlich, sagte June schließlich, um Ida eine Freude zu machen, aber in Wahrheit konnte sie sich wirklich nicht an diese Pat erinnern. Sie hatte den Verdacht, dass Ida sie eingeladen hatte, weil Junes Jugendfreundinnen allesamt geheiratet hatten und weggezogen waren, nach Des Moines, in die Twin Cities oder sogar nach Texas, und weil Ida trotzdem eine gleichaltrige Spielkameradin für June dabeihaben wollte.

Der Lunch war für zwölf Uhr mittags angesetzt, und kaum ging die Sirene an der Feuerwache los, klopfte es an der Tür, und sie kamen hereingepoltert, Idas Freundinnen und die mysteriöse Pat. Sie hatten Tupperwaredosen mit überarbeiteten Resten vom Vortag dabei. Sie umarmten June, kommentierten mit lauten Stimmen ihr Halston-Kleid, und wie schlank sie sei, machten ein großes Getue um Idas neuen Hosenanzug – der heute hellblau war – und marschierten in das Wohnzimmer an der Sonnenveranda, wo sie Idas Ziehharmonikatür zurückfalteten, um einen Blick auf Elsbeth zu werfen, die dort

auf dem Bauch vor der Hi-Fi-Anlage lag und hingerissen Idas *My Fair Lady*-Schallplatte lauschte.

»Sagst du den Damen bitte guten Tag, Schätzchen?«, sagte June, und Elsbeth rief: »Guten Tag, Damen!«, und lauschte dann weiter, das Kinn auf die Fäuste gestützt, während ihre Füße müßig in der Luft hin und her wedelten. Sie trug das neue lavendelblaue Kleid, das Ida ihr bei Doerflinger's in La Crosse gekauft hatte, und sie hatte sich von Ida das Haar zu wurstdicken Zöpfen flechten lassen. Aber sie hatte auch darauf bestanden, ihre Prinzessinnenschürze umzubinden.

»Meine Güte, diese Haare!«, sagte Minnie, während sie sich um den Klapptisch setzten, den Ida mit Junes Hilfe am Morgen aufgestellt und mit ihrem besten Tischtuch gedeckt hatte. »Dafür könnte ich sterben!«

»Sie ist eine richtige Shirley Temple«, dröhnte Lois. Sie hatte eine Figur wie ein Silo und eine Stimme wie Foghorn Leghorn.

»Was macht dein Gatte?« Minnie holte ihre Zigaretten hervor und legte sie neben ihren Teller, um sie nach dem Essen griffbereit zu haben. Sie war eine puppenhafte Frau mit brauner Dauerwelle – sie hatten alle braune Dauerwellen –, und ihre Augen waren kornblumenblau. Bevor June gekommen war, war Minnie das hübscheste Mädchen gewesen, das man in New Heidelberg je gesehen hatte, abgesehen von einer deutschen Kriegsbraut, die draußen auf der Swenson-Farm wohnte und nicht zählte, weil sie importiert war.

»Ich wette, er sieht so gut aus wie immer«, fuhr Minnie fort und stieß June mit dem Ellenbogen an. »Ich fand immer, er sieht aus wie Errol Flynn.«

»Gott, du bist alt«, brüllte Lois. »Ich selbst hätte Leslie Howard gesagt.« Alle lachten, auch Pat, obwohl sie noch

nichts gesagt hatte. Als June sie anlächelte, wurde sie so rot wie ihr roter Pullover.

»Bitte bedient euch«, rief Ida, und die Damen fingen an, das Essen zu verteilen. Mit zahlreichen Ausrufen wurden die cleveren Rezepturen gewürdigt: Minnies Brathühnchen »Vierter Juli« war durch die Zugabe von Mayonnaise, Speckstreifen und Cheddar zu einem Salat geworden, Lois hatte ihre Russischen Eier klein gehackt und mit Sellerie und Miracle Whip vermischt, aber die genialste Weiterverarbeitung stammte von Pat, die schüchtern gestand, jawohl, ihr Salat sei aus Schinken, aber sie habe ihn mit Gelee in eine Form gegeben, sodass er jetzt aussah wie ein Oktopus, den sie mit Ananas und Oliven belegt hatte – und waren das Sterne?

»Ja«, sagte Pat, und wieder kroch die Röte an ihrem Hals herauf. »Das ist Cranberry-Pudding. Aus der Dose. Ich habe ihn herausgleiten lassen und die Sterne mit einer Plätzchenform ausgestochen.«

Alle sahen sich zu lauten Lobpreisungen veranlasst, auch June, die sich im Geiste Notizen machte, mit denen sie Peter quälen würde – und die Oliven, würde sie sagen, waren *aus der Dose*. Pat warf ihr einen schüchternen Blick zu und lächelte, und plötzlich wusste June genau, wer Pat war, und sie fühlte, wie ihr eigenes Gesicht heiß wurde. Pat Peeper war früher Pat Mueller gewesen, aber die Kinder hatten sie alle nur »Fat Pat« genannt. Sie hatte knapp hundertfünfzig Kilo gewogen. Das wusste June, weil ein paar Jungen vom Footballteam die schreiende und zappelnde Pat einmal auf dem Jahrmarkt zur Viehwaage geschleppt und sie festgehalten hatten, bis sie gewogen war. Das war im zweiten Collegejahr gewesen, und June erinnerte sich deshalb nicht an Pat, weil sie danach zu einer Tante nach Cedar Rapids gezogen war.

Manche behaupteten allerdings, sie habe einen Nervenzusammenbruch erlitten und sei in die »Black Wing«-Irrenanstalt gekommen. Die Welt war nicht gut zu dicken Frauen.

Aber hier war sie nun, in überarbeiteter Fassung und fast so schlank wie June selbst. Sie nahm sich ein schmales Stück von dem Schinkensalatgelee und schnitt den Ananasring mit der Gabelseite in Spalten, ein Manöver, das June wiedererkannte. »Du siehst toll aus«, sagte sie zu Pat.

»Danke«, sagte Pat, »du auch. Aber du hast immer schon toll ausgesehen.« Sie lief so rot an, dass June fürchtete, sie werde eine Embolie bekommen. »Arbeitest du noch als Fotomodell?«

»Nicht mehr so oft«, sagte June, »seit ich Elsbeth bekommen habe.«

»Immer wenn ich nach La Crosse fahre, suche ich dich im Zeitschriftenregal«, platzte Pat heraus. »In *Vogue* und *Glamour* und *Mademoiselle*!«

»Das ist lieb von dir. Aber ehrlich, ich bin zu alt. Die Konkurrenz in dem Geschäft ist sehr groß.«

»Ach, ich weiß nicht, June Ann«, dröhnte Lois. »Du könntest doch immer noch Kataloge machen. Braucht man da nicht auch ältere Models?«

»Natürlich, als Moms«, sagte Pat. »Du könntest für Dayton's arbeiten.«

»Oder für Macy's«, schlug Lois vor.

»Oder für Sear's!«, rief Pat. »Ich wette, du würdest ganz entzückend auf einem Rasenmähtraktor aussehen!« Sofort starrte sie wieder auf ihren Teller.

Minnie tätschelte Junes Hand. »June Ann braucht nicht mehr zu arbeiten. Ihr Mann sorgt für sie.«

»Na ja«, sagte June, »ehrlich gesagt…«

»Wie läuft sein Geschäft, June? Deine Mom sagt, er hat eine Restaurantkette.«

June zog die Brauen hoch und sah Ida an, die sich plötzlich sehr für die Perlenkette interessierte, an der ihre Brille hing. »Er hat *eins*. In New Jersey, wo wir wohnen. Er hatte eins in Manhattan, aber das hat er geschlossen.«

»Oh, das ist aber schade«, sagte Minnie. »Obwohl ich selbst nicht nach New York City zum Essen fahren würde. So viel Schmutz! Und die Kriminalität! Angeblich findet jede Minute ein Raubüberfall statt.«

»Na ja …«, fing June noch einmal an.

»Aber deine Mom sagt, es geht euch wirklich gut«, schrie Lois. »Sie hat uns die Bilder von eurem Haus gezeigt, die du ihr geschickt hast. Es ist schön!«

»Danke«, sagte June.

Minnie nickte begeistert. »Ich liebe diese Häuser aus der Zeit der Jahrhundertwende. Aber groß sind sie – schwer zu unterhalten. Ich nehme an, du hast ein Mädchen.«

June war einen Moment lang verwirrt. Natürlich hatte sie ein Mädchen, Minnie hatte sie doch vorhin gesehen! Aber dann wurde ihr klar, dass Minnie nicht von Elsbeth sprach. Sie meinte ein Hausmädchen.

»Nicht mehr«, sagte sie. »Wir hatten vor langer Zeit eine Putzfrau, aber mit der Rezession mussten wir sie entlassen.«

Minnie sah sie verdutzt an. »Ich dachte, dein Mann ist Jude.«

June war genauso verdutzt über diese Äußerung, die ihr zusammenhanglos erschien. »Ja, das stimmt.«

»Aber ich dachte, alle Juden wären …« Minnie rieb Daumen und Zeigefinger kreisend aneinander. »Au! Wer hat mich da getreten?«

»Ich«, sagte Lois. »Du hast schlicht keine Ahnung, Minnie. Natürlich, viele Juden haben Geld. Aber viele sind auch genauso arm wie wir! Die Einwanderer zum Beispiel, die nach dem Krieg aus den Lagern herübergekommen sind. Wie June Anns Mann – nicht wahr, June Ann?«

»Na, das weiß ich schon«, sagte Minnie. »June Ann weiß, dass ich es nicht so gemeint habe. Meine Güte, Lois, du bist so empfindlich.«

»Stimmt«, sagte Lois. »Bin ich.«

»Aber er hatte doch ein paar reiche Verwandte, die ihm geholfen haben, hier einen neuen Anfang zu machen, oder?« Ängstlich sah sie June an.

June versicherte ihr beruhigend, dass es stimmte, und fand, sie habe jetzt lange genug auf eine Zigarette gewartet. Minnie meinte es ja nicht böse, sie wollte nur hören, dass June gut versorgt war. Aber Peter wäre es ein Graus, sich derart beschrieben zu hören, nachdem er so viel Zeit und Mühe darauf verwandt hatte, einen möglichst großen Abstand zwischen sich und seine Vergangenheit zu bringen. Es war ihm schwergefallen hierherzukommen, wo die meisten Leute noch nie einen Juden gesehen hatten, außer vielleicht im Militärdienst. In New Heidelberg war Peter im Handumdrehen zum Posterboy des Judentums geworden. Er trug jeden Tag Anzug und Krawatte? Alle Juden trugen Anzug und Krawatte! Er krempelte sich nie die Ärmel hoch? Kein Jude zeigte je seine Unterarme. Peter sprach mit einem leichten Akzent? Das war Hebräisch! Er bestellte Tomaten zu seinem gegrillten Käsesandwich? Alle Juden aßen Tomaten dazu. An seinem letzten Abend waren sie mit ihm zu Wilmar's gegangen, und als er sich dort an der Salatbar den Teller gefüllt hatte, war ein kleiner flachsblonder Junge zu ihm

gekommen. »Sind Sie der Jude?«, hatte er gefragt, und als Peter antwortete: »Äh, ja, der bin ich wohl«, war der Junge zurück zum Tisch seiner Eltern gelaufen und hatte geschrien: »Er sieht nicht aus, als ob er Jesus ermordet hätte!«

»Apropos Ehemänner«, sagte Lois, »ratet mal, wem ich letztens über den Weg gelaufen bin.«

»Wem denn?«, fragten Minnie, Ida und Pat.

Lois warf June einen durchtriebenen Blick zu. »Dwayne Knutsen.«

»Nein!«, sagte Minnie.

»Doch.«

»Ich dachte, der sei nach Iowa gezogen«, sagte Minnie.

»Ist er auch«, sagte Lois, »aber ich nehme an, er war zu Besuch bei seinen Eltern.« Erwartungsvoll sah sie June an, und die anderen taten es auch. June nahm lächelnd einen Schluck Kaffee.

»Na, June Ann«, sagte Minnie, »willst du nicht wissen, wie er ausgesehen hat?«

»Nicht unbedingt«, sagte June, aber als die Damen im Chor aufheulten, lachte sie. »Na schön. Offenbar könnt ihr's nicht erwarten, es mir zu erzählen. Wie hat er denn ausgesehen?«

»Kahl!«, verkündete Lois triumphierend. »Kahl wie eine Billardkugel. Und fett – puh! Er hat mindestens drei Kinne!«

»Die Knutsen-Männer werden alle dick«, stellte Ida fest. »Möchte jemand noch Kaffee?«

»Ich, danke.« June hielt ihr Tasse hoch. Sie bemühte sich, irgendeine zufriedenstellende Reaktion für Lois auf die Beine zu bringen, denn die sah ein wenig enttäuscht aus, aber die Wahrheit war, dass sie beim Gedanken an Dwayne Knutsen nicht die geringste Regung empfand.

Sie waren im dritten Collegejahr miteinander gegangen, und das war unausweichlich gewesen, denn June war Cheerleader-Major und Dwayne Quarterback gewesen. Sie waren für kurze Zeit verlobt gewesen, und Dwayne hatte sie sogar entjungfert, sofern man diesen kurzen stechenden Schmerz in seinem Pick-up als sexuelles Erlebnis beschreiben konnte. Aber einen Monat später war June mit ein paar Freundinnen zu den Probeaufnahmen bei Dayton's nach Minneapolis gefahren, und das war's gewesen. »Ich wusste, daraus wird nichts«, hatte Dwayne traurig gesagt, als er am Morgen ihrer Abreise nach New York bei ihr vorbeigekommen war, um seinen Ring zurückzuholen. »Aber solange es gut ging, hat es Spaß gemacht.« June hatte seit Jahren nicht mehr an ihn gedacht.

»Ich würde sagen, du bist um Haaresbreite davongekommen, June Ann«, sagte Minnie. »Au! Warum trittst du mich *jetzt*?«

»Weil es mir Spaß macht«, sagte Lois.

»Ist er verheiratet?«, fragte June, weil irgendeine Reaktion von ihr erwartet wurde, und als Lois antwortete: »Natürlich«, fragte sie: »Kinder?«

»Fünf«, sagte Lois, »und eins ist noch unterwegs.«

»Wow«, sagte June. »Sechs Kinder. Was sagt man dazu.« Sie lächelte in ihre Tasse. Ein Farmer mit sechs Kindern. Sie durfte nicht vergessen, Peter davon zu erzählen.

Als hätte sie ihn heraufbeschworen, klingelte das Telefon. Ida ging in die Küche, um abzunehmen, und kam gleich zurück. »June, Schatz, das ist für dich. Ein Ferngespräch.« Wieder heulten die Damen im Chor, und Minnie sagte: »Da vermisst jemand seine Frau. Wie süß! Grüß ihn von uns.«

June versprach es und lief in die Küche. Ida hatte den Hörer auf den Hocker gelegt, auf dem sie saß, wenn sie telefonierte. »Hallo? Pete? Wie geht's dir?«

»Hi«, sagte Gregg. »Vermisst du mich?«

June war so erschrocken, dass sie beinahe den Hörer hätte fallen lassen. Sie warf einen Blick nach nebenan; die Damen waren in irgendein neues Thema vertieft, und auf der Sonnenveranda sang Julie Andrews: »*All I want is a room somewhere!*«

»Hallo?«, rief Gregg. »Bist du noch da?«

June ging so weit durch Idas Küche, wie die Spiralschnur des Telefonhörers es erlaubte: bis zum Kühlschrank. »Woher hast du diese Nummer?«

»Ich habe die Vermittlung nach Bouquet in New Heidelberg gefragt. Kein Problem. Egal«, sagte Gregg, »ich bin hier.«

»Was?«, fragte June. »Wo?« Sie warf einen panischen Blick durch das Fenster über der Spüle, als ob Gregg in Idas Fliederbüschen lauerte.

»In Minnesota, Dummy. In Minneapolis.«

»Wieso?«

»Was glaubst du? Weil ich dich sehen will.«

»Oh«, sagte June.

»Ich wollte dich in einer karierten Schürze sehen«, sagte Gregg. »Hast du mir eine Pastete gebacken?«

»Eher nicht«, sagte June.

»Na, das ist eine Enttäuschung.« Er lachte. »Aber es ist nett hier.«

»Freut mich, dass es dir gefällt.« Sie ging zurück zur Tür. Ihre Mutter war dabei, den Kuchen zum Kaffee aufzutragen, aber Lois sah sie und zwinkerte. June zwinkerte zurück.

»Wann kann ich dich sehen?«, fragte Gregg.

»Ich glaube wirklich nicht, dass das möglich ist.«

»Alles ist möglich. Kannst du für eine Nacht verschwinden?«

»Ich bin bei meiner Mutter. Mit meiner Tochter.«

»Klar, das weiß ich doch. Ich dachte, deine Mutter könnte für eine oder zwei Nächte auf Elsbeth aufpassen. Dann könnten wir eine Pyjamaparty veranstalten.«

»Du bist verrückt.«

»Verrückt nach dir. Also, kommst du rauf? Oder soll ich runterkommen?«

»Du weißt doch gar nicht, wo ich bin«, sagte June, aber dann wurde ihr klar, wenn er Idas Nummer gefunden hatte, konnte er auch ihre Adresse haben. Und tatsächlich sagte er: »Dafür gibt es Landkarten.« Würde er es wirklich tun? Würde er hier aufkreuzen? Sie könnte irgendeine Tarngeschichte erfinden, aber die Stadt würde in den nächsten Jahren trotzdem über nichts anderes mehr reden.

»Hör zu«, sagte Gregg, »wenn du wirklich nicht kannst, verstehe ich das, aber nur für den Room Service ist es ein schrecklich langer Flug hier heraus, und du fehlst mir wirklich. Eine Nacht? Bitte.«

June hatte sich die Telefonschnur um die Hand gewickelt, und jetzt wurden ihre Finger violett. Sie lockerte die Schnur wieder. »Ich werde es versuchen.«

»Wirklich?«

»Vielleicht morgen. Aber nur für eine Nacht.«

»Wahnsinn!«, rief Gregg. Er klang überrascht, als hätte er nicht damit gerechnet, dass sein Plan aufgehen würde. »Ich freue mich darauf, dich zu sehen, Mrs. Robinson.«

»Gleichfalls«, sagte June.

»Ich bin im Radisson«, sagte er. »Versetz mich nicht, Baby.« Dann war die Leitung tot.

June legte auf, blieb an der Spüle stehen und beobachtete, wie draußen die Wäsche auf Idas Wäschekarussell kreiste, bis ihr Herzschlag sich wieder normalisiert hatte. Gott sei Dank, dass Ida keinen Gemeinschaftsanschluss mehr hatte! Sie kehrte ins Wohnzimmer zurück.

»Mom«, sagte sie, »ich muss für eine Nacht rauf nach Minneapolis. Kannst du dich um Elsbeth kümmern?«

»Natürlich, Kind«, sagte Ida. »Aber warum? Wer war denn da am Telefon?«

»Ein alter Freund«, sagte June. »Ein Fotograf, mit dem ich in New York gearbeitet habe. Er macht jetzt Aufnahmen für Dayton's, und hat mir einen Tagesjob angeboten.«

»Na, was sagt man dazu«, sagte Lois. »Haben wir nicht eben noch davon gesprochen?«

»Wir sind Wahrsagerinnen«, sagte Minnie. »Wir sollten als Handleserinnen anfangen.«

»Woher wusste er, dass du hier bist?«, fragte Ida.

»Ich habe ihn am Flughafen getroffen«, sagte June. »Hatte ich das nicht erwähnt?«

»Ich glaube nicht, nein.«

»Komisch. Ich war ganz sicher. Jedenfalls wird es Spaß machen, ihn wiederzusehen, und es bringt ein hübsches Taschengeld. Aber wenn es zu viel Mühe ist...«

»Himmel noch mal«, sagte Ida, »es ist doch keine Mühe, ein bisschen Zeit mit meiner Enkelin zu verbringen. Fahr nur, Schatz. Amüsier dich.« Sie schnitt ein Stück Kuchen ab und servierte es June mit einer Gabel, aber ihre Augen hinter der Brille blickten besorgt.

Das Radisson lag im Zentrum von Minneapolis in der Nähe des Foshay Tower, des höchsten Bauwerks, das

June je gesehen hatte, bevor sie nach New York gegangen war, und des neuen IDS Centers, das noch höher sein würde, wenn es fertig wäre. Sie überließ Idas Buick dem Parkservice und trat mit ihrer Overnight-Tasche durch die Drehtür. Sie schwitzte, und in ihrem Magen lag ein Knoten aus Vorfreude und Angst. Auf der Fahrt hierher hatte sie sich halbwegs eingeredet, es handele sich um einen Scherz. Jetzt hoffte sie fast, dass es einer war.

Sie ließ den Blick durch das Foyer wandern und sah mehrere Geschäftsleute in Sesseln, auf Sofas und bei den Aufzügen. Sie sah, dass sie sie ebenfalls sahen, aber Gregg konnte sie nicht entdecken. Sie ging zur Rezeption. Wenn er wirklich nicht hier war, würde sie in der Bar einen Martini trinken, zu Dayton's zum Shoppen gehen, damit die Reise sich lohnte, und dann geradewegs zurück zu Elsbeth und Ida fahren.

»Santorelli«, sagte sie zu dem Mädchen an der Rezeption. Es hatte ein liebenswertes Lächeln, und auf dem Namensschild stand MIMS. »Wohnt hier jemand, der so heißt?«

Das Mädchen blätterte im Gästeverzeichnis. »Nein, Ma'am, bedaure.«

»Miss, bitte. Wie ist es mit Bouquet oder Rashkin?«

»Ich muss nachsehen. Nein, ich habe niemanden…«

»Tatsächlich lautet der Name Robinson«, sagte Gregg neben June. »Mr. und Mrs. Robinson.«

June drehte sich um und starrte ihn erstaunt an: Gregg war völlig verwandelt. Er trug einen Anzug in nüchternem Schwarz mit Nadelstreifen, eine rot gestreifte Krawatte und glänzende neue Schuhe. Und die größte Überraschung war: Er hatte sein schulterlanges Haar kurz abgeschnitten. Nur die Körpergröße und die Brille waren unverändert.

June fing an zu lachen. »Du siehst aus wie ein Banker.«

Gregg grinste. »Gefällt's dir?« Er drehte sich langsam im Kreis.

»Ja«, sagte June. »Kein Wunder, dass ich dich nicht gesehen habe!« Sie zitterte ein bisschen, weil alles so überraschend und seltsam war. »Bist du wirklich hier?«

»Ich bin es wirklich.« Er beugte sich zu ihr hinunter und umarmte sie. »Du siehst hinreißend aus«, sagte er ihr ins Ohr, »wie immer. Du hast mir gefehlt, Mrs. Robinson.« Er roch auch nach einem neuen Eau de Cologne, nach Gewürzen und Limette.

»Ihr Zimmer ist aufgeräumt, Mr. Robinson«, sagte Mims, »und ich habe den zweiten Schlüssel schon hier. Geben Sie mir eine Unterschrift?«

»Selbstverständlich.« Er unterschrieb den Meldezettel für sie beide: »Mr. und Mrs. Gregg Robinson!« Er nickte der Angestellten zu, nahm Junes Overnight-Tasche und legte ihr eine Hand ins Kreuz, um sie durch das Foyer zu führen – der Inbegriff der Sittsamkeit, bis sie am Aufzug waren, wo die Hand auf ihren Hintern rutschte und dortblieb. Sie sahen zu, wie der Bronzepfeil über der Fahrstuhltür sich heruntersenkte.

»Ich habe hier nie gewohnt«, sagte June. »Es ist sehr nobel.«

»Nicht wahr?« Die Aufzugglocke läutete, und die Tür glitt auf. Sie traten ein, und Gregg drückte auf die 14.

Kaum hatte die Tür sich geschlossen, ließ er die Tasche fallen und hob June hoch. Sie schlang die Beine um ihn, um nicht zu fallen. Sie küssten sich leidenschaftlich und wild; seine Hände kneteten ihr Gesäß, und ihre strichen über sein ungewohnt kurzes Haar. Fummelnd und mit zitternden Händen schob er ihren Rocksaum hoch. Mit dem Daumen zog er ihr Höschen zur Seite und drang da-

mit in sie ein. June schrie leise auf, und aus seiner Kehle kam ein dunkler Laut.

Die Aufzugglocke ertönte, und June rutschte gerade noch rechtzeitig herunter, um zwei weitere Gäste eintreten zu lassen, ein Paar im mittleren Alter in identischen aquamarinblauen Freizeitanzügen. »Nach unten?«, fragte der Mann.

»Nach oben«, antwortete Gregg und beugte sich vor, um den Knopf zu drücken, der die Tür schloss. Die Frau und der Mann schauten sie misstrauisch an. June widerstand dem Drang, ihr Haar in Ordnung zu bringen. Der Aufzug fuhr hoch.

»Ihre Anzüge gefallen mir«, sagte Gregg. »Ein schöner Tag zum Joggen.«

Der Mann hustete, und die Frau räusperte sich missbilligend. »Ihr Kleid gefällt mir auch, Miss«, sagte Gregg zu June.

»Danke«, sagte June. »Es ist von Pucci.«

»Es ist kurz«, sagte Gregg. »Das gefällt mir an einem Kleid.« Er stand hinter ihr auf der rechten Seite, und so konnte das Paar nicht sehen, wie er die Hand unter den Rock schob und sie in den Schenkel kniff. June biss sich auf die Unterlippe. Die Glocke läutete, und die Tür glitt auf.

»Einen schönen Tag noch«, sagte Gregg. »Genießen Sie Ihren Aufenthalt.« Lachend stolperten sie hinaus in den Korridor.

»Du bist unverbesserlich«, sagte June. »Konntest du nicht warten?«

»Offenbar nicht. Das ist deine Schuld. Du bist eine Verführerin.«

»Und du ein Sexmonster.«

»Luder.«

»Kind.«

»Kinderschänderin.«

Er lachte, und sie boxte ihn auf die Schulter. »Mr. Robinson«, sagte sie. »Wirklich. Sehr clever. Als ob sie das noch nie gehört hätten.« Sie hüpfte rückwärts vor ihm her und durch den Korridor, tanzte einen kleinen Cancan und schlug den Rocksaum hoch. Gregg legte einen kurzen Sprint ein, und als er bei ihr war, packte er sie am Ellenbogen, drehte sie um und schob sie auf das Zimmer zu.

»Da sind wir, Mrs. Robinson«, sagte er und öffnete die Tür.

»Wow.« June war überrascht. Das Zimmer war moderner, als sie in Anbetracht der traditionellen Marmorböden und Kronleuchter im Foyer erwartet hätte. Das Mobiliar war baukastenartig zusammengefügt, die Deckenlampen waren weiße Kugeln, und eine Wand war mit einem Rauchglasspiegel bedeckt. Es gab eine Bar mit fließendem Wasser, und durch das von offenen Blenden umrahmte Fenster hatte man einen Blick auf den Mississippi.

»Es ist hübsch hier …«, fing June an, aber mehr bekam sie nicht über die Lippen, bevor Gregg sie zum Fenster schob. Er zog ihr das Kleid über den Kopf und warf es zur Seite. June spürte seinen Atem in ihrem Nacken und hörte das Klirren der Gürtelschnalle, und dann war er in ihr und drückte sie mit jedem Stoß an die Fensterscheibe, sodass jeder Zollbreit ihres nackten Körpers wie ein Seestern an der Scheibe klebte. Zu ihren Füßen ausgebreitet lag die ganze Stadt.

Als June aufwachte, war die Dunkelheit so vollkommen, dass sie das Gefühl hatte zu schweben. Einen Moment lang hatte sie Angst, weil sie nicht wusste, wo sie sich befand – bei Ida? Im Gästezimmer? –, aber dann straffte

sich Greggs Arm, der sie umschloss, und sie erinnerte sich. Anscheinend hatte sie seine Umarmung geweckt. Seine Muskeln spannten sich so fest um ihren Brustkorb, dass sie aufschrie. Es war, als würde sie von einem Python zerquetscht. Auch Gregg machte ein Geräusch, ein Wimmern in der Kehle, und er strampelte mit einem Fuß. June begriff, dass er träumte.

»Gregg«, sagte sie. »Gregg, wach auf.«

Er wachte nicht auf, aber sein Atmen veränderte sich, sein großer Körper erschlaffte, und sein Arm fiel von ihr herunter. Dann glitt seine Hand an der Rückseite ihrer Schenkel nach oben und schob sich zwischen ihre Beine. Quälend langsam wanderte sie weiter, bis er gefunden hatte, was er suchte, und erst seine Finger und dann sein Glied in sie hineinschob.

»June«, sagte er. »Oh Gott.«

Danach katapultierte er sich voller Energie aus dem Bett, trat nackt ans Fenster und riss es auf. »Halloooo, Minneapolis!«, rief er in den Abend hinaus. June sah überrascht, dass die Digitaluhr erst 19:30 anzeigte; sie hatte gedacht, es sei mitten in der Nacht. Gregg lachte über etwas auf der Straße. »Komm, sieh dir das an«, sagte er.

»Gleich«, sagte June. Sie war niedergeschlagen, pulverisiert von derselben Angst, die sie beim Betreten des Foyers empfunden und die sie im Dunkeln verspürt hatte. Aber sie hatte keine Angst um sich selbst; eher war sie der Grund für diese Angst, das, was sie hier tat, und das dazu führen konnte, dass ihren Lieben etwas Schlimmes zustieß. Sie war plötzlich sicher, dass es passieren würde. Vielleicht wussten sie nichts davon, vielleicht hatte Ida keinen Verdacht geschöpft und nahm nicht an, dass sie nicht bei einem Fotoshooting war, vielleicht ahnte Peter

nicht, dass sie einen Liebhaber hatte, aber das Schicksal würde für Ausgleich sorgen. So etwas blieb niemals ungestraft, und was immer es war, es würde nicht June treffen; für sie würde das Urteil darin bestehen, dass es ihr gut ging, während ihre Familie leiden musste. Vielleicht rutschte Elsbeth in diesem Augenblick in der Badewanne aus. Vielleicht hatte Peter eine schreckliche Migräne, die sich als Schlaganfall erwies, oder er wurde überfahren, oder ein kochender Topf kippte vom Herd.

»Das musst du sehen.« Gregg winkte sie heran. Sie zwang sich, aufzustehen und zum Fenster zu gehen. Tief unten, im Springbrunnen der Nicollet Mall, tollte eine Bande nackter Hippies im Wasser herum. Sie hatten Spülmittel hineingeschüttet, das Wasser schäumte. Sie tobten vergnügt herum, spritzten und schrien, bis man eine Trillerpfeife und Hufgetrappel hörte und einer schrie: »Abhauen, Mann! Die Bullen!« Sie stoben auseinander, und ihre nackten Hinterteile verschwanden hüpfend in der Dunkelheit, als ein berittener Polizist durch die Fußgängerzone auf sie zugaloppiert kam.

»Minneapolis gefällt mir«, sagte Gregg. »Hier ist was los.«

Er wollte June an sich ziehen, aber sie sagte: »Ich muss duschen – und stört es dich, wenn ich ein paar Anrufe mache?«

Gregg gähnte und kratzte sich die Brust. »Durchaus nicht. Möchtest du Gesellschaft?«

»Beim Telefonieren?«

»In der Dusche.«

»Oh«, sagte June. »Na – gib mir einen Moment Zeit, ja?«

Sie nahm das Telefon mit ins Bad und rief zuerst in New Heidelberg an, und mit jedem Klingeln, das unbe-

antwortet blieb, rutschte ihr Herz ein Stückchen tiefer. Aber dann meldete Ida sich und versicherte ihr, dass es Elsbeth gut gehe. Sie hatten Kekse gebacken und *My Fair Lady* gehört, und Elsbeth war wunderbar eingeschlafen. Amüsierte June sich gut?

Ja, sagte June, dankte ihrer Mutter noch einmal und legte auf. Sie saß auf dem Badewannenrand und hielt den Finger einen Moment lang auf der Gabel, bevor sie sie losließ und im Claremont anrief. Peter war ganz sicher nicht zu Hause; er wäre nicht mal da, wenn June und Elsbeth zu Hause wären.

Die Empfangsdame verband sie sofort mit Peters Büro, aber sie musste trotzdem zwei Minuten warten, bis ihr Mann sich meldete: »Guten Abend aus dem Claremont, hier spricht Peter, was kann ich für Sie tun?«

»Hi, Pete. June hier.«

»Ja, ich erkenne die Stimme«, sagte Peter. »Was ist passiert?«

»Nichts. Wie kommst du darauf, dass etwas passiert ist?«

»Weil ich mitten im Abendbetrieb bin«, sagte Peter.

»Stimmt!«, rief June aus vollem Herzen. Sie vermasselte die Sache schon jetzt. Sie ging zur Tür und warf einen Blick hinaus zu Gregg. Er saß auf der Bettkante und drehte sich einen Joint. June schloss die Tür, so weit es ging.

»Na, dann verabschiede ich mich wieder«, sagte sie und fügte idiotischerweise hinzu: »Ich bin in Minneapolis.« Was zum Teufel war los mit ihr? Aber vielleicht war es so besser. Was würde passieren, wenn Peter morgen in New Heidelberg anriefe und nach ihr fragte, nur um dann zu erfahren, dass sie nicht da war?

»Was machst du in Minneapolis?«

»Ich habe einen Job. Ich habe im Flugzeug einen früheren Kollegen getroffen, einen Fotografen, der jetzt hier wohnt, und er hat mir Katalogaufnahmen angeboten. Für Dayton's«, fügte sie hinzu, obwohl Peter nicht wissen würde, was Dayton's war.

Nach einer kurzen Pause fragte Peter: »Du arbeitest jetzt in Minneapolis?«

June lachte: »Oh nein, nein, nein, nein. Nur für einen Tag.«

»Aha«, sagte er, und wieder war es still, diesmal länger. Die Leitung tickte und rauschte. June fragte sich verzweifelt, was das Schweigen bedeutete: Hatte sie etwas Falsches gesagt? Hatte Peter einen Verdacht? War er wütend? Oder warf er einen Blick über die Bestellungen des Abends, um zu sehen, welche Gerichte ausgegangen waren?

»Ist Elsbeth bei dir?«, fragte er schließlich.

»Nein, sie ist bei Mom«, sagte June.

»Du hast sie bei deiner Mutter gelassen?«

»Meine Güte, Pete, sie liegt ja nicht irgendwo in der Gosse oder so was. Meine Mom verwöhnt sie wahrscheinlich nach Strich und Faden.«

»Das stimmt«, gab Peter zu. Er seufzte. »Also schön. Dann wünsche ich viel Vergnügen, und wir sehen uns – sag's mir noch mal. Wann kommst du nach Hause?«

»Am Donnerstag. In drei Tagen.«

»Gut. Ich rufe bei der Airline an und hole dich in Teterboro ab.«

»Danke«, sagte June. »Pete?«

»Ja?«

June umklammerte das Telefon. Sie wusste nicht genau, was sie sagen wollte. Es tut mir leid. Du fehlst mir. Ich liebe dich. Kannst du mich nicht wiederlieben?

Kannst du es nicht mal versuchen? Sie konnte nicht sprechen, aber sie konnte auch nicht auflegen.

»Bist du noch da?«, fragte Peter.

»Ja. Entschuldige, ich wollte nur… Wie geht es dir?«

Peter lachte, oder schnaubte er nur genervt? »Mir geht's gut, vielen Dank, June. Aber jetzt muss ich wirklich Schluss machen. Wir haben heute Abend ein volles Haus…«

»Natürlich. Geh nur.«

»Gib Ellie und deiner Mutter einen Kuss von mir.« Dann war er weg.

Sie legte auf. Das Restaurant, immer das gottverdammte Restaurant! Obwohl das Claremont natürlich nur ein Vorwand für Peter war fernzubleiben. Für seine ewige Abwesenheit. Sie öffnete die Tür.

»Ich bin halb verhungert«, verkündete sie. »Wann gibt's Abendessen?«

Gregg lag zusammengesunken in einem Sessel und schaute *All in the Family*. Im Zimmer roch es nach dem harzigen Aroma von Gras. Im Fernsehen nannte Archie seinen Schwiegersohn einen schwachsinnigen Polacken, und das Publikum lachte.

»Kommst du zu mir in die Dusche?«

Gregg starrte wie versteinert geradeaus. Dann griff er zur Fernbedienung und schaltete den Fernseher aus. Das Bild schrumpfte zu einem kleinen weißen Viereck zusammen und erlosch. »Natürlich. Wenn du fertig bist mit deinen *Telefonaten*.«

Seine Stimme hatte einen gehässigen Unterton, den June noch nie gehört hatte. »Was ist los mit dir?«, fragte sie.

»Nichts. Wie kommst du darauf, dass mit mir etwas los ist?«

»Weil du dich benimmst wie ein Idiot.«

»Das ist Ansichtssache.«

»Schön. Es ist meine Ansicht.«

Gregg zog an seinem Joint. June wartete. »Ich mache mich jetzt fertig«, sagte sie schließlich. »Reichst du mir bitte meine Zigaretten?«

Gregg griff nach der Schachtel auf dem Nachttisch und warf sie in Junes Richtung. June duckte sich, und die Marlboro-Schachtel prallte von der Badezimmertür ab.

»Was hast du für ein *Problem*?«, fragte sie.

Gregg drückte den Joint aus und schaltete den Fernseher wieder ein. Jetzt fingen die *Jeffersons* an.

»Schön«, sagte June. »Du kannst mich mal. Ich gehe allein essen.«

»Oh nein, das wirst du nicht tun.«

»Oh doch, das werde ich doch tun.«

»Du weißt doch nicht mal, wo wir reserviert haben.«

June lachte. »Das ist mir doch egal. Dann gehe ich woandershin.«

»Aber nicht ohne mich.« Gregg stand auf.

»Schön.«

»Schön.«

Wie sich herausstellte, hatte Gregg einen Tisch im Radisson reserviert, im berühmten Golden Flame Room im obersten Stockwerk. Schweigend warteten sie auf den Aufzug; als er kam, stiegen sie ein und hielten einen halben Meter Abstand, June in ihrem grünen Trägerkleid, Gregg in seinem Anzug. Fahrstuhlmusik rieselte auf sie herab: *Raindrops Keep Falling on My Head*. Gregg stand bequem, die Hände vor sich verschränkt, den Blick nach vorn gerichtet. Im Licht von oben ließ das kurze Haar die Kerbe an seiner Stirn auffälliger hervortreten. Das nach-

mittägliche Intermezzo, das in diesem Aufzug stattgefunden hatte, schien sich mit einem anderen Paar abgespielt zu haben. Wer *war* er, dieser große schweigsame Junge? Sie fuhren hinauf und beobachteten die Leuchtziffern.

June hatte schon vom Golden Flame Room gehört, aber sie war noch nicht da gewesen. Er hatte große Ähnlichkeit mit dem Rainbow Room in New York: ein von Fenstern umgebenes Restaurant hoch oben im Himmel. Anscheinend hatten es die Männer in Junes Leben allesamt darauf abgesehen, mit ihr im Himmel essen zu gehen. Sie dachte daran, wie Peter so getan hatte, als könnte er nicht Walzer tanzen, und die Erinnerung versetzte ihr einen Stich. Die Empfangsdame führte sie zu ihrem Tisch am Rande der Tanzfläche mit einem ausgezeichneten Blick auf die Skyline von Minneapolis, die rote Leuchtreklame für Gold Medal Flour und das Golden Strings Orchestra. Zu beiden Seiten des Orchesterpodiums leuchteten die Golden Flames: zwei Fackeln, die regelmäßig feurige Zungen zur Decke schießen ließen, die unter dem *Oooooh* und *Aaaaah* der Gäste in allen Farben des Regenbogens leuchteten. Das Orchester, sieben junge Männer im Smoking und sieben junge Damen im Abendkleid, arbeiteten an ihren Cellos, Geigen, Gitarren und Harfen und spielten »Tea for Two«. Sie sahen aus, als wären sie der *Höllenfahrt der Poseidon* entkommen.

Die Musik ging über in »Candle on the Water«, und Gregg schrie ihrer Kellnerin etwas zu, das mit »... Martinis!« endete. June nahm eine Zigarette aus ihrer Handtasche und wartete. Als Gregg sich nicht herüberbeugte, um ihr Feuer zu geben, nahm sie das »Golden Flame Room«-Streichholzheftchen vom Tisch und zündete sich die Zigarette selbst an. Sie starrten die Goldenen Flam-

men an; das Feuer schoss in die Höhe, und Greggs Brillengläser strahlten orange, rot, grün und blau auf. »Ooooohhhhhhh«, riefen die Gäste. »Aaaaahhhh.« Durch die Musik hörte man das leise Rauschen von Propan.

Die Kellnerin kam mit ihren Martinis, und June hob ihr Glas. »Halt«, sagte Gregg. »Einen Toast.« Er lächelte zuckersüß und hob sein Glas. »Auf deinen Mann. *A salut.*«

»Sehr erwachsen«, sagte June.

»Was glaubst du, wie sich das angefühlt hat?«, fragte Gregg. Seine Lippen entblößten die Zähne, und hinter den Brillengläsern sah June das Weiße seiner Augen rund um die Iris. Sie begriff, dass er wirklich wütend war, und zum ersten Mal bekam sie ein bisschen Angst. »Dazusitzen wie ein Trottel, während du mit ihm turtelst?«

»Turteln?«, fragte June. »Das war doch kein Turteln! Das war eine Ehefrau, die sich bemüht hat, normal zu klingen, damit ihr Mann keinen Verdacht schöpft. Was er übrigens möglicherweise tut.«

»Gut«, sagte Gregg. »Das wird auch Zeit.«

»Was redest du da? Wie kannst du so etwas sagen?«

Gregg trank sein Glas leer. »Wenn er es bis jetzt noch nicht weiß, sage ich es ihm selbst.«

»Wag… das… nicht.« June stand auf und ballte die Fäuste, dass die Fingernägel sich in die Handballen bohrten. »Ich bringe dich um.«

»Na los.« Gregg schrie fast. »Es bringt mich doch sowieso schon um. Was glaubst du, was das hier für mich ist, June?« Erstaunt sah sie, dass ihm die Tränen kamen. Er nahm die Brille ab und fasste sich mit Daumen und Zeigefinger an die Nase. »Ein kleiner Scherz? Ein Sommerabenteuer? Glaubst du, dass ich jede geile Ehefrau im Club ficke? Dass ich quer durch das halbe Land ge-

flogen bin, nur um ein bisschen Spaß zu haben? Ich liebe dich, June.«

June stand stocksteif da und umklammerte ihre Stuhllehne. »Was?«

»Ich habe gesagt, ich liebe dich.«

Die Kellnerin war wieder da. »Zweimal Chicken Kiew spezial«, sagte sie in singendem Ton, »mit Reis Pilaw…«

Gregg nahm ihr die Teller ab. »Okay, danke«, sagte er und sah June wieder an, die sich nicht gerührt hatte. »Gibt es keine Reaktion, wenn ich sage, ich liebe dich?«

Es gab viele Reaktionen, aber vorrangig war die Verwirrung, die wie eine schwere Explosion in ihren Ohren dröhnte. »Du kennst mich doch gar nicht«, sagte sie.

»Natürlich kenne ich dich.«

»Nein. Das glaubst du nur. Du glaubst, du kennst mich, weil wir über zwei Monate hinweg gevögelt haben…«

»Ich weiß, dass du glaubst, du bist alt, obwohl du die hinreißendste Frau bist, die ich je gesehen habe. Ich weiß, dass du ein himbeerfarbenes Muttermal hast. Ich weiß, dass du gelenkig bist. Und komisch. Und einsam. Ich weiß, du hast dich bemüht, aber deine Ehe funktioniert nicht. Ich weiß, du willst mehr. Ich weiß, du willst mehr für dein Leben, June.«

Es klang überzeugend, das musste sie zugeben. Aber…

»Du weißt nicht, wovon du redest«, sagte sie und lief davon.

Sie war auf halbem Weg zur Tür, als Gregg sie einholte. Er packte ihren Arm.

»Warte«, sagte er.

»Lass mich los«, sagte sie.

»Ja, wenn du mir zuhörst. Hörst du mir zu?«

»Rede«, sagte sie.

Gregg umfasste ihre Hände. Sie standen halb auf, halb

neben der Tanzfläche, halb auf Teppichboden, halb auf Parkett, und blitzende Pailletten der Diskokugel zersplitterten in ihren Augen. Kellnerinnen wieselten mit Klapptischen und großen Tabletts um sie herum.

»Ich bin hergekommen«, sagte Gregg, »um dich zu fragen, ob du mit mir weggehst.«

»Wir sind doch schon weg.«

»Ich meine, wirklich weg. Richtig weg. Ich gehe nach Kalifornien, June. Nach dem Labor Day. Sobald mein Vertrag im Club endet.«

»Seit wann weißt du das?«

»Die ganze Zeit.«

»Und du sagst es mir jetzt?« June versuchte, sich loszureißen. Sie hatte geahnt, dass Gregg gehen würde, ja, sie hatte es gehofft – und warum war sie jetzt den Tränen nahe? Das lag an dieser ganzen aufwühlenden Szene. »Gib mir den Zimmerschlüssel.«

»Gleich, ich versprech's dir. Noch einen Augenblick.«

June rang mit ihm. Sie war stark vom Tennis und von der Hausarbeit, aber natürlich war Gregg stärker. Sie gab auf.

»Danke«, sagte er.

June funkelte ihn an. »Was denn noch, Macho Man?«, fauchte sie.

»Ich wusste immer, dass der Club nur ein vorübergehender Job sein würde«, sagte Gregg. »Ich habe nur Geld gespart. Ich kann nicht ewig bei meinen Eltern im Keller wohnen. Da bin ich jetzt seit meiner Entlassung vom Militär. Zwei lange Jahre.«

»Das verstehe ich, aber…«

»*Hör zu.*« Gregg legte ihr eine Hand an die Wange. »Also habe ich Kontakt zu einem alten Kumpel aufgenommen, mit dem ich beim Militär war. Er ist in Long

Beach, und er sagt, ich kann bei ihm unterkommen, bis ich was Eigenes gefunden habe. Das ist billig. In Kalifornien kann ich über die Soldatenhilfe an die Uni und endlich meinen Collegeabschluss machen. Sonne. Sand. Ein neuer Anfang. Klingt ziemlich gut, June, nicht wahr?«

Das tat es. Um Zeit zu schinden, fragte June: »Was willst du studieren?«

»Ozeanografie.«

»Ozeanografie!« Sie fing an zu lachen.

»Was denn?« Gregg machte ein gekränktes Gesicht. »Ich mag Wale.«

June lachte. Sie lachte und lachte, bis ihr die Tränen über die Wangen liefen. Sie senkte den Kopf zwischen die Knie, aber sie konnte nicht aufhören. Sie sah die Pumps und Rocksäume der Damen und die Slipper und Hosenaufschläge der Herren auf der Tanzfläche vorbeihuschen. Greggs Riesenschuhe dagegen blieben, wo sie waren. Als sie sich wieder aufrichtete, stand er mit verschränkten Armen da und beobachtete sie.

»Geht's besser?«, fragte er.

June wischte sich über die Augen. »Ja danke.«

Gregg trocknete ihr das Gesicht mit der Spitze seiner Krawatte. Sie musste an Peter denken und daran, dass er niemals, unter keinen Umständen, ohne Taschentuch anzutreffen war. Sie wich einen Schritt zurück.

»Ich bin geschmeichelt«, sagte sie. »Es ist sehr lieb, was du da von mir willst. Aber …«

»Nicht«, sagte Gregg. »Tu das nicht. Sag nicht Nein, bevor du wirklich darüber nachgedacht hast. Gib der Sache eine Chance.«

»Aber …«

»Was habe ich gerade gesagt?«

»*Die Sache* ist unmöglich. Ich habe einen Mann. Und eine Tochter, die du nicht mal kennst!«

»Einen Mann, der dich – bei allem Respekt – nicht so liebt, wie du es verdienst. Wir leben im Jahr 1975. Jeden Tag lassen Leute sich scheiden. Und was deine Tochter angeht, die würde ich gern kennenlernen. Ich bin wirklich gut mit Kindern.«

»Ab...«, wollte June sagen, aber Gregg legte ihr eine Hand auf den Mund.

»Nur jetzt«, sagte er, »nur heute Abend sag einfach nicht Nein. Überleg's dir. Ich weiß, du möchtest genauso gern einen Neuanfang wie ich, June. Denk nur eine Nacht darüber nach, okay?«

June seufzte. Sie fühlte sich plötzlich matt – vom Lachen und vom Weinen, und weil sie in der Nacht zuvor nur wenig geschlafen hatte. Sie schaute hinüber zum Golden Flame Orchestra. Sie waren alle so jung, die Mädchen in ihren Kleidern und die Jungen mit ihren Bärten. Wer konnte wissen, wohin das Leben sie führen und vor welch elenden Entscheidungen sie einmal stehen würden?

Gregg hob ihre Hand und küsste sie. »Tanz mit mir«, sagte er.

Das Orchester spielte »Honey Bun« aus dem Musical *South Pacific.* »Das bist du«, sagte Gregg und zog sie mit sich. »Meine Puppe, so zierlich wie ein Spatz. Verglichen mit mir jedenfalls.« Und er sang mit:

*Where she's narrow, she's as narrow as an arrow,*
*And she's broad... where a broad... should be broad!*

Er kniff June ins Hinterteil, und sie gab ihm einen Klaps auf die Schulter. »Hey!«, sagte sie.

Gregg grinste. »Ich habe den Text nicht geschrieben, Mrs. R.«

»Verzeihen Sie«, sagte ein Mann neben ihnen, ein untersetzter Gentleman im Smoking. Die Dame, mit der er tanzte, hatte eine beeindruckende graue Bienenkorbfrisur. »Entschuldigung, junger Mann. Würden Sie für meine Frau und mich eine Wette entscheiden?«

»Na klar, wenn ich kann«, sagte Gregg.

Der Mann zwinkerte June zu. »Sind Sie beide in den Flitterwochen?«

»Stimmt, das sind wir«, antwortete Gregg, als June den Mund öffnete, um Nein zu sagen.

Der Mann sah seine Frau an, und die verdrehte die Augen. »Du schuldest mir einen Dollar, Jeanette. Ich sag's ja, die Verliebten erkennt man leicht. Man sieht es ihnen immer an.«

Am nächsten Morgen standen sie früh auf, denn sie wollten die zusehends schwindende Zeit, die ihnen noch blieb, nicht verschwenden. Gregg schlug vor, den Room Service anzurufen, aber June sagte: »Komm, ich zeige dir einen meiner Lieblingsorte.« Als sie sich angezogen hatten, führte sie ihn hinaus in die Nicollet Mall. Die Sonne schien, die Backsteine glänzten, und die Ladeninhaber rollten eben die Gitter vor den Schaufenstern hoch. Bei Burt's Shoes suchte Gregg ein Paar abscheuliche Plateauclogs für June aus. Die Spitzen waren hochgebogen, als ob Elfen sie geschustert hätten. Bei Brown's Contemporary Clothing suchte June für ihn eine Hose mit Zirkusstreifen aus. »Ich glaube, ein Minirock wäre mir lieber«, sagte er. Tatsächlich trug er immer noch seinen Bankeranzug, der allmählich ein bisschen zerknautscht aussah. Er hatte sonst nichts eingepackt, gestand er be-

treten. Er stellte sich hinter sie, schlang die Arme um sie und drehte sie so, dass sie ihr Spiegelbild in der Scheibe sehen konnte. »Was meinst du, Mrs. R.? Ziemlich schnuckeliges Paar, oder?«

»Allerdings, Mr. Rockefeller«, sagte eine Stimme, und auf einer Bank neben ihnen erhob sich einer der Hippies, die sie am vergangenen Abend gesehen hatten. Er trug eine weit ausgestellte Hose und einen Zylinder, aber kein Hemd. »Pass auf sie auf«, sagte er. »Pass gut auf diesen Engel auf.«

»Das habe ich vor«, sagte Gregg. »Wenn sie mich lässt.«

»Dazu sind wir alle auf dieser Erde. Damit wir aufeinander aufpassen«, sagte der Hippie und nahm seinen Hut ab. »Du hast nicht zufällig einen Vierteldollar, oder?«

»Für dich«, sagte Gregg, »habe ich sogar einen Dollar.« Er warf dem Hippie den Schein in den Hut und verbeugte sich, und dann spazierten sie weiter.

»Das war großzügig von dir«, sagte June, als sie da waren, wo sie hinwollte – bei Bridgeman's Lunch Counter. »Übrigens, wenn die Frage erlaubt ist – wie kannst du dir das alles leisten?« Das Radisson war nicht billig.

Gespielt beleidigt wich Gregg einen Schritt zurück. »Glaubst du, ich bin bloß eine arme Sau von Tennislehrer? Ich bin Veteran, Baby. Uncle Sam bezahlt für diese Reise. Du hast dir einen echten, lebendigen Sugar Daddy geangelt.«

»Ich habe mir eher einen echten Angeber geangelt«, sagte June und stieg auf ihren Plateausandalen zierlich über die Schwelle, während Gregg ihr die Tür aufhielt.

»Cooler Laden«, sagte er, als er die lange Lunchtheke sah, den grün-grau gefliesten Boden und die Reihe der Sitznischen der mit rotem Vinyl bezogenen Polsterbänke.

»Hier war ich als Kind immer«, erzählte June, »wenn

ich mit meiner Mom auf Einkaufstrips war.« Die Kellnerin nickte ihnen zu, sie sollten Platz nehmen. Gregg entschied sich für einen Fenstertisch.

»Willkommen bei Bridgeman's, Heimat des LaLaPa-Looza«, sagte die Kellnerin und warf zwei Speisekarten auf die gesprenkelte Resopaltischplatte.

»Danke«, sagte Gregg. »Was zum Teufel ist LaLaPa-Looza?«

»Das da.« June zeigte auf das Foto vorn auf der sonnengebleichten Speisekarte, und die Kellnerin rezitierte: »Unser berühmter Eisbecher – acht Kugeln Speiseeis – Ananasringe – Ananaskaramell und Erdbeersoße – gemischte Nüsse – Bananenscheiben – Schlagsahne und Maraschinokirschen. Wenn Sie es ganz aufessen, kriegen Sie es umsonst.«

»Na, das nehme ich natürlich«, sagte Gregg. »Santorellis Regel. Gibt's ein hausgemachtes Eis, muss man es nehmen.«

»Sie auch?«, fragte die Kellnerin.

»Oh Gott, nein«, sagte June. »Ich nehme eine halbe Grapefruit und Kaffee. Schwarz.«

Sie zündete sich eine Zigarette an, Gregg holte sich das Glas mit den Buntstiften, das neben der Jukebox stand, und die Kellnerin schenkte Kaffee ein. June wollte nur den Augenblick genießen: die Sonne, die schräg über den Tisch fiel, den Muskelkater nach einer wohltuenden Anstrengung, Greggs Haar, noch feucht vom Duschen und nach dem Kämmen von Furchen durchzogen. Sie hatte sich immer noch nicht daran gewöhnt, wie er mit kurzem Haar aussah. Er übrigens auch nicht. »Das ist keine normale Stirn«, hatte er an diesem Morgen gesagt, als er sich im beschlagenen Badezimmerspiegel angeschaut hatte. »Das ist eine Monsterstirn. Mit siebenund-

zwanzig war sein Haar schon etwas schütter am Hinterkopf. Würde er in fünf Jahren eine Glatze haben?«, fragte sich June. Oder in zehn?

»Und?«, fragte er, ohne von dem Rätsel auf seinem Papierset aufzublicken, an dem er arbeitete: Umkreise die versteckten Wörter und finde heraus, was an diesem Bild nicht stimmt. »Hast du darüber nachgedacht?«

»Worüber?«

Er hob den Kopf. »Was wir gestern besprochen haben«, sagte er und lehnte sich zurück, als die Kellnerin mit seinem Eisbecher kam. »Du liebe Güte«, sagte er.

»Denk daran«, sagte June mit sadistischem Lächeln, »du musst das ganze Ding aufessen.«

»Kein Problem«, sagte Gregg und machte sich über seinen Wahnsinnsberg Eis her. June trank ihren Kaffee und schaute zu, ebenso angewidert wie amüsiert. Natürlich bestellte Gregg sich einen Eisbecher zum Frühstück – schließlich war er eigentlich immer noch ein Kind. Aber June musste zugeben, dass sein Appetit etwas Erfrischendes hatte – wie er aß und genoss, was immer er wollte, ohne sich zu fragen, was sich gehörte. June bewunderte Peters Hingabe an seinen Beruf, natürlich, und auch seine Tüchtigkeit – aber er konnte so… pingelig sein. Interessierte es wirklich irgendjemanden außer einem Koch, ob die Tomaten von einer Farm in der Nähe oder aus dem Supermarkt kamen? Geriet jemand in Verzückung angesichts von weißem Spargel oder bekam Wutanfälle wegen eines geplatzten Eigelbs? June hatte einmal gesehen, wie Peter einen Mann wegen einer versalzenen Soße gefeuert und einen anderen angeschrien hatte, weil er einen Tellerrand vor dem Servieren nicht abgewischt hatte. Solche Gelegenheiten gehörten zu den wenigen, bei denen sie ihn wirklich wütend gesehen

hatte. Sie verstand es nicht; seine Leidenschaft *verzehrte* ihn. War es wirklich so wichtig, ob der Brie mit der idealen Temperatur serviert wurde oder woher das Rindfleisch für die Ochsenbrust Wellington stammte? Essen war Essen.

Gregg hielt ihr einen Löffel voll Eis hin. »Das ist gemogelt«, stellte sie fest.

»Ich petze nicht, wenn du es nicht tust«, sagte er, und June nahm den Happen Eis an. Es war Butter Pecan – eine Sorte, die sie seit ihrer Kindheit nicht mehr gegessen hatte. Sie hatte ganz vergessen, wie gut sie ihr schmeckte.

»Und?«, fragte Gregg noch einmal.

»Und was?«

»Du weißt genau, was.«

»Das waren erst zwölf Stunden«, sagte sie. »Gib mir noch ein paar Minuten.«

»Okay«, sagte Gregg.

Er stellte den leeren Eisbecher zur Seite und wandte sich wieder seinen Rätseln zu. Mit dem Zeigefinger schob er seine Brille auf der Nase nach oben. June sah zu, wie er einen Kreis um einen Wasserball auf einem Küchenherd malte, um eine Ente mit einer Fliege, um eine Lampe, die auf dem Kopf stand. Würde sie überhaupt darüber nachdenken? Wirklich? Kalifornien: Heimat des Kinos, der Hoffenden von Hollywood, der Irren und der Wirren. June wollte nicht zum Film, aber sie könnte endlich arbeiten! Es musste doch reichlich Filmstargattinnen mit Kisten voll Geld und ohne Geschmack geben, die ihre Villen nur zu gern von June ausgestalten lassen würden.

Aber Peter. Das tat weh. Sehr weh. Er würde entsetzt sein, sein Stolz verletzt, und er würde June vermissen – auf die akademische, abstrakte Weise eines Mannes,

der die Frau vermisst, die sein Bett geteilt und ihm Anzüge und Schuhe bereitgelegt hatte. Sol und Ruth würden entzückt sein, weil sie sich in ihrer Meinung über June und all die anderen schlüpfrigen Schicksen bestätigt sehen konnten und weil sich neue Gelegenheiten bieten würden, Peter mit einem netten jüdischen Mädchen zusammenzubringen. Vielleicht mit einer Frau in Peters Alter, einer Witwe vielleicht, sodass sie diesen wesentlichen Verlust gemeinsam hätten. Allerdings konnte June sich vorstellen, dass Peter solche Versuche mit Verachtung strafen würde. Ohne June würde er wahrscheinlich in die Gleise seines Junggesellenlebens zurückfallen, das er geführt hatte, als sie ihn kennenlernte. Er würde zwanzig Stunden am Tag und sieben Tage die Woche arbeiten – Rezepte ausprobieren, das Beste an Fleisch und Gemüse aufspüren und im Restaurant schlafen. Seine wahre Liebe war schließlich die Küche – und die Erinnerungen, die sie enthielt.

»Oh nein«, sagte June.

»Was ist?«, fragte Gregg.

»Elsbeth.« Was wäre mit Elsbeth? Elsbeth, die es nicht ertrug, wenn unter ihren Stofftieren nicht die richtige Ordnung herrschte, die es nicht ausstehen konnte, wenn ihre Nachttischlampe ausging oder ihre Zimmertür einen Fingerbreit zu weit offen stand. Sie war kein Kind, das einen Umzug freundlich aufnehmen würde. Und Elsbeth und Peter … wenn es in ihm ein Verlies gab, das für jedermann außer ihm selbst verschlossen war, so stand sein Herz doch in einem gewissen Maß seiner Tochter offen.

»Wenn du glaubst, ich bin nicht alt genug, um dir zu helfen, für sie zu sorgen«, sagte Gregg, »musst du dir keine Sorgen machen. Ich wollte ein Dad sein, solange ich denken kann.«

»Dann bist du in dieser Hinsicht besser als ich«, sagte June, »denn ich wollte nie eine Mom sein.« Sie fing an zu weinen. Es war unfassbar, was sie da gesagt hatte; sie hatte mit niemandem darüber gesprochen, seit Elsbeths Kinderarzt sie dafür getadelt hatte. Sie wartete, dass er sie tröstete, aber er tat es nicht, und als sie fertig war und die Augen öffnete, sah sie einen Berg Servietten vor sich auf dem Tisch, und die Kellnerin schaute sie von der Seite an.

»Ich wette, du bist eine wundervolle Mom«, sagte Gregg.

»Bin ich nicht«, sagte June. »Meine Tochter hasst mich. Sie hat mich immer gehasst.«

»Das glaube ich nicht«, sagte Gregg. »Kinder hassen ihre Eltern nicht. Sie behaupten es vielleicht, und vielleicht meinen sie es sogar ernst, aber das ist vorübergehend. Zum Beispiel nach einer Bestrafung oder so was.«

»Du verstehst nicht«, widersprach June. »Elsbeth ist ein Daddy-Kind durch und durch. Wie kann ich auch nur daran denken, sie ihm wegzunehmen?«

»Hör zu«, sagte Gregg, »es gibt doch so etwas wie ein gemeinsames Sorgerecht, oder? Sie könnte die Feiertage bei ihm verbringen und den Sommer – jeden Sommer, alle Sommer. Das ist mehr, als ich im ganzen Leben bei meinem alten Herrn verbracht habe.« Er reichte ihr eine Serviette, und sie putzte sich die Nase. »Und außerdem«, fuhr er fort, »niemand, der so wegen seines Kindes weint, könnte jemals eine schlechte Mom sein. Sieh doch, wie viel dir an ihr liegt! Meine Ma spricht nie mehr als zwei Worte mit mir. Sie hat nicht ein einziges Mal eingegriffen, wenn mein Alter uns verprügelt hat. Aber ich liebe sie trotzdem.«

»Wirklich?«

»Immer«, sagte Gregg mit Entschiedenheit. »Aber wir müssen das alles doch nicht jetzt entscheiden. Ich will sie erst mal kennenlernen, und dann sehen wir schon, wie es weitergeht. Okay?«

»Da ist noch etwas«, sagte June. »Ich will wieder arbeiten.«

»Als was?«

»Raumgestaltung«, sagte sie. »Als Innenarchitektin.«

»Cool«, sagte Gregg. »Dann kannst du meine Sugar Mama sein, während ich wieder studiere.«

»Ich mein's ernst«, sagte June.

»Ich auch«, sagte Gregg. »Ich steh drauf. Glaubst du, ich war in Wirklichkeit nur bei der Selbsthilfegruppe, weil ich mit den Frauen ins Bett wollte? Ich bin absolut dafür, dass Frauen berufstätig sind.«

»Ach«, sagte June, »würdest du bitte damit aufhören? Sag nicht dauernd solche wunderbaren Sachen. Du machst alles nur noch schwerer.«

»Gut«, sagte Gregg. Er grinste mit strahlend weißen Zähnen. »Ich freue mich darauf, dein Leben für lange Zeit sehr kompliziert zu machen.«

Er stand auf, ging neben Junes Sitzbank in die Hocke und klopfte mit der flachen Hand auf seine zerknautschte Hemdbrust. June rutschte ihm entgegen und legte den Kopf an seine Brust, und durch das Hemd hörte sie das Klopfen seines großen Herzens. Sie brauchte ihn nicht zu heiraten, sie brauchte nichts von alldem zu tun, wenn sie nicht wollte. Sie konnten einfach einen Schritt nach dem anderen tun, wie Gregg es vorgeschlagen hatte. Gregg legte eine Hand um ihren Kopf, so sanft, als wäre sie selbst ein Kind, und drückte ihr einen Kuss auf den Scheitel. »Es wird alles gut, June«, sagte er. »Alles wird gut. Du wirst schon sehen.«

»June Ann, ist alles okay?«

»Wie bitte, Mom?« Es war Mittwoch, der Tag, bevor June und Elsbeth nach New Jersey zurückfliegen sollten. June und Ida tranken noch einen Kaffee in der Frühstücksecke, während Elsbeth draußen mit Junes alten Ankleidepuppen spielte. June hatte sie durch das Fenster beobachtet, aber dabei an Peter gedacht, ans Packen und an die Logistik der Heimreise – und an Gregg. Anscheinend war sie außerstande, nicht mehr an ihre letzten gemeinsamen Stunden zu denken, die ihr im Kopf herumgingen wie eine kaputte Schallplatte. Daran, wie sie von Bridgeman's zum Hotel zurückgegangen waren, wo sie rasch und geräuschlos miteinander geschlafen hatten, in Missionarsstellung und ohne raffinierte Akrobatik, als ginge es darum, mit ihren Körpern eine Vereinbarung zu besiegeln, die sie mit dem Mund bereits getroffen hatten. Daran, wie sie dann zusammen geduscht hatten, ausnahmsweise ohne mit der Seife zu spielen, und danach mit ernstem Gesicht ihre Taschen gepackt hatten. Daran, wie Gregg an der Rezeption angerufen und gesagt hatte, sie hätten sich ein bisschen verspätet, und ob sie wohl eine halbe Stunde später auschecken dürften. Daran, wie er June bei der Hand genommen und sie auf die Bettkante gesetzt hatte, während er sich noch einmal auszog und sie dann hinlegte und sie zusehen ließ, wie er in sie eindrang.

»Schau hin, June«, hatte er gesagt, »sieh uns an. Ich will, dass du dich daran erinnerst.«

»Das werde ich«, hatte sie gesagt, und er: »Versprich es.« »Ich verspreche es«, hatte sie gesagt, und er: »Oh Gott, June, ich liebe dich«, und sie: »Gregg«, und er: »Sag es«, und sie: »Ich liebe dich auch«, und dann hatten sie es zusammen gesagt: »Ich liebe dich, ich liebe dich«, wie ein Lied – und dann war es vorbei gewesen.

June hatte nach besten Kräften versucht, nicht daran zu denken, denn es würde ihr nicht guttun, solange sie hier bei ihrer Mutter wäre, und ganz sicher wäre es in New Jersey nicht hilfreich, wo sie versuchen musste, einen klaren Kopf zu bekommen und ein paar schwierige Entscheidungen zu treffen. Aber irgendetwas war ihr offenbar anzusehen, denn Ida fragte noch einmal. »Ob alles okay ist, wollte ich wissen. Seit du hier bist, bist du nicht du selbst.«

»Entschuldige, Mom«, sagte June. »Ich bin wohl ein bisschen gedankenverloren.«

Sie spielte unter dem Tisch mit einer Anstecknadel, einem Button, den Gregg ihr vor dem Radisson in die Hand gedrückt hatte, bevor June sich in Idas Buick gesetzt und Gregg ein Taxi zum Flughafen genommen hatte. In einen kleinen blauen Kreis war eine fröhliche Cartoon-Figur geprägt, die verkündete: »Ich habe ein ganzes LaLaPaLooza gegessen!« June hatte sich angewöhnt, damit herumzuspielen und sich die Nadel in den Daumen zu stechen. Jetzt steckte sie sie ein und lächelte ihre Mutter an.

Ida stand auf, um noch einmal Kaffee zu holen. »Hast du Probleme zu Hause?«

Beide Frauen schauten aus dem Fenster, aber Elsbeth ließ eine der Papierpuppen singen, und ihre Stimme war durch die Scheibe gerade noch hörbar: »*Pickering, why can't a woman be more like a man?*«

»Da ist alles in Ordnung, Mom«, sagte June, aber dann sagte sie: »Ja, ein paar kleine Probleme.«

»Oh nein«, sagte Ida. Ihr Kinn zitterte, und sie hob die Hand und nestelte an ihrer Brillenkette. »Ist Peter dir untreu?«

»Nein, Mom.«

»Trinkt er? Spielt er? Oh, das kann ich von ihm einfach nicht glauben.«

»Aber das ist es auch nicht«, sagte June. »Es ist schwer zu erklären.«

»Das musst du ja auch nicht.« Ida legte eine Hand auf ihre. »Aber wenn du es möchtest, versuch's.«

June schaute auf ihre Hände, die klein und langfingrig waren. Idas Knöchel waren knotig, und ihr Trauring steckte, anders als Junes dicker Goldring, locker an einem Finger, silbern und dünn wie ein Zehn-Cent-Stück nach fünfundzwanzig Jahren ununterbrochenen Tragens.

»Zum einen will er nicht, dass ich arbeite«, sagte June.

»Na, warum solltest du auch?«

»Weil ich möchte.«

»Das ist doch albern«, sagte Ida. »Warum möchtest du das, wenn du zu Hause bleiben und auf Elsbeth aufpassen kannst?«

Weil das langweilig ist, hätte June gern gesagt. Weil ich mit meinem Leben etwas anderes anfangen möchte. Aber das wäre ein riskantes und sinnloses Argument. Wenn man mindestens ein alternatives Leben hatte, das man gern führen würde, so bestand Idas darin, dass Oscar nicht gestorben wäre. Dass er aus dem Krieg heimgekehrt wäre, vielleicht einen Arm oder ein Bein verloren hätte oder launisch wäre oder zu viel tränke wie manche anderen Veteranen – aber dass er nichtsdestoweniger nach Hause gekommen wäre, um jeden Morgen mit seiner Familie zu frühstücken, Toast und Eier und Speck, Saft aus den Fiestaware-Gläsern, die sie zur Hochzeit bekommen hatten, und dass er dann Hut und Mantel anzöge und in die Stadt in sein Buchhalterbüro ginge. Ida wäre bei der kleinen June zu Hause geblieben, sie hätte das Geschirr gespült und abgetrocknet und weggeräumt, und

dann hätte sie Staub gesaugt. Dienstags hätte sie die Wäsche gewaschen und mittwochs gebügelt, und donnerstags hätte sie gebacken. Nachmittags hätte sie June in den Kinderwagen gesetzt, ihren Hut festgesteckt und wäre in der Stadt spazieren gegangen, oder sie hätte sich mit ein paar anderen Müttern zum Bridge getroffen. Abends wäre ihr Mann nach Hause gekommen. Am Wochenende hätten sie einen Sonntagsausflug gemacht, Oscar hätte den Wagen gewaschen und poliert, und vielleicht hätte June noch Geschwister bekommen. Aber stattdessen war Ida arbeiten gegangen, und June war allein zu Hause geblieben, sie hatten aus Konservendosen oder von Aluminiumtabletts zu Abend gegessen, und Ida hatte nie wieder etwas mit einem Mann angefangen und war nicht mal zu einem Essen oder einem Eiscreme-Nachmittag ins Gemeindehaus gegangen. June würde nie vergessen, wie es war, in der Tiefseestille eines Hauses aufzuwachsen, dessen Bewohnerschaft aus zwei Frauen bestand.

»Peter …«, sagte June. Sie trank einen Schluck Kaffee. Er war kalt. »Er ist ein wunderbarer Mann. Aber er ist schwierig. Er behält vieles für sich.«

Idas Kinn bebte. »Was zum Beispiel?«

June überlegte, ob sie versuchen sollte, von Peters verlorener Familie zu erzählen, die Ida nur in der vereinfachten Version kannte, die June ihr erzählt hatte, nachdem sie ausgerissen war: *Peters erste Frau und seine Töchter sind im Krieg umgekommen.* Aber June fürchtete, dass Ida es nicht verstehen würde; auch Ida liebte einen Geist. Sie hätte ihrer Mutter auch erzählen können, dass Peter ihr nichts gesagt hatte, als das Masha's im Juni geschlossen worden war; June hatte es aus dem Unterhaltungsteil der *New York Times* erfahren. Oder dass sie von Ruth, nicht von Peter, gehört hatte, dass Sol ihm ge-

holfen hatte, das Claremont zu kaufen, und damit wieder Peters Partner war. Oder dass Peter gesagt hatte, der Umzug nach New Jersey sei gut für Elsbeth – ein kleines Kind brauche eine grüne Umgebung, in der es herumtoben könne –, während es, wie June vermutete, in Wirklichkeit darum ging, nach dem Verlust des Masha's einen neuen Anfang zu machen. Das alles jedoch erzählte sie Ida nicht, weil Ida sich sonst um Junes finanzielle Lage Sorgen gemacht hätte, und die war eigentlich nicht das Problem. Das Problem war Peters Schweigsamkeit, die verschlossene Tür, die sich ihr niemals öffnete.

»Ich bin nicht sicher, dass wir gut zusammenpassen«, sagte June schließlich.

Ida drückte ihre Hand und ließ sie dann los. »Ach June Ann«, sagte sie betrübt.

»Was?«

»Was glaubst du, was eine Ehe ist?«

»Zwei Menschen, die ihr Leben zusammenfügen.«

»Eine Ehe ist ein Gelübde«, sagte Ida. »Ein Gelübde, das du abgelegt hast, falls du das nicht mehr weißt.«

»Das habe ich nicht vergessen«, sagte June. Es klang missmutiger, als sie es beabsichtigt hatte, und sie verkniff es sich hinzuzufügen: Was verstehst du denn davon? Ida hatte nur ein paar Wochen mit ihrem Mann verbracht, bevor er eingeschifft worden war, und als sie Oscar das nächste Mal gesehen hatte, hatte er in einem Sarg gelegen. Stattdessen sagte June: »Seit du geheiratet hast, hat sich vieles geändert, Mom. Frauen müssen nicht mehr verprügelt werden oder mit Trinkern oder Spielern verheiratet sein, um sich scheiden zu lassen. Wir haben inzwischen andere Möglichkeiten. Die Gleichberechtigungsbewegung. Women's Lib. Wir können auch auf andere Weise Erfüllung finden.«

Ida verschränkte die Arme und schaute June an. Oh mein Gott, dachte June, nicht den Blick jetzt. Idas strenger, fester Blick war das Einzige auf der Welt, das June garantiert dazu brachte, aufzustehen wie ein Zombie und zu tun, was Ida wollte.

»June Ann«, sagte Ida, »weißt du, was dein erstes Wort war?«

»Mom?«, riet June.

»Mehr«, sagte Ida.

June lachte. Ida nickte.

»Es ist wahr«, sagte Ida. »So warst du von Geburt an. Mehr Saft. Mehr Kekse. Mehr, als alle anderen hatten, und mehr, als dieser Ort dir geben konnte. Ich habe dich dafür immer geliebt, Schatz. Selbst als es dich von mir weggeführt hat, weit weg nach New York, habe ich nicht versucht, dich aufzuhalten. Vielleicht habe ich dich auch ein bisschen verwöhnt.«

»Wahrscheinlich«, sagte June. »Und dafür bin ich dir dankbar.«

Sie lächelte, aber Ida machte ein ernstes Gesicht.

»Es war in Ordnung, als es nur um dich ging«, sagte sie, »und auch noch, als Peter dazukam. Aber jetzt musst du auch an Elsbeth denken, June Ann. Es wird Zeit, dass du zur Ruhe kommst. Das Leben läuft nicht immer so, wie du willst. Wie du dich gebettet hast, musst du jetzt auch liegen.«

Die Hand, die sie June ans Gesicht legte, zitterte nur wenig.

»Es wird Zeit, dass du erwachsen wirst, Schatz«, sagte sie.

Nach diesem beunruhigenden Gespräch ging June ein letztes Mal mit Elsbeth schwimmen. Elsbeth war außer

sich. Sie liebte das städtische Schwimmbad von New Heidelberg, wo sie, anders als in Larchmont, keine Bademütze tragen musste. Sie hüpfte neben June her und schwatzte den ganzen Weg, und ihre Schürze schleifte über den rissigen Gehweg. Die Sonne war unbarmherzig heiß.

Am Schwimmbad bezahlte June die fünfzig Cent Eintritt und führte Elsbeth hinter den Maschendrahtzaun. Als Erstes rannte Elsbeth zu dem lebensgroßen wasserspeienden Keramiklöwen und steckte den Kopf in sein Maul. Dann stürmte sie zum Schwimmbecken. Nicht rennen, rief der Bademeister in genau dem gleichen Ton gelangweilter Autorität, den auch June angeschlagen hatte, als sie in ihrem verblichenen roten Badeanzug auf diesem Thron gesessen und sich Zitronensaft ins Haar gepresst hatte. Elsbeth sprang zu ihren quietschenden New Heidelberger Altersgenossinnen hinein, und June behielt sie im Auge, bis sie sah, dass Elsbeth sich an einem Spiel beteiligte. Sie verließ den Beckenrand, holte sich eine Cola aus dem Automaten und ging damit zu der Telefonzelle auf dem Parkplatz. Das Schwimmbad befand sich auf einer kleinen Anhöhe, und so hatte man einen Blick über die Sportplätze, das Baseballfeld und die Tenniscourts, deren Netze an diesem windstillen Tag schlaff durchhingen.

June warf einen Zehner in den Münzschlitz und wählte. »Guten Tag, das Claremont«, sagte die Empfangsdame Shawna. »Oh, hi, June, er ist in der Küche. Ich stelle Sie durch.« Aber niemand meldete sich, und nach dem vierzehnten, fünfzehnten Klingeln hängte June ein. Sie angelte ihren Zehner aus dem Münzschacht, warf ihn wieder ein und wählte noch einmal.

»Glenwood Bath and Tennis Club«, sagte eine Mädchenstimme.

»Die Tennisbaracke, bitte«, sagte June.

»Hier ist die Tennisbaracke.« Das Mädchen klang wie eine Kaugummi kauende Fünfzehnjährige.

»Kann ich bitte Gregg Santorelli sprechen?«

»Wer ist denn da?«

»Mrs. Robinson.«

»Aber gern, Mrs. Robinson«, sagte das Mädchen. »Bleiben Sie dran, ich sehe nach, ob er ans Telefon kommen kann.«

Anscheinend hatte sie das Telefon auf den Tisch gelegt, denn June hörte in Minnesota die Umgebungsgeräusche des Country Clubs in New Jersey – das Ploppen der Tennisbälle, eine Frau, die davon redete, ihren Schläger neu bespannen zu lassen, eine tiefe Männerstimme, die lachte – Gregg?

»Hallo?«, rief sie. »Hallo?«

Aber das Mädchen konnte Gregg anscheinend nicht finden, oder sie hatte vergessen, dass June in der Leitung war, denn nach einer Weile hörte sie ein scharrendes Geräusch, und dann legte jemand auf. June hörte nur noch das Rauschen einer unterbrochenen Verbindung.

# 10

# DAS GRUSELKABINETT

Eines Morgens Anfang August läutete es an Junes Haustür. Sie erwartete niemanden; also war es wohl eine ehrgeizige Pfadfinderin, oder die Zeugen Jehovas wollten sie bekehren. Sie war gereizt; sie hatte ihre Pflanzen gegossen, was wenig Sinn hatte, wenn sie sie nach dem Labor Day sowieso sich selbst überlassen würde – sie war noch unentschlossen. Aber es wäre grausam, sie bis dahin verdursten zu lassen, und so war sie mit ihrer Bronzekanne umhergegangen und hatte ungesunde Sprösslinge und tote Blätter abgezwickt.

Es stellte sich heraus, dass Gregg geläutet hatte. Er stand in Tennissachen und mit einer Einkaufstasche vor der Tür. »Hi«, sagte er, »hätten Sie wohl Interesse an einer Enzyklopädie?«

»Was willst du hier?«, zischte sie. Sie reckte den Hals und spähte um seine breiten Schultern herum. Tatsächlich, sein orangegelber Pinto parkte am Straßenrand. »Komm schon rein«, sagte sie und packte ihn beim Hemd. Sie wusste nicht, was sie mit dem Wagen tun sollte. Jeder in Glenwood konnte ihn sehen, aber andererseits war es vielleicht besser, dass Gregg ihn nicht an der Hintertür abgestellt hatte, denn das wäre ein unmöglich zu erklärendes Schuldeingeständnis gewesen.

»Wow«, sagte er und betrat ihr Wohnzimmer. »Das ist

dein Haus? Es ist wirklich schön.« Er drehte sich um und betrachtete die Fensterbank, auf der sich die mit kleinen Spiegeln bestickten indischen Kissen stapelten, die Farne und die Flokatis und den Hartholzfußboden. »Ich verstehe, warum du Innenarchitektin sein willst. Du hast einen großartigen Geschmack. Der hier gefällt mir besonders.« Er setzte sich auf den Bischofsstuhl, den June vom Randstein vor einer ausgebrannten Kirche gerettet und leuchtend rot angestrichen hatte.

»Danke«, sagte June. »Was willst du hier?«

Gregg stieß mit seinem Tennisschuh gegen die Einkaufstasche. »Ich wollte zu Elsbeth.«

»Sie ist nicht hier. Sie war auf einer Geburtstagsparty, und jetzt sind sie im Zoo.«

»Oh.« Gregg klang ehrlich enttäuscht. Er war Elsbeth inzwischen zweimal begegnet, einmal im Club auf dem Paddelballplatz, wo er ihr Bälle zugeworfen hatte, die sie mit ihrem kurzen Schläger zurückgeschlagen hatte, und letzte Woche bei Applegate Farm. Gregg war vor ihnen da gewesen und hatte auf der Bank vor der roten Scheune gesessen, aber als er June und Elsbeth kommen sah, war er strahlend und winkend aufgesprungen.

Elsbeth hatte gezögert. »Was?«, hatte sie gefragt, und das bedeutete: Was macht der hier?

»Du kennst doch Gregg, meine Süße«, hatte June gesagt, »aus dem Club. Er will mit uns Eis essen. Ist das nicht nett?«

»Nein«, hatte Elsbeth gesagt. Aber sie hatte sich weiterführen lassen, und Gregg war in die Hocke gegangen, um mit ihr auf Augenhöhe zu sprechen. »Hey, Kiddo«, sagte er. »Gib mir *five*.« Er hielt die flache Hand hoch, und Elsbeth klatschte dagegen. »Jetzt tief«, sagte er, und sie spielte mit. »Na bitte. Willst du sehen, was ich für dich habe?«

Elsbeth nickte, und Gregg holte einen Satz Alphabet-Magneten hervor. »Jemand war bei Toys ›R‹ Us an der Route 46«, brummte June.

»Natürlich«, sagte Gregg. Er öffnete die Plastikverpackung und legte die Magnetbuchstaben auf den Randstein. »Was ist los, Kiddo?«

Elsbeth war zurückgewichen. »Die sind verkehrt«, sagte sie.

»Elsbeth«, sagte June, »du bist unhöflich. Was sagen wir, wenn uns jemand etwas schenkt?«

»Das A ist grün«, rief Elsbeth. »Das ist verkehrt. Ein A ist blau. Und das T soll nicht gelb sein!«

»Wow«, sagte Gregg, »du hast wirklich einen eigenen Kopf, was, Kiddo? Aber das ist okay. Hey, ich habe große Lust auf ein Eis. Du kennst wohl niemanden, der auch welches möchte, oder?«

Er richtete sich auf und rieb sich den breiten Bauch. Elsbeth schaute hoch – und hoch und höher. Sie warf einen Blick zurück zu June und ging dann mit Gregg zur Theke, um sich eine Wassermelonenwaffel zu holen.

Jetzt sagte Gregg: »Das ist wirklich schade. Ich hatte mich darauf gefreut, sie zu sehen. Das hier habe ich ihr mitgebracht.« Er nahm einen Karton aus der Einkaufstasche. Es war ein Spielzeug namens Lite-Brite, ein elektrischer Kasten mit einer perforierten Stecktafel und schwarzen Papierbogen, die man darüberkleben konnte. Dazu gehörten Hunderte von verschiedenfarbigen Stiften, die man zu Mustern zusammenstecken konnte.

»Siehst du?«, sagte Gregg. »Wenn man es einschaltet, leuchten die Stifte! Ich dachte, sie hat doch Farben so gern… Keine Sorge«, fügte er hinzu, »ich habe mir den Karton angesehen. Es ist für Kinder ab fünf Jahren.«

»Danke«, sagte June, obwohl sie nur daran denken konnte, wie schwer es sein würde, all die kleinen Stifte aus dem dicken Teppich in Elsbeths Zimmer zu saugen – ganz zu schweigen davon, wie es sich anfühlen würde, barfuß daraufzutreten, was unvermeidlich war. »Ich gebe es ihr, wenn sie nach Hause kommt. Aber du kannst nicht hierbleiben. Warum bist du nicht im Club?«

»Ich war da, aber ich habe gesagt, ich hätte einen medizinischen Notfall.« Er stand auf und küsste sie. »Was ja auch stimmte. Ich habe June-Entzug.«

»Gregg, wirklich.«

Er küsste sie noch einmal. »Und ich habe gute Neuigkeiten. Ich habe heute Morgen offiziell gekündigt. Noch eine Woche. Und: Mein Kumpel Steve hat eine Wohnung für uns gefunden. Nur ein Zimmer, aber das genügt, bis wir was Richtiges haben.«

»Gregg …«

»Ich habe die Kaution gestern Abend telegrafisch überwiesen.« Er trat einen Schritt zurück. »Zeigst du mir jetzt dein Haus?«

»Das würde ich gern tun«, sagte June, »aber ich glaube, es ist keine gute Idee.«

»Okay«, sagte er, »dann sehe ich mich allein um.« June blieb, wo sie war, und hörte, wie Gregg durch die Diele spazierte und einen Blick in die Küche warf. »Ist wirklich toll hier«, sagte er. »Aber es sieht nicht aus, als ob du schon viel gepackt hättest.«

»Natürlich nicht«, sagte June. »Ich will doch nicht alles schon verraten.«

Gregg kam zurück. Er stieß mit dem Kopf an den Kronleuchter im Wohnzimmer, und die Lampe baumelten hin und her, dass die weißen Kugeln zitterten.

»Du willst es ihm nicht sagen?«

»Ich überlege noch. Es wäre vielleicht einfacher, wenn …«

»Du meinst, du überlegst noch, ob du wirklich mitkommen willst.«

»Das habe ich nicht gesagt.«

»Aber gemeint, ja? Sonst hättest du es ihm doch schon gesagt.«

»Das stimmt nicht«, beharrte June. »Es ist komplizierter. Du kennst Peter nicht, du weißt nicht, wie …«

»Ich weiß, dass ich eine Menge Zögern heraushöre, June. Das gefällt mir nicht. Es macht mich nervös.«

»Ach, warum hörst du nicht einfach auf!«, rief June. »Du hast keine Ahnung, wie das für mich ist. Ich bin kein siebenundzwanzigjähriger Kriegsveteran, frei wie ein Vogel und ungebunden. Ich muss eine Familie und einen ganzen Haushalt auseinanderreißen. Es gibt nichts Schwereres.«

Gregg war zerknirscht. Er kam zu June und nahm sie in die Arme. »Du hast recht. Es tut mir leid. Wie kann ich helfen. Sag's mir.«

Er küsste sie und strich ihr über das Haar. Erst war sein Kuss sanft, dann inbrünstiger. Er schob die Hand unter den Brustlatz ihrer Hose, fand ihre Brustwarze unter dem Hemd und strich mit dem Daumen darüber.

»Die mag ich gern«, murmelte er und hakte die Hosenträger auf. »Deine kleinen Raupen.«

June wollte nicht mit ihm nach oben gehen, aber um zu vermeiden, dass sie sich auf dem Teppich Hüften und Knie aufscheuerten, führte sie Gregg in den Freizeitraum, der eigentlich dazu da war, dass Leute hier sitzen und dem Klavier zuhören konnten, auf dem niemand je spielte. Stattdessen saßen die Rashkins hier meistens vor dem Fernseher. June und Gregg führten die Couch,

ein abgelegtes, mit grünem Leder bezogenes Möbel der Jahrhundertmitte aus Sols Büro, einem guten Zweck zu, und danach, als Gregg eingeschlafen war, lag June unbequem eingeklemmt neben ihm – eigentlich halb unter ihm, während sein starker Arm ihre Taille umschlang. Sie fühlte seinen Atem an ihrem Hals und betrachtete durch das Fenster über seiner Schulter die zitternden Blätter der Eiche, die Elsbeths Sandkasten überschattete. Die großen alten Bäume waren einer der Gründe, weshalb June sich mit diesem Haus einverstanden erklärt hatte, obwohl es ihr widerstrebt hatte, die Stadt zu verlassen. Wenn sie jetzt hierbliebe, würde sie verwelken und spröde werden wie die Pflanzen, die sie vorhin versorgt hatte. Aber wie konnte sie weggehen? Was sollte sie tun?

Gregg zuckte im Schlaf mit dem ganzen Körper und warf June beinahe von der Couch. Verärgert schaute sie ihn an. Eine Minute später passierte es noch einmal, dann noch einmal. June versuchte, sich zu befreien, aber er war zu schwer. »Gregg.« Sie stieß ihn mit dem Ellenbogen an. »Gregg, du träumst. Wach auf.«

»Hm?«, sagte er, aber er schlief noch; zwischen seinen Lidern schimmerte das Weiße seiner Augen durch. Er fing an, mit den Zähnen zu klappern, so schnell, dass es klang wie Kastagnetten. Sein Mund öffnete sich, und ein schrilles Wimmern kam heraus, das die feinen Härchen auf Junes Armen und in ihrem Nacken zu Berge stehen ließ.

»Gregg«, sagte sie noch einmal, aber dann wurde sie still. Sie hatte einmal gehört, dass ein Mensch, den man aus einem Albtraum weckte, verrückt werden konnte. Und Gregg hatte sicher einen Albtraum; er weinte jetzt, die Tränen liefen aus halb offenen Augen über das Ge-

sicht, und der zarte Schrei kam immer noch aus seiner Kehle. Er schauderte und zuckte, und überall an seinem Körper krampften sich die Muskeln zusammen. June fand es unerträglich. Es war, als wäre er auf einem Planeten, auf dem nur schlimme Dinge passierten, und als würde er dort gequält.

Sie stemmte sich mit aller Kraft gegen seine Brust und konnte sich befreien. Sie rutschte neben der Couch auf den Boden. Gregg schlug die Augen auf.

»Ich bin's«, sagte June. »Du hast schlecht geträumt. Ist alles okay?«

Er starrte sie an, ohne sie zu erkennen. Dann schoss sein Arm vor, und er schlug ihr ins Gesicht.

June heulte auf – wenigstens glaubte sie, sie heulte, aber sie wusste es nicht. Der Schmerz kam augenblicklich, eine Supernova, die alles auslöschte außer sich selbst. Das Einzige, womit sie ihn vergleichen konnte, waren die Wehen bei Elsbeths Entbindung, vor dem Kaiserschnitt. »Sie machen das fabelhaft, Schätzchen«, hatte eine Schwester immer wieder gesagt, »richtig gut, Schätzchen, machen Sie weiter so«, bis June schließlich geschrien hatte: »*Fuck*, nennen Sie mich nicht Schätzchen, sondern geben Sie mir was, damit es AUFHÖRT!« Bis dahin hatte sie nicht gewusst, dass Schmerz sie in ein Tier verwandeln konnte und dass sie alles tun würde – treten, beißen, schreien, töten –, damit er nur aufhörte.

»Oh mein Gott«, hörte sie Gregg sagen. »June! June, kriegst du Luft?«

Anscheinend hatte sie die Hände vor das Gesicht geschlagen, denn sie spürte, dass Gregg sie herunterbiegen wollte. Das war eine Verbesserung, das Bewusstsein, dass sie Gliedmaßen hatte, ein Gesicht, einen Körper, statt einfach vom Schmerz ausgelöscht zu werden.

»Oh mein Gott«, sagte Gregg noch einmal. »Oh June. Dein Gesicht. Dein schönes Gesicht. Es tut mir leid. So leid.«

June versuchte, ihre Augen mit Gewalt zu öffnen und ihn anzusehen. Die ganze rechte Kopfseite pochte.

»Kriegst du Luft?«, fragte er. »Hörst du mich?«

»Ja«, sagte June. Sie schniefte und schmeckte Blut. Fast hätte sie ausgespuckt, aber sie war wieder so weit zu sich gekommen, dass sie wusste, sie würde den Teppich ruinieren. Also schluckte sie, und sofort wurde ihr übel.

»Hältst du durch?«, fragte Gregg. »Wenn ich einen Lappen hole und ein bisschen Eis? Ich bin gleich wieder da.«

Sie hörte, wie er im Haus verschwand. Seine schweren Schritte ließen ihre Möbel erzittern. Sie lehnte sich an die Couch und schluckte und schluckte und bemühte sich, sich nicht zu übergeben. Sie konnte das rechte Auge jetzt öffnen, nur einen Spaltbreit, aber was sie damit sah, war rot. Ihre Wange pulsierte wie bei einer Cartoon-Figur, die einen Schlag mit dem Hammer abbekommen hatte.

Gregg kam mit einem Geschirrtuch und einem Eiswürfelbehälter zurück. June hörte das metallische Knacken und das Klirren der Eiswürfel in – in einer Schüssel? Dann fühlte sie das nasse Tuch in ihrem Gesicht. Sie gab ein Zischen von sich.

»Entschuldige«, sagte Gregg. »Ich weiß, das tut weh. Aber ich muss sehen, ob etwas gebrochen ist. Kannst du bis zehn zählen? Im Kopf?«

June tat es und konzentrierte sich auf die Zahlen in dem roten Meer des Schmerzes. Das Geschirrtuch streifte leicht über ihr Gesicht.

»Okay…«, murmelte Gregg. »Ich glaube, gebrochen ist

nichts. Das ist schon mal gut. Dein Wangenknochen ist unverletzt, ebenso die Nase, die Zähne und der Kiefer. Schlecht ist, dass ich dir anscheinend wirklich ordentlich aufs Auge geschlagen habe.«

»Was du nicht sagst.« An ihre Zähne hatte sie nicht gedacht. Sie betastete sie mit der Zunge, aber Gregg hatte recht: Nichts wackelte.

»Ich sollte dich eigentlich ins Krankenhaus fahren«, sagte Gregg. »Nur zur Sicherheit.«

»Kommt nicht infrage.«

»Doch.«

»Nein«, sagte sie und schluckte. Der Blutgeschmack ließ nach, aber es war immer noch übelkeiterregend. »Was soll ich denn da erzählen – dass ich gegen eine Tür gerannt bin?«

»Du könntest denen sagen, sie sollten erst mal den anderen Typen sehen.« Gregg versuchte zu lächeln.

»Das ist nicht witzig.«

»Nein«, sagte er, »du hast recht. Tut mir leid. Oh Gott, June, es tut mir so leid. Ich würde alles tun, um es ungeschehen zu machen. Ich würde mich lieber selbst in Brand setzen, bevor ich dir wehtue. Das weißt du, oder?«

»Ja«, sagte June, und sie wusste es wirklich. Aber sie konnte sich nicht verkneifen hinzuzufügen: »Wenn du wach bist, jedenfalls.«

Gregg sagte nichts, und June öffnete das rechte Auge ein Stück weiter und starrte ihn an. Sie sah ihn immer noch verschwommen, aber nicht mehr rot, und das war gut. Sie zwinkerte, und die verschwommene Sicht wurde langsam klarer. Gregg machte aus Geschirrtuch und Eiswürfeln einen Kühlbeutel, den er ihr auf die Wange legen wollte. June hinderte ihn daran.

»Lass«, sagte sie. »Dann tut es weniger weh.«

Gregg setzte sich neben sie auf den Boden und legte ihr eine Hand auf das nackte Knie. Ihr wurde bewusst, dass sie noch immer das pinkfarbene T-Shirt anhatte, das sie unter der Latzhose getragen hatte, und nichts sonst. Ihr Gesicht pochte immer noch. Zum ersten Mal war sie dankbar, dass sie zu alt war, um noch als Model zu arbeiten, denn sonst wäre sie jetzt hysterisch geworden. Ihr wertvollster Besitz, ruiniert! Aber jetzt war sie nur erschrocken und sehr müde.

»Kannst du mir einen Spiegel bringen, bitte?«, fragte sie. »Ich möchte den Schaden begutachten.«

»Ich weiß nicht, ob du…«

»Meine Handtasche hängt an der Küchentür.«

Gregg verschwand und kam mit ihrer Handtasche zurück. Er setzte sich wieder zu ihr auf den Boden, Knie an Knie, als ob sie »Vier gewinnt« spielten. June holte ihren Taschenspiegel heraus.

»Oh mein Gott«, sagte sie. Die linke Seite ihres Gesichts sah relativ normal aus, nur feucht und rosig. Aber die rechte war bis zur Unkenntlichkeit geschwollen.

»Ich sehe aus wie ein Boxer«, sagte sie. »Was soll ich nur Elsbeth erzählen? Oder…« Sie brach ab, aber sie wusste, was sie beide dachten: Peter.

»Du könntest sagen, du seist überfallen worden«, schlug Gregg vor.

»Das könnte gehen«, sagte June, und sie fing an, sich ihre Geschichte auszudenken – sie war mit offenem Portemonnaie aus der Willowbrook Mall gekommen, um Wechselgeld hineinzutun. Dumm, das wusste sie schon, und eigentlich war es zum Teil ihre eigene Schuld…

»Die Schwellung geht schon ein bisschen zurück«, sagte Gregg. »Sie ist nicht so schlimm, wie sie sein könnte, Gott sei Dank – aber wir sollten ein Steak drauflegen. Das

tun meine Ma und meine Nonna immer.« Plötzlich veränderte sich sein Gesicht und verlor jeden Ausdruck, als hätte jemand den Stöpsel herausgezogen.

»Mein Gott«, sagte er, »ich bin genau wie mein Vater.«

»Was?«

»Ich habe eine Frau geschlagen. Das Einzige, was ich niemals tun wollte; das habe ich bei meinem Leben geschworen.«

»Du hast geschlafen. Du hattest einen Albtraum ...«

»Das ist keine Entschuldigung.« Gregg fing an zu weinen. Er wandte sich ab, um es zu verbergen, aber seine Schultern zuckten.

»Gregg. Das ist nicht das Gleiche.«

»Egal. Das ist Vietnam. Verdammt, es hat mich zerstört.«

»Wovon redest du? Das hat doch nichts mit ...«

»Doch«, sagte er ingrimmig. »Davon habe ich geträumt.« Er fuhr sich mit dem Unterarm über das Gesicht. Irgendwann hatte er sich die Unterhose wieder angezogen. »Bei der Entlassung haben sie mir gesagt, dass so etwas passieren könnte. Dass ich eine Kriegsneurose haben könnte. Albträume.« Gregg schnaubte und rieb sich die Augen mit den Handballen. »Albträume. Du lieber Gott!«

June saß mit ihrem Geschirrtucheisbeutel neben ihm, und das Wasser lief ihr über den Arm, während Gregg sich wieder unter Kontrolle bekam. Sie war wütend und fühlte sich ausgetrickst: nicht von Gregg, sondern vom Krieg. Er war ein so verschlagener Gegner, und er hatte große Löcher in ihr Leben gerissen. Eins, das so groß wie ihr Vater war, und kleinere, die zu einer Frau und zwei Kindern gehörten, denen June nie begegnet war. Er hatte Junes Mutter zur Witwe und June zur Halbwaise gemacht und ihr einen halben Ehemann gegeben. Bei

Gregg hatte sie angenommen, er sei dieser Beschädigung auf wundersame Weise entgangen. Jetzt wusste sie, seine Narben waren allesamt innerlich.

Sie schaute ihn an, wie er den großen Kopf in die Hände legte, und stellte ihm die eine Frage, die sie Peter nie zu stellen gewagt hatte, die Frage, die weder Walter Cronkite noch irgendeine Zeitung noch *Time* oder *Life* jemals beantworten konnten. Sie fragte: »Wie war es?«

Gregg hob den Kopf nicht. Er sagte nur: »Wie war was?«

»Der Krieg«, sagte June.

Gregg antwortete nicht, und sie dachte, vielleicht habe er sie nicht gehört. Sie wollte die Frage wiederholen. Wenn jemand es ihr erzählen konnte, dann er. Er war jung, er gehörte zu einer neuen, offenen Generation. Aber er sagte: »Was willst du wissen?«

»Keine Ahnung«, sagte sie. »Darum frage ich. Hast du … jemanden umgebracht?«

Jetzt schaute er auf, und er funkelte June mit seinen roten, feuchten Augen fassungslos an.

»Ob ich jemanden umgebracht habe?«, wiederholte er. »Ob ich jemanden umgebracht habe? *Fuck*, June, was glaubst du, was meine Aufgabe da drüben war? Monopoly spielen mit dem Vietkong?«

»Es tut mir leid«, sagte June.

»Ja, mir tut's auch leid. Tut mir leid, dass ich vier Jahre meines Lebens in einem Dreckloch verbracht und in einem Krieg gekämpft habe, von dem sich rausstellte, dass kein Mensch an ihn glaubte. Tut mir leid, dass er mich so verkorkst hat, dass ich nicht mehr schlafen kann, ohne was zu rauchen. Tut mir leid, dass er mich zu einem Tier gemacht hat, das so etwas mit dir macht.« Er hob die Hand zu ihrem Gesicht, und June zuckte zurück.

»Siehst du, was ich getan habe? Ich darf dich nicht mal mehr anfassen.« Wieder füllten seine Augen sich mit Tränen. »So war ich vorher nicht. Ich war ziemlich normal, glaube ich. Aber Vietnam hat etwas mit mir gemacht. Mit meinem Kopf. Du willst wissen, wie es war, June? Du willst es wirklich wissen?«

»Ich bin nicht sicher«, sagte June.

»Es war wie im Gruselkabinett«, sagte Gregg. »Wo mein Vater mit uns hinging, als wir klein waren, unten in Asbury. Du kennst diese Buden? Wo der Fußboden sich auf und ab bewegt und die Wände verspiegelt sind und Leute dir entgegenspringen, als Mumien und Gespenster verkleidet? Und es war ein Labyrinth, aus dem du nicht herausfinden konntest. Ich hatte solche Angst, dass ich einfach aufgegeben und mich in eine Ecke gehockt habe, bis die Wärter mich gefunden haben. Ich hatte mir in die Hose gemacht, und dafür hat mein Vater mich ordentlich verprügelt. Ja.«

Er krümmte und streckte seine großen Hände und betrachtete sie stirnrunzelnd, als wäre er nicht sicher, ob sie ihm gehörten. Diese großen Hände, die Junes Kopf, ihre Brüste, ihren Hintern umfasst, die ihre Kinderhand gehalten und sich in sie hineingeschoben hatten. Was hatten sie sonst noch alles getan?

»So war Vietnam«, sagte Gregg. »Nur mit tausend mehr Leichen und Scheiße und Feuer und Käfern und Fäulnis und Tod. Und man konnte nie hinausfinden.«

Er schaute sie an, und die Lider in seinen Augenwinkeln hingen herab.

»Ich kann es verstehen, wenn du mich jetzt rauswirfst«, sagte er. »Wenn du sagst, du willst mich nie wiedersehen. Und ich bin sicher, du willst jetzt nicht mehr mit mir nach Kalifornien kommen.«

»Sei nicht albern«, sagte June.

Sie sagte es reflexhaft, als müsste sie Elsbeth beruhigen, weil sie hingefallen war: »Das wird schon wieder«. Gregg war verdattert.

»Wirklich?«, sagte er. »Wirklich, June?«

»Ich glaube, du solltest zu einem Arzt gehen«, sagte sie hastig. »Dir helfen lassen …«

»Oh, das werde ich.« Er richtete sich auf den Knien auf. »Das werde ich. Auf jeden Fall. Ich werde alles tun, was du sagst – solange du immer noch mitkommst. Ich kann alles, wenn du bei mir bist.«

Er berührte ihr Gesicht mit einem Finger, so sanft, als wollte er eine Wimper wegwischen.

»Ich liebe dich, June«, sagte er, und June dachte: Oh Gott, hilf ihm. Hilf uns beiden. Wie sollte sie da herauskommen? Sie ließ sich von Gregg den Eisbeutel auflegen und schloss die Augen.

Es dauerte eine Woche, bis Junes Gesicht so weit verheilt war, dass sie das Haus nicht nur für einen Besuch beim Hausarzt verlassen konnte, der ihr sagte, sie könne von Glück sagen, dass die Netzhaut sich nicht abgelöst habe. Peter war entsetzt gewesen und hatte die Polizei rufen wollen, aber June sagte: »Wozu? Ich habe den Kerl nicht gesehen, der mich überfallen hat, und er ist inzwischen bestimmt über alle Berge.« Nach einem Abend und einem Morgen voller Fürsorglichkeit und Aspirin war Peter wieder ins Claremont zurückgekehrt, und June hatte niemanden mehr zu Gesicht bekommen außer Elsbeth und Helen Lawatsch, die barmherzigerweise erschien, um Elsbeth am Nachmittag zum Schwimmen im Club abzuholen. »Ich werde niemandem die wahre Geschichte erzählen«, hatte Helen gesagt. »Waren es nur die Augen?«

June begriff, dass Helen glaubte, sie habe sich das Gesicht operieren lassen. Sie lächelte rätselhaft hinter ihrer großen Sonnenbrille. Es war besser, wenn Helen diese Geschichte glaubte und als Gerücht verbreitete, als dass sie ahnte, was wirklich passiert war.

Als die vorgeschriebene Genesungszeit vorüber war, hatte June genug von der Isolation – und sie hatte einen Plan. Sie wartete bis zum späten Nachmittag und zog Elsbeth das lavendelfarbene Kleidchen an, das sie von Ida bekommen hatte – die Prinzessinnenschürze hatte Elsbeth inzwischen aufgegeben, aber jetzt weigerte sie sich, irgendetwas anzuziehen, das nicht lila war –, und dann setzte sie sie auf den Rücksitz des Wagens und fuhr mit ihr auf den Berg hinauf. An der Abzweigung zum Club warf sie einen Blick hinüber, aber sie fuhr weiter geradeaus. Gregg hatte sie seit dem Zwischenfall nicht mehr gesehen; am Telefon war er mit ihr einig gewesen, dass es besser war, wenn sie sich ein Weilchen zurückhielten, bis ihr Gesicht wieder verheilt war. Was mochte er wohl gerade tun? Gab er Privatunterricht? Trainierte er ein Herrendoppel, oder warf er sich nach Feierabend mit einem Bauchklatscher ins Erwachsenenschwimmbecken? Vielleicht war er sogar im Haus seiner Eltern und packte weiter. June vermisste ihn so sehr, dass ihr schwindlig wurde.

Am Fuß des Berges bog sie links ab und fuhr auf der Route 23 vorbei am Woodcrest Golf Club mit seinem neoklassizistischen Clubhaus und den weiten Rasenflächen. Der nächste Abzweig führte zum Claremont. Die Nähe des Restaurants zum Woodcrest war einerseits ein geschäftlicher Vorteil, denn die Leute kamen oft zu einem feinen Essen ins Restaurant, nachdem sie ihre achtzehn Löcher gespielt hatten, aber andererseits war die Lage

auch riskant, weil manchmal fehlgeschlagene Bälle über den Zaun geflogen kamen und Beulen in den Autos der Gäste hinterließen. Peter hatte schon mit dem Woodcrest Golf Club über die Anbringung eines Netzes verhandelt. June parkte und ließ Elsbeth ins Restaurant vorauslaufen. »Daddy, Daddy, Daddy!«, rief sie. Es war erst fünf, und deshalb war der Parkplatz noch leer. June folgte ihr etwas langsamer und blieb dann stehen, um sich eine Zigarette anzuzünden.

Die Klimaanlage im Claremont war ein willkommener Schock nach der grellen Schwüle an diesem Nachmittag im August; manchmal war es, als wollte dieser Monat mit seiner orangegelben Sonne und dem Geruch von Bränden niemals enden. June nahm die Sonnenbrille ab, damit ihre Augen sich an das Dämmerlicht gewöhnten. Shawna, die Empfangsdame, kam in einem langen burgunderroten Kleid aus den hinteren Räumen, Ihr langes schwarzes Haar war wie ein Flügelpaar fedrig vom Gesicht zur Seite frisiert. Sie wechselten Luftküsse und achteten darauf, jeden Hautkontakt zu vermeiden.

»Schön, Sie zu sehen, Liebes«, sagte Shawna. »Was macht das Veilchen?«

»Ist schon viel besser.«

Shawna kam näher heran, um besser zu sehen. »Sieht gut aus«, befand sie schließlich. »Man sieht kaum noch etwas.« Shawna war mit einem Polizisten verlobt, der begeisterten Umgang mit seinen Fäusten pflegte. Daher kannte sie sich mit blauen Augen aus. »Haben Sie ein Steak draufgelegt?«

»Nein, Eiswürfel«, sagte June. »Und Tiefkühlerbsen.«

»Erbsen! Das muss ich mir merken. Ich habe Bobby von den Schwarzen erzählt, die Sie angegriffen haben. Er sagt, sie werden bei der Mall eine Extraeinheit einsetzen.«

»Danke«, sagte June, »aber ich glaube nicht, dass er schwarz war. Und es war auch nur einer.«

»Natürlich war er schwarz«, sagte Shawna. »Die kommen doch heutzutage alle aus Newark herauf, haben Sie davon noch nicht gehört? Und von den Unruhen? Sie müssen vorsichtiger sein.«

»Das werde ich«, sagte June und folgte Shawna zum Stammplatz der Rashkins am Ecktisch.

»Mr. R. kommt sofort«, sagte Shawna. »Möchten Sie etwas trinken?«

»Einen Martini?«

»Schon unterwegs.« Shawna winkte mit einem langen roten Fingernagel und rauschte davon.

June zündete sich eine neue Zigarette an und sah sich um. Das Restaurant war fast leer; nur am Fenster saß ein Paar, das früh zum Essen gekommen war. Aber vielleicht saßen sie auch noch nach einem sehr späten Lunch da. Aus dem Bankettsaal kam das Geräusch eines Staubsaugers. Eine Kellnerin brachte June ihren Drink, und sie nippte nachdenklich daran. Das Claremont hatte sich sehr verändert, seit Peter sie 1972 hergebracht hatte. Früher war es ein griechisches Lokal gewesen, dessen Eigentümer auf mysteriöse Weise verschwunden war. Peter hatte es ersteigert. »Zum Schleuderpreis«, hatte er ihr erzählt, und sie hatte geantwortet: »Man sieht, warum.« Sie war durch den Speiseraum mit seinem verschlissenen PVC-Boden gegangen, mit den rosa Plastiktischdecken und der verschmierten Vitrine, in der Torten und Pasteten ausgestellt werden sollten, die sich aber jetzt leer drehte. Kopfschüttelnd hatte sie die Spiegel an den Wänden und das sonnengebleichte Wandgemälde mit dem Olymp angeschaut und gefragt: »Das ist der Grund, weshalb du mit uns in die Vororte ziehen willst?« Peter

hatte gelächelt. »Das ist der Grund, weshalb ich deine Hilfe brauche.«

Das Claremont war nach dem Apartment in der East 96th Street und ihrer Wohnung in Glenwood die erste Räumlichkeit gewesen, die June gestaltet hatte. Peter hatte ihr Budget streng begrenzt, aber stilistisch hatte er ihr freie Hand gelassen. June war es gewesen, die den goldfarbenen Teppichboden und die sternenfunkelnden Kronleuchter ausgesucht hatte. June hatte die Idee gehabt, die Spiegel an den Wänden mit Blattgold zu wischen, um sie antik aussehen zu lassen, und dann rote Samtvorhänge so zu drapieren, dass sie wie Fenster aussahen. »Besser, als sie gegen Bezahlung entfernen zu lassen«, sagte sie. »Und denk daran, wie viele Jahre Pech du vermeidest.« Sie erinnerte sich, wie aufgeregt sie am Eröffnungstag mit einem Pappbecher Kaffee in der Hand den Parkplatz überquert und ihren Platz am Empfangspult eingenommen hatte. Das war, bevor Peter für diese Position eine junge Frau fest angestellt hatte. *Willkommen im Claremont, wie geht es Ihnen heute Abend?* Sie und Peter hatten das Claremont zusammen erschaffen, und es war ihr bestes Gemeinschaftswerk nach Elsbeth geworden.

Jetzt kam Peter durch die Küchentür und hielt Elsbeth an der Hand. Er trug einen hellgrauen Sommeranzug und lächelte June zu, während er Elsbeth auf die Bank half. June lächelte zurück. Was immer zwischen ihnen geschehen sein mochte, June bekam nie genug davon, Peter in seinem Element zu sehen, auf dem Parkett seines Restaurants.

»Darf ich mich zu euch setzen?«, fragte er.

»Selbstverständlich.« June rutschte zur Seite, und Elsbeth tat es auch, damit Peter auf der anderen Seite neben ihr sitzen konnte.

»Einen Wodka Tonic, bitte«, sagte er zu der Kellnerin, die jetzt erschienen war. »June – noch einen? Ja? Einen Beefeater-Martini, sehr trocken. Einen Shirley Temple mit drei Kirschen und einen Hamburger, einfach, ohne Brötchen. Auch bekannt als … was, Ellie?«

»Hamburger ›Walter‹«, sagte Elsbeth und malte mit den Buntstiften, die June ihr gegeben hatte, auf der Rückseite ihres Tischsets.

»Sehr gut. Wie wird der gemacht, für Erwachsene?«

»Mit Pfeffer und Brandy«, sagte sie. »*Au poivre*.«

»Ausgezeichnet. Dafür gibt es ein Erdbeereis – nach dem Essen.«

Die Kellnerin zündete die Kerze auf dem Tisch an und zog sich zurück. Peter ließ den Blick durch das Restaurant wandern und vergewisserte sich, dass für den Abend alles bereit war. »Was macht dein Auge?«, fragte er.

»Besser, danke.«

»Lass mal sehen«, sagte er, und June drehte sich gehorsam zu ihm um. »Ah ja. Man sieht es kaum.«

»Dem Himmel sei Dank für *Cover-Girl*-Kosmetik«, sagte June.

»Dem Himmel sei Dank, dass dieses Dreckschwein dich nicht noch schlimmer verletzt hat«, sagte Peter düster.

»Daaaddyiii«, sagte Elsbeth. Sie malte sich selbst in einem lila Prinzessinnenkleid mit Schürze und juwelenbesetzter Krone. »Du hast ein schlimmes Wort gesagt.«

»Stimmt.« Peter griff in die Tasche und schob eine Fünf-Cent-Münze über den Tisch. »Einmal für die Schlimme-Wörter-Dose«, sagte er, und Elsbeth steckte die Münze in ihr lila Portemonnaie.

»Und wen malst du da?« Peter legte den Kopf schräg und spähte auf Elsbeths Zeichnung. »Dieser große Mensch?«

»Das ist Gregg«, sagte Elsbeth.

Sie malte ein monolithisches Rechteck mit Brille und Beinen aus. Peter sah June fragend an, und sie schüttelte den Kopf und zuckte die Schultern: *Keine Ahnung.* »Vielleicht jemand aus dem Club.«

Die Kellnerin kam mit den Getränken und Elsbeths Burger. Dazu brachte sie eine Silberschale mit ihren Lieblingsgurken. »Cheers«, sagte Peter, und die drei Rashkins stießen klingend miteinander an. Elsbeth nahm eine Kirsche und malte weiter. June und Peter tranken einen Schluck und sahen zu, wie das Restaurant sich allmählich füllte. Shawna schwebte in ihrem weinroten Kleid wie ein Schwan zwischen den Tischen umher, führte die Gäste zu ihren Plätzen, woraufhin in einer gut einstudierten Choreografie Kellner und Kellnerinnen erschienen und Getränke- und Appetizer-Bestellungen aufnahmen.

»Was verschafft mir das Vergnügen…«, sagte Peter, als June gleichzeitig anfing: »Das ist eine schöne…« Sie schauten einander an und lächelten.

»Du zuerst«, sagte June.

Peter neigte den Kopf. »Nach dir.«

»Ich wollte nur sagen, es ist eine schöne Abwechslung«, sagte June, »nachdem ich die ganze Woche zu Hause bleiben musste. Es war zu heiß zum Kochen.«

»Das stimmt«, sagte Peter. »Es ist bestialisch. Trotz der Klimaanlage ist die Luft in der Küche zum Schneiden.« Er sah auf die Uhr. »Ich muss jetzt zurück.«

June zündete eine Zigarette an. »Ehrlich gesagt, ich hatte gehofft, ich könnte ein Wort mit dir…«

»Hat das nicht Zeit, bis ich nach Hause komme?«

Junes Hand zitterte, als sie das Glas hob, und sie stellte es wieder hin, bevor sie etwas verschüttete.

»Ehrlich gesagt, Peter, ich glaube, das hat es nicht.«

Peter hatte einem Kellner auf der anderen Seite des Raumes ein Signal aus dem gastronomischen Winkalphabet gegeben, aber etwas an Junes Tonfall oder dem Umstand, dass sie ihn mit seinem vollen Vornamen anredete, ließ ihn aufhorchen.

»Was ist denn?«, fragte er.

June starrte in ihren Martini und atmete tief durch die Nase ein.

»June? Stimmt etwas nicht?«

»Ich wollte es dir schon eher sagen.« Ihre Stimme stockte, und sie schaute weg, quer durch das Restaurant.

Peter sagte nichts, aber aus den Augenwinkeln sah sie, wie sein Taschentuch erschien. Sie nickte dankbar, nahm es und tupfte damit unter ihr linkes Auge und dann sehr vorsichtig unter ihr rechtes.

Peter klopfte mit den Fingerknöcheln an den Tisch und fragte: »Geht es um das, was wir besprochen haben? Dass du wieder berufstätig sein willst?«

»In gewisser Weise«, sagte June.

»Oder um Sols Kommentare? Ich habe schon bereut, dass ich es ihm habe durchgehen lassen«, sagte Peter. »Sol kann ein Tyrann sein, aber du weißt, dass seine Ansichten keine Auswirkung auf unser Privatleben haben.«

June zwang sich, ihn anzuschauen. Peter lächelte sie mit gesenktem Kopf und hochgezogenen Brauen an, und sie wusste, was dieser Ausdruck bedeutete: Verzeihst du mir?

»Peter. Ich muss dir etwas sagen.«

Sie sah, wie sein Gesichtsausdruck sich veränderte. Als Elsbeth klein war, hatte er ein Spiel mit ihr gespielt, das daraus bestand, dass er komisch grinste und mit der Hand über sein Gesicht strich und danach finster blickte.

Dann wiederholte er die Geste und grinste wieder. Jetzt sah es aus, als hätte jemand über sein Gesicht gestrichen und den Ausdruck des Begreifens hinterlassen. Er lehnte sich zurück.

»Verstehe«, sagte er. »Also gut. Aber ich schlage vor, wir sprechen heute Abend zu Hause miteinander. Ich will sehen, dass ich nicht allzu spät komme. Ich glaube nicht, dass wir darüber vor...«

Er deutete mit dem Kopf auf Elsbeth, aber Elsbeth war nicht mehr da. Da war nur noch ihre Zeichnung neben ihrer Serviette und dem leeren Teller.

»Wo ist sie hin?« Peter stand auf.

June erhob sich ebenfalls. »Ich weiß es nicht.«

»Sie muss unter dem Tisch durchgekrochen sein, Aber wo ist sie?«

»Ich habe keine Ahnung«, sagte June.

Die Eltern schauten umher. Inzwischen herrschte Betrieb, fast alle Tische waren besetzt, und Kellner und Kellnerinnen kurvten dazwischen umher und balancierten schwere Tabletts mit Getränken und heißem Essen. June dachte an die Küche, deren Betreten Elsbeth ohne die Begleitung eines Erwachsenen ausdrücklich verboten war, sie dachte an Messer und Herdplatten und kochende Töpfe. An den Parkplatz und die Autos, die dort einbogen, an die Route 23 mit einer Geschwindigkeitsbegrenzung von 55 Meilen pro Stunde. Peter hatte Shawna zu sich gerufen und sprach hastig mit ihr. Shawna lief eilig in die Küche.

»Pete«, sagte June, »du glaubst doch nicht...«

Dann warf sie einen Blick auf Elsbeths Bild, das ganz in Lila gehalten war, sie sah Elsbeths Handtasche aus lila Satin, und sie wusste, wo Elsbeth war. Als sie sich nach Peter umdrehte, sah sie, dass er es auch wusste.

Sie wandten sich vom Tisch ab. »Verzeihung«, sagte June, als sie sich durch das Restaurant schlängelte, »entschuldigen Sie.« Sie lief zur Damentoilette, die sie wie alles andere im Claremont selbst gestaltet hatte. Sie hatte die aktuellste Farbe des Jahrs 1972 gewählt, und wie alles, was Elsbeth in letzter Zeit trug, malte und für ihre Umgebung benutzte, war das Lila. Alles auf der Damentoilette war in einer Variante dieses Farbtons gehalten, von den Kacheln über die Kabinen bis zu den Usambaraveilchen auf den Drucken an der Wand. Sogar die Kloschüsseln waren lavendelfarben, und dort fand June sie auch, als sie die Tür der ersten Kabine aufstieß, dicht gefolgt von Peter: Elsbeth umarmte die Porzellanschüssel. »Mummy«, rief sie, »sieh doch, mein lila Prinzessinnenthron! Er ist so schön.« Und während ihre Eltern riefen: »Nein, nein, nein, nein, nein!«, beugte sie den Kopf herunter und küsste die Klobrille.

An diesem Abend war June im Gästezimmer, als Peter nach Hause kam. Nach dem Zwischenfall mit ihrem Gesicht war sie aus dem Eheschlafzimmer hierher umgezogen; sie hatte behauptet, im Sitzen zu schlafen falle ihr leichter, was im Großen und Ganzen auch stimmte. Aber in der letzten Woche hatte sie herzlich wenig geschlafen, und das hatte nicht an dem abklingenden Schmerz in ihrer Wange gelegen.

Sie warf einen Blick auf die Uhr auf den Nachttisch: zehn nach Mitternacht. Das nannte er »nicht allzu spät«? Aber das war es natürlich, zumindest für ihn. Meistens verließ er das Restaurant nicht vor zwei oder drei Uhr nachts. June zündete sich eine Zigarette an, saß wachsam da und lauschte. Dann hörte sie Peters Schritte in der Küche. Die Kühlschranktür öffnete und schloss sich;

bestimmt hatte er Reste vom Special dieses Abends aus dem Claremont mitgebracht, wie er es immer tat. Die Schranktür knarrte, hinter der die Gläser standen, und der Wasserhahn rauschte. Ein Glas wurde klirrend in die Spüle gestellt. Dann kam er herauf. June beobachtete die Tür.

Es klopfte. »June? Bist du noch wach?«

June legte das Paperback zur Seite, das sie in der Hand gehalten hatte, und drückte ihre Zigarette aus. »Komm herein.«

Peter betrat das kleine Zimmer, blieb stehen und sah sich um. »Ich habe vergessen, was für ein angenehmer Raum das ist«, sagte er. »Ich glaube, ich war nicht öfter als ein- oder zweimal hier, seit es Ellies Kinderzimmer war.«

»Ich habe es neu tapeziert.«

»Ah, ist es das? Ich dachte doch, etwas ist verändert.« Entweder sah er nicht, wie die geblümte Textiltapete herabhing und sich von der Wand wegwölbte, oder er tat so, als bemerkte er es nicht.

June wedelte mit der Hand und deutete auf den Schaukelstuhl in der Ecke. »Setz dich.«

»Danke.« Peter ging hinüber zu dem Stuhl, nahm Platz und legte die flachen Hände auf die Knie. Er lächelte sie an. Unter seinen Augen waren graue Säcke, und der Windhauch vom Ventilator, der sein Drahtgittergesicht hin und her bewegte, löste eine Haarsträhne aus den mit Brillantine gefestigten Wellen. Die Zeit hatte Furchen in seine Stirn und von der Nase zum Kinn gegraben, und June dachte nicht zum ersten Mal, wenn die Jugend makellos war, so brachte das Alter seine Flecken, und sie wünschte, es gäbe einen speziellen Schwamm, mit dem sie die Jahre von ihrem Mann abwischen könnte.

»Na, June«, sagte Peter. Er hatte sein Jackett abgelegt und wahrscheinlich unten gelassen. Jetzt saß er in Hemdsärmeln da. Das Hemd war knautschig. »Da sind wir.«

»Ja«, sagte sie. Draußen fuhr ein Auto die Park Street entlang, und weiter unten bellte ein Hund.

»Also«, sagte Peter, »es gibt jemand anders?«

June schaute in ihren Schoß. Sie hatte die Beine unter ihrem Nylonnachthemd gekreuzt.

»Ja«, sagte sie.

»Und das wolltest du mir sagen. Im Restaurant.«

»Ja.«

»Ich verstehe. Wie lange schon?«

»Nicht sehr lange. Zwei Monate.«

»Zwei! Wer ist es?«

»Das ist nicht wichtig.«

»Und ob es wichtig ist, verdammt. Und ob es wichtig ist!«

Er stand so plötzlich vom Schaukelstuhl auf, dass die Lehne gegen die Wand schlug und zurückprallte, und fing an, auf und ab zu gehen. »Verdammt, June!«, schrie er. »Wer ist es? Der Fotograf, mit dem du angeblich in Minneapolis gearbeitet hast? Oder jemand aus dem Club? Sag's mir!«

Sie schüttelte den Kopf. »Es ist nicht wichtig. Ich glaube, es ist vorbei …«

»Du glaubst! Du glaubst. Ah, das ist toll. Du glaubst, es ist vorbei.«

»Was willst du von mir hören?«, schrie sie zurück. »Dass es nicht vorbei ist? Dass ich dich verlassen will? Ist es das, was du willst?«

Peter blieb stehen. »Willst *du* das?«

June schaute wieder in ihren Schoß. Sie schüttelte den

Kopf und presste die Augen zu. Zwei Tränen fielen auf ihre Beine.

»Und jetzt bist du traurig deswegen«, sagte Peter. »Ah, das ist wunderbar. Es tut mir so leid, dass du nicht mit deinem Liebhaber durchbrennst.«

»Führe mich nicht in Versuchung!«

Peter ließ sich wieder in den Schaukelstuhl fallen. Es krachte, aber der Stuhl hielt. Eine Haarsträhne, die sich beim Auf-und-ab-Gehen gelöst hatte, wehte wild im Wind des Ventilators.

»Warum?«, sagte er. »Wenn du mir nicht sagen willst, wer es ist, dann sag mir wenigstens, warum. Ich war dir ein guter Ehemann. Ich habe für dich gesorgt, ich war dir treu ...«

»... und du warst ein guter Vater«, sprach June für ihn zu Ende. »Ja.«

»Also warum, verdammt?«

»Musst du mich das wirklich fragen?«, sagte June leise.

Er starrte sie an. »Wovon redest du?«

»Du weißt, was ich meine.«

»Klär mich auf.«

»Willst du das wirklich? Willst du wirklich, dass ich dir erzähle, wie es für mich ist, wenn du zwanzig Stunden am Tag und sieben Tage in der Woche arbeitest ...«

»Um das Geschäft am Laufen zu halten. Ich war immer engagiert bei dem, was ich getan habe, und das hast du immer gewusst ...«

»Wir wissen beide, dass du nicht so hart arbeiten musst, wie du es tust.«

»Viele Männer arbeiten hart.«

»Ich bitte dich, Pete. Warum zwingst du mich, es zu sagen? Du weißt, was das Problem ist. Du weißt, warum du so hart arbeitest. Es ist der einzige Ort, an dem du dich

wohlfühlst. Deine Küche. Stimmt's? Dort kannst du alles andere ausblenden und so tun, als wäre nie etwas Schlimmes passiert. Der Krieg hat nicht stattgefunden. Du hast die Frau nicht verloren. Du hast sie alle nicht verloren.«

»Das … reicht … jetzt!«

»Nein, ich bin noch nicht fertig. Ich denke auch an sie, wusstest du das? Aber so ist es. An diese armen Kinder. Und an Masha. Ich wünschte, ich hätte sie kennenlernen können. Ich bewundere sie. Sie muss so tapfer gewesen sein … Aber Tatsache ist, sie ist nicht mehr da. Und du auch nicht. Ein Teil von dir ist überhaupt nicht mehr da. Er ist abgeschaltet, oder er ist gar nicht mehr vorhanden. Ich weiß nur, dass du höchstens zur Hälfte hier bist.« June tat die Kehle weh, und sie legte die Hand daran. »Und ich bin wirklich einsam.«

Peter sah sie an, als hätte er sie noch nie gesehen.

»June«, sagte er, »das alles hast du gewusst, als du mich geheiratet hast. Du hast gewusst, was geschehen war.«

»Ja natürlich. Aber ich wusste nicht, dass es so bleiben würde. Vermutlich war ich naiv, aber ich dachte, na ja, anfangs ist man einander immer fremd, oder? Menschen wachsen zusammen. Ich dachte, du würdest auftauen.« Sie schüttelte den Kopf. »Aber das hast du nicht getan.«

Peter senkte den Blick auf seine Füße, auf die abgetragenen Kochschuhe auf dem Teppich.

»Manchmal denke ich, du hättest nie wieder heiraten sollen«, sagte June. »Vielleicht wärst du glücklicher geworden, wenn ich nicht gekommen wäre.«

»Das ist nicht wahr. Du hast mich glücklich gemacht.«

»Ich möchte dich etwas fragen. Wenn ich nicht schwanger geworden wäre, hättest du mir dann einen Heiratsantrag gemacht?«

Peter zögerte so lange, dass sie wusste, er musste über seine Antwort nachdenken. »Ich wollte dich heiraten.«

»Das ist keine Antwort auf meine Frage.«

Peter fuhr sich mit den Händen über das Haar. »June«, sagte er schließlich, »das alles ist so lange her. Was soll ich denn tun?«

»Weißt du noch, dass ich dich, bevor wir geheiratet haben, gebeten habe, zu einem Analytiker zu gehen?«

»Ja.«

»Und hast du es getan?«

»Ach, June, wer weiß das? Es ist so lange her …«

»Du hast es nicht getan«, sagte sie. »Mach dir nicht die Mühe zu flunkern. Ich weiß es.«

»Und woher?«

»Ich bin dir gefolgt«, sagte sie. »Als du deine Wohnung verlassen hast. Du hast gesagt, du gehst zum Analytiker, aber du bist ins Masha's gegangen wie immer.«

»Du bist mir gefolgt«, wiederholte Peter und schloss die Augen. »Natürlich.«

»Ich möchte, dass du jetzt hingehst«, sagte June. »Mit mir. Ich weiß nicht, ob sich damit etwas in Ordnung bringen lässt, aber etwas muss sich ändern. Irgendetwas. Und vielleicht haben wir dann eine Chance. Tust du das?«

Peter schien den Teppich zu studieren. Nach einer ganzen Weile seufzte er.

»June«, sagte er, »es tut mir leid, aber das kann ich nicht. Ein alter Hund lernt keine neuen Kunststücke mehr. Ich habe dir schon vor langer Zeit gesagt, es gibt Dinge, über die ich nicht sprechen will. Und ich kann es immer noch nicht.«

»Du willst nicht, meinst du.«

»Will nicht, kann nicht – ich werde es einfach nicht tun.« Er hob den Kopf. »Vielleicht hätte ich dich nicht hei-

raten sollen. Ich dachte damals, dass es vielleicht nicht fair war. Du bist und warst immer so vital, so offen für die Möglichkeiten des Lebens. Und mir hat die ganze Zeit etwas gefehlt. Ich dachte, es kommt vielleicht zurück. Oder wir können darauf verzichten. Aber letzten Endes bin ich der, der ich bin, und etwas Besseres habe ich nicht zu bieten.«

Er hob die Hände und ließ sie wieder fallen. »Es tut mir leid, June. Es tut mir leid, dass ich nicht der bin, den du haben willst.«

June wartete. »Ist das alles?«, fragte sie schließlich.

»Vorläufig ja«, sagte Peter. »Aber ich liebe dich, June. So gut ich kann. Und das ist so wahr wie alles, was wir heute Abend gesagt haben.«

Er stand auf, verzog das Gesicht und drückte eine Hand auf seine Seite.

»Was hast du?«, fragte June.

»Nichts. Ein Stechen. Ich muss mich am Herd verhoben haben.« Er zwang sich, aufrecht zu stehen. »Ich weiß, diese Diskussion ist nicht zu Ende. Wir werden weiter miteinander sprechen. Aber bitte entschuldige mich jetzt. Ich bin so weit gegangen, wie ich es heute Abend kann.« Er öffnete die Tür und nickte June höflich zu. »Gute Nacht«, sagte er und ging hinaus.

Am nächsten Morgen war June sehr früh wach und wusste, was sie zu tun hatte.

Sie stand auf, machte das Gästebett, wusch sich das Gesicht, putzte sich die Zähne und kämmte sich. Sie zog die Sachen an, die innen an der Badezimmertür hingen, ausgestellte Jeans und ein T-Shirt. Leise ging sie die Treppe hinunter. Die Tür zum Eheschlafzimmer war geschlossen; entweder war Peter ebenfalls früh aufgestan-

den und ins Restaurant gegangen, oder er schlief noch. Das Haus füllte sich mit dem grauen Licht der Morgendämmerung.

Elsbeth war schon auf; sie saß im Schneidersitz in ihrem »Holly Hobbie«-Pyjama vor dem Fernseher im Hobbyraum und schaute *Pink Panther*. Das tat sie immer, bevor June und Peter aufwachten: Sie durfte fernsehen, wenn sie den Ton leise stellte, und sie durfte zwei von den Zuckerwaffeln essen, die June in Elsbeths eigene Küchenschublade legte, aber sie durfte ihre Eltern nicht stören.

Sie fuhr herum, als June sehr leise sagte: »Guten Morgen, mein Schatz.«

»Sieh doch!«, sagte Elsbeth. Sie erhob sich wippend auf die Knie und zeigte auf den Bildschirm. Der Pink Panther gab Inspector Clouseau Feuer für seine Zigarette, die prompt explodierte. Clouseau qualmte, und Elsbeth zappelte kichernd. »Ist er nicht blöd, Mommy?«

»Sehr blöd. Komm, zieh dich an. Schnell, schnell. Mommy hat eine Überraschung für dich.«

»Was ist es?«

»Es wäre keine Überraschung, wenn ich es dir sagen würde, oder?«

»Nein«, sagte Elsbeth zustimmend. Sie sprang auf.

June zog sie an; sie zog Kleider aus dem Wäschekorb hinter der Küche, eine gelbe Rüschenbluse und eine saubere Oshkosh-Hose, und stopfte noch ein paar andere Sachen in eine Einkaufstasche. Elsbeths Lunchbox füllte sie mit Möhrenstiften und Käsewürfeln und Oreo-Keksen und vermied es, das Essen anzuschauen, das Peter in der vergangenen Nacht mit nach Hause gebracht hatte: »BrtHhn/KrtPür/SpinSouff/30. Aug.«, stand in Peters Zickzackhandschrift auf dem Styroporbehälter. Die Ge-

wohnheit des Kochs, stets den Inhalt und das Datum zu registrieren.

»Kann ich Apfelsaft haben, Mommy?«

»Darf ich.«

»Darf ich Apfelsaft haben, bitte?«

»Ja, du darfst«, sagte June und goss Saft in Elsbeths Beatrix-Potter-Becher. »Bleib hier und trink. Ich bin gleich wieder da.«

Sie lief die Treppe hinauf und achtete darauf, nicht auf die Stufe zu treten, die unter dem Läufer knarrte. In Elsbeths Zimmer nahm sie *Wilbur und Charlotte* und *Klein Stuart* vom Nachttisch, stopfte Pu, Piglet, Snoopy, Woodstock, Henry und noch ein paar in ihre Bluse. Die Tür des Eheschlafzimmers war immer noch geschlossen. Schnell schlich June wieder die Treppe hinunter, setzte ihre Sonnenbrille auf und nahm ihre Handtasche.

»Fertig, Süße?«

»Wo gehen wir hin, Mommy?«

»Auf eine ganz besondere Reise.«

»Jaaaaa!«, krähte Elsbeth. June drückte einen Finger auf ihre Lippen.

»Aber leise«, sagte sie. »Wie die kleinen Mäuschen. Kannst du das?«

»Ja«, flüsterte Elsbeth dramatisch.

Auf Zehenspitzen schlich sie auf die Hintertreppe zu und hob die Beine übertrieben hoch. June warf einen letzten Blick in die Küche und schloss dann die Tür hinter ihnen.

Draußen hingen Nebelschleier in den großen Bäumen, und Tautropfen funkelten auf dem Gras. Das Licht war geheimnisvoll, der Gesang der Vögel lebhaft und schön. June würde ihre Pflanzen vermissen, den Garten mit dem Bach. Sie schnallte Elsbeth auf dem Rücksitz an.

Auf dem Weg zum Interstate hielt June bei Glenwood Plaza an, um zu tanken, einen Becher Kaffee zu trinken und eine neue Straßenkarte zu kaufen. »Hi, Herzchen«, sagte die Frau an der Kasse, »für einen Samstag sind Sie aber früh dran.« June lächelte hinter ihrer Sonnenbrille und legte noch eine Packung Salzstangen für Elsbeth dazu. Der Asphalt dampfte, die Ladenbesitzer schlossen eben ihre Türen auf und stellten ihre Sandwich-Plakate auf. Die Leute schlurften im Morgenmantel durch die Vorgärten am Straßenrand und holten ihre Zeitung herein, drehten die Sprinkler auf, die ihre fächerförmigen Fontänen hin und her sprühten, ließen die Hunde heraus und hissten ihre Flaggen. Dann blieb Glenwood hinter ihnen zurück, und June fuhr über den Berg. Die Straße schlängelte sich durch das Watchung-Reservat, wo June einmal unter ein paar Birken mit Gregg geschlafen hatte. Es ging vorbei am Eagle Ridge Diner und an Pal's Cabin, bevor sie den Abzweig zur 280 nahm. Es fühlte sich seltsam an, nach Westen zu fahren, statt ostwärts nach Larchmont oder New York City und die Stadt im Rücken zu haben. Der Interstate Highway war so gut wie leer.

June verspürte eine wachsende Aufregung, die sie nicht mehr empfunden hatte, seit sie mit einundzwanzig in den Greyhound-Bus nach Manhattan gestiegen war. Es hatte etwas damit zu tun, so früh aufzustehen und zu verreisen, aber es war mehr als das. Es war die Aufregung eines Abenteuers, für das sie sich entschieden hatte, mit einem Ziel vor Augen, aber ohne zu wissen, was als Nächstes passieren würde. Als Erstes würde sie zu Ida fahren. Ida würde im ersten Moment nicht allzu begeistert sein, sie und Elsbeth zu sehen, nicht unter diesen Umständen, aber sie würde sich erweichen lassen, da war June sicher – aber war Zuhause nicht der Ort, wo-

hin man ging und wo man aufgenommen werden musste? June und Elsbeth würden den Rest des Sommers dort verbringen und dann nach Minneapolis gehen, wo ein paar von Junes Highschool-Freundinnen ihr vielleicht helfen würden, sich zu orientieren. Ein Parson's gab es in den Twin Cities nicht, aber es gab das Minneapolis College of Art and Design, es gab Inneneinrichtungsfirmen, und es gab Fernkurse. June konnte sich für ein paar Kataloge als Mutter fotografieren lassen, um ein bisschen Geld zu verdienen, und in Hauskleidern und Caprihosen Kinder anlächeln, die nicht ihre waren. Und dann, mit einem Diplom in der Hand – war vielleicht Kalifornien die nächste Station. Wer konnte das wissen? June jedenfalls nicht. Aber das war der springende Punkt. Sie war frei. Sie lachte laut.

»Was ist so lustig, Mommy?«

»Nichts, Schatz. Ich freue mich nur.«

Elsbeth dachte nach. »Wo fahren wir denn hin?«

»Tja, meine Süße«, sagte June und lächelte Elsbeth im Rückspiegel an. Auch Elsbeth hatte ihre Sonnenbrille aufgesetzt, die Minnie-Mouse-Sonnenbrille, und schaute leidenschaftslos zurück. »Ich dachte, wir besuchen Grandma Ida. Was hältst du davon?«

»Da waren wir doch gerade«, sagte Elsbeth.

»Das stimmt. Aber ich dachte, es wäre schön, sie noch einmal zu besuchen. Dann kannst du ohne Badekappe schwimmen gehen, und wir essen im A&W. Und vielleicht fahren wir nach Minneapolis!«

»Kommt Daddy auch?«

»Diesmal nicht, Schatz. Er muss arbeiten. Aber wir rufen ihn an. Okay?«

Elsbeth schaute aus dem Fenster und ließ ihre Sandalenfüße baumeln. »Können wir auch zu dem großen Löwen

gehen?« Sie meinte den Springbrunnen am Schwimmbad. »Auf jeden Fall«, sagte June. »Okay?«

»Okay«, sagte Elsbeth.

»Gut«, sagte June. »Sollen wir ein paar Landstraßenlieder singen?«

Sie sangen auf dem ganzen Weg durch New Jersey. *»Free to Be... You and Me...«*, *»She'll Be Coming 'Round the Mountain«*, *»I've Been Workin' on the Railroad«* – das war beinahe ein Landstraßenlied. Jim Croce. *»Movin' me down the highway... movin' ahead so life don't pass me by«*, sangen sie beide aus voller Brust. Inzwischen waren mehr Autos unterwegs. June behielt die Straße im Auge, während sie die Karte auf dem Lenkrad ausbreitete. Sie fand bestätigt, was sie bereits wusste: Sie würden auf dem Interstate 80 durch Pennsylvania und Ohio fahren.

Müde wurde sie erst gegen Mittag, als sie sich der Delaware Water Gap näherten. Elsbeth ging es nicht anders; nach dem Singen hatte sie ein Weilchen den Kopf hängen lassen und gedöst, aber jetzt war sie wach und quengelte. »Mommy«, rief sie, »ich muss aufs Klo.«

»Okay, meine Süße. Kannst du noch einhalten, bis ich eine Tankstelle finde?«

»Nein«, sagte Elsbeth. »Ich muss *jetzt*.«

»Ich weiß.« June reichte eine Tüte Oreos über die Lehne. »Gib mir nur eine Minute.«

June fuhr und fuhr, aber um sie herum waren nur andere Autos, Lastwagen, Berge und lauter Bäume. Sie wusste, dass die Catskills ein beliebtes Urlaubsziel waren, aber sie hatte diese Berge immer als bedrohlich empfunden. War hier nicht die Gegend, in der Rip van Winkle unterwegs war, der kopflose Reiter? Warum sollte man hier Urlaub machen wollen? Sie bekam Kopfschmerzen, einen dumpfen Druck hinter den Schläfen –

vielleicht weil ihre Augen überanstrengt waren oder weil sie so früh aufgestanden war. Die rechte Augenhöhle schmerzte hinter der Sonnenbrille. Ein Schild huschte vorbei: DEL WATER GAP 12 M LETZTE AUSFAHRT IN NEW JERSEY VOR MAUTSTATION.

»Mommy«, jammerte Elsbeth. »Ich will zu Daddy. Ich will nach Hause.«

Sie fing an zu weinen. Natürlich – Elsbeth war auch müde ohne ihren Mittagsschlaf. Die Alltagsroutine war unterbrochen. Manchmal, wenn das Claremont am Vorabend gut gelaufen war, ging Peter samstagmorgens nicht sofort wieder hin. Er stand dann mit Elsbeth auf, und sie machten zusammen Frühstück. Frisch gepressten Orangensaft – selbstverständlich, denn Peter würde Saft aus einem Karton oder einer Dose niemals anrühren. Toast aus dem Ofen, der durch und durch knusprig war; Elsbeth drehte ihn vorsichtig mit einer Zange. Und Peters spezielles Rührei: Zuerst karamellisierte er Zwiebeln in der Pfanne, dünstete sie langsam in Butter, bis sie glasig waren. Dann schlug er Eier, bis sie zu einer schaumigen schweren Creme geworden waren. Dazu kamen Schinken, frischer Dill und seine geheime Zutat, ein Klecks Neufchâtel-Käse, den Elsbeth am Ende mit einem Holzlöffel dazugeben durfte. Sie hatte ihre eigene Kochjacke mit ihrem aufgestickten Namen am Revers, eine kleine Kochmütze, Gummiclogs und einen speziellen Schemel, auf dem sie stand und Peter beim Rühren, Hacken und Abwiegen half. Die »Fabelhaften Rashkins« nannten sie sich, und wenn das Frühstück fertig war, servierten sie es June mit einer Verbeugung am Tisch, und Peter schwenkte die Hand nach rechts, Elsbeth nach links. »Ta-daa! Die ›Fabelhaften Rashkins‹! Seht und staunt!«

An der Ausfahrt vor Water Gap verließ June den High-

way und hielt an einer Tankstelle. Während der Tankwart volltankte und die Frontscheibe abwischte, holte June den Schlüssel und ging mit Elsbeth auf die Damentoilette. Danach fuhr sie den Dodge an die Seite und zum Münztelefon und meldete dort ein R-Gespräch an. Die freie Hand drückte sie ans Ohr, um den Lärm vom Highway abzuhalten, und dabei behielt sie Elsbeth im Auge. Elsbeth trat schlecht gelaunt gegen den Vordersitz und machte ein mürrisches Gesicht. Sie hatte noch einen Schluckauf von ihrem Weinkrampf.

»Der Teilnehmer meldet sich nicht«, sagte die Vermittlung. »Möchten Sie noch einen anderen Anruf tätigen?«

»Ja bitte«, sagte June und nannte ihr die Nummer. Sie hielt sich das Ohr wieder zu und überlegte, was sie sagen könnte. *Es tut mir leid, ich wollte dir keinen Schrecken einjagen, aber ich musste es so machen, bevor ich den Mut verliere. Es geht uns gut, wir fahren zu meiner Mutter. Ich rufe dich heute Abend aus Ohio an. Wir reden dann …*

»Claremont«, sagte eine unbekannte Männerstimme.

June runzelte die Stirn. »Wer spricht da?«

»Tony, in der Küche. Wer ist da?«

»June Rashkin. Ist mein Mann da, bitte?«

»Oh. Oh Gott, June.« Tony war einer von Peters Gardemangers. Wieso ging er ans Telefon? »Wo sind Sie, Liebes?«

»Ich bin mit Elsbeth unterwegs. Stimmt etwas nicht?«

»Gott sei Dank, dass Sie anrufen. Wir versuchen es schon den ganzen Tag bei Ihnen zu Hause. Shawna fährt durch die Gegend und sucht Sie …«

»Tony, sagen Sie mir einfach, was los ist!«

»Es tut mir leid, dass ich es Ihnen erzählen muss«, sagte er. »Aber Peter hatte heute Morgen einen Herzinfarkt. Er liegt im Glenwood Memorial.«

# 11

# DER AMERICAN DREAM

Peter blieb nur bis zum nächsten Morgen im Glenwood Memorial. Sobald er transportfähig war, ließ Sol ihn mit dem Krankenwagen nach New York ins Mount Sinai bringen. Was hatte es für einen Sinn, den verdammten Laden zu unterstützen, wenn man ihn nicht nutzte?, wollte Sol von June wissen. Sol kannte den besten Herzspezialisten der Welt – und ob June wusste, dass er in der Stadt war. Und ob June nicht wollte, dass Peter eine Behandlung der Spitzenklasse bekam. June vermutete, dass das lauter rhetorische Fragen waren.

Sie ließ Elsbeth bei Helen Lawatsch und folgte dem Krankenwagen. »Du brauchst dir keine Sorgen zu machen.« Helen hatte die Augen voller Mitgefühl aufgerissen, als sie ins Krankenhaus kam, um Elsbeth abzuholen. »Ich kümmere mich um sie, solange du möchtest.« June war in Tränen ausgebrochen. Sie war völlig empfindungslos gewesen, als sie aus den Catskills zurückgefahren war, aber sie hatte die Geschwindigkeitsbeschränkung die ganze Zeit um gut dreißig Meilen überschritten, und ihre emotionale Anästhesie hatte angehalten, bis sie die Intensivstation erreichte, sogar noch, als sie Peter an all den Apparaten sah. Es erschien ihr alles nicht real. Aber Helens Freundlichkeit hatte die Schleusen geöffnet.

Jetzt, nachdem sie eine Nacht auf einem orangegelben

Plastikstuhl verbracht hatte, fuhr June sehr vorsichtig. Hitze und Erschöpfung gaben ihr das Gefühl, dass alles langsam schmolz. Wieder war es früh am Tag, der Highway, diesmal Route 3, lag verlassen da. In der Stadt hielt sie an der ersten Verkehrsampel hinter dem Lincoln Tunnel und ließ sich die Windschutzscheibe waschen, ohne sich die Mühe zu machen, die Scheibenwischer einzuschalten oder die Typen wegzuwinken. Sie bezahlte sie auch nicht, und sie schrien ihr wütend hinterher. Die wenigen Fußgänger, die das Pech hatten, unterwegs zu sein, hasteten von einem klimatisierten Gebäude zum nächsten, die Gipfel der Hochhäuser verschwanden im graugelben Smog. Als June den Dodge parkte, hinterließen ihre Turnschuhe Abdrücke im Asphalt.

Peter lag nicht mehr auf der Intensivstation. Sol musste im Laufe der Jahre ein paar stattliche Summen an das Mount Sinai gespendet haben, denn Peter hatte ein Einzelzimmer auf der kardiologischen Station mit Blick auf den East River. June wartete draußen, bis eine Schwester ihr sagte, sie dürfe hinein. Leise zog sie sich einen Stuhl ans Bett. Ein Stuhlbein blieb an einem Schlauch hängen, der mit Peters Handrücken verbunden war und dort an dem Pflasterstreifen zerrte. June fluchte. Warum zog sie ihm den Stuhl nicht einfach über den Schädel und fertig? Sie setzte sich zu ihm und nahm seine freie Hand. Sie fühlte sich trocken und kalt an. June drückte sie, spürte aber keine Reaktion. Sie drehte sich zum Fenster und betrachtete die Aussicht, die Wolkenkratzer und das Wasser mit den Schleppern und Frachtkähnen dahinter, die winzigen Autos, die zwischen dem FDR Drive und der Brücke hin und her flitzten. Es war kaum zu fassen, dass jedes ein eigenes Universum enthielt, einen oder mehrere Menschen mit ihren priva-

ten Freuden, Leiden, Sorgen und Träumen. Die Wolken wehten vorüber und gerannen wie Cottage Cheese an einem weißen Himmel.

»June.«

Ein matter Druck umschloss ihre Hand, und als sie sich umdrehte, waren Peters Augen offen. Sie beugte sich über das Bett und lächelte.

»Hallo, Pete. Wie fühlst du dich?«

»Ging schon mal besser«, sagte er. Seine Stimme klang schwach und rasselnd – vermutlich von dem Beatmungsschlauch, der in seiner Kehle gewesen war, dachte June. Aber sein Blick war klar. »Wie lange bin ich schon hier?«

»Erst seit heute Morgen. Vorher warst du in Glenwood. Sol hat dich verlegen lassen.«

Er nickte und zuckte zusammen. »Elsbeth?«

»Sie ist bei Helen Lawatsch. Und sie weiß nichts – nur dass es dir nicht gut geht und du deshalb in die Stadt gefahren bist, um zu einem Spezialarzt zu gehen.«

»Gut«, sagte Peter. »Danke.«

»Gern geschehen. Kann ich dir irgendetwas besorgen?«

»Ein Glas Wasser bitte«, sagte er, und June goss einen Becher aus der Plastikkaraffe auf dem Nachttisch und schob den biegsamen Strohhalm zurecht.

»June«, sagte er, »worüber wir da gesprochen haben, bevor ...«

»Vergiss es, Pete. Konzentriere ich darauf, wieder gesund zu werden.«

»Ich will es nicht vergessen. Ich habe darüber nachgedacht, als ... als diese Sache passiert ist. Ich möchte nicht, dass du ... dass du unglücklich bist ...«

»Ich bin hier«, sagte June entschieden. »Und ich gehe nirgendwohin. Hast du verstanden?«

Peter betrachtete ihr Gesicht über den Rand seines Be-

chers hinweg, und sein Blick huschte hin und her. War es möglich, dass sein Haar über Nacht dünner geworden war? Es stand fein von seinem Kopf ab. Sie strich es glatt, beugte sich über ihn und küsste ihn auf die Stirn. Sie fühlte sich kühl und etwas ölig an, und er roch nach Franzbranntwein.

»Danke, June.«

»Schon gut, Pete.«

Die Tür ging auf, und ein Arzt kam herein. Er war sehr groß und blond und hatte einen prachtvollen Schnurrbart und Koteletten wie ein Schauspieler, der einen Arzt in einer Fernsehserie spielte. Er strahlte Peter an und nahm seine Krankenakte in die Hand.

»Mr. Rashkin? Dr. Alberts, Ihr Kardiologe. Wie geht es uns heute? Irgendetwas verletzt?«

»Nur mein Stolz, Doktor.«

»Ein Komiker«, sagte der Arzt. »Das ist gut. Lachen ist die beste Medizin und so weiter.« Er nahm Peters Puls und blätterte mit der freien Hand weiter in der Akte. »Mmm hmm, ta-dam, hmhm, sehr gut. Irgendwelche Druckgefühle in der Brust?«

»Nein«, sagte Peter.

»Schwächegefühle? Kurzatmigkeit?«

»Nein.«

»Sehr gut, sehr gut… Mr. Rashkin, Sie haben einen ziemlich ernsthaften kardiologischen Zwischenfall erlitten – mit anderen Worten, Sie hatten einen Herzinfarkt. Wir werden Sie ein paar Tage hierbehalten, und wenn Sie uns keine weiteren Probleme machen, dürfen Sie mit dieser reizenden jungen Dame nach Hause gehen.« Sein Lächeln strahlte hinüber zu June. »Ihre Tochter, ja?«

»Meine Frau«, sagte Peter.

»Oh! Sie sind ein Glückspilz.« Der Arzt öffnete Peters

Nachthemd und drückte sein Stethoskop auf Peters Brust, die – das sah June jetzt – stellenweise rasiert war, damit man Elektroden hatte anbringen können. Die kahlen Flecken im silbernen Brusthaar erschienen ihr schrecklich entwürdigend – vielleicht weil sie im Laufe ihrer Ehe den Penis ihres Mannes viel öfter gesehen hatte als seine entblößte Brust. In ihren Augen brannten Tränen, und sie schaute weg.

»Hört sich alles gut an«, stellte der Arzt fest. »Ihr Herz ist jedenfalls noch da drin. Gestatten Sie, dass ich Ihre Frau für einen Moment ausborge?«

»Solange Sie sie zurückbringen«, sagte Peter.

»Gut, der Mann. Machen Sie weiter Ihre Späße.« Der Arzt knöpfte das Nachthemd wieder zu, notierte etwas auf dem Krankenblatt und legte Peter die Hand auf die Schulter. »Ruhen Sie sich aus. Ich komme bald wieder.«

»Wunderbar«, sagte Peter. Seine Augen hatten sich schon wieder geschlossen; die Lider waren violett und wächsern.

»Mrs. Rashkin, kann ich kurz mit Ihnen sprechen?«

June drückte Peter einen Kuss auf die Wange. Draußen im Korridor zündete der Arzt sich eine Zigarette an, und als er June sah, bot er ihr auch eine an.

»Danke«, sagte sie. Es war eine Pall Mall, stärker als das, was sie sonst rauchte, und sofort wurde ihr schwindlig.

»Bitte«, sagte der Arzt. In seinem taxierenden Blick lag nicht nur medizinisches Interesse, fand sie; seine Augen waren sehr blau, ja, erstaunlich blau, und plötzlich begriff June, wer er sein musste: der Mann, den Sol und seine Freunde Dr. Gorgeous nannten.

»Mrs. Rashkin, ich will Sie nicht belügen. Ihr Mann ist sehr krank.«

»Kommt er wieder auf die Beine?«

»Das sollte er eigentlich. Bei ausreichend Ruhe und Pflege. Und ein paar Änderungen im Speiseplan und in der Lebensweise. Aber er hatte einen schweren Herzinfarkt. Er kann von Glück sagen, dass ein paar schnell handelnde Leute in der Nähe waren, als es passiert ist, sodass er sofort medizinische Hilfe bekommen hat.«

»Ja«, sagte June leise. »Das war großes Glück.«

»In seiner Akte steht, er war in einem Todeslager der Nazis?«

»Ja, in Auschwitz und in… Entschuldigen Sie, ich kann mich nicht erinnern, wie das andere hieß. Das muss am Stress liegen.«

»Diese frühen Erfahrungen haben schwere Schäden an seinem Herzen hinterlassen. Hunger und Misshandlungen. In Anbetracht seines Alters ist es ein Wunder, dass es nicht schon früher passiert ist.«

»Ein Glück«, sagte June noch einmal. »Wann kann er nach Hause kommen?«

»Oh, in vier oder fünf Tagen, vielleicht in einer Woche, wenn nichts dazwischenkommt. Wir machen noch ein EKG, setzen ihn auf Nitro. Und er wird sehr viel Ruhe brauchen. Keine Anstrengung. Kein Stress.«

»Ich verstehe.«

»Ihr Schwiegervater sagt, Ihr Mann hat ein Restaurant?«

»Ja. Er hatte das Masha's an der Upper East Side.«

»Das war es«, sagte Dr. Gorgeous. »Ich wusste doch, dass ich ihn schon mal gesehen hatte. Wahnsinn! Ich habe dieses Lokal geliebt.« Er drückte seine Zigarette in dem Aschenbecher im Flur aus. »Vielleicht sollte er sich überlegen, ob er eine Zeit lang etwas anderes macht. Oder sogar vorzeitig in den Ruhestand geht. So ein Res-

taurant ist ja eine hoch stressbelastete Umgebung für einen Herzpatienten.«

»Verstehe«, sagte June. »Wir werden es uns überlegen.«

Dr. Gorgeous hielt ihr seine Pall-Mall-Schachtel noch einmal hin, aber sie schüttelte den Kopf. »Haben Sie noch Fragen an mich?«

»Nein, vielen Dank, Doktor, Sie waren sehr hilfreich. Ach ja – Sie sprachen von Änderungen im Speiseplan?«

»Faserreich, fettarm, cholesterinfrei. Ich lasse Ihnen von der Schwester ein Informationsblatt mitgeben.« Dr. Gorgeous lächelte. »Schluss mit den Windbeuteln.«

»Ja, vermutlich.«

»Gott, die habe ich so gern gegessen«, sagte er. »Mit dem Schokoladenfondue!« Er schüttelte den Kopf. »Der wichtigste Faktor bei der Genesung Ihres Mannes, Mrs. Rashkin, ist natürlich die Liebe seiner Familie. Aber ich kann mir nicht vorstellen, dass das ein Problem ist. Nicht mit einem Goldschatz wie Ihnen zu Hause.«

Er zwinkerte, zündete sich eine Zigarette an und schlenderte durch den Korridor davon.

June blieb bis zum Abend bei Peter. Dann meinte eine Krankenschwester, es sei besser für sie beide, wenn June jetzt nach Hause ginge und sich ausruhte. Peter hatte sowieso den größten Teil des Nachmittags verschlafen, außer als das Pflegepersonal kam, um die nötigen Messungen vorzunehmen. Als June ihm einen Kuss gab und flüsterte, sie werde morgen wiederkommen, flatterten seine Lider kaum.

Das Haus in Glenwood war dunkel und erfüllt von der Atmosphäre des Wartens auf ein Unwetter. Ohne Elsbeth war es zu still; das Brummen des Kühlschranks und der

Klimaanlage und das Ticken der Uhr auf dem Kaminsims waren die einzigen Geräusche, die sie hörte. June schaltete die Deckenlampe in der Küche ein und sah Elsbeths mit Kaninchen verzierten Becher, ein paar zusammengewürfelte Tupperware-Deckel und Peters Kaffeetasse, die seit ihrem letzten Morgen hier in der Spüle stand. Es sah aus wie eine archäologische Fundstätte.

Im Schlafzimmer streifte June ihre Turnschuhe ab. Bett und Kopfkissen rochen nach Peter – nach seiner Haut und seinem Haargel, würzig und süß. June wollte nur ein Nickerchen machen und dann Helen anrufen und sich nach Elsbeth erkundigen. Elsbeth schlief in der Regel nicht gern woanders; sie behauptete, in den Häusern anderer Leute rieche es komisch. June musste auch Sol über den Stand der Dinge informieren. Sie schloss die Augen, und als sie sie wieder öffnete, war es Morgen.

Und jemand läutete an der Tür und betätigte abwechselnd den Türklopfer. June fuhr hoch und saß benommen auf der Bettkante. War das Helen? Versuchte sie schon den ganzen Morgen, Elsbeth zurückzubringen? Jetzt fiel ihr ein – so kam es ihr jedenfalls vor –, dass das Telefon vor einer Weile geklingelt hatte, lange und hartnäckig. War etwas mit Peter passiert? Sie rannte die Treppe hinunter.

»Ich komme, ich komme«, rief sie.

Aber wieder war es Gregg, der vor der Tür stand.

»Hi«, sagte er.

»Hi«, sagte June. Zum ersten Mal seit Tagen wurde ihr ihr körperlicher Zustand bewusst: ihr Morgenatem und ihr wirres Haar. Sie trug immer noch – ja, was trug sie? Das T-Shirt und die Jeans, die sie am Morgen an sich gerafft hatte, bevor sie Elsbeth ins Auto packte. Wie viele Tage war das her? Zwei? Drei?

Gregg reichte ihr eine Tüte mit einem Stück Plundergebäck und einem Becher Take-away-Kaffee.

»Darf ich reinkommen?«, fragte er.

June trat zurück, und er kam in die Diele. Er trug ebenfalls eine Jeans; es war das erste Mal, von seinem Anzug abgesehen, dass sie ihn anders als in Shorts sah. Sie merkte, dass die Luft kühler und ein wenig feucht war. Anscheinend hatte es in der Nacht geregnet.

Gregg blieb förmlich mitten auf dem Teppich stehen. »Wie geht's ihm?«, fragte er.

»Er ist stabil«, sagte sie. »Woher weißt du davon?«

»Ich habe im Restaurant angerufen«, sagte Gregg. Offenbar hatte sie ein Geräusch von sich gegeben oder erschrocken geguckt, denn er sagte: »Keine Angst, ich habe ihnen nicht gesagt, wer ich bin. Ich habe mir nur Sorgen gemacht, weil ich dich nicht erreichen konnte, ich habe immer wieder angerufen, aber niemand im Club hatte dich gesehen, und da habe ich es schließlich im Claremont versucht, und die Empfangsdame sagte mir, du seist bei deinem Mann in New York, weil er einen Herzinfarkt gehabt habe.«

»Oh«, sagte June.

Ihre Knie wurden plötzlich weich, und sie setzte sich auf die Fensterbank. Gregg setzte sich neben sie und nahm den Deckel von ihrem Kaffeebecher. Der Kaffee war süß, hell und stark.

»Ich dachte nicht, dass du Zucker nimmst, aber der Typ hat einfach welchen hineingetan«, sagte Gregg.

»Das ist gut, danke.« June nahm einen Schluck und biss ein Stück Gebäck ab. Gregg stützte die Ellenbogen auf seine starken Knie und schaute zu Boden.

»Also bin ich hergekommen«, sagte er, »um mich zu verabschieden.«

Junes Magen krampfte sich zusammen. Sie stellte den Kaffee auf den Teppich. »Du reist schon ab?«

»June. Wir haben September.«

June schaute durch die Diele zu den Fenstern an der Treppe hinauf. Draußen regnete es, und die Tropfen schlängelten sich an den Scheiben herunter. »Das stimmt wohl.«

»Sag mir die Wahrheit«, bat Gregg. »Du hattest nie vor, ihn zu verlassen, oder?«

»Nein, das stimmt nicht«, sagte sie. »Du hast mir den Mut dazu gegeben. Du hast mich aufgeweckt.«

Gregg grunzte. Er nahm June in den Arm, als wären sie zwei alte Freunde auf einer Parkbank, und plötzlich lag ihr Kopf auf seiner Schulter, und sie weinten beide.

»June, June«, sagte er, »ich glaube, das halte ich nicht aus.«

»Ich weiß«, sagte sie. »Aber du kannst es.«

»Kannst du es?«

»Ich muss.«

Gregg wischte ihr mit seinen großen Daumen über die Wangen. »Dein Gesicht ist schon wieder besser«, sagte er. »Dein schönes, schönes Gesicht.« Und er küsste sie. Sie umarmten und küssten sich und weinten und hielten einander fest, bis Junes Nase so verstopft war, dass sie kaum noch Luft bekam.

»Wirst du mir schreiben?«

Gregg fuhr sich mit dem Handgelenk über die Augen. »Ich glaube, das tue ich besser nicht.«

»Schickst du mir eine leere Postkarte? Ab und zu, damit ich weiß, es geht dir gut?«

»Das kann ich machen.«

Er stand auf und zog June auf die Beine. Sie sank ihm

ein letztes Mal entgegen und legte den Kopf an seine Brust.

»Schön, dein lila Hemd«, sagte sie erstickt.

Seine Stimme war ein Grollen an ihrer Wange. »Ich dachte, Elsbeth würde es gefallen. Grüß sie von mir, ja? Sag ihr, sie soll den Schläger immer von unten nach oben schwingen.«

June folgte ihm verzweifelt zur Tür und hinaus auf die Veranda. Sie hielten einander immer noch bei der Hand. Der orangefarbene Pinto stand am Randstein, bis unter das Dach vollgepackt mit Taschen und Kartons. Auf dem Beifahrersitz saß ein Seesack wie ein Mensch. In Schablonenschrift stand auf der Seite: PVT SANT, 3. INF REG.

Gregg beugte den Kopf herunter und küsste sie noch einmal sehr sanft. June spürte die Spitze seiner Zunge, und dann war sein Mund nicht mehr da. »Du bist die einzige Frau, bei der ich mich nie bücken musste, um sie zu küssen«, sagte er. »Weißt du, wie gut mir das gefallen hat?«

Er trat zurück und schob seine Brille auf der Nase hinauf.

»Bitte geh schnell«, sagte sie.

»Mach ich.«

»Viel Glück da draußen, Gregg Santorelli.«

»Dir auch, June Bouquet-Rashkin.«

Er sprang die Stufen hinunter und lief über den gepflasterten Weg zu seinem Auto. June legte die Hand an ihren Hals und schaute ihm nach. Dann wandte sie sich ab und verschwand im Haus, bevor sie sehen konnte, wie er einstieg und wegfuhr. So war das Letzte, was sie von Gregg Santorelli sah, wie er in seinem lila Hemd neben seinem Pinto stand und einen starken Arm zum Abschied erhob.

Dr. Gorgeous hielt Wort, und Peter wurde eine Woche nach seiner Einlieferung aus dem Mount Sinai Hospital entlassen, nachdem eine Angioplastie und ein weiteres EKG ergeben hatten, dass – zum jetzigen Zeitpunkt – keine zusätzlichen Maßnahmen erforderlich waren. June holte Peter mit seinem Volvo ab; der war geräumiger als ihr Dodge, und sie dachte, dass es so für ihn vielleicht bequemer war. Eine Krankenschwester schob Peter im Rollstuhl an den Randstein, seinen Beteuerungen zum Trotz, er könne durchaus allein gehen, vielen Dank. Er hatte abgenommen; das Hemd und die Hose, die June für ihn gekauft hatte, hingen ihm über Schultern und Hüften, und er hatte einen Bart bekommen, eher weiß als blond. June fand, dass er damit aussah wie ein Botschafter oder ein ausländischer Würdenträger, der mit größtem Respekt behandelt zu werden verdiente.

Sie brachte Peter im Schlafzimmer unter, wo sie all die Pflanzen, Karten, Bestsellerromane, Präsentkörbe und Zeitschriften aufgebaut hatte, die die Leute für ihn gebracht hatten, unter anderem ein *Penthouse*-Heft, das ihm die Küchenbrigade aus dem Claremont als Witz geschickt hatte. Haha, hatte June gedacht und es in den Stapel der *Gourmet*-, *Time*- und *Bon Appetit!*-Ausgaben geschoben, sehr komisch! Das Haus war voller Blumen. June breitete die Mohairdecke, die Ruth gewebt hatte, über das Fußende von Peters Bett und knipste die Nachttischlampe an. Die Jahreszeit hatte gewechselt, und es war weiterhin kühl und regnerisch. June wusste, es würde noch ein kurzer Indian Summer kommen mit dunstigen Tagen, an denen die Temperatur wieder auf fünfundzwanzig Grad steigen würde, aber jetzt hatte sie die Klimaanlage abgeschaltet.

»Kann ich dir noch etwas bringen?«, fragte sie Peter,

der in seinem neuen blauen Pyjama an drei Kissen lehnte und ein betrübtes Gesicht machte.

»Nichts, gar nichts«, sagte er. »Du hast mich gründlich verwöhnt. Es ist fast wie auf meiner eigenen Beerdigung, nur dass ich nicht tot bin.«

»Gott sei Dank«, sagte June. »Ich gehe nur und sehe nach Elsbeth.«

»June?«

»Ja?«

»Bleib noch einen Moment.« Peter klopfte auf die Bettkante neben seinem Knie.

June ging zu ihm und setzte sich. Sie schob die Hand in die Tasche ihrer Jeans und suchte nach den Zigaretten, aber dann fiel ihr ein, dass sie auf Dr. Gorgeous' Anordnung im Haus nicht mehr rauchen sollte.

»Ist alles in Ordnung mit uns?«, fragte Peter.

»Natürlich, Pete. Alles in Ordnung.« Peter schaute sie lächelnd über seine Zwei-Stärken-Brille hinweg und mit gesenktem Kopf auf diese verschmitzte, selbstironische Weise an, die er für optimistisch hielt – zu Recht, aber June wusste, es bedeutete auch, dass er um Vergebung bat.

»Diese Sache, über die wir gesprochen haben, im Krankenhaus, und bevor ich hineingekommen bin …«

»Ich habe gesagt, vergiss es. Ich habe es schon getan.«

»Wirklich?«

»Ja.«

Peter beobachtete sie, und jetzt verblasste sein Lächeln. Der Regen rieselte am Fenster neben seinem Bett herunter, und die Tropfen warfen Schatten auf sein Gesicht. Die gespenstische Farblosigkeit, die sie im Krankenhaus gesehen hatte, so durchscheinend, als wäre er sein eigener Geist, war nicht mehr da, aber seine Haut

hatte immer noch den bläulich weißen Ton von entrahmter Milch, die er verabscheute, weil sie, wie er behauptete, wie Wasser schmeckte. June wusste, sie musste vorsichtig mit ihm umgehen. Er durfte sich nicht aufregen. Aber sie schaute nicht weg. Sie hielt seinem forschenden Blick stand und fühlte sich, als führe sie durch eine Nabelschnur der Emotion in ihn hinein, fühlte, wie es sein musste, Peter zu sein, hier in diesem Bett, hilflos hier in diesem Zimmer. Peter zu sein in seiner Küche, messend, kostend und zufrieden. Der junge Peter zu sein, der in dieses Land kam, ein Einwanderer wider Willen, hierhin und dorthin gestoßen von schiebenden, muskulösen Massen, die hier geboren waren, und trotzdem seinen Weg und seinen Platz unter ihnen zu finden. Ein noch jüngerer Peter zu sein, der in einem Berliner Hotel in der Küche arbeitete und auf der anderen Seite ein Mädchen entdeckte, das noch jünger war als er. Ein Mädchen aber, das keine Angst hatte; vielleicht hatte sie ihm die Zunge herausgestreckt, und vielleicht hatte er am selben Abend versucht, ihre Hand zu halten. Hatte nach Feierabend angeboten, noch zu bleiben und den Dreck zusammenzufegen und die Schmutzarbeit zu machen, den mit Fett und Blut verschmierten Boden zu schrubben und den Müll hinauszuschleppen, um eine Chance zu haben, mit ihr allein sein, sie zu küssen und nach Hause zu begleiten. Vielleicht hatte die erste, hastige Paarung im Vorratskeller stattgefunden oder auf dem Hackblock des Küchenchefs. Und dann das Wunder zu entdecken, dass sie für ihn das Gleiche empfand wie er für sie, die Freude, die wie ein Aufschrei durch sein Herz hallte, die Unbesiegbarkeit, die den Trotz gegen die Eltern zu einem Nebelhauch machte, den man beiseitefegen konnte. Die ganze Welt mit ihrer hässlichen Politik und ihrer stupiden Bru-

talität fiel nicht mehr ins Gewicht in diesem Überfluss aus gefundener und erwiderter und verdoppelter Liebe, und als Peter und Masha geheiratet, ihre eigene Familie gegründet und aus ihren beiden Körpern zwei weitere geschaffen hatten, war es zu spät. Zu spät. June wusste von dem EKG und der Angioplastie, von den verstopften Arterien und dem durch Unterernährung und Alter geschwächten Herzmuskel – aber sie wusste auch, dass Dr. Gorgeous all seinen wissenschaftlichen Kenntnissen zum Trotz im Irrtum war. Peters Herz war schon vor langer Zeit gebrochen worden.

»June«, sagte er, »was ist? Dein Gesicht …«

»Nichts«, sagte June. Sie würde vor Peter um keinen Preis in Tränen ausbrechen. Nein. Sie stand auf und tätschelte sein Bein.

»Ich bin nur froh, dich zu Hause zu haben«, sagte sie. »Ich bringe dir ein bisschen Toast.«

Nachdem sie kurz an Elsbeths Tür gelauscht und sich vergewissert hatte, dass sie mit ihrem Knabberzeug und ihren Schallplatten beschäftigt war, ging June nach unten. Aber sie blieb nicht in der Küche, schob kein Brot in den Toaster, stellte das Frühstücksgeschirr nicht zusammen und nahm sich nicht einmal die Zeit, ein weiteres Stück in dem Puzzle unterzubringen, das Ida zu Peters Genesung geschickt hatte, ein tausendteiliges Puzzle mit dem Titel »The American Dream«, an dem June eine schlaflose Nacht nach der anderen hier am Tisch gearbeitet hatte, während der Aschenbecher von Zigarettenstummeln überquoll. Es war aus verschiedenen Bildern zusammengesetzt, aus Scheunen und Pferden und Flaggen und Sonnenuntergängen, und während June nach den richtigen Teilen gesucht und dieses hier und jenes dort ausprobiert hatte, war ihr immer wieder

durch den Kopf gegangen, dass es große Ähnlichkeit mit einer Ehe hatte – das Zusammenfügen von Einzelheiten, von kleinen Freuden und Leiden, von Schlagworten und Kränkungen und Ritualen, die alle zusammen irgendwann ein größeres Bild ergaben, auch wenn es während der Arbeit daran unmöglich war zu sehen, wie das alles zusammenpassen sollte.

June ging unter den großen tropfenden Bäumen durch den Garten und wünschte, sie hätte einen Pullover angezogen. Hinter der Garage stand eine Weide, deren Wurzeln an ihrem Fuß einen natürlichen Stuhl bildeten und deren Zweige wie weinend über den Bach hingen. Es war ein verborgener Ort; niemand kam hierher außer Elsbeth, die im Sommer den Bach mit Steinen aufstaute und Elritzen fing. In ihrer Fantasie hatte June manchmal hier hinten mit Gregg geschlafen. Jetzt würde sie es niemals tun. Sie setzte sich auf den Weidensitz, wühlte in der Tasche nach der Zigarettenschachtel, und etwas stach sie in den Finger.

Sie zog die Hand heraus. Es war die Anstecknadel, die kleine marineblaue Scheibe mit dem Cartoon-Männchen, das stolz verkündete: »Ich habe ein ganzes LaLaPaLooza gegessen!« June zündete sich eine Zigarette an und drehte die Anstecknadel zwischen den Fingern. Unvermittelt warf sie sie ins Wasser.

Sie bereute es sofort. Sie ließ die Zigarette fallen, rutschte die Böschung hinunter und sprang. Sie kletterte im Wasser umher, durchnässte ihre Turnschuhe und Jeans, rutschte auf den bemoosten Steinen aus und verrenkte sich den Knöchel. Die Nadel blieb verschwunden; vielleicht hatte die Strömung sie schon fortgetragen, aber wahrscheinlich hatte der feine Sand, den June aufgewirbelt hatte, sie begraben. June bückte sich und grub

im Schlick, drehte Steine um, wühlte mit den Fingern im Schlamm und fiel einmal mit lautem Klatschen auf den Hintern. Aber die Nadel war weg. Sie zog sich an den Wurzeln eines Baumes die schlüpfrige Böschung hinauf.

Als sie wieder auf der Weidenbank saß, ließ sie das Gesicht in ihre schleimigen, nach Algen riechenden Hände sinken und weinte. Diese Traurigkeitsanfälle überkamen sie seit Greggs Abreise vor einer Woche, hässlich und roh, eher eine Art, sich zu übergeben, als ein Weinen. Ihr einziger Trost war, dass sie sie vor Elsbeth und jetzt auch vor Peter verbergen konnte. Hier hinten konnte sie so geräuschvoll schluchzen, wie sie wollte, und das tat sie auch und schnaufte und stöhnte. »Was soll ich nur tun?«, fragte sie. »Was soll ich nur tun?«

Schließlich war sie ausgeweint. Sie fand eine Zigarette, die nur zur Hälfte nass war; sie brach sie mitten durch, um sie zu rauchen, und blies eine Rauchfahne über den Bach. Das Wasser floss vorüber, dunkel und glänzend, pockennarbig von Regentropfen. Über ihr raschelte die Weide mit ihren Zweigen. Was konnte sie tun? Nur das, was sie schon tat – nur mehr davon. Heute Nachmittag zum Beispiel würde sie wieder ins Haus gehen. Sich das Gesicht waschen. Die Küche aufräumen. Etwas Fettarmes und Cholesterinfreies zum Abendessen kochen – Hühnerbrustfilets ohne Haut mit Brokkoli. Mit Peter und Elsbeth vor dem Fernseher sitzen – sie hatte das Gerät in Peters Zimmer stellen lassen. Elsbeth baden, ihr ein Kapitel aus *Wilbur und Charlotte* vorlesen. Sie ins Bett bringen. Das Geschirr spülen. Die Wäsche zusammenfalten. An dem Puzzle arbeiten, bis sie müde wurde oder nicht. Und das alles morgen wieder. Diese Woche würde für Elsbeth der Kindergarten anfangen; da mussten Etiketten in Kleider genäht und Bleistifte in ein Etui

getan und Krusten von Sandwiches abgeschnitten werden. Und auf dem Weg zum Kindergarten musste sie die Hand ihrer Tochter halten. Und wenn Elsbeth sich eingewöhnt hätte und eine Kinderfrau für die Nachmittage engagiert werden könnte, an denen Peter müde war, würden die Stellenanzeigen kommen. Es war nicht das, was June erhofft hatte. In hundert Jahren hätte sie sich nicht gewünscht, dass es auf diese Weise passierte, aber passiert war es dennoch: Peter konnte nicht arbeiten. June wusste nicht, wofür sie qualifiziert war: für Katalogaufnahmen oder für eine Sekretärinnenstelle in einer Inneneinrichtungsfirma oder irgendwann für ein Studium als Innenarchitektin. Aber das würde sie herausfinden. Sie würde dafür sorgen, dass es geschah. Das musste sie. Sie musste durchhalten und weitermachen, und wenn sie etwas mit Sicherheit wusste, dann dies: Was immer als Nächstes geschah – mit Peter, mit Elsbeth oder mit ihr selbst – June würde für ihr Leben selbst verantwortlich sein. Nie wieder würde sie von einem Mann abhängig sein. Nie wieder.

# III
# ELSBETH, 1985

Was definierst du als schmutzig, Baby?
Was ist für dich Pornografie?

*George Michael*

# 12

# SYNÄSTHESIE

Es war der letzte Samstag im Monat, was bedeutete, dass die Rashkins Elsbeths Papa Sol und Nana Ruth in Larchmont besuchen mussten, was wiederum bedeutete, dass sie alle schlecht gelaunt waren. Elsbeths Mutter June, eine Immobilienmaklerin, die auf »Facelifts für das Heim« spezialisiert war und Häuser umgestaltete, um sie dann für mehr Geld zu verkaufen, war gereizt, weil sie einen wertvollen Tag mit ihren Kunden verlor. Elsbeths Dad Peter, der früher aus ähnlichem Grund angespannt auf die samstäglichen Besuche reagiert hatte – sie hatten ihn von seinem Restaurant, dem Claremont, ferngehalten –, missfielen sie heute, weil sie seinen gewohnten Rhythmus durcheinanderbrachten, nach dem er den ganzen Tag verschlief und abends Rezepte für sein Kochbuch erprobte. Elsbeth selbst graute es vor den Fahrten nach Larchmont (a) wegen ihrer Eltern, (b) wegen ihrer Großeltern – auch wenn Sol und Ruth in Wirklichkeit gar nicht ihre Großeltern waren, sondern Cousins ihres Dads oder so etwas, aber sie waren in Elsbeth vernarrt und taten, als wäre sie immer noch ein Kleinkind, das in Windeln herumwatschelte, und nicht beinahe sechzehn Jahre alt –, und (c) wegen des Kampfs zwischen June und ihr über die Frage, was sie anziehen sollte. Als Elsbeth klein war, hatte sich diese Frage nicht gestellt: Wenn sie nach

Larchmont fuhren, musste Elsbeth die Kleidchen aus Taft oder kratziger Spitze anziehen, die Ruth geschickt hatte und die ganz anders waren als ihre gewohnten und bevorzugten Oshkosh-Overalls oder -Shorts. Aber jetzt musste sie – wie überhaupt, wenn sie das Haus verließ – immer versuchen, die Garderobe ihrer Wahl an ihrer Mutter vorbeizuschmuggeln.

Heute Morgen zum Beispiel: »Oh nein, nein, nein, nein, nein!«, rief June, als sie Elsbeth erwischte, wie sie durch die Küche flitzte, bekleidet mit einem T-Shirt in knalligem Pink, einer spitzengesäumten Caprihose und einem weißen, mit Strass besetzten Gürtel. »Das ist das falsche Outfit für dich. Der Hosenbund sitzt genau an der falschen Stelle, und der Gürtel betont deine Rettungsringe.« »Das ist deine Meinung, *Mutter*«, sagte Elsbeth, worauf June antwortete: »Ganz recht, und ich bin die Expertin. Geh nach oben und zieh etwas anderes an.« »Nein«, sagte Elsbeth. »Doch«, sagte June. »Ich weigere mich«, sagte Elsbeth, und June sagte: »Gut, wie du willst, aber dann gibt's einen Monat Telefonsperre.« Elsbeth sagte: »Du bist abscheulich«, und June antwortete: »Ich will dir doch nur helfen, Schatz.« Als Elsbeth hinausstampfte und das Geschirr in den Schränken zum Klirren brachte, rief June ihr nach: »Und hör auf zu *trampeln* wie ein Elefant. Zieh mein neues Kleid an – es hängt innen an meiner Kleiderschranktür.«

Elsbeth war nicht sicher gewesen, ob dieser Befehl ein Zugeständnis war oder eine Möglichkeit, dafür zu sorgen, dass all die peinlichen Speckrollen und Polster versteckt blieben; Junes neueste Erwerbung war ein weißes knöchellanges Teil mit übereinandergeschichteten Rüschen. Elsbeth hatte es vom Bügel gerissen und sich über den Kopf gezerrt, und dann war sie in ihr Zimmer gegangen,

wo sie Doritos und Bacos aus dem Geheimversteck im Dach ihres alten Puppenhauses in sich hineinstopfte. Beides waren Lebensmittel, bei deren Anblick June und Peter gleichermaßen entsetzt gewesen wären, wenn auch aus verschiedenen Gründen. Elsbeth hatte sich die Bacos direkt aus der Dose krachend in den Mund geschoben.

Jetzt, auf dem Rücksitz des Familien-Volvos, bereute Elsbeth, was sie getan hatte. Ihr Bauch wölbte sich unter Junes Kleid wie die Bäuche der äthiopischen Waisenkinder in den Anzeigen für die Kinderhilfe, und Elsbeth fühlte sich fetter und unbehaglicher denn je. Die Temperatur lag bei ungefähr vierhundert Grad, und die Luftfeuchtigkeit betrug neunhundert Prozent. Es war so dunstig, dass Elsbeth das stählerne Gerippe der George Washington Bridge kaum erkennen konnte, und die Klimaanlage des alten Volvos, den Sol ihnen vererbt hatte, war kaputt. Elsbeth zog den elastischen Halsausschnitt an Junes Kleid über ihre Schultern herunter. June, die groß und eckig war und trotz ihrer neuen Dauerwelle aussah wie Christie Brinkley, sah in dem Kleid aus wie eine griechische Statue. Elsbeth sah damit aus wie eine stämmige Bäuerin, die gleich in ein Fass Trauben steigen würde, um darauf herumzustampfen. Sie zog den Ausschnitt noch weiter herunter, bis unter das Schlüsselbein, und fächelte sich mit der Hand Kühlung zu.

Sie waren jetzt kurz vor der Mautstation und schoben sich in einem blechernen Meer von Fahrzeugen voran, die alle das Gleiche vorhatten. Hitzewellen flirrten über Motorhauben und Dächern, überall plärrten Radios – spanische Musik, Casey Kasems Top Forty, 1010 WINS. Es handelte sich jetzt offiziell um eine Hitzewelle mit der Gefahr von partiellen Stromausfällen in den Großstadträumen. Alle waren reizbar, und Elsbeths Eltern bildeten

keine Ausnahme. »Ich hasse diese Pflichtveranstaltungen«, klagte June. »Besonders mit Sols kunstbeflissener Szene.«

Peter versuchte, in die Fahrspur links neben ihnen zu wechseln. Sein Trick bestand darin, eine Schlange mit Lastwagen zu suchen, denn die Länge eines Sattelschleppers entsprach vier Personenwagen, und das bedeutete theoretisch, dass sie die Mautschranke schneller erreichen würden. »Denk nicht mal dran, Arschgesicht!«, schrie der Fahrer in dem Honda neben ihnen und zeigte Peter den Mittelfinger.

»Gleichfalls«, sagte June und erwiderte die Geste.

»June«, sagte Peter, »ist das wirklich die gescheiteste Antwort, wenn wir komplett eingeklemmt sind?«

June zündete sich eine Zigarette an. »Ich wollte ihn nur nicht einfach so davonkommen lassen«, brummte sie. »Im Gegensatz zu manch anderen Leuten.«

Sie rollten drei Zoll weiter und hielten wieder an. TEANECK, las Elsbeth auf einem Schild in der Nähe: Grün, Hellblau, Marineblau, Gelb, Hellblau, Senfgelb, Orange. Das waren die Farben der Buchstaben, und es war eine Angewohnheit von ihr, ein kleiner Trick, mit dem sie sich ablenkte, wenn sie in einer scheinbar unerträglichen Situation festsaß.

»Ich verstehe nicht, wieso du und Elsbeth nicht ohne mich fahren konntet«, sagte June. »Du weißt, dass sie mich eigentlich gar nicht sehen wollen.«

»Ich weiß nichts dergleichen«, sagte Peter. »Sie wollen dich sehr gern sehen. Sie wollen uns als Familie sehen und wissen, dass wir glücklich sind.«

»Ah ja«, sagte June, »stimmt.« Sie schnippte Zigarettenasche aus dem Fenster und zog die rosa Seidenbluse unter ihrem Powersuit – den sie aus reiner Gewohnheit

angezogen hatte, vermutete Elsbeth, denn Häuser würde sie heute nicht präsentieren – von ihrem Brustbein weg. »Du meinst, sie wollen sehen, dass ihre Investition sich auch rentiert.«

»June«, sagte Peter, »du weißt, dass das nicht stimmt.«

»Ich weiß nichts dergleichen.« June ahmte Peters abgehackten Akzent nach – was Elsbeths Freundin Liza seine »Oh Captain, my Captain«-Stimme nannte. »Dein Dad ist wie der von Trapp«, hatte Liza eines Abends bemerkt, als sie und Veronica – Very – und Elsbeth am Küchentisch saßen und zusahen, wie Peter ihnen gegrillte Gruyère-Sandwiches mit Chutney machte. »Nur blond und die geriatrische Version. Aber nehmen würde ich ihn trotzdem«, woraufhin die Mädchen gekreischt hatten und Elsbeth ihre Freundin so hart in die Rippen gestoßen hatte, dass sie vom Stuhl fiel.

Peter seufzte und verlagerte sein Gewicht, um sein Taschentuch aus der Hosentasche zu ziehen. Er schwitzte, was ihm zuwider war, wie Elsbeth wusste. Dass er wegen seiner Tätowierung niemals kurzärmlige Hemden trug, machte die Sache nicht besser.

»June«, sagte er, »selbst wenn es stimmen würde, was du sagst, was es nicht tut – ich weiß, Sol und Ruth können schwierig sein, aber sie mögen dich auf ihre Weise sehr gern. Aber selbst wenn es stimmen würde, was sollte ich tun? Wir schulden ihnen etwas, weißt du?«

»Ja«, sagte June, »ich weiß nur allzu genau, dass das, was ich verdiene, hinten und vorn nicht reicht. Mir ist schmerzhaft bewusst, dass Sols *Beitrag* zu unserem Haushalt für Steuern und Zahnspangen und so weiter unentbehrlich ist. Aber das ist die Ironie des Schicksals, siehst du das nicht? Wenn ich mich nicht mit diesen Unterbrechungen, diesen Pflichtveranstaltungen abgeben

müsste, könnte ich so viel verdienen, dass wir ihn vielleicht nicht mehr brauchen würden.«

»Mir erschließt sich nicht, wieso ein Tag so viel ändern würde«, sagte Peter.

»Aufwachen, Mann!«, schrie der Fahrer hinter ihm und drückte auf die Hupe. Peter hob eine Hand und ließ den Volvo eine Handbreit weiterfahren.

»Es kann alles ändern«, sagte June. »Ein Objekt, wenn es das richtige ist, könnte uns ein Jahr über Wasser halten. Und das Fünfzimmerhaus an der Upper Watchung, mit dem Tennisplatz – da ist heute Hausbesichtigung, und ich verpasse sie. Das macht mich krank, Pete. Krank!«

»Kann dein Chef dich da nicht vertreten? Wie heißt er gleich? Hamilton?«

»Harrison. Er tut es, aber …« June blies eine Rauchfahne aus dem Fenster und ließ sich in den Sitz zurückfallen. »Punkt eins, ich möchte die Courtage nicht teilen.«

»Er muss ja ein Sklaventreiber sein, wenn er dich die ganze Arbeit machen lässt und dann für einen Tag die halbe Courtage kassiert. Offen gestanden, ich finde sowieso, dass er dich zu hart arbeiten lässt.«

June richtete sich auf. »Was soll das denn heißen?«

»Das soll heißen, du arbeitest an sieben Tagen in der Woche abends und am Wochenende und tanzt nach seiner Pfeife. Er winkt dir mit dem Finger, und du kommst angerannt. Ich finde das übertrieben.«

»Das musst du gerade sagen.« Es wurde still im Volvo, soweit es still sein kann, wenn man von den Motoren und Stimmen und Radios tausend anderer Leute umgeben ist. Peters Abhängigkeit von Sol und von seiner Frau – denn er konnte nicht mehr arbeiten – war ihm noch mehr zuwider als das Schwitzen.

»Entschuldige«, sagte June. »Das war unangebracht. Mir ist nur so verdammt heiß. Es ist wie im Backofen hier.« Sie beugte sich nach vorn zum Armaturenbrett und drehte die Lüftung bis zum Anschlag auf. Heiße Luft rauschte ins Auto und wehte Elsbeth den sorgfältig frisierten Pony aus dem Gesicht.

»*Mom*«, rief sie.

»*Elsbeth.*« June seufzte. »Außerdem, Pete«, sagte sie, »es ist schwer, sich in dieser Branche als Frau einen Namen zu machen. In jeder Branche. Um es auch nur halb so weit zu bringen wie ein Mann, muss man doppelt so viel arbeiten.«

Soweit Elsbeth das Gesicht ihres Vaters im Rückspiegel erkennen konnte, hatte es den Anschein, als würde er diesem Punkt vielleicht zustimmen. Er sah müde aus, was Elsbeth mit Sorge sah, da die Festlichkeiten des Tages ja noch nicht einmal angefangen hatten. Aber dann krochen sie gottlob langsam in den Schatten der Mautkasse, und Peter musste das passende Kleingeld hervorwühlen. George Washington Bridge, sagte Elsbeth bei sich. GWB. Grün, Braun, Orange. Peter warf Münzen in den Korb und fädelte sich in den Verkehr auf der Brücke ein. June zündete sich eine neue Zigarette an. Elsbeth spähte blinzelnd zu den mächtigen Trägern hinauf und drehte sich dann um und schaute die winzige Stadt zur Rechten an. NYC, wo sie geboren war: Orange, Gelb, Gelborange. Sie war erleichtert, endlich auf der Brücke zu sein, denn das bedeutete, dass die Fahrt halb vorbei war, auch wenn es auf der anderen Seite meistens noch schlimmer wurde.

Wegen des Verkehrs, der kaum nachließ, bis sie die Bronx hinter sich hatten, kamen sie erst kurz nach zwei in Larch-

mont an, und nach Elsbeths Schätzung bedeutete das, dass die meisten Gäste bei Sol und Ruth im Programm schon bei Käse, Dips und Cocktails angekommen sein dürften und Helen, das Hausmädchen, den Mittagstisch decken würde. Tatsächlich war der Parkplatz voll, und Peter musste hinten an der Straße parken, neben den glänzenden Felsplatten, die schräg aus dem Boden ragten. Sie stiegen aus dem Volvo – *ka-tschunk, ka-tschunk* machten die Türen, ein Geräusch, das Elsbeths Magen mit Grauen erfüllte, denn jetzt gab es kein Entkommen mehr. Die nächsten Stunden würden in höllischem Unbehagen vergehen. Peter würde sich über die Stirn wischen und höflich auf Papa Sols Fragen antworten, und der würde inzwischen eine halbe Flasche *Cutty Sark* intus haben und große Töne spucken. June würde strahlend lächeln und sich sooft wie möglich verdrücken, um ihr nagelneues Mobiltelefon auf Nachrichten abzuhören. Elsbeth würde den Freunden ihrer Großeltern nach besten Kräften aus dem Weg gehen; sie meinten es alle gut, aber wenn sie es nicht vermeiden konnten, mit ihr zu sprechen, stellten sie Fragen, die praktisch nicht zu beantworten waren, zum Beispiel: »Was macht die Schule?« Oder: »Womit amüsiert ihr Kids euch denn heutzutage?«

Die Rashkins stapften die Zufahrt hinauf; der Asphalt war weich unter ihren Füßen, Wasser rieselte an den Felswänden herab, und es roch nach Mineralien und Feuchtigkeit. Elsbeth liebte das Anwesen; als sie klein war, hatte sie es als verzauberten Spielplatz empfunden: die glitzernden Felsen, auf die sie klettern konnte, den Wasserfall, der plaudernd in sein geheimes Becken strömte, die blühenden Büsche, die Ruth und ihr uralter Gärtner Yoshi pflegten, damit Sol sie mit seinem speziel-

len Objektiv fotografieren konnte. Und den Pool. Elsbeth warf einen sehnsüchtigen Blick hinüber, als sie und ihre Eltern sich durch das Labyrinth der Autos auf dem Parkplatz schlängelten: Aquamarinblau leuchtete er aus dem Rasen unter den hohen Eichen. *Komm herein*, flüsterte er, *kühl dich ab!* Elsbeth liebte das Wasser; darin war sie nicht fett, sondern schwerelos und flink wie eine Meerjungfrau.

Aber ... »Da seid ihr ja!«, rief Ruth von der Terrasse. »Solly? Sol! Sie sind da.« Schwimmen würde sie erst nach dem Lunch. Ihre Eltern stiegen bereits die Steinstufen hinauf – Peter vorneweg und hinter ihm June, deren Anweisungen zu Elsbeth zurückwehten: »Zieh den Kragen hoch, junge Dame; dachtest du, ich sehe es nicht? Und zieh den Bauch ein!« Elsbeth zerrte den Ausschnitt des Kleides noch tiefer herunter, bis an den BH, und obwohl sie wusste, dass es kindisch war, streckte sie dem knochigen Rücken ihrer Mutter die Zunge heraus.

Dann riefen alle Rashkins »Hallo! Hallo!«, die jüngere und die ältere Generation, und sie umarmten einander und küssten sich gegenseitig auf die Wangen. Sol hatte seine Gäste für einen Augenblick verlassen, um sie zu begrüßen. Er stand neben Ruth, und in seinem Highballglas klingelte das Eis. Jedes Mal, wenn Elsbeth ihre Großeltern sah, schienen sie ein bisschen geschrumpft zu sein: Sol schmolz nach unten weg, als wäre er aus Wachs, und Ruth vertrocknete einfach wie eine kleine Mumie. Für Elsbeth hatte Sol die Farbe von Ochsenblut, aber das lag vielleicht nur am Ton seiner Haut im Sommer, wenn er nicht nur trank, sondern auch angelte und Golf spielte. Nana Ruth dagegen hatte einen weichen staubigen Beigeton. »Bubbeleh«, rief sie und zerdrückte Elsbeths Kopf an ihrer kleinen Vogelbrust. Ihre Arme zit-

terten vor Anstrengung. Sie roch nach Mottenkugeln, Shalimar und Pepsodent. »Bubbeleh, *shajne maidel*, lass dich anschauen!«, rief sie, als wäre es Jahre her, dass sie sich gesehen hatten, und nicht nur ein paar Wochen. Sie strich Elsbeth die Ponyfransen aus der Stirn, damit sie ihr Gesicht besser sehen konnte.

»Nanaaaa!« Elsbeth duckte sich weg. »Bitte nicht« – aber sofort musste sie sich mit Sol abgeben, der ihr Kinn mit Daumen und Zeigefinger zusammenquetschte und ihre Wangen mit Küssen bedeckte, die nach Fischmayonnaise und Scotch rochen.

»Was für ein Mädel«, dröhnte er, als drängte sich auf der Terrasse ein unsichtbares Publikum aus ein paar Dutzend Leuten. »Was für ein schönes Mädel. Ist sie nicht schön?« Und zu Elsbeths Verlegenheit fing er an zu weinen. Das passierte jedes Mal, wenn Papa Sol sie sah, und Elsbeth wusste nie genau, was sie getan hatte, um ihn zu Tränen zu rühren, oder ob sie etwas tun konnte, um es zu verhindern.

»Sie hat jeden Tag mehr Ähnlichkeit mit Rivka«, sagte er jetzt zu Peter, und dieser nickte. Auch das sagte Sol jedes Mal, und er meinte Elsbeths richtige Großmutter, Peters Mutter, die an einer Lungenentzündung gestorben war, bevor die Nazis sie umbringen konnten. Elsbeth hatte sie nur einmal auf einem Foto gesehen, eine Dame, die zugleich pummelig und königlich aussah mit ihrer untersetzten Gestalt und dem geflochtenen Haarkranz. Aber klar, Elsbeth sah aus wie sie und nicht wie ihre eigene Mutter oder wenigstens wie ihre schönen Halbschwestern, die Zwillinge Vivian und Ginger, die nach Filmstars getauft worden waren.

»Steht nicht da rum, Leute, ihr lasst die ganze kühle Luft raus.« Sols sentimentale Stimmung war plötzlich

verflogen. Er wandte sich ab und stapfte in die Küche, und Peter folgte ihm. Elsbeth, Ruth und June blieben auf der Terrasse, und June zündete sich eine Zigarette an.

»Vor dem Kind?«, fragte Ruth und wedelte den Rauch weg. Sie lächelte Elsbeth an. »Sieh dich nur an, so groß schon. Jedes Mal wenn ich dich sehe, bist du wieder einen halben Meter gewachsen. Was isst du nur?«

Es war eine rhetorische Frage, aber June beantwortete sie trotzdem. »Ich versuche, darauf zu achten, dass sie sich an Obst und Gemüse hält, aber ich weiß, heimlich isst sie Junkfood«, sagte sie, und Elsbeth sagte: »Stimmt ja gar nicht«, und Ruth sagte: »*Sha*, sie ist ein heranwachsendes Mädchen, und da ist es gut, ein paar Extrapolster zu haben. Man weiß ja nie, was noch kommt«, und June sagte: »Das war vielleicht im Krieg in Europa so, aber wir wissen es heute besser, Ruth. Es ist nicht gesund, wenn man zu dick ist«, und Ruth sagte: »Sie hat nur starke Knochen, nicht wahr, Schätzchen? Was wiegst du jetzt?«, und Elsbeth sagte: »Nanaaaa«, und June sagte: »Ungefähr zehn Pfund mehr, als sie sollte«, und Elsbeth murmelte: »Leck mich«, und June fragte: »Was hast du da gesagt?«, und dann klingelte ihr Mobiltelefon. Sie holte es aus ihrer Handtasche und zog die Antenne heraus. Es war schwer und schwarz und groß wie ein Backstein. »Ich muss da rangehen, Entschuldigung«, sagte sie und klapperte auf ihren hohen Absätzen die Treppe hinunter. »June Rashkin«, sagte sie.

»Was ist denn das für ein Apparat?«, fragte Ruth.

»Das ist ihr Mobiltelefon«, erklärte Elsbeth. »Das hat sie von ihrem Chef.« Tatsächlich war Elsbeth ziemlich sicher, dass er es war, mit dem June jetzt redete – Harrison, ein Mann, dem Elsbeth nicht über den Weg traute. Harrison nannte sie ständig beim Namen, wenn er mit

ihr sprach, wie ein Soap-Darsteller oder ein Autoverkäufer: »Wie geht's dir heute, Elsbeth? Du siehst heute wunderbar aus, Elsbeth! Elsbeth, ist deine Mom nicht die Größte?« Wenn er lächelte, sah es aus, als hätte er drei Reihen Zähne wie ein Haifisch.

»*Oy*«, sagte Ruth, und sie und Elsbeth sahen zu, wie June zwischen den Autos auf dem Parkplatz hin und her ging und sich das Telefon ans Ohr drückte. Von hier oben sah sie aus wie eine Makler-Barbie. Ruth schnalzte mit der Zunge und drehte sich zu Elsbeth um. »Du musst ja ausgehungert sein nach der langen Reise«, sagte sie, als ob Elsbeth und ihre Eltern sich durch die russische Steppe geschleppt hätten, statt mit dem Auto von New Jersey herüberzufahren. »Möchtest du einen kleinen Snack vor dem Lunch? Ich habe die Kaviarcreme, die du so gern magst, von Zabar's. Und wie wär's mit etwas zu trinken, schön kalt? Eistee?«

»Schon okay, Nana«, sagte Elsbeth. »Geh nur, ich komme sofort nach. Ich habe etwas im Auto vergessen.«

»Hat das nicht Zeit?«

Elsbeth schüttelte energisch den Kopf.

»Gut, Schatz, aber bleib nicht so lange«, sagte Ruth und ging ins Haus. Elsbeth tat einen tiefen Seufzer der Erleichterung. Im Volvo war nichts, was sie brauchte. Sie wollte nur eine Minute für sich haben – oder so viele Minuten wie möglich, bevor sie hineingehen musste. Und in diesem Augenblick war es so, wie sie es gern hatte: Sie war allein auf der Terrasse, abgesehen von ihrer Mutter weit unten und den Zikaden in den Bäumen, die rasselten wie Maracas.

Aber – es war doch noch jemand hier draußen, stellte Elsbeth bestürzt fest, jemand, der die ganze peinliche An-

kunftsszene mit angesehen haben konnte. Es krachte zwischen den Büschen am anderen Ende der Terrasse in der Nähe des Bonsai-Hains, und ein Mann kam zum Vorschein, der sich die Hose zumachte. Ohne Elsbeth zu bemerken, zog er den Reißverschluss an seiner weißen Jeans hoch, und aus der Brusttasche seines kubanischen Hemdes, das er schief zugeknöpft hatte, sodass es auf einer Seite unten tiefer herunterhing als auf der anderen, angelte er eine Packung Zigaretten. Elsbeth empfand auf der Stelle Mitgefühl für ihn. Auch sie ging oft aus dem Haus und hatte die Bluse falsch geknöpft oder zwei verschiedene Socken an, und einmal – das war das Peinlichste – hatte sie den Rock hinten in die Unterhose gestopft. Der Mann schaute sich um, während er das Streichholz ausschüttelte, mit dem er sich die Zigarette angezündet hatte, und erschrak, als er sie sah.

»Heeeeey«, sagte er dann, als wären er und Elsbeth alte Freunde. »Wie geht's?« Er hielt ihr seine Zigaretten hin, lächelte und schüttelte die Schachtel ein wenig, als wollte er ein Eichhörnchen mit Nüssen locken. *Komm schon, komm, hol's dir*. Er hatte ein freundliches, stark sonnengebräuntes Gesicht, braune Augen und welliges dunkles Haar, und sein offener Kragen ließ dichtes Brusthaar sehen. Wie Peter Brady aus *Drei Jungen und drei Mädchen*, würde Elsbeth ihren Freundinnen später vielleicht erzählen, wenn Peter Brady älter wäre, vielleicht fünfundzwanzig. Elsbeth hatte Greg immer für den süßesten unter den Brüdern Brady gehalten, aber jetzt revidierte sie diese Meinung auf der Stelle.

»Nein danke, ich rauche nicht«, sagte sie. Sie zog den Bauch ein und schleuderte ihr Haar über die Schultern nach hinten. »Natürlich nicht, weil ich zu jung bin. Sondern weil es ungesund ist.«

Der Mann zuckte die Schultern und warf seine Zigarettenschachtel auf den Kaffeetisch. »Du hast recht, du hast recht«, sagte er. »Aber ein paar schlechte Gewohnheiten muss man doch haben, oder? Rauche nicht, trinke nicht – was darf man denn überhaupt?« Er lächelte sie an. Seine Zähne waren sehr weiß und gleichmäßig.

»Vermutlich«, sagte sie. »Haben Sie – ins Gebüsch uriniert?«

Er machte ein ernstes Gesicht. »Vielleicht habe ich die Pflanzen gewässert, ja.« Er zwinkerte ihr zu. »Erzähl's niemandem, okay, Charlie?«

»Natürlich nicht«, sagte sie. »Warum nennen Sie mich Charlie?«

»Heißt dein Parfüm nicht so?«

Elsbeths Wangen waren plötzlich viel heißer, als sich selbst mit der Tagestemperatur rechtfertigen ließ. »Woher wissen Sie das?«

»Ich bin ein Connaisseur.« Er zeigte mit seiner Zigarette auf sie. »Außerdem siehst du aus wie eine Charlie.«

»Wirklich?« Elsbeth war entzückt, sie hatte ihren Namen immer gehasst. Peter und June hatten ihn aus einem Telefonbuch auf der Entbindungsstation genommen, weil sie, wie sie sagten, wollten, dass sie eine völlig selbstbestimmte Person wurde. Sie hatten die Augen geschlossen, das Telefonbuch aufgeschlagen und ihre Finger auf die Namen mit E gelegt, und da war sie gewesen, neben dem Namen einer alten Dame, die orthopädische Schuhe trug. Ein Name, der sich hinzog: Elssss-BETH. Elssss-BETH. Ihr Dad hatte sie Ellie genannt, und das war nicht viel besser, und sein Kosename für sie in ihrer Kindheit, Ellie-Bellie, war der schlimmste, weil er sich auf den Teil ihres Körpers bezog, den sie am meisten verabscheute: auf ihren Bauch.

»Eigentlich heiße ich Elsbeth«, sagte sie. »Aber Charlie gefällt mir.«

»Elsbeth«, wiederholte der Mann, und Elsbeth war beeindruckt: Er sprach den Namen nicht falsch aus wie die meisten Leute, wenn sie ihn zum ersten Mal hörten – Elizabeth? Liz Beth? –, und er sagte auch nicht: Wie ungewöhnlich, wie interessant. »Ich finde, Charlie passt besser zu dir«, sagte er, »und zwar nicht, weil du aussiehst wie ein Junge.« Er blies Rauch von sich. »Hast du was dagegen, wenn ich dich Charlie nenne?«

»Nein«, sagte Elsbeth, »das ist in Ordnung, wenn Sie wollen.« Mit eingezogenem Bauch spazierte sie zum Geländer und betrachtete die Aussicht: den Rasen und den Pool und die Bäume und die Marsch und den Long Island Sound, einen glitzernden Streifen in der Ferne.

»Wie heißen Sie?«, fragte sie, als der Mann zu ihr kam, und in diesem Augenblick bemerkte sie, dass er betrunken war oder zumindest getrunken hatte. Er roch nach Alkohol, aber der Geruch, den seine Haut verströmte, war warm und weich, nicht sauer und faulig wie bei Sol, wenn er zu viel getrunken hatte.

»Ich bin Julian«, sagte der Mann. »Hallo.« Er streckte die Hand aus, und Elsbeth schüttelte sie. Julians Handfläche war trocken und glatt trotz der Hitze.

»Sind Sie einer von Sols Kunstty… ich meine, einer von Sols Freunden?«, fragte Elsbeth.

Julian lachte. Es war ein dunkles, fröhliches, vitales Geräusch, das aus seinem Bauch heraufstieg. »Freunde weiß ich nicht, aber auf jeden Fall Kunsttyp. Ich bin der Geschmack der Stunde, das Aroma des Tages.«

»Wie bitte?«, fragte Elsbeth.

Julian lehnte sich neben ihr ans Geländer und stützte die Ellenbogen auf. Er kam ihr vor wie ein Zahnpasta-

Model; Elsbeth war noch niemandem so nah gewesen, der so gut und zugleich so normal aussah.

»Sol hat meine erste Ausstellung aufgekauft«, sagte er. »Und er ist immer noch mein größter Förderer.«

»Oh«, sagte Elsbeth. »Verstehe.« Dieser Julian war also einer der Künstler, die Sol unterstützte, ein Maler oder ein Fotograf. Sie wollte fragen, was von beidem, als Julian sagte: »Entschuldigung, ich muss noch mal für kleine Königstiger.« Er ging davon.

»Warum gehen Sie nicht einfach hinein?«, rief Elsbeth ihm nach.

»Sind mir zu viele Leute«, sagte Julian, und dann legte er den Finger an die Lippen und verschwand zwischen den Bonsais.

Dafür hatte Elsbeth Verständnis. Sie setzte sich auf einen der gusseisernen Terrassenstühle, um auf ihn zu warten. Die Hitze des Metalls drang durch den Stoff von Junes Kleid. Sie spielte mit Julians Zigarettenschachtel herum. »Marlboro«, murmelte sie. »Kastanienbraun, Marineblau, Rot, Hellblau, Orange, Violett, Rot, Violett…«

»Was machst du da?«, fragte Julian hinter ihr. Elsbeth erschrak und legte die Schachtel wieder hin.

»Nichts«, sagte sie. »Entschuldigung. Nur eine dumme Angewohnheit von mir…«

»Du findest, die Buchstaben haben Farben?«, fragte Julian, und Elsbeth nickte verlegen. »Du bist Synästhetikerin!«, rief er entzückt.

»Ich bin was?«

»Synästhetikerin«, sagte er und setzte sich zu ihr. »Ich auch. Wir haben Synästhesie. Wir glauben, Buchstaben und Zahlen haben Farben.«

»Sie auch?« Elsbeth war noch nie jemandem begegnet, dem es damit ging wie ihr.

»Ja«, sagte Julian. »Wir sind vom gleichen Schlag, wir beide. Es gibt nicht viele von uns, aber ein paar schon. Es liegt an unseren Synapsen. Irgendwas hier oben« – er tippte sich an die Schläfe – »ist verdreht, aber auf wunderbare Weise, finde ich. Es gibt eine Querverbindung zwischen unseren Sinnen, und deshalb haben Geschmacksnoten Farben, und Musik und Zahlen und abstrakte Konzepte wie Monate oder Tage haben Formen. Sag mir zum Beispiel: Wie denkst du dir den Kalender?«

»Er ist rund«, sagte Elsbeth. »Wie eine Uhr. Januar ist oben, und Juni ist unten.«

»Genau«, sagte Julian. »Und Zahlen?«

»Sie marschieren ins Endlose! In einer horizontalen Linie, die am Anfang hell ist, aber je höher man geht, desto dunkler werden sie allmählich. Und sie haben auch Farben. Fünf ist rot, und die Sieben ist grün.«

»Ist sie nicht«, sagte Julian. »Die Sieben ist blau.«

»Die Sieben ist nicht blau«, widersprach Elsbeth empört. »Die Drei ist blau.«

»Die Drei ist nicht blau«, sagte Julian. »Sie ist beige.«

»Stimmt nicht!«, rief Elsbeth. »Als Nächstes erzählen Sie mir noch, Ihr Name fängt nicht mit Gelb an.«

»Tut er auch nicht«, sagte Julian. »J ist rot.«

»Niemals!«, sagte Elsbeth. »Ihr Name ist Orangegelb, Gelb, Marineblau, Schwarz, Blauschwarz, Senfgelb.«

»Und dein Name ist Gelb, Waldgrün, Marineblau, Rot, Neonpink, Holzkohlengrau.«

»E ist nicht gelb!«, sagte Elsbeth. »Sondern blau.«

»Ah, aber ich habe nicht Elsbeth buchstabiert. Ich habe Charlie buchstabiert. Das bist du. Charlie, die Synästhetikerin.«

»Okay«, sagte Elsbeth und lachte. »Ausgezeichnet.«

Julian nahm sein beschlagenes Glas vom Tisch, trank

einen Schluck und reichte es ihr. Elsbeth trank dankbar: Gin Tonic mit Limette, warm und abgestanden von der Sonne.

»Möchtest du für mich Modell sitzen, Charlie?«, fragte Julian.

»Was?«

»Ich würde gern einen Shoot mit dir machen. Du hast etwas Einzigartiges an dir, einen speziellen Look. Und ich habe noch nie einen Shoot mit einer Synästhetikerin gemacht.«

»Einen Shoot? Wieso?«

Julian lachte wieder sein dunkles, vitales Lachen. »Ich bin Fotograf.«

»Ach so«, sagte Elsbeth. Vor lauter Aufregung, jemanden zu entdecken, der das Gleiche konnte wie sie, hatte sie vergessen, ihn nach seinem Metier zu fragen. »Sie wollen mich fotografieren?«

»Ja«, sagte Julian. Er stand auf, zog eine braune Lederbrieftasche aus der hinteren Tasche und gab ihr eine Visitenkarte.

»Überleg's dir und sag mir Bescheid. Du kannst mich jederzeit anrufen, okay, Charlie?«

»Okay«, sagte Elsbeth, und Julian lächelte. Dann wandte er sich ab und ging ohne ein weiteres Wort durch die Schiebetür in den Wintergarten.

Elsbeth schaute die Karte an. Sie war noch warm von Julians Tasche, so dicht an seinem Körper. »julian wilton fotografie« stand in Kleinbuchstaben auf einem weißen Hintergrund und darunter eine Telefonnummer und eine Adresse in New York. Das war alles. Elsbeth warf einen Blick zum Haus und hielt die Karte dann unter die Nase. Sie roch nach feuchtem Papier. Sorgfältig schob sie sie in den BH.

Der Lunch wurde im Wintergarten an der Seite des Hauses serviert. Es war Elsbeths Lieblingsraum, weil sie wegen der Glaswände so tun konnte, als äße sie im Freien. Die Regale ringsum präsentierten Ruths neueste gärtnerische Obsession: Kakteen. Da standen Pflanzen mit breiten Blättern und rosa Blüten, mit tränengroßen Schoten, mit spitzen, zehn Zentimeter langen Stacheln oder einem weißen Flaum, der trügerisch weich aussah, bis Elsbeth ihn streichelte und plötzlich winzige Splitter in den Fingerspitzen fühlte. So hatte sie gelernt, hier drin nichts anzufassen, und dass die schönste Pflanze doch schmerzhaft oder gefährlich sein konnte. Manche waren es, andere nicht, und man konnte nie wissen.

Normalerweise versuchte Elsbeth, sich unsichtbar zu machen, und platzierte sich auf dem orangegelben Sofa beim Couchtisch, wo sie so viele Hors d'Œuvres aß, wie sie konnte, bevor June es bemerkte. Ruth fuhr zu diesen Anlässen zu einem Delikatessengeschäft in der Stadt, und Elsbeth liebte die Paté und den Brie, die Cracker aus steingemahlenem Mehl, den Cream Cheese mit Frühlingszwiebeln und den Kaviar-Dip mit den winzigen Eiern, die im Mund platzten und ihren köstlichen Geschmack freigaben. Aber heute interessierte sie sich mehr für Julian; sie lauerte an der Tür zum Wohnzimmer, versuchte, ihn unter den übrigen Gästen im Auge zu behalten, und fragte sich, wo er wohl sitzen würde. Dies waren wirklich Sols Kunsttypen, nicht seine üblichen Kindheitskameraden mit den fleischigen Nasen und den komischen Spitznamen, die immer taten, als ob sie Münzen hinter Elsbeths Ohr hervorzögen, und deren Frauen Soufflé-Frisuren trugen und immer Lippenstiftküsse auf ihren Wangen hinterließen. Diese Leute hier waren Kunstkritiker und Sammler, und ihre neugierigen

Gesichter kamen Elsbeth unbestimmt bekannt vor, weil sie sie gelegentlich hier oder in Galerien gesehen hatte, in die Sol sie mitnahm, bei Museumseröffnungen oder in Zeitungskolumnen. Sie kamen nacheinander herein, als Ruth in die Hände klatschte und verkündete, das Essen sei fertig, und Bach und angeregte Diskussionen begleiteten sie. Julian war einer der Letzten; er sprach mit einem jüngeren Mann mit stahlblau gerahmter Brille und einem weißen Don-Johnson-Anzug. Elsbeth wartete ab und stürzte sich dann auf den Stuhl gegenüber dem, für den Julian sich entschied. Mit dem Ellenbogen stieß sie einen Mann zur Seite, bevor sie begriff, dass er wahrscheinlich der Kunstkritiker der *Newsweek* war.

»Verzeihung«, sagte sie zu ihm.

»Schon gut«, sagte er und rückte ihr galant den Stuhl zurecht.

Julian lächelte sie an, als das Mädchen ihm über die Schulter hinweg ein Glas Wein einschenkte. »So sehen wir uns wieder, Charlie«, sagte er und hob ihr sein Glas entgegen.

»Sie kennen sich?«, sagte der *Newsweek*-Mann, und die Frau gegenüber sagte: »Wundert Sie das?« Es gab ein wenig Gelächter, das in Elsbeths Ohren nicht sonderlich vergnügt klang. Sie lächelte Julian an und sah dann, dass die Frau, die neben ihm Platz nahm und ihre Serviette ausschüttelte, June war. Elsbeth zog die Stirn kraus.

»Was ist?«, fragte June. Sie spürte Elsbeths wütenden Blick und entblößte die Zähne. *Lippenstift?* Elsbeth zuckte die Achseln. June zwinkerte ihr zu – *wir Mädels unter uns* –, aber Elsbeth ging nicht darauf ein. Das war das Problem mit June: Sie hatte ihre Momente, aber die waren wie die Sonne, die an einem bedeckten Himmel plötzlich hinter den Wolken hervorkam, aber gerade

dann wieder verschwand, wenn du die Wärme genießen wolltest, und dann sehntest du dich nach dem, was dir entgangen war, ohne zu wissen, was es war, und dir war noch kälter als vorher.

Ruth schlug ihre Gabel klingelnd an ihr Glas und sagte: »L'chaim«, und überall am Tisch hoben die Leute ihr Glas und tranken einander zu. Die Unterhaltung ging weiter, die Gäste reichten Platten herum, Körbe mit Challa und Teller mit Aufschnitt, und sie griffen mit silbernen Zangen nach dem Salat. Elsbeth nahm sich alles, was an ihr vorbeikam, und beobachtete Julian aus den Augenwinkeln. Er schaufelte sich Gurkensalat, Lachs, Blaubarsch und Remoulade auf den Teller.

»Oh Ellie«, sagte June. »So viel Roastbeef? Und zwei Brötchen?« Sie selbst hatte sich nur eine Tasse Gazpacho genommen, aber ohne die Sour Cream, die dazugehörte. Jetzt schob sie sie zu Elsbeth hinüber. »Hier, das muss ich nicht alles essen.«

»Ich möchte nicht«, sagte Elsbeth.

»Na komm«, sagte June. »Wir Mädels müssen doch auf unsere Figur achten, oder?«

»June, mein Püppchen«, sagte Ruth, »möchtest du, dass sie verhungert?«, und Elsbeth, die verzweifelt bemüht war, dieses Gespräch zu beenden, bevor Julian es mitbekam – er sprach noch mit dem Mann an seiner Seite –, sagte lauter als beabsichtigt: »Ich *weiß*, wie ich mich ernähren muss, *Mutter*.«

»Hey«, sagte Sol gereizt, »schrei nicht so. Wir versuchen hier, über etwas zu reden.«

»Entschuldigung«, sang June und hob ihr Weinglas. »Ich gebe auf. Iss, was du willst.« Zu Elsbeths Entsetzen wandte sie sich an Julian, der sich jetzt über seinen Teller hermachte.

»Teenager«, sagte sie. »Ein ganz unmögliches Alter, nicht wahr?«

Der *Newsweek*-Kritiker schnaubte, und die Dame neben ihm murmelte: »Fragen Sie den Experten.«

Julian blickte auf und zog die dunklen Brauen hoch. Dann spießte er grünen Salat auf die Gabel.

»Sie haben auch Kinder, Mr. Wilton?«, fragte June, und jetzt hörte Elsbeth ganz deutlich ein Schnauben. Es kam von dem Mann zwischen ihrem Dad und Sol. Er lachte.

»Pardon«, sagte er. »Ich konnte nicht anders, ich habe mitgehört. Es ist wirklich zu köstlich.«

Julian strich Butter auf ein Stück Challa. »Ich habe keine Kinder, Mrs. Rashkin«, sagte er.

»Aber er ist der Rattenfänger der Kunstwelt«, sagte der *Newsweek*-Kritiker.

»Er ist eher der Humbert Humbert«, sagte die Dame neben ihm, und wieder erhob sich das boshafte Gelächter.

»Oh!«, sagte June, »jetzt weiß ich, warum Ihr Name mir bekannt vorkommt. Ich habe im *New Yorker* von Ihnen gelesen. Sie sind dieser Fotograf…«

»Ja«, sagte Julian, »ich bin der Fotograf, der Kinder fotografiert. Ich liebe sie. Darum sind sie mein Thema. Ihre Unbefangenheit, ihre Reinheit und ihre *joie de vivre*…«

Plötzlich knallte die Humbert-Humbert-Frau ihre Gabel auf den Teller. »Ich weiß nicht, wie Sie mit sich selbst leben können!«, sagte sie.

»Ich weiß nicht, was Sie meinen«, sagte Julian sanft.

Die Frau stand auf, und ihr Stuhl scharrte geräuschvoll über die Fliesen. Sie war ungefähr so alt wie June, hatte schmerzhaft kurz geschnittenes Haar, und die Brosche am Hals ihrer schwarzen Bluse sah aus wie eine winzige Kuckucksuhr. Ihre Lippen zitterten.

»Kunst sollte niemals zur Rechtfertigung der Unmo-

ral dienen«, erklärte sie. »Es gibt Grenzen, die man nicht überschreiten sollte, und Sie haben sie überschritten.«

»Das reicht«, donnerte Sol. »Mr. Wilton ist unser Ehrengast.«

»Mr. Wilton ist ein Pornograf«, sagte die Frau.

»Oh, das ist ein bisschen zu simplifizierend«, sagte der Mann mit dem gewachsten Schnurrbart, und der *Newsweek*-Kritiker murmelte: »Plebejische Moral.«

Julian schaute die Frau gelassen an, aber Elsbeth sah, dass seine Finger unter der Glasplatte die Naht seiner Jeans kneteten. »Ich erschaffe Bilder«, sagte er. »Ich interessiere mich für das Spiel von Licht und Schatten auf der menschlichen Gestalt, wie es Künstler seit Jahrtausenden tun. Würden Sie den gleichen Vorwurf auch an Michelangelo richten? An Renoir? Unreinheit liegt im Auge des Betrachters, und ich denke, es sagt mehr über Ihre geistige Haltung als über …«

»Das sind Kinder!«, schrie die Frau.

Jetzt legte sich ein betretenes Schweigen über den Tisch, Sol eingeschlossen.

»Vielleicht sollte Ellie schon mal schwimmen gehen«, sagte er schließlich, und zu Elsbeths endloser Beschämung richteten sich alle Blicke auf sie.

»Das ist eine wunderbare Idee«, sagte Ruth. »Geh nur, Bubbie.«

»Mir gefällt es hier«, sagte Elsbeth.

»Elsbeth«, sagte Peter, »du gehst jetzt.«

Ihr Dad benutzte selten ihren vollen Namen. Sie legte ihre Serviette auf den Teller, und als sie aufstand und steifbeinig aus dem Raum ging, fühlte sie sich wie in einem Traum, in dem sie nackt zur Schule gekommen war. Sie wagte nicht, Julian anzusehen. Die Lady in der schwarzen Bluse folgte ihr, streifte im Wohnzimmer an

Elsbeth vorbei und stürmte durch die Schwingtür in die Küche. Ein paar Augenblicke später hörte Elsbeth durch die stockend wieder in Gang kommende Unterhaltung im Wintergarten das Motorgrollen, als Julians Anklägerin ihren Wagen anließ und wegfuhr.

Elsbeth wartete ab, ob jemand aus dem Wintergarten kam – ihr Dad vielleicht, um zu sehen, ob alles in Ordnung wäre, oder Julian! –, aber als das nicht geschah, schlenderte sie ins Wohnzimmer.

Als sie kleiner war, hätte sie die Gelegenheit genutzt, nach dem Foto zu suchen: nach dem verbotenen, faszinierenden, geheimen Bild von Dads erster Familie, das Ruth in ihrem Badezimmer aufbewahrt hatte. Elsbeth wusste, dass das Foto an dem Tag verschwunden war, als ihre Mom Ruth dabei ertappt hatte, wie sie es ihr zeigte und ihr noch einmal die schreckliche Geschichte von Masha und den Zwillingen erzählte, aber sie suchte trotzdem seit Jahren danach und hoffte immer darauf, dass sie Ruths Haarbürste mit der silbernen Rückseite oder eine Strumpfhose umdrehte, und da wären sie, ihr ungewohnt junger Dad und seine erste Frau und Elsbeths Halbschwestern. Sie waren genauso glanzvoll wie das Album über Junes und Peters Verlobungszeit, das Ruth hatte: Speisekarten aus dem Masha's, Peters berühmtem Restaurant, Titelseiten von *Harper's* und *Vogue* mit Junes Gesicht, Klatschseiten, auf denen June und Peter beim Tanzen im Rainbow Room oder in einem Club namens ElMo zu sehen waren. Das alles waren Erinnerungen, die Elsbeth begehrte; sie gehörten ihr, auch wenn sie aus einer Zeit stammten, bevor sie geboren war, und sie hatte so lange versucht, sie sich anzueignen, dass es sich anfühlte, als hätte sie das alles selbst erlebt. Wie viele

Stunden hatte sie über den Fotos vom Masha's gebrütet? Das Restaurant war fast wie ein anderer Mensch – die roten Wände, die lachenden Gäste mit Hüten und Pelzen und Cocktails und der große Kronleuchter. Wie oft hatte sie sich in Clogs und Kochjacke gesehen, wie sie in der Küche Rezepte zusammenzauberte? Ihre Fantasien vom Leben ihres Vaters vor dem Krieg, von der echten Masha und ihren Schwestern, den Zwillingen – mit denen war es genauso, nur trauriger.

Aber Elsbeth hatte den Drang, nach dem Foto zu suchen, längst hinter sich gelassen. Sie war ja jetzt erwachsen und akzeptierte, dass es nicht mehr da war. Sie näherte sich langsam wieder dem Wintergarten, um zu lauschen, als sie das Buch sah, das zwischen zerknüllten Servietten, halb vollen Gläsern und ein paar Trockenobstschalen lag. »leuchtende wesen: bilder von julian wilton« stand auf dem Hochglanzcover unter einem Foto in so intensiv leuchtenden Farben, dass Elsbeth an die Zeit vor dem Sonnenuntergang denken musste, wenn das strahlende Licht sie grundlos melancholisch werden ließ. Das Bild zeigte ein Mädchen von vielleicht zwölf oder dreizehn Jahren mit langen, hellen Haaren und einer Brust so flach wie die eines Jungen, aber mit spitzen Brustwarzen, die auf den Betrachter zeigten, und einem herausfordernden Blick. Sie saß rittlings in der Astgabel eines Baumes – und sie war nackt.

Elsbeth nahm das Buch an sich; sie schnappte es vom Couchtisch, zusammen mit einem halb leer gegessenen Tablett mit Käse und Crackern, und trug alles zu einem Ohrensessel, den sie ins Erkerfenster drehte. Wenn sie die Beine hochzog, würde von hinten niemand sehen, dass sie da war. Sie setzte sich so, dass sie das Buch auf einem Knie und das Essen auf dem anderen hielt, und

sie blätterte und aß und blätterte und aß und achtete darauf, dass sie die Seiten nur an den Rändern anfasste. Alle Bilder zeigten entweder das Mädchen vom Cover oder eins, das wahrscheinlich die Schwester war – eine zweite Blonde mit hellen Augen, die beinahe wütend in die Kamera starrte. Sie schwammen in Teichen und lagen an Flussufern; sie aßen Tomaten auf dem Feld, und der Saft lief ihnen über die bloßen Arme herunter, sie sonnten sich auf einem Dach in der City, und man sah die Gesichter von Büroangestellten in den winzigen Fenstern auf der anderen Straßenseite. Auf allen Fotos waren sie nackt. Und alles wurde zur Schau gestellt.

Als Elsbeth bei dem letzten Bild angekommen war, auf dem das Cover-Model allein auf einem Felsblock hockte, klappte sie das Buch zu. Wer *waren* diese Mädchen, die ihre Nacktheit mit solcher Unbefangenheit ausstellten, so ohne jede Scham? Es war völlig fremdartig für Elsbeth, die sich in jedem Umkleideraum und bei jeder Pyjamaparty in eine Ecke verkroch, um ihre kegelförmigen Brüste und die Speckrollen an ihrem Bauch zu verbergen. Sie war anders, solange sie sich erinnern konnte: eine runde Matrjoschka unter lauter schlanken Marionetten. In der ersten Klasse hatte sie Elsbeth der Elefant geheißen, in der fünften Doughnut, nachdem man sie dabei ertappt hatte, dass sie eine ganze Schachtel davon gegessen hatte. Einmal, im Lunchraum, war sie selig darin vertieft gewesen, ihre Käsewürfel auszupacken, als Christy Albertson, schlank und beliebt mit ihren beiden langen Zöpfen, die Nase gerümpft und gefragt hatte: »Ist das etwa *Butter*?« Gekicher ringsum, und alle gingen weg. Im Sommercamp wogen Elsbeths Altersgenossinnen 45, 48, 50 Pfund; als Elsbeth auf die Waage stieg, schwerfällig vor Scham und Schrecken, verkündete

die Krankenschwerster: »Sechs-und-neunzig-Komma-drei Pfund!« Jetzt, im zweiten Jahr auf dem College, war Elsbeth einen Meter einundsechzig groß und wog 145 Pfund. Einige Mädchen hatten sie an Körpergröße hinter sich gelassen, andere an Körbchengröße, und so konnte sie sich hinter den Großen und Vollbusigen verstecken. Aber sie wusste immer noch, dass jeder Bissen, den sie aß, an ihrem Körper zu Klumpen gerann. Niemals würde sie sein wie die anderen, die Schokoriegel, Eiscremewaffeln und Fritos aßen, weil sie Hunger hatten und weil sie sie haben wollten, ohne einen zweiten Gedanken daran zu verschwenden. Und noch bitterer beneidete sie Julians Models, die alles mit sorglosem Selbstbewusstsein zur Schau trugen. Alles – vor Julian!

Im Wintergarten wurden Stühle lärmend zurückgeschoben, und Elsbeth entwickelte eine hastige Strategie. Sie rannte durch die Küche und schnappte sich einen Keks von dem Tablett auf dem Tisch – »Haben Sie genug zu essen bekommen, Miss?«, rief das Hausmädchen, und Elsbeth antwortete: »Ja danke!«, und flüchtete die Treppe hinunter. Sie musste schreien, denn Bertha, das neue Mädchen, das Ruth gefunden hatte, nachdem Maria sich zur Ruhe gesetzt hatte, war ein bisschen schwerhörig, eine gütige Frau im Großmutteralter. Ihre Haare sahen aus wie Stahlwolle, und ihr fehlten ein paar Zähne. »Sie ist viel zu alt für jede richtige Arbeit«, hatte Ruth einmal flüsternd zu Elsbeth gesagt, »aber sie hat die Shoah überlebt wie dein Vater, und so habe ich sie als Mitzwa eingestellt.« Anscheinend hatten die Nazis Berthas Gehör beschädigt, aber ob es die Folter mit einem heißen Schürhaken gewesen war oder doch eine Bombenexplosion, wusste Elsbeth nicht. Sie konnte sich nicht vorstellen, dass irgendjemand Bertha so etwas antun könnte, ge-

schweige denn, dass Bertha ein Geheimnis haben könnte, das jemand so dringend aus ihr herausholen wollte.

Im Keller war es dämmrig und kühl, und die Linoleumfliesen taten Elsbeths nackten Füßen gut. Sie suchte sich ihren Weg durch das Labyrinth der Zimmer: Sols Bar mit dem knapp zwei Meter langen ausgestopften Marlin unter der Decke, Sols Vorführraum, wo er sie zwang, sich Diashows anzusehen, Sols gerahmte Fotos von Booten, Blumen und Bauern in Italien und den Zwiebeltürmen der Kirchen von Leningrad. Sol hatte einen oder zwei unbedeutende Preise bei Amateurwettbewerben gewonnen, bevor er begriffen hatte, dass er niemals ein Berufsfotograf sein würde, und stattdessen welche gesponsert hatte. Aber seine Dunkelkammer, die auch hier unten war, benutzte er immer noch, und Elsbeth warf einen neugierigen Blick auf die Tür, als sie daran vorbeikam. Sie hätte gern einen Blick hineingeworfen, um ein bisschen mehr über Julians Welt zu lernen, aber einmal hatte sie die Tür geöffnet, als Sol dabei war, Fotos zu entwickeln, und ein paar Filme ruiniert, und seitdem mied sie diesen Raum. Stattdessen ging sie zu der Kammer hinter dem Wäschezimmer, die Umkleidekammer genannt wurde, weil Ruth hier die Badesachen der Familie und die Badelaken mit den Regenbogenstreifen aufbewahrte, und zog Junes Kleid aus.

Sie betrachtete sich im Spiegel mit dem üblichen Abscheu. Ihre weichen Brüste, ihren Speckbauch – so verhasst ihr der Ausdruck auch war, sie verstand doch, was June mit »Rettungsringen« meinte. Wütend kniff sie hinein, und ihre Finger gruben sich in das Fleisch und hinterließen rosa Male. Dann wandte sie sich der Toilette in der Ecke zu. Sie hatte es noch nie ausprobiert; ihre Freundin Liza hatte ihr davon erzählt. »Das ist nur für

den Fall, dass du wirklich gefressen hast«, hatte Liza gesagt, »zum Beispiel, wenn du dir bei Carvel *absolument fou* eine ganze Cookie-Torte reingeschaufelt hast. Was übrigens nicht schlecht ist, weil man Eiscreme problemlos wieder auskotzen kann.« Elsbeth beugte sich hinunter, schob zwei Finger in den Hals und wartete. Nichts passierte. Ihr Magen krampfte ein-, zweimal, aber das war alles.

»Na los«, murmelte sie. Sie schob die beiden Finger tiefer in den Schlund und zwang sich, daran zu denken, wie viele Käsestücke und Cracker auf dem Tablett gewesen waren, sie dachte an den Keks, den sie aus reiner Gewohnheit, und ohne weiter darüber nachzudenken, in der Küche geklaut hatte, und an das Essen am Morgen, das Frühstück, das Peter gemacht hatte, ein Omelett mit Boursin und sautierten Champignons, Croissants frisch aus dem Ofen und seine hausgemachte Himbeermarmelade, und dazu fast ein Viertelpfund Butter – Elsbeth liebte Butter. Sie stieß die ganze Hand in den Mund und würgte, und dann fiel ihr noch etwas ein, das Liza gesagt hatte: »Wenn du Probleme hast, brauchst du nur dieses kleine Hängedings hinten im Mund zu kitzeln. Dann kommt dir alles hoch.«

Das stimmte. Ein Klumpen aus Käse und Crackern kam in einem zufriedenstellenden Schwall heraus, teilweise halb verdaut. Elsbeth tat es noch einmal und noch einmal, bis sie nur noch eine dicke, klare Flüssigkeit heraufwürgte. Mit rotem Kopf richtete sie sich auf und wusch sich Hände und Gesicht. Ihre Augen waren blutunterlaufen, und es klingelte in ihren Ohren, aber sie hatte das Gefühl zu schweben, heiter, leer und ruhig. Sie zog ihre Unterwäsche aus und griff nach ihrem Einteiler, der innen an der Tür hing, und aus ihrem rechten BH-

Körbchen fiel Julians Karte, feucht und gebogen: *julian wilton, fotografie.*

Elsbeth hob die Karte auf und versteckte sie zwischen ihren Sachen, die sie auf einem Regal hinter den Extrahandtüchern versteckte. Dann zog sie ihren Badeanzug an – war es Einbildung, oder ließ er sich bereits ein bisschen leichter über ihre Wölbungen ziehen? – und ging durch die Garage zum Parkplatz. Es war ein heller, schwüler Nachmittag, und die Sonne hing weiß in einem dunstigen Himmel. Wie eine Königin schritt Elsbeth über den schmelzenden Asphalt zwischen den von der Hitze flimmernden Autos hindurch. Überall schwirrten Zikaden. Der Pool glitzerte unter den hohen Eichen. Aus dem linken Augenwinkel sah Elsbeth, dass Julian wieder auf der Terrasse war; er rauchte, während ein Mann im kastanienbraunen Anzug lebhaft auf ihn einredete. Elsbeth sah sich nicht um, aber sie hörte Julians Stimme, als er antwortete, und sie roch seine Zigarette. Mit angehaltenem Atem ging sie weiter zum Pool und schwenkte ihr Hüften ganz leicht hin und her. Sie wusste, dass er sie beobachtete.

# 13

# FOTOSESSION

Eine Woche später stand Elsbeth im obersten Stock eines Backsteinhauses am Riverside Drive vor Julians Wohnungstür. Sie hatte schon zweimal geklopft, einmal leise, einmal ein bisschen lauter. Vielleicht war sie zu schüchtern gewesen, denn er hatte nicht aufgemacht. Es war doch der richtige Tag, oder? Komm am Samstag vorbei, hatte er gesagt, als sie ihn von dem Münztelefon im Glenwood Deli aus angerufen hatte. Komm gegen zwei. Aber wenn Julian jetzt in seiner Dunkelkammer war und sie ihn bei einem neuen Erguss seines Genies störte? Oder wenn Julian – wie Liza erwogen hatte – pervers war und Elsbeth nach der Fotosession in kleine Stücke zerhacken würde? »Wenn er Porno macht«, hatte Liza mit leuchtenden Augen gesagt, »weiß der Himmel, was er dann sonst noch macht.« Elsbeth hatte Julian verteidigen und sagen wollen, er mache keine Pornos, aber in Wahrheit war sie sich nicht sicher. Die einzigen echten, unbestreitbar pornografischen Bilder, die sie je gesehen hatte, waren in einem der *Penthouse*-Hefte gewesen, die dem Bruder ihrer Freundin Very gehörten; ihre Eltern hatten sie entdeckt und in einem kreischenden Anfall von Wut und Verlegenheit aus dem Haus geworfen. Liza hatte sie aus der Recyclingtonne geangelt, und Elsbeth hatte ihr eins davon stibitzt und in ihrem Zimmer darin geblättert.

Das Centerfold zeigte eine Blondine, die auf einer Perlenkette kaute, und zwei Frauen, die einander neben einem Swimmingpool berührten. Die Fotos wurden immer drastischer, bis Elsbeth Körperteile sah, die sie nicht einmal bei sich selbst je gesehen hatte – glitzerndes rotes und rosafarbenes Fleisch und Zungen und Finger überall. Das war Pornografie, da war Elsbeth sicher. Hier wurden die geheimsten Stellen entblößt. Julians Mädchen mochten nackt sein, aber verglichen hiermit waren sie zahm.

Elsbeth sah sich auf dem Treppenabsatz um. Ein Aufzugkäfig. Ein Druck nach einem Bild von Egon Schiele; es zeigt eine Tänzerin, die ein Knie umschlingt. Ein Oberlicht, unter dem eine Farnpflanze hängt. Nichts deutete darauf hin, dass hier ein mordgieriger Perverser wohnte. Elsbeth musste zur Toilette, und ihr Haar quoll in der Hitze auf; es blähte sich mit jeder Minute mehr wie ein wütendes Tier. Der Schweiß würde ihr sorgsam ausgewähltes Outfit ruinieren, die weiße Bluse und den roten Hosenrock mit Trägern, und sie hatte das sehr unangenehme Gefühl, dass die Hundescheiße, in die sie vor der Port Authority getreten hatte, das Profil ihrer Capezios verklebte. Elsbeth hatte versucht, sie an einem der kleinen Eisenzäune abzukratzen, der einen kläglichen City-Gingko umgab, aber sie hatte den Gestank immer noch in der Nase.

Sie strich mit der Sohle über Julians borstige Türmatte, als die Tür aufflog, und da stand er und lächelte sein Zahnpastamodellächeln, als gäbe es niemanden auf der Welt, den er auf seinem Treppenabsatz lieber sähe als Elsbeth.

»Hi, Charlie«, sagte er, »du hast es geschafft! Entschuldige, dass ich dich habe warten lassen; ich bin gerade noch unter die Dusche gesprungen.« Tatsächlich war sein

Haar feucht gekräuselt, und sein Hawaiihemd klebte an der Brust, als hätte er es übergezogen, ohne sich abzutrocknen.

»Bin ich zu früh?«, fragte Elsbeth, obwohl ihre Swatch im Aufzug zwanzig nach zwei gezeigt hatte.

»Nein, nein, ich bin heute langsam«, sagte Julian. Er trat zurück und öffnete die Tür ein Stück weiter. »Da bist du«, sagte er. »Wie schön! Willkommen. Tritt ein.«

Elsbeth trat an ihm vorbei in ein wunderschönes Zimmer. Es war ein ausgebautes Dachgeschoss: ein glänzender Holzfußboden, eine Reihe von Fenstern mit Blick auf den Hudson, und mehrere Oberlichter. Zebrateppiche, Möbel aus weißem Leder und Chrom und ein Sitzsack, geformt wie eine Bohne. An der gesamten Fensterfront zog sich ein riesiger Zeichentisch entlang, übersät mit Kontaktbogen, Fotos, Fettstiften. Eine knapp zwei Meter hohe Stehlampe, eine Silberkugel auf einem gebogenen Stiel, schwebte über dem Tisch. Reihen von Kameras standen in den Regalen zu beiden Seiten des Kamins, und aus einer Ecke starrte ein Wald aus Stativen. Über dem Kaminsims hing Julians Covergirl und starrte finster ins Zimmer, nackt von der Taille an aufwärts. Auf sie hätte Elsbeth verzichten können, aber abgesehen davon war sie noch nie im Leben in einem so maskulinen, magischen Raum gewesen.

»Gefällt mir, dein Atelier«, sagte Elsbeth.

»Ja?« Julian lief umher und sammelte Zeitungen, einen Aschenbecher und ein paar schmutzige Gläser ein. »Danke. Genau genommen ist mein Atelier in Downtown. Das hier ist meine Wohnung. Aber ich erledige hier eine Menge Bearbeitungen.« Er kippte seine ganze Armladung, Aschenbecher, Gläser und alles, in die Spüle zwi-

schen einer Reihe von Schränken an einer Wand. »Hast du Hunger? Der Kühlschrank ist ziemlich leer, aber ich kann uns was aus dem Deli bringen lassen.«

»Nein danke«, sagte Elsbeth. »Ich könnte jetzt nichts essen.«

»Aber etwas trinken? Es scheint ziemlich schwül zu sein draußen.« Julian öffnete den Kühlschrank. »Mal sehen, ich habe Orangensaft, Tonic, Milch – ups, abgelaufen. Wie wär's mit Gin? Haha.«

»Gern«, sagte Elsbeth erfreut. Offenbar wusste er noch, wie sie sich am letzten Wochenende auf Ruths und Sols Terrasse seinen Gin Tonic geteilt hatten. Das würde ihr Motto-Getränk werden.

Julian tauchte rückwärts aus dem Kühlschrank auf und sah verblüfft aus. »Im Ernst?«, fragte er und lachte dann. »Einen Moment lang habe ich es dir abgenommen, Mädel. Wie wär's mit Kaffee?«

»Gern«, sagte Elsbeth wieder, aber sie war enttäuscht. Sie sah zu, wie Julian Kaffeepulver abmaß und in eine Cafetiere gab. Seine Locken plusterten sich auf wie ihre eigenen, als sie trocken wurden, und er hatte sein Hawaiihemd falsch zugeknöpft. Oh Julian, dachte sie hilflos vor Sehnsucht.

»Kann ich deine Toilette benutzen?«, fragte sie.

»Letzte Tür links«, sagte Julian und deutete mit dem Kinn auf einen schmalen Flur hinter der Küche. »Ich bereite hier alles vor.«

Elsbeths Magen krampfte sich zusammen: Das bedeutete, sie würde sich ausziehen müssen. Sie war die Woche über sehr brav gewesen und hatte nur Pitabrot, Hüttenkäse und Trauben gegessen. Nur einmal hatte sie solchen Hunger gehabt, dass sie einen halben Liter Häagen-Dasz-Vanilleeis gegessen hatte, aber da hatte

sie die Geheimwaffe zum Einsatz gebracht und alles wieder erbrochen. Und sie hatte vor dem Spiegel in ihrem Zimmer geübt; sie hatte den Atem angehalten und in verschiedenen Winkeln dagestanden, um die Speckrollen zu minimieren. Vier Pfund hatte sie abgenommen, aber hier unter Julians Oberlicht schien das nicht annähernd genug zu sein. In diesem Augenblick klingelte das Telefon. Julian nahm ab, lauschte und lachte. »Richard, du räudiger Köter.« Elsbeth flüchtete in den Flur.

Der Korridor war lang und dämmrig und von Girlanden aus Fotos im Format 20 × 25 an Wäscheleinen durchzogen. Elsbeth schaute sie im Vorbeigehen an. Wieder dieses blonde Mädchen. Sie machte sich einen Schnurrbart aus dem Ende eines langen blonden Zopfes. Ein ungefähr zehnjähriger Junge spielte in einem See, und derselbe Junge stand auf einem Felsen, und sein Penis sah aus wie ein Champignon. Auf der rechten Seite des Korridors stand eine Tür verlockend offen. Elsbeth spähte hindurch – Julians Schlafzimmer! Ein ungemachtes Bett, schwarze Bettwäsche, die auf den Boden floss, ein karierter Van-Sneaker. Und etwas äußerst Merkwürdiges an der Wand gegenüber: eine Uhr, deren Zifferblatt in allen nur denkbaren Pastellfarben leuchtete. Die Farben wechselten alle paar Sekunden: Aus Lavendelblau wurde Rosa, dann Limettengrün und Zitronengelb. Die Zeiger waren Kreise in eigenen Farben, und wenn sie übereinander hinwegwanderten, wechselten sie die Farbe wie auch die Farbtöne unter ihnen.

Elsbeth stand wie hypnotisiert vor dieser wunderbaren Uhr, bis ein bellendes Lachen von Julian sie befreite. Sie fand das Bad am Ende des Flurs, und es erinnerte sie an das in der ersten Wohnung ihrer Familie in New York,

von der alle behaupteten, sie könne sich daran nicht erinnern, weil sie erst zwei gewesen sei, als sie nach Glenwood gezogen waren. Aber sie erinnerte sich doch. Hier waren die gleichen schwarz-weißen sechseckigen Fliesen, die Milchglasscheibe an der Dusche, das Waschbecken auf einem Sockel und mit Rostblumen unter den Wasserhähnen. Elsbeth verrichtete ihr Geschäft, betrachtete sich im Spiegel und runzelte die Stirn. Ihr Haar war ein Witz. Sie ließ den Wasserhahn laufen und machte es nass, aber das half nichts. Weil Julian immer noch telefonierte, öffnete sie den Medizinschrank.

Eine Waterpik-Mundduschе, ein Rasierapparat mit Klingen, eine Großpackung Aspirin, etliche verschreibungspflichtige Medikamente – war Julian krank? Was war Diazepam? Eine Eau-de-Cologne-Flasche, die Elsbeth sofort öffnete. Hingerissen schnupperte sie daran, obwohl ihr bei Julian kein Parfümduft aufgefallen war. Vaseline, Q-Tips, eine Schachtel Kondome – im Dunkeln leuchtend und extrasensitiv. Elsbeth kicherte: Wieso mussten sie leuchten? Brauchte Julian Hilfe, um den Weg zu finden? Wichtiger als alles aber war, dass nichts darauf hinwies, dass hier jemals eine Frau gewohnt hatte.

Sie wollte den Medizinschrank erleichtert schließen, als sie hinter der Munddusche noch etwas entdeckte: einen großen violetten … Penis? Ja, es war einer, umfangreich und aus Gummi, goldgesprenkelt. Das war ein Dildo. Es musste einer sein – noch etwas, das sie in dem *Penthouse*-Heft gesehen hatte. Sie wusste, wozu so etwas diente, aber – was sollte ein Mann damit? Sie war noch dabei, sich darüber den Kopf zu zerbrechen, als Julian sein Gespräch endlich beendet hatte und rief: »Charlie? Alles okay da drin, oder bist du ins Klo gefallen?« Hastig schloss sie den Medizinschrank, starrte noch einmal

wütend auf ihr Haar im Spiegel, zog den Bauch ein und öffnete die Tür.

Als sie in das große Zimmer kam, wurde sie kurz geblendet von einem grellweißen Blitz, begleitet von einem fauchenden Geräusch. »Ups, entschuldige, ich wollte dich nicht erschrecken«, sagte Julian. »Ich habe vergessen, dass der Blitz eingeschaltet war.«

»Macht nichts«, sagte sie. Julian nahm sie beim Arm und führte sie weiter in den Raum hinein. »Ich kenne das von Sol. Nur, bei ihm ist es umgekehrt: Er ruft immer, okay, Leute, macht euch bereit, und dann funktioniert der Blitz nicht.«

Julian lachte. »Er benutzt ein viel älteres Modell«, sagte er. »Eine Pentax, wenn ich mich nicht irre. Das hier ist eine neue Polaroid Supercolor, die ich von der Firma bekommen habe, damit ich sie teste.« Elsbeth blinzelte immer noch, aber sie sah, dass er einen schwarzen Kasten in der Hand hielt, auf dem ein Regenbogen leuchtete. Julian richtete ihn auf sie, drückte auf einen Knopf, und – *wsschhh* – hörte sie wieder das fauchende Geräusch, und ein graues Viereck aus Papier mit weißem Rand kam aus dem Kasten geglitten.

»Und jetzt pass auf«, sagte Julian. Er legte das Viereck auf den Zeichentisch zu einer riesigen Ansammlung von anderen, die dort lagen wie ein Puzzle. Elsbeth stand neben ihm, als sie es zusammen anschauten, und sie konnte ihn riechen, das warme Baumwollhemd, Zigaretten und seine Haut. In der grauen Mitte des weiß umgrenzten Vierecks erschienen Konturen – eine Gestalt, ein Gesicht.

»Wie Zauberei!«, sagte Elsbeth.

»Das *ist* Zauberei, Charlie«, sagte Julian. »Fotografie.

Du weißt, was Fotografie bedeutet, oder? Schreiben mit Licht. *Photo* ist Licht, *graphein* ist Schreiben. Das ist es, was du hier siehst.«

»Wahnsinn«, hauchte Elsbeth, aber dann wurde das Bild klarer, und sie rief: »Oh nein, ich sehe aus wie der Mond!«

Julian lachte. »Ich versichere dir, das stimmt nicht. Es liegt daran, dass ich dich frontal fotografiert habe. Aus der Perspektive sieht niemand gut aus.«

June schon, dachte Elsbeth. Julian ging weg und befestigte eine andere Kamera auf einem Stativ neben der Lampe mit dem gebogenen Stiel. Er beugte sich hindurch, spähte durch den Sucher, betätigte einen Hebel an der Oberseite und drückte auf einen Knopf. *Klickklickklick wsschh!* Elsbeth blieb unsicher am Tisch stehen, drehte sich zur Seite und zog den Bauch ein. »Schießen wir schon?«, fragte sie. »Was soll ich tun?«

*Klickklickklickklick. Klickklick wsschh klick.* »Gar nichts«, sagte Julian. »Du brauchst nicht zu posieren. Bleib ganz natürlich.« Das machte die Sache nur noch schlimmer, denn Elsbeth wusste nicht, was sie tun sollte. Was würde June tun? Elsbeth starrte mit welterfahrener Geringschätzung zu den Fenstern, aber weil Julian schwarze Verdunklungsrollos heruntergezogen hatte, gab es dort nichts zu sehen.

Julian blickte von seiner Kamera auf und lächelte. »Sollen wir ein bisschen Musik machen?«, fragte er. »Manchmal hilft das.«

Elsbeths Augen brannten. Sie verpatzte alles. »Gern.«

»Na los.« Julian zeigte auf eine Stereoanlage in der Ecke. »Damenwahl.«

Elsbeth ging mit angehaltenem Atem durch den Raum. *Klickklickklick wsschh klickklick.* Ein rotes Licht an der

Stereoanlage zeigte, dass sie eingeschaltet war, und auf dem Plattenteller lag schon eine Schallplatte. Sie setzte den Tonarm auf. »Sssssexxxxx«, sagte eine Männerstimme, und schrille Akkorde und ein stampfender Beat lärmten durch den Raum.

»Uuups!«, sagte Julian, fuhr von seinem Stativ hoch und kam mit schnellen Schritten durch den Raum. »Nicht die, hahaha.« Mit einem kratzenden Geräusch nahm er die Nadel von der Platte. »Wir wär's miiiiit… was Klassischem? Etwas Manierlicherem?«

»Gern«, sagte Elsbeth, aber dann fuhr sie zusammen. »Nur vielleicht nicht das?«

Julian sah sie überrascht an. »Du magst Prokofjew nicht?«

»Nicht besonders.« Elsbeth rieb sich die Arme. Sie hatte plötzlich eine Gänsehaut. Prokofjew machte ihr Angst. Einmal, in der dritten Klasse, war Bethany Chase zum Spielen da gewesen, und sie hatten sich in ihrem Zimmer Schallplatten angehört, als plötzlich die Tür aufgerissen wurde und ihr Dad hereingestürmt kam. »Wer hat das aufgelegt?«, schrie er, und sein Gesicht war so rot und wütend, dass Elsbeth ihn kaum wiedererkannte. »Wer hat diese Musik in mein Haus gebracht?« Elsbeth war aufgesprungen und hatte befürchtet, er könnte wieder einen Herzinfarkt bekommen. »Daddy, was ist denn?«

Peter riss die Platte vom Plattenteller. Er wollte sie zerbrechen, aber sie war zu dick, und er warf sie durch den Flur wie ein Frisbee. »Ich will das nie wieder hören!«, hatte er gesagt. »Nie wieder, hast du verstanden?« Und er war wieder hinausgestürmt. Die Platte hatte Bethany gehört, und sie war weinend nach Hause gegangen, was Elsbeth ihr kaum verdenken konnte. Aber seit jenem Tag

hatte sie nie wieder *Peter und der Wolf* noch irgendetwas anderes von diesem Komponisten hören können.

Julian präsentierte eine dritte Schallplatte. »Wie wär's damit?«

»Besser«, sagte Elsbeth erleichtert. Er hatte *Cats* ausgesucht. »*Oh, well, I never was there ever/a cat so clever/as magical Mr. Mistoffelees!*« Elsbeth hatte *Cats* am Broadway gesehen, mit ihren Eltern und Sol und Ruth, und sie erinnerte sich an Mistoffelees, einen Bariton in Schwarz, der direkt vor ihr von der Bühne gesprungen war. Julian hatte große Ähnlichkeit mit Mistoffelees, geschmeidig, sehnig und brünett, und Elsbeth malte sich aus, wie er in einer *Explosion* aus Rauch in ihrem Schlafzimmer erschien, in einem schwarzen Trikot mit Strumpfhose – *puff*!

*Klickklickklickklick wsschh klickklick.* »Na bitte«, murmelte Julian, »sehr, sehr schön.« *Klickklickklick.* »Sag mal, Charlie, wie alt bist du?«

»Fast sechzehn«, sagte Elsbeth und stockte ihr Alter um neun Monate auf.

»Hast du schon mal als Model gearbeitet?«

»Ich? Ich bitte dich.«

Julian lachte. *Klickklickklickklickklick.* »Das wundert mich, Charlie. Deine Mutter war zu ihrer Zeit ein sehr berühmtes Model, oder?« *Klickklickwsschh.* »Ich erinnere mich an ein Foto von Avedon – da trug sie einen Vogelkäfig auf dem Kopf. Sie war fabelhaft.«

»Na ja, das ist irgendwie das Problem«, sagte Elsbeth.

»Ach Charlie«, sagte Julian. »Erinnerst du dich, was ich dir bei deinen Großeltern gesagt habe? Du hast einen Look. Das siehst du vielleicht noch nicht, aber ich habe gelernt, Komposition zu sehen, die Struktur unter der Oberfläche der Dinge. Und du hast es.« *Klickklickklick-*

*klickklick.* »In ein paar Jahren – *bam*! Du wirst ein größeres Supermodel sein, als deine Mutter es je war, wenn du willst…«

Elsbeth schüttelte den Kopf, und einer der großen Ohrringe, die sie sich von Liza geliehen hatte, löste sich und rollte davon. »Scheiße«, murmelte sie.

»Schon gut, den finden wir später.« *Klickklickwsschhklickklick.* »Aber es stimmt, du siehst nicht aus wie deine Mom«, sagte Julian, »*oder* wie dein Dad, aber der ist auch ein gut aussehender Mann. Du hast was Eigenes. Wem ähnelst du?«

»Wahrscheinlich meiner Großmutter«, sagte Elsbeth. »Der Kartoffel.«

Julian lachte. »Ruth? Die ist aber keine Kartoffel.«

»Ruth ist eigentlich nicht meine Großmutter. Sie ist eine Cousine zweiten Grades für meinen Dad oder so was. Sie haben ihn nach dem Krieg aufgenommen. Ich meinte meine richtige Großmutter – seine Mom, die in der Nazizeit gestorben ist.«

*Klickklickklickwsschh.* »Dein Dad war also auch in Europa.«

»Woher weißt du das?« Elsbeth vergaß sich und schaute direkt in die Kamera. *Klickklickklickklick.*

»Ich habe seine Tätowierung gesehen«, sagte Julian.

Elsbeth seufzte. Sie konnte nicht glauben, dass er sie gesehen hatte – ihr Dad achtete so gründlich darauf, sie zu verbergen. Andererseits, Julian hatte ja gesagt, dass er ein ungewöhnliches scharfes Auge hatte.

»Mein Dad war im Lager«, sagte sie. »In Auschwitz und… There-sien-stadt.« Sie sprach den Namen sorgfältig aus und war nicht sicher, dass sie es richtig machte. Sie hatte die Lager in der Schulbibliothek nachschlagen müssen, aber niemanden fragen wollen.

*Klickklickklickklickwsschhklick.* »Das dachte ich mir schon«, sagte Julian. »Bei aller Eleganz habe ich etwas sehr Trauriges an ihm wahrgenommen. Es tut mir leid, Charlie.«

»Wieso?«, fragte Elsbeth. Sie wusste nicht, warum sie plötzlich wütend war, aber sie war es. Was wusste denn Julian über all das? »Was tut dir leid?«

Julian klickte unverdrossen weiter. »Es muss hart sein zu wissen, dass jemand, den man liebt, solches Leid durchmachen musste.«

Elsbeths Brust zuckte zweimal krampfartig, als hätte sie einen Schluckauf. »Ich habe auch Schwestern verloren. Meine Halbschwestern. Zwillinge, Vivian und Ginger – die Nazis haben sie umgebracht. Sie waren erst drei Jahre alt.« Elsbeth dachte daran, wie sie in Ruths rosafarbenem Badezimmer gesessen hatte, an die endlose Reihe von Spiegeln in Spiegeln in Spiegeln und daran, wie Ruth ihr mit langen, beruhigenden Strichen das Haar gebürstet und ihr dabei von den kleinen Mädchen erzählt hatte, die in den Öfen verbrannt waren. »Und weißt du noch etwas?«, sagte sie zu Julian. »Es ist lächerlich, aber ich habe mir immer eingebildet, sie wären noch am Leben. Im wirklichen Leben wären sie jetzt alt, über vierzig, also eher Tanten als Schwestern, aber in meiner Vorstellung sind sie immer noch klein, und ich kann auf sie aufpassen. Ich habe immer so getan, als müsste ich sie füttern und baden und ihnen Zöpfe flechten und vorlesen, und wir würden alle im selben Bett schlafen und die gleichen Nachthemden tragen, und ich hätte eine Ecke auf dem Dachboden, wo wir uns verstecken würden, wenn die Nazis wiederkämen, und wo ich sie in Sicherheit bringen könnte.«

Julian sagte nichts. Man hörte nur die Geräusche seiner Kamera, das Klicken und Surren, und Elsbeth

merkte, dass sie weinte. Die Tränen waren wie losgelöst von ihr, als wäre sie eine Wolke, aus der es regnete, aber sie strömten trotzdem über ihre Wangen. Wütend wischte sie sie weg.

»Hast du jemals etwas so Blödes gehört?«, fragte sie und weinte noch mehr.

Das Klicken hörte auf, und das große Licht ging aus, was Elsbeth mehr fühlte als hörte; die plötzliche Abwesenheit der Wärme auf ihrer Haut ließ sie erst spüren, wie heiß die Lampe gewesen war. Sie waren fertig; sie hatte es verpatzt mit ihrer Heulerei. Jetzt würde Julian sie niemals als Model benutzen. Wahrscheinlich hielt er sie für eine Irre.

Aber dann tat er etwas Wunderbares: Er kam mit einem Geschirrtuch zu ihr und löste sanft ihre Hände vom Gesicht. »Hier«, sagte er. »Ist schon gut, Charlie.« Elsbeth fühlte den Stoff auf ihrer Haut, steif und ein bisschen muffig. Behutsam tupfte er ihre Wangen ab.

»Besser?«, fragte er schließlich, und Elsbeth nickte. Sie fühlte, wie er sich entfernte, und als sie die Augen öffnete, saß er auf der Armlehne der Couch und zündete sich eine Zigarette an.

»Auch eine?« Er hielt ihr die Camel-Packung hin, und als sie den Kopf schüttelte, sagte er: »Stimmt ja, du rauchst nicht.« Er warf die Packung auf den Tisch.

»Du warst großartig heute, Charlie«, sagte er. »Das habe ich vorher gewusst. Bist du gern am Strand?«

»Wie bitte?«

»Ich dachte, wir könnten in die Hamptons fahren«, sagte Julian. »Ich möchte eine Serie mit dir machen, hauptsächlich draußen. Wir könnten uns dort treffen, vielleicht wieder am Samstag, und wenn das Wetter gut ist, arbeiten wir *on location*. Hast du Zeit?«

»Aber…« Elsbeth stammelte verwirrt. »Ich habe mich noch nicht mal…« Pantomimisch deutete sie an, wie sie sich auszog, und nahm ihre Hosenträger herunter.

Julian sah sie verblüfft an. »Oh nein, nein, nein«, sagte er. »Entschuldige, ich habe mich nicht klar ausgedrückt. Heute haben wir Probeaufnahmen gemacht.« Er lächelte. »Also, was meinst du? Hast du nächste Woche Zeit?«

Sie hätte Zeit, noch fünf Pfund abzunehmen – mindestens. »Nächste Woche müsste passen«, sagte sie.

Als sie nach Hause kam, sah sie zu ihrer unangenehmen Überraschung, dass ihr Dad wach war und in der Küche herumhantierte. Was tat er da? Normalerweise – abnormerweise – schlief Peter den ganzen Tag und kochte in der Nacht. Dann probierte er Rezepte für sein »berühmtes Kochbuch« aus, wie June es nannte. Es sollte Gerichte aus seinem ersten Restaurant, dem Masha's, enthalten, aber dem Geschmack eines neuen Jahrzehnts angepasst. Peter arbeitete seit Jahren daran – seit er das Claremont verkauft hatte. Ein Verlag hatte ihm einen hübschen Vorschuss gezahlt, und eine Zeit lang war sogar June ganz aufgeregt gewesen, aber irgendwie waren die Rezepte nie fertig und verlangten weitere Veränderungen. Das ging jetzt so lange, dass nicht nur der Vorschuss längst ausgegeben war, sondern auch der Verlag nicht mehr existierte. Aber immer noch war es das Einzige, was Peter tat. Elsbeth blieb an der Tür stehen und sah zu, wie ihr Vater in einem Topf auf dem Herd rührte. Es war schwer, diesen Mann – mit seiner ausgebeulten Khakihose, den leicht gebeugten Schultern und dem sauber getrimmten weißen Bart – mit dem strengen polierten Herrn in Hut und Anzug zu vereinbaren, den Elsbeth auf Fotos aus dem Masha's gesehen hatte – oder wenigstens mit dem makel-

los eleganten, gebieterischen und doch freundlichen Küchenchef, der ihr Dad in späteren Jahren gewesen war. »Dein Dad ist wie von Trapp«, hatte Liza einmal bemerkt. »Nur blond und die geriatrische Version. Aber nehmen würde ich ihn trotzdem.« Elsbeth hatte gekreischt und Liza auf die Schulter geboxt, aber sie hatte gesehen, wie Frauen ihren Vater anschauten. Er sah immer noch gut aus, aber auf eine verblasste, geisterhafte Art.

Anscheinend spürte er, dass Elsbeth ihn betrachtete, oder er hatte sie auf der Treppe gehört, denn er drehte sich um. »Ah«, sagte er, »der größte *commis* und Geschmackstester der Welt! Was für ein Glück.« Er kam mit einer Kelle zu ihr. »Ich brauche deinen unvergleichlichen Gaumen.«

Vielleicht würde er sie nach einem kleinen Schluck gehen lassen. Sie nippte an dem, was sich als Peters Pilzsuppe erwies, dick von Sahne und Cognac und mit einem Klecks Crème fraîche. Ihr Magen, der seit dem fettfreien Joghurt von gestern Abend nichts mehr bekommen hatte, fing an zu knurren, und ihr lief das Wasser im Mund zusammen. Gefährlich, dachte sie.

»Schmeckt gut«, sagte sie und reichte die Kelle zurück.

Peters Stirn, höher als früher, runzelte sich unter den Wellen seines Haars, dessen Ansatz ein gutes Stück weit darüberlag. »Nicht großartig?«

»Es ist die beste Suppe der Welt«, sagte Elsbeth und wich langsam in den Flur zurück.

»Sarkasmus ist vielleicht nicht meine große Stärke, aber ich erkenne ihn, wenn ich ihn höre. Na los, was fehlt?«

»Nichts! Im Ernst, Dad. Schreib sie ins Buch.«

»Nicht genug Thymian? Oder zu viel? Hätte ich die Roux ein bisschen stärker bräunen müssen?«

»Dad, ich muss wirklich gehen.«

»Aber du bist doch gerade erst nach Hause gekommen.«

»Ich muss die Mädels anrufen.«

»Hast du sie nicht gerade erst gesehen?«

Ihr fiel die Lüge wieder ein, die sie sich ausgedacht hatte, um in die Stadt fahren zu können: »Gehe mit Liza und Very in die Mall. Bis später!«, hatte sie auf einen von Junes Klebezetteln gekritzelt – »Braucht Ihr Hau$ ein Facelift? Rufen Sie noch HEUTE June Ra$hkin an!« und mit dem Magneten, der das Bild und die Telefonnummer ihrer Mutter zeigte, an der Kühlschranktür befestigt.

»Was um alles in der Welt könntet ihr zu besprechen haben, nachdem ihr euch vor einer Viertelstunde getrennt habt?«, fragte Peter. »Komm, iss einen Teller Suppe mit deinem alten Herrn.«

»*Dad!*«, sagte Elsbeth, und langsam wurde sie wütend. Warum jetzt? Warum musste Peter sie jetzt bemerken, wenn sie nichts weiter wollte, als ungestört ihren Erinnerungen an den prachtvollen Nachmittag mit Julian nachzuhängen? Peters Aufmerksamkeit kam nicht nur ungelegen, sondern auch um Jahre zu spät. Wo warst du?, wollte sie schreien, aber wie immer schluckte sie ihren Zorn hinunter. Sie wusste, es war nicht Peters Schuld. Es lag an den Medikamenten, an seinen Betablockern, seinem Nitro, seinen Anginatabletten. »Er ist so lieb wie immer«, hatte June am Telefon zu einer ihrer Tennisfreundinnen gesagt, und Elsbeth hatte es zufällig gehört. »Aber er ist so *vage*. Es ist, als wüsste er die halbe Zeit nicht, wo er ist. Und sein Zeitplan steht völlig auf dem Kopf.« Aber eine Alternative gab es nicht. Wenn Peter aufhörte, seine Medikamente zu nehmen, konnte er jeden Augenblick sterben, und war es etwa das, was Elsbeth wollte? Sie hatte geglaubt, er fehlte ihr schon lange nicht mehr.

Er hatte jetzt einen Stuhl herangezogen, einen der Bistrostühle, die June aus dem Sperrmüll in Glenwood gerettet und eigenhändig neu bespannt hatte. Resigniert setzte Elsbeth sich hin.

Peter machte sich am Herd zu schaffen, füllte zwei Schalen mit Suppe und brachte sie mit einem Korb Baguette an den Tisch.

»Guten Appetit!«, sagte er und verbeugte sich.

Elsbeth stiegen die Tränen in die Augen. Sie räusperte sich.

»Guten Appetit«, sagte sie und beugte sich über die Schale. Sie tauchte ihren Löffel in die Suppe und führte ihn an die Lippen, damit Peter dachte, sie esse. Crème fraîche zerschmolz in einer kleinen Pfütze an der Oberfläche, und der Duft von Rosmarin und Pfifferlingen trieb sie in den Wahnsinn.

Peter setzte sich zu ihr und nahm nachdenklich einen Löffel voll. Er kostete, blinzelte, schob die Zwei-Stärken-Brille herunter und zog den Spiralblock aus der Gesäßtasche, den er dort immer bei sich trug, solange Elsbeth zurückdenken konnte.

»Irgendetwas stimmt immer noch nicht«, sagte er. »Die Zwiebeln? Hätte ich Vidalia nehmen sollen?«

»Ich finde sie gut«, sagte Elsbeth, obwohl sie schmeckte, was Peter meinte. Aber sie wollte nicht noch mehr von dieser Tausend-Kalorien-Suppe essen, und außerdem – was machte das schon? Er würde das Scheißkochbuch niemals schreiben. Sie fing an, eine Scheibe Baguette in Stücke zu reißen.

»Gut ist niemals gut genug«, sagte Peter. Er legte den Notizblock hin und sah Elsbeth an. »Wie war es heute?«

Schon wieder wollte Elsbeth am liebsten lachen – oder auf etwas schlagen oder sagen: *Super, Daddy, ein-*

*fach super, ich habe den Nachmittag mit dem Fotografen verbracht, der bei Sol und Ruth zu Besuch war und den die Lady einen Pornografen genannt hat, weil er nackte Kinder knipst, und weißt du was? Nächste Woche wird er mich fotografieren. Nackt.* Aber dann kam ihr ein wahrhaft schrecklicher Gedanke: War Peter deshalb wach? Hatte irgendein schlummerndes Elternradar ihn darauf aufmerksam gemacht, dass Elsbeth sich in Julians Apartment geschlichen hatte? Sie stopfte sich Brot in den Mund.

»Auf dem Zettel stand, du wolltest mit Very und Lisa in die Mall«, sagte Peter, während Elsbeth kaute und kaute. »Erinnere mich noch mal: Wer ist das?«

Elsbeth hielt ihre Serviette an den Mund und spuckte das Brot hinein. »Sie heißt *Liza*. Mit weichem z.«

»Ist das die hübsche Orientalin?«

»Dad! Was hast du für Vorurteile! Du meinst Very, und die ist *Asiatin*.«

»Entschuldigung. Und wer ist diese Eliza?«

»Liza.«

»Sage ich doch. Ist das die Große mit dem ziemlich provokanten Benehmen?«

»Dad!«

»Was denn? Das soll doch nichts heißen. Ich meine mich nur zu erinnern, dass sie ein gewisses Auftreten hat.«

»Na ja, sie ist schon eine … sie ist nicht schüchtern.« *Schlampe*, hatte sie sagen wollen. »Aber sie kann nichts dafür. Ihre Eltern sind geschieden, und ihre Mom geht dauernd mit anderen Typen aus.«

»Ah«, sagte Peter.

Elsbeth schob ihren Stuhl zurück. »Jedenfalls, ich muss jetzt …«

»Und was hast du gemacht?«

»Wie bitte?«

»Mit deinen Freundinnen.«

»Wir waren in der Mall. Habe ich doch gesagt.«

»Und was habt ihr da getan?«

»Meine Güte, Dad, was soll das Verhör?« Aber Peter sah sie so traurig an, dass sie nachgab. »Wir haben herumgehangen.«

»Herumgehangen.«

»Ja. Gechillt. Du weißt schon.«

»Ah«, sagte Peter. »Verstehe.«

Er lächelte sie an. Wann war es so geworden? Nachdem er krank geworden war, um ihren achten Geburtstag herum, als sie das Claremont schließlich verkauft hatten. Bis dahin waren es nur sie beide gewesen, Elsbeth und ihr Dad, die »Fabelhaften Rashkins« – so hatte das Restaurant heißen sollen, das sie zusammen eröffnen würden, wenn Elsbeth groß war und die Ausbildung abgeschlossen hätte. Zuerst war es eine Crêperie gewesen – Elsbeth war ein großer Fan von Magic Pan, wo es die dünnen, süßen Pfannkuchen gab –, und dann war es ein gehobenes Restaurant geworden. In ihren frühesten Erinnerungen balancierte Elsbeth auf Zehenspitzen auf ihrem speziellen Schemel, und ihr Dad führte ihr die Hand, während sie auf der Arbeitsfläche den Ausbackteig rührte. Auch an seine stachelige Handschrift in seinem Spiralblock erinnerte sie sich, an die Zeichnungen, die er für sie gemacht hatte. Brot. Butter. Zitronen. Siehst du, Ellie? Peter und sein Lieblings*commis*, der neben ihm stand und Teig ausrollte, Sellerie würfelte, Eier ins kochende Wasser gleiten ließ: die »Fabelhaften Rashkins« gegen den Rest der Welt.

Weil die Stille so furchtbar war, weil ihr die Kehle weh-

tat von allem, was sie nicht sagen konnte, gab Elsbeth noch einen Löffel Suppe darauf. Der Geschmack war reichhaltig und komplex von Crème fraîche und Courvoisier, Thymian und Schnittlauch, Pfifferlingen und Champignons. Du hast einen feineren Gaumen als alle, die ich kenne, Ellie, hatte ihr Dad immer gesagt. Du wirst die beste Köchin der Welt oder die beste Restaurantkritikerin, wenn du das lieber möchtest. Plötzlich konnte Elsbeth die Suppe gar nicht schnell genug essen; sie schlang sie mit tränenden Augen hinunter, und sie hätte die Schale mit beiden Händen hochgehoben und ausgetrunken, aber sie wusste, dass Peter es missbilligen würde.

»Es sind die Zwiebeln«, sagte sie, als sie fertig war.

»Was meinst du damit?«

Elsbeth rülpste gegen ihr Handgelenk. Ihr geschrumpfter Magen war jetzt überlastet und stöhnte und gurgelte. Sie konnte regelrecht fühlen, wie das Fett in ihre Adern quoll, ihre Zellen aufblähte und sie dicker machte.

»Was du vorhin gesagt hast? Über Vidalias? Ich würde Schalotten nehmen, wie du es meistens tust, aber ich würde sie karamellisieren, damit sie süßer sind.«

Ihr Dad nickte langsam und strich sich über den Bart. »Ja«, sagte er, »du hast haargenau recht. Das ist es, was noch fehlt. Und vielleicht sollte ich einen Spritzer Balsamico dazugeben?« Er griff nach seinem Notizblock. »Ellie, du bist ein Genie!«

»*De nada*«, sagte Elsbeth.

Sie stand auf und küsste Peter auf die Stirn, während er in seinen Block schrieb. Seine Haut war warm und ein wenig ölig. Sie musste nach oben. Je eher sie die Suppe los wurde, desto weniger Chancen hätte das Fett, sich in ihrem Organismus auszubreiten.

Aber irgendetwas veranlasste sie, in der Küchentür

noch einmal stehen zu bleiben. Sie schaute zurück zu ihrem Dad. Peter saß allein am Küchentisch; seine Kopfhaut glänzte im Licht der Deckenlampe durch das Haar. Er aß noch etwas Suppe, hielt inne, um eine Notiz zu machen, und starrte dann vor sich hin ins Leere. Was sah er, wenn er so in die mittlere Ferne blickte? Seine Küche im Claremont oder im Masha's? Masha selbst? Die kleinen Mädchen? Elsbeth warf einen letzten Blick auf ihren Vater und schloss dann die Tür. Sie ging die drei Treppen zu ihrem Dachzimmer hinauf, lief ins Bad, klappte den Toilettendeckel hoch und sank auf die Knie.

# 14

# DIE HAMPTONS

Am Morgen ihrer ersten Nacktaufnahmen traf Elsbeth sich mit Julian auf dem Gehweg vor seinem Apartment, wo er Kamera und Stativtaschen auf den Rücksitz eines Wagens lud, der große Ähnlichkeit mit dem »General Lee« aus *Ein Duke kommt selten allein* hatte. Nur die Südstaatenflagge auf dem Dach fehlte. Elsbeth hoffte ein bisschen, Julian werde mit einem Salto durch das Seitenfenster einsteigen, aber stattdessen kam er zu ihr herum und hielt ihr die Beifahrertür auf. »Deine Kutsche, Charlie«, sagte er.

Elsbeth versuchte, sich anmutig auf den Sitz fallen zu lassen. »Danke sehr«, sagte sie. Julian trug heute Shorts und ein plissiertes Smokinghemd, und seine Füße steckten in den karierten Vans. Die Sonne leuchtete wie ein Lichtkranz in seinem Haar, das sich in der dunstigen Juliluft kräuselte. Elsbeth hatte ihres aufgegeben und es mit einem Bananenclip an der Seite zusammengerafft. Ihr weißer Jeansrock war beim Einsteigen hochgerutscht, aber sie ließ ihn, wie er war: Ihre Beine, vom jahrelangen Schwimmen kräftig und rund, waren das Beste an ihr.

Julian fuhr ein bisschen ruckhaft den Riverside Drive hinunter und durch die Stadt, und Elsbeth versuchte, ihn zu beobachten, ohne es sich anmerken zu lassen. Er war auch heute unrasiert; seine Augen waren hinter einer

Wayfarer-Sonnenbrille verborgen, und an seinem rechten Ohrläppchen baumelte ein kleines Kreuz. Hatte er diesen Ohrschmuck beim letzten Mal auch getragen? Sicher nicht – Elsbeth hätte es bemerkt. Sie versuchte, sich etwas Kultiviertes einfallen zu lassen, das sie sagen könnte, während sie bei der 96th Street in den Central Park fuhren. Julian hatte heute Morgen anscheinend keine Lust auf eine spritzige Unterhaltung.

»Dein Wagen gefällt mir«, war das Beste, was ihr einfiel, nachdem sie eine Anekdote über einen Lieblingsort ihrer Kindheit, den Saal mit dem Wal im Museum of Natural History, ein paar Straßen weiter südlich, verworfen hatte.

Julian nahm einen Schluck Kaffee aus einem Pappbecher, seine Hand zitterte dabei. Ein bisschen heiße Flüssigkeit schwappte auf sein nacktes Knie, und er fluchte. »Danke«, sagte er. »Er ist ein Knaller, nicht wahr? Ich fahre eigentlich keinen Schaltwagen, aber ein Freund hat ihn verkauft, und ich konnte einfach nicht widerstehen.«

Elsbeth fragte sich, wie viele Mädchen schon hier gesessen haben mochten, wo sie jetzt saß: auf dem Vordersitz des General Lee, der keiner war, auf dem Weg zu einem Fotoshoot mit Julian, während ihre Oberschenkel auf dem rissigen Vinylpolster klebten. Es war egal. Jetzt saß sie hier. Und sie würde unvergesslich sein.

Julian fuhr im Slalom auf der kurvenreichen Straße durch den Central Park, und Sonne und Schatten huschten über die Windschutzscheibe. Elsbeth versuchte herauszufinden, welche Farbe seine Stimmung heute hatte. Genau wie bei Zahlen und Buchstaben waren die Farbtöne bei Menschen nicht immer gleich sichtbar – Gott sei Dank, denn das wäre störend. Aber wenn sie sich

konzentrierte, konnte sie die Farben erscheinen lassen. Julian, der normalerweise eine Supernova war, ein dunkles Zentrum, umgeben von prismatischen Strahlen, war heute geistesabwesend und gebrochen, und die Strahlen stachen hervor wie die Speichen eines kaputten Schirms.

Elsbeth überlegte, ob sie ihrem Mitsynästhetiker diese Beobachtung anvertrauen sollte, behielt sie aber dann lieber für sich. Als sie an ihrem alten Haus in der East 96th Street vorbeifuhren, sagte sie stattdessen: »Da habe ich als Kind gewohnt.«

»Ach ja?« Julian bog auf den FDR Drive ein.

»Echt«, sagte Elsbeth. »Da haben wir gewohnt, bis ich zwei war.« Sie verdrehte den Kopf, um zu dem Gebäude zurückzuschauen, das hinter ihnen versank. »Ich erinnere mich noch an das Apartment«, erzählte sie. »Ich weiß, dass ich auf dem Boden unter dem Klavier gesessen habe, und ich weiß, wie die Fenster auf der anderen Straßenseite aussahen, wenn ich durch die Gitter meines Bettchens hinüberschaute …« Sie erinnerte sich auch, wie sie an den Gitterstäben gerüttelt und aus Leibeskräften geschrien hatte wie ein kleiner Gorilla, und wie niemand gekommen war …

»Das erste Restaurant meines Dads war auch hier in der Nähe«, sagte sie. »Das berühmte. Masha's. Warst du da mal?« Aber natürlich war Julian nie dort gewesen. Elsbeth hatte in der Bibliothek von Glenwood ein paar Artikel über ihn gelesen und wusste, dass Julian erst in die Stadt gekommen war, als das Masha's längst geschlossen war. Sie selbst hätte alles dafür gegeben, das Restaurant einmal zu sehen, wie es gewesen war, nur ein einziges Mal, aber wenn sie an dem Gebäude vorbeikam und nach Spuren früheren Glanzes suchte, sah sie nur das, was jetzt dort war: ein Geschäft für Damenschuhe.

»Was ist deine früheste Erinnerung?«, fragte sie Julian.

»Ha!«, sagte er. »Das willst du nicht wissen.«

»*Au contraire!* Ich will es wissen.«

Julian trank seinen Kaffee aus, zerdrückte den Becher und warf ihn auf den Rücksitz. Sie fuhren jetzt über die Queensboro Bridge, und die Schatten der Brückenträger streiften über sein Gesicht. »Es ist aber ziemlich schlimm. Ehrlich, ich bin nicht sicher, dass ich es dir erzählen sollte.«

»Warum nicht?«, fragte Elsbeth. »Das ist nicht fair. Ich habe dir auch von meinen Halbschwestern erzählt.«

»Das stimmt.« Julian fuhr von der Brücke herunter und nach Queens hinein. Anstelle von Wolkenkratzern gab es hier Reihen um Reihen von zwei- und dreigeschossigen Häusern und dicht aneinandergeschmiegten Apartmentblocks, und überall waren Graffiti. Julian zündete sich eine Zigarette an. »Ich bin nicht in einem schönen Zuhause aufgewachsen wie du, Charlie. Ich war ein Pflegekind.«

»Und?«

»Und«, sagte Julian und atmete durch die Nase aus. »Und deshalb habe ich keine Ahnung, wer meine Eltern sind. Jemand hat mich in einem Schuhkarton auf die Kirchentreppe gelegt, als ich acht Stunden alt war. Und ich war eine Zeit lang im Waisenhaus – aber daran erinnere ich mich überhaupt nicht –, und danach war ich bei verschiedenen Stellen, bis ich zu Peg kam.«

»So«, sagte Elsbeth. Sie hatte Mühe mitzukommen und verarbeitete im Geiste die Bilder, die Julian beschrieb. »Peg. War sie deine Mom? Hat sie dich adoptiert?«

Julian lächelte, aber Elsbeth fand, es war das bösartigste Lächeln, das sie je gesehen hatte. Er sah aus wie der Grinch. »Oh nein«, sagte er. »Das hat sie nicht. Aber

sie hatte andere Möglichkeiten, ihre Liebe zu zeigen.« Er drehte die Unterseite des rechten Arms nach oben. Sie war gesprenkelt mit silbrigen Punkten, als wäre ein Säureregen auf die zarte Haut gefallen.

»Was ist das?«, fragte Elsbeth.

»Brandwunden«, sagte Julian. »Von ihren Fisher Sweets – du kennst diese kleinen Zigarillos, die man an der Tankstelle kaufen kann? Ja. Peg hatte Klasse. Sie spielte gern ›Verbinde die Punkte‹ auf mir, wenn sie betrunken war.«

Elsbeth schnappte nach Luft. Sie konnte sich kaum vorstellen, dass jemandem etwas so Schreckliches passierte, von Julian ganz zu schweigen. Julian, der so freundlich und rücksichtsvoll war und von dem es in allen Kunstzeitschriften hieß, er sei ein Genie. In *Photoplay* hatte gestanden, er sei der beste Porträtfotograf seit Eisenstaedt.

Julian griff nach seiner Camel-Packung auf der Ablage und zündete sich mit dem Ende seiner Zigarette eine neue an. »Erstaunlich, dass ich noch rauche, nicht wahr?«, sagte er. »Der Triumph der schlechten Gewohnheiten über die Erinnerung.« Er lachte.

»Wo ist das denn *passiert*?«, fragte Elsbeth, als könnte die Geografie eine solche Brutalität erklären.

»In Wisconsin«, sagte Julian. »Da bin ich geboren. In einer Stadt namens La Crosse.«

»Ich kenne La Crosse!« Aufgeregt richtete Elsbeth sich auf dem Sitz auf. »Auf der anderen Seite des Flusses wohnt meine Großmutter Ida. Wir sind immer in dieses Kaufhaus gegangen. Es hieß, es hieß …«

»Doerflinger's«, sagte Julian.

»Genau, Doerflinger's!«, sagte Elsbeth. »Die hatten eine altmodische Lunchtheke, und da gab es Schoko-Malz-Milch …«

»Das war ein Drecksladen«, sagte Julian, »wie alles andere dort.«

»Oh.« Elsbeth ließ sich zurücksinken und hatte leise Gewissensbisse wegen des Kaufhauses und der Stadt La Crosse, denn ihr hatte es dort immer gefallen. Aber Julian wusste das natürlich besser als sie.

Julian presste die Lippen zusammen. »Entschuldige, Charlie. Meine Erinnerungen an Wisconsin sind einfach nicht die besten.«

Elsbeth nickte. Sie kam sich töricht vor, weil sie das Thema angesprochen hatte. »Wie bist du von da entkommen?«, fragte sie, um ihn zu glücklicheren Erinnerungen zu bringen.

»So schnell wie möglich«, sagte Julian und lachte. Wie sein Lächeln war auch das Lachen ohne jede Heiterkeit. Wäre es ein Gegenstand gewesen, dachte Elsbeth, dann wäre dieses Lachen aus Alufolie gewesen. »Mit sechzehn hatte ich genug von Pegs mütterlicher Liebe und bin abgehauen. Ich habe das Geld aus ihrer Handtasche genommen und dazu das, was ich mit Gelegenheitsjobs verdient hatte, und habe mich an die Straße gestellt. Ich wollte nur nach New York. Ich hatte einen Artikel darüber gelesen, im Wartezimmer beim Arzt, und war besessen davon. Es erschien mir wie ein Ort, wo jeder sein konnte, was er sein wollte.«

Elsbeth nickte. Praktisch das Gleiche hatte sie von ihrer Mutter gehört. »Dann bist du mit sechzehn nach New York gekommen?«

»Nicht ganz«, sagte Julian. »Ich musste arbeiten, um hinzukommen. Erst in Milwaukee, dann in Indiana …«

»Was hast du gemacht?«

Julians Grinch-Lächeln wurde breiter. »Das«, sagte er, »werde ich dir nicht erzählen.« Er schnippte seine Ziga-

rette aus dem Fenster. Sie waren jetzt auf dem 495 und fuhren durch ein zementenes Gewirr aus Schnapsläden, Teppichgroßhandlungen und Gebrauchtwagenplätzen. »Sagen wir einfach, es war ziemlich unappetitlich. Bis ich nach Pittsburgh kam; da konnte ich einen Job bei Sears ergattern.«

»Als ... Verkäufer?« Elsbeth versuchte, sich Julian in einem karierten Anzug vorzustellen, wie er Waschmaschinen verhökerte.

»Als Hausmeister. Aber eines Tages gab es eine freie Stelle in der Fotoabteilung, und ich habe mich darauf gestürzt. Und diesen Job habe ich wirklich geliebt. Ich habe es geliebt, die Filme zu entwickeln und das Leben anderer Leute zu sehen, auch wenn die Bilder wirklich langweilig waren – Fotos von einer Geburtstagsparty oder einem neuen Grill oder Rasenmäher. Ich habe angefangen, auf eine eigene Kamera zu sparen, und dann habe ich eine auf einem Trödelmarkt gefunden, eine beschissene alte Nikon – entschuldige meine Ausdrucksweise.«

»Macht nichts. Ich habe das Wort schon ein- oder zweimal gehört«, sagte Elsbeth.

»Mit dem Ding habe ich mir das Fotografieren beigebracht«, sagte er. »Hauptsächlich Porträts in Schwarz-Weiß. Die Leute im Lager. Die Penner in meinem Viertel. Meine Mitbewohner. Stark an Gordon Parks angelehnt, epigonenhaft. Was ich aber damals nicht wusste. Ich wusste nur, ich liebte es, und ich konnte nachts in der Firma meine Filme entwickeln. Und eines Abends kam der Manager, Al, aus irgendeinem Grund noch einmal vorbei und erwischte mich. Ich dachte, er feuert mich, aber er hat gesagt: ›Die sind gut, Kleiner. Du hast wirklich ein Auge.‹ Und das war der Anfang.« Er zündete sich wieder eine Camel an. »Als Erstes hat er gesagt, sollte ich

an Wettbewerben teilnehmen, und hat mir sogar angeboten, die Anmeldegebühr zu übernehmen. Also tat ich es. Ich gewann einen Preis bei *Art Forum* – den ersten Preis, und das bedeutete Geld – und bei einer Ausstellung in Chicago. In der Klein Gallery in der Michigan Avenue. Ich musste mir von Al einen Anzug leihen.«

Er lachte. »Er war mir vier Nummern zu groß, aber was soll man machen. Dann fing ich an, Kids zu fotografieren und dann Akte, und zwei Preise später … war ich in New York.«

»Wow«, sagte Elsbeth. Sie war beeindruckt, sowohl von seiner Geschichte – die in den Artikeln nicht vorgekommen war – als auch davon, dass Julian so viel preisgegeben hatte. Noch nie hatte sie gehört, dass ein Erwachsener so viel von sich selbst erzählte.

»›Wow‹ trifft es wohl«, sagte Julian. »Niemand war mehr überrascht als ich. Manchmal, wenn ich aufwache, denke ich, ich bin immer noch in Pegs Rattenloch am Mississippi, mit dem blauen Plastik vor den Fenstern.« Er drehte sich zu Elsbeth um und sprach mit der Zigarette zwischen den Lippen. »Denkst du jetzt schlechter über mich, Charlie, nachdem du weißt, dass ich nicht immer die prachtvolle Kreatur war, die du jetzt vor dir siehst?«

»Wohl kaum«, sagte Elsbeth. »Ich finde dich noch erstaunlicher.«

Julian grinste. »Du bist eine echte Nummer, Charlie, weißt du das?«, sagte er, und dann fiel ihm die Zigarette aus dem Mund und verschwand. »*Fuck*«, sagte Julian und stampfte mit dem Fuß unter dem Steuer herum. Der Wagen kam ins Schleudern, und es roch angebrannt.

»Ich glaube, sie liegt unter der Kupplung«, sagte er. »Übernimm du mal kurz das Steuer, ja?«

»Was …« Mehr brachte Elsbeth nicht hervor, denn Julian ließ das Lenkrad los. Sie packte es, und er tauchte nach unten und angelte im Fußraum herum. Der Wagen wanderte zur Gegenfahrbahn hinüber, und Elsbeth riss das Steuer herum, als ein Sattelschlepper vorbeiraste und seine Drucklufthupe trompeten ließ. Elsbeth starrte entsetzt auf den Highway. Sie hatte so etwas schon gelegentlich mit Liza getan, wenn Liza ihre Frisur in Ordnung bringen oder ihre Ohrringe anlegen wollte, aber immer nur auf Vorortstraßen. Das hier war eine ganz andere Liga.

»Da!«, sagte Julian und kam mit einem glimmenden Zigarettenstummel hoch. Er schnippte ihn aus dem Fenster. »Das wäre erledigt. Danke, Charlie.«

»Kein Problem«, sagte sie, aber ihre Achseln kribbelten vom Schweiß, und sie hatte einen scheußlichen Metallgeschmack im Mund. »Ich habe so was schon öfter gemacht.«

Julian lachte sein tiefes, vergnügtes Lachen. »Natürlich«, sagte er. »Ich glaube, es gibt nichts, was du nicht kannst.« Er nahm den rechten Abzweig des Highways, unter einem Schild mit der Aufschrift »HAMPTONS«. »Du bist ein Wunder, Charlie«, sagte er. »Wenn du die bist, die du bist.«

Das Haus, zu dem er sie brachte, war in Montauk, und es gehörte einem anderen Freund. Julian hatte anscheinend mehr Freunde als irgendjemand sonst auf der Welt. Elsbeth stieg aus dem General Lee, der keiner war, und schulterte einen Rucksack mit Objektiven, als Julian sie darum bat. Das Haus erinnerte sie ein bisschen an das Cottage auf Nantucket, das ihre Familie in dem Jahr gemietet hatte, als Elsbeth vier war: mit grauen Holz-

schindeln verkleidet und mit Dünenrosen überwuchert. Hortensien blühten unter den Fenstern. Die Proportionen waren allerdings anders: Dieses Haus hatte die Abmessungen eines Flugzeughangars, und innen sah es genauso karg und kalt aus. Sie betraten einen riesigen, dreigeschossigen Raum aus Chrom und Glas und weißem Marmor, voll mit Kunstwerken, von denen Elsbeth wusste, dass es Kunstwerke waren, weil man sich fragte, was genau es eigentlich war, das sie zu Kunstwerken machte. Skulpturen, die aussahen wie schmelzende Bronzeskelette, gewebte Matten, ein Lichtenstein mit einer Frau, die trauerte, weil sie ihr Baby im Bus vergessen hatte – und eine ganze Wand war bedeckt mit einem Gemälde, das Elsbeth aus einer Privatausstellung bei Sol als Pollock erkannte. Ein einzelner Eukalyptus, der mitten im Raum von der Decke bis zu einem weißen Sockel herunterreichte, teilte das Panoramafenster, das einen Blick auf den Atlantik bot, in zwei Hälften. Julians nackte Kinder waren auch da – ein Junge und ein Mädchen, die einander bei der Hand hielten, auf Plakatformat vergrößert, sodass ihre finster blickenden Augen groß wie Radkappen waren.

Julian ächzte unter mehreren Stativtaschen und einem zweiten Rucksack mit seinen Kameras. Er legte alles ab und ließ es im Foyer auf den Marmorboden gleiten. »Rosa?«, rief er. »Jemand zu Hause? Kriegt ein durstiger Mann hier was zu trinken?«

»Jules«, grollte eine Stimme, »du Schurke.« Ein Mann erhob sich von einem Objekt, das Elsbeth erst jetzt als Couch erkannte. Sie hatte es für eine weitere Installation gehalten, denn es sah aus wie ein Haufen übergroßer Zuckerwürfel. Der Mann trug ein Oxfordhemd mit Nadelstreifen und hochgeschlagenem Kragen und lachs-

farbene Shorts. Seine Füße waren nackt. Er hatte eine blonde Haartolle und sah aus wie die Preppies, vor denen Elsbeth in der Schule immer Angst gehabt hatte – erst recht, als er auf Julian zukam und ihn auf die Schulter boxte.

»Au«, sagte Julian und rieb sich die Stelle.

»Du Weichei«, sagte der Mann. »Du sollst dich wehren.«

»Kann ich nicht«, sagte Julian. »Langsame Reflexe. War spät gestern.« Der Mann nahm ihn in den Schwitzkasten und rieb mit den Fingerknöcheln durch Julians Haar.

»Und wer ist das?«, näselte er. Er ließ Julian los und schaute Elsbeth an. »Lass mich raten, Schätzchen – du bist die Käfigtänzerin aus dem Limelight.«

»Das ist Charlie«, sagte Julian. »Mein neues Model. Charlie, Richard. Richard, Charlie. Ich habe dir doch gesagt, dass wir heute rauskommen und Aufnahmen machen.«

»Genaaaauu, genau.« Richard blinzelte. »Moment – hast du?«

»Samstag, habe ich gesagt.«

»Genaaaauu«, sagte Richard noch einmal. »Aber ist denn heute Samstag? Ich glaube, es ist Samstag. Hey«, rief er, »Brie, heute ist Samstag.«

»Du brauchst nicht so zu schreien«, sagte eine andere Stimme von der Couch, und eine Frau entrollte sich dort wie eine Schlange in ihrem Korb beim Klang einer Flöte. Sie war die schönste Frau, die Elsbeth je gesehen hatte, abgesehen von ihrer Mutter. Ihr kurzes schwarzes Haar war in zwei Stufen geschnitten wie bei einem Jungen, ihre Augen waren wie Eissplitter, und ihre Wangenknochen konnten es mit jeder Skulptur im Raum aufnehmen. Sie trug ein hautenges grellrosa Kleid mit einem asym-

metrischen Ausschnitt, der auf einer Seite nur knapp die Brustwarze bedeckte, und auch sie war barfuß. An einem Zeh steckte ein Diamantring.

»Da dieser Wichser mich nicht anständig vorstellt – ich bin Brianna«, sagte sie zu Elsbeth. Sie bewegte sich wellenförmig auf Julian zu und küsste ihn ein bisschen zu lange auf den Mund. »Juuules«, sagte sie. »Sooooooo schön, dich zu sehen, du hinreißendes Genie. War die Kritik in der *Times* nicht einfach waaaaahnsinnig? Bist du nicht einfach *gestorben*?«

»Doch«, sagte Julian. »Aber dann bin ich wiederauferstanden.«

Brianna hängte sich an Richards Schulter und schaukelte hin und her, als wäre er eine Gartenpforte. »Ich bin soooooo kaputt«, sagte sie. »Wir waren die ganze Nacht auf – oder waren es zwei? Wir hatten *Leute* hier.« Sie stieß Richard ins Gesicht, und er schlug ihr Hand weg.

»Mach den beiden Mimosas«, sagte Richard. »Oder Bloodys.«

»Mach doch selbst«, sagte Brianna. »Ich bin nicht das Hausmädchen. Apropos, wo ist die eigentlich?«

»Ich glaube, ich habe sie einkaufen geschickt, vor drei oder vier Tagen«, sagte Richard. Er zündete sich eine Zigarette an und hielt sie zwischen Daumen und Zeigefinger, wie Elsbeth es bei französischen Austauschschülern gesehen hatte. »Kommst du mit auf die Jacht?«, fragte er Julian. »Damit ein bisschen Sonne an deinen kläglichen, ausgezehrten Körper kommt?«

»Danke, aber nein danke«, sagte Julian. »Wir wollen hinten Aufnahmen machen.«

Richard musterte Elsbeth von oben bis unten. »Ihr könnt an Deck fotografieren«, schlug er vor. »Da ist reichlich Platz.«

»Ooooooh jaaaaa«, sagte Brianna und goss sich eine Cola light ein.

»Geht nicht«, sagte Julian. »Ich werde seekrank.« Er zwinkerte Elsbeth zu. »Außerdem, ihr wisst, dass ich organische Locations liebe. Es gibt nichts Besseres als die Synthese von Subjekt und Natur, stimmt's, Charlie?«

»Stimmt«, sagte Elsbeth.

Brianna drapierte sich neu an Richard. »Du heißt Charlie? Wie ein Junge?«

»Das ist ihr Künstlername«, sagte Julian. »Es wird ihr Supermodelname sein.«

Zu Elsbeths Überraschung prustete Brianna nicht ihre Cola durch die Nase, und auch Richard lachte nicht – aber er hörte eigentlich auch nicht zu. Er war zur Theke gegangen und zerhackte etwas mit seiner Kreditkarte. Oh Gott, dachte Elsbeth, war das Koks? Sie kannte niemanden, der so etwas tatsächlich schon genommen hatte, aber sie hatte es im Kino gesehen, und ein paar Oberstufenschüler waren wegen Dealerei suspendiert worden.

Brianna legte den Kopf schräg und musterte Elsbeth. »Ja, ich schätze, du hast was«, sagte sie. »Findest du nicht auch, sie hat was, Honey?«

»Doch, absolut«, sagte Richard. »Wenn Jules findet, sie hat was, dann hat sie was.«

»Du bist sooooo ein Glückspilz«, sagte Brianna zu Elsbeth. »Jules wird dich *unsterblich* machen.«

»Hör auf«, sagte Julian.

»Stimmt doch«, sagte Richard. »Wenn sie deine Muse ist, wird sie für die Nachwelt bewahrt werden – in Galerien gezeigt, in Museen aufgehängt, in Kursen für Kunstgeschichte studiert über Jahrtausende. Du bist der Maestro, das ist unstrittig.« Er zog die Lines auf der Theke mit

einem zusammengerollten Geldschein in die Nase. »Wer will noch mal?«

»Ich glaube, du brauchst nichts mehr« sagte Brianna.

»Mit dir habe ich nicht gesprochen«, sagte Richard.

»Wir nicht«, sagte Julian. »Ich habe keine Zeit.«

»Gott, bist du langweilig«, sagte Richard. »Ich weiß nicht, wieso ich mich mit dir abgebe.« Er gab Brianna einen Klaps auf den Hintern. »Mach dich fertig«, sagte er. »Ausschweifungen warten.«

»Ich bin fertig«, sagte Brianna.

»Willst du dich nicht umziehen?«

»Ich ziehe das hier nur aus.« Sie strich mit beiden Händen über ihren grellrosa Körper.

»Charlie«, sagte Julian. »Willst du nicht schon rausgehen und hinten warten? Ich verabschiede die beiden noch und besorge uns was zu trinken.«

»Okay«, sagte Elsbeth und wollte sich bedanken, aber sie war so aufgeregt, dass sie nicht »vielen Dank« oder »Danke schön« sagte, sondern »vielen Danke schön«. Zum Glück fiel das niemandem auf; Richard und Brianna stritten sich, und Julian drückte auf einen Knopf, der die hintere Glaswand hochfahren ließ. Elsbeth ging über den weißen Marmorboden hinaus auf den Rasen.

Wie im Haus standen auch überall auf dem Grundstück übergroße Skulpturen: ein zerschmelzender Delfin, ein riesiger Löffel. Mitten in der weiten Rasenfläche war ein Pool, der ihr überflüssig vorkam: Wer wollte in Chlorwasser schwimmen, wenn gleich hinter den Dünen das Meer wartete? Elsbeth sehnte sich nach dem Strand, aber sie wusste nicht genau, wo Julian sie haben wollte. Also setzte sie sich in einen Liegestuhl neben ein paar Büschen, die so getrimmt waren, dass sie aussahen wie große Kaninchen. Sie zog die Knie ans Gesicht und

schloss die Augen. Die Sonne brannte ihr heiß ins Gesicht.

Drinnen redeten Julian und Richard und Brianna immer noch; Elsbeth hörte Gelächter und etwas, das klang wie ein Schlag. Dann kamen sie anscheinend näher, denn Elsbeth hörte, wie Richard näselte: »Bisschen älter als deine üblichen Minderjährigen, was, Jules?«, und Julian sagte: »Hör auf, du Perverser.« Richard sagte: »*So* habe ich es nicht gemeint. Ich meine nur, du bist von der Grundschule zur Pubertät aufgestiegen.« – »Ich will etwas Neues versuchen«, sagte Julian, und Richard antwortete: »Versuche in meinem Haus nur nichts, wofür du verhaftet werden könntest. Wofür *ich* verhaftet werden könnte. Und versprich mir das erste ordentliche Foto aus der Serie.« Julian sagte: »Abgemacht.« Sie hörte klatschende Schritte, Segelschuhe oder Flip-Flops, auf den Steinplatten der Terrasse, und dann knirschten sie in den Muschelschalen auf einem Weg. Elsbeth hörte, wie Brianna fragte: »Glaubst du, er *fickt* die kleinen Mädchen, die er hierherbringt, tatsächlich?« Richard fragte: »Würde dich das scharfmachen?« – »Du bist ein Dreckschwein, das ist amtlich«, sagte Brianna, und Richard antwortete: »Du hast damit angefangen, du Flittchen.« Zwei Autotüren wurden zugeschlagen, Muschelschalen knirschten, und ein Motor schnurrte los, als sie wegfuhren.

Elsbeth saß da wie gelähmt. Tat Julian *das* mit seinen Models? Sie glaubte es nicht; er hatte nie den leisesten Versuch unternommen, sich an sie heranzumachen. Oder? Elsbeth war nicht besonders erfahren; das Gewagteste war ein bisschen Petting in der letzten Reihe im Kino gewesen, mit dem Jungen, der sie auch als Erster geküsst hatte: Paulie T, der ein niedliches Gesicht hatte,

aber auch eine Zunge wie ein Reptil, die sich in ihren Mund hineingeschlängelt hatte. Elsbeth hatte ihn so schnell wie möglich abserviert. Was wäre, wenn Julian sich an sie heranmachte? Und was stimmte nicht mit ihr, wenn er es nicht täte? Sie und Liza und Very hatten diese Szenarien ausführlich erörtert. Sie wollten nicht, dass irgendjemand aus der Schule ihnen die Jungfräulichkeit nahm. Die Jungs waren allesamt so unreif. Sie würden warten, bis sie den Richtigen gefunden hatten. Julian könnte der Richtige sein: gutherzig, synästhetisch, weltberühmt und ein Genie. Ja, entschied Elsbeth, er war es bestimmt, und wenn er nicht interessiert war, dann, weil sie ihrem Selbstverbesserungsprogramm zum Trotz mangelhaft war, unansehnlich und immer noch zu fett.

Als sie ihn rief, hörte sie das Klirren von Eiswürfeln, und Julian zog sich einen Stuhl heran. »Was dagegen, wenn ich mich zu dir setze?«, fragte er und reichte ihr ein Glas Club Soda. Er zündete sich eine Zigarette an.

»Also *das*«, sagte er, »das waren Richard und Brianna. Ich kenne Richard, seit ich in New York bin. Er ist ein Wall-Street-Typ und ein ernsthafter Sammler. Unheimlich reich. Extrem. Obszön.« Julian blies den Rauch von sich und sah ihm nach, als er sich über den Dünen kräuselte. »Er ist irgendwie ein Arschloch, stimmt's?«

»Ja«, sagte Elsbeth erleichtert, »ein totales Arschloch.«

Julian lachte tief und vergnügt und beifällig. »Oh Charlie«, sagte er, »ich bin froh, dass du hier bist. Tut mir leid, dass ich dich mit ihnen zusammengebracht habe, aber es kann auch Spaß machen mit ihnen. Und sie haben ein großartiges Haus.« Er stand auf und streckte sich. »Ist es nicht prachtvoll?« Er schaute zum Strand und zum Meer hinüber. »Oder?«

»Ja«, sagte Elsbeth, und sie stemmte sich hoch und

ging zu ihm. Er schwitzte, und sie roch den satten Duft seines Schweißes.

»Das hier ist es, Charlie«, sagte er. »Das ist meine Kathedrale, das hier. Das ist Gott.« Er wandte das Gesicht zur Sonne. »Weißt du was? Mir ist heiß. Lass uns schwimmen gehen, bevor wir anfangen zu arbeiten. Was meinst du?«

Er fing an, sein Smokinghemd aufzuknöpfen, aber dann zog er es einfach über den Kopf und warf es ins Gras. Elsbeth fühlte, wie er neben ihr auf und ab hüpfte und sich die Schuhe auszog. Was kam als Nächstes? Seine Shorts, seine Unterhose? Trug er überhaupt eine, oder war er unter den Shorts »nackig«, wie Liza es genannt hatte? Sie rannte über den Rasen zum Wasser.

»Ist das ein Wettrennen?«, rief Julian ihr nach. »Okay, dann lasse ich dir einen Vorsprung.«

Elsbeth stürmte durch das scharfe Gras und rutschte über den Sand, bis sie am Rand des Wassers ankam. Sie joggte daran entlang und blieb erst stehen, als sie Seitenstiche bekam. Sie spähte am Strand auf und ab; er war menschenleer, und sie sah nur Brandung und kreischende Möwen. Vielleicht gehörte Richard ja die ganze Gegend.

Sie schleuderte ihre Ballerinas von den Füßen und streifte Rock, Tanktop, BH und Höschen herunter – schnell, bevor sie es sich anders überlegen konnte –, und dann watete sie ins Wasser. Die Kälte ließ sie nach Luft schnappen. »Das ist meine Tochter«, hatte Peter während des längst vergangenen Nantucket-Urlaubs gesagt. »Es ist nicht so schlimm, wenn man sich erst dran gewöhnt hat!« – »Wenn man taub ist, meinst du wohl«, hatte June von der Picknickdecke herübergerufen. June hatte einen Sonnenschirm mitgebracht, ihren Sonnenhut, so groß wie

ein Wagenrad, ein schleierzartes langärmliges Hemd und Sonnenöl mit Schutzfaktor 50 und dazu ihre Zigaretten und Cola. Elsbeth hatte sich oft gefragt, warum ihre Mutter überhaupt an den Strand ging. »So ist's gut, Ellie, noch ein bisschen tiefer«, hatte Peter gesagt, »die Kälte macht uns doch nichts aus, oder? Wir sind Seehunde aus der Nordsee. Und jetzt tauchen wir… nein? Okay. Ich zuerst.« Elsbeth erinnerte sich, wie Peter im seichten Wasser gestanden hatte, die Arme verschränkt wie ein General, und wie er die beste Stelle zum Eintauchen in die Wellen ausgesucht hatte. Eine anderthalb Meter hohe Brandungswelle rollte auf sie zu und kräuselte sich bösartig. Peter stürzte sich hinein und verschwand. Elsbeth hatte den Atem angehalten, bis er auf der anderen Seite lachend wieder auftauchte. Das Hemd klebte an seinem Körper, das Haar an seinem Kopf. »Siehst du?«, brüllte er. »Das kannst du auch! Wer hineinwill, muss da durch. Das ist meine tapfere Tochter!«

Jetzt stürmte Elsbeth johlend ins Wasser. Sie drehte sich zur Seite, als eine Welle brach, und tauchte dann hinein. Einen Moment lang war es eine Qual, aber ihr Dad hatte recht gehabt: Wenn der Kopf einmal nass war, war es nicht mehr so schlimm. Sie stürzte sich in eine Welle, dann in die nächste und ließ sich von ihnen hochheben, sodass sie den Stand unter den Füßen verlor. Der Horizont dümpelte in der Ferne, geradeaus lag England, und daneben war Deutschland. War ihr Vater je mit ihren Schwestern schwimmen gegangen? Waren Vivian und Ginger auch Nordseerobben gewesen? Wahrscheinlich nicht; sie waren zu klein gewesen, als die Nazis sie holten. Elsbeth fing an, kraftvoll zu kraulen, und zog schäumend hin und her durch die Wellen. Es war das letzte Mal gewesen, dass sie mit ihrem Dad in Ferien gewesen

war. Im Sommer darauf hatte er den Herzinfarkt gehabt, und danach hatte man gesagt, das Schwimmen im Meer sei zu anstrengend für ihn. Elsbeth wurde langsamer und ließ sich dann treiben. Ihr Rücken war eiskalt, ihr Gesicht und ihre Brüste waren warm in der Sonne.

»Hallooooo da draußen«, rief eine Männerstimme vom Strand. Elsbeth richtete sich auf und hielt eine Hand über die Augen. Julian, nur eine Silhouette aus dieser Entfernung, beugte sich über ein Stativ. Er richtete sich auf und winkte. Elsbeth konnte nicht erkennen, ob er etwas anhatte oder nicht. Sie blinzelte.

»Wie ist das Wasser?«, rief er.

»Schön!«, schrie sie zurück. Sie schwamm ein paar Meter weit auf den Strand zu, bis ihre Füße den Grund berührten, und dann machte sie einen Handstand und wackelte mit den Beinen. Als sie wieder auftauchte, lachte Julian.

»Komm rein«, rief sie.

»Ich sehe dir lieber zu. Du bist wie eine Meerjungfrau!« Er beugte sich über seine Kamera.

Elsbeth tauchte unter. Sie machte ein paar Rollen, schwamm ein paar Züge Butterfly und warf sich dann auf den Rücken. So glitt sie dahin, die nackten Brüste zum Himmel gewandt, und spuckte einen Wasserstrahl wie ein Delfin. Sie schwelgte in Julians Lachen und in seiner Aufmerksamkeit, auch wenn das *Klickklickwsschhklick* seiner Kamera im Rauschen der Brandung nicht zu hören war. Julian schrie nicht: »Da bläst er!«, oder verglich sie auf andere Weise mit einem Wal. Er sah sie, wie sie wirklich war, sah ihre beste Seite, die im Wasser zum Vorschein kam, nicht fett oder plump, sondern überschwänglich und glücklich. Er rief – eine riesige Woge kam anschwellend auf sie zu, viel größer als

die anderen und mit schäumender Krone, die siebte in einer Serie. Elsbeth richtete sich im Wasser auf und sah ihr entgegen, als sie tosend heranrollte, und als sie sie höher und höher und immer höher hob, drehte Elsbeth sich zum Ufer. Julian klatschte und applaudierte ihrer Tapferkeit, und als Elsbeth triumphierend die Arme hob, hatte sie zum ersten Mal seit langer Zeit das Gefühl, dass von jetzt an wirklich alles gut werden könnte.

# 15

# QUELLE HORREUR

»Und was ist dann passiert?«, fragte Liza.

»Sagte ich doch«, antwortete Elsbeth. »Nichts.«

»Ach komm.«

»Das war's. Wir sind ins Auto gestiegen, und Julian hat uns wieder in die Stadt gefahren. Wie immer. Ende der Geschichte.«

Liza hatte sich so weit vorgebeugt, dass ihre Brustwarzen sich praktisch in den Rest ihrer Pommes frites bohrten – was eine ernst zu nehmende Möglichkeit war, da ihr schulterfreies T-Shirt dazu gedacht war, möglichst viel von ihren Megamöpsen, wie sie sie nannte, zu entblößen. Jetzt lehnte sie sich wieder zurück, zündete sich eine Parliament light an und musterte Elsbeth.

»Elsbeth Viola Rashkin«, sagte Liza – Elsbeth hatte keinen mittleren Namen, aber Liza gab ihr immer einen, und zwar jedes Mal einen anderen. »Das ist die lahmste Ausrede, die ich je gehört habe.«

»Ja, es tut mir leid«, sagte Elsbeth, »aber das ist passiert. Nichts.«

»Und er ist nicht schwul?«, fragte Liza.

»Nein«, sagte Elsbeth.

Liza machte schmale Augen. Sie trug heute einen neongrünen Lidschatten, den sie im Drugstore geklaut hatte. »An welchem Ohr, sagst du, trägt er den Ohrring?«

»Am rechten«, sagte Elsbeth.

»Hm«, sagte Liza. »Nicht schwul.« Sie blies eine Reihe Rauchringe, was anzeigte, dass sie nachdachte. »*Très bizarre*. Du willst mir wirklich erzählen, du warst mehrmals nackt vor diesem Typen, und er hat nicht versucht, sein Rohr zu verlegen?«

»Nein. Und es war fünfmal.«

»Er ist dir nicht mal an die Titten gegangen? Und hat dich nicht geküsst – französisch oder ohne Zunge?«

»Ich hab's doch gesagt«, zischte Elsbeth. »Nein.« Sie wäre am liebsten im Erdboden versunken, und das nicht nur, weil die Frau hinter Liza sich umdrehte und sie stirnrunzelnd anschaute. Ohne Zweifel, wenn Julian Liza fotografiert hätte, dann hätte er es bei ihr versucht – oder sie bei ihm, und Julian hätte keine Chance gehabt. Alle Jungs liebten Liza; sie war groß und langgliedrig und hatte aschblondes Madonna-Haar, das sie jeden Morgen auftoupierte und in einen Strumpf band. Sie trug schenkelhohe Stiefel mit Stilettoabsätzen, einen Handschellengürtel und ein Netztop mit nichts als einem BH darunter. Sie war Sex am Stiel, während Elsbeth eher ein frittiertes Würstchen am Stiel war – so etwas hatte sie einmal in New Heidelberg auf dem Jahrmarkt gegessen. Fünf Shoots mit Julian: in seinem Apartment, in den Hamptons, am Bear Mountain, im Wald bei Rhinebeck und noch einmal am Strand, aber jedes Mal hatte Julian sie fotografiert und weiter nichts. Wenn jemand wusste, was sie falsch machte, dann war es Liza.

»Es liegt an mir, nicht wahr?«, sagte Elsbeth. »Ich bin immer noch zu fett.«

»Nein, das ist es nicht«, sagte Liza versonnen. »Du siehst ziemlich cool aus. Du hast stark abgenommen.«

»Danke. Ich bin jetzt runter auf hundertsiebzehn«, sagte Elsbeth. War das das Problem? Sie hatte ein Plateau erreicht, obwohl sie ihr Laufpensum gesteigert hatte – jeden Tag fünf Meilen um den Glenwood Park Lake, wo sie früher mit ihrem Dad die Enten gefüttert hatte. Vielleicht sollte sie anfangen zu rauchen.

»Machst du …« Liza steckte pantomimisch den Finger in den Hals.

»Manchmal.«

»Na, lass es sein. Das ist für Notfälle, kein Lifestyle.« Liza deutete mit ihrer Zigarette auf Elsbeths kaum angerührte Salatbeilage ohne Dressing. »Denk nicht mal daran, das wieder auszukotzen. Ich hab's bezahlt. Außerdem, wenn du zu viel reiherst, kriegst du Backen wie ein Hamster. Und es kann passieren, dass die Blutgefäße unter deinen Augen platzen.«

»Na toll.« Elsbeth erzählte Liza nicht, dass das schon passiert war. Nach dem Shoot am Bear Mountain, als Julian nicht einmal versucht hatte, sie zu küssen, war sie so niedergeschlagen gewesen, dass sie eine Domino's Pizza bestellt und das ganze Ding gegessen hatte, obwohl sie es besser wusste. Alles auf Brotbasis war schwer zu erbrechen, und sie hatte eine halbe Stunde gearbeitet, um die Teigkugeln heraufzuwürgen, zu dem sich das Ganze bereits in ihrem Magen zusammengeballt hatte. Entsetzt hatte sie die Maske aus roten Nadelstichen rings um ihre Augen gesehen. Voller Angst, sie könnten von Dauer sein, war sie zwei Tage in ihrem Zimmer geblieben und hatte eine Sommergrippe vorgeschützt. Irgendwann waren die Male wieder verblichen, und Elsbeth war danach bei leichten Sachen wie Junes fettfreiem Hüttenkäse geblieben.

Liza blies geschäftsmäßig den Rauch von sich und zer-

drückte ihre Zigarette im Aschenbecher. »Könnte es was Religiöses sein? Ist Julian katholisch?«

»Das ist voll die *Dornenvögel*«, sagte Elsbeth. »Aber nein.«

»Und du magst den Typen wirklich. Liebst du ihn?«

Elsbeth schaute in das Sonnenlicht, das durch die Fensterfront hereinfiel und die Bonbontheke beleuchtete. Sie dachte an Julian, wie er auf einer Felsplatte am Bear Mountain hinter seiner klickenden Kamera stand und rief: »Du bist die Königin des Berges!«, und murmelte: »Sehr schon, sehr schön, Charlie«, und unter dem grünen Blätterdach lachend den Kopf in den Nacken warf, und wie er in dem General Lee, der keiner war, im Takt der Musik eines Popsenders mit den Händen auf dem Lenkrad trommelte. Ihre Kehle zog sich schmerzhaft zusammen.

»Ja«, stellte Liza fest. »Du liiiiiiebst ihn.« Sie zog das Wort mit einem Gurgeln in die Länge, so dass es klang, als wäre etwas in einem Müllschlucker hängen geblieben.

»Hör auf!«, sagte Elsbeth.

»Oh Mann, dich hat's übel erwischt. Was habe ich dir gesagt? Keine Liebe. Nur Sex. Liebe bringt Ärger, jedes Mal.« Liza zündete sich eine neue Zigarette an.

»Ich kann doch nichts dafür«, sagte Elsbeth kläglich.

»Okay. Keine Sorge, Baby. So was passiert. Du liebst ihn also. Liebt er dich auch?«

»Das weiß ich nicht«, sagte Elsbeth.

»Ich wette, er tut es«, sagte Liza. »Überleg doch. Er ist ein megaberühmter Fotograf, ja? Es gibt eine Bazillion Mädchen, mit denen er Nackedeifotos machen könnte. Aber er macht sie mit dir.«

Elsbeth zuckte mit den Schultern, aber ihr war ein bisschen besser zumute.

»Jetzt musst du ihm zeigen, was du fühlst. Nicht gleich alles, aber sei ein bisschen aggressiver.«

Elsbeth nickte. Das war genau der Rat, weswegen sie zu Liza gekommen war. »Wie denn?«

»Na ja«, sagte Liza. »Zum Beispiel. Wenn ihr das nächste Mal zu einem Shoot fahrt, dann sagst du ihm, du könntest sterben für ein Eis. Du sagst…« Sie legte den Kopf in den Nacken und strich mit einer Hand über ihr Schlüsselbein herunter. »Oooooohhh, ist das heiß…«

»Hey«, rief Louie, der Eigentümer. »Was habe ich über das Benehmen hier drin gesagt?«

»Sorry, Louie-Louie.« Liza warf ihm eine Kusshand zu, und als er sich abwandte, um einen Kaffeebecher vollaufen zu lassen, machte sie eine Wichsbewegung. »Und wenn du dein Eis bekommen hast, isst du es wie… Warte.«

Sie ging zur Theke und beugte sich, um Louis' Aufmerksamkeit zu erregen, so weit hinüber, dass eine rote Schnur hinten aus dem Bund ihrer Malerhose herausschaute. Liza war die einzige Person, die Elsbeth kannte, die im Alltag Stringtangas trug. Sie kam mit einer schokoladenumhüllten Banane zurück.

»Du leckst dran«, sagte sie. »So.« Sie ließ ihre gepiercte Zunge um den oberen Teil der Banane kreisen und züngelte dann an der Spitze herum. »Mmmmmm«, stöhnte sie den imaginären Julian an. »Ich hab's sooo gern, wenn Dinge in meinem Mund schmelzen…«

»*Hey*«, rief Louie noch einmal. »Ich mein's ernst, Liza. Ich schmeiße dich raus!«

Liza biss die Zähne über dem Ende der Banane zusammen, kaute und streckte Louie die Zunge heraus. Louie klatschte seinen Lappen auf den Tresen.

»Du weißt, du liebst mich«, rief Liza zu ihm hinüber.

»Er liebt mich. Hier, willst du probieren?« Sie reichte Elsbeth die abgebissene Banane.

»Ich übe das zu Hause«, sagte Elsbeth.

»Kann auch sein«, sagte Liza, »dass er dich nicht anmacht, weil er arbeitet. Da ist er in seiner Geniezone. Dann müssen wir ihn in seiner Freizeit erwischen. Du sagst, er geht in Clubs, richtig?«

»Ja – er hat das Limelight mal erwähnt. Und das Nell's.«

»Wahnsinn, da gehen wir dieses Wochenende hin. Glaubst du, das hilft dir?«

»Auf jeden Fall.« Elsbeth wollte sich nach ein paar logistischen Problemen erkundigen; sie hatte beispielsweise keinen falschen Ausweis. Aber da reckte Liza den Hals und spähte über Elsbeths Schulter.

»Schau jetzt nicht hin«, sagte sie, »aber ist das *June*? Die da mit einem Kerl füßelt? Schau nicht hin!« Aber in diesem Punkt war Elsbeth schrecklich: Wenn jemand irgendwohin starrte, musste sie es auch sehen. Sie drehte sich um, und am letzten Tisch vor den Toiletten sah sie Junes Hinterkopf. Ihre Lockenpyramide streifte die riesigen Schulterpolster der Kostümjacke mit dem Leopardenmuster, die Elsbeth heute Morgen gesehen hatte, als sie sie anzog.

»Wow«, sagte Liza. »Nicht schlecht, diese Power Pads. Mit den Dingern könnte sie beim Football in der Abwehr spielen.«

»Lass uns gehen«, sagte Elsbeth.

»Wer ist der Typ?«

Elsbeth brauchte nicht noch einmal hinzuschauen, um es zu wissen. Seersuckeranzug, geföhntes graues Haar, mehr Zähne, als in einen menschlichen Mund hineinpassten: »Das ist Harrison, ihr Chef.«

»Der sieht aus wie ein Vampir.« Liza lehnte sich aus der Sitznische, um besser sehen zu können. »Hey, wo hast du deine Pfoten, Freundchen?«

»Liza«, zischte Elsbeth. »Nicht.«

»Im Ernst, ich glaube, er geht voll zur Sache da am Tisch. Er muss die Finger ja bis zum Anschlag in ihrer …«

»Sei still!«, sagte Elsbeth. Sie konzentrierte sich angestrengt auf ein Strohhalmpapier, das sich wie eine Schlange in einer Wasserpfütze auf dem Tisch entrollte. Ihr war übel – wobei die Ironie darin lag, dass sie zwar nichts dagegen hatte, ihre Mahlzeiten zu erbrechen, Übelkeit aber nicht ausstehen konnte. Sie hatte manchmal Ahnungen, was June und bestimmte Männer anging; sie spürte eine gewisse Aufmerksamkeit, die von June ausging, eine Art funkelndes Lasso, das von ihr zu ihnen reichte. Das kam bei Peter vor, wenn June liebevolle Gefühle für ihn empfand, was schön war, aber großenteils der Vergangenheit angehörte. Es war vor langer Zeit bei Junes Tennislehrer da gewesen, diesem Riesen, der Elsbeth ein Wassermelonensorbet und ihr Lite-Brite geschenkt hatte, das sie heute noch als Nachtlicht benutzte. Und jetzt also bei ihrem Chef Harrison. Elsbeth verabscheute diese Männer, aber sie sagte darüber nie etwas zu June oder, Gott behüte, zu Peter. Sie hatte keinen konkreten Beweis, und sie wollte auch keinen.

»Mann, jetzt haben wir sie aber eiskalt erwischt«, sagte Liza. »Das ist ’ne echte Gelegenheit, sie zu erpressen.« Aber jetzt sah sie endlich, dass Elsbeth wie erstarrt auf ihrer Bank saß und sich duckte, um sich so klein wie möglich zu machen. Sie dämpfte ihre Stimme. »*Pas de problème*, Kid. Das ist keine große Sache, dass deine Mom eine Schlampe ist. Meine ist auch eine. Die werden im mittleren Alter so. Das sind die Hormone.« Sie stand auf

und gähnte ausführlich. »Komm, wir gehen in den Plattenladen.« Sie schob Elsbeth durch das Restaurant und blieb hinter ihr, sodass June sie nicht sehen konnte, falls sie sich umdrehte. Aber als die Drehtür sie in den heißen, grellen Nachmittag entlassen hatte, schrie Liza: »Sayonara, Schlampenmom!« Sie rannte den Gehweg entlang, um Elsbeth zum Lachen zu bringen, schrie sie »Yip yip yip!«, wie Wile E. Coyote, und die Handschellen klirrten an ihrem Gürtel.

Elsbeths Geburtstag in diesem Jahr war der angeblich goldene: Am 16. Juli wurde sie sechzehn. Es hätte ihr absolut nichts ausgemacht, wenn ihre Eltern es vergessen hätten; sie wollte nur mit Liza und Very in den chinesischen Imbiss in der Bloomfield Avenue, wo sie in dem Güterwaggon sitzen und Tee trinken und Glückskekse aufmachen konnten. Danach wollte sie mit Liza den 66er Bus nach New York nehmen. Aber leider vergaßen ihre Eltern es nicht, und June gelang es, sich von dem Motherfucker loszureißen, wie Liza Harrison inzwischen nannte – »denn genau das macht er ja«, hatte sie gesagt und laut gegackert. Sogar Peter schaffte es, zu einer akzeptablen Stunde am Abend aus dem Bett zu kommen und sich eine Anzughose und eine Strickjacke anzuziehen. So saß Elsbeth nun hier im Glenwood Bath & Tennis Club, eingeklemmt zwischen ihren Eltern, und versuchte herauszufinden, welches Gericht auf der Speisekarte am wenigsten dick machte, und nicht allzu oft unter dem Tisch auf ihre Swatch zu schauen. *Quelle horreur*.

»Ist das nicht schön?«, sagte Pete. Er zog seine Zwei-Stärken-Brille aus der Brusttasche und setzte sie auf. Dann hielt er die Speisekarte trotzdem auf Armeslänge von sich weg.

»Ja, es ist entzückend«, brummte Elsbeth.

»Was denn, Schatz?«, fragte June und suchte den Tisch nach einem Aschenbecher ab.

»Ich habe Dad recht gegeben«, sagte Elsbeth. »Es ist so schön, mit der ganzen Familie zusammen zu sein.« Sie warf einen vielsagenden Blick auf Junes goldenes Zigarettenetui. »Das ist neu, oder? Wo hast du es her?«

June zuckte die Achseln, und ihr Tuch rutschte herunter und entblößte ihre Schultern, die so schmal waren wie ein Kleiderbügel. Sie bekam allmählich Altersflecken, hauchzarte Sommersprossen nur, wie bei einer Giraffe. »Das muss ein Geschenk von einem Kunden gewesen sein«, sagte sie. »Oder habe ich es irgendwo gekauft? Ich weiß es nicht mehr.«

»Mhm«, sagte Elsbeth. »Natürlich.«

»Was ist das für ein Benehmen?«, fragte June. »Ich weiß, du bist noch ein Teenager, aber findest du nicht, dass du es ein bisschen übertreibst?«

»Ich bin nicht diejenige, die *es* übertreibt«, sagte Elsbeth.

»*Wie bitte*?«, fragte June, aber Elsbeth hatte ihre in schweres Leder gebundene Speisekarte aufgeklappt und studierte sie angelegentlich.

»Okay, du nicht-so-*sweet-sixteen*«, sagte June. »Ganz wie du willst. Es ist dein Abend.« Scherzhaft stieß sie mit ihrem Ellenbogen gegen Elsbeths.

»Au!«, sagte Elsbeth.

June seufzte.

»Peter, was nimmst du?«

Peter hatte den Kopf weit in den Nacken gelegt, damit er die Kursivschrift im matten Licht besser lesen konnte. Das Restaurant des Clubs war neu – zumindest nannten die Leute es »die neue Lounge«, obwohl es schon

seit 1982 in Betrieb war. Wie der Pool oben auf dem Berg war es für Erwachsene reserviert; das Mindestalter war sechzehn, und so saß Elsbeth heute zum ersten Mal zum Essen in diesem großen, sechseckigen Raum mit der Spaliertapete, dem grünen Teppichboden, den rosafarbenen Tischdecken und den dazu passenden Servietten. Es war gemütlich hier, das musste sie zugeben, aber die Karte war biederes Malen-nach-Zahlen, fast genauso wie die in Sols und Ruths Club, im Briar Rose. Und die Glenwood Lounge war auf die Snackbar gesetzt worden, damit man den Blick auf die Stadt zur Geltung bringen konnte. Trotz der eleganten Einrichtung und der klassischen Musik konnte Elsbeth daher den Geruch von Chlor und bratenden Burgern riechen und die Kinder draußen planschen und kreischen hören.

»Pete«, sagte June.

»Ja?« Peter blickte auf. Er war so bleich, dass Elsbeth die Adern in seiner Stirn sehen konnte. Aber das war zu erwarten, denn er verbrachte sämtliche Tageslichtstunden schlafend im Bett.

»Ich habe gefragt, was du essen willst.«

»Ach, ich weiß nicht«, sagte Peter. »Es ist die übliche Country-Club-Küche. Mit den Jakobsmuscheln geht man wahrscheinlich das geringste Risiko ein.«

»Dad«, sagte Elsbeth. »Du weißt, du sollst keine Schalentiere essen.«

Peter wackelte mit den Augenbrauen. »Sagt wer?«, fragte er mit seiner Gangsterstimme.

»Sagt dein Kardiologe.«

»Kardiologe, Schmardiologe«, sagte Peter. »Heute lebe ich gefährlich.«

»Dad«, sagte Elsbeth noch einmal, und sie wollte weiterdiskutieren, als der Kellner endlich erschien. Zu Els-

beths Überraschung erkannte sie ihn: Michael Dermont oder Mikey D, wie die Kids in der Schule ihn nannten, ein Basketball- und Footballspieler, in den sie in der Zeit vor Julian ein bisschen verknallt gewesen war. Er war groß – an die eins neunzig –, hatte hübsche, runde grüne Augen, braune Locken und eine volle, weiche Unterlippe. »Spart euch die Mühe«, hatte Liza nach einem gescheiterten Versuch mit Mikey D bei einer Poolparty erklärt. »Er macht nicht rum. Er sagt, weil er katholisch ist, aber klar ist, wenn er Titten ablehnt, ist er schwul.«

»Wie geht's Ihnen heute Abend?«, fragte er und stellte einen Korb mit Brot und Grissini auf den Tisch. »Alles klar?«, sagte er zu Elsbeth.

»Hey, Mike«, sagte sie. »Ich wusste nicht, dass du hier arbeitest.«

»Hab diesen Sommer angefangen. Ich spare für das Holy Cross College.« Er zog Block und Bleistift hervor. »Was kann ich Ihnen bringen?«

Die Rashkins bestellten etwas zu trinken. Gin Tonic für Peter, eine Weißweinschorle für June, Cola light mit Zitrone für Elsbeth. »Ich weiß auch schon, was ich esse«, sagte sie. Hauptsache, der Abend ging schnell vorbei. Ihre Eltern sahen verblüfft aus, aber Peter bestellte seine Jakobsmuscheln und verzichtete zum Ausgleich auf Butter oder Sour Cream für seine Backkartoffel, und June nahm einen Chef's Salad. Elsbeth verzog spöttisch die Mundwinkel: Bei all dem Fleisch und Käse in diesem Salat, von den hart gekochten Eiern ganz zu schweigen, hätte sie ebenso gut ein Riesensandwich bestellen können.

»Ich nehme …« Elsbeth schwieg und strich mit einem langen Fingernagel auf der Speisekarte herunter. Sie trug ein knallrosa Trägerkleid und dazu Strassarmbänder an beiden Armen; sie hatte sich das Haar mit Sun-

In fast weiß gefärbt, und Liza hatte ihr Zöpfe geflochten und die Ponyfransen auftoupiert. Sie spürte, dass Mike sie beobachtete, während sie so tat, als suchte sie sich etwas aus. Natürlich hielt er keinem Vergleich mit Julian stand, aber es wäre nett, ein bisschen Übung zu bekommen. »Einen grünen Salat«, sagte sie schließlich, »das Dressing extra.«

»Das ist alles?«, fragte Peter.

»Ich habe groß zu Mittag gegessen.«

»Ha«, sagte June, während Mike die Speisekarten einsammelte und ging. »Ich kenne den wahren Grund.« Sie gab Elsbeth einen Rippenstoß und deutete mit dem Kopf zur Bar, wo Mike die Bestellungen aufgab. »Er ist ziemlich niedlich.«

»Meinst du das ernst?«, fragte Elsbeth. »Er sieht aus wie ein Clydesdale.«

June warf Peter einen Blick zu, aber der schien nichts gehört zu haben. Er starrte aus dem Panoramafenster auf die Stadt hinaus. »Wie ein Ackergaul?«

»Ein Riesentrampel.«

»Ein was?«

»Ein Trottel. Ein öliger Klotz. Er tut nichts als Football spielen und lernen.«

»Hörst du das, Pete?«, sagte June zu Peter, der sich räusperte und mit den Knöcheln auf den Tisch klopfte. »Ein bisschen mehr zu lernen würde dir auch nicht schaden, junge Dame«, fügte June hinzu.

»Mutter. Wir haben *Juli.*«

»Ja. Und nächstes Jahr heißt es entweder Sommerschule, oder du suchst dir einen Job.«

»Von mir aus«, sagte Elsbeth. »Eine ausgezeichnete Geburtstagsunterhaltung. Danke. Wirklich super.«

June hob ihre Zigarette an den Mund und ließ sie dann

wieder sinken. »Mist. Ich habe vergessen, nach einem Aschenbecher zu fragen.« Sie drehte sich zur Bar um, aber Mike war in der Küche verschwunden. »Jedenfalls, ich finde ihn absolut anbetungswürdig.«

»Du findest jeden anbetungswürdig.«

»Was?«

»Nichts.«

»Hast du mir etwas zu sagen, Elsbeth?«

»Ich habe dir nichts zu sagen, *Mutter*.«

»Elsbeth«, sagte Peter, der plötzlich beschlossen hatte, wieder in die Welt zurückzukehren. »Sei nett zu deiner Mom.«

Wenn du nur wüsstest, hätte Elsbeth gern gesagt. Wach auf, Dad. *Fuck*, wach doch auf! Aber sie betete zum Himmel, dass er es nie herausfinden möge. Wenn Peter die Wahrheit über June herausfände, könnte es ihn buchstäblich umbringen. Wenn sie an den Peter ihrer Kindheit zurückdachte – ihren unglaublich großen goldenen Dad –, wollte sie ihn gleichzeitig schütteln und sich mit ausgebreiteten Armen vor ihn werfen, um ihn zu beschützen, damit ihm nie wieder etwas Schreckliches zustoßen könnte.

Sie schwiegen, als Mike mit ihren Getränken und Elsbeths Salat zurückkam. Elsbeth nahm einen kleinen Schluck von ihrer Coke und schüttelte ihre Serviette aus. »Oh nein!«, rief sie.

»Was ist?«, fragte Peter.

»Sie haben das Dressing drübergeschüttet. Ich habe gesagt, ich will es extra.«

»Ober«, rief Peter.

»Nein, lass, Dad. Mach dir keine Sorgen.«

»Bist du sicher? Es ist ihr Job, das in Ordnung zu bringen.«

»Es ist in Ordnung«, sagte Elsbeth. »Im Ernst.«

Sie schob Croutons und Thousand-Island-Dressing zur Seite und fing an, Salatblätter, Gurke, Möhrenschnitze und einzelne Kirschtomaten in Streifen zu schneiden.

»Aha!«, sagte June. »Jetzt weiß ich, wie du so viel abnehmen konntest. Du siehst toll aus.«

»Danke«, sagte Elsbeth. Sie spießte ein Möhrenstückchen auf die Gabel.

Peter spähte über seine Brille hinweg. »Du siehst verändert aus«, sagte er zustimmend. »Gefällt mir, was du mit deinem Haar gemacht hast. Aber du bist ein bisschen zu dünn.«

Eine schönere Bestätigung hätte Elsbeth sich nicht vorstellen können. »Danke, Dad.«

Peter runzelte die Stirn. »Vielleicht übertreibst du es mit deiner Diät«, sagte er. »Hier, iss ein bisschen Brot.« Er schob den Korb zu ihr herüber.

»Lass sie in Ruhe, Pete«, sagte June. »Es kann nie schaden, wenn ein Mädchen ein paar Pfund zusätzlich abnimmt. Auf Nummer sicher gehen, nicht wahr?« Sie zwinkerte Elsbeth zu. Es war so unfair – ganz gleich, wie alt June wurde und ob sie Altersflecken oder Krähenfüße bekam, ihre Augen blieben so blau, wie sie waren, und sie war immer noch so unglaublich schön. »Es ist also nicht der Kellner. Wer ist es dann?«

»Wer ist was?«

»Der Mann«, sagte June. »Da muss ja einer sein.«

»Da ist keiner.«

»Ach komm«, sagte Peter. »Du kannst dich doch sicher kaum retten.«

»Geht so.«

»Wer hat dir das denn geschenkt?« June beugte sich herüber und hob das Medaillon von Elsbeths Brustbein.

Elsbeth wich zurück, bevor June sehen konnte, was es war: ihr Geburtstagsgeschenk von Liza und Very, ein Liebeszauber, den sie in dem Hexenladen in der Bloomfield Avenue gekauft hatten. »Siehst du?«, hatte Liza gesagt und mit der Fingerspitze über die winzigen, spiraligen Buchstaben gestrichen. »Da steht: ›Bein von meinem Bein, Fleisch von meinem Fleisch, Liebe meines Herzens‹ – oder so was Ähnliches. Es ist Lateinisch. Aber egal, wenn du es immer trägst, sogar unter der Dusche, und dabei an Julian denkst, dann gehört er dir. Er hat keine Chance.«

»Finger weg!«, sagte Elsbeth zu ihrer Mutter. »Fass mich nicht an!«

June fuhr zurück und schaute durch das Lokal. »Ist ja gut«, sagte sie leise und ohne den spöttischen Unterton, den sie den ganzen Abend über benutzt hatte. »Entschuldige.«

Elsbeth starrte wütend auf ihren Salat. Sie war zu weit gegangen, das sah sie an Junes zusammengepressten Lippen, als sie ihr Zigarettenetui öffnete, und sie wusste, sie sollte um Verzeihung bitten. Aber dann zündete June sich eine Marlboro an, und es war, als hätte sie einen Knallfrosch ins Restaurant geworfen. »Hey!«, rief der Barkeeper. »Das dürfen sie hier nicht!« Er deutete auf ein Schild über der Tür – NO SMOKING –, und die einzigen anderen Gäste, ein Ehepaar hinten am Fenster, fingen an, mit den Händen zu wedeln und zu rufen: »Ausmachen, ausmachen!« Elsbeth sah, dass der Mann an einen Sauerstofftank angeschlossen war. »Mein Gott, June«, sagte Peter, und June sagte: »Selber mein Gott, das ist doch lächerlich«, und Mikey D kam mit einer sauberen Untertasse herangelaufen und sagte: »Hier, Ma'am, nehmen Sie den«, und June sagte: »Haben wir

heutzutage *überall* einen Polizeistaat?« Elsbeth nutzte die Gelegenheit, um sich auf die Damentoilette zu verdrücken. Sie brauchte nicht zu erbrechen, denn sie hatte kaum etwas gegessen, aber sie setzte sich auf einen Korbstuhl und zählte die Minuten auf ihrer Swatch, für die June und Peter ihr ein neues weißes, mit Strass besetztes Armband geschenkt hatten. Es war jetzt halb acht, und mit etwas Glück würde das Essen ihrer Eltern gekommen sein, wenn sie zum Tisch zurückkehrte – auf die magische Weise, auf die das Essen immer dann erschien, wenn man zur Toilette ging. Wenn diese Scharade zu Ende wäre und sie wieder zu Hause wären, wenn June entweder wieder ausgegangen wäre oder sich in ihrem Zimmer eingeschlossen hätte und Peter sich in der Küche beschäftigte, sodass Elsbeth sich hinausschleichen könnte, durch die Haustür, die niemand sonst je benutzte, sodass sie Liza anrufen und sich mit ihr an der Bushaltestelle verabreden könnte – dann wäre es ungefähr zehn Uhr. In der Stadt würde der Abend dann erst anfangen. Die Vorglühpartys in den Läden, wo sie auf die Jagd nach Julian gingen, würden in Gang kommen, dort, wo sie ihm absichtlich zufällig über den Weg laufen würden, im Nell's oder im Odeon oder im MK.

Aber es wurde August, bevor Elsbeth Julian endlich wiedersah, bei ihrem nächsten Shoot – der in der Stadt stattfinden sollte, wie Julian entschied. Er gab Elsbeth eine Adresse im East Village, wo sie noch nie gewesen war. Sie nahm die U-Bahn bei der Port Authority, obwohl June ihr immer gesagt hatte, darin würden nette Vorstadtmädels unter Drogen gesetzt und entführt, um als Sklavinnen verkauft zu werden. Bei der West 4th Street überquerte Elsbeth den Washington Square, wo sie ihr vertrautes

Territorium verließ und sich prompt verirrte. Sie musste einen Punk mit Sicherheitsnadeln in den Augenbrauen nach dem Weg zum St. Mark's Place fragen.

Julian saß in sich zusammengesunken auf der Treppe vor einem verwahrlosten, grün gestrichenen Gebäude auf der obersten Stufe, als wäre er eingeschlafen. Er ließ den Kopf hängen, und eine Zigarette glühte unbeachtet zwischen seinen Fingern. War er krank – oder betrunken? Aber als Elsbeth herankam, blickte er auf und lächelte. Er sah schrecklich aus; sein Haar war strähnig, und er hatte dunkle Ringe unter den Augen. »Hey, Charlie«, sagte er. »Du hast es geschafft.« Er stand auf und zog sich am Geländer hoch. Heute trug er ein Paisleyhemd und Shorts. »Hast du was dagegen, wenn wir sofort anfangen? Ich möchte den Sonnenuntergang nicht verpassen.«

»Gern«, sagte Elsbeth und folgte ihm ins Haus. Von außen sah es abbruchreif aus, und drinnen war es nicht viel besser. Es gab einen Lastenaufzug, den Julian zugunsten der Treppe ignorierte, und an den Wänden hingen Glühlampen in kleinen Drahtkäfigen. Elsbeth beobachtete Julians Waden, als sie die Treppe hinaufstiegen, und zum ersten Mal sah sie, dass auch seine Kniekehlen mit silbrigen kleinen Brandnarben übersät waren. Es fröstelte sie trotz der feuchten, nach Urin stinkenden Hitze im Treppenhaus. »Ist hier dein Atelier?«, fragte sie. »Wo gehen wir hin?« Sie erreichten den obersten Treppenabsatz, und Julian stieß eine Tür auf. »Auf das Dach.«

Sie hatten sich später als sonst getroffen; es war fast acht. Julian hatte gesagt, er wolle etwas nutzen, das er die »magische Stunde« nannte. Der magische Mr. Mistoffelees, dachte Elsbeth. Sie sah sich um. Auf manchen Dächern in der Stadt gab es Terrassen oder Gärten – oben unter dem Himmel gab es ein ganz anderes Leben –, aber

hier sah sie nur klebrige Teerpappe, einen Lüftungsauslass und einen dieser runden Wassertanks mit kegelförmigem Dach. Ringsumher waren Fenster, und Elsbeth spürte neugierige Blicke auf sich. »Mache ich's wie immer?«, fragte Elsbeth, und sie meinte, ob sie sich ausziehen sollte. Julian, der die Stativfüße mit Säcken beschwerte, sagte: »Natürlich. Leg deine Sachen ins Treppenhaus, wenn sie nicht schmutzig werden sollen.« Er beschäftigte sich mit seiner Nikon, und Elsbeth kauerte sich hinter den Wassertank und zog ihren neuen Seidenblazer, das Bustier und die weiße Steghose aus.

Dann sah sie Julian an und wartete auf Anweisungen. Er fummelte an einem kleinen Behälter herum, den er aus einer Igloo-Kühltasche genommen hatte. Seine Hände zitterten, er ließ eine Filmrolle fallen und sagte: *»Fuck!«* Elsbeth stand da und wartete, und sie hoffte, Julian werde ihr Haar bemerken, das sie wieder gekräuselt und mit Strasskämmen zu beiden Seiten zurückgesteckt hatte, und er werde auch sehen, dass sie seit ihren letzten Aufnahmen noch mehr abgenommen hatte. Im Juli hatte er es ein paarmal erwähnt und gesagt: »Charlie, machst du etwa Diät?«, und einmal hatte er erklärt: »Du wirst mir regelrecht mager, Mädel! Was immer das für ein Trip ist, auf dem du da bist, du solltest vielleicht ein bisschen herunterschalten.«

»Okay«, sagte er jetzt, »wir können anfangen.« Elsbeth lehnte sich mit dem Rücken an den Wassertank, hakte die Ellenbogen über die Leitersprossen an der Seitenwand und bog sich zurück, damit ihre Rippen besser zur Geltung kamen. Von ihren Brüsten war nicht mehr viel übrig, was bedauerlich war, aber sie hatte auch keinen schwabbeligen Bauch mehr. Überhaupt hatte sie kaum noch einen Bauch, geschweige denn zwei.

»Das sieht, ehrlich gesagt, ein bisschen steif aus, Charlie«, rief Julian. »Du brauchst nicht zu posieren, erinnerst du dich? Sei einfach, wie du bist.«

Elsbeth ging zum Rand des Dachs und hielt gewohnheitsmäßig den Atem an. Sie stützte sich gegen die Zementmauer, spähte über die Schulter zu Julian zurück und sagte: »Ich war letztes Wochenende im Limelight. Da gehst du auch manchmal hin, oder?«

»Was?« Julian klang gereizt. »Warte, Charlie. Ich muss ein paar Einstellungen verändern.«

Elsbeth schaute ins East Village hinunter, um ihm ein bisschen Zeit zu lassen. Dies war nicht das New York ihrer Eltern mit den Broadway-Theatern, den Bandleader-Nightclubs und dem Masha's. Es war auch nicht Sols und Ruths New York mit Spendengalas, Galerien und Museen. Dies war die Stadt, die Elsbeth langsam kennenlernte: Punks mit Irokesenfrisuren, Dragqueens und Clubs. Als sie das letzte Mal mit den gefälschten Ausweisen, die Liza besorgt hatte, im Limelight gewesen waren, hatten sie Schnürstiefel mit Stilettoabsätzen und Petticoats getragen, die aussahen wie Lampenschirme. Lizas Stachelhaar war zu neuen Höhen aufgestellt worden, und sie hatte sich mit schwarzem Eyeliner ein umgekehrtes Kreuz über das rechte Auge gemalt. Der Türsteher hatte die Kordel sofort zur Seite genommen, um sie in die alte Kirche zu lassen. Aus den kalkig riechenden Schwaden aus der Nebelmaschine war ein Typ in einer Bomberjacke erschienen und hatte Liza zugeschrien: »Tanzen?« Klar, hatte Liza zurückgeschrien, ohne dass man sie durch die Hip-Hop-Bässe, die den Magen beben ließen, gehört hätte, und war verschwunden. Elsbeth hatte sich zur Bar durchgekämpft, wo sie an einem Gin Tonic nippte und den Gestalten im flackernden Stroboskoplicht zuschaute.

Irgendwann hatte sie geglaubt, Julian zu sehen, in einem schwarzen Lederblazer und mit einem Dreitagebart, aber dann erkannte sie George Michael. Das war cool, aber nicht hilfreich, und als Liza um Mitternacht noch nicht wieder aufgetaucht war, war Elsbeth gegangen und mit dem letzten Bus nach Hause gefahren.

»Kannst du dich zu mir umdrehen, Charlie?«, fragte Julian. »Ich will dein Gesicht sehen.« *Klickklickklickwssch.* »Okay, komm ein bisschen auf mich zu«, sagte er. »Ich bekomme das Licht auf deiner Haut nicht mehr.« Er beugte sich über seine Kamera. »Ich weiß nicht, warum zum Teufel sie von Magic Hour reden«, knurrte er. »Ich kann daran nichts Magisches erkennen.« Er schob das Stativ eine Handbreit zur Seite. *Klickklickklickklick.*

»*Fuck*«, sagte er. *Klick klick.* Er raufte sich die Haare und schleuderte die Filmdose in die Ecke des Dachs, als ließe er einen Stein über das Wasser springen.

»*Fuck!*«, schrie er. »*Fuckety fuck fuck! Fuck!* Ich bin am Arsch.« Er zündete sich eine Zigarette an und nahm die Kamera vom Stativ, das er dann ebenfalls abmontierte und zusammenklappte. Dann schaute er Elsbeth an.

»Oh Charlie«, sagte er. »Es tut mir leid. Ich bin einfach ruiniert. Sie haben mich ruiniert.« Elsbeth wollte fragen, wer?, aber er fuhr fort: »Lass uns was trinken gehen.«

Julian marschierte zurück durch das East Village und über den Washington Square. Er ging schnell und mit gesenktem Kopf, ein Mann auf einer Mission. Elsbeth hatte Mühe, mit ihm Schritt zu halten, denn sie trug Lizas Gladiatorsandalen, und die schwarzen Lederriemen rutschten immer wieder an ihren Waden herunter. Sie kamen bei Pink Pussycat vorbei, wo sie ihre Bustiers gekauft hatten, und sie wollte Julian darauf hinwei-

sen, als er einen Haken nach rechts schlug und beinahe geduckt in einem winzigen unbeschilderten Restaurant verschwand, dessen Fenster und Eingangstür mit dicken roten Samtvorhängen verhangen waren. Sie folgte ihm eilig hinein.

Die Wände drinnen bestanden aus blanken Backsteinmauern, und es gab nur sechs Tische mit einfachen weißen Tischdecken. Elsbeth war enttäuscht. In ihrer Fantasie hatte das erste richtige Date mit Julian ein bisschen ausgefallener ausgesehen, im Windows on the World oder wenigstens im Plaza. Der Oberkellner wieselte ihnen entgegen, ein taubenförmiger Mann in schwarzer Hose, weißem Hemd und schwarzer Weste.

»Mr. Wilton«, sagte er, »wie schön, Sie wiederzusehen, Sir! Es ist eine Freude.« Er küsste seine Fingerspitzen und streckte sie zur Decke. »Die Kritik in der *Times* zu *Leuchtende Wesen*! Es ist mir eine Ehre, sagen zu können, dass ich Sie kenne.«

»Danke, Luigi«, sagte Julian. Möglicherweise wanderte sein Blick durch das Lokal, aber es war schwer zu sagen, denn er trug seine Wayfarer-Sonnenbrille. Luigi wollte sie zu dem Tisch führen, den Elsbeth als den besten im Restaurant erkannte, nicht weit vom Eingang, aber nicht unmittelbar daneben, sodass sie sehen und gesehen werden konnten. Aber Julian nahm Kurs auf den hinteren Teil.

»Ich glaube, ich möchte heute Abend etwas Diskreteres, Luigi«, sagte er. »Wenn es Ihnen nichts ausmacht.«

»Nein, selbstverständlich, Mr. Wilton, natürlich möchten Sie ungestört sein, wenn Sie mit einer so charmanten Begleiterin speisen«, sagte Luigi. Er lächelte Elsbeth zu, als er ihr den Stuhl zurechtrückte, aber in seinem Gesicht spiegelte sich so etwas wie Überraschung, und Elsbeth fragte sich, ob sie in ihrem Bustier und der Steg-

hose vielleicht für dieses winzige Lokal ein bisschen *overdressed* war, oder ob sie Teer vom Dach an den Armen hatte oder so etwas.

Julian rutschte auf die Bank in der Nische, hinter einen Zweiertisch, an den Peter nur seinen schlimmsten Feind platziert hätte: ganz hinten im Restaurant, am Gang zu den Toiletten. »Wodka, Luigi«, sagte Julian. »Einen doppelten, on the rocks.«

»Selbstverständlich, Mr. Wilton. Und für Sie, Miss? Möchten Sie die Speisekarte sehen?«

»Herrgott, Luigi, bringen Sie einfach die Drinks«, sagte Julian. »Sie nimmt das Gleiche wie ich.«

Luigis Brauen wanderten auf der Stirn nach oben, aber er sagte: »Sehr wohl, Mr. Wilton.« Er huschte davon.

Julian sah sich um, und dann riss er sich die Sonnenbrille herunter und warf sie auf die Tischdecke. Elsbeth konnte das ganze Restaurant im Spiegel hinter seinem Kopf sehen. Viel zu sehen gab es nicht; nur zwei andere Paare waren da, so alt wie ihre Eltern und für einen Theaterbesuch gekleidet.

Luigi kam mit den Getränken und einem Brotkorb zurück, und Elsbeth knurrte der Magen. Die Brötchen waren noch warm, und die Butter war mit Meersalz gesprenkelt. Sie schob den Korb mit zwei Fingern von sich weg und sah Julian an, der sein erstes Glas schon geleert hatte. Er schüttelte die Eiswürfel darin hin und her. »Schenken Sie nur immer nach, Luigi«, sagte er.

Dann ließ er den Kopf in die Hände sinken. Er hatte einen Haarschnitt nötig; Elsbeth liebte seine langen dunklen Locken, aber allmählich gerieten sie außer Kontrolle. Vorsichtig berührte sie seinen Arm. Julian sprang fast unter die Decke. »Was ist?«, fragte er mit vorquellenden Augen.

»Geht's dir gut?«, fragte Elsbeth. »Entschuldige, aber du siehst ein bisschen durchgedreht aus.«

»Ha!«, sagte Julian. »Durchgedreht, ja, das kann man wohl sagen. *Fuck,* ich drehe wirklich noch durch.« Der nächste Wodka kam, er trank das Glas leer und klopfte auf den Rand

»Sind sie es?«, fragte Elsbeth.

»Wer?«, fragte Julian.

»Die vom Dach«, sagte Elsbeth.

Julian starrte wie wild im Restaurant umher. »Sind sie hier? Sind sie uns gefolgt?« Er umklammerte die Tischkante.

»Wer denn?«, fragte Elsbeth.

»Du hast ›sie‹ gesagt.«

»Weil du es gesagt hast. Du hast ›sie‹ erwähnt. Beim Fotografieren.«

»Hast du jemanden gesehen, der verdächtig aussah?«, fragte Julian. »Auf dem Weg hierher? Jemanden, der aussah, als gehörte er nicht hierher? Adrett, zu normal?«

»Nein«, sagte Elsbeth. »Nur Dragqueens und Dealer und Punks – ich schwöre.«

Das schien ihn ein bisschen zu beruhigen. Er griff nach seinen Zigaretten, als der nächste Wodka erschien.

»Gott sei Dank«, sagte er. »Ich glaube, sie haben aufgehört, mich zu beschatten – vorläufig. Aber sie folgen mir seit Wochen.«

»Wer denn?«, fragte Elsbeth.

Julian wölbte die Hand um seine Zigarette und zündete sie an. »Die vom FBI«, sagte er und bewegte kaum die Lippen.

»Okay«, sagte Elsbeth. Das FBI? Was redete er da? Ein bisschen nervös schaute sie Julians drittes leeres Glas an. Würde er gleich anfangen, von Aliens zu faseln?

»Sie sind hinter mir her, Charlie«, sagte er. »Heute Morgen haben sie mein Atelier durchsucht.« Er lehnte sich zurück, als Luigi eine Platte mit Antipasti auf den Tisch stellte.

»Mit den besten Empfehlungen der Küche«, sagte er. »Darf ich Ihnen sonst noch etwas bringen?«

»Ja, Wodka«, sagte Julian. »Und was immer mein Model haben möchte.«

Elsbeth richtete sich auf. Es war das erste Mal, dass Julian sie in der Öffentlichkeit so genannt hatte. Sie warf den Kopf zurück und nickte Luigi zu.

»Im Moment nichts, danke«, sagte sie und wandte sich wieder Julian zu, der Pillen aus einem Medikamentenfläschchen schüttelte und in den Mund warf.

»Warum sollte das FBI dein Studio durchsuchen?«, fragte sie flüsternd.

»Das wüsste ich auch gern!«, sagte Julian so laut, dass die beiden anderen Paare herüberschauten. Er schlug mit der flachen Hand auf den Tisch. »Ich dachte so, was ist denn das? Sind wir in Amerika oder in der Sowjetunion? Ich war in Unterwäsche, Charlie. In meiner *Unterhose*. Ich habe *gearbeitet*. Ich dachte, das ist der Lieferbote vom Deli. Aber neiiin, es war das verdammte FBI, und zwar wegen – halt dich fest – wegen Verdachts auf *Kinderpornografie*.«

Elsbeths Magen krampfte sich zusammen. »Das ist doch lächerlich.«

»Nicht wahr?«, sagte Julian. »Das ist es doch, oder?« Er nahm den nächsten Wodka in Angriff. Inzwischen stand ein ganzer Wald aus Gläsern vor ihm. Elsbeth wusste, ihr Vater hätte es nie zugelassen, dass ein Kellner den Tisch nicht abräumte, aber Luigi wollte Julian wahrscheinlich nicht stören. »Pornografie!«, platzte er heraus. »An-

geblich war der Hausmeister in meinem Apartment, um nach einer undichten Leitung zu schauen, und da hat er meine Bilder gesehen und die Polizei angerufen. Das verdammte NYPD. Die Kinderschutz-Hotline!« Elsbeth sah erschrocken, dass Julian Tränen in den Augen hatte. »Sie haben meine Negative mitgenommen. *Alle.* Sie haben meine Kontaktbogen mitgenommen, meine Kameras, sie haben mein bestes Weitwinkelobjektiv *kaputt gemacht.* Sie haben zwei Filmchargen *ruiniert.* Ich kriege diese Aufnahmen nie wieder!«

»Das ist ja schrecklich«, sagte Elsbeth.

»*Fuck*, es ist un-amerikanisch, das ist es.« Julians Stimme zitterte. »Ich habe gefragt: Wo ist Ihr Durchsuchungsbeschluss? Zeigen Sie mir den Durchsuchungsbeschluss. Und weißt du, was sie gesagt haben? Wir brauchen keinen, Mr. Wilton. Nicht wenn wir Grund zu der Annahme haben, dass der Verdächtige belastendes Material aus dem Haus schafft. Der Verdächtige. Ich bin ein Verdächtiger!« Er warf sich noch zwei Pillen wie Erdnüsse in den Mund. Seine Hände zitterten.

»Du hättest ihre kleinen Knopfaugen sehen sollen«, sagte er. »Man hat ihnen angesehen, dass sie ganz versessen darauf *waren*, Pornos zu finden. Sie haben regelrecht gesabbert. Als ob diese Troglodyten den Unterschied zwischen Porno und Kunst erkennen könnten, wenn er ihnen in den Arsch beißen würde. Ich! Ein Pornograf! Wo ich doch einzig und allein versuche, *Unschuld* einzufangen. Reinheit. Unbefangenheit. *Freude.* All das, was nur Kinder haben, diesen absoluten Mangel an Schamgefühl, bevor die Erwachsenenwelt sie findet und versaut. Pornografie, Scheiße – was ich mache, ist *Anti*-Porno!«

Luigi schlich sich heran, und Elsbeth rechnete damit, dass er Julian bitten würde, leiser zu sprechen, oder

vielleicht vorschlagen, dass Julian sich im Büro des Geschäftsführers wohler fühlen würde. Aber stattdessen sagte er: »Mr. Wilton, es tut mir leid, wenn ich störe, aber die Dame hier gehört zu Ihren größten Fans.« Hinter ihm tauchte eine Frau mit einer silbergrauen Bobfrisur und einem Halstuch mit Frank-Lloyd-Wright-Muster, das von einer Spange gehalten wurde, die aussah wie eine geschmolzene Gabel. Ah, dachte Elsbeth, eine Kunstliebhaberin.

»Mr. Wilton«, sagte die Frau, »ich bewundere Sie *so sehr*. Ich gehöre wirklich zu Ihren Jüngern.« Sie hielt ihm eine Cocktailserviette und einen Stift entgegen. »Entschuldigen Sie die Störung, aber hätten Sie etwas dagegen?«

»Durchaus nicht«, sagte Julian freundlich, »schon'n Ordnung.« Er nahm das letzte Glas vom Tisch und stürzte es hinunter, dann kritzelte er seine Unterschrift auf die Serviette. Er malte ein Smiley daneben und vollendete es mit einem schwungvollen Schnörkel.

»Oh danke«, sagte die Frau. »Eine *solche* Ehre, Sie kennenzulernen. Ihre *Leuchtenden Wesen* haben mein Leben verändert.«

Julian lächelte sie an und kam taumelnd auf die Beine. »'s sehr freun'lich«, sagte er. »'schuldigung, ich muss mal raus.« Wie eine Flipperkugel schoss er durch den Gang zur Toilette.

Die Frau stopfte ehrfürchtig ihre signierte Serviette in ihre Handtasche. Sie sah Elsbeth an, und wie bei Luigi zuvor veränderte sich ihr Gesichtsausdruck. Es sah aus, als wollte sie noch etwas sagen, aber dann lächelte sie gezwungen und ging zurück zu ihrem Tisch.

Elsbeth blieb sitzen und wartete – und wartete und wartete. Die Eiswürfel schmolzen in den Gläsern und fie-

len zusammen. Sie nippte an ihrem Wodka, und dann dachte sie an die vielen Kalorien und stellte das Glas hin. Ihr Magen schien zu glühen. Sie sah, dass neue Gäste hereinkamen und Platz nahmen. Der Kellner zündete die Kerzen auf ihren Tischen an. Die Antipasti schwitzten vor ihr: marinierte rote Paprikaschoten, Artischockenherzen mit Oregano und Öl, Prosciutto, Salami, dicke Parmesan-und Asiago-Scheiben. Elsbeth lief das Wasser im Mund zusammen, ohne dass sie etwas dagegen tun konnte. Sie nahm den Teller und stellte ihn zusammen mit dem Brotkorb auf den Nachbartisch.

»Stimmt etwas nicht, Miss?«, fragte Luigi, der in der Nähe lauerte. »Darf ich Ihnen etwas anderes bringen? Wir haben heute Abend Gnocchi, hausgemacht mit brauner Butter und Rosmarin.«

Elsbeth fragte sich, ob der Rosmarin wohl kandiert war – in Zuckerwasser getaucht und geröstet, wie Peter ihn zubereitete. Sie wollte Luigi sagen, dass sie nichts weiter wollte – und ob er das Essen abräumen könne? –, als Julian polternd durch den Gang zurückkam. Er hatte Schwierigkeiten mit dem Vorhang vor dem Restaurant, verhedderte sich darin und verpasste ihm ein paar Karateschläge, bevor er sich befreien konnte. Dann torkelte er zu ihrem Tisch.

»'schuldigung«, sagte er noch einmal. »Musste mal telefonieren. Musste Gene anrufen – meinen Anwalt.« Er kippte vornüber, und Luigi fing ihn auf und packte ihn unter den Armen.

»Hoppla«, sagte er. »Vorsicht, Mr. Wilton.«

»Yessir«, sagte Julian schwankend. »Danke, Luigi, 's sehr freun'lich.« Er wühlte in der Tasche seiner Shorts und förderte ein Bündel Geldscheine zutage, das er zwischen die Gläser auf den Tisch warf. Luigi und Elsbeth

schauten es an; es waren lauter Zwanziger, und Elsbeth fragte sich, ob Julian, wenn er am nächsten Morgen aufwachte, bereuen würde, dass er Luigi tausend Prozent Trinkgeld gegeben hatte.

»Das ist schon in Ordnung, Miss«, sagte Luigi. »Ich bewahre es für ihn auf. Sie sollten jetzt lieber gehen.« Julian wankte bereits mit bedenklicher Schlagseite durch das Lokal auf den Ausgang zu, als liefe er über das Deck der sinkenden *Titanic*.

»Danke«, sagte er in die Runde. »Ausgezeichnet wie immer. Der Service hier ist jedes Mal ers'klassig.« Er blinzelte wie eine Eule umher. »Charlie?«, sagte er. »Party ist zu Ende.« Elsbeth schnappte sich ihre Handtasche und folgte ihm. Sie empfand Triumph, aber auch Sorge, denn die Party war eindeutig noch nicht zu Ende. Auch wenn Julian nicht ausdrücklich gesagt hatte, was er als Nächstes vorhatte, musste ja jemand den armen Kerl nach Hause bringen.

Elsbeth war noch nie abends in Julians Apartment gewesen, auch wenn sie in ihrer Fantasie schon viele Male dort gewesen war. Dort sah es dann aus wie in den Serien, die nach Mitternacht auf den Kabelsendern kamen, die sie manchmal bei Liza oder bei sich zu Hause sah, bis Peter die Treppe herunterkam, woraufhin Elsbeth schnell den Kanal wechselte. Da blitzten dann die Neonlichtstreifen der Reklame auf der anderen Straßenseite rhythmisch durch die Jalousien, Julian lag in Unterhose auf den schwarzen Laken in seinem Schlafzimmer, und sie näherte sich ihm in einem Ensemble von Victoria's Secret, ihr Haar wehte in einem leichten Luftzug, chinesische Flötenmusik erklang … In der Realität war das Apartment viel unordentlicher als bei ihrem letzten Be-

such hier. Kleidungsstücke, Aschenbecher und Fotoausrüstungsgegenstände lagen überall verstreut, und es stank nach Zigarettenrauch.

Julian ging geradewegs zur Spüle und trank gierig aus dem Wasserhahn. Anscheinend hatte er sich etwas erholt, während sie mit dem Taxi von Downtown Manhattan hier heraufgefahren waren. Unterwegs war er an ihrer Schulter eingeschlafen und hatte wach gerüttelt werden müssen, damit er den Fahrer bezahlte. Im Aufzug hatte Elsbeth ihn noch aufrecht halten müssen, aber jetzt taumelte er aus eigener Kraft durch den Flur und wedelte mit einer Hand hinter sich, eine Geste, die vermutlich sagen sollte: Mach es dir bequem. Sie ließ sich selbst ein wenig Wasser in einen MoMA-Kaffeebecher mit einer Straßenszene von Magritte laufen und spazierte im Apartment umher. Die Autos unten auf der Straße ließen viereckige wachsende und schrumpfende Lichtflecke über die Decke wandern.

Auf dem Zeichentisch lag ein Puzzle aus verstreuten Bildern. Elsbeth legte einen Finger auf den Rand eines Kontaktbogens und zog ihn zu sich herüber. Würde das FBI so etwas auch beschlagnahmen? »Pornografie, Nomen: Bildliches oder schriftliches Material mit der expliziten Darstellung oder Beschreibung sexueller Organe oder Aktivitäten mit der Absicht, erotische statt ästhetischer oder emotionaler Gefühle zu stimulieren« – Elsbeth hatte die Definition im *Webster's* nachgeschlagen. Mit einem Vergrößerungsglas betrachtete sie die Bilder ihres nackten Körpers: wie sie einen Bach überquerte, wie sie einen bewaldeten Hang hinaufging, wie sie im Indianersitz auf einem Picknicktisch saß. Sie war jetzt so viel dünner; auf den Fotos waren ihre Brüste kegelförmig, und Speckrollen umgaben ihren Bauch. Elsbeth berührte

auf dem glatten Papier das hellbraune Dreieck zwischen ihren Beinen. Das war keine explizite Darstellung, und sie empfand keine besondere Erregung. Der Anblick ihres nackten pummeligen Körpers im Bear Mountain State Park war nur irreal, traumartig und merkwürdig.

Sie schob den Kontaktbogen zurück an seinen Platz und warf einen Blick auf die Uhr über dem Herd. Es war 10:15 Uhr. Sie hatte zu Hause einen Zettel hinterlassen, sie wolle mit Liza und Very ins Kino in den Willowbrook Cineplex gehen. Also hatte sie Zeit bis Mitternacht – falls ihre Eltern das Post-it überhaupt gesehen hatten. Sie müsste sich in einer Dreiviertelstunde auf den Weg zur Port Authority machen. Sie schlich sich in den Flur und spitzte die Ohren, aber sie hörte nur den stampfenden Bass aus einem der unteren Apartments und die Sirenen auf dem Riverside Drive – den großstädtischen Missklang, den sie von Geburt an kannte und beruhigend empfand.

»Julian?«

Sie warf einen Blick ins Badezimmer. Vielleicht war er in der Wanne eingeschlafen – oder auf dem Porzellanthron wie Elvis. Aber das Bad war leer.

»Julian?«

Eigentlich gab es jetzt nur noch eine Möglichkeit, wo er sein konnte. Julian lag ausgestreckt auf seinem Bett und hatte einen Arm über das Gesicht gelegt. Die wundersame Uhr beleuchtete ihn mit ihren Farben: Aquamarin, Fuchsienrot, Immergrün und Pink.

Auf Zehenspitzen ging Elsbeth zum Bett. Sein Hemd war über den Shorts hochgerutscht und hatte einen Streifen Bauch entblößt, längs geteilt durch einen dunklen Haarstreifen, den Liza als »Himmelsleiterchen« bezeichnete. Julian hatte viel Wodka getrunken und diese

Pillen geschluckt. Er konnte nachts ersticken und sterben wie dieses Mädchen auf dem Collegeball letztes Jahr. Sie sollte ihn auf die Seite drehen und sich zumindest vergewissern, dass alles in Ordnung war.

Sie schob sich neben ihn auf das Bett, erst sitzend, aber dann ließ sie sich langsam zurücksinken, bis ihr Kopf schließlich an seiner Achsel ruhte. Sie hielt den Atem an. Julian! Julian hielt sie im Arm! Gewissermaßen. Die Luft um sein Gesicht herum war voll Alkoholdunst, und er schniefte geräuschvoll. Elsbeth rollte sich herum und stützte sich auf einen Ellenbogen. Sie schaute ihn an und senkte dann das Gesicht auf ihn herunter, bis sein Atem ihr Haar bewegte. Sie legte die Lippen an seine. Sie waren so warm, wie sie es sich vorgestellt hatte, aber viel weicher, wenn auch ein bisschen schlaff. Sie küsste Julian!

Er regte sich und murmelte etwas, und sie zog sich zurück.

»Was?«, fragte sie. »Was, Julian?«

Sie schob eine Hand unter den dünnen Stoff seines Hemdes. Die Haare dort waren viel borstiger, als sie gedacht hatte.

»Julian«, wisperte sie. »Ich bin's, Charlie.«

Keine Reaktion. Sie legte den Kopf auf seine Brust; sein Brustbein war hart wie eine halbierte Walnuss, und darunter klopfte sein Herz. Sie schob die Hand hinunter auf seinen Bauch und fühlte, wie es dort gurgelte. Die Haut über seinen Shorts war glatt wie das Innere einer Muschel. Ihre Finger rutschten unter den Hosenbund.

Er trug keine Unterhose.

Sie zog die Hand zurück, und Julians Hüften hoben sich, als ob er sie suchte. Sein Glied unter dem Reißverschluss war hart.

»Julian«, sagte sie, »was möchtest du? Was soll ich tun?«

Keine Antwort. Elsbeth wartete. Sie dachte daran, wie Liza gesagt hatte, es gebe etwas, das Männer mehr liebten als alles andere. Elsbeth rutschte weiter nach unten. Julians Hose war halb offen, und der Reißverschluss öffnete sich klickend Zahn um Zahn. Elsbeth griff in das Nest aus Haaren. Er war so warm, wenn auch wieder ein bisschen weich. Sie holte tief Luft, senkte den Kopf und nahm sein Glied in den Mund.

Es pulsierte einmal, zweimal. Elsbeth umfasste es und wünschte, sie hätte mit etwas anderem geübt, nicht nur mit Lollies. Sie bewegte den Mund auf und ab. Hier in der warmen Dunkelheit, im kaleidoskopischen Wechsel der Pastellfarben der Uhr, erschien nichts völlig real. Elsbeth schielte zu Julians Gesicht hinauf: Wassermelonenrot, Limettengrün, Lavendelblau, Pink. Machte sie etwas falsch? Julians Glied blieb nur halb steif. Es war, als hätte sie das größte Kaugummi der Welt im Mund. Elsbeth versuchte, sich daran zu erinnern, was Liza gesagt hatte: »Benutz deine Hand; das mögen sie. Und gib nicht auf – ich hatte mal einen Typen, der hat siebenunddreißig Minuten gebraucht!« Elsbeth glaubte nicht, dass sie so lange durchhalten würde, aber sie gab sich Mühe. Wenn sie es richtig machte, bestand die Chance, dass sich Julians Augen irgendwann flatternd öffneten, und dann würde er sagen: »Hey, Charlie, wo hast du denn das gelernt?«, und dann würde er sie zu sich heraufziehen und sagen: »Ich war die ganze Zeit wach.« Und dann würde er sich auf sie rollen und mit ihr schlafen, obwohl sie ihm gestehen müsste, dass sie noch Jungfrau war. »Das macht nichts«, würde er sagen, und danach wären sie unzertrennlich. Elsbeth würde mit ihm

zusammen zur Eröffnung ihrer Ausstellung gehen und zu allen anderen, und von jetzt an würde er nur noch sie und sonst niemanden fotografieren. Wenn Elsbeth achtzehn wäre, würden sie heiraten und die Stadt verlassen, um einen neuen Anfang auf einer Farm zu machen, die Julian kaufen würde, irgendwo in Vermont zum Beispiel. Sie würden der Presse aus dem Weg gehen, und Julians Zurückgezogenheit würde seinen Ruhm noch weiter vergrößern, aber ab und zu würden Reporter sie aufstöbern, und Julian würde sie freundlich in seiner Scheune empfangen, wo er sein Atelier hätte. Elsbeth würde ihnen Wein und Käse hinausbringen, sie würde sich neben ihn auf einen Heuballen setzen, und er würde den Arm um sie legen und sagen, sie habe ihn vor sich selbst gerettet, und sie sei seine eine, einzige Muse. Elsbeth wäre dünn, und sie würde ihr Haar zu einem Zopf flechten und Gauloises rauchen, und Julian würde einen Rollkragenpullover tragen und vielleicht einen Bart.

Endlich schien doch etwas zu passieren – Julian bewegte sich! –, aber dann sank er wieder zusammen, und Elsbeth hörte ein Geräusch, das sie nicht verwechseln konnte: Er schnarchte. Fassungslos setzte sie sich auf und wischte sich über den Mund. Tatsächlich, Julian schnarchte, und das Weiße seiner Augen schimmerte zwischen den Lidern hindurch. So leise wie möglich zog Elsbeth ihm das Hemd über den Bauch und rutschte vom Bett. Gott, wie sie sich schämte! Das, was Männer mehr als alles andere liebten, und sie hatte versagt. Was sollte sie jetzt tun?

Sie suchte ihre Handtasche im großen Zimmer, und dann stand sie einen Moment lang da. Mit einem Fettstift schrieb sie ein paar Worte auf die Rückseite eines braunen Umschlags:

*Lieber Julian, danke für einen wundervollen Abend! Ich freue mich auf das nächste Mal. Alles Liebe, deine Muse, Elsbeth. XOXO*

Sie starrte die Worte an und überlegte, ob sie den Umschlag zerreißen und noch einmal von vorn anfangen sollte, aber dann hörte sie das Schnarchen, das aus Julians Zimmer kam, und damit war ihre Entscheidung klar. Sie wollte nicht, dass er jetzt aufwachte und sie hier fand, und sie wollte nicht, dass er sich an irgendetwas erinnerte. Wiederholung!, hatten sie als Kinder auf dem Spielplatz immer gerufen, und eine Wiederholung wünschte Elsbeth sich jetzt sehnlichst. Sie brauchte noch einen Abend, wenn Julian weniger hektisch wäre, wenn seine Probleme mit dem FBI vorbei wären und alles sich wieder normalisiert hätte, sodass sie beide mit dem General Lee, der keiner war, aufs Land hinausfahren und zusammen Fotos machen und lachen könnten, und wenn Julian nicht besinnungslos betrunken oder mit Pillen zugedröhnt wäre. Dann könnte Elsbeth eine Wiederholung versuchen; sie würde ihm sagen, was sie für ihn empfand, und Julian würde mit ihr schlafen, und sie wären unterwegs. Sie ergriff die Flucht.

**The New York Times** – 15. August 1986

Eine Antipornografie-Sonderermittlungsgruppe des FBI, begleitet von Mitarbeitern der Kinderschutzeinheit des NYPD, durchsuchte gestern in Greenwich Village das Atelier des renommierten Kunstfotografen Julian Wilton. In einigen Kreisen gilt die Aktion als Schlag gegen Kindesmissbrauch, andere bezeichnen sie als eine Kampagne gegen die Kunstfreiheit.

Der Hausmeister des Gebäudes, in dem sich Mr. Wiltons Atelier befindet, Rob Laubach, bemerkte Fotografien von »nackten Kindern in kompromittierenden Posen« in Wiltons Atelier, als er zu Anfang dieses Monats mithalf, einen durch eine Zigarette verursachten Brand zu löschen, erklärte der Sprecher des NYPD, Thomas Champoux.

In der Annahme, dass es sich bei Mr. Wiltons Fotografien um Kinderpornografie handelte, meldete er sich bei der Polizei, die daraufhin das FBI informierte.

Bisher kam es nicht zu einer Anklage gegen Wilton, 27, dessen lichtdurchflutete, großformatige Fotos von präpubertären und heranwachsenden Nackten unter anderem im Metropolitan Museum of Art, im Musée d'Orsay in Paris und in der Corcoran Gallery in Washington, D.C., ausgestellt sind und internationale Anerkennung, aber auch Widerspruch geerntet haben, seit Wiltons erste Ausstellung, »Leuchtende Wesen«, in der angesehenen Roget Gallery in Chicago eröffnet wurde.

»Mein Mandant tut nur das, was Künstler mit den ersten Höhlenzeichnungen getan haben: Er feiert die

menschliche Gestalt«, erklärte Wiltons Anwalt, Eugene Rubin von Rubin und Homonoff, Esq. »Seine Modelle und ihre Eltern arbeiten gern mit ihm und betrachten es als Privileg. Und er fotografiert nicht eine einzige Augenwimper ohne ausdrückliche Zustimmung.«

Rubin behauptet, in Wirklichkeit sei »das FBI kriminell ohne Durchsuchungsbeschluss in das Atelier meines Mandanten eingedrungen und habe sein Eigentum, seine Fotos und seinen kreativen Seelenfrieden zerstört«.

Das FBI bestätigt, dass es Wiltons Atelier ohne Durchsuchungsbeschluss betreten habe, aber nach Auskunft der Sprecherin der »Sonderermittlungsgruppe Pornografie«, Jocelyn Martin, »benötigen wir keinen solchen für die Durchsuchung von Räumlichkeiten, aus denen der Verdächtige mit hoher Wahrscheinlichkeit bei nächster Gelegenheit belastendes Material entfernen wird«.

Unter den Besitztümern, die das FBI nach Angaben Martins in Wiltons Atelier beschlagnahmte, befanden sich mehrere Rollen von unentwickeltem Filmmaterial, Polaroids, Mr. Wiltons persönliche Aufzeichnungen und Bücher sowie mehrere Kameras.

Martin erklärte, das FBI könne wegen laufender Ermittlungen einer Grand Jury keine konkreteren Angaben machen. Noch werde untersucht, ob Mr. Wiltons Arbeit Pornografie sei. In diesem Fall habe Mr. Wilton mit mehreren Anklagen wegen Besitzes und Verbreitung zu rechnen. Sie fügte hinzu: »Unserer Ansicht nach sind einige von Mr. Wiltons Arbeiten von höchst fragwürdiger Natur.«

Im Bereich der Kunst ist Pornografie bekanntermaßen schwer zu definieren. Nach der juristischen Definition der Pornografie als »Darstellung des Sexualaktes einzig zum Zweck der sexuellen Erregung« ist Kinderpornogra-

fie nach dem Bundesstrafrecht und den Strafgesetzen des Staates New York »jede visuelle Darstellung explizit sexueller Handlungen unter Einbeziehung eines oder mehrerer Minderjähriger«.

Wiltons Subjekte sind zwar ausnahmslos unbekleidet und unter 18, aber seine Porträts zeigen sie allein in ihrer jeweiligen Umgebung, und Wiltons Anhänger bestreiten entschieden, dass sein Werk pornografisch sei.

»Die Behauptung, Mr. Wiltons Fotografie sei pornografisch, demonstriert ein armseliges Verständnis sowohl von Pornografie als auch von Kunst«, sagt Henry Papel, Kurator des Guggenheim, in dem derzeit sieben Fotografien Wiltons ausgestellt sind. »Seine Arbeit will nicht sexuell erregen, sondern Personalität in ihrer gänzlich ungebundenen Form präsentieren.«

Jean-Francis Krantz vom MoMA stimmt dem zu: »Wer in Julians empfindsamen Kinderporträts Pornografie entdeckt, muss sich fragen, wie viel davon im Auge des Betrachters liegt.«

Wiltons Kritiker widersprechen gleichermaßen vehement: »Die sogenannte Arbeit dieses Manns missbraucht nicht nur die schwächsten Mitglieder unserer Gesellschaft, nämlich die Kinder, sondern sie steht auch in krassem Widerspruch zu der Moral, auf der dieses Land erbaut wurde«, sagt Alex Reagan, Sprecher des National Center for American Values, das Demonstrationen vor Wilton-Ausstellungen in Chicago, New York und Los Angeles organisiert hat.

Das National Endowment of the Arts, das Wiltons Arbeit gefördert hat, bestätigt, dass die Kontroverse inzwischen landesweite Ausmaße erreicht hat und spricht von einer »Hexenjagd«.

»Im letzten Jahr haben wir gesehen, dass die Rechte angefangen hat, Künstler im Namen sogenannter Familienwerte zu verfolgen«, sagt Kate Woodward, Vorsitzende des NEA. »Mr. Wilton ist das erste Opfer. Er besitzt unsere ganze Sympathie und Unterstützung.«

Wilton, der in New York City wohnhaft ist, war für einen Kommentar nicht zu erreichen.

# 16

# SCHAMLOS

Die Galerie befand sich in SoHo, und als Elsbeth davorstand, immer wieder auf den Zettel in ihrer Hand blickte und sich fragte, ob sie hier richtig war, wurde ihr plötzlich bewusst, dass sie noch nie in dieser Gegend gewesen war. Bei den Twin Towers einmal, ja, und mit ihren Eltern im Windows on the World zum Brunch – Elsbeth erinnerte sich immer noch an die *Eier Benedict*. Und im Village, ja, natürlich: Bevor sie die Houston Street überquerte, hatte sie einen Umweg vorbei an dem kleinen italienischen Restaurant gemacht, wo sie mit Julian gewesen war. Jetzt, am Nachmittag, war es verrammelt, und sehnsüchtig schaute sie die geschlossenen roten Vorhänge an. Vor dem Pink Pussycat hatte sie in einer Fantasie geschwelgt, in der sie doch noch mit Julian hier gewesen war; er hatte ihr geholfen, ein neues Bustier auszusuchen, nachher war er nicht ganz so betrunken gewesen, es hatte keine Blowjob-Katastrophe gegeben, und es war danach ganz normal weitergegangen, mit zwei Shoots im Monat, und dann war Julian nicht verschwunden.

Die Galerie war geschlossen wie das italienische Restaurant. Es war zwei Uhr an einem Montagnachmittag, und vielleicht war Montag für Galerien wie für Restaurants der Tag, an dem am wenigsten los war. Was Elsbeth viel mehr durcheinanderbrachte, war das braune Papier,

mit dem die vom Boden zur Decke reichenden Fenster beklebt waren, als wäre der Laden geschlossen, als wäre der Laden außer Betrieb. Es gab kein Schild, das Julians neue Ausstellung ankündigte, kein Schaufenster, das Passanten anlocken konnte. Wenn die winzige Messingplakette unter der Türglocke mit dem Namen – HAZAAN GALLERY – nicht gewesen wäre, hätte Elsbeth aufgegeben und wäre nach Hause gegangen.

Aber sie hatte Julians Manager angerufen und sich als Sammlerin ausgegeben – was einfach gewesen war: Elsbeth hatte den herrischen Ton einer von Sols Kunstbrunch-Ladys nachgeahmt –, und daher wusste sie, dass die Vernissage für Julians neue Ausstellung in der Hazaan Gallery stattfinden würde. Außerdem hatte sie in mehreren seiner Biografien gelesen, dass Julian zwar selten auf den Ausstellungen seiner Fotos erschien, aber oft das Hängen der Bilder beaufsichtigte. Er war Perfektionist und wollte dafür sorgen, dass Platzierung und Beleuchtung genau stimmten. Elsbeth zog ihre Parliament lights aus der Tasche, die sie seit September rauchte, statt zu essen; sie wog jetzt nur noch sechsundvierzig Kilo. Rauchend ging sie auf und ab in dem kalten Wind, der vom Hudson heraufwehte, und in den fingerlosen Handschuhen wurden ihre Fingerspitzen kalt. Wieder klopfte sie einmal, zweimal an das Schaufenster der Galerie.

Ein Fahrradkurier mit einer Irokesenfrisur radelte vorbei. Es war eine schräge Gegend; die kopfsteingepflasterten Straßen waren voller Schlaglöcher und menschenleer, die Häuser verwahrlost und mit bunten Grafitti bedeckt, und hell erleuchtete Geschäfte präsentierten Berge von Teppichen, japanischen Holzschnitten, afrikanischen Masken und Statuen. Eine winzige Frau mit einem breit-

krempigen Hut, unter dem Massen von roten Dreadlocks explodierten, führte auf dem Gehweg eine Eidechse an der Leine spazieren – »*Fuck*, du sollst dich beeilen, Piccolo, Mummy friert doch!« Elsbeth klopfte und klopfte, *tap, tap, tap, tap, tap*, und schließlich öffnete sich die Tür einen Spaltbreit, und ein gereiztes Rasputin-Gesicht spähte heraus.

»Ja?«, sagte der Mann, »Was gibt's denn? Warenlieferungen bitte nach hinten.«

»Ich suche Julian Wilton«, sagte Elsbeth.

Die Augenbrauen des Mannes, silberne Dreiecke, zuckten nach oben und trafen sich über der Nasenwurzel. »Mr. Wilton ist nicht hier.«

»Wann erwarten Sie ihn?«

»Die Eröffnung ist erst nächste Woche, junge Frau. Bitte kommen Sie dann wieder.«

»Ich weiß schon«, sagte Elsbeth geduldig, »aber Julian kommt selten zu seinen Vernissagen. Er ist zu schüchtern. Er beaufsichtigt nur das Aufhängen.«

Die Lippen des Mannes verschwanden zuckend in seinem Spitzbart. »Sie meinen die Hängung.«

»Ja, die Hängung«, sagte Elsbeth. »Darf ich hereinkommen?«

Der Mann musterte sie und öffnete die Tür ein wenig weiter, sodass sie seinen makellos geschneiderten Anzug und die glänzenden Schuhe sehen konnte. Das musste der Eigentümer sein, Mr. Hazaan, dachte Elsbeth.

»Wir haben Mr. Wilton ja gründlich studiert, wie ich sehe«, sagte er.

»Wir sind Mr. Wiltons Model«, sagte Elsbeth. Jetzt öffnete sich die Tür ganz, und der Mann betrachtete Elsbeth von oben bis unten. Elsbeth richtete sich zu voller Höhe auf, die – mithilfe ihrer hochhackigen Pumps – fast

einen Meter achtzig betrug, sodass sie zweieinhalb Zentimeter größer als Mr. Hazaan war. Sie bemühte sich, im Wind nicht zu zittern, obwohl er stark genug war, um ihren Spitzenpetticoat flattern zu lassen, ihr Haar zur Seite peitschte und ihr die Tränen in die Augen trieb. Mr. Hazaan runzelte die Stirn.

»Ernsthaft«, sagte Elsbeth, »bitte. Es ist eiskalt hier draußen.«

»Natürlich, natürlich«, sagte Mr. Hazaan. »Kommen Sie herein, Miss …«

»Rashkin. Elsbeth Rashkin.«

Mit einer kleinen Verneigung trat er beiseite.

Elsbeth ging an ihm vorbei in die Galerie. Die Wärme tat gut nach dem rauen Wind, und der honigfarbene Hartholzboden und die weißen Wände waren ein Gegenmittel gegen die graue, vermüllte Straße. Aber was ihr die Sprache verschlug, waren die Bilder von – ihr selbst, überall. Es war eine Sache, in *Photoplay* oder *Aperture* über Julians Entwicklungstechnik zu lesen, über einen Kolorierungsprozess, der supergesättigte Farben produzierte, und über das ungewöhnlich große Format seiner Abzüge, aber etwas ganz anderes war es, vor den Fotos ihres nackten Körpers zu stehen, auf eine Größe von anderthalb mal zwei Meter zehn aufgeblasen, mit Passepartout und Rahmen versehen, sodass sie noch größer erschienen, überlebensgroß. Hier war sie und spuckte einen Wasserstrahl in der blauen Brandung von Montauk, den Kopf in den Nacken gelegt, die Hände erhoben, die Haut glitzernd wie ein Pfirsich. Da wanderte sie durch einen grünen Wald, und die Grübchen über ihrem Steißbein waren so groß wie Vierteldollarstücke. Hier, da und überall waren ihre Achselhöhlen, ihre Locken, ihre Schenkel, ihre pummeligen Knie und ihr verhasster Bauch – und

alles durch Julians Kamera und sein Auge verwandelt in etwas … angenehm Anzuschauendes, konnte Elsbeth nicht gerade sagen, aber es war doch so strahlend, so überschwänglich und bewegungsreich, dass ihr die Tränen kamen. Er hatte haargenau eingefangen, wie sie ihn angeschaut und was sie dabei gefühlt hatte.

Mr. Hazaan stand jetzt neben ihr und sah zu, wie zwei Assistenten – ob männlich oder weiblich, das war schwer zu sagen, sie waren beide ganz in Schwarz gekleidet, hatten kurzes, glatt nach hinten gekämmtes schwarzes Haar und trugen weiße Handschuhe wie Pantomimen – sich abmühten, ein weiteres Foto an die hintere Wand zu hängen, direkt unter ein scharf konzentriertes Spotlight, das unter der Decke hing. Eine riesige Elsbeth hockte an einem Bach und schaute lachend über die Schulter zu Julian zurück. Auf dem Foto waren sie nicht zu sehen, aber über der Oberfläche des Baches waren irisierende Libellen unterwegs gewesen, die sie beide zusammen bestaunt hatten. Neben den Pantomimen wartete eine kleine gerahmte Tafel darauf, angebracht zu werden.

JULIAN WILTON
schamlos
31. Oktober – 5. November

Daneben lehnte ein weiteres Foto, auf dem Elsbeth in die Luft sprang. Julian hatte ihre Silhouette vor dem Himmel eingefangen. Mit den Füßen hoch über dem Berggipfel schwebte sie vor einer auf geblähten Wolke. *Du bist die Königin des Berges!*

»Ich denke, noch fünf Zentimeter nach links«, sagte Mr. Hazaan, und die Pantomimen schoben das Foto zur Seite. Er ging zu ihnen und sagte etwas, und sie stiegen

von ihren Trittleitern herunter und verschwanden hinter einem schwarzen Vorhang.

»Sie bringen uns Tee«, sagte Mr. Hazaan. Er nahm Elsbeth beim Ellenbogen und führte sie durch den Raum zu zwei Klappstühlen. »Bitte nehmen Sie Platz.«

»Danke«, sagte Elsbeth. Im Kindergarten war sie einmal vom Kletterturm auf den Rücken gefallen. Die Tränen der Überraschung, die dumme Atemlosigkeit – das Gleiche empfand sie auch jetzt.

»Sie sind bemerkenswert, diese Bilder, nicht wahr?«, sagte Mr. Hazaan.

Elsbeth nickte. Einer der beiden Pantomimen kam zurück und schob einen Teewagen mit Tassen, Untertassen, einer Teekanne und Löffeln vor sich her. Mr. Hazaan schenkte ihnen ein.

»Außergewöhnlich selbst für Julian«, fuhr er fort. »Ich rechne mit äußerst günstigen Kritiken. Und Verkäufen.« Er hielt die Zuckerzange über den Zuckertopf und zog fragend die Brauen hoch, aber Elsbeth schüttelte den Kopf. Seit Monaten benutzte sie nur noch Süßstoff.

»Entschuldigen Sie, dass ich Sie nicht gleich erkannt habe«, sagte Mr. Hazaan. »Die Verwandlung ist verblüffend.«

»Danke«, sagte Elsbeth noch einmal. Wenn sie geschockt war von dem, was die Bilder hervorriefen, von der Erinnerung an Augenblicke, die nur sie und Julian kannten, dann fühlte sie doch eine ungefährliche Distanz zu der dicken Gestalt, die auf den meisten Fotos zu sehen war – und auf denen sie, wie sie fand, aussah wie ein Gummispielzeug für die Badewanne. Sie hatte in den letzten Monaten hart gearbeitet, und inzwischen hatte sie sogar Wangenknochen. Wenn sie nächste Woche zur Vernissage käme, würde kein Mensch in ihr das dicke

Kind auf den Fotos erkennen. Darauf war sie stolz. Aber Mr. Hazaan sah unerklärlich betrübt aus.

»Warum sind Ihre Fenster zugeklebt?«, fragte sie.

»Wegen der großen Eröffnung, mein Liebes«, sagte Mr. Hazaan. »Wir wollen doch niemandem eine Sneak Preview ermöglichen, oder?«

»Wohl nicht«, sagte Elsbeth und nahm ihren Tee in Empfang. »Und wann wird Julian hier sein?«

Mr. Hazaan blies in seine Tasse. »Miss Rashkin«, sagte er, »es tut mir leid, Ihnen das zu sagen, aber ich hatte seit Monaten keinen direkten Kontakt mehr mit Julian.«

Elsbeth nahm einen Schluck Tee. Er war zu heiß, und sie verbrühte sich den Gaumen. Sie stellte ihre Tasse auf den Wagen.

»Aber Sie sind doch sein Freund«, sagte sie. »Sie haben ihm '81 zu seinem ersten großen Erfolg verholfen. Davon habe ich gelesen.«

»Das stimmt«, sagte Mr. Hazaan. »Aber ich habe den Verdacht, Julian glaubt, es sei besser für seine Freunde, wenn er sich vorläufig von ihnen fernhält.«

»Was? Warum?«

Mr. Hazaan trank einen großen Schluck Tee und stellte seine Tasse bedächtig auf die Untertasse zurück.

»Miss Rashkin«, sagte er, »da Sie anscheinend eine Menge über Julians Angelegenheiten wissen, nehme ich an, dass Sie auch über seine rechtlichen Schwierigkeiten informiert sind?«

»Natürlich.«

»Dann wissen, Sie, dass er untergetaucht ist, bis die Ermittlungen beendet sind.«

»Ja«, sagte Elsbeth. Das wusste sie nur allzu gut. Wie oft hatte sie Julians Nummer angerufen und es ewig klingeln lassen? Wie viele Nachmittage und Abende hatte sie

draußen vor seinem Apartment verbracht und darauf gewartet, dass eine Jalousie hochgezogen, eine Lampe eingeschaltet wurde – aber alles war dunkel geblieben. Sie hatte sogar seinen Anwalt angerufen: *Mr. Wilton steht derzeit nicht für eine Stellungnahme zur Verfügung*.

»Ich verstehe«, sagte sie zu Mr. Hazaan, »dass er nicht mit der Presse oder dem FBI reden möchte. Oder mit irgendjemandem außer den Leuten, die er wirklich gut kennt. Mit Leuten, denen er vertraut. Aber so jemand sind Sie doch, oder? Und ich – er kennt mich besser als irgendjemand sonst.« Mit einer Handbewegung deutete sie auf die Fotos. »Ich meine, das ist *unsers*. Wir haben es zusammen gemacht.«

Mr. Hazaan sah noch trauriger aus. »Ich verstehe.«

»Also, wenn Sie von ihm hören, wenn er herkommt, würden Sie ihm dann bitte sagen, Charlie versucht, ihn zu erreichen? Ich will wirklich nur mit ihm sprechen.«

»Miss Rashkin«, sagte Mr. Hazaan, »darf ich ganz offen sprechen?«

»Natürlich.«

»Ich habe selbst Töchter im Teenageralter«, sagte er. »Deshalb weiß ich, welches Maß an Hohn ich herausfordere, wenn ich Ihnen einen Rat gebe. Sie werden ihn nicht freundlich aufnehmen. Aber wie Sie sagten, ich kenne Julian seit Jahren. Ich bin sein Freund ebenso wie sein Kollege und außerdem sein glühender Bewunderer. Und ich sage Ihnen trotzdem Folgendes.«

Er legte die Fingerspitzen zusammen und hob sie an den Mund. Eine Ewigkeit schien zu vergehen, bevor er weitersprach.

»Julian ist ein Genie«, sagte er. »Das wissen Sie. Das weiß ich. Das weiß die ganze Welt. Man braucht nur seine Arbeiten anzusehen, um es zu wissen.«

Er deutete auf die vielen Elsbeths in der Galerie. Sie nickte, allmählich ungeduldig.

»Und er meint es gut«, fuhr Mr. Hazaan fort. »Er hat das Herz am richtigen Fleck. Er hat gute Absichten. Und manchmal sind solche Menschen die gefährlichsten von allen.«

Er sah Elsbeth vielsagend an. »Bedaure«, sagte sie. »Ich begreife nicht, was Sie meinen.«

Jetzt lächelte Mr. Hazaan – zum ersten Mal, seit sie die Galerie betreten hatte. Und sie fand, es war der traurigste Gesichtsausdruck, den sie je gesehen hatte

»Miss Rashkin«, sagte er, »gehen Sie nach Hause. Waschen Sie sich das Gesicht. Gehen Sie in die Schule. Seien Sie wieder ein Mädchen. Vielleicht finden Sie es grausam, dass Julian verschwunden ist, aber in Wahrheit hat er Ihnen damit einen großen Gefallen getan. Sie müssen ihn vergessen. Sie müssen so tun, als hätte es ihn nie gegeben.«

Aber sie sah Julian noch einmal.

Es war Halloween, und Elsbeth stand mit schwarzen Katzenohren und einem Schwanz vor seinem Apartment und beobachtete es. Es war der Abend der Vernissage, und wenn er hier war, musste er irgendwann herauskommen. Dann würde sie ihn erwischen. Sie war allein, obwohl sie Liza mitgebracht hatte; sie hatte gesagt, sie würden bei Julian warten, bis die Vernissage anfing, und dann einen Blick in die Galerie werfen, und wenn er dann nicht da wäre, würden sie ins Limelight und auf den Kostümball gehen. Liza war einverstanden gewesen; sie hatte sich als ihre Mutter verkleidet und trug ein Anwältinnenkostüm mit Perlenkette. Aber als sie in der Stadt waren, hatte sie es sich anders überlegt. »Ich habe keine

Lust mehr, bei diesem Typen vor der Wohnung herumzuhängen wie eine Nutte«, hatte sie gesagt. »Warum gehen wir nicht zur Happy Hour und suchen uns ein paar neue Kerle?« »Ich will keinen neuen Kerl«, sagte Elsbeth. »Ich will Julian«, und Liza sagte: »Ich weiß nicht, wie ich es dir beibringen soll, Kid, aber er ist weg.« Sie standen vor der Port Authority, neben der Rolltreppe, und der Auspuffdunst war so dicht, dass man ihn sehen konnte. Elsbeth machte ein dummes Gesicht, und Liza sagte: »Hasta la vista, Baby. Goodbye. Vergiss ihn! Lass ihn laufen.« »Ich kann nicht ohne dich in die Galerie gehen«, sagte Elsbeth, und Liza sagte: »Ich komme nicht mit.« – »Ernsthaft nicht?«, fragte Elsbeth, und Liza sagte: »Ernsthaft nicht«, und Elsbeth sagte: »Das werde ich dir nie verzeihen. Du hast keine Ahnung, wie es ist, wenn man verliebt ist«, und Liza sagte: »Wenn man dann so ist, wie du, dann will ich es auch lieber nicht wissen.« Sie trat rückwärts auf die Rolltreppe und sagte: »Ich bin im Limelight, wenn du mich suchen solltest. Wir sehen uns, Kid – und hör auf mit dem Du-weißt-schon-was! Dir wächst sonst noch Fell!« Sie schob sich pantomimisch einen Finger in den Hals und verschwand auf der Rolltreppe nach unten.

Und so stand Elsbeth allein hier. Sie zündete sich ihre letzte Zigarette an, und es fröstelte sie. Dabei war es eigentlich nicht allzu kalt, sondern mit knapp fünf Grad für Halloween ganz angenehm. Aber Elsbeth fror jetzt immer. In dem Punkt hatte die Verräterin Liza recht: Wenn man zu mager wurde, konnte der Körper sich ein dünnes, schützendes Haarkleid wachsen lassen. Davon hatte Elsbeth gelesen. Aber noch hatte sie diesen Punkt nicht erreicht. Auch ihre Periode hatte nicht aufgehört, aber sie war ein bisschen unregelmäßig geworden. Aber es kam nicht infrage, ihr Selbstverbesserungsprogramm

jetzt abzubrechen. Wenn Julian wieder auftauchte, sollte er sie nicht für einen Zeppelin halten.

Sie zog die Jeansjacke fester um den schwarzen Rollkragenpullover und schaute zu Julians Fenstern hinauf. Da oben rührte sich immer noch nichts. Sie beschloss, zum Zeitungsstand an der U-Bahn zu gehen und sich Zigaretten zu holen. Wenn die erste Parliament, die sie sich anzündete, nur halb abbrannte, würde sie wissen, dass Julian an sie dachte. Das sagten alle. Wenn das passierte, und sie rauchte die Zigarette auf und hielt dabei das Liebesamulett in der Hand, das Liza ihr geschenkt hatte, dann würde er dort sein, wenn sie wieder vor seinem Haus war.

Elsbeth hatte dieses Ritual schon so oft erfolglos ausprobiert, dass sie erstaunt war, als sie bei ihrer Rückkehr zu ihrem Beobachtungsposten tatsächlich Licht in Julians Loft sah. Elsbeth machte schmale Augen. Das Licht blieb. Er war zu Hause! Sie rannte über die Straße und wurde nur knapp von einem Taxi verfehlt. Ihre Zigarette warf sie im Laufen hinter sich.

Sie stürmte in den Hausflur und drückte auf Julians Klingelknopf. Als nichts passierte, drückte sie mit beiden Handflächen auf sämtliche Knöpfe, bis die Tür zur Treppe sich öffnete. Sie lief hindurch, verschmähte den langsamen Aufzug und nahm die Treppe. Als sie keuchend und schwindlig oben ankam, war Julians Tür geschlossen, und einen Moment lang dachte Elsbeth, sie habe sich das Licht doch nur eingebildet. Aber die Tür war nicht abgeschlossen.

Vorsichtig betrat sie das Loft. Wenn es ein Einbrecher gewesen war? Verbrechen gab es überall in der Stadt – Überfälle in der U-Bahn, Vergewaltigungen im Central Park, Diebe, die über Dächer und durch Luftschächte

krochen. Elsbeth sah sich um; auf dem Plattenspieler drehte sich langsam eine Platte. »We've got magic to do«, sang sie, »just for you!« Das Zimmer war genauso durcheinander wie bei ihrem letzten Mal hier, nur staubiger, und vor dem Flur lagen Kleider verstreut, als hätte sie jemand dort einfach abgestreift. Elsbeth stürzte sich auf ein Hemd, das sie wiedererkannte, mit hellblauen Streifen wie auf Schreibpapier. Julian! Sie hielt das Hemd ans Gesicht: Baumwolle, Zigarettenrauch. Dann hörte sie Geräusche aus dem Flur: ein Stöhnen, einen dumpfen Schlag. Was, wenn Einbrecher den schlafenden Julian gefunden hatten? Wenn sie ihn da drin gefesselt hatten?

Elsbeth packte ein Stativ und schlich in den Flur. Hinter ihr bekam die Schallplatte einen Schluckauf: »Magic to do… Magic to do… Magic to do…« Die Geräusche aus Julians Schlafzimmer wurden lauter – ein Klatschen, eine leise Männerstimme, unheimlich, aber nicht Julians, und jemand stöhnte, eindeutig vor Schmerzen. Die Tür stand einen Zollbreit offen, und Elsbeth trat sie auf – es kam entscheidend darauf an, sie zu überraschen.

Was sie im Schlafzimmer sah, war so seltsam, dass sie es erst gar nicht verstand. Das Einzige, woran sie denken konnte, war ein Bild von Paul Klee mit dem Titel *Die Zwitscher-Maschine*, das sie einmal bei Sol in der Ausstellung zu einer Spendensammlung gesehen hatte. Das Bild hätte eigentlich unschuldig genug sein sollen; es zeigte nur ein paar Vögel, die mit Draht zusammengebunden und an eine Handkurbel gefesselt waren. Aber bei Elsbeth hatte der Anblick eine schreckliche Verwirrung ausgelöst, Schwindelgefühle und Angst. Die Leute auf dem Bett waren zu einem ähnlich sinnlosen Tableau angeordnet. Ein Mann mit einer Lone-Ranger-Maske lag auf dem Rücken, Julian kauerte auf allen vieren über ihm und tat

mit dem Mann das, was Elsbeth vor wenigen Monaten in diesem Bett mit Julian zu tun versucht hatte. Hinter Julian war eine Frau mit auberginefarbener Haut und einer riesigen Afrofrisur. Sie trug einen Gürtel, und was immer an dem Gürtel befestigt war, verband sie von hinten mit Julian. Die Geräusche kamen von dem Lone Ranger und von der Frau, die Julian rhythmisch und hart auf eine Gesäßbacke schlug. Julian gab überhaupt keinen Laut von sich, denn er hatte den Mund voll.

Elsbeth ließ das Stativ fallen – sie hatte vergessen, dass sie es in der Hand hielt. Die Frau mit dem Afro schaute herüber. Auch sie trug eine Maske: einen Vogelschnabel mit silbernen Pailletten. »Wer zum Teufel bist du?«, fragte sie.

»Wer zum Teufel bist denn *du*?«, fragte Elsbeth.

Julian hob den Kopf und blinzelte, denn das Licht aus dem Flur war viel heller als das im Schlafzimmer, das nur von den Farben der wundersamen Uhr kam. »Wer ist das?«, fragte er. »Wer ist denn da?«, und dann: »Oh mein Gott – Charlie? Bist du das?«

»Wer zum Fick ist Charlie?«, fragte die Afro-Frau. Aber Julian ignorierte sie und wollte vom Bett springen. Er kam aber nicht weit, weil die Frau immer noch von hinten mit ihm verbunden war.

»Au!«, schrie er. »Hau ab, verdammt!« Er stieß sich von ihr ab und kletterte aus dem Bett.

»Charlie!«, rief er. »Charlie, warte!«

Aber Elsbeth wartete nicht. Sie wich zurück, bis sie mit den Schultern gegen die Wand stieß, und dann drehte sie sich um und rannte. Sie flüchtete, ohne noch einen Blick in das Apartment zu werfen, das sie so sehr geliebt hatte, durch den Raum, in dem sie die ersten Fotos gemacht hatten und wo Julian ihr gesagt hatte, sie werde

sehr schön werden. Sie stürmte zur Wohnungstür hinaus und die Treppe hinunter. Jeder Atemzug schmerzte in der Kehle, und ihre Lunge brannte. Sie nahm zwei, drei Treppenstufen auf einmal, und Julian rief: »Charlie, warte! Charlie, bitte!«, aber seine Stimme hinter ihr wurde immer schwächer.

Sie fing mit einfachen Sachen an, mit einem Teller Russische Eier, Tomatenhälften mit Krabbensalat, Junes Hüttenkäse mit dem Post-it an der Schüssel, auf dem stand: »Iss nicht alles auf – Elsbeth, du bist gemeint!« Ein Glas Vichyssoise. Sour Cream, direkt aus der Packung. Dann weiter zum Käsefach: Brie, Jarlsberg, Gruyère, Roquefort. Sie wickelte große Stücke davon in Prosciutto und Roastbeef und stopfte sie in den Mund. Sie tauchte Peters Knoblauchgurken in Thousand-Island-Dressing und Mayonnaise. Sie schlang eine ganze Platte Profiteroles hinunter und trank die dazugehörige Schokoladensoße einfach aus, und sie drückte sich Weintrauben mit der Faust in den Mund. Als sie hinten im Kühlschrank angekommen war, verschlang sie das Essen, das für Peter gedacht war, das er aber nicht aß: fettfreien Cream Cheese, Sojawurst, herzgesundes Brot mit Margarine. Dann wandte sie sich dem Tiefkühlschrank zu: Häagen Dazs mit Mokka, Vanille und Rum-Rosinen, Eis-Lollis, Orangensorbet. Gefrorene Limonade und Traubensaft aus der Dose. Sie aß sogar einen halb geöffneten Karton Ego-Waffeln mit Eiskristallen in den eingedellten Vierecken – und dann stürmte sie in die Toilette neben der Küche.

Sie rammte sich die drei mittleren Finger in den Mund, zitternd und weinend. Im Bus von der City nach Hause hatte sie die ganze Zeit geschluchzt. Sie hatte versucht, das Gesicht hinter dem Kragen ihrer Jeansjacke zu ver-

bergen, damit man es nicht sah. Zum Glück waren nur wenige andere Fahrgäste im Bus gewesen, zwei Hexen, ein Teufel und der Marshmallow Man; sie waren alle betrunken, und niemanden hatte es interessiert. »Hey, kleine Miezekatze«, hatte der Marshmallow Man gesagt, als Elsbeth an ihrer Haltestelle durch den Gang stolperte, »möchtest du ein bisschen spielen?« Aber Elsbeth hatte nur »Verpiss dich!« gesagt und war aus dem Bus gesprungen. Ihr einziger Gedanke war, nach Hause zu kommen und zu tun, was sie jetzt tat. Sie hatte gedacht, es würde Erleichterung bieten, aber das tat es nicht.

Es gelang ihr, das Eis zu erbrechen – das war leicht. Der Rest blieb unten. Elsbeth schob sich die Hand bis an die Fingerknöchel in den Rachen und sabberte; in den letzten zwei Monaten war es immer schwerer geworden. Der Würgreflex gewöhnte sich an die Prozedur, und ihre Kehle war so weit wie der Lincoln Tunnel. Sie würgte etwas herauf, das wahrscheinlich einmal ein Profiterole gewesen war, vielleicht auch eine Waffel, aber ein Klumpen Teig setzte sich brennend in ihrer Speiseröhre fest. Nicht zum ersten Mal fragte Elsbeth sich, ob sie dabei ersticken oder einen Schlaganfall bekommen konnte. Sie drückte fester und würgte. Lichtpunkte tanzten vor ihren Augen.

Dann hämmerte jemand an die Badezimmertür, und ihre Mutter rief: »Elsbeth?«

Elsbeth erstarrte mit der Faust im Mund. Was machte June denn zu Hause? Wieso war sie nicht mit dem Motherfucker unterwegs?

»Ich kann dich hören«, rief June. »Ich weiß, was du da machst.« Elsbeth fluchte leise. Sie hatte vergessen, die Wasserhähne aufzudrehen, um die Geräusche zu übertönen. Wenigstens hatte sie daran gedacht, die Tür abzuschließen.

»Geh weg«, rief sie, aber das Essen steckte ihr in der Kehle. Sie hustete. »Mir ist schlecht!«

»Dir ist nicht schlecht, du kotzt nur.« June rüttelte am Türknauf. »Elsbeth Rashkin, du kommst jetzt sofort da raus!«

»Nein«, sagte Elsbeth.

»Du brauchst Hilfe. Ich kann dir helfen. Wenn du die Tür nicht aufmachst…«

»Verpiss dich!«, schrie Elsbeth, aber es tat ihr in der wunden Kehle weh

Es war einen Moment still. Dann sagte June: »Ich hole deinen Vater.«

Viel Glück, dachte Elsbeth. Sie betätigte die Spülung, richtete sich auf und wusch sich die Hände. Wütend starrte sie sich im Spiegel an: Ihre Augen tränten, sie hatte blutrote Ringe um die Augenhöhlen, und Kotze hing wie ein Bart vom Mund auf das Kinn. Sie trug immer noch die blöden Katzenohren. Jetzt riss sie sie herunter und schleuderte sie in die Ecke. »Ihr verpisst euch auch«, sagte sie und kniete sich wieder vor die Kloschüssel.

Sie hatte die Trauben oder wenigstens die Schalen hochgewürgt, als sie ihren Dad rufen hörte. »Ellie! Was ist da los? Deine Mutter sagt, du übergibst dich?«

Oh mein Gott, dachte Elsbeth. »Mir fehlt nichts, Dad. Geh wieder ins Bett.«

»Sie sagt, ihr fehlt nichts«, berichtete Peter, und June sagte: »Ihr fehlt sehr wohl etwas, Peter. Ich sage doch, sie hat sich in der Küche vollgestopft, und jetzt erbricht sie alles wieder. Als Fotomodell habe ich so was jeden Tag gesehen.« Sie hämmerte wieder an die Tür. »Elsbeth! Komm da raus, sofort!«

»Nein«, sagte Elsbeth, und Peter sagte: »Warum sollte sie so etwas denn tun?«

»Weil sie findet, sie ist fett«, sagte June. »Oder um irgendeinen dämlichen Bengel wie den Kellner im Club zu beeindrucken. Wer weiß?«

»Aber sie ist doch gar nicht fett«, sagte Peter. »Wenn überhaupt, ist sie zu dünn.«

»Ja, jetzt«, sagte June. »Mir ist schon aufgefallen, dass sie in letzter Zeit stark abgenommen hat, und jetzt wissen wir, warum. Elsbeth!«

»Ellie«, sagte ihr Dad, »ist das wahr? Was deine Mutter da sagt?« Elsbeth schlug den Klodeckel zu, und heiße Tränen liefen ihr aus den Augen. »Ellie, bitte. Mach die Tür auf. Wir möchten dir doch nur helfen.«

»Ja, Schatz, wir gehen mit dir zum Arzt«, sagte June. »Oder zu einem Zentrum für Essstörungen. Es gibt gute Einrichtungen für so etwas ...«

»Du meinst doch wohl kein Sanatorium«, sagte Peter.

»Nein, ich meine ein Behandlungszentrum, wie ich gesagt habe«, erwiderte June.

»So etwas wie ein Krankenhaus? Aber sie ist doch nicht krank, June.«

»Doch, Pete, sie ist krank im Kopf, und du willst es nicht sehen, weil du sie krank gemacht hast.«

»Ich? Ich habe sie krank gemacht? Wie kannst du so etwas sagen?«

»Weil es stimmt. Ihr ganzes Leben lang ging deine Beziehung zu ihr nur übers Essen. Dein kleiner *commis* – du hast sie gestopft wie eine Gans ...«

»Und du, du musst gerade reden. Du bist doch diejenige, die ihr immer gesagt hat, sie wiegt zu viel. Kein Tag ist vergangen, ohne dass du einen Kommentar zu ihrem Gewicht abgegeben hast. Sie soll ihren Teller nicht so vollmachen. Sie soll keine zweite Portion nehmen. Ich habe dich immer gehört, June. Du hast ihr einen Komplex verpasst!«

»Okay, Pete, wie du meinst. Ich habe nur versucht, ihr zu helfen – aber nichts von alldem bringt sie jetzt da heraus. Ich rufe die Polizei.«

»Und was willst du denen sagen? Unsere Tochter übergibt sich?« Peter schlug an die Tür. »Elsbeth Rashkin, du kommst jetzt auf der Stelle heraus. Oder ich breche dir Tür auf.«

»Viel Spaß«, sagte June. »Das ist massives Ahornholz.«

»Tritt zurück«, sagte Peter. Man hörte Gescharre, Elsbeth vergrub den Kopf in den Armen und schluchzte, und dann sagte ihr Dad: »Drei ... zwei ...« Die Tür erbebte im Rahmen. »Verdammt«, sagte er.

»Was für eine Überraschung«, sagte June.

»Vermutlich hast du eine bessere Idee?«

»Sage ich doch. Ich rufe die Polizei.«

»Und ich sage dir ...«

»Hört auf!«, kreischte Elsbeth. Sie sprang auf, schloss die Tür auf und schrie ihren Eltern ins Gesicht, wie sie es noch nie getan hatte: »Die Tür ist offen, seid ihr jetzt zufrieden? Jetzt haut ab und lasst mich in Ruhe, verdammt!«

Sie sprang zurück in den kleinen Raum und rutschte an der Wand herunter. Ihre Eltern schauten zu ihr herein, starr und entsetzt. Elsbeth ließ das Gesicht auf die Knie sinken. Sie hörte, wie ihr Dad hereinkam; seine Kniegelenke knackten, als er vor ihr in die Hocke ging.

»Ellie. Ellie«, sagte er, »das Schlimmste ist doch jetzt vorbei. Du hast die Tür aufgemacht. Das ist mein tapferes Mädchen. Jetzt können wir dir helfen.«

»Du verstehst nicht«, schluchzte Elsbeth. »Es ist alles aus. Alles ist ruiniert.«

»Das klingt ziemlich dramatisch«, sagte June von der Tür her, und Elsbeth schrie sie an: »Was weißt denn du? Und warum trägst du dieses *dämliche* Zeug?« June hatte

auch ein Katzenkostüm an, allerdings war sie eine sexy Tigerin.

»Büroparty«, sagte June. »Und pass auf, wie du redest, junge Dame.«

»Schön«, sagte Elsbeth, »von mir aus, macht mit mir, was ihr wollt, mein Leben ist sowieso vorbei. Ich werde ihn nie wiedersehen, niemals.« Sie schlug die Hände vors Gesicht und heulte auf.

»Wen denn, Ellie?« Ihr Dad hockte vor ihr auf dem Badezimmerteppich in seiner Khakihose und dem Buttondown-Hemd. »Geht es um einen jungen Mann? In den du dich verguckt hast?«, und June sagte: »Siehst du, ich wusste, es ist wegen eines Jungen.«

»Es ist *nicht* wegen eines Jungen, *Mutter*«, heulte Elsbeth. »Es ist wegen Julian, Julian Wilton. Ich war monatelang sein Modell. So, jetzt wisst ihr es!«

»Julian?« Peter war immer noch verwirrt, aber Elsbeth sah am Gesicht ihrer Mutter, das unter dem aufgemalten Katzenschnurrbart plötzlich bestürzt aussah, dass June genau wusste, wen sie meinte.

»Oh Gott«, stöhnte June. »Bitte sag mir, dass wir nicht von demselben Menschen sprechen.«

»Kann mir bitte jemand erklären, was hier los ist?«, fragte Peter, und June sagte: »Der Kerl von der Party, Pete, bei Sol und Ruth, erinnerst du dich? Der Fotograf, oder der Pornograf, je nachdem, wie man es sieht – der nackte Kinder fotografiert.«

»Der …« Plötzlich packte Peter Elsbeths Kinn.

»Sieh mich an, Elsbeth«, sagte er. »Ist das wahr?«

Elsbeth wurde plötzlich und entsetzlich bewusst, wie sie riechen musste. Sie wollte sich losreißen, aber Peters Griff war kräftig. Sie starrte ihn trotzig an. Zwei lodernde grünblaue Blicke bohrten sich ineinander.

»Hat er dich angefasst?«, fragte Peter.

»Lass mich los«, brachte Elsbeth hervor. Peter ließ die Hand sinken, und sie rieb sich das Kinn.

»Hat er dich angefasst?«, wiederholte Peter. »Antworte auf der Stelle!«

»Nein, Dad, so war es nicht!«, sagte Elsbeth. »Es war total platonisch. Eine künstlerische Zusammenarbeit. Ich war seine Muse …«

»Nackt. Er hat dich nackt fotografiert.«

»Ja, gut, aber das ist es, was er tut. Er ist ein Genie, schon vergessen? Sogar in der *New York Times* hat gestanden – *Dad*? Wo willst du hin?«

Peter war aufgesprungen und stürmte hinaus. »Dieser Mistkerl!«

»Pete«, rief June, »beruhige dich. Lass uns darüber reden. Pete!« Peter wühlte in den Schlüsseln am Brett neben der Hintertür. Ein paar fielen herunter und landeten klingelnd auf dem Boden. »Wo willst du hin?«

»Wohin wohl?« Peter schnappte sich den Volvo-Schlüssel. »Dieser Drecksack Wilton hat unsere Tochter angefasst.«

»Dad, nein, das hat er nicht«, sagte Elsbeth. Sie stand bei June, die ihr einen Arm um die Taille gelegt hatte. Zusammen sahen sie Peter nach, als er die Hintertreppe hinunterstürmte.

»Tu das nicht, Pete«, rief June. »Es wird dir leidtun.« Sie ging zur Tür. »Nimm wenigstens deine Nitro-Kapseln mit!«

## Sonderbericht in der ***Village Voice,***
## 1. November 1985

In der scheinbar endlosen Kontroverse um den Fotokünstler Julian Wilton verwandelte sich die für gestern Abend geplante Vernissage der neuesten Wilton-Ausstellung mit dem Titel *schamlos* in der Galerie Hazaan in SoHo in eine Art Kneipenschlägerei an Halloween.

Kostümierte Gäste, Hors d'Œuvres und Champagner hatten eben angefangen, die Runde zu machen, als die Besichtigung Wiltons neuester Serie, Porträts eines überschwänglich unbeholfenen Teenagers, anonym und Wiltons Tradition entsprechend unbekleidet, durch den Vater des Modells gestört wurde.

Der Gastronom Peter Rashkin, vor seinem Ruhestand Eigentümer des ehemaligen Kultrestaurants Masha's an der Upper East Side und später des Claremont in Glenwood, New Jersey, legte einen Auftritt hin, der den des Künstlers an Dramatik noch übertraf, als er hereinstürmte und den Galeristen Mr. Alfred Hazaan aufforderte, ihm sofort zu zeigen, wer Mr. Wilton sei.

Üblicherweise ist Wilton bei den Vernissagen gar nicht anwesend. Bekannt für seine Zurückgezogenheit, war Wilton praktisch unsichtbar, seit das FBI im vergangenen Sommer seine immer noch nicht abgeschlossenen Ermittlungen aufnahm, die sich mit der Frage beschäftigen, ob Mr. Wiltons Kunst Kinderpornografie ist.

Das Glück jedoch war auf der Seite des Publikums, das neben der Kunst eine melodramatische Einlage

immer schätzt, denn Hazaan hatte 1982 Wiltons erste Ausstellung in Manhattan ermöglicht, und deshalb war Wilton zu Ehren ihrer Freundschaft auf der Vernissage erschienen.

Rashkin marschierte schnurstracks hinein und schrie »Wilton, du Drecksau!«, erzählt Dell Smith, Kunstkritiker der *Jersey City Tribune*. »Er kam schon schreiend zur Tür herein.«

Rashkin, empört über die anderthalb mal zwei Meter großen Nacktporträts seiner minderjährigen Tochter an den Wänden, stürmte auf den Fotografen zu und schlug ihm mit der Faust ins Gesicht.

»Einen Moment lang herrschte Chaos«, berichtet Bernadette Lee von der Galerie Lee & Childs in SoHo. »[Julian] wusste gar nicht, wie ihm geschah. Er lag nur auf dem Boden und riss die Augen auf. Rashkin dagegen rannte wie ein Irrer um ihn herum, trat auf ihn ein und schrie: ›Steh auf, du mieser Kinderschänder, damit ich dir noch eine verpassen kann!‹«

Als der ehemalige Gastronom sich dann an die Brust griff und um medizinische Hilfe bat, fürchteten die Zuschauer um Mr. Rashkin selbst.

»Ich weiß nicht, wer schlimmer aussah«, erzählt Whitney Scharer von *ArtNow! Magazine*. »Es war ein Unentschieden zwischen Julian und dem Vater.«

Hazaan hatte bei Rashkins erstem Schlag die Polizei gerufen, und Rashkin und Wilton wurden von Polizisten und Rettungssanitätern in die Notaufnahme des St. Vincent's Hospital gebracht.

»Es war ein absolutes Debakel«, stellt Hazaan fest. »Julians Arbeiten waren innerhalb von Minuten restlos ausverkauft. Nach dem lächerlichen Pornografievorwurf

waren die Erlöse bereits im Sommer stark gestiegen. Aber jetzt sind sie durch die Decke gegangen.

Das war unsere bislang beste Ausstellungseröffnung«, fügt er hinzu. »Von der Qualität als Halloween-Gala ganz zu schweigen.«

Wiltons Anwalt, Gene Rubin von Rubin & Homonoff, Esq., erklärt: »Mein Mandant hat nichts Falsches getan. Er hat Rashkins Tochter niemals angerührt. Er war im Besitz von unterschriebenen Freigabeformularen, als er sie fotografierte. Rashkin hat Julian Wilton grundlos attackiert, schlicht und einfach.«

Als man ihm die Freigabeformulare vorlegte, erklärte Rashkin, er habe sie nie gesehen. Auf Befragen durch die Kindesmissbrauchseinheit des NYPD gestand Rashkins Tochter, das 16-jährige Fotomodell, die Unterschriften ihrer Eltern auf den Formularen gefälscht zu haben, um für Wilton Modell stehen zu können. Zum wiederholten Mal bestand sie darauf, Wilton habe sie niemals angerührt.

»Sie betrachtete es als eine Ehre, von ihm fotografiert zu werden«, sagt Rubin. »Seine Kunst hat sie unsterblich gemacht.«

Gegen Wilton, der zurzeit nicht erreichbar ist, laufen immer noch Ermittlungen der Grand Jury. Zahlreiche Kunstvereinigungen in New York und im ganzen Land haben sich Wilton zum widerstrebenden Posterboy für die Freiheit des künstlerischen Ausdrucks gemacht. Die verbliebenen Fotos der Serie *schamlos* erzielen zurzeit Preise von mehr als 50000 $ pro Stück.

# 17

# ED

Die Klinik für Essstörungen lag in Berkshire – *Eating Disorders:* Die Mädchen nannten sie ED, wobei ihre Stimmen wie tiefe, dumpfe Nebelhörner klangen, als wäre es der Name eines besonders begriffsstutzigen Jungen. Sie war umgeben von Wald und umringt von Bergen, und selbst wenn man weglief, konnte man nirgendshin. Die Mädchen durften sowieso nicht oft hinaus, denn körperliches Training war verboten; einmal in der Woche unternahm man mit ihnen eine beaufsichtigte Wanderung durch die Natur – wie in der dritten Klasse, fand Elsbeth, als tappten sie durch den Wald, um Bilder von Backenhörnchen zu malen. Die meiste Zeit verbrachten sie im Haus, aber nicht im Empfangsbereich, wo es hübsche Sofas gab und einen Fernseher, um den Besuchern vorzugaukeln, dies sei eine normale Einrichtung, sondern in der Gruppen-, Familien- oder Einzeltherapie im hinteren Bereich, einem Labyrinth aus Räumlichkeiten mit Industrieteppichboden, bruchsicheren Fenstern, Doppelbetten und ohne einen einzigen Spiegel.

Heute, am 6. Januar 1986, beging Elsbeth ihren zweiten ED-Geburtstag: Sie war jetzt seit zwei Monaten hier, hurra! In der Gruppe hatten sie das nicht mit einer Torte gefeiert, denn sie sollten lernen, nicht mit einem Essen zu feiern; alle Mitglieder hatten Elsbeth eine Eigen-

schaft genannt, die sie an ihr mochten. Mit ihrem Aussehen durfte es nichts zu tun haben; wenn ein Mädchen neu in der Gruppe war oder die Regel vergaß und beispielsweise sagte: »Du hast schöne Haare« oder »Hübsche Augen«, dann schrien die Übrigen: »WAH!« Erlaubt war stattdessen zu sagen, Elsbeth sei gescheit, lustig oder entschlusskräftig. Niemand hatte ihre Synästhesie erwähnt, aber das war kein Zufall, denn Elsbeth hatte selbst nicht mehr daran gedacht. Die Fähigkeit schien sie verlassen zu haben, sie war von ihr abgefallen wie ihr Körpergewicht. Das war traurig, als hätte sie ein Lieblingstier verloren. »Möchtest du Elsbeth etwas sagen, Tiffani?«, hatte Dr. Linda ihre nagelneue Zimmergenossin gefragt, die gerade einen Tag zuvor frisch von der Infusion aus dem Krankenhaustrakt herübergekommen war und so anämisch war, dass sie bleich wie ein Fingernagelhalbmond aussah. Tiffani hatte sich die gesplissten Haarspitzen abgeschnitten; ihr Haar war einer der wenigen Teile ihres Körpers, die sie unter Kontrolle halten durften. Nach kurzem Nachdenken sagte sie: »Sie schnarcht nicht?«

Nach dieser ziemlich glanzlosen Veranstaltung entließ man sie in die fälschlicherweise sogenannte Stunde »Freizeit«. Passender wäre »Big Brother Time«, dachte Elsbeth, denn es hingen Kameras in jedem Zimmer, einschließlich der Bäder. Aber sie hatte nichts dagegen, sich selbst überlassen zu werden, denn das war die Zeit, in der sie an Julian schrieb. Natürlich keine Briefe, denn die würde man konfiszieren und lesen, bevor sie zur Tür hinausgehen durften – für den Fall, dass sie Bitten an Familienmitglieder um Lebensmittel, Diätpillen oder Abführmittel enthielten. An Julian schrieb Elsbeth in ihrem Tagebuch, das sie mit etwas Glück eines Tages persönlich

mit ihm würde teilen können, wenn sie aus dieser entsetzlichen Anstalt entkommen wäre.

So schrieb sie vor sich hin, als eine der Schwestern in ihre Tür klopfte und sagte: »Elsbeth, du hast Besuch.« Elsbeth sprang auf, stopfte das Tagebuch in ihren Kissenbezug und folgte der Schwester über den Flur. Die Schwester lächelte, als gäbe es gute Nachrichten, aber Elsbeth war nervös. Sie bezweifelte, dass es ihr Vater oder ihre Mutter war, nicht nach der katastrophalen Familiensitzung, die sie gestern gehabt hatten, die aber besser gewesen war als die erste, hatte Dr. Linda gesagt, bei der Elsbeth sich geweigert hatte, überhaupt etwas zu sagen, sondern stattdessen nur ein inneres Rauschen eingeblendet hatte, das klang wie das Meer in einer Muschel, und zugesehen hatte, wie erst ihre Eltern, dann Dr. Linda den Mund bewegt hatten, bis sie sah, wie June sagte: *Das ist doch sinnlos*, aufstand und in den Korridor hinausrauschte. Drei Sitzungen waren so verlaufen, bis Dr. Linda gestern, als June und Peter hereinkamen und Elsbeth ihr Muschelrauschen einschalten wollte, plötzlich sagte: »Wir haben gute Neuigkeiten, Mom und Dad: Elsbeth hat ihr Zielgewicht von fünfundfünfzig Kilo erreicht.« Elsbeth, die sich beim Hereinkommen sowieso schon wie ein schwabbeliger Kloß vorgekommen war, hatte sie angefaucht: »Das sind nicht *Ihre* Mom und Dad.« – »Wie schön, Elsbeth«, hatte Dr. Linda gesagt, »du sprichst! Möchtest du uns vielleicht noch etwas sagen?« Elsbeth hatte den Kopf geschüttelt. »Also gut«, hatte Dr. Linda gesagt. »Peter, fangen wir mit Ihnen an. Irgendwelche Gedanken über das, was wir letzte Woche diskutiert haben? Wie Ihr Beruf als Koch Elsbeths Verhalten möglicherweise beeinflusst haben könnte?« Und wieder hatte Elsbeth sich nicht beherrschen können und

war herausgeplatzt: »Lassen Sie ihn in Ruhe, es ist nicht seine Schuld, es ist *ihre*!« – »Meine?«, hatte June gerufen. »Was habe ich denn getan? Du solltest mir dankbar sein«, und Elsbeth hatte gesagt: »Wofür? Dass du mir mein Leben lang erzählst, ich wäre zu fett, und mich dann in dieses Verlies hier verfrachtest?«, und June hatte angefangen zu weinen. »Du hast Behandlung gebraucht«, sagte sie, »und wenn wir dich nicht hergebracht hätten, dann wärst du an Unterernährung oder Arrhythmie gestorben wie Karen Carpenter, vergiss das nicht«, und Elsbeth antwortete: »Leck mich doch am Arsch.«

»*Hey!*«, sagten ihre Eltern, und Peter fügte hinzu: »Rede nicht so mit deiner Mutter.« Als June aufstand, um zu gehen, erhob Peter sich ebenfalls. Elbeth hatte das Gefühl, als ob sich in ihrer Brust etwas aufbäumte und um sich schlug, und sie schrie: »Prima, geh mit ihr! Stell dich auf ihre Seite! Das tust du ja immer! Auch wenn sie mit ihrem Chef ins Bett geht. Sie betrügt dich seit Jahren!« Peter und June blieben starr stehen, und Dr. Linda fragte in das schreckliche Schweigen hinein: »June? Peter? Ist das wahr?« June wühlte in ihrer Handtasche und angelte eine Zigarette heraus, obwohl sie in Dr. Lindas Sprechzimmer nicht rauchen durfte. Sie hielt sie in der Hand und antwortete schließlich: »Ja.« – »Es tut mir leid«, sagte Elsbeth. »Es tut mir so leid, Dad. Ich wollte es nicht einfach so sagen, aber es ist wahr. Und du wüsstest es auch, wenn du nicht die halbe Zeit schlafen würdest.« Sie weinte so sehr, dass sie die Worte kaum herausbrachte. »Es tut mir leid«, sagte sie immer wieder, »es tut mir leid.« June war hinausgegangen, und Peter blieb stehen, den Kopf gesenkt, die Fäuste in die Taschen gebohrt. Schließlich sagte Dr. Linda: »Warum tut es dir leid, Elsbeth? Fühlst du dich verantwortlich, wenn es deinem Dad schlecht geht? Oder

für sein Wohlergehen?« – »Natürlich!«, hatte Elsbeth gefaucht. Dr. Linda hatte sich zurückgelehnt. »Ah. Jetzt kommen wir allmählich weiter.«

Insofern zweifelte Elsbeth sehr daran, dass ihr Besuch einer ihrer beiden Elternteile sein würde. June würde nie wieder ein Wort mit ihr sprechen, und Peter – Elsbeth ertrug es kaum, an Peter zu denken. Er hatte sie flüchtig umarmt, bevor er gestern durch den langen Flur davongegangen war, und sie war nicht imstande gewesen, ihn gehen zu sehen. Sie betete zum Himmel, dass er nicht irgendwo auf einer Intensivstation lag. Aber das hätten die Mitarbeiter ihr gesagt. Vielleicht war es Julian! Vielleicht war er wieder aufgetaucht und hatte sie gefunden! Natürlich nicht mithilfe ihrer Eltern, denn im Hause Rashkin war Julian *persona non grata*, und außerdem hatte sein Anwalt eine Fernhalteverfügung gegen Peter erwirkt, nachdem Peter in die Ausstellung geplatzt war und ihn angegriffen hatte. Aber es gab andere Möglichkeiten. Vielleicht hatte Julian einen Privatdetektiv engagiert.

»Bitte sehr.« Die Schwester stieß die Tür zum Besucherzimmer auf, und am Besprechungstisch saß Liza. Elsbeth quiekte, Liza stürzte sich auf sie, und sie stießen zusammen. Elsbeth drehte durch, weil Liza so vertraut roch, nach Mentholzigaretten und einem Plagiat von *Obsession*.

»Yo, yo, yo, yo, Baby Pop«, sagte Liza, als sie sich voneinander gelöst hatten. »Verdammt, es ist gut, dich zu sehen, Elsbeth Olivia Rashkin, in Fleisch und Blut!«

»Zu viel davon«, sagte Elsbeth. »Sag mir die Wahrheit: Bin ich …?« Sie warf einen Blick auf die Kamera in der Ecke und formte mit den Lippen das Wort *fett*!?

»Spinnst du? Nein! Du siehst viel besser aus. Du hast doch allmählich ausgesehen wie Skeletor! Plus, die Farbe steht dir gut. Nicht jede kann dieses Minzgrün tragen.«

»Danke.« Elsbeth schaute an ihrer Klinikkleidung herunter. »Wir dürfen nichts anderes anziehen.« Sie wischte sich über die Augen. »Entschuldige, ich muss jetzt dauernd heulen. Das ist wie eine emotionale Lobotomie hier.«

»Hört sich ein bisschen krass an«, sagte Liza. Sie setzte sich mit gekreuzten Beinen auf den Besprechungstisch. Sie trug ein violettes Sweaterkleid mit Kapuzenkragen über einer schwarzgerippten Strumpfhose, und ihr aschblondes Haar war länger und reichte bis zu den Schultern. Elsbeth wusste nicht, was sie mehr vermisste, unbeobachtet zu essen oder Zivilkleidung zu tragen.

»Dürfen wir hier drin rauchen?« Liza holte eine Zigarette hervor.

»Wohl kaum. Ich würde dir ja was zu essen anbieten, aber – du weißt schon.«

»Yeah.« Liza klemmte sich die Zigarette hinters Ohr und klopfte mit der flachen Hand auf den Tisch. Elsbeth sprang herauf, und Liza drehte sich so, dass sie einander gegenübersaßen.

»Wie ist es denn?«, fragte sie. »Echt jetzt.«

»Es ist die Hölle.«

Liza lachte. »Aber sie lassen dich bald raus, oder? Hetzen dich auf eine ahnungslose Welt.«

»Nicht bald genug«, sagte Elsbeth und fuhr murmelnd fort: »Hast du irgendetwas über mein … Kunstprojekt rausgekriegt?«

Liza schüttelte den Kopf, und ihre schwerterförmigen Ohrringe klingelten. »Deswegen bin ich hier. Ich glaube, das Projekt ist offiziell kaputt. Aus.«

»Bist du an den Locations gewesen?«

»Ja«, sagte Liza. »Vor seinem Atelier hängt immer noch das Absperrband, und es sieht aus, als ob seit Ewigkeiten

keiner da war. Und Uptown – tja, Kid, ich sag's dir ungern, aber da wohnt eine Frau.«

»Eine Frau!«, wiederholte Elsbeth.

»Ja, aber jetzt mach dir keinen Knoten ins Hemd. Nicht mit ihm zusammen. Er ist nicht da. Auf seinem Briefkasten klebt ihr Name auf einem Klebstreifen. Wahrscheinlich hat er untervermietet.«

Elsbeth dachte an eine Frau, die in Julians Loft wohnte, und wollte sie ermorden, wer immer sie sein mochte. Hoffentlich war sie mindestens achtzig, trug eine graue Perücke und zog einen Einkaufsroller hinter sich her. Und hatte tausend Katzen.

»Was ist mit den Zeitungen? Oder seinem Manager? Seinem Anwalt? Irgendjemandem?«

»In den Zeitungen steht nichts Neues. Sein Manager hat einfach aufgelegt, als ich angerufen habe – der Typ ist echt verhaltensgestört –, und sein Anwalt sagt immer nur, er kann keinen Kommentar abgeben, solange der Fall noch nicht abgeschlossen ist.«

Elsbeth seufzte. »Okay. Danke, dass du es versucht hast.«

»*Pas de problème.*«

»Suchst du weiter für mich? Bis ich rauskomme?«

»Natürlich.« Liza drückte Elsbeths Knie.

»Danke«, sagte Elsbeth. »Und was läuft sonst so?«

Liza sprang vom Tisch. »Komm mit, ich zeig's dir!«, sagte sie. »Moment, darfst du denn das Zimmer hier verlassen?« Sie schaute die schwarze Kamera in der Ecke an. »Darf Elsbeth rauskommen zum Spielen?«, schrie sie.

»Hör auf«, sagte Elsbeth, aber sie lachte. »Ja, ich kann mich frei bewegen, innerhalb des Gulag. Ich darf nur nicht am Empfang vorbei.«

»Dann komm.« Liza zog sie aus dem Zimmer und den Gang entlang.

An der Tür zum Empfangsbereich blieben sie stehen und schauten durch das Fenster hinaus zu einem Mann, der auf einem der Sofas saß. »Da ist er«, sagte Liza. »*Mon amour*, Ron!«

»Was?«, sagte Elsbeth.

»Yep«, sagte Liza, »das ist es, Kid. Ich bin verliiiiebt.« Sie endete mit ihrem speziellen Gurgeln.

»Wow«, sagte Elsbeth. Der Mann hatte lockig braunes Haar und trug Jeans und eine Bomberjacke. Er wirkte kein bisschen bemerkenswert, aber …

»Ist er nicht irgendwie … alt?«

»Achtunddreißig«, sagte Liza fröhlich. »Geschieden. Hat einen Haufen Eigentumswohnungen unten am Shore. Ich habe ihn an Halloween im Limelight kennengelernt – als ich als meine Mom verkleidet war, erinnerst du dich? Ist das nicht der Hammer?«

»Kann man wohl sagen«, antwortete Elsbeth.

Liza klopfte mit einem langen roten Fingernagel ans Fenster, und Ron blickte auf. »Ist er nicht zum Sterben?«, fragte sie. »Einfach zum Hinschmelzen?« Sie stieß die Tür auf und hüpfte hinaus. »Ron, sag meiner besten Freundin Guten Tag.« Sie drückte ihm einen schmatzenden Kuss auf die Wange.

Ron winkte. »Hi, beste Freundin«, sagte er mit leicht näselnder Stimme.

»Wir müssen die Biege machen«, sagte Liza. »Ist ein weiter Weg, und Ron hat morgen die Kinder. Nicht wahr, Schatz?«

»Bye, beste Freundin!«, rief Ron, und sie gingen eng umschlungen zur Tür wie Teilnehmer an einem Sackhüpfen. Liza drehte sich noch einmal um, zeigte auf Rons

Hinterkopf und formte mit dem Mund die Worte: *Er ist der Richtige!* *»Later, Alligator!«*, rief sie, und dann waren sie weg.

Als die Tür sich keuchend hinter ihnen geschlossen hatte, ließ sich Elsbeth rückwärts an die Wand sinken. Sie bedauerte sich mehr denn je. Was gab es da draußen noch für sie? Ihre Mom hasste sie, ihren Dad hatte sie vernichtet. Liza würde wahrscheinlich diesen greisen Trottel heiraten, sobald sie das College hinter sich hätte, Verys Eltern schickten sie auf ein Internatscollege, und Julian war weg. Elsbeth würde niemanden mehr haben. Wieder sah sie die Szene vor sich, in der sie Julian zuletzt gesehen hatte, als sie rückwärts vor seiner Schlafzimmertür zurückwich: *Warte, Charlie, warte, bitte!* Er war ihr nachgelaufen, und sie war weggerannt. Sie war so dumm gewesen! Sie hätte dableiben, hätte sich einfangen lassen sollen. Er hätte sie überredet zurückzukommen, hätte diese anderen Leute aus seinem Apartment gejagt und sich angezogen. Wäre mit ihr in den Deli gegangen und hätte ihr alles erklärt. Sie war ein Idiot gewesen. Natürlich hatten ihm diese Leute nichts bedeutet. Es war nur Sex, und alle Welt wusste, dass Genies manches ein bisschen anders machten. Aber ihm hatte etwas an ihr gelegen, wirklich. *Es gibt nicht viele von uns Synästhetikern, Charlie. Wir sind zwei vom gleichen Schlag*. Elsbeth hätte alles dafür gegeben, diesen Augenblick in Julians Flur noch einmal zurückzuholen.

Dr. Linda streckte den Kopf zur Tür heraus und sah sich um. »Da bist du ja, Elsbeth«, sagte sie. »Kommst du zur Gruppe?«

»Ja, ich bin gleich da.« Elsbeth wartete, bis Dr. Linda verschwunden war, und ging dann in die Cafeteria – auch so eine falsche Bezeichnung, denn man bekam hier nichts

außerhalb der Mahlzeiten. Aber dann aßen sie hier, dreimal täglich, mit Messer, Gabel und Löffel, nicht mit den Fingern, richtige Bissen, nicht winzige Bröckchen. Es war nicht erlaubt, sich mit dem Essen zu beschäftigen, sein Aussehen zu verändern, es klein zu schneiden oder auf dem Teller umherzuschieben oder sonst etwas damit tun. Man durfte es nur in den Mund stecken, kauen und hinunterschlucken. Man musste sitzen bleiben, bis alles auf ihren Tellern, die kalorienreichen, von Kohlenhydraten und Fett triefenden Stampfkartoffeln und Hühnerbrüste und Erbsen und Maiskörner und die Salate mit industriell hergestelltem Dressing – bis das alles verschwunden war.

In der Cafeteria hing auch ein Münztelefon. Sie durften es zwar nur in der Stunde vor dem Schlafengehen benutzen, aber es war ja nicht Elsbeths Schuld, dass niemand sie beaufsichtigte, oder? Sie nahm den Hörer ab, drückte die Zifferntasten und wählte die Nummer von der Visitenkarte, die sie aus Junes Handtasche geklaut hatte.

Am anderen Ende klingelte Julians Telefon. Es klingelte und klingelte und klingelte. Und klingelte. *Wenn Sie ein Gespräch führen möchten, legen Sie bitte auf und versuchen Sie es noch einmal.* Elsbeth tat es. »Du weißt, es geht eigentlich nicht um Julian, nicht wahr?«, hatte Dr. Linda ein paar Tage zuvor freundlich zu ihr gesagt und sie mit ihren großen blauen Augen angeschaut. Sie war hübsch, diese Dr. Linda mit ihrem runden Puppengesicht, abgesehen von dem Ersatzreifen um ihre Taille. Wollte sie den nicht mal loswerden? »Ich weiß, deine Gefühle für Julian sind sehr stark, aber sie sind das, was wir als Übertragung bezeichnen. Erkennst du allmählich, dass sie in Wirklichkeit etwas mit deiner Mom zu

tun haben, mit der Liebe, die sie dir deiner Meinung nach niemals gegeben hat, und mit deinem Dad und der Liebe, die du ihm zu geben versucht hast? Mit seiner Trauer und mit deinen Halbschwestern, die im Lager gestorben sind?« Elsbeth hatte genickt und gesagt, ja, das erkenne sie jetzt, aber sie hatte es nur gesagt, damit Dr. Linda ihr einen guten Bericht schrieb und Elsbeth aus diesem Höllenloch entkommen ließ. Insgeheim fand sie, dass es das Dümmste war, was sie je gehört hatte. Natürlich ging es bei ihrer Liebe zu Julian nicht um June oder Peter oder Masha und Vivian und Ginger oder Präsident Reagan oder sonst jemanden. Es ging um Julian. Oh Julian! Er war der Einzige, der sie verstanden hatte, der sie wirklich gesehen hatte und war wie sie. Elsbeth hatte ihn auf den ersten Blick geliebt, und sie würde es immer tun, sie würde Julian lieben bis zum Tag ihres Todes.

# EPILOG

## PETER, APRIL 1986

Als Peter in den Garten hinter dem Haus in Glenwood hinaustrat, saß Elsbeth auf der Schaukel. Das alte Metallgerüst hatte er selbst für sie zusammengebaut, als sie vier war. Die Bauanleitung war etwas weniger kompliziert gewesen als für eine Atombombe, weshalb er für diese Mission ein ganzes Wochenende und eine Menge Flüche gebraucht hatte. Peter war noch nie gut darin gewesen, sich an Rezepte zu halten – seine Gerichte bereitete er instinktiv zu, nicht mit der Briefwaage –, und alles Mechanische war ihm ein Buch mit sieben Siegeln. Die Schaukel stellte daher einen Triumph der Entschlossenheit über die Fähigkeit dar, sie war die physische Manifestation seiner großen Liebe zu seiner Tochter. Insgeheim hatte er immer befürchtet, die Spielgeräte könnten zusammenbrechen, die eine Schraube, die er nicht korrekt festgedreht, das eine Dingsda, das er verkehrt herum eingesetzt hatte, könnte nachgeben, wenn Elsbeth ganz oben auf der Rutsche war oder auf der Schaukel frei durch die Luft schwebte. Aber irgendwie hatten die Konstruktionen alle gehalten, auch wenn die zuckerstangenbunten Stelzen inzwischen verrostet und die Augen der Karussellpferdchen von unzähligen Jahreszeiten mit Sonne und Regen weiß geworden waren. Elsbeth saß reglos und mit hängendem Kopf auf einer der beiden Schau-

keln in der Mitte. Seit Jahren hatte sie nicht mehr auf dem Ding gesessen.

Peter ging über den Rasen hinweg auf sie zu. Es war April, kurz vor Ostern, und der Boden schmatzte unter seinen Sohlen. Der Garten in Glenwood erwachte nach dem Winter und schickte sich an, sich in seiner bezaubserndsten Form zu zeigen: Die Knospen an den großen Eichen, die noch geschlossen waren, würden aufplatzen, und die Blumen im Feenkreis aus Elsbeths Kindheit, einem geheimnisvollen Ring am Bach, würden zu kleinen weißen Sternen werden. Die Forsythienhecke wurde eben gelb, und an der Trauerweide sprossen winzige Blätter. Das Gras wurde grün, und die Luft roch nach Schlamm und dem schmelzenden Eis im Bach. Peter musste seine Archie-Bunker-Jacke tragen, wie June sie nannte, eine Jacke aus schwerem karierten Flanell, denn die Wärme der Sonne war eher eine optimistische Vorstellung, als dass sie wirklich schon wärmte. Aber sie würde stärker werden.

Elsbeth schaute auf, als Peter herankam. Sie winkte ihm kurz zu, aber sie lächelte nicht; sie schaute wieder auf ihre Füße in den blauen Basketballschuhen auf dem Boden unter der Schaukel. Die Schuhe waren übersät mit mysteriösen Worten und Zeichnungen, die Elsbeth und ihre Freundinnen im Zentrum für Essstörungen an ihrem letzten Tag darauf gekritzelt hatten. June hatte es Peter erzählt, und sie hatte es von der Therapeutin dort erfahren. Elsbeth selbst hatte überhaupt nicht viel gesprochen, seit sie sie Anfang des Monats dort abgeholt hatten. Sie war respektvoll und höflich, aber still, sie aß ihr Essen in abgemessenen Mengen dreimal täglich mit ihren Eltern am Tisch und mit Messer und Gabel, und die Tür zu ihrem Zimmer und zum Bad war immer offen.

Sie war stabil, hatte ihre Therapeutin gesagt, und sie sah nicht mehr aus wie ein Flüchtling aus dem Lager. Für alle Welt sah sie aus wie ein normales Mädchen. Aber Peter würde sich niemals verzeihen, dass er es nicht gesehen hatte. Wie Elsbeth immer dünner geworden war. Wie ihr Make-up immer dunkler, ihre Nägel immer länger, ihre Röcke immer kürzer und ihre Absätze immer höher geworden waren. Die ganze Zeit hatte sie sich dahinschmelzen lassen, seine Ellie, nur um für diesen Dreckskerl zu posieren, diesen seelenlosen, räuberischen Schwanzlutscher Wilton – er sollte in der Hölle schmoren. »Sie müssen sich verzeihen«, hatte Elsbeths Therapeutin zu ihm gesagt, »und zwar alles: das, was hier passiert ist, und auch das, was aus Ihrer ersten Frau und Ihren Töchtern geworden ist. Denn es tut Elsbeth weh, verstehen Sie? Sie spürt Ihren Schmerz und verinnerlicht ihn. Indem Sie sich selbst verzeihen, helfen Sie ihr.« Peter hatte genickt und gesagt, er wolle es versuchen, aber er glaubte nicht, dass er dazu in der Lage sein würde.

»Hey, Dad«, sagte Elsbeth, als er bei der Schaukel stehen blieb. Sie schaute ihn an, wiederum ohne zu lächeln, und er sah, wie hohlwangig sie in ihrer Haarwolke immer noch war.

»Hi, Ellie«, sagte er und blieb mit den Händen in den Taschen stehen. Er wusste nicht genau, wie er mit ihr umgehen sollte, er hatte ein bisschen Angst vor ihr oder davor, das Falsche zu sagen oder zu tun, irgendetwas, das die ganze Sache wieder in Gang bringen könnte – bei seiner Ellie! Es brach ihm das Herz.

»Darf ich mich zu dir setzen?«, fragte er.

»Natürlich«, sagte sie, und Peter setzte sich auf die Schaukel neben ihr. Der rote Plastiksitz war für ein Kind gedacht und nicht groß genug für ihn; die Ketten wölb-

ten sich komisch um seine Hüften nach außen, und es knackte bedrohlich. Elsbeth lachte.

»Keine Angst«, sagte sie, »meine hat das auch gemacht. Zuerst dachte ich, das ist, weil ich, du weißt schon, fett bin. Aber Dr. Linda hat gesagt, das ist ein falscher Glaube.«

»Ja«, sagte Peter. »Du bist in Ordnung so, wie du bist.« Sie hatten ihm aufgetragen, das zu sagen, aber es war auch die Wahrheit. Wusste Elsbeth das nicht? Wie konnte sie es nicht wissen? Sie konnte fünfzig Kilo oder zweihundert wiegen, er würde sie immer lieben.

»Aber es ist, weil der Sitz zu klein für mich ist«, fuhr Elsbeth fort. »Er ist für ein kleines Kind gemacht, und das bin ich nicht mehr.«

»Nein«, pflichtete Peter ihr bei, »das bist du nicht mehr.«

Er lächelte sie an, wie sie da in der Sonne saß in Jeansjacke und -hose, nicht warm genug angezogen für den Tag, das grässliche Make-up abgeschminkt, die Nägel sauber und kurz geschnitten. Die einzige Spur ihres Ausflugs in frühzeitiges Frauenalter waren die großen Ohrringe. Peter hätte ihr gern die hellbraunen Locken hinter die Ohren gestrichen, aber er wagte es nicht. Woher kam es nur, ihr Haar? Es musste jemand auf Junes Seite der Familie sein, dessen Merkmale wiederauftauchten. Woher kam Ellie selbst? Sie war ein Segen, das Geschenk eines Gottes, an den Peter nicht glaubte, nach Junes Fehlgeburt eine Überraschung, auf die er nicht vorbereitet gewesen war. Er hatte geglaubt, nach seinen Töchtern und dem verlorenen Baby werde es nie wieder eins geben, es sei ihm bestimmt, kinderlos zu bleiben, und genau so sollte es auch sein. Und dann war Ellie gekommen, mit rotem Gesicht ihrer Mutter entrissen und vor

Empörung schreiend, eine Person für sich, die Peter so vollständig und restlos zum Schmelzen gebracht hatte wie Butter in der Pfanne. Ganz und gar hatte er Ellie nie verstanden – sie hatte zu viel von June in sich. Aber dafür war er dankbar. In diesem amerikanischen Kind hatten die Gene der Mutter die ihres Vaters dominiert, und so hatte Elsbeth mehr von der Starrköpfigkeit und Entschlossenheit und Energie ihrer Mutter als von Peters Schüchternheit und Förmlichkeit. Er hatte Angst um sie wie jeder Vater um seine Tochter. Ein Kind zu haben, das bedeutete wirklich, dass Magen und Herz außerhalb des eigenen Körpers unterwegs waren. Aber in Elsbeth war das Beste von ihm und June vereint, und das, dachte er, machte Elsbeth stärker als sie beide zusammen.

Elsbeth drückte die Spitze eines Turnschuhs in die Mulde im Boden unter der Schaukel und stieß sich ab. »Und wie lautet das Urteil?«, fragte sie.

Peter schaute durch den Garten zu der großen Weide hinter der Garage und zu den Forsythien bei der Einfahrt.

»Wir werden das Haus verkaufen«, sagte er. »Deine Mutter, genauer gesagt.«

Elsbeth nickte. »Und?«

»Und«, sagte Peter. Seine Kehle tat so weh, dass er kaum sprechen konnte. »Deine Mutter«, sagte er, »und ich werden uns scheiden lassen. Ihr beide werdet nach Minneapolis ziehen. Da bist du näher bei deiner Großmutter Ida, und deine Mutter hat dort Freunde, die ihr helfen werden, als Immobilienmaklerin Fuß zu fassen.«

»Nein«, sagte Elsbeth.

»Doch, Ellie«, sagte Peter. »Es tut mir leid. Ich weiß, es ist nicht das, was du hören willst.«

»Nein, das ist es wirklich nicht«, sagte sie und fing an

zu weinen. »Warum muss ich weggehen? Warum muss sie wegziehen? Warum muss ich mit ihr gehen? Warum kann ich nicht hier bei dir bleiben?«

»Ellie«, sagte Peter.

»Ich will nicht weg! Ich will nicht mit ihr gehen! Sie hasst mich! Immer schon!«

»Das stimmt nicht«, sagte Peter. »Ich weiß, du und deine Mutter, ihr hattet eure Differenzen, aber sie liebt dich sehr. Und ein Mädchen braucht seine Mutter.«

»Ich mach das nicht«, sagte Elsbeth. Ihr Gesicht war rot vom Weinen. »Ich mach's nicht. Ich laufe weg. Ich fange wieder an, mich zu übergeben.«

»Elsbeth Rashkin«, sagte Peter, »damit löst du kein einziges Problem. Wenn du wegläufst, werden wir dich finden. Wenn du dich wieder krank machst, kommst du zurück in die Klinik. Wir werden auf dich achtgeben, ob es dir gefällt oder nicht. Die Entscheidung ist gefallen. Du musst sie respektieren. Wir sind deine Eltern, und dagegen kannst du nichts tun.«

Elsbeth ließ den Kopf hängen und weinte, und Peter zog ihre Schaukel zu sich heran und legte ihr den Arm um die Schulter. Er schaukelte sie beide hin und her. Ihr Haar roch ungewohnt, erwachsen, nach Parfüm, aber ihr Gesicht lag heiß und nass an seiner Schulter, und das kannte er von hundert Kindheitskränkungen und Tröstungen, von hundert Fläschchen, die er ihr gegeben hatte. Gott sei Dank, ein bisschen von diesem Kind war immer noch in ihr. Er ließ sie schluchzen und lauschte dem Rieseln des Wassers im Bach, dem Quietschen der Schaukel, dem Zwitschern der Vögel.

»Warum, Dad?«, fragte sie schließlich mit erstickter Stimme. »Warum?«

Sie löste sich von ihm und richtete sich auf. Peter zog

sein Taschentuch heraus und gab es ihr, und sie lachte ein bisschen, als sie sich über die Augen wischte.

»Was mache ich nur ohne deine Taschentücher?«, fragte sie.

»Ich schicke dir ein Päckchen davon«, sagte Peter, »und wenn du sie aufgebraucht hast, schicke ich dir neue.«

»Warum muss ich mit ihr gehen?«, fragte Elsbeth. Ihr Gesicht war verquollen, und ihre Augen – Peters Augen, die Augen seiner Mutter, graugrün – waren rot vom Weinen. »Warum kann ich nicht hier bei dir bleiben?«

»Mir wäre nichts lieber, Ellie. Aber wenn das Haus verkauft ist, werde ich vermutlich eine Zeit lang bei Sol und Ruth wohnen, und dann ziehe ich wahrscheinlich zurück in die Stadt.«

»Das ist doch in Ordnung«, sagte Elsbeth. »Ich bin gern in der Stadt.«

»Das ist mir bewusst«, sagte Peter trocken und dachte an die riesigen Abbildungen seiner nackten Tochter in grellem Technicolor, die dutzendweise unter den Scheinwerfern einer Galerie in SoHo hingen. Wie das Wesen aus einem Märchenbuch, ein Zentaur, halb Kind, halb Frau. Es war etwas, das ein Vater niemals dürfte sehen müssen, von anderen Erwachsenen ganz zu schweigen. Peter hatte in die Runde der gut gekleideten, ultrazivilisierten Kunstliebhaber gestarrt, die Wein aus Plastikbechern getrunken und Käsewürfel gegessen und dabei in Kategorien wie »Ausleuchtung«, »Brillanz«, »Sättigung« und »Komposition« über seine nackte Tochter diskutiert hatten, und er hatte sich gewünscht, sie mögen alle augenblicklich und für immer mit Blindheit geschlagen werden.

Elsbeth hatte den Anstand, ein verlegenes Gesicht zu machen.

»Sorry«, murmelte sie. »Aber im Ernst, warum kann ich nicht bei dir bleiben? Ich mag Apartments. Ich brauche nicht viel Platz um mich herum.«

»Willst du mich in meiner Entfaltung hindern?«, sagte Peter. »Ich dachte eigentlich an eine swingende Junggesellenhütte.« Er wackelte mit den Augenbrauen, aber sie starrte ihn finster an.

»Ein schlechter Witz«, sagte er. »Entschuldigung. Aber Ellie, ob du es glaubst oder nicht, du brauchst mehr Platz um dich herum. Ein Haus. Eine gute Schule. Einen neuen Anfang, bei dem du dich auf das konzentrieren kannst, was als Nächstes kommt.« Fast hätte er gesagt: *Ein kulinarisches Programm! Und dann vielleicht unser nächstes Restaurant*, aber er bremste sich noch rechtzeitig; die Therapeutin hatte verlangt, dass Peter seiner Tochter erlaubte, ihre Ambitionen selbst zu entwickeln, Ambitionen, die sich vielleicht nicht ums Essen drehten. Lebt wohl, ihr »Fabelhaften Rashkins« – vielleicht.

Elsbeth zog die Augenbrauen zusammen. »Es ist also eine Strafe«, sagte sie. »Ich werde mit Mom ins schöne Minnesota geschickt, weit weg von der großen bösen Stadt und Leuten wie ... *ihm*. Tja, aber so läuft das nicht, Dad. In Minneapolis kann ich genauso gut in Schwierigkeiten kommen. Da gibt es auch Männer, weißt du.«

Peter fühlte Entsetzen und Verzweiflung in der Magengrube, aber er sagte: »Das weiß ich selbst, Ellie. Das wird deine eigene Entscheidung sein. Du kannst dich entscheiden, Dinge zu tun, die dir schaden werden, oder Dinge, die das nicht tun. Deine Mutter und ich haben darauf keinen Einfluss. Aber wir können dir helfen, und wir sind immer für dich da, was auch passiert.«

»Wie kannst du das sagen, wenn der halbe Kontinent zwischen uns liegt?«

»Vielleicht hast du schon mal von einem Gerät namens Telefon gehört«, sagte Peter. »Ich rufe dich jeden Abend an.«

»*Jeden* Abend?«

Peter verbesserte sich. »Ich rufe dich an, sooft du willst. Und ich habe gehört, es gibt jetzt moderne Vehikel, die man Flugzeuge nennt. Ich werde dich besuchen, einmal im Monat. Und du kommst zu mir. Und wir werden zusammen Urlaub machen, und du darfst den ganzen Sommer bei mir verbringen, wenn du möchtest.« Fast hätte er hinzugefügt: *Und kochen!*

Elsbeth wühlte ihre Turnschuhe in den Boden. »Das wäre schön.«

»Dann wird es so sein.«

»Dad?«

»Ja, Ellie?«

Sie sah ihn an, und ihr Gesicht war voller Angst. »Was wird aus dir?«

»Oh Ellie«, sagte Peter. Er hatte nie verstehen können, dass ein Kind sich für Vater oder Mutter verantwortlich fühlte. Es war eine so vollständige Umkehrung der natürlichen Ordnung der Dinge, dass die Therapeutin alle Mühe gehabt hatte, ihn davon zu überzeugen. *Sie hat einen starken Beschützerdrang Ihnen gegenüber, Peter. Sie müssen ihr versichern, dass es Ihnen gut geht.*

»Ich habe große Pläne«, sagte er. »Zum einen werde ich mein Kochbuch zu Ende bringen.«

Elsbeth sah ihn zweifelnd an. »Okay. Und?«

»Und wenn wir das Haus verkauft haben und ich eine eigene Wohnung gefunden habe, werde ich wahrscheinlich wieder anfangen zu arbeiten. In einer Küche.«

»Aber Daddy, dein Herz«, flüsterte sie.

»Meinem Herzen macht das nichts«, sagte Peter. »Ich

werde kein Restaurant führen, ich werde ein bescheidener Koch sein. So, wie es mir gefällt. Ich halte mich an meine Diät. Ich treibe Sport. Ich nehme meine Medikamente. Und das Wichtigste ist, ich habe dich, Ellie. Du bist mein Herz. Weißt du das nicht?«

»Daaaad«, sagte sie, aber sie lächelte, und ihre Augen füllten sich mit Tränen. Sie schob ihre Schaukel herüber und legte den Kopf wieder auf seine Schulter. Peter drückte ihr einen Kuss auf den Scheitel.

»Mach dir keine Sorgen um deinen alten Herrn, Ellie«, sagte er. »Mir wird es gut gehen.«

Er fühlte, wie sie seufzte. Ein Kardinal sang über ihnen – aus heiterem Himmel erinnerte Peter sich, wie Hilde ihm vor langer Zeit beigebracht hatte, Vogelstimmen zu erkennen –, und ein zweiter antwortete ihm.

»Daddy?«, fragte Ellie.

»Ja, Ellie?«

»Würdest du mir von ihnen erzählen?«

»Von wem?«

»Von Masha«, sagte Elsbeth, »und von den Mädchen.«

Peter saß still da, Elsbeth auch. Er spürte ihren Atem, der Luftzug wehte Strähnen ihres Haars an sein Gesicht.

»Meine Schwestern«, sagte sie. »Ein bisschen weiß ich ja über sie. Ruth hat mir von ihnen erzählt. Und ich habe ihr Foto gesehen. Aber Dr. Linda meinte, ich sollte dich fragen. Sie meinte, es würde mir helfen, wenn ich mehr wüsste.«

Ihre Stimme klang zaghaft und wurde immer leiser, als drehte jemand an der Lautstärke eines Radios.

»Ich weiß nicht«, fuhr sie fort, »vielleicht ist es dumm. In Wirklichkeit wird es nichts ändern. Aber ich habe mein Leben lang an sie gedacht. Ich möchte sie kennen. Ich möchte alles über sie wissen.«

Peter schaute über Elsbeths Kopf hinweg durch den Garten und in den Nebel, der in der Sonne von den Forsythien aufstieg. So lange her. So weit weg. In einem ganz anderen Leben. Und doch war es hier, sie waren immer noch hier, an diesem milden Frühlingsmorgen. Masha. Die Mädchen.

Elsbeth löste sich von Peter und richtete sich auf. »Entschuldige. Ich wusste, ich sollte nicht fragen…«

»Doch«, sagte Peter, »du solltest. Du solltest fragen, Ellie. Und es ist tapfer von dir zu fragen.«

Er spürte ihren zweifelnden Blick, aber er konnte sie nicht anschauen. Nicht jetzt. Er konzentrierte sich auf die Sträucher mit ihren neuen Blättern und den gelben Blüten. Er hielt seine Schaukel still, sodass er und seine Tochter nebeneinandersaßen.

»Tja«, sagte er, »ich habe Masha kennengelernt, als ich siebzehn war, nur ein Jahr älter, als du jetzt…«

Und ob aus einer inneren Quelle oder von dem Kind neben ihm, jedenfalls fand Peter Rashkin, der lange geglaubt hatte, er selbst könne keinen neuen Anfang mehr zustande bringen, die Kraft, noch einmal von vorn anzufangen.

# DANKSAGUNG

Die Autorin würde sich gern bei Scharen von Menschen bedanken, aber sie wird sich bemühen, es kürzer als eine Oscar-Rede zu halten, und von der Bühne verschwinden, bevor die Musik anfängt.

Buchhändlerinnen, Bibliothekare, liebe Leser: Ob sie mich bei einer Veranstaltung oder zu Hause zu Gast sein ließen, mir in den sozialen Medien Gesellschaft leisteten oder meine Romane in seliger Zurückgezogenheit gelesen haben, ich danke Ihnen dafür, dass Sie es getan und mich so wunderbar inspiriert haben.

Ich danke meinem wunderbaren Team bei HarperCollins, vor allem Katherine Beitner, Amy Baker, Daniel Vazquez, der Korrektorin Miranda Ottewell und meiner phänomenalen Lektorin, der großartigen Sara Nelson, für deren Wärme und Weisheit ich sehr dankbar bin und deren erste Reaktion auf diesen Roman jetzt mein Bildschirmschoner ist.

Meinen ausländischen Verlagen: Verlagsgruppe Random House GmbH, Cappelen Damm, de Boekerij – *Dankeschön, Takk, Bedankt.* Maaike le Noble, Jorien de Vries, Suzanne Plug – dicke XXX euch dreien!

Dank der außergewöhnlichen MMQ-Crew, speziell Lexi Wangler, durch die das Leben einer Schriftstellerin nicht nur möglich, sondern auch geschmeidig funktional wird.

Grub Street Writers, die beste Schreibschule der Welt: Ich bin euch dankbar dafür, dass ihr mich über zwanzig

Jahre angestellt und mir damit ermöglicht habt, so talentierte, energische, witzige Autoren zu unterrichten. Alles Liebe meinem Council.

Meine literarischen guten Feen Robin Kall Homonoff – *Reading with Robin* – und Susan E. McBeth – *Adventures by the Book*: Danke für alles, was ihr tut, um Autoren und Leser zusammenzubringen – nämlich alles. Sara-Jane Giddings, du bist meine Geheimwaffe.

Ich danke den Ersten, die *Lost Family* gelesen haben: Cecile Corona, Tracy Hahn-Burkett, Henriette Lazaridus, Mari Passananti, Becky Tuch; Julie Hirsch, meiner unvergleichlichen Puppet; Stephanie »Goodie« Ebbert, die ihre Vorschläge beim Whiskey ablieferte, und Kirsten Liston, die den ganzen Roman auf ihrem iPhone gelesen hat. Danke für eure Ermutigung und euer Feedback. Geliebte Christiane Alsap, danke für die Rezepte aus deiner Kindheit. Ich danke Kirsten Beck und Bernadette Lee, die in diesem Buch viel zu viel wiedererkennen werden, Tom Champoux für Klausurnahrung und Maddie Haupt, die auf Woodrow aufgepasst hat, Edmond Manning für die Schreibsession der duellierenden Laptops und dafür, dass er Schokoladenkuchen vom Fußboden gegessen hat (ohne es zu wissen). Dank an Necee Regis für das *Betty Crocker New Pictures Cookbook*, Claudete Rizzotto für die Beeinflussung gefesselter Zuhörer, Dr. Glenda Lawless und Dr. Lydia Baumrind für ihr Ohr und ihren Rat und schließlich Eric Grunwald und Jean Charbonneau, meinen Stützpfeilern.

Der Preis für Einzigartigkeit geht an meine Schreibmädels Kate Woodworth und Whitney Scharer, die mich mit Empathie, Ansporn und gleichzeitiger Anstrengung durch jeden Tag getragen haben.

Ich danke meinen Grand Central Sisters, die Geschich-

ten aus dem Zweiten Weltkrieg lebendig erhalten, besonders Kristina McMorris, die Inspirationen vermittelt hat, ohne die dieses Buch nicht existieren würde, und allen Schriftstellern, die andere unterstützen: eine tiefe Verneigung vor Caroline Leavitt, Sarah McCoy und Jane Green.

Meiner Familie: Joey Blum, Lesley MM Blume & Co., Judy Blum und den Joergs. Und meiner unermüdlichen Mutter, Frances Blum McCarthy – ich liebe dich, Mama.

Es gibt in keiner Sprache genug Worte, um meine Dankbarkeit gegenüber meiner Superagentin zum Ausdruck zu bringen – Stéphanie Abou, der ich meine Bücher und mein ganzes literarisches Leben verdanke. Kostbar ist jedes Gespräch, das wir über *The Lost Family* geführt haben, von der ersten Idee zur Speisekarte im Masha's bis zu nachmitternächtlichen Bitmojis. Liebste Stéphanie, *merci bien*. Ich bin so dankbar für deine Existenz.

Und schließlich meinen Liebsten, Woodrow und Jim »Book Daddy« Reed. Jim, Liebster, danke für die unzähligen Frühstücke, bei denen du dir geduldig meine Ideen zu Szenen und Dialogfetzen und absolut zusammenhanglose Einfälle angehört und mir dann ausgezeichnete Ratschläge gegeben hast. Dafür, dass du nicht mit mir sprechen und mir keinen Kuss geben wolltest, solange ich die Szene des Tages nicht geschrieben hatte. Für dich und Woodrow, für euer Durchhaltevermögen, eure Gesellschaft, euer Lachen und eure Liebe bin ich ewig dankbar.